Claire Douglas arbeitete 15 Jahre lang als Journalistin, bevor sich ihr Kindheitstraum, Schriftstellerin zu werden, erfüllte. Ihre packenden Thriller *Missing*, *Still Alive*, *Vergessen*, *Beste Freundin* und *Schönes Mädchen* waren in England und Deutschland ein riesiger Erfolg und machten sie zur gefeierten Bestsellerautorin. Mit ihren Thrillern *Liebste Tochter* und *Girls Night* schaffte sie es bis an die Spitze der SPIEGEL-Bestsellerliste. Claire Douglas lebt mit ihrem Ehemann und ihren beiden Kindern in Bath, England.

Claire Douglas in der Presse:

»Lesenswert, weil … die Story vor Kleinstadtkulisse einfach super spannend ist.« *Grazia über Liebste Tochter*

»Spannung de luxe!« *Für Sie über Beste Freundin*

»›Beste Freundin‹ ist nicht weniger als feine, brillante Spannungsliteratur.« *Brigitte über Beste Freundin*

»Raffiniert konstruiert.« *NDR Kultur über Missing*

Außerdem von Claire Douglas lieferbar:

Missing. Niemand sagt die ganze Wahrheit. Thriller.

Still Alive. Sie weiß, wo sie dich findet. Thriller.

Vergessen. Nur du kennst das Geheimnis. Thriller.

Beste Freundin. Niemand lügt so gut wie du. Thriller.

Schönes Mädchen. Alle Lügen führen zu dir. Thriller.

Girls Night. Nur eine kennt die ganze Wahrheit. Thriller.

www.penguin-verlag.de

Claire Douglas

Liebste Tochter

Du lügst so gut wie ich

Thriller

Aus dem Englischen
von Ivana Marinović

PENGUIN VERLAG

Die Originalausgabe erschien 2021 unter dem Titel
The Couple at No. 9 bei Penguin.

FSC
www.fsc.org
MIX
Papier | Fördert
gute Waldnutzung
FSC® C014496

Penguin Random House Verlagsgruppe FSC® N001967

1. Auflage

Redaktion: Christine Neumann
Umschlaggestaltung: Favoritbüro
Covermotiv: © Trevillion Images / Shelley Richmond, Stephen Mulcahey;
© Shutterstock / Evannovostro, Andrey Yurlov, Zachary L. Gross,
Tomas Klema, 1234zoom, Sergii Figurnyi
Satz: Buch-Werkstatt GmbH, Bad Aibling
Druck und Bindung: GGP Media GmbH, Pößneck
Printed in Germany 2024
ISBN 978-3-328-11212-9
www.penguin-verlag.de

Für Elizabeth Lane, Rhoda Douglas und June Kennedy

TEIL EINS

1

Saffy, April 2018

Ich bin gerade im Vorgarten und reiße das Unkraut raus, das an den Rändern der Einfahrt hervorsprießt wie zu groß geratene Spinnen, als ich Schreie höre. Tiefes, kehliges Gebrüll. Die Bauarbeiter sind im Garten hinter dem Haus mit dem Bagger zugange. Schon den ganzen Morgen hat der Wind das Gewummer wie einen nagenden Kopfschmerz zu mir rübergetragen, während ich die Rosenhecke unter dem Wohnzimmerfenster stutzte. Doch jetzt ist es verstummt. Das allein reicht aus, damit mein Puls beschleunigt und Snowy – Großmutters kleiner Westie, der neben mir liegt – seine Ohren spitzt. Unwillkürlich bricht mir zwischen den Schulterblättern der Schweiß aus, und ich drehe mich zum Cottage um. Ist etwas Schlimmes passiert? Vor meinem geistigen Auge erscheinen abgetrennte Gliedmaßen und hervorquellendes Blut, völlig im Kontrast zu dem blauen Himmel und dem strahlenden Sonnenschein, und mir wird furchtbar flau. Selbst zu meinen besten Zeiten hatte ich keinen besonders robusten Magen, aber jetzt, in der vierzehnten Schwangerschaftswoche, leide ich auch noch unter Morgenübelkeit – nun ja, genau genommen nicht nur morgens, sondern auch mittags und abends.

Ich erhebe mich mit Schlammflecken auf den ausgebeulten Knien meiner Jeans, die nach wie vor meine gewohnte Größe hat, auch wenn sie am Bund mittlerweile etwas enger sitzt. Auf der Innenseite meiner Wange nagend, schelte ich mich für mein Zögern. Snowy erhebt sich ebenfalls mit aufgestellten Ohren und stößt ein einzelnes Kläffen aus, als einer der Bauarbeiter – Jonty, der junge, gut aussehende – hastig ums Haus biegt. Er rennt auf mich zu, und mein Blick bleibt an den dunklen Schweißflecken unter seinen Achseln hängen, während er wie wild mit seiner Mütze durch die Luft wedelt und seine sandfarbenen Locken im Takt seiner Schritte mithüpfen.

Scheiße, gleich wird er mir sagen, dass es einen Unfall gegeben hat. Ich kämpfe gegen den Drang an, in die entgegengesetzte Richtung davonzulaufen, schirme jedoch stattdessen meine Augen vor der Sonne ab, die über dem Strohdach des Cottages auf uns niederbrennt. Jonty selbst scheint nicht verletzt, doch als er näher kommt, kann ich den Ausdruck von Schock auf seinem sommersprossigen Gesicht sehen.

»Ist jemand verletzt?«, rufe ich, wobei ich versuche, mir meine Panik nicht anhören zu lassen. O Gott, ich werde einen Krankenwagen rufen müssen. Ich habe in meinem Leben bisher noch nie die 999 gewählt. Und ich komme mit Blut so gar nicht klar. Als ich klein war, wollte ich Krankenschwester werden, allerdings hatte es sich damit erledigt, als ich ohnmächtig wurde, nachdem meine beste Freundin vom Fahrrad gestürzt war und sich dabei das Knie aufgeschlagen hatte.

»Nein, das nicht. Tut mir leid, Sie zu stören, aber …«, er ist außer Atem, doch die Worte sprudeln nur so aus ihm hervor, »… wir haben da etwas gefunden. Sie sollten besser kommen. Schnell!«

Ich lasse meine Gartenhandschuhe ins Gras fallen und folge ihm, mit Snowy an den Fersen, um das Cottage herum, wobei ich überlege, worum es sich handeln könnte. Vielleicht ein Schatz? Ein Relikt aus der Vergangenheit, das in einem Museum ausgestellt werden könnte? Aber das Gebrüll ... Das klang nicht nach Freudenschreien nach einem kostbaren Fund, sondern vielmehr entsetzt.

Ich wünschte, Tom wäre hier. Ich fühle mich nicht wohl damit, die Arbeiter zu beaufsichtigen, während er im Büro ist – ständig wollen sie irgendwas von mir wissen und erwarten, dass ich Entscheidungen treffe, von denen ich befürchte, dass sie falsch ausfallen. Abgesehen davon war ich noch nie besonders gut darin, entschieden aufzutreten. Mit unseren vierundzwanzig ist es gerade mal drei Jahre her, dass Tom und ich noch an der Uni waren. Das alles hier – der Umzug von unserer Wohnung in Croydon nach Beggars Nook, einem pittoresken Dorf in der grünen, hügeligen Landschaft der Cotswolds, in das Cottage mit Waldblick – kam so unerwartet. Eine Art Überraschungsgeschenk.

Jonty führt mich direkt in den hinteren Garten. Vor der Ankunft der Bauarbeiter hatte er einen idyllischen Anblick geboten, mit seinen üppig grünenden Sträuchern, dem duftenden, sich um die Spaliere rankenden Geißblatt und dem in der Ecke angelegten Steingarten voller samtiger Stiefmütterchen in all ihrer rosa-violetten Pracht. Nun steht da ein hässlicher orangefarbener Bagger, umgeben von einem riesigen aufgeworfenen Erdwall. Die anderen beiden Bauarbeiter – Darren, ein Mittdreißiger mit Hipsterbart, der, seiner selbstbewussten Haltung nach, der Boss ist, und Karl, ungefähr in meinem Alter und so stämmig wie ein Rugbyspieler – starren, die Hände in die Hüften gestemmt, die klobigen Stiefel halb in der Erde versunken, in das Loch runter, das sie ausgehoben haben. Ihre Köpfe schnellen ruckartig hoch, als ich sie erreiche. Beide tragen einen geschockten Ausdruck im Gesicht, aber in Karls Augen meine ich auch noch eine Art aufgeregtes Funkeln auszumachen. Ich folge seinem Blick, und da bemerke ich ein elfenbeinfarbenes Etwas, das wie zerbrochenes Porzellan aus der dunkeln Erde herausragt. Unwillkürlich bücke ich mich und greife nach Snowys Halsband, um ihn davon abzuhalten, in die Grube hinabzuwetzen.

»Beim Graben sind wir da auf … *etwas* gestoßen«, erklärt Darren, die Arme vor seinem dreckverschmierten T-Shirt verschränkend.

»Was ist das?«, frage ich. Snowy spannt sich unter meiner Hand, weshalb ich den Griff noch einmal verstärke.

»Ein Skelett«, erwidert Darren düster.

»Von … einem Tier?«

Darren wechselt einen Blick mit seinen Kollegen. Beherzt, beinahe als bereite es ihm Vergnügen, tritt Karl nach vorne, wobei er trockene Bröckchen Erde aufwirbelt. »Das sieht mir eher nach einer Hand aus …«

Erschrocken weiche ich zurück. »Sie wollen sagen … es stammt von einem Menschen?«

Darren sieht mich mitleidig an. »Ich glaube schon. Sie sollten besser die Polizei rufen.«

2

Als Tom zwei Stunden später vor dem Haus eintrifft, gehe ich unablässig in unserer engen Küche auf und ab. Mit den rustikalen Einbauschränken und den von pausbäckigen Schweinchen und Schafen gezierten Wandfliesen wirkt sie wie ein Relikt aus den 80er-Jahren. Irgendwie haben wir es geschafft, unseren Eichentisch aus der alten Wohnung darin unterzubringen, auch wenn wir so nur zwei der vier Stühle ranstellen konnten. Nicht lange nach unserem Einzug im Februar haben wir uns mit dem Architekten, einem kleinen Mittsechziger mit lichter werdendem Haar, der einen guten Ruf in der Gegend genießt, zusammengesetzt, um den Anbau an der Hausrückseite zu planen: Die Küche soll über die gesamte Breite des Cottages erweitert und zudem mit modernen, stahlgerahmten Glasschiebetüren versehen werden, die direkt in den weitläufigen Garten führen. Ehrlich gesagt hat mich das von meiner Schwangerschaft abgelenkt, die mich immer noch nervös macht, obwohl ich den ersten Ultraschall hinter mir habe und anscheinend alles in Ordnung ist. Trotzdem belasten mich jede Menge Was-wenn-Fragen. Was, wenn ich eine Fehlgeburt habe? Was, wenn es nicht richtig wächst oder zu früh kommt oder ich eine Totgeburt habe? Was, wenn ich nicht damit zurechtkomme, wenn das Baby auf der Welt ist, oder an einer postnatalen Depression leide?

Die Schwangerschaft war nicht geplant. Zwar hatten Tom und ich sporadisch darüber gesprochen – als etwas, das möglicherweise nach einer Heirat in Betracht käme –, aber abgesehen davon waren wir mit unserer jeweiligen Karriere beschäftigt gewesen und damit, Geld zurückzulegen, um eine eigene Wohnung anzahlen zu können. Kinderkriegen und Heiraten, das war etwas für später. Wenn wir richtige Erwachsene wären. Aber dann hatte ich mir einen Magen-Darm-Virus eingefangen und nicht daran gedacht, zusätzliche Vorsichtsmaßnahmen zu treffen. Und dieser eine Ausrutscher hat hierzu geführt. *Ein Baby*. Ich würde also jung Mutter werden, wenn auch nicht ganz so jung wie meine eigene Mum damals.

Snowy fläzt ausgestreckt in seinem Hundebett neben dem Ofen, den Kopf auf den Pfoten abgelegt, und sieht mir dabei zu, wie ich auf und ab schreite. Von dem Bleiglasfenster aus habe ich das Geschehen hinter dem Haus im Blick. Ein weißes Zelt, das die Hälfte der Rasenfläche einnimmt, wurde im Garten aufgebaut, und Polizisten sowie Männer in forensischen Ganzkörperanzügen gehen ein und aus; außerdem ein weiterer Beamter, der eine Kamera um den Hals hängen hat. Rings um das Zelt wurde neongelbes Absperrband gespannt, das leicht in der Brise flattert. TATORT BETRETEN VERBOTEN ist über die gesamte Länge gedruckt, was mir jedes Mal, wenn mein Blick darauf fällt, Übelkeit beschert. Es mag ja wie eine Szene aus einem Fernsehkrimi ausschauen, aber allein das Band ruft mir die Realität des Ganzen vor Augen.

Ich war überrascht (und tatsächlich auch ein bisschen stolz), wie schnell ich, nach dem ersten Schock, die Dinge in die Hand genommen und geregelt bekommen habe. Erst die Polizei angerufen und dann, nachdem wir unsere Aussagen getätigt hatten, die Bauarbeiter nach Hause geschickt und ihnen mitgeteilt, dass ich Bescheid geben würde, wann sie die Arbeit wieder aufnehmen könnten – obwohl mein Herz die ganze Zeit über nicht aufhören wollte wie wild zu klopfen. Danach rief ich Tom in seinem Londoner Büro an, und er versprach, er würde gleich den nächsten Zug nach Hause nehmen.

Ich höre, wie Tom seine Lambretta in der Einfahrt parkt; so einen Roller hatte er sich schon immer gewünscht, und als wir hergezogen sind, hat er sich ein gebrauchtes Modell gegönnt, um damit zum Bahnhof und zurück zu gelangen. Das ist allemal billiger, als sich zwei Autos zu leisten, und das gesparte Geld fließt in den Ausbau unseres Hauses.

Ich höre die Haustür zufallen. Tom kommt in die Küche geeilt, wobei ihm die Sorge ins Gesicht geschrieben steht. Er hat seine Brille auf, die trendige mit dem schwarzen Rahmen, die er sich gekauft hat, als er vor knapp über einem Jahr seinen neuen Job in der Finanzabteilung eines IT-Unternehmens begann. Er fand, sie würde ihm was Seriöseres verleihen. Sein sandblonder Pony fällt ihm ins Gesicht, und er wirkt leicht zerknautscht in dem Leinenhemd und Sakko über der Jeans. Es spielt keine Rolle, was er trägt, er schafft es immer noch, wie ein Student auszusehen. Er hat diesen gewissen Londoner Geruch an sich haften – nach Abgasen und U-Bahnen, Latte macchiato to go und den teuren Düften anderer Menschen. Snowy umkreist unsere Beine, und Tom bückt sich, um ihn geistesabwesend zu tätscheln, aber seine Aufmerksamkeit bleibt auf mich gerichtet.

»Meine Güte, was für ein Schock! Geht es dir gut? Und das Baby?«, fragt er, als er sich wieder aufrichtet.

»Es ist alles in Ordnung. Uns geht es gut«, erwidere ich, die Handflächen schützend über meinen Bauch gelegt. »Die Polizei ist immer noch da draußen. Sie haben mich und die Arbeiter befragt, und nun haben sie auch noch ein Absperrband angebracht und ein Zelt aufgebaut.«

»Mist.« Sein Blick wandert an mir vorbei zu dem Geschehen vor dem Fenster, und für einige Sekunden verdüstert sich seine Miene. Dann wendet er sich wieder an mich. »Haben sie dir denn schon etwas sagen können?«

»Nein, nicht wirklich. Nur dass es sich um ein menschliches Skelett handelt. Wer weiß, wie lange es da schon liegt? So wie ich das sehe, könnte es genauso gut aus dem Mittelalter stammen.«

»Oder aus der Römerzeit«, meint er mit einem zaghaften Lächeln.

»Genau. Wahrscheinlich lag es schon hier, bevor Skelton Place überhaupt erbaut wurde. Und das war …« Ich runzle die Stirn, da es mir nicht mehr einfallen will.

»1855.« Natürlich weiß er das. Tom muss etwas nur einmal lesen, um es sich zu merken. Bei Quizshows ist er immer der Erste, der eine Frage beantwortet; außerdem recherchiert er auf seinem Handy ständig irgendwelche Daten und unnütze Fakten. Er ist das Gegenteil von mir: ruhig, pragmatisch. Niemals reagiert er über. »Das sieht trotzdem nach einer ernsten Sache aus«, sinniert er und betrachtet wieder die Szenerie im Garten.

Ich folge seinem Blick. Mittlerweile ist ein Beamter mit zwei Spürhunden eingetroffen. Gehen sie etwa davon aus, noch mehr Überreste zu finden? Mein Magen verkrampft.

Tom wendet sich mit ernstem Tonfall an mich. »Das ist nicht gerade das, was wir erwartet haben, als wir aufs Land gezogen sind.« Es folgt ein kurzer Moment der Stille, bevor wir in albernes Kichern ausbrechen.

»O Gott«, sage ich, als ich mich wieder gefasst habe. »Eigentlich ist es echt unangebracht zu lachen. Immerhin ist da jemand gestorben.«

Was uns gleich wieder loskichern lässt.

Wir werden von einem Räuspern unterbrochen. Als wir uns umdrehen, sehen wir eine Polizistin in der Tür zum Garten stehen. Es ist eine Art Stalltür, deren obere Hälfte aufgeklappt ist, sodass es aussieht, als würde sie in dem Holzrahmen ein Puppenspiel geben. Sie betrachtet uns wie zwei ungezogene Schulkinder. Snowy kläfft in ihre Richtung los.

»Schon gut«, beruhigt Tom ihn flüsternd.

»Tut mir leid zu stören«, beginnt die Beamtin, die allerdings kein bisschen ausschaut, als täte es ihr leid. »Ich hatte geklopft.« Sie drückt die untere Hälfte der Tür auf und tritt über die Schwelle.

»Kein Problem«, erwidert Tom. Er lässt Snowy los, der sofort auf die Polizistin zuflitzt, um an ihrer Hose zu schnüffeln. Sie wirkt etwas genervt, während sie ihn mit ihrem Bein wegschiebt.

»Police Constable Amanda Price«, stellt die Beamtin sich vor. Sie ist geschätzt fünfzehn Jahre älter als wir, mit einem dunklen Bob und auffallend blauen Augen. »Könnten Sie mir nur kurz bestätigen, dass Sie die Hauseigentümer sind? Tom Perkins und Saffron Cutler?«

Theoretisch ist zwar meine Mutter die Besitzerin, aber ich möchte die Sache nicht verkomplizieren.

»Ja«, bestätigt Tom mit einem Blick zu mir. »Das ist unser Cottage.«

»Also gut«, sagt PC Price. »Ich befürchte, dass wir hier etwas länger brauchen werden. Haben Sie jemanden, wo Sie die heutige Nacht beziehungsweise das Wochenende unterkommen können?«

Ich denke an Tara, die zurzeit in London wohnt, und an meine Schulfreundin Beth in Kent. Toms Freunde leben entweder in Poole, wo er ursprünglich herkommt, oder in Croydon. »Wir wohnen hier erst seit Kurzem und haben in der Gegend noch keine Freunde«, antworte ich, wobei mir wieder einmal bewusst wird, wie isoliert wir hier in diesem Dorf mitten im Nirgendwo sind.

»Wohnen Ihre Eltern in der Nähe?«

Tom schüttelt den Kopf. »Meine sind in Poole, und Saffys Mum lebt in Spanien.«

»Mein Vater wohnt zwar in London«, ergänze ich, »aber er hat nur eine Einzimmerwohnung.«

Sie kräuselt die Stirn, als seien das alles Informationen, auf die sie verzichten kann. »Dürfte ich Ihnen dann ein Hotel vorschlagen, nur bis Sonntag? Die Polizei übernimmt die Kosten für die Unannehmlichkeiten. Nur für die Zeit, bis der Fundort gesichert und die Bergung der Überreste abgeschlossen ist.«

Bei den Worten »Fundort« und »Überreste« wird mir sofort wieder übel.

»Wann können wir die Bauarbeiten fortsetzen?«, will Tom wissen.

PC Price seufzt, ganz so, als läge diese Frage fern. »Ich fürchte, Sie werden den Garten hinter dem Haus erst wieder benutzen können, wenn die Ausgrabung beendet und das Skelett geborgen wurde. Sie werden sich gedulden müssen, bis Sie vom SOCO hören. Der Scene of Crime Officer – der

Kollege von der Spurensicherung«, erklärt sie, als wir sie verdutzt anstarren.

»Also gehen Sie womöglich von einem Verbrechen aus?«, frage ich, wobei ich Tom einen besorgten Blick zuwerfe. Er versucht, mir ein beruhigendes Lächeln zu schenken, doch es gerät zu einer Grimasse.

»Nun, ja, wir haben menschliche Überreste gefunden«, erwidert sie, als wäre ich total unterbelichtet, offeriert darüber hinaus aber keine weiteren Informationen, und ich habe den Eindruck, dass es zwecklos wäre nachzuhaken.

»Wir sind erst seit ein paar Monaten hier«, schiebe ich hinterher, da ich das Gefühl habe, mich erklären zu müssen – nur für den Fall, dass diese strenge Polizistin denkt, wir könnten etwas damit zu tun haben, etwa so, als würde es zu unseren Gewohnheiten gehören, Leichen in unserem Garten zu verbuddeln. »Das Skelett könnte schon seit Jahren hier liegen … vielleicht schon seit Jahrhun…« Der Ausdruck auf ihrem Gesicht lässt mich verstummen.

Sie presst die Lippen aufeinander. »Ich bin momentan nicht befugt, Ihnen Weiteres zu sagen. Die Spurensicherung hat einen forensischen Anthropologen angefordert, um final zu bestätigen, dass es sich um menschliche Knochen handelt. Wir werden Sie auf dem Laufenden halten.«

Ich muss an die Hand denken, die Karl angeblich gesehen hat. Das klang nicht so, als ob es viel Anlass zum Zweifel gäbe.

Ein paar Sekunden herrscht betretenes Schweigen, bevor sie sich anschickt zu gehen. Nur um gleich wieder stehen zu bleiben, als wäre ihr plötzlich noch etwas eingefallen. »Oh, und wenn Sie bitte das Haus innerhalb der nächsten Stunde verlassen könnten.«

Wir blicken ihr hinterher, wie sie in den Garten, in diese grausige Welt der Forensik, hinaustritt, und ich muss die Tränen zurückdrängen. Stumm greift Tom nach meiner Hand, als hätte selbst er die Fähigkeit verloren, tröstende Worte zu finden.

Urplötzlich realisiere ich, dass all das hier wirklich passiert. Unser Traumheim, unser wunderschönes Cottage, ist jetzt ein Schauplatz des Verbrechens.

Zum Glück ist im Stag & Pheasant, dem Dorfgasthaus, noch ein Zimmer frei, und auch Hunde sind erlaubt. Wir laufen mit zwei Reisetaschen bepackt ein, wobei Tom darauf besteht, beide zu tragen, während ich Snowy an die Leine nehme. Seit unserem Umzug nach Beggars Nook sind wir nur einmal hier im zugehörigen Pub gewesen, und zwar letzten Monat zum Sonntagslunch. Tatsächlich waren wir angenehm überrascht von den in einem geschmackvollen Blassgrün gestrichenen Wänden, der rustikalen Einrichtung und den köstlichen hausgemachten Speisen. Als die Owens es vor fünf Jahren übernommen hatten, war es anscheinend einer umfassenden Renovierung unterzogen worden.

Die Wirtin, Sandra Owens, sieht uns fragend an. »Sind Sie nicht die neuen Besitzer vom Cottage oben in Skelton Place?«, erkundigt sie sich, als wir an der Bar stehen bleiben.

Ich weiß nicht, was ich darauf antworten soll. Sobald die Geschichte publik wird, wird sie sich im ganzen Dorf herumgesprochen haben.

»Ja, wir sind bei der Renovierung auf ein paar Schwierigkeiten gestoßen«, erklärt Tom freundlich, aber unverbindlich. »Also dachten wir, es sei das Beste, ein paar Nächte woanders unterzukommen, bis sich alles erledigt hat.«

»Aber natürlich«, erwidert Sandra, auch wenn sie nicht ganz überzeugt wirkt. Sie ist Ende fünfzig und mit dem dezent gesträhnten Bob und dem eleganten Wickelkleid eine attraktive Erscheinung. Es wird nicht lange dauern, bis sie die Wahrheit erfährt, aber keiner von uns beiden hat Lust, es ihr heute Abend unter die Nase zu reiben. Die Müdigkeit macht sich bereits bemerkbar, dabei ist es noch nicht einmal neunzehn Uhr, und draußen ist es noch hell. Trotzdem möchte ich mich einfach nur im Bett verkriechen.

Sie zeigt uns ein kleines, gemütliches Doppelzimmer, von dessen hinterem Fenster man den Ausblick auf den Wald genießen kann. »Frühstück ist zwischen sieben Uhr dreißig und zehn«, erklärt sie, bevor sie sich verabschiedet und geht.

Tom bleibt neben dem Tisch mit dem Teezubehör stehen, und sein Blick wandert durch das Fenster zu den Bäumen in der Ferne. »Ich kann das alles nicht glauben«, sagt er mit dem Rücken zu mir.

Ich strecke mich auf dem Bett aus – es ist ein wunderschönes Himmelbett mit einer gesteppten Tagesdecke in dunklen Blautönen. Unter normalen Umständen wäre das hier der reinste Luxus für uns. Wir hatten seit Ewigkeiten keinen Urlaub mehr, und die letzten Monate ging unser gesamtes Geld für den Umbau drauf, aber unser Aufenthalt hier wird von den Ausgrabungen hinter dem Cottage überschattet. Jedes Mal, wenn ich daran denke, wird mir buchstäblich schlecht.

Snowy hüpft neben mich aufs Bett, legt seinen Kopf auf meinen Schoß und schaut mit seinen braunen Hundeaugen zu mir auf.

»Ich kann nicht glauben, dass wir aus unserem eigenen Haus geschmissen wurden«, murmle ich, Snowys Kopf streichelnd. Dann ziehe ich meine Strickjacke enger um mich. Es ist kühl geworden, aber vielleicht ist es auch nur der Schock.

Tom schaltet den kleinen Plastikwasserkocher an und gesellt sich dann zu uns aufs Bett. Die Matratze ist weicher als unsere daheim. »Ich weiß. Aber es wird alles gut«, beruhigt er mich, zu seinem gewohnten Optimismus zurückfindend. »Bald schon werden wir mit dem Umbau weitermachen können, und alles wird wieder ganz normal.«

Ich kuschle mich an ihn und wünschte, ich könnte ihm glauben.

Wir widerstehen dem Drang, am Cottage vorbeizulaufen. Stattdessen verbringen wir das Wochenende entweder im Gasthaus oder mit ausgedehnten Spaziergängen durch das Dorf und den Wald.

»Wenigstens habe ich so mal ein Wochenende frei«, meint Tom am Samstag, während er meine Hand nimmt und wir über den Dorfplatz schlendern. Seit unserem Einzug hat er schon so viel an dem Cottage gemacht: den abgewetzten Teppich von der Treppe entfernt, das Wohn- und Schlafzimmer in einem freundlichen Taubengrau gestrichen, die Dielen geschliffen. Als Nächstes möchte er die Tapete in dem kleinen Schlafzimmer entfernen, um es einzurichten, bevor das Baby kommt, ein Vorhaben, das er bis zu meinem Ultraschall in der zwölften Woche aufgeschoben hatte, um das Schicksal nicht unnötig herauszufordern.

Als wir schließlich am Sonntag nach dem Mittagessen wieder zurückkehren, die Taschen zu unseren Füßen abgestellt und abwartend, so, als wären wir Gäste in unserem eigenen Zuhause, verlässt mich die Vorfreude. Noch immer parken

Polizeiautos und Vans in unserer Einfahrt. Ein Beamter informiert uns, dass sie bis zum Ende des Tages mit der Ausgrabung fertig sein sollten und wir uns bis dahin im Cottage, jedoch nicht im Garten, aufhalten dürften. Ich frage mich, ob sie auch das Innere des Hauses durchsucht haben. Die Vorstellung, dass die Polizei unsere Sachen durchwühlt haben könnte, gefällt mir ganz und gar nicht. Als ich Tom gegenüber mein Unbehagen äußere, versichert er mir, dass sie uns in diesem Fall Bescheid gegeben hätten.

Den Rest des Nachmittags verkriechen wir uns im Wohnzimmer. »Was die Nachbarn wohl denken?«, überlege ich laut, während ich am Fenster stehe und an meinem entkoffeinierten Schwarztee nippe. Ich denke an Jack und Brenda, das ältere Ehepaar von nebenan. Eine Hecke schirmt ihr Grundstück von unserem ab, aber sie sind definitiv diese Art Nachbarn, die sich gern hinter den Vorhang klemmen und spionieren; und als Clive, der Architekt, die Baugenehmigung für den Ausbau der Küche beantragte, legten sie sofort Widerspruch ein.

Vor unserer Einfahrt hat sich eine kleine Menschentraube versammelt, die nur teilweise von den Polizeifahrzeugen verdeckt wird.

»Ich wette, das sind Journalisten«, bemerkt Tom über meine Schulter hinweg. »Vielleicht solltest du deinen Dad anrufen und ihn um Rat bitten.«

Mein Dad ist Chefreporter bei einer überregionalen Boulevardzeitung. Grimmig nicke ich. Ich fühle mich schutzlos preisgegeben, ganz so, als hätte jemand das Dach von unserem Haus gerissen. »Das ist ein Albtraum«, murmle ich und drehe den Kopf zu ihm.

Ausnahmsweise kommt von Tom keine Beschwichtigung.

Vielmehr schaut er ernst drein, und ein Muskel an seinem Kiefer zuckt, während er aus dem Fenster starrt und schweigend einen Schluck von seinem Kaffee nimmt.

Etwas später rufe ich Dad an, um seinen Rat einzuholen. »Du hast nicht zufällig Lust, deinem alten Herrn ein Exklusivinterview anzubieten?«, witzelt er.

Ich lache. »Ich weiß doch selbst nichts! Vielleicht stellt sich ja heraus, dass die Knochen uralt sind.«

»Nun, für den Fall, dass dem nicht so ist, muss ich dich wohl warnen: Sobald die Polizei bestätigt, dass ein Verbrechen vorliegt und sie die sterblichen Überreste identifiziert haben, wirst du dich vor lauter Presse nicht mehr retten können.«

»Meinst du, wir sollten ausziehen?« Doch schon, als mir die Worte über die Lippen kommen, ist mir klar, dass ich keine Ahnung habe, wohin wir gehen könnten. Ein Hotel können wir uns nicht leisten. Ich wünschte, Dad würde in unserer Nähe wohnen. Oder Mum – aber sie ist noch weiter weg.

»Nein. Nein, lasst das lieber. Seid einfach nur vorbereitet, das ist alles. Und solltest du irgendwas brauchen – Infos oder Tipps –, dann gib Bescheid.« Aufgrund der Geräuschkulisse aus Telefongeklingel, Gesprächen und genereller Hektik im Hintergrund weiß ich, dass er gerade in der Redaktion ist.

»Werdet ihr auch jemanden herschicken?«

»Ich schätze, wir greifen vorerst auf eine Nachrichtenagentur zurück. Aber falls du mal mit der Presse reden solltest, dann denk an mich, ja? Im Ernst, Saffy, solltest du dir bei irgendwas unsicher sein – egal ob Polizei oder Journalisten –, dann melde dich zuerst bei mir.«

»Danke, Dad«, sage ich und fühle mich schon viel ruhiger. Mein Vater hatte schon immer die Fähigkeit, mir ein Gefühl von Sicherheit zu vermitteln.

Am nächsten Morgen baut die Polizei das Zelt ab, entfernt das Absperrband, und Tom und ich starren voller Entsetzen auf das riesige klaffende Loch, das im Garten zurückgeblieben ist. Es ist viermal so groß als jenes, das die Bauarbeiter hinterlassen hatten. Tom bittet seinen Chef, ein paar Tage von zu Hause arbeiten zu können, die wir damit verbringen wollen, den verbliebenen Journalisten, die sich noch immer vor der Einfahrt herumdrücken, aus dem Weg zu gehen.

Und dann, am Mittwoch – der Tag, an dem Tom ins Büro fährt –, ruft die Polizei an.

»Ich fürchte, ich habe keine guten Nachrichten«, verkündet der Detective, dessen Name mir sofort wieder entfällt, in schroffer Tonlage.

Während ich warte, versteift mein Körper.

»Es wurden zwei Leichen gefunden.«

Fast fällt mir das Telefon aus der Hand. »Zwei Leichen?«

»Ich fürchte, ja. Sämtliche Knochen wurden geborgen, und die Forensiker konnten feststellen, dass es sich bei einem Skelett um einen Mann, bei dem anderen um eine Frau handelt. Darüber hinaus konnten wir, basierend auf der Knochenbildung und Skelettreife, das Alter ermitteln. Die Opfer waren zwischen dreißig und fünfundvierzig Jahre alt.«

Übelkeit steigt in mir auf; ich kriege kein Wort raus.

»Leider«, fährt er fort, »starb das weibliche Opfer infolge stumpfer Gewalteinwirkung auf den Hinterkopf. Wir sind immer noch dabei herauszufinden, wie der Mann zu Tode kam. Die fortgeschrittene Skelettierung der Leichen macht dies allerdings schwierig. Bei dem weiblichen Opfer war es aufgrund der Schädelfraktur um einiges offensichtlicher.«

Ich schließe fest die Augen, während ich versuche, es mir nicht vorzustellen. »Das … das ist ja schrecklich.« Ich kann es kaum fassen. »Sind … sind Sie sicher, dass es keine weiteren Leichen gibt?«

Plötzlich überkommen mich Visionen, wie der gesamte Garten umgewühlt und dabei ein Massengrab freigelegt wird, und die Vorstellung lässt mich erschauern. Andere »Häuser des Schreckens«, wie die Presse sie gern reißerisch bezeichnet, kommen mir in den Sinn – die spektakuläre *25 Cromwell Street* und die *White House Farm*. Wird unser Cottage einen genauso berüchtigten Ruf bekommen? Werden wir für immer hier festsitzen, weil es uns dann niemand mehr abkaufen wird? Mein Herzschlag beschleunigt, und ich schlucke, während ich versuche, mich auf das zu konzentrieren, was der Detective sagt.

»Wir hatten Leichenspürhunde vor Ort, daher sind wir uns recht sicher, dass es keine weiteren Überreste gibt.«

»Wie … wie lange liegen die Leichen schon dort?«

»Das können wir noch nicht endgültig sagen. Der Boden in Ihrem Garten ist recht alkalisch, weshalb ein Teil der Kleidung und Schuhe erhalten geblieben ist, aber wir denken nicht früher als 1970 und, ausgehend von der Zersetzung, nicht später als 1990.«

Eine Gänsehaut überzieht meinen gesamten Körper. Zwei Menschen wurden in meinem Haus ermordet. *In meinem kleinen, idyllischen Cottage.* Alles um mich herum nimmt plötzlich eine dunkle, unwirkliche Tönung an.

»Natürlich müssen wir uns mit sämtlichen Personen unterhalten, die das Haus zwischen 1970 und 1990 bewohnt haben«, fährt der Detective fort. »Und ich fürchte, als ehemalige Besitzerin des Grundstücks werden wir uns auch mit Mrs. Rose Grey unterhalten müssen.«

Der Raum um mich herum verschiebt sich.

Rose Grey ist meine Großmutter.

3

Mai 2018

Ich kann nicht aufhören, über die Leichen nachzudenken. Sie spuken mir durch den Kopf, wenn ich mit Snowy seine tägliche Gassirunde im Dorf mache, wenn ich mit Tom fernsehe und auch wenn ich in dem Zimmerchen mit der hässlichen 70er-Jahre-Blumentapete auf der Vorderseite des Cottages, das ich als Büro nutze, an einem Projekt arbeite.

Es dauerte natürlich nicht lang, bis sich die Neuigkeit im Dorf verbreitet hatte, und obwohl seit der Ausgrabung zehn Tage verstrichen sind, stellen die Leute immer noch Spekulationen an. Zwar dürften ihnen die neuesten Informationen zu den Todesumständen der Opfer nicht bekannt sein, doch als ich vorhin im Tante-Emma-Laden war, hörte ich, wie die alte Mrs. McNulty sich mit einer ihrer genauso betagten Freundinnen – einer gebeugten Frau mit Kopftuch, die einen karierten Einkaufstrolley vor sich herschob – darüber ausließ. »Also, ich kann mir nicht vorstellen, dass die Turners was damit zu tun haben«, meinte die. »Sie haben dort Jahre gewohnt. Mrs. Turner war ein ganz verhuschtes Ding.«

»Obwohl«, Mrs. McNulty senkte ihre Stimme, wobei ihre Knopfaugen vor Aufregung funkelten, »gab es da nicht diesen Vorfall vor ein paar Jahren? Mit seinem Neffen und irgendwelchen gestohlenen Waren?«

»Oh ja, daran kann ich mich noch erinnern. Und sie sind ja wirklich etwas überstürzt fortgezogen«, erwiderte die Frau mit Kopftuch. »Wann war das noch mal genau? Vor zwei Jahren? Ich habe gehört, sie sollen das Cottage in einem ziemlich üblen Zustand hinterlassen haben.« Sie senkte ihre Stimme. »Angeblich waren es Messies. Obwohl der Garten immer nett anzusehen war. Mrs. Turner hat gerne Blumen gepflanzt.«

»Und jetzt sind diese jungen Leute hier aufgetaucht.«

»Ich habe gehört, dass sie das Cottage *umsonst* bekommen haben. Anscheinend ein Erbe.«

»Manchen Leuten kommt das ganz recht.«

Ich spürte, wie mir die Hitze in die Wangen schoss. Rasch stellte ich die Dose mit gebackenen Bohnen zurück ins Regal und verließ den Laden, bevor sie mich bemerken konnten.

Nun schnappe ich mir meine über der Stuhllehne hängende Strickjacke – heute ist es schon kühler, die Sonne hat Mühe, durch die Wolken zu dringen –, und ich beuge mich runter zu Snowys Schlafplatz, um ihn auf seinen flauschigen Kopf zu küssen. »Bis später, der Herr.«

Wie jeden Donnerstag mache ich auch heute früher Feierabend, um Großmutter zu besuchen. Kurz überkommt mich das schlechte Gewissen, weil ich wegen der Journalistenmeute vor unserem Haus letzte Woche meinen Besuch bei ihr habe ausfallen lassen. Und doch wird der heutige Donnerstag nicht wie alle anderen. Denn wenn ich heute Gran gegenübersitze, werde ich mich fragen, was sich vor all den Jahren zugetragen hat. Wie kam es dazu, dass zwei Menschen starben und in ihrem Garten vergraben wurden?

Meine ausgelatschten gelben Chucks knirschen auf der gekiesten Einfahrt, als ich zu meinem Mini Cooper eile. Ich trage eine Jeans-Latzhose mit hochgekrempelten Hosenbeinen. Nun, da mein Bauch an Umfang zulegt, ist das eindeutig die bequemere Alternative. Ich bin in der sechzehnten Woche und habe ein kleines Bäuchlein bekommen. Wobei es weniger so aussieht, als sei ich schwanger, sondern vielmehr aufgebläht. Meine dunklen Locken habe ich mit einem passenden gelben Samthaargummi zurückgebunden. Meine Mum rümpft angesichts meiner Sammlung von Samthaargummis immer die Nase. »Die sind einfach so … *achtzigermäßig*«, sagt sie dann und verdreht die Augen. »Ich kann nicht glauben, dass die Dinger wieder in Mode sind.«

Ich habe sie seit dem Weihnachtsfest nicht mehr gesehen, und selbst das ist wegen ihres ungehobelten Mackers, Alberto, nicht gut gelaufen. Die Wochen sind wie im Flug verstrichen, und ich habe ihr immer noch nicht erzählt, dass sie bald Oma wird. Jedes Mal, wenn ich daran denke, es ihr zu sagen, stelle ich mir ihre Enttäuschung vor.

Als ich mich hinters Steuer setze, fällt mir ein Mann in der Gasse auf; er wird zum Teil durch unsere vordere Gartenmauer verdeckt und blickt zum Cottage. Er ist stämmig gebaut, mit dem Gesicht einer Bulldogge, vielleicht Mitte, Ende fünfzig, und trägt eine Jeans und eine Wachsjacke. Als er mich bemerkt, entfernt er sich. Hat er Fotos von unserem Haus geschossen? Es muss sich um einen weiteren Journalisten handeln. Die meisten scheinen vorerst aufgegeben zu haben – zumindest, solange es keine neuen Informationen gibt. Aber hin und wieder taucht trotzdem ein ungebetener Gast auf wie das Unkraut in meinem Vorgarten. Als wir am Samstag gerade aufbrachen, um mit Snowy Gassi zu gehen, sprang uns in der Einfahrt ein Journalist in den Weg und schoss ein Foto von uns. Tom wurde stinkwütend und beschimpfte den Kerl, der zu seinem Wagen zurückwuselte.

Ich biege aus der Einfahrt und fahre langsam los, wobei ich

darauf achte, genug Abstand zu halten, damit er sich nicht in die Hecke drücken muss, doch als ich an ihm vorbeikomme, starrt er mich mit einem so eindringlichen Blick an, dass ich regelrecht erschrecke. Im Rückspiegel beobachte ich noch, wie er in ein schwarzes Auto steigt, das ein Stück den Hügel runter vor der Hausnummer acht parkt.

Gestern erst kam Tom von der Arbeit nach Hause und erzählte, er habe in einer Ausgabe der *Sun*, die jemand in der U-Bahn hatte liegen lassen, einen Artikel über die Leichen im Garten gesehen. Er war mit einer sensationslüsternen Schlagzeile betitelt, die natürlich auf die Ähnlichkeit von »Skelette« und »Skelton Place« anspielte; darunter das Foto, das der Reporter am Samstag von unseren erschrockenen Gesichtern geschossen hatte. »O Gott, Tom«, entfuhr es mir panisch. »Sie werden noch behaupten, wir wären Wiltshires Antwort auf Fred und Rosemary West!«

Woraufhin er herzhaft lachte. »Nein, werden sie nicht. Ihre Serienmorde haben sich vor mindestens dreißig Jahren ereignet. Da waren wir noch nicht mal auf der Welt.«

Aber meine Großmutter schon.

Ich verdränge den fremden Mann aus meinen Gedanken, während ich den Hügel hinab und dann am Stag & Pheasant vorbeifahre. Stattdessen denke ich wieder einmal, wie friedlich doch Beggars Nook mit seinen wunderschönen alten Gebäuden aus dem hier typischen sandfarbenen Naturstein ist. Ich überquere den Dorfplatz, wobei ich den Blick über das Marktkreuz, die hübsche Kirche, den Tante-Emma-Laden, ein Café sowie die einzige Boutique am Ort schweifen lasse, die Kinkerlitzchen, Karten und trutschige überteuerte Klamotten verkauft. Alles zu Fuß vom Cottage erreichbar, in einer Senke gelegen und vom Wald mit seinen mächtigen

Eichenbäumen, die in den weiten Himmel emporragen, umgeben. Es vermittelt den Eindruck, als sei das Dorf vom Rest der Welt verborgen. Ich überquere die Brücke und folge der schmalen kurvenreichen Straße, die zu beiden Seiten von niedlichen Steinhäusern gesäumt wird, bis ich die Farm an ihrem Ende erreiche. So anders als das zugebaute, urbane Croydon. So ruhig und sicher. Oder zumindest dachte ich das. Jetzt bin ich mir da nicht mehr so gewiss.

Die Morde müssen passiert sein, bevor Großmutter das Cottage in den Siebzigern kaufte. Ich weiß, dass sie es nach ihrem Umzug nach Bristol über Jahrzehnte vermietet hatte – dieses Detail haben wir erst kürzlich erfahren, als sie in ein Pflegeheim kam. Mum und ich waren beide ziemlich überrumpelt, denn soweit wir wussten, hatte Gran immer nur eine Immobilie besessen: Ihr Reihenhaus aus rotem Backstein im Stadtteil Bishopston in Bristol, in dem Mum aufgewachsen ist und wo ich alle meine Sommerferien verbracht habe. Gran, die, bevor sie an Demenz erkrankte, für ihr Leben gern backte und sich um ihre Pflanzen kümmerte, war eine besonnene, pragmatische Frau, die nie ihre Stimme erhob. Ganz im Gegensatz zu Mum, die schnell mal überkochte und mit ihrer Meinung nicht hinterm Berg hielt, auch wenn sie mittlerweile etwas ruhiger geworden ist. Jene Sommer bei Gran, in ihrem Haus in Bristol mit dem großen Garten und der daran angrenzenden Kleingartensiedlung, waren für mich das Größte, eine Auszeit von meiner Mum und den Dramen, die sie auf Schritt und Tritt zu begleiten schienen.

Ich liebte Grans dicken schwarzen Labrador, Bruce, mit den grauen Schnurhaaren (Mum wollte uns nie ein Haustier gönnen. Sie meinte, es würde zu sehr stinken, aber in Grans Haus roch es nie komisch), außerdem ihre altmodischen, gemütlichen Sofas mit den weißen Schonbezügen auf den Armlehnen, die Gran jede Woche frisch wusch und stärkte. Die Karamellbonbons, die sie in einer Dose oben im Wohnzimmerschrank aufbewahrte, und den Garten mit dem Maschendrahtzaun, der ihn von den Nachbarn abgrenzte. Dann den warmen muffigen Geruch des Gewächshauses mit den Tomatenpflanzen. Es war so beruhigend, Großmutter dabei zu beobachten, wie sie die Pflanzen darin umhegte und leise mit ihnen sprach, um sie in ihrem Wachstum zu bestärken. Ich liebe meine Mum von ganzem Herzen, aber sie war – und ist noch immer – ein Energiebündel, so überbordend und selbstdarstellerisch veranlagt, mit ihren bunten Klamotten und der ausgeprägten Persönlichkeit, dass sie zuweilen eine erschöpfende Wirkung auf mich hat. Ich habe schon immer eher eine Verbundenheit mit Großmutter gespürt, da wir beide die freie Natur lieben, gleichzeitig aber einen Hang dazu haben, uns zu verkriechen, und das Alleinsein den Menschenmassen vorziehen.

Gran gab mir das Gefühl, normal zu sein, als ich zugab, dass ich lieber zu Hause blieb und *EastEnders* schaute, als rauszugehen und mit den anderen Kindern in der Straße zu spielen. Für sie war es in Ordnung, dass ich nicht *ständig* herumrannte und laut war. Als Kind sagte meine Mutter mir immerzu, dass ich »zu still« und »zu schüchtern« sei, fragte mich: »Warum gehst du nicht raus und mischst dich unter die anderen Mädels aus deiner Klasse, statt dich immer nur an eine Freundin zu halten?« Aber Mum ist eben eine überaus gesellige Person, die mit einer Leichtigkeit von einem Grüppchen Menschen zum nächsten flattert, um die ich sie stets beneidet habe, obwohl ich es mir für mich selbst gar nicht wünsche. Und so kam es, dass ich mir in meiner Jugend unbeholfen und uninteressant vorkam und nie wusste, was ich sagen sollte. Bis ich an der Uni Tom kennenlernte. Tom gab mir das Gefühl, ich selbst sein zu dürfen, außerdem bemerkte ich, dass ich in seiner Gegenwart durchaus witzig und unterhaltsam sein konnte.

Als ich mich Bristol nähere, nimmt der Verkehr stetig zu. Das Pflegeheim, in dem Großmutter untergebracht ist, liegt an einer zweispurigen Schnellstraße in einer Ortschaft namens Filton.

Es war vor knapp einem Jahr, als mir langsam dämmerte, dass etwas mit ihr nicht stimmte. Es fing ganz harmlos an. Großmutter war schon immer etwas vergesslich gewesen und fragte dann Dinge wie »Nanu, hast du vielleicht meine Tasche gesehen?« oder »Wo habe ich bloß meine Brille hingetan?« – das Ganze mit ihrem bodenständigen Cockney-Akzent, den sie nie abgelegt hat, obwohl sie London bereits mit Mitte zwanzig verlassen hatte. Sie war immer ein so unabhängiger, anpackender Mensch gewesen. Noch zu Beginn des letzten Jahres war sie körperlich dazu in der Lage gewesen, in den Zug zu steigen und mich in Croydon zu besuchen, wobei sie sich, mit Snowy im Schlepptau, den Weg mithilfe einer Karte suchte – sie besaß außerdem ein altmodisches Handy und ein abgegriffenes Straßenverzeichnis, das sie immer in der Handtasche mitführte. Sie lehnte es ab, sich von mir oder Tom am Bahnhof abholen zu lassen, obwohl wir es ihr permanent anboten.

Das erste Zeichen waren die zwei Geburtstagskarten, die ich im Abstand von nur wenigen Tagen von ihr bekam – als habe sie ganz vergessen, dass sie mir die erste bereits geschickt hatte. Als sie ein paar Monate später länger bei uns zu Besuch war, machte sie bereits einen vergesslichen Eindruck.

Ständig entfiel ihr Snowys Name, und sie versäumte es, ihn zu füttern und mit ihm Gassi zu gehen, sodass ich sie daran erinnern musste oder es selbst übernahm. Und dann, nachdem sie bereits ein paar Tage bei uns verbracht hatte, drehte sie sich abends beim Fernsehen zu mir und Tom und fragte: »Nanu, ist das andere Pärchen schon gegangen?« Woraufhin ich es mit der Angst zu tun bekam, denn da war kein anderes Pärchen gewesen. Gran war den ganzen Abend mit uns auf dem Sofa gesessen. Es brach mir das Herz, als ich begriff, dass Gran zuweilen keine Ahnung mehr hatte, wer Tom war, wer ich war, da sich ihr Gedächtnis ein- und ausklinkte wie ein Radio mit schlechtem Empfang.

Bei besagtem Besuch war schon offensichtlich, dass es Großmutter schwerfiel, sich um Snowy zu kümmern, darum bot ich an, ihn bei mir zu behalten, womit sie einverstanden war. Ich weinte hinter meiner Sonnenbrille, während ich dabei zusah, wie Großmutter, ihren Rollkoffer hinter sich herziehend, ohne ihren geliebten Hund in den Zug stieg, und ich kam vor Sorge nicht zur Ruhe, bis sie später anrief, um Bescheid zu geben, dass sie sicher zu Hause angekommen war.

Aber nur drei Tage später rief Gran mich panisch an, weil sie ihren Hund verloren hätte, woraufhin ich sie sanft daran erinnern musste, dass Snowy nun bei mir und Tom lebte.

Der letzte Vorfall, der den Ausschlag dazu gab, dass ich schließlich Mum anrief und ihr davon erzählte, war, als mich Esme, eine von Großmutters Nachbarinnen, kontaktierte.

»Es geht um deine Gran, Liebes«, sagte sie. »Sie hat einen leeren Topf auf der heißen Herdplatte stehen gelassen. Es war reines Glück, dass ich zufällig bei ihr vorbeigeschaut habe – sie hätte sonst das ganze Haus abfackeln können.«

Als ich Mum meine Bedenken gestand, nahm sie schnurstracks einen Flieger aus Spanien und brachte Großmutter zum Arzt. Danach ging alles ganz schnell – Mum wusste eben, wie man die Dinge anpackte, sie war einfach ein entscheidungsfreudiger Mensch –, und so fanden wir für Großmutter eine private Pflegeeinrichtung unweit ihrer Nachbarschaft in Bristol, jenem Haus mit dem Schrebergarten, das in meiner Erinnerung immer auch mein Zuhause bleiben wird.

Ich biege auf den Parkplatz vor dem riesigen grau gemauerten gotischen Gebäude namens Elms Brook, der dafür sorgt, dass es sich eher wie ein herrschaftlicher Ruhesitz als ein Pflegeheim anhört. Obwohl Mum meinte, es habe sich einst um eine Irrenanstalt mit vergitterten Fenstern gehandelt. Aber heute wirkt es freundlich, dieses Elms Brook, und es rangiert im mittleren Preissegment, sodass wir es bezahlen können. Ich muss einen Kloß im Hals runterschlucken, als ich daran zurückdenke, wie es sich angefühlt hat, Grans Habseligkeiten zusammenzupacken und ihr Haus auszuräumen.

Es war letzten November gewesen, während einer ihrer klareren Phasen, als Großmutter mir und Mum von dem Cottage erzählt hatte. Es war das erste Mal, dass wir überhaupt von seiner Existenz hörten.

»Es läuft auf deinen Namen, Lorna«, hatte Gran geflüstert, sich dabei in ihrem Ohrensessel nach vorne gebeugt und Mums Hand festgehalten. »Ich habe es schon vor zehn Jahren auf dich übertragen lassen.« Ich war ganz baff von Großmutters Weitblick. Indem sie das Haus auf meine Mutter überschrieben hatte, würde es nicht verkauft werden müssen, um ihre Pflege zu finanzieren.

Als Mum und ich danach vor dem Pflegeheim standen, um uns zu verabschieden, blickte Mum, die in ihrem dünnen knallorangefarbenen Mantel bibberte, mich an und sagte: »Ich wusste ja schon immer, dass meine Mutter ein ausgefuchstes Ding ist und ihr Geld gut verwahrt. Sie muss das Cottage als Anlage gekauft haben.« Sie blies sich in die hohlen Hände. »Wie auch immer, ich will es jedenfalls nicht. Es gehört dir, wenn du es möchtest. Ich weiß, dass du es hasst, in der Stadt zu leben.« Ich war regelrecht schockiert gewesen, denn ausnahmsweise einmal hatte ich das Gefühl, dass meine Mutter mich tatsächlich verstand.

»Aber du hast es doch noch nicht einmal gesehen«, protestierte ich.

»Was will ich mit einem Cottage am Arsch der Welt?«

Aus ihrer Sicht fand ich das durchaus nachvollziehbar. Ein Cottage auf dem Land wäre zu öde für meine Mum. Nein, sie brauchte Sonnenschein und Sangria und exotische Männer, die kaum älter waren als ich.

Mum flog kurz darauf nach San Sebastián zurück, ohne dem Cottage auch nur einen Besuch abzustatten. Das Häuschen hätte sie nicht weniger jucken können. Was mir das schlechte Gewissen nahm, das Angebot angenommen zu haben. Ein Haus für lau. Ohne Hypothek. Es bescherte uns jene finanzielle Freiheit, die Tom und ich im Leben nie für möglich gehalten hätten – und schon gar nicht mit Mitte zwanzig. Es bedeutete, dass ich meinen Job in Croydon aufgeben und freiberuflich, inmitten einer idyllischen Landschaft, arbeiten konnte. Ein Traum wurde wahr.

Aber jetzt überdenke ich besagtes Gespräch neu. Vor zehn Jahren also hat Gran die Besitzurkunde auf den Namen meiner Mutter übertragen. Warum? Aus rein finanziellen Überlegungen heraus? Um die Erbschaftssteuer zu umgehen? Oder weil sie wusste, dass sich dort ein Mord ereignet hatte?

Aber nein, das ist doch lächerlich. Ausgeschlossen, dass Gran irgendwas davon geahnt haben könnte. Das weiß ich so, wie ich auch weiß, dass ich schwarzen Kaffee und Erdnussbuttersandwiches, die samtigen Stellen hinter Snowys pelzigen Ohren und den Geruch von frisch gemähtem Gras liebe.

Ich hole tief Luft und umklammere das Lenkrad, um mich innerlich zu wappnen. Bei meinen Besuchen kann ich nie im Voraus sagen, auf welche Großmutter ich treffen werde. Manchmal erkennt sie mich, manchmal behandelt sie mich, als wäre ich eine der Pflegerinnen, und das ist jedes Mal so, als würde ich sie von Neuem verlieren.

Als ich aus dem Auto steige, bemerke ich einen schwarzen lang gestreckten Wagen auf der Straße, der im Vorbeifahren sein Tempo stark drosselt. Ich kann es zwar nicht mit Gewissheit sagen, aber er sieht genauso aus wie das Auto, das vorhin in der Nähe vom Cottage geparkt hatte. Das Gesicht des Fahrers ist mir zugewandt, als es im Leerlauf an mir vorbeirollt. Es ist ein Mann, aber ich kann seine Gesichtszüge nicht ausmachen. Ist es der Typ von vorhin? Wird er ebenfalls auf den Parkplatz biegen? Doch dann beschleunigt das Auto wieder und fährt weiter die Straße runter. Einen Augenblick lang starre ich ihm hinterher und frage mich, ob ich mir grundlos einen Kopf mache oder doch Anlass zur Sorge habe.

4

Gran sitzt im Aufenthaltsraum am großen Erkerfenster, das den Blick auf die gepflegte Grünanlage eröffnet, vor ihr ein Beistelltisch und ein freier Sessel. Die Sonne ist durch die Wolken gebrochen, ihr Licht fällt sanft durch die Gardinen ins Innere und lässt die Staubpartikel wie kleine Himmelskörper um ihren Kopf herumtänzeln. Mein Herz zieht sich vor lauter Liebe so heftig zusammen, dass mir die Tränen in die Augen schießen. Sie hier so zu sehen, weckt in mir den sehnsüchtigen Wunsch, in die Vergangenheit zu reisen, so, wie es einst war: Gran, die in ihrer kleinen Küche herumwuselt und uns eine Tasse Tee nach der anderen macht, schwarz und kräftig wie Melasse; oder im Gewächshaus, wo sie meinem jugendlichen Ich zeigt, wie man Radieschen aussät.

Jetzt ist ihr Kopf nach vorne geneigt. Jegliche Fülle ist aus ihrem Gesicht verschwunden, die Haut an ihren Wangen ist schlaff und lässt die Knochen darunter hervortreten. Ihr schneeweißes Haar – früher mal ein wunderschönes Kupferrot, wenn auch aus der Tube, wie sie gerne behauptete – ist aufgebauscht und hat die Textur von Watte. Sie schiebt die Teile eines Puzzles auf dem Tisch umher. Für einen Augenblick versetzt es mich zurück in meine Kindheit, als wir abends in einträchtigem Schweigen dasaßen, während draußen die Sonne unterging, und gemeinsam über einem Puzzle knobelten.

Eine Weile stehe ich so in der Tür und schaue einfach nur zu. Im Raum ist es zu warm, und es riecht muffig nach Bratensoße und verkochtem Gemüse. Der Teppich mit seinen rot-goldenen Schnörkeln ist so einer, den man auch in altmodischen Gästehäusern am Meer finden würde.

»Rose hat heute einen guten Tag«, verkündet eine Stimme hinter mir. Es ist Millie, eine der Pflegerinnen und meine liebste Angestellte hier. Millie ist ein paar Jahre jünger als ich und hat das netteste Gesicht und das breiteste Lächeln, das mir je untergekommen ist. Sie hat kurzes stacheliges Haar, und beide Ohren werden bis über die Hälfte von Piercings geziert.

»Oh, das freut mich sehr. Ich habe einige Neuigkeiten für sie.«

Millie zieht eine Augenbraue hoch. »Ooh. Ich hoffe gute?«

Verlegen berühre ich meinen Bauch und nicke. Ich möchte nicht an diese andere Sache denken. An die schlechte Nachricht. Die Leichen.

Millie drückt aufmunternd meine Schulter und geht dann weiter, um einem älteren Herrn zu helfen, der versucht, sich aus seinem Sessel zu erheben. Ich bahne mir den Weg zum anderen Ende des Raumes, an ein paar Bewohnern vorbei, die sich um den Fernseher versammelt haben, sowie dem alten Mann, der weiter hinten eine auf dem Kopf stehende Zeitung liest.

Als ich auf sie zutrete, hebt Gran den Kopf, und für einen Augenblick steht ihr die Verwirrung ins Gesicht geschrieben. Ich muss meine Enttäuschung runterschlucken. Sie erkennt mich nicht. Also ist heute wohl doch kein guter Tag.

Ich lasse mich auf dem Sessel gegenüber nieder. Die Rückenlehne ist so hoch, dass ich das Gefühl habe, auf einem Thron zu sitzen. »Hi, Granny, ich bin's, Saffy.«

Einige Sekunden sagt Großmutter nichts und fährt damit fort, die Puzzleteile hin- und herzuschieben, auch wenn sie noch gar nicht mit dem Bild begonnen hat. Die Schachtel ist am Tischrand aufgestellt. Auf der Vorderseite prangt das Bild eines schwarzen Labradorwelpen, umgeben von Blumen. »Lass uns zuerst die Rahmenteile finden«, sagte sie früher immer, während ihre von der Gartenarbeit wettergegerbten Hände flink die passenden Stücke zusammensuchten. Heute ist kein methodisches Vorgehen erkennbar, stattdessen bewegt Gran die Teile nur ziellos mit ihren knorrigen, runzligen Fingern umher.

»Saffy. Saffy …«, murmelt sie, ohne mich anzuschauen. Doch dann schießt ihr Kopf in die Höhe, und die Erkenntnis blitzt in ihren Augen auf. »Saffy! Du bist es. Du bist mich besuchen gekommen. Wo hast du gesteckt?« Ihr gesamtes Gesicht erstrahlt, und ich beuge mich vor, um ihre zerbrechliche Hand zu streicheln. Sie ist fünfundsiebzig, aber seit sie ins Heim gekommen ist, sieht sie viel älter aus.

Ich weiß, dass ich nicht lange habe, bis Grans Geist sich wieder in andere Zeiten verabschiedet. Es überrascht mich immer wieder, an wie viel sie sich aus der Vergangenheit erinnert, während sie meist nicht einmal mehr sagen kann, was sie zum Frühstück hatte.

»Gran, ich bin schwanger. Ich bekomme ein Baby«, sage ich, unfähig, mir die Freude und Angst nicht anhören zu lassen.

»Ein Baby. Ein Baby. Wie wunderbar. Was für ein herrliches Geschenk.« Sie umklammert meine Hände, ein bisschen zu fest. »Du Glückspilz von einem Mädchen. Freut …« Ihre Augen werden trübe, und ich sehe ihr an, dass sie Mühe hat, ihre Erinnerungen abzurufen. »Freut Tim sich auch?«

»Tom. Und ja, er ist überglücklich.«

Gran war vor der Demenz ganz in Tom vernarrt gewesen. Wann immer sie ihn sah, konnte sie ihn gar nicht genug verwöhnen. Sie schickte ihm gern kleine Carepakete: selbst gebackenen Kuchen, einen selbst angesetzten Schlehenschnaps, Rhabarber, den sie im Garten angebaut hatte, da sie wusste, dass er ihn liebte, ich hingegen nicht. »Du musst ihn gut umsorgen«, bläute sie mir ein. Das ist so eine Generationensache, rief ich mir dann in Erinnerung. Den Ehemann bei Laune zu halten. Obwohl ich mich nicht erinnern konnte, dass Großmutter je einen Mann gehabt hatte. Mein Großvater starb, noch bevor Mum geboren wurde.

Grans Miene verdüstert sich. »Victor war nicht glücklich. Oh, nein, er war ganz und gar nicht glücklich.«

Victor? Ich habe sie nie zuvor einen Victor erwähnen hören. Sie hat mir mal erzählt, dass der Name meines Großvater William gewesen sei – nicht dass sie je über ihn sprach. Selbst Mum wusste nicht viel über ihn. Aber ich will Großmutters Fluss nicht unterbrechen, indem ich sie mit Fragen löchere, also warte ich schweigend ab.

»Er wollte dem Baby wehtun«, sagt sie, und ihr Gesicht zieht sich gequält zusammen.

»Tom würde so etwas nie tun«, sage ich rasch, um sie auf andere Gedanken zu bringen. »Tom ist so ein netter Mensch. Du magst Tom, weißt du noch?«

Ihr Gesicht entspannt sich wieder. »Oh, ja. Tom ist ein reizender Junge. Und er weiß ein herzhaftes Frühstück zu schätzen.«

Ich lächle. Großmutter machte Tom immer ein komplettes englisches Frühstück mit Spiegelei, Bohnen und Würstchen, wenn wir über Nacht bei ihr blieben. »Ja, das stimmt.«

Wie soll ich nur das Thema mit den Knochen der beiden Toten im Garten ansprechen? Soll ich es überhaupt ansprechen? Vielleicht ist es besser, es fürs Erste bleiben zu lassen. Dann aber denke ich an die Polizei, die sie in absehbarer Zeit befragen wird, da sie die Besitzerin des Cottages war, auch wenn sie seit langer Zeit Mieter darin wohnen hatte. Wenn ich ihr vorab davon erzähle, wird es sie vielleicht weniger schockieren, wenn die Polizei sie deswegen aufsucht.

»Und … wir lieben das Cottage in Skelton Place wirklich«, beginne ich vorsichtig,

Ihr Gesicht verdunkelt sich. »Skelton Place?«

»Ja, das Cottage, Gran. In Beggars Nook?«

»Du wohnst in dem Cottage in Skelton Place?«

»Ja. Mum wollte in Spanien bleiben. Du weißt ja, wie sie ist. Sie liebt die Sonne. Also sind Tom und ich dort eingezogen. Das war wirklich großzügig von dir …« Natürlich habe ich ihr das alles bereits mehrmals gesagt.

Großmutter fängt wieder damit an, die Puzzleteile ziellos herumzuschieben, und ich befürchte schon, sie ist mir wieder entglitten. Ich muss etwas sagen, und zwar rasch, bevor sie sich in ihr Inneres zurückzieht.

»Na ja, das ist jetzt etwas seltsam … Wir haben angefangen, den Garten wegen des Anbaus umzugraben, und dabei haben wir … zwei Leichen entdeckt.«

Großmutters Kopf schnellt hoch. »Leichen?«

»Ja, Großmutter. Im Garten begraben.«

»Tote Menschen?«

»Ähm … ja.« Was sonst als Menschen?

»In Skelton Place?«

Ich nicke nachdrücklich. »Von einer Frau und einem Mann.«

Großmutter starrt mich so lange an, dass ich Angst bekomme, sie sei in einer Art katatonischen Zustand verfallen. Doch dann schimmern Tränen in ihren Augen, als würde sie sich an etwas erinnern. Plötzlich packt sie meine Hand, wobei sie einige Puzzleteile zu Boden fegt. »Ist es Sheila?«, fragt sie wispernd.

Sheila? »Wer ist Sheila, Gran?«

Ruckartig reißt sie ihre Hände weg, wobei sich ein trüber Schleier über ihre Augen legt wie bei einem grauen Star. Sie sieht aus wie ein verängstigtes Kind, während sie in ihrem Sessel zusammenzuschrumpfen scheint. »So ein böses kleines Mädchen. Das ist es, was sie alle gesagt haben. Ein böses kleines Mädchen.«

»Wer? Wer ist ein böses kleines Mädchen?«

»Ja, das haben sie alle gesagt.«

Ich muss das Thema wechseln. Gran darf sich nicht aufregen. Ich beuge mich vor und sammle die Puzzleteile vom Teppich auf. »Der Garten hier ist wunderschön«, sage ich, als ich mich wieder aufrichte und an Großmutter vorbei aus dem Fenster blicke. »Schaffst du es immer noch, jeden Tag rauszugehen?« Großmutters Gedächtnis mag auf dem Rückzug sein, doch körperlich ist alles mit ihr in Ordnung.

Aber Gran murmelt weiter etwas von Sheila und einem bösen kleinen Mädchen.

Ich greife über den Tisch und schließe ihre knorrige Hand zwischen meine. »Gran, wer ist Sheila?«

Großmutter hört auf zu murmeln und sieht mich unmittelbar, mit geschärftem Blick an. »Ich … weiß nicht …«

»Die Polizei wird demnächst mit dir reden wollen, aber nur, weil du die Besitzerin des Cottage warst und …«

Panik huscht über Großmutters Gesicht. »Die Polizei?« Sie schaut wild um sich, als könnte sie direkt hinter ihr stehen.

»Ist schon gut. Sie werden dir nur ein paar Fragen stellen wollen. Kein Grund zur Sorge. Das gehört zum Prozedere, einfach damit sie es abhaken können.«

»Ist es Lorna? Ist Lorna tot?«, fragt sie entsetzt.

Ich muss schlucken, weil ich mich schlecht fühle. »Nein. Nein, Gran. Mum ist in Spanien. Weißt du nicht mehr?«

»Böses kleines Mädchen.«

Sanft lasse ich ihre Hand los und lehne mich in meinem Sessel zurück, während Gran erneut vor sich hin murmelt. Heute werde ich nichts mehr aus ihr herausbekommen. Ich hätte die Leichen niemals erwähnen dürfen. Das war nicht umsichtig von mir. Natürlich weiß sie nichts über die Skelette. Warum sollte sie auch? Stattdessen beuge ich mich wieder vor und helfe Großmutter, einträchtig schweigend, bei dem Puzzle, wie wir es getan haben, als ich noch ein Kind war.

Die Ränder zuerst.

5

Theo

Theo hält in der Einfahrt und parkt seinen alten Volvo neben dem schwarzen Mercedes seines Vaters, der aussieht wie ein Leichenwagen. Wie in einem Horrorfilm ragt das alte, weitläufige Haus über ihm auf, verdunkelt die Sonne und lässt ihn frösteln. Er hasst diesen Ort. Schon immer. Seine Freunde fanden es beeindruckend, wenn sie ihn besuchten, was selten vorkam – er versuchte, sie, so gut es ging, davon fernzuhalten –, doch ihm ist das deprimierend graue Gemäuer mit den hässlichen Wasserspeiern, die vom Dach hinabäugen, als würden sie sich gleich auf einen stürzen, nach wie vor nicht ganz geheuer. Das Haus ist viel zu groß für einen allein lebenden alten Mann. Theo kapiert nicht, warum sein Dad sich weigert, es zu verkaufen. Er bezweifelt, dass er aus sentimentalen Gründen daran festhält. Vielmehr wohl, weil es ein Statussymbol ist. Theo hat nie das Bedürfnis verspürt, mit seinem Besitz zu protzen. Nicht dass er im materiellen Sinn viel sein Eigen nennen würde, aber das ist ohnehin nicht die Skala, an der er seinen Selbstwert misst. Noch etwas, das sein Dad nicht versteht.

Er betritt die riesige Eingangshalle mit der Holztäfelung und der geschwungenen Freitreppe, die er seit dem Tod seiner Mutter inständig hasst, genauso wie die ausgestopften Hirschköpfe an der Wand. Als Kind bekam er davon Albträume. Er atmet den wohlvertrauten Geruch von Holzrauch und Bohnerwachs ein. Sein Dad hat eine Haushälterin, Mavis, die alle paar Tage vorbeischaut, um hier zu putzen und zu waschen, aber sie ist erst morgen früh wieder da.

»Dad! Ich bin's Theo!«, ruft er.

Es kommt keine Antwort, also eilt er die Treppe hoch zum Arbeitszimmer, das sich auf der Vorderseite des Hauses befindet, wobei die Gummisohlen seiner Turnschuhe auf dem gebohnerten Holz quietschen. Sein Vater verbringt viel Zeit in seinem Büro, auch wenn Theo nur mutmaßen kann, was er darin treibt. Immerhin ist er seit Jahren im Ruhestand.

Als er die Tür öffnet, kann er sofort spüren, dass sein Vater eine seiner Phasen hat, die Wut strahlt regelrecht von ihm aus. Sein breites Gesicht mit der vertrauten flachen Nase, die Theo von ihm geerbt hat, ist geröteter als sonst. Sogar die kahle Stelle auf seinem Scheitel ist angelaufen und lugt rosarot unter den verbliebenen dünnen weißen Haarsträhnen hervor.

Wenn er so drauf ist, ist sein Dad ein richtiger Arsch. Tatsächlich findet er, dass sein Vater die meiste Zeit über ein Arsch ist, selbst wenn er sich einmal nicht wie ein verzogenes Kind, sondern wie der sechsundsiebzigjährige pensionierte Facharzt benimmt, der er eigentlich ist. Er fragt sich, was ihn jetzt schon wieder aufgebracht hat. Dazu bedarf es freilich nicht viel. Vermutlich hat Mavis eine seiner Golftrophäen an die falsche Stelle zurückgestellt. Theo ist froh, dass er nicht mehr mit ihm zusammenleben muss.

Er ist nur vorbeigekommen, um nach ihm zu schauen. So, wie er es jede Woche tut. Auch wenn sein Vater keineswegs der beste Dad, oder der beste Ehemann, gewesen ist, verspürt er dahin gehend doch eine Verpflichtung. Und er weiß, dass seine Mum es sich gewünscht hätte. Theo ist für seinen Vater alles, was ihm von seiner Familie geblieben ist. Und manchmal, wenn sein Dad vergisst, sich wie ein Vollidiot zu benehmen, in seinen verletzlicheren Momenten, wie etwa, wenn sie nebeneinander auf dem Sofa einen Film anschauen und er einschläft – wobei sein Gesicht so friedlich und zugleich so alt aussieht mit dem auf seiner Brust ruhenden Kinn –, da überkommt ihn ein Gefühl der Zuneigung für ihn. Doch bald schon wacht sein Vater auf und verwandelt sich wieder in sein mürrisches, forderndes Ich zurück, und die Zuneigung, die Theo nur Sekunden zuvor verspürt hat, verpufft.

Trotz alledem versucht Theo, nicht allzu hart mit seinem Vater ins Gericht zu gehen. Ihm ist bewusst, dass der Verlust seiner Frau – Theos Mutter – vor vierzehn Jahren verheerend für ihn war. Caroline Carmichael, mit ihrer Lebhaftigkeit, ihrer fürsorglichen Art, war erst fünfundvierzig, als sie starb. Sie zu verlieren, hat eine klaffende Lücke in ihrem Leben hinterlassen. Nicht dass sein Vater irgendwelche Gefühle einräumen würde. Verletzlichkeit zu zeigen, ist seiner Meinung nach eine Schwäche. Er zieht es vor, seine Emotionen hinter einer schroffen Fassade zu verbergen. Trotzdem hat er Theo, wenn auch widerwillig, immer Respekt abgenötigt. Er ist ein brillanter Mann. Außergewöhnlich intelligent und in seinem Feld äußerst begabt. Selbst heute noch, nach seiner Pensionierung, verfasst er Artikel für medizinische Fachpublikationen.

Theo räuspert sich. Sein Dad ist so damit beschäftigt, Schubladen zuzuknallen, Schranktüren zu öffnen und sie wieder zu schließen, dass er ihn zunächst gar nicht hört. Theo muss das Prozedere mehrmals wiederholen, bevor sein Dad aufschaut.

»Was willst du?«

Wie charmant, denkt sich Theo. Er hat einen verdammt harten Tag hinter sich, da er seinem Schwager, Simon, beim Umzug geholfen hat, dabei muss er heute Abend im Restaurant noch Spätschicht schieben. Das Restaurant ist nicht schick genug, um seinen Vater zu beeindrucken, auch wenn es in einer der besten Straßen von Harrogate gelegen ist, aber er arbeitet trotzdem gerne dort als Chefkoch. Er ist verschwitzt, nachdem er all die Möbel aus dem Van geschleppt hat, und muss dringend unter die Dusche, bevor er um achtzehn Uhr mit der Arbeit loslegt.

»Ich dachte nur, ich schau vorbei und vergewissere mich, dass du was Vernünftiges isst. Ich habe dir ein paar Portionen Lasagne zum Einfrieren gemacht.« Er hält zur Verdeutlichung die Tragetasche empor.

Sein Vater brummt zur Antwort, bevor er Theo den Rücken zukehrt und wieder eine der Schubladen durchstöbert.

Theo fährt sich mit der Hand übers Kinn. Gott, er muss sich ganz dringend rasieren. Jen hasst es, wenn er Bartstoppeln hat, und meint, sie würden beim Küssen im Gesicht kratzen. Er tritt weiter in das Zimmer hinein. »Kann ich helfen?«

»Nein.«

»Okay. Na dann. Ich packe die hier nur in den Gefrierschrank und bin wieder weg. Ich arbeite heute spät.«

Sein Dad sagt nichts, sein Körper beschreibt ein Fragezeichen, als er sich über eine Schublade beugt. Theo kann die Umrisse seiner Schulterblätter durch sein Poloshirt ausmachen. Sein Vater kleidet sich stets elegant – das ist etwas, wofür Theo dankbar sein kann. Er duscht jeden Tag, benutzt nach wie vor dasselbe Prada-Aftershave wie seit Jahrzehnten schon und legt stets sein klassisches Outfit, bestehend aus Chinohose und einem schlichten Ralph-Lauren-Shirt, an, dazu einen Zopfstrickpullover mit V-Ausschnitt, wenn es kalt ist. Sollte sein Vater sich jemals gehen lassen, müsste er anfangen, sich Sorgen zu machen.

»Vergiss nicht, die Lasagne zu essen. Du musst bei Kräften bleiben.«

»Du machst viel zu viel Theater. Wie deine Mutter früher.«

Vor seinem geistigen Auge sieht er seine liebe Mutter, wie sie sich aufreibt bei dem vergeblichen Versuch, es seinem Vater recht zu machen. Zwischen seinen Eltern lagen achtzehn Jahre Altersunterschied. Schulkameraden hielten ihn für seinen Großvater. Früher war das Theo peinlich, obwohl es ihm wahrscheinlich nichts ausgemacht hätte, wenn sich sein Vater wie ein gütiger Großvater verhalten hätte. Nichtsdestotrotz waren seine Freunde beeindruckt gewesen, wenn ihn sein Dad gelegentlich in seinem teuren Auto von der Schule abholte.

Gerade als er das Zimmer verlassen will, richtet sein Dad sich auf und streicht die Hosenbeine glatt. Er ist groß, noch größer als Theo sogar, mit den gleichen langen Gliedmaßen und dem gleichen schlanken Körperbau. Theo muss seinem Vater zugestehen, dass er durch das regelmäßige Golfen im Klub für sein Alter immer noch attraktiv und fit ist. »Ich werde unten nachsehen«, verkündet er, an Theo vorbeistreifend. Er sagt nicht, wonach er sucht. »Bleibst du auf eine Tasse Tee?«

Scheiße. Schon fühlt Theo sich in der Pflicht. »Ja, aber nur kurz. Ich muss heute Abend arbeiten.«

»Das sagtest du schon.«

Sein Vater hatte gewollt, dass er Medizin studierte, um in

die übergroßen Fußstapfen der Familie zu treten. Theos Beruf als Koch ist für ihn nicht viel mehr als ein Hobby. Das wurmt Theo immer noch, wenn er darüber nachdenkt, also versucht er, es zu vermeiden.

»Ich gehe mal und setze das Wasser auf«, schlägt Theo vor, doch sein Vater antwortet nicht, sondern poltert zur Tür hinaus, wobei die Sohlen seiner Brogues über das lackierte Parkett klackern.

Gerade als Theo das Zimmer verlassen möchte, springt ihm etwas auf dem Schreibtisch seines Vaters ins Auge. Er ist, wie auch sonst alles in diesem Arbeitszimmer, in tadellosem Zustand – selbst nach dem ganzen Rumgestöber –, doch auf seinem dunkelgrünen Ledereinsatz ist ein Zeitungsausschnitt liegen geblieben. Theo fragt sich, ob es etwas mit seiner Mutter zu tun hat. Sein Vater hat geradezu obsessiv alles aufbewahrt, worin ihr Name erwähnt wurde, während er zugleich nie über ihren Tod sprechen wollte. Theo geht zum Schreibtisch rüber und hebt den Ausschnitt auf, muss allerdings verwirrt feststellen, dass es darin keineswegs um seine Mutter geht. Der Artikel ist auf die letzte Woche datiert und recht kurz gehalten, nur ein paar Absätze, begleitet von einem Foto. Er berichtet von einem jungen Pärchen aus einem Dorf in den Cotswolds, das im Garten hinter ihrem Haus zwei Leichen gefunden hat. SKELTON PLACE brüllt einem die Schlagzeile entgegen. Der Name der Hauseigentümerin ist unterstrichen, zudem noch ein weiterer: Rose Grey. Darunter eine handschriftliche Notiz: *Finde sie.*

6
Lorna

Es regnet heftig, und Lorna flucht leise, als eine Speiche aus dem Stoff ihres Regenschirms springt, sodass er sich halb über ihrem Kopf zusammenfaltet und ihrer nagelneuen Frisur keinen ausreichenden Schutz mehr bietet. Jetzt wird ihr Haar, das der Stylist – der knackige Marco – ewig hat föhnen müssen, um ein glattes Finish hinzukriegen, sich aufplustern wie eine Glocke. Dabei wollte sie gut aussehen für Alberto und sich für ihr Date heute Abend richtig ins Zeug legen. Nachdem sie nun schon zwei Jahre zusammen sind, befürchtet sie, dass ihre Beziehung an Schwung verloren hat. Sie arbeitet tagsüber, während er abends außer Haus ist, um die Bar, deren Besitzer er ist, zu beaufsichtigen. Sie kann sich richtig vorstellen, wie er mit den jungen Frauen flirtet und einen auf Tom Cruise in *Cocktail* macht. Warum, oh, warum nur entscheidet sie sich immer für die falschen Männer? Zu jung. Zu attraktiv. Zu egozentrisch. In drei Monaten wird sie einundvierzig – sie sollte es besser wissen. Aber nein, sie will jetzt nicht negativ denken. Das ist nicht ihre Art. Davon abgesehen hat er ja ohnehin versprochen, sich heute Abend freizunehmen, damit sie tanzen gehen können. Vielleicht gelingt es ihnen so, ihr Feuer wieder zu entfachen.

Über der langweiligen Hoteluniform (cremeweiße Bluse und dunkelgrüner knielanger Rock, auch wenn sie das Outfit mit einem kaugummirosa Schal kombiniert) trägt sie nur einen dünnen Leinenblazer, da es, als sie heute früh das Haus verließ, heiß war. Ihre Keilabsatzsandalen reiben an den Fersen. Nach dem zehnminütigen Fußweg zu der Wohnung, die sie sich mit Alberto teilt, wird sie vollkommen durchnässt sein. Trotzdem schreitet sie energisch über den belebten Platz weiter, wobei sie versucht, die wunde Stelle an ihrer Ferse zu ignorieren. Sie wagt es nicht stehen zu bleiben, da sonst noch jemand von hinten in sie hineinschlittern könnte. Nicht dass sie sich beschweren würde. Sie liebt das lebendige Treiben von San Sebastián. Die See ist rau heute – wütende weiße Wogen wälzen auf das Ufer zu –, und dennoch surft irgendein Trottel draußen in der Gischt. Trotz des schlechten Wetters hockt eine Gruppe Urlauber am Strand, entschlossen, sich nicht von den Regenschauern abschrecken zu lassen.

Auf der Arbeit war es ein harter Tag. In dem Hotel, in dem sie als Rezeptionistin eingestellt ist, nimmt der Betrieb allmählich deutlich zu, wie immer um diese Jahreszeit. Dieses Wochenende hatten sie recht viele Familien aus Großbritannien zu Gast, von denen sich einige über das Wetter beschwert haben, da sie nicht damit gerechnet hatten, dass sie eine englische Hitzewelle Anfang Mai gegen einen verregneten Frühling in Spanien eintauschen würden. Sie hat ihnen einen Besuch im Aquarium empfohlen. Sie konnte ihre Enttäuschung nachvollziehen – sie waren schließlich wegen Sonne, Strand und Tapas auf Restaurantterrassen in die Ferien aufgebrochen. Als sie hierhergezogen war, war es ihr ebenso ergangen – völlig überrascht, dass es in Spanien allen Ernstes regnete. Aber sie liebt ihre kleine Altbauwohnung im Zentrum. Und das köstliche Essen. Sie könnte Paella, Garnelen und Tintenfisch, ganz zu schweigen von *pintxos*, jeden Tag essen.

Sie berührt die Spitzen ihres nassen Haares. Den ganzen Nachmittag über, während sie hinter ihrem Schreibtisch saß und dabei zusah, wie die Hotelgäste durchnässt und enttäuscht die Lobby betraten, hat sie darauf gewartet, ihr Haar richten zu lassen, und jetzt ist es ruiniert.

Nach weiteren fünf Minuten durch ein Labyrinth überfüllter Straßen und hoher steinerner Gebäude mit schwarzen schmiedeeisernen Balkonen, die zu ihren beiden Seiten hinausragen, hat sie das Haus erreicht. Sie öffnet die imposante Eingangstür zum Foyer, geht weiter den langen schmalen Flur entlang, vorbei an dem gläsernen Aufzug, mit dem man in das Obergeschoss gelangt, und tritt durch eine weitere Tür am Ende des Korridors. Sie führt über einen Freilufthof zu zwei Maisonettewohnungen. Ihre und die von Mari. Wenn man nur die Fassade des Gebäudes sieht, würde man im Leben nicht denken, dass sich dahinter dieses kleine Reich verbirgt.

Mari, eine zierliche Frau Ende fünfzig mit hüftlangem dunklem Haar, steht in ihrer Tür und klopft den Staub aus einem Teppich. *»Buenas noches«*, grüßt sie, während Lorna behutsam über den Hof trippelt, um nicht auf den regenglatten Terrakottafliesen auszurutschen. Sie lächelt und winkt zur Antwort, wobei ihr klar ist, dass sie einen Anblick wie eine ertrunkene Ratte abgeben muss. Lorna öffnet die Tür zu ihrer Wohnung. Direkt dahinter befindet sich der Wohn- und Essbereich, von dem aus eine Holztreppe nach oben führt, wo sich das Schlafzimmer mit dem Bad befindet. Die Küche und die Garderobe liegen im hinteren Teil der Wohnung, von dem aus man einen Blick auf die Rückseiten anderer Gebäude sowie einen mit Graffiti übersäten, betonierten Basketballplatz hat. Manchmal hört sie die Jugendlichen aus der Nachbarschaft dort spielen oder spätabends ihre Musik.

Sie empfindet es als tröstlich, fühlt sich nicht so allein, wenn Alberto bei der Arbeit ist.

Sie streift ihren nassen Blazer ab, schleudert ihre Sandalen von den Füßen und beugt sich vor, um ihre Ferse zu inspizieren, wo sich mittlerweile eine Blase gebildet hat. Sie tappt in die kleine Küche, um einen Tee aufzusetzen. Die Flasche Weißwein, die sie noch im Kühlschrank hat, ist zwar verlockend, aber sie entscheidet sich dagegen. Nachher kann sie sich auf eine Weise gehen lassen, wie sie es schon lange nicht mehr getan hat. Sie lehnt sich gegen den Tresen, während sie darauf wartet, dass das Wasser aufkocht, und schaut auf ihre Armbanduhr. Es ist noch nicht mal sechs. Sie dürfte also noch genug Zeit haben, ihr Haar zu glätten, bevor Alberto kommt. Er hat versprochen, um sieben zu Hause zu sein.

Sie bemerkt zwei Weingläser in der Spüle. Sie ist sich sicher, dass sie heute früh, bevor sie zur Arbeit ging, den Abwasch erledigt hatte. Sie lässt nie etwas stehen – dafür ist die Küche zu klein. Es würde sie stressen, sie unaufgeräumt vorzufinden. Als sie die Wohnung verließ, lag Alberto noch, einen gebräunten Arm quer über dem Gesicht, im Bett. Er meinte, er müsse erst gegen sechzehn Uhr in der Bar sein. Was also hat er den ganzen Tag getrieben, und, noch viel wichtiger, mit wem? Sie hebt die Weingläser hoch und untersucht sie auf Spuren von Lippenstift. Doch da ist nichts, und sie stellt sie in die Spüle zurück. Sie führt sich albern auf, denkt sie bei sich. Genau da beginnt der Wahnsinn. Sie ist sonst nicht so. Normalerweise ist sie vertrauensselig. Zu vertrauensselig, wie sich herausstellte – ihr letzter Freund, Sven, verließ sie nach achtzehn Monaten Beziehung wegen einer anderen. Damals lebte sie in Amsterdam, hatte England verlassen, als Saffy mit Tom zusammengekommen war. Nachdem die Beziehung mit

Sven in die Brüche gegangen war, wollte sie nicht länger bleiben und beschloss, sich stattdessen etwas in Spanien zu suchen. Innerhalb weniger Monate lernte sie Alberto kennen und verliebte sich in ihn. Der große, muskulöse, sonnengebräunte sechs Jahre jüngere Alberto. Sie hatte geglaubt, dass sie sich jünger fühlen würde, doch das Gegenteil ist der Fall.

Ihr Handy auf der Arbeitsfläche vibriert, und sie beugt sich rüber, um es aufzuheben. Saffys Name leuchtet auf dem Display auf, und Lorna verspürt eine Woge der Freude, dicht gefolgt vom schlechten Gewissen, denn sie hat ihre Tochter seit Weihnachten nicht mehr gesehen.

»Hallo, mein Schatz«, meldet sie sich.

»Mum.« Saffy klingt zögerlich, und sofort schrillen bei Lorna die Alarmglocken. Sie richtet sich auf, da sie unwillkürlich das wunderschöne, aber auch leicht verängstigte Gesicht ihrer Tochter vor sich sieht.

»Ist alles in Ordnung?«

»Ja … na ja, nein. Hier ist etwas passiert.«

Das wird also kein Small Talk werden. Das liebt sie an ihrer Tochter. Sie kommt immer direkt auf den Punkt.

»Okaay?« Lorna wappnet sich innerlich für eine der mannigfaltigen Katastrophen, die auszumalen sie sonst tunlichst vermeidet, während sie so weit weg von ihrem einzigen Kind wohnt. Ihr Magen krampft sich zusammen.

Die Leitung rauscht, und Lorna geht ins Wohnzimmer rüber, während Saffy berichtet. Hat sie da gerade etwas von Leichen gesagt?

»… vor zehn Tagen im Garten, als die Bauarbeiter …« Sie klingt jünger, als sie ist.

Lorna lässt sich flau in den lindgrünen Sessel sinken, das Handy immer noch ans Ohr gepresst. »Wie bitte?« Ihr Mund klappt immer weiter auf, während ihre Tochter sie über die Sachlage aufklärt. Und warum erfährt sie erst jetzt davon? Saffy sagte, das sei vor zehn Tagen passiert.

»Die Polizei will sich mit Gran unterhalten, auch wenn ich bisher noch nichts von ihnen gehört habe«, fährt Saffy fort. »Weißt du, wann genau sie das Cottage gekauft hat? Ich weiß, dass sie etwas von den 70ern erwähnt hat, aber womöglich hat ihr Gedächtnis ihr einen Streich gespielt.«

Lorna zieht ihre Beine unter sich heran. Der Regen hat ihre Bluse durchnässt, und ihr ist kalt und klamm. »Ich habe keine Ahnung. Ich wusste ja noch nicht mal was von Skelton Place, bevor sie uns letztes Jahr davon erzählt hat. Soweit mir bekannt ist, hat sie selbst nie dort gelebt.«

»Du hast die Urkunden, nicht wahr? Darauf müsste doch vermerkt sein, wann Großmutter das Cottage erstanden hat.«

Lorna runzelt die Stirn. »Ja, die Papiere sind hier irgendwo. Ich werde sie rauskramen. Aber ich könnte mir vorstellen, dass die Polizei diese Information schon hat.«

»Selbst wenn, möchte ich Bescheid wissen«, sagt Saffy. »Außerdem hätte ich gerne eine Liste der Mieter.«

»Wahrscheinlich wäre es hilfreicher, mit ihrer Anwältin zu sprechen … Ich schaue gleich, ob ich ihre Kontaktdaten habe.«

Saffy sollte sich nicht allein damit auseinandersetzen müssen. Lorna weiß, wie nah sie ihrer Großmutter steht. Die beiden verbindet etwas, das sie nie mit ihrer Mutter hatte. Ja, natürlich, Lorna liebt sie, aber sie waren nun mal grundverschieden. Ihre Mutter blieb immer für sich, wollte nie unter die Leute oder mit anderen Menschen zu tun haben, was darin resultierte, dass Lorna schon in jungen Jahren aufbegehrte. Mit vierzehn feierte und trank sie, mit fünfzehn wurde sie schwanger. Ihre Mutter hatte sie damals immer betrübt und mit einer gewissen Resignation als Wildfang bezeichnet. Dafür war Saffy das größte Geschenk, das Lorna ihr als Wiedergutmachung bereiten konnte. Eine ruhige, lernbegierige Tochter, die es vorzog, samstagabends zu Hause zu bleiben, statt auszugehen. Lorna ging das Herz auf, wenn sie sah, wie innig die beiden einander liebten. Und genauso brach es, insbesondere wegen Saffy, als bei ihrer Mutter Alzheimer diagnostiziert wurde.

»Ich komme nach England«, sagt Lorna plötzlich. »Kann ich bei dir im Cottage unterkommen? Ich würde es gerne sehen.«

»Du willst herfliegen? Aber … das musst du nicht. Das ist nicht nötig.«

Lorna schluckt ihre Enttäuschung runter. »Ich möchte dich sehen. Ich vermisse dich. Und Mum habe ich auch schon eine ganze Weile nicht gesehen. Außerdem kann ich dir helfen, die Dinge in Ordnung zu bringen.«

»Mum … ich glaube nicht, dass das so einfach ist.«

»Ich weiß. Aber ich möchte gerne da sein. Vor allem, falls die Polizei herumschnüffelt, Fragen stellt und dich um deine Ruhe bringt. Ich nehme mir auch gerne ein Hotel …«

»Nein, das ist es nicht. Natürlich kannst du bei uns unterkommen. Wir haben einen Futon.« Es folgt eine Pause. »Wirst du Alberto mitbringen?«

Lorna denkt an die zwei Weingläser in der Spüle und lässt sich in das weiche Polster des Sessels zurücksinken. »Nein, um ehrlich zu sein, täte uns ein wenig Abstand ganz gut.«

»Oh, Mum.«

»Ist schon okay. Alles in bester Ordnung. Wir gehen heute Abend aus. Er hat nur viel um die Ohren mit der Bar …«

Den Rest ihrer Worte lässt sie unausgesprochen in der Luft hängen. Ihre Tochter ist klug und viel verständiger, als sie es in diesem Alter war. Sie wird sich nichts vormachen lassen. Wann eigentlich haben sie ihre Rollen getauscht? Eigentlich sollte es Saffy sein, die sie wegen Problemen mit Jungs anruft. Stattdessen ist sie schon seit vier Jahren mit Tom zusammen, wohingegen Lorna es gefühlt kaum schafft, eine Beziehung länger als vier Minuten aufrechtzuerhalten. »Was habt ihr heute Abend vor?«

Ihre Tochter lacht freiheraus. »Das Übliche. Zu Hause bleiben, Essen bestellen und Netflix schauen.«

Lorna lächelt in ihr Handy hinein. Plötzlich sehnt sie sich danach, ebenfalls dort zu sein, bei ihrer Tochter. Um Fish and Chips von Tellern auf ihrem Schoß zu futtern und sich eine Serie reinzuziehen. »Ich fliege Samstagvormittag. Geht das in Ordnung?«

»Ich werde dich in Bristol abholen. Schreib mir einfach eine SMS, wenn du die genauen Zeiten weißt.«

Sie verabschieden sich, und Lorna geht die Holztreppe hoch in ihr Schlafzimmer, um das hautenge rote Kleid anzuziehen, von dem sie weiß, dass es Alberto am liebsten an ihr mag. Er nennt es ihr Jessica-Rabbit-Kleid, weil es ihre Brüste so betont. Während sie versucht, den Schaden an ihrer Frisur in Ordnung zu bringen, denkt sie über das Gespräch mit ihrer Tochter nach. Zwei im Garten begrabene Leichen. Ein Mann und eine Frau. Eine Erinnerung, nebelhaft und verzerrt, huscht durch ihren Kopf – die Momentaufnahme eines Gartens, Dunkelheit, unterbrochen von den am nächtlichen Himmel explodierenden Feuerwerkskörpern –, doch bevor sie sie zu fassen bekommt, schwebt sie schon davon wie die Samen einer Pusteblume im Wind.

7
Saffy

Ich entdecke Mum auf der Stelle. Mit einem übertrieben großen Strohschlapphut und einer knappen rosa Jeansshorts, die ihre Kurven zur Schau stellt, kommt sie durch die Ankunftshalle des Bristoler Flughafens gerauscht. Sie trägt einen Haufen klimpernder Armreifen und riesige Ohrringe, in denen sich bei jeder ihrer Bewegungen das Licht bricht. Sie sieht aus wie ein Kronleuchter. Die Männer glotzen meine Mutter an. Als Jugendliche war mir das peinlich: Mums Überschwang, ihre von Natur aus kokette Art und ihr Dekolleté, das immer Einblicke gewährte. Außerdem war sie um einiges jünger als die anderen Mütter am Schultor. Aber heute ist es nicht mehr so. Seit wir zwei in verschiedenen Ländern leben, ist mir bewusst geworden, wie sehr ich sie vermisse. Ich frage mich, ob es auch daran liegt, dass ich nun selbst Mutter werde. Ich bin mir unschlüssig, wie Mum es aufnehmen wird, mit einundvierzig Oma zu werden. Wird sie sich alt vorkommen? Ich wische meine Bedenken beiseite. Ich kann jetzt nicht darüber nachdenken. Ich habe zu viele andere Sorgen im Kopf.

So etwa den Anruf der Polizei gestern Abend.

Als Mum mich erblickt, erhellt ein breites Lächeln ihr gesamtes Gesicht, und sie klackert, ihren Leopardenprint-Koffer hinter sich herziehend, auf hochhackigen Sandaletten auf mich zu.

»Schätzchen!«, ruft sie und schließt mich fest in ihre Arme.

Sie riecht so vertraut, nach ihrem Tom-Ford-Parfum und nach Kokosnuss-Sonnencreme. »Es ist so schön, dich zu sehen.«

»Ich freu mich auch. Du schaust toll aus, Mum.«

Mum schiebt mich auf Armeslänge von sich weg, um mich zu mustern. »Du aber auch«, erwidert sie, und ich muss schmunzeln bei ihrem überraschten Tonfall. »Du siehst ein bisschen voller aus. Steht dir. Du weißt ja, dass ich dich viel zu dünn fand.« Dann schaut sie sich um. »Wo ist Tom?«

»Er wartet mit Snowy am Auto.«

Sie hakt sich bei mir unter. »Ich freue mich schon, ihn wiederzusehen. Aber jetzt erzähl mal von diesen Skeletten. Das klingt alles so unglaublich, oder nicht?« Ich öffne den Mund, um etwas zu sagen, doch Mum fährt bereits fort: »Richtig aufregend. Ich meine, solange die Polizei Gran nicht mit Fragen überhäuft und sie damit durcheinanderbringt. Du musst mir den Namen des zuständigen Detectives geben; ich werde ihm ganz genau auf den Zahn fühlen, was sie vorhaben. Ich werde …«

Ich spüre einen leichten Kopfschmerz aufziehen. Ich liebe sie ja über alles, aber, meine Güte, wenn meine Mutter einmal losgelegt hat, hört sie nicht mehr auf zu reden.

Ich lasse sie weiterschwatzen, während wir zum Auto gehen. Tom lehnt entspannt an unserem Mini und hat jenes amüsierte Lächeln im Gesicht, das er in Gegenwart meiner Mum immer aufzusetzen scheint. Zu seinen Füßen schnüffelt Snowy auf dem Boden herum.

»Tom!«, ruft Mum aus, rennt zu ihm hin und umarmt ihn, wobei ihre klimpernden Armreifen fast an seinen Ohren hängen bleiben. Er wirft mir mit hochgezogenen Augenbrauen über ihre Schulter hinweg einen Blick zu, und ich muss mir ein Lachen verkneifen.

»Schön, dich zu sehen. Hattest du einen guten Flug?«, begrüßt er sie, wobei er sich aus ihrer Umarmung löst.

Sie winkt ab. »Gerammelt voll. Ich saß zwischen zwei ziemlich opulenten Leuten fest, aber, na ja«, sie zuckt mit den Schultern, »jetzt bin ich hier. Und ich muss sagen, das Wetter hier ist im Moment allemal besser als in San Sebastián.«

Ich verfolge, wie Mum wenig elegant auf den Rücksitz kraxelt, während Tom ihr Gepäck im Kofferraum verstaut. Wir haben uns darauf geeinigt, dass wir uns jetzt, wo das Baby kommt, wirklich einen Viertürer zulegen sollten. Aber wegen des Umbaus ist das Geld aktuell knapp.

»Ich freue mich schon, das Cottage zu sehen«, verkündet Mum, die auf ihrem Sitz nach vorne rutscht und Toms Rücklehne umklammert, während ich den Wagen vom Parkplatz lenke. »Nach unserem Telefonat habe ich direkt die Urkunden rausgesucht und kurz bei der Anwältin angerufen …«

Natürlich hat sie das. Ich wette, Mum hat sich hinter die Sache geklemmt, kaum dass ich aufgelegt hatte. Und ich bin dankbar, dass ich mich nicht selbst drum kümmern musste.

»Wie es aussieht, hat deine Gran das Cottage im März 1977 gekauft und dort gelebt, bis sie es im Frühjahr 1981 vermietet hat. Dann kaufte sie das Haus in Bristol«, berichtet sie in einem Schwall, ohne auch nur Luft zu holen.

»Dann hast du also auch eine Weile in dem Cottage gewohnt?«, frage ich überrascht. »Kannst du dich noch daran erinnern?«

»Hmm … nein, nicht wirklich. Ich müsste beim Umzug drei gewesen sein. Aber vielleicht hilft es meinem Gedächtnis auf die Sprünge, wenn ich es sehe.«

»Na ja, im Inneren ist es schon etwas altmodisch«, dämpfe ich ihre Erwartungen. »Vor allem die Küche. Obwohl Tom beim Rest wirklich großartig vorankommt.« Ich schenke Tom ein Lächeln. »Leider hat das Gästezimmer immer noch knallgelbe Wände.«

Mum lacht. »Das passt doch perfekt zu mir. Also, erzähl mir mehr von Gran.«

Ich werfe Mum einen Blick über den Rückspiegel zu. Sie hat ihren Hut abgesetzt, und ihre dunkelbraunen Augen funkeln vor Aufregung, aber da ist auch noch etwas anderes, ein Kummer, den sie zu verbergen versucht. Ich frage mich, was wohl zwischen ihr und Alberto los ist. Ich habe immer das Gefühl, dass meine Mutter davonrennt.

Ich öffne den Mund, um schnell etwas zu sagen, in der Hoffnung, dass ich dieses Mal nicht unterbrochen werde. »Gestern Abend hat mich jemand von der Polizei angerufen. Ein gewisser Detective Sergeant Matthew Barnes. Er klang ganz nett und berichtete, er habe sich mit Joy, der Leiterin des Pflegeheims, unterhalten. Sie hat ihm geraten, dass es für Großmutter besser wäre, in Elms Brook befragt zu werden, einem Ort, an dem sie sich sicher fühlt. Und dass entweder du oder ich ebenfalls dabei sein sollten. Sie meinen, dass sie mental zu einer Befragung in der Lage sei, da sie hier und da ihre klaren Momente hat und sich an vieles aus der Vergangenheit zu erinnern scheint, was hilfreich sein könnte.«

»Ich komme auf jeden Fall mit«, sagt sie bestimmt.

»Okay, super. Ähm … wie lange hast du eigentlich vor zu bleiben? Was ist mit deiner Arbeit?«

Mum stößt ein *pfff*-Geräusch aus. »Ich hab mir eine Woche freigenommen. Ich schätze, das hier kann man unter mildernden Umständen verbuchen, oder nicht?«

»Ich … ja, schon … Aber sie müssen jeden vernehmen, der in jenen zwei Jahrzehnten dort gewohnt hat. Reine Formalität.«

»Ich weiß. Aber es wäre auch schön, ein bisschen Zeit mit dir zu verbringen, mein Schatz. Ich habe dich seit Weihnachten nicht mehr gesehen.«

Ja, und was für ein Albtraum das war, denke ich bei mir. Fairerweise lag es nicht an Mum. Vielmehr an dem Idioten, den sie ihren »Freund« nennt. Der unhöflich und abfällig war und sich die ganze Zeit aufführte, als wäre er lieber ganz woanders – vorzugsweise an einem Strand in Spanien –, statt sich auch nur einen Tag in unserer kleinen Wohnung in Croydon aufzuhalten. Außerdem war es in der Vergangenheit so, dass Mum, wenn ich Zeit mit ihr verbrachte, mir immer den Eindruck vermittelte, dass sie es kaum erwarten konnte, in ihr aufregendes Leben zurückzukehren.

Aus dem Augenwinkel sehe ich, dass Tom mit seiner Halt-mich-da-raus-Miene den Blick starr geradeaus gerichtet hält.

Ich biege auf die Umgehungsstraße von Long Ashton ab. Es gibt nichts, was ich sagen könnte. Und es ist ja nicht so, dass ich keine Zeit mit meiner Mutter verbringen möchte, aber im Moment habe ich einfach nicht die Energie für … na ja, *ihre* Energie. Sie sagt es zwar nie, das muss sie auch nicht, aber mir ist durchaus klar, dass sie nicht begeistert ist, dass ich mich so früh häuslich niedergelassen habe. Als Tom und ich vor ein paar Jahren zusammenzogen, da versuchte sie, es mir auszureden. Und als ich ihr erzählte, dass wir sparten, um uns ein Haus zu kaufen, da warnte sie mich davor, mich »zu jung« durch eine Hypothek »zu binden«. Es ist offensichtlich, dass ihre Schwangerschaft mit mir mit sechzehn ihre Jugend ruiniert hat. Etwas, das sie, ihren Facebook-Fotos zufolge, heute definitiv nachzuholen scheint.

»Du kannst so lange bleiben, wie du willst«, sage ich, wobei ich versuche, das angespannte Gefühl in meiner Magengrube zu ignorieren.

Vierzig Minuten später sind wir in Beggars Nook angekommen.

Mum legt eine Quasselpause ein, gerade lang genug, um sich durchs Fenster die steinernen Cotswolds-Häuser anzuschauen. »Was für eine atemberaubende Ortschaft. Komischer Name aber. Irgendwie unheimlich. Keine Ahnung, er kommt mir schon bekannt vor, aber das könnte auch daran liegen, dass es mich an diese hübschen Dörfer in *Agatha Raisin* erinnert. Wie weit entfernt ist die nächste Stadt?«

Ich verdrehe im Geist die Augen. So typisch. Wahrscheinlich plant sie schon die nächste Shoppingtour. Dieses Dorf wird für ihren Geschmack viel zu abgelegen sein. »Chippenham, sieben oder acht Meilen entfernt.«

»Acht Meilen. Wow.« Sie schaut sich mit einem leicht panischen Ausdruck um, wie ein Pony, das kurz davor ist, durchzugehen.

Wir fahren langsam durch das Dorfzentrum, und als wir den Hauptplatz passieren, schnappt sie nach Luft.

»Was ist denn das?«, fragt sie, auf eine würfelförmige Steinkonstruktion mit offenen Seitenwänden und einem Dach mit einer Turmspitze deutend. Der Bau befindet sich am Rand des Platzes, dort, wo die drei Hauptstraßen vor der Kirche zusammenlaufen. Es ist ein sehr markantes Wahrzeichen, das von allen vier Seiten mit Steinstufen umgeben ist.

»Das ist das Marktkreuz«, erklärt Tom. Sein Gesicht leuchtet auf, bei der Chance, ein paar historische Fakten zum Besten geben zu können. »Ich habe mich informiert, als wir hergezogen sind. Es stammt aus dem vierzehnten Jahrhundert. Anscheinend sind diese Kreuze in Marktstädten und -dörfern weitverbreitet, auch wenn ich nie ein so Schönes wie dieses hier gesehen habe.«

Mum betrachtet es stirnrunzelnd. »Ich … daran kann ich mich erinnern …«

»Wirklich?«

Sie blinzelt. »Ganz verschwommen. Aber ich habe es schon mal gesehen. Ich …« Sie schüttelt den Kopf. »Es ist frustrierend, als sei das Bild da, in meinem Kopf, aber nur ganz kurz, mehr wie ein Gefühl.« Sie legt sich eine Hand aufs Herz, und ich sehe im Rückspiegel, dass sie ihre Augen schließt. »Dieses Gefühl …« Ihre Augen fliegen auf. »Aber dann ist es wieder fort.«

»Ich habe mal gelesen«, beginnt Tom, »dass unsere Erinnerungen sich unablässig verändern und wir uns daher immer nur an ihre letzte Version erinnern, nicht so sehr an das ursprüngliche Ereignis.«

Ich verdrehe die Augen und lache. Aber Mum bleibt ungewöhnlich ernst. Sie hat die Nase gegen die Scheibe gepresst wie ein gespanntes, aber auch zögerliches Kind. Ich werfe Tom einen Blick zu, und er zuckt mit den Schultern. Ich fahre weiter den Hügel hinauf, bis wir jene aus zwölf Anwesen bestehende Häuserreihe erreichen, die unter dem Namen Skelton Place bekannt ist. Ich biege in die gekieste Einfahrt, die sich vor uns ausbreitet, als wollte sie uns begrüßen, und bin erleichtert, dass sich heute keine Journalisten herumtreiben. Seit der Entdeckung der Gebeine sind zwei Wochen verstrichen, daher hege ich die Hoffnung, dass sie sich der nächsten heißen Story zugewendet haben.

»Meine Güte, dieser Wald ist schon ziemlich düster, oder?«, bemerkt Mum. »Er umschließt ja das ganze Dorf. Ich komme mir vor wie in *Rotkäppchen*.«

»Ja, manchmal wirkt er so, vor allem an so trüben Tagen«, bestätige ich.

»Ich wundere mich nur, dass die Cottages keine Namen haben«, sagt Mum. »Schaut euch nur den herrlichen Blauregen an. Und das strohgedeckte Dach. Nummer 9 Skelton Place klingt so … ich weiß nicht …«, sie schaudert leicht, »… unheimlich.«

Ich weiß, was sie meint, auch wenn es mich wurmt, dass sie an allem etwas auszusetzen hat. Es ist nicht unbedingt ein schöner Name und will auch nicht zu unserem kleinen Anwesen passen. Das Cottage ist nicht allzu groß und beileibe nicht so viel wert wie Großmutters Haus in Bristol, aber ich habe noch nie an einem so schönen, so malerischen Ort gelebt, ein richtiges Postkartenidyll. Der Blauregen steht zurzeit in voller Blüte und schlingt sich um die Vorderseite des Hauses wie eine fliederfarbene Federboa. Das riesige Erdloch hinten im Garten ist von der Einfahrt aus nicht zu sehen.

Von Rechts wegen sollte eigentlich Mum hier mit einem ihrer Gespielen leben, nicht Tom und ich. Ich habe Mum einen Teil unserer Ersparnisse dafür angeboten. Aber sie hat abgelehnt. Soweit ich weiß, besitzt Mum keine anderen Immobilien. Die Wohnung in Bromley, Kent, in der ich aufgewachsen bin, war gemietet. Sie sagte immer, ihr behage das Gefühl nicht, an etwas gebunden zu sein, doch für mich schien es immer ein bisschen … *verantwortungslos*.

Wir sind noch nicht dazu gekommen, die Besitzurkunden auf meinen und Toms Namen zu übertragen. Ich hatte vorgehabt, das Thema mit Mum zu besprechen, bevor wir mit dem Umbau loslegten, aber ich bin noch nicht dazu gekommen. So wie ich es auch noch nicht geschafft habe, meine Schwangerschaft anzusprechen. Ich bin mir bewusst, dass es ein durchgängiges Muster ist.

Ich steige aus dem Auto und strecke mich. Mein Rücken

schmerzt, und mir ist schon wieder übel. Ich atme tief die Landluft ein, während Mum und Tom sich ebenfalls aus dem Wagen schälen. Mum kichert, da ihr Absatz sich im Sicherheitsgurt verheddert hat, und auch Tom muss lachen, als er ihr zu Hilfe eilt. Tom kann so gut mit Menschen. Ist so geduldig. Ich weiß, dass er einen hervorragenden Vater abgeben wird. »Hier müffelt es ein bisschen«, stellt Mum fest, als sie endlich in der Einfahrt steht. »Ist das Kuhmist?«

Ich ziehe eine Grimasse in Toms Richtung. Als ich um das Auto herumgehe, um mich zu ihnen zu gesellen, erblicke ich eine Gestalt, die sich an der Hecke am Ende unserer Einfahrt herumdrückt. Ich erstarre. Es ist wieder dieser Mann. Der, den ich neulich vor dem Cottage habe lauern sehen. Derselbe, der, da bin ich mir sicher, vor Grans Pflegeheim vorbeigefahren ist.

»Tom! Der Mann da …«, beginne ich, doch Tom hat ihn ebenfalls bemerkt. Er reicht Snowy an Mum weiter.

»Verfluchte Reporter«, schnaubt er.

»Warum lauern sie uns hier immer noch auf, wenn die Polizei keine neuen Informationen hat?«, jammere ich. Die Sache mit dem gesplitterten Schädel haben sie noch nicht publik gemacht.

»Hey!«, ruft Tom und setzt sich in Bewegung. Aber da verschwindet der Mann hinter der Hecke. Ich sehe Tom nach, wie er die Einfahrt runterrennt, um die Verfolgung aufzunehmen. »Hey! Warten Sie!« Als er den Eingang erreicht, bleibt er stehen, schaut zu uns zurück und zuckt mit den Schultern. »Er ist weg.«

8

Lorna

Lorna sieht zu, wie Tom zu ihnen zurückkommt. Als er Saffy erreicht, legt er schützend einen Arm um ihre Schultern, und sie verspürt einen Anflug von Neid angesichts der Verbundenheit, die sie offensichtlich teilen. So war es einst auch zwischen ihr und Euan gewesen. Aber ein Baby zu bekommen, als sie selbst beide noch halbe Kinder waren, ging nicht spurlos an ihrer Beziehung vorbei. Saffy sieht süß aus in ihrer übergroßen Latzhose, wie sie so auf ihrer Lippe kaut. Das hat sie schon als Kind ständig getan, und Lorna hat sie genauso ständig ermahnt, es bleiben zu lassen.

»Das war echt schräg«, bemerkt Tom etwas außer Atem. »Das muss ein Journalist gewesen sein. Aber warum ist er dann weggerannt? Warum hat er keine Fragen gestellt?«

Erleichtert übergibt ihm Lorna die Hundeleine. Sie hatte noch nie viel für Tiere übrig.

Saffys Gesicht ist ganz verkniffen vor Sorge. »Ich habe ihn schon mal gesehen. Neulich erst«, sagt sie. Ihr ist schon jetzt klar, dass ihre Tochter das aufbauschen wird, wenn ihre Fantasie mit ihr durchgeht. Ihr kleiner Sorgenkopf. Mit vier bekam sie die fixe Idee, dass ein Monster oder ein Drache in ihre Wohnung eindringen könnte, und Lorna hatte monatelang jeden Abend auf Saffys Bettkante gesessen, um sie davon zu überzeugen, dass es unmöglich sei.

»Schatz, das wird nur ein weiterer Reporter gewesen sein«,

sagt sie daher und drückt sanft Saffys Oberarm. »Das ist nicht anders zu erwarten. Aber komm jetzt, ich bin schon ganz gespannt darauf, das Cottage von innen zu sehen.«

Saffy wirft einen Blick zur Straße zurück, wobei ihre großen braunen Augen hin und her zucken wie die eines verängstigten Welpen. Doch dann dreht sie sich mit zusammengepressten Lippen zu Lorna um und nickt.

Tom sperrt die bogenförmige Haustür auf, und sie betreten einen kleinen Flur mit Balken an der Decke und freigelegten Dielen auf dem Boden. Er macht einen Schritt zur Seite, um sie als Erste eintreten zu lassen. Ihr fällt auf, dass die Deckenbalken nur ein paar Fingerbreit über seinem Kopf verlaufen. Er blickt stolz drein, und sie erinnert sich an Saffys lobende Worte im Auto. »Tom, das sieht großartig aus«, sagt sie, während sie den Blick über die mit *Farrow & Ball*-Farbe gestrichenen Wände und die geschliffenen Holzdielen wandern lässt.

»Also, das Wohnzimmer befindet sich dort drüben«, erklärt Saffy, auf eine hölzerne Tür zu ihrer Linken deutend, »und am Ende des Flures ist die Küche. Sie ist klein, aber es ist Platz für einen Esstisch. Wenn auch knapp. Und hier …«

Aber Lorna hat sich bereits instinktiv nach rechts gewandt, zu dem Zimmer kurz vor der Treppe. Sie schiebt die Tür auf, und die Erinnerung schießt wie ein Blitz durch ihren Kopf. Eine Nähmaschine. Das Geräusch eines Pedals, das *Klack-klack-klack*. Sie blinzelt rasch. Als ihr Blick sich klärt, sieht sie, dass da keine Nähmaschine ist. Nur ein Schreibtisch mit Computer unter dem Fenster, die Wände mit einer altmodischen Tapete in einem hässlichen Braun und Gelb bedeckt.

»Mein Büro«, erklärt Saffy hinter ihr. »Wir sind bisher noch nicht dazu gekommen, es zu renovieren. Ich glaube nicht, dass diese Tapete in den letzten fünfzig Jahren gewechselt wurde.«

Lorna dreht sich mit einem aufgesetzten Lächeln zu ihrer Tochter um. Eine Nähmaschine. In dem Haus in Bristol hat ihre Mutter nie eine Nähmaschine gehabt. »Es ist süß«, sagt sie. »Wenn es erst gestrichen ist, wird es richtig schön aussehen.«

Saffy schenkt ihr ein unsicheres Lächeln, als könne sie spüren, dass irgendwas Lorna aus der Fassung gebracht hat. »Und da geht's ins obere Stockwerk.« Sie deutet zur Treppe. Blanke Holzstufen – waren sie schon immer so? »Dort haben wir drei Schlafzimmer. Das Elternschlafzimmer nach vorne raus, ein etwas kleineres mit einem Futon dahinter und dann ein Einbettzimmer mit Blick in den Garten, wo wir das Ba…« Sie hält inne, und ein erschrockener Ausdruck huscht über ihr Gesicht.

»Das was? Wolltest du …?« Plötzlich dämmert es Lorna. Die weichen Rundungen in Saffys Gesicht, ihre leichte Fülle. »Wolltest du gerade *Baby* sagen?«

Saffys Wangen laufen knallrot an. Sie nickt, wobei sie schuldbewusst dreinschaut. »Ja, ich bin schwanger.«

Lorna ist erschüttert. Schwanger. Scheiße. Sie ist noch so jung. Noch immer *ihr* Baby. Lorna verspürt einen Stich der Enttäuschung. Saffy ist gerade mal vierundzwanzig und hat noch kaum gelebt. Hat sie denn gar nichts von Lorna gelernt? Sie hat ihr immer eingetrichtert, zu warten, bis sie älter wäre und ihre Karriere unter Dach und Fach gebracht hätte, bevor sie sich ans Heiraten und Kinderkriegen machte.

»Ich … wow. Das sind ja wundervolle Nachrichten, mein Schatz«, schafft sie es, ihre wahren Gefühle runterzuschlucken. »Herzlichen Glückwunsch.« Sie umarmt ihre Tochter, auch wenn Saffy in ihren Armen angespannt bleibt. Ist sie so wenig überzeugend? Sie entlässt sie aus der Umarmung, um sich Tom zuzuwenden, der betreten an der Eingangstür steht und immer noch ihren Koffer hält. Snowy hockt zu seinen Füßen da und schaut mit zur Seite geneigtem Kopf zu ihr hoch. »Dir natürlich auch, Tom. Wow.« Sie wendet sich wieder ihrer Tochter zu. »Wie lange schon? Hattest du schon deinen Drei-Monats-Ultraschall?«

Saffy nickt, wobei sich ihre Röte den Hals hinab bis unter ihr blau-weiß geringeltes T-Shirts ausbreitet. »Ja. Ich bin in der siebzehnten Woche. Das Baby soll am dreizehnten Oktober kommen.«

Siebzehn Wochen. Was heißt, dass Saffy es schon zwei, vielleicht sogar drei Monate weiß. Lorna kommt nicht umhin, sich gekränkt zu fühlen, weil sie sich nicht sofort bei ihr gemeldet hat. Lorna hatte es ihrer Mutter natürlich auch verschwiegen, aber das lag daran, dass sie noch nicht ganz sechzehn war, als sie es herausfand, und Euan nur ein Jahr älter. Lorna war bereits im fünften Monat schwanger, als Rose es schließlich bemerkte. Die umtriebige einzige Tochter der stillen, sittenstrengen Rose Grey hatte getan, was die Nachbarn schon seit Jahren prophezeit hatten. Sie hatte sich schwängern lassen, noch bevor sie die Schule beendete. Alle nannten sie eine asoziale Teenie-Mutter. Nicht dass Lorna irgendwas davon bereut hätte. Sie mag sich zwar von Euan getrennt haben, als Saffy gerade mal fünf war, aber sie hatten beide das Beste versucht, waren zusammengezogen, hatten geheiratet, auch wenn sie sich ein paar Jahre später wieder scheiden ließen. Dennoch blieb er ein wichtiger Teil in Saffys Leben – sie verbrachte jedes zweite Wochenende bei ihm in seiner kleinen Londoner Bude –, und Lorna weiß, dass sich die beiden nach wie vor nahestehen. Weder Lorna noch Euan haben je wieder geheiratet, und Lorna hat seinen Nachnamen behalten.

Lorna hatte sich natürlich schon den Tag ausgemalt, an dem sie Großmutter werden würde. Ihr war klar, dass sie nicht alt sein würde, da sie selbst so jung Mutter geworden war. Trotzdem hatte sie erwartet, älter zu sein als ihre scheiß einundvierzig. Was wird Alberto davon halten?

Das alles schießt ihr rasend schnell durch den Kopf. Wie egoistisch von ihr. Dann reißt sie sich am Riemen. Hier geht es nicht um sie. Es geht um Saffy und Tom und ihr Baby. »Ich freue mich ja so für dich, mein Schatz. Das tue ich wirklich.«

Saffys gesamter Körper entspannt sich vor Erleichterung. »Es war nicht geplant, aber …«, sie lacht nervös, »na ja, du weißt schon.«

Lorna lacht ebenfalls. »Weiß ich. Ist … Hast du es deinem Dad gesagt?«

»Noch nicht. Ich wollte es dir zuerst erzählen.«

Sie versucht, keine Genugtuung zu empfinden, dass sie es wenigstens vor Euan erfährt. »Na, dann mal los. Lass uns einen Tee aufsetzen, und dann kannst du mir zeigen, wo die Leichen vergraben wurden. – Auch so ein Satz, von dem ich nie dachte, dass ich ihn mal sagen würde.«

Tom verkündet, dass er mit Snowy eine Runde Gassi geht, damit sie sich in Ruhe unterhalten können, und verschwindet durch die Haustür. Warum bloß hat sie das Gefühl, er kann es kaum erwarten, fortzukommen? Obwohl Lorna durchaus froh ist, dass sie ihre Tochter eine Weile für sich hat.

Die Küche ist klein und altbacken. Kaum dass Lorna sie betritt, geht sie auch schon zum Fenster. Durch die Scheibe kann sie das Chaos im Garten sehen: den verlassenen Bagger, die ausgehobenen Terrassenplatten, die riesige Grube im Boden und im Hintergrund, dicht und brütend, die düstere Kulisse des Waldes. Ein gruseliger Anblick. Sie spürt Saffy neben sich stehen, dreht sich jedoch nicht um. Sie hat das Gefühl, als würde ihr jemand sanft in den Nacken hauchen, und sie erschauert. Am Ende des Gartens, gleich am Waldrand, steht ein großer Baum mit lila Blüten und einem dicken Ast, der aussieht wie ein Arm, der sich zum Haus reckt. Lorna zieht scharf die Luft ein.

»Mum, was ist?«, hört sie Saffy fragen.

»Dieser Baum …« Sie schüttelt den Kopf. Diese lila Blütenblätter – die hat sie immer in ihren Plastikeimer getan und mit Wasser vermanscht. Daran kann sie sich erinnern. »Ich habe in diesem Garten gespielt«, sagt Lorna. »Er ist mir wirklich vertraut. Ich glaube … ich glaube, dass an dem Baum vielleicht sogar mal eine Schaukel hing. Ich habe so getan, als würde ich aus seinen Blüten Parfüm herstellen.«

Sie spürt Saffys warme Hand, die ihre Schulter drückt. »Wow, Mum.«

Lorna wendet sich zu ihrer Tochter um. »Ist es okay für dich, hier wohnen zu bleiben? Trotz dem, was passiert ist?«

Saffy sieht blass aus, ihre Augen schimmern verdächtig. »Ich … Wir haben sonst nichts, wo wir hinkönnten. Und vor der ganzen Sache habe ich es hier wirklich geliebt.«

Lorna schluckt den unvermittelten Kloß in ihrem Hals runter. »Glaube ich dir.«

»Außerdem ist das ja vor einer Ewigkeit geschehen, nicht wahr? Wenn auch nicht so lange zurückliegend, wie ich gehofft hatte.« Sie ringt sich zu einem dünnen Lächeln durch, bevor ihr Blick wieder zum Fenster wandert. »Ich frage mich, wer diese Leute waren.«

»Vielleicht kann die Polizei das ja durch einen Zahnabgleich herausfinden. Können wir nach draußen gehen? Ich würde mir das gerne genauer anschauen.«

»Nun, da die Polizei hier fertig ist, dürfen wir. Ich hole nur schnell den Schlüssel für die Hintertür. Warte kurz.«

Ihre Tochter geht langsam, mit hängenden Schultern, davon, und Lorna sehnt sich danach, sie fest in ihre Arme zu schließen.

»Also dann.« Saffy ist zurück, und Lorna tritt beiseite, damit sie die Stalltür öffnen kann. Gemeinsam wagen sie sich in den Garten hinaus. Die Sonne geht allmählich unter, und die Bäume werfen lange Schatten über den Rasen.

Sie steuern über den unebenen Grund auf das klaffende Loch zu – es ist sehr tief, und beim Näherkommen kann Lorna die feuchte Erde riechen.

»Und die Polizei ist sicher, dass da keine weiteren Überreste sind?« Lorna ist zumute wie bei ihren gelegentlichen Friedhofsbesuchen, wenn sie sich all der begrabenen Toten links und rechts bewusst wird, auch wenn sie weiß, dass die hiesigen Leichen weggebracht wurden.

Saffy nickt. »Sie hatten speziell dafür ausgebildete Hunde dabei. Hier ist nichts mehr, keine Sorge …«

Lorna legt ihren Arm um Saffys Schultern. »Komm, lass uns lieber einen Tee trinken, und dann kannst du mir mein Zimmer zeigen.«

Später, nachdem Tom mit Snowy zurückgekommen ist und sie sich zum Abendessen an den kleinen Holztisch in der Küche setzen – Saffy hat ihn von der Wand weggeschoben, damit Lorna ein wenig Platz hat –, spricht sie erneut das Thema mit dem Baby an.

»Und, habt ihr euch schon einen Namen überlegt?«

»Nicht wirklich«, erwidert Saffy, den Mund voller Bolognese.

»Wollt ihr das Geschlecht des Babys erfahren?«

Saffy schaut zu Tom. »Nein. Wir wollen, dass es eine Überraschung bleibt.«

»*Du* willst das«, berichtigt Tom gutmütig. »Ich hätte nichts dagegen, es zu wissen.«

»Ich glaube einfach, dass es so eine schöne Überraschung wird.«

»Aber wenn wir es erfahren, dann wissen wir, in welcher Farbe wir das Kinderzimmer streichen müssen!«

Saffy verdreht die Augen. »Immer ganz der Pragmatiker«, sagt sie liebevoll. »Wir können es ja pastellgrau streichen.«

Lorna muss sich eine Grimasse verkneifen. Was ist das bloß mit dem Grau heutzutage? Wo sind die Farben hin?

Saffy greift über den Tisch hinweg nach Toms Hand und drückt sie. Ihre Tochter schlägt mehr nach ihrem Vater, wenn es darum geht, jemanden zu überzeugen, doch die Liebe, die sie für ihren Mann empfindet, ist ihr offenkundig anzusehen. Was Lorna nur noch drastischer vor Augen führt, was ihr in der Beziehung mit Alberto fehlt. Genau genommen mit jedem Mann aus ihrer Vergangenheit – abgesehen vielleicht von Euan. Aber sie waren nun mal zu jung.

Mit einem glasigen Ausdruck in den Augen legt Saffy Messer und Gabel beiseite. »Ich muss immerzu an Gran denken. Sie sollte hier sein, bei uns.«

»Ich weiß, mein Schatz«, sagt Lorna sanft.

Die Augen ihrer Tochter füllen sich mit Tränen. »Glaubst du, dass es ihr in dem Heim gefällt? Ich mache mir Sorgen, dass sie unglücklich ist und nicht versteht, warum sie dort ist.

Dass sie manchmal Angst bekommt. Glaubst du, wir könnten sie auf einen Besuch herbringen?«

»Vielleicht würde sie das bloß verwirren. Außerdem ist sie dort gut aufgehoben. Es ist ein hervorragendes Pflegeheim, ich habe mich eingehend informiert.« Saffy ist schon immer nah am Wasser gebaut gewesen, wie Lorna es gern ausdrückt. Sie war ein so sensibles Kind. Einmal, im Portugalurlaub, als sie gerade mal neun war, brach sie in einem Restaurant in Tränen aus, nachdem sie die zum Verzehr bereiten lebenden Hummer in einem Wasserbecken sah. Sie brauchte Tage, um darüber hinwegzukommen. Sie konnte sich noch stundenlang wegen eines Obdachlosen oder eines herumstreunenden Hundes sorgen.

»Aber … es ist nicht *ihr* Heim, oder?«

»Hier zu sein, muss dich sehr an sie erinnern.«

Saffy verzieht bekümmert das Gesicht. »Ja, das tut es. Und ich vermisse sie.«

»Ich auch.« Schlagartig wird Lorna klar, dass es die Wahrheit ist. Als Saffy zur Welt kam, war ihre Mutter ganz vernarrt in ihr einziges Enkelkind, und die beiden waren sich von Anfang an sehr nahe. Lorna freute sich, dass die beiden einander so sehr liebten – und sie gab sich wirklich Mühe, sich nichts daraus zu machen, sich wie das fünfte Rad am Wagen zu fühlen, wenn sie beieinander waren. Ihre Mutter und Saffy waren sich so ähnlich – das entging ihr keineswegs. Doch während ihre Mutter zugelassen hatte, dass ihre unterschiedliche Art eine Kluft zwischen ihnen bildete, hatte sich Lorna von Anfang an geschworen, dass so etwas zwischen ihr und Saffy nie passieren würde.

»Willst du mir nicht zeigen, wo ihr das Kinderzimmer geplant habt?«, schlägt Lorna vor, um ihre Tochter auf andere Gedanken zu bringen.

Saffys Miene hellt sich sofort auf, und sie führt Lorna in den Flur und dann die Treppe hinauf. »Wir wollen für hier oben einen Läufer besorgen, können uns aber noch nicht entscheiden, was für einen. Vielleicht aus Schurwolle …«, sie zuckt mit den Schultern, »… oder so was.«

Oben angekommen, schauen sie in das kleine Zimmer ganz hinten. Es misst nicht mehr als zweieinhalb auf drei Meter, mit einem Kamin an der Wand links, aber Lorna kann jetzt schon sehen, dass es ein perfektes Kinderzimmer abgeben wird. Im Moment steht es bis auf ein paar in der Ecke gestapelte Kisten leer. Der Teppich wurde an einer Stelle aufgerissen, um die Dielen darunter freizulegen, und die Tapete ist ausgeblichen. Als Lorna das Zimmer betritt, überkommt sie ein derart heftiges Déjà-vu, dass sie sich am Fensterbrett festhalten muss.

»Was ist los?«, fragt Saffy beunruhigt. »Geht es dir gut?«

»Es ist nur …« Lorna dreht sich zum Fenster, das auf den großen Garten hinter dem Haus hinausgeht. Von hier aus vermag sie den blühenden Baum zu sehen. Er war nur im Frühjahr lila, danach wurde sein Blätterkleid grün und fiel schließlich im Winter ab. Sie bedeckten damals die ganze Wiese wie ein Teppich. Sie dreht sich um und streckt die Hand aus, um die Tapete zu berühren. Ja, sie erinnert sich. Sie erinnert sich, wie sie in ebendiesem Zimmer im Bett lag und versuchte, Gesichter in den Rosenknospen auf der Tapete auszumachen. Lorna wendet sich zu ihrer Tochter. »Ich glaube, das war damals mein Kinderzimmer.«

9

Theo

Das Grab sieht nackt aus. Die gelben Rosen, die Theo letzte Woche dort hingebracht hat, sind bereits braun angelaufen und verwelkt. Das ungewöhnlich heiße Wetter muss ihren Verfall beschleunigt haben.

»Dein Dad war also schon wieder nicht da?«, konstatiert Jen über seine Schulter hinweg und spricht damit aus, was er gerade stillschweigend gedacht hat.

»Überrascht dich das etwa?«, fragt er im Gegenzug, wobei er versucht, seiner Stimme nichts anmerken zu lassen.

Zur Antwort hebt Theos Frau ihre akkurat gezupften Augenbrauen. Sie drückt sanft seinen Arm, sagt aber nichts. Er weiß, dass sie seinen Vater nicht mag – und warum sollte sie auch, so wie er sich ihr gegenüber verhält? –, trotzdem spricht sie nie schlecht über ihn. Sie reicht Theo einen Strauß bunter Blumen, den sie auf dem Weg hierher gekauft haben. »Ich lass dich ein Weilchen allein …«

»Musst du nicht.«

»Ich weiß doch, dass du dich gern mit ihr unterhältst.«

Er schenkt ihr ein leises Lächeln. »Und du findest es schräg.« Er hatte es ihr mal ganz zu Beginn ihrer Beziehung erzählt und dann auf der Stelle bereut. Er wollte nicht, dass sie ihn für ein trauriges Muttersöhnchen hielt.

»Nein, das ist nicht schräg. Ich wünschte nur, ich hätte die Gelegenheit gehabt, sie kennenzulernen.«

»Sie hätte dich geliebt.« Das hätte sie sicher. Denn alle Welt tut das. Jen, mit ihrer quirligen Persönlichkeit und ihrer herzlichen Art, musste man sofort ins Herz schließen. Man fühlte sich einfach direkt wohl bei ihr.

Seine Frau reckt sich zu ihm hoch und küsst ihn. Sie muss sich dazu auf die Zehenspitzen stellen. »Ich bin gleich da drüben und lese mir die alten Grabinschriften durch.«

»Okay, *das* ist jetzt schräg …« Er lacht.

»Hey! Das ist interessant!« Sie wirft ihm über die Schulter hinweg ein Lächeln zu, während sie zu einem alten, bröckelnden Grabstein davonschlendert, auf dessen Spitze ein riesiger Steinengel thront.

Er schaut ihr nach, wie sie in ihrem langen, schicken Sommerrock und engem T-Shirt davonspaziert. Die Schultern nach hinten geschoben, der Gang selbstbewusst, ihr rotblonder Dutt auf und ab hüpfend, während sie zielgerichtet den älteren Teil des Friedhofs ansteuert.

Dann wendet er sich wieder dem Grab seiner Mutter zu. »Sie ist wirklich tapfer, Mum«, sagt er. »Sie ist immer noch nicht schwanger, und ich weiß, dass sie sich deswegen Sorgen macht. Wir versuchen es nun schon seit fast einem Jahr.« Er fragt sich, ob er bei solchen Dingen so offen sprechen würde, wenn seine Mutter noch am Leben wäre. Er bückt sich, um die welken Rosen aus der Vase zu nehmen. Der üble Geruch des fauligen Wassers steigt ihm in die Nase und bis in seine Kehle. Er schiebt sie in die Plastiktüte, die er für den Komposthaufen mitgenommen hat, wechselt das Wasser und ersetzt die Rosen durch den frischen Blumenstrauß.

Theo kommt jeden Samstag zu Besuch – meistens ohne Jen, da sie normalerweise im Schönheitssalon in der Stadt arbeiten muss und nur einen Samstag im Monat freibekommt –, und jedes Mal hofft er, etwas anders vorzufinden als die verrottenden Blumen, die er die Woche zuvor gebracht hat. Irgendwas, das darauf hinweisen würde, dass sein Vater das Grab besucht hat. Dass es ihm tatsächlich etwas bedeutet. Aber seit Jahren nichts dergleichen. Rückblickend würde er sagen, dass es sich schon die ersten beiden Jahre abzeichnete – Dads zunehmendes Desinteresse. Er vermutet, dass sein Vater das Grab nicht mehr besucht, weil es ihn emotional zu sehr anrührt. Es nicht zu sehen, erlaubt ihm, so zu tun, als wäre es nie geschehen.

Theo kniet in dem trockenen Gras nieder und fährt mit den Fingern über das Datum auf dem Grabstein. *Mittwoch, 12. Mai 2004.* Heute ist ihr vierzehnter Todestag. Wie können es vierzehn Jahre sein, so fragt er sich, wenn es sich doch anfühlt, als sei es gestern geschehen? Theo war an der Universität in York gewesen, als ihn jener Anruf ereilte, der sein Leben von Grund auf veränderte. Er war damals neunzehn. Und trotz der Hitze des Tages erschauert er, als er daran zurückdenkt. Die tiefe, autoritäre Stimme seines Vaters am anderen Ende der Leitung – ganz belegt von Trauer. *Sie ist gestürzt*, sagte er. *Sie ist die Treppe hinabgestürzt, und sie ist tot. Es tut mir ja so leid, mein Sohn. Es tut mir so leid.* Theo stand gerade an der Bar der Studentenvereinigung, zu beiden Seiten von seinen Kumpels umgeben, während er vergeblich versuchte zu verstehen, was sein Vater da erzählte, wo doch alle um ihn herum sich betranken und gut gelaunt waren. *Du musst nach Hause kommen.* Er nahm direkt den nächsten Bus, froh darüber, dass das geplante Trinkgelage gerade erst begonnen hatte und er bisher bloß dazu gekommen war, ein halbes Pint zu leeren. Selbst nach all den Jahren erinnert er sich überdeutlich an die Fahrt von York nach Harrogate. Er weiß noch, wie er hoffte, sein Vater sei irgendwie verwirrt gewesen und habe etwas missverstanden, obwohl ihm klar war, dass Dads messerscharfer Verstand bestens funktionierte.

Im Krankenhaus dann wirkte sein Vater völlig gebrochen. Alt und in sich zusammengeschrumpft. *Was soll ich nur tun?*, fragte er in einem fort mit grauem Gesicht. *Was soll ich jetzt nur tun?*

Theo kehrte nicht mehr nach York zurück, um sein Medizinstudium abzuschließen. Er blieb den Rest des akademischen Jahres bei seinem Dad in der hässlichen Villa, die er schon immer gehasst hatte, und versuchte, in jeder Ecke, jedem Winkel Erinnerungen an seine Mutter zu finden. Aber das Einzige, was er zu sehen bekam, wenn er nachts die Augen schloss, war das Bild von ihr, wie sie diese beschissene, kunstvoll geschnitzte Treppe aus Eichenholz hinabstürzt, um mit verdrehten, gebrochenen Gliedmaßen an ihrem Ende liegen zu bleiben. Anscheinend hatte sie den ganzen Tag dort so gelegen, bis sein Dad von der Arbeit nach Hause kam und sie fand. Sein Vater behauptete, sie sei sofort tot gewesen, doch bis zum heutigen Tag ist Theo sich nicht schlüssig, ob er ihm das glauben kann. Bis heute quält er sich mit der Vorstellung, dass sie unter Schmerzen dort auf dem mit Bienenwachs gebohnerten Parkett lag, ohne sich von der Stelle rühren zu können, um zu einem Telefon zu gelangen und Hilfe zu rufen. Seine Mutter starb, während Theo in York gerade damit beschäftigt war, in seinem beengten Wohnheimzimmer mit seiner ersten Freundin zu vögeln. Im September jenes Jahres wechselte er, trotz der spöttischen Ablehnung seines Vaters, zu einer Ausbildung im Gastronomiebereich. Aber er wusste, dass seine Mum sich für ihn gefreut und ihm gesagt hätte, dass das Leben für Kompromisse zu kurz sei.

Auf dem Friedhof regt sich nichts, trotzdem senkt Theo die Stimme, als er zu seiner Mutter spricht. Er beschreibt den Artikel, den er vor zwei Tagen im Arbeitszimmer seines Vaters gefunden hat. »Ich glaube, Dad versucht da, jemanden ausfindig zu machen«, sagt er, während er mit den Fingern am strohigen Gras zupft. Er kann seither nicht aufhören, darüber nachzudenken. Er hat sich die beiden Namen aus dem Artikel gemerkt: Saffron Cutler und Rose Grey. *Finde sie.* Aber wen von beiden, oder beide? Und warum?

All die Jahre seit dem Tod seiner Mutter ist sein Vater für Theo ein Rätsel geblieben, ein Mann, der einen Teil seiner selbst stets verborgen hielt und sich weigerte, über irgendwas Wesentliches zu sprechen. In jenen Monaten unmittelbar nach ihrem Tod waren die beiden im Haus herumgegeistert, während er, wie ihm heute klar ist, geglaubt hatte, dass sie sich gegenseitig Trost spenden könnten. Ja, sich vielleicht sogar näherkommen könnten. Doch stattdessen war da, nach jener ersten Nacht im Krankenhaus und dem überaus seltenen Gefühlsausbruch seines Vaters, nichts mehr gekommen. Nichts als Schweigen. Sein Vater kehrte nach der Beerdigung zur Arbeit zurück und überließ Theo ganz seiner Einsamkeit und Trauer.

Er wusste damals schon, dass die Ehe seiner Eltern alles andere als perfekt gewesen war. Und wenn er heute zurückblickt, ist ihm klar, wie besitzergreifend sein Vater war. Allein, wenn er darauf bestand, dass seine Mum sich etwas anderes anzog, weil er meinte, dass sie »zu flittchenhaft« gekleidet war, wie er es auszudrücken pflegte. Theo fand nie, dass seine Mum wie ein Flittchen aussah. Jen würde Theo ganz zu Recht eine schallende Ohrfeige verpassen, sollte er sich je erdreisten, so etwas zu ihr zu sagen. Er lächelt bei dem Gedanken an seine temperamentvolle Frau. Seine kleine Feuerbombe. Aber seine Mum hat einfach nur gutmütig geseufzt und ging hoch, um sich was Sittsameres anzuziehen und ihren Ehemann zufriedenzustellen. Sie ging ganz selten mal allein mit Freunden aus – genau genommen kann er sich nicht daran erinnern, dass sie irgendwelche Freundinnen gehabt hatte. Seine Eltern gingen mit anderen Pärchen ins Restaurant – ältere Ehepaare, Arbeitskollegen seines Vaters –, besuchten spießige Galas und Dinnerpartys. Aber ohne seinen Dad machte seine Mum keine großen Schritte.

Was sie den ganzen Tag im Haus trieb, während sein Vater bei der Arbeit war, weiß er nicht, aber einen Job hatte sie jedenfalls nie. Einmal, als er etwa sechzehn war, kam er früher von der Schule nach Hause und fand sie weinend an ihrem Schminktisch vor. Ihre Augen waren ganz verquollen, und er war sich sicher, dass da ein krasser blauen Fleck auf ihrer Schulter war, den sie jedoch hastig mit einer Strickjacke bedeckte, als er ihr Schlafzimmer betrat. Als er sie fragte, ob alles in Ordnung sei, sagte sie in einem selten ehrlichen Moment: »Ich fühle mich wie eine Gefangene.« Dann lächelte sie ihn aus tränenverhangenen Augen an und fügte hinzu, sie rede ja nur dummes Zeug, das seien bloß die Hormone und er solle sie ignorieren. Aber der Vorfall hatte bei Theo tagelang für ein ungutes Gefühl gesorgt. Danach beobachtete er seine Eltern genauer. Sie verhielten sich so ganz anders miteinander als die Eltern seiner Freunde. *Ach, Schätzchen, das ist einfach nur seine Art. Dein Vater ist ein großartiger Mann. Er arbeitet so hart. Manchmal ist er bloß ein bisschen gestresst*. Und er sah tatsächlich nie, wie sein Vater seine Hand gegen sie erhob. Hätte er das getan, hätte Theo ihm selbst eine verpasst.

»Es gibt so vieles, was ich dich gerne fragen würde«, sagt er jetzt. »Und ich verspreche, sollte ich jemals das Glück haben, Vater zu sein, werde ich emotional nicht so ein Eisklotz sein wie *er*.« Er erhebt sich und klopft seine Jeans ab. »Bis nächste Woche. Hab dich lieb, Mum.«

Dann macht er sich auf, Jen abzuholen, die vor einem riesigen zweihundert Jahre alten Grabstein stehen geblieben ist, auf dem um die zehn Mitglieder derselben Familie eingemeißelt sind. Er nähert sich ihr von hinten und legt seine Arme um ihre Taille. »Alles erledigt«, sagt er.

»Wollen wir dann einen Kaffee trinken gehen?« Sie dreht sich zu ihm um und runzelt sofort die Stirn. »Was ist los? Du wirkst irgendwie … besorgt.«

»Ich weiß auch nicht. Irgendwas stimmt da nicht. Mit Dad. Und dem Artikel.« Er hatte Jen an jenem Abend nach seiner Schicht alles erzählt.

»Warum fragst du ihn nicht einfach danach?«

»Mein Vater ist nicht wie deiner.« Sein Schwiegervater ist das genaue Gegenteil: warmherzig, freundlich, lustig, liebevoll.

»Ich weiß, aber wenn du ihn direkt damit konfrontierst, kann er sich schlecht rauswinden. Theo«, sagt sie sanft, »du weißt, ich liebe dich, aber was deinen Dad angeht, da … ich weiß auch nicht … da schleichst du immer wie auf Katzenpfoten um den heißen Brei herum.«

Er lacht. »Katzenpfoten!«

»Ja, Katzenpfoten. Es ist, als hättest du Angst vor ihm.«

»Du kennst meinen Vater doch!«

»Ja. Er ist Respekt einflößend. Keine Frage.« Jen drückt sich recht diplomatisch aus, denn nicht mal sie mit ihrem quirligen, lebhaften Wesen hat es geschafft, seinen Vater für sich zu gewinnen. Er hat es Jen nie erzählt, aber nachdem er sie zum ersten Mal mit nach Hause gebracht hatte, meinte sein Vater zu ihm, sie sei doch recht gewöhnlich, ein ordinäres Mädchen. Es war das erste und einzige Mal seit dem Tod seiner Mutter, dass Theo ihm die Stirn geboten hatte. Er hatte seinem Vater klipp und klar gesagt, dass er sie liebte, und sollte er je mitbekommen, dass er sich ihr gegenüber abfällig verhielt oder äußerte, würde er nie wieder ein Wort mit ihm reden. Sein Vater hatte geschockt dreingeschaut und dann irgendetwas gemurmelt, dass es ohnehin nicht lange halten würde. Aber hier waren sie nun, fünf Jahre später, und die letzten drei davon sogar verheiratet.

»Er wird mir nie die Wahrheit sagen. Dad hätte Politiker werden sollen.«

»Es muss doch jemanden geben, den du fragen kannst. Ich weiß, deine Großeltern sind tot, aber … vielleicht ein Cousin oder so?«

Er nimmt die Hand seiner Frau, und sie verlassen gemeinsam den Friedhof. Er kennt seine Cousins und Cousinen nicht. Für Jen ist das nur schwer nachvollziehbar, da ihre Familie so groß ist und sie alle miteinander auskommen. »Gut, ich werde erst einmal ihn selbst fragen. Und wenn er mir nicht verrät, was ich wissen will, werde ich es auf eigene Faust herausfinden.«

»Bravo. Und ich werde dir helfen. Das wird mich ablenken.« Sie lächelt, doch ihre Augen strahlen eine Spur zu hell.

Es ist, als würde ihm jemand sein Herz zusammenquetschen. »Jen … wir können uns an jemanden wenden. Uns untersuchen lassen?«

Sie schüttelt den Kopf, wobei ihr eine blonde Locke in die

Stirn fällt. »Noch nicht. Ich bin noch nicht bereit, mich damit auseinanderzusetzen. Lass uns fürs Erste einfach abwarten.«

Zur Antwort küsst er ihre Hand, während er im Geiste schon wieder bei seinem Vater und dem Zeitungsartikel ist. *Morgen*, so schwört er sich. *Morgen werde ich herausfinden, nach wem mein Dad sucht und warum.*

10
Lorna

Es ist zu dunkel, zu still, und Lorna fällt es schwer, auf dem harten Futon einzuschlafen, zudem ihre Tochter und deren Lebensgefährte direkt auf der anderen Seite der Wand liegen. Sie hat immer noch Probleme damit, sich an den Gedanken zu gewöhnen, dass ihr einziges Kind Sex hat und nun auch noch ein Baby in sich trägt. *Ein Baby*. Sie kann nicht fassen, dass sie Großmutter wird.

Sie vermisst die Geräuschkulisse von San Sebastián – das aufflackernde Gelächter und Gekreische der Teenager, das Dröhnen der Musik aus einer benachbarten Tapas-Bar. Einfach die beruhigenden Geräusche des Stadtlebens, nicht diese grässliche Stille. Dann schweifen ihre Gedanken zu Alberto. Sie dreht sich auf die Seite und greift nach ihrem Handy auf dem Kiefernholznachttisch. Es ist schon nach Mitternacht. In Spanien ist es sogar noch eine Stunde später. Sie nimmt an, dass er noch in der Bar ist, ganz der sprichwörtliche Nachtschwärmer.

Sie setzt sich auf, um das Bild ihres Freundes, umgeben von einer Schar knapp bekleideter junger Frauen, abzuschütteln. Es hat keinen Sinn, hier herumzuliegen und zu versuchen, Schlaf zu finden – sie hat auch in der Vergangenheit an Schlaflosigkeit gelitten, und alle Ratschläge, die sie diesbezüglich gelesen hat, lauten, man solle lieber aufstehen. Sie schlüpft in ihren pinkfarbenen Kimono, öffnet ganz leise die Tür, um Saffy und Tom nebenan nicht zu wecken, und tapst den Flur entlang zu dem kleinen Schlafzimmer. Sie wird förmlich davon angezogen, diesem Kämmerchen, diesem unerwarteten Blick in ihre Vergangenheit. Sie schiebt die Tür auf und erschrickt von ihrem Knarren, bevor sie sich schließlich hineinwagt.

Am Fenster hängen keine Vorhänge, und ein Streifen Mondlicht erhellt einen Fleck schwarzen Lackes, der wie Pech auf einer der Dielen klebt. Sie bleibt vor dem Fenster mit Blick auf den Garten stehen. Bei Nacht sieht das Loch in der Erde noch unheimlicher aus. Der Wald, finster und dicht, säumt das Ende der Wiese. Sie drängt ihr Gedächtnis, sich weiter zu erinnern. *Was ist hier geschehen?*, flüstert sie ihrem Spiegelbild zu. Doch es blickt sie nur starr aus der dunklen Scheibe an, wie ein Phantom mit bauschigem Lockenkopf und großen, gehetzten Augen. Sie wendet sich ab, um das Zimmer genauer in Augenschein zu nehmen. Ihr Bett befand sich in der Ecke bei der Tür, da, wo jetzt die Kisten stehen. Ja, doch, sie kann sich daran erinnern. Es hatte ein weißes Eisengestell und eine gehäkelte Tagesdecke mit großen gelben Gänseblümchen drauf. Und darunter bewahrte sie ein Paar roter Lackschuhe auf, wie die von Dorothy in *Der Zauberer von Oz*. Sie hat eine Ewigkeit nicht mehr an diese Schuhe gedacht. Es war ihr liebstes Paar gewesen. Wohin sind sie wohl verschwunden, als sie nach Bristol zogen? Und der weiße schnörkelige Bettrahmen und die Häkeldecke?

Die Tapete ist teilweise verblichen, teils auch vergilbt. Der Kamin sieht aus, als gehöre er dringend erneuert, und auf dem hölzernen Sims liegt eine dicke Staubschicht. Die vorherigen Mieter haben dieses Zimmer offenbar nicht genutzt. Saffy und Tom werden sich ganz schön reinknien müssen, wenn sie es in ein niedliches Kinderzimmer verwandeln wollen. Sie wendet sich wieder dem Fenster zu. Eine Wolke schiebt sich vor den Mond und taucht den Wald und Garten in seinen düsteren, unheimlichen Schatten.

Sie sollte wieder ins Bett und lesen. Marian Keyes neuestes Werk liegt startbereit. Sie zieht ihren Kimono enger um ihren Körper. Mittlerweile ist ihr kalt, und sie fröstelt leicht. Gerade als sie sich umdrehen will, um zu gehen, fällt ihr etwas ins Auge. Ein zuckendes Licht zwischen den Bäumen im Wald. Sie presst ihre Nase gegen die Scheibe und legt sich die Hände ums Gesicht. Ihr Herzschlag beschleunigt. Das sieht aus wie das Licht einer Taschenlampe. Ist da jemand, der das Haus beobachtet? Sie blinzelt, ohne den Blick von dem Lichtpunkt abzuwenden, dessen Strahl sich in einem schwachen Kegel in der Finsternis zwischen den Bäumen hin- und herbewegt. Auf einmal ist er genauso schnell wieder verschwunden. Sie bleibt weitere zehn Minuten dort stehen und versucht angestrengt, etwas zu erkennen, aber da ist nichts.

Am nächsten Morgen erwähnt Lorna ihrer Tochter gegenüber nichts davon. Sie weiß, dass sie sich doch nur Sorgen machen wird, und das ist das Letzte, was sie will. Stattdessen sagt sie, nachdem sie sich angezogen und gefrühstückt hat – von Tom zubereitetes Rührei mit Speck, das Saffy, wie sie bemerkt, nur auf ihrem Teller hin- und herschiebt –, dass sie Lust auf einen Spaziergang im Garten hätte.

»Ich komme mit«, sagt Saffy und macht sich daran, vom Tisch aufzustehen. Tom hat bereits seine alten Heimwerkerklamotten angezogen und verkündet, dass er endlich das Treppengeländer im Flur streichen möchte.

»Nein, ist schon gut. Frühstücke du in Ruhe zu Ende. Ich

schaue derweil, ob ich meinem Gedächtnis auf die Sprünge helfen kann.«

»Oh … okay. Gute Idee.«

Es ist ein strahlend sonniger Morgen, auch wenn eine Kühle in der Luft und Tau auf dem Gras liegt. Als Lorna den Rasen betritt, sickert die Feuchtigkeit seitlich in ihre Sandalen. Sie atmet tief die unverschmutzte Landluft ein. Heute früh ist der Geruch erfrischender, wie Wäsche, nachdem man sie von der Leine genommen hat. Sie ignoriert das Loch im Boden und geht weiter, bis sie das Ende des Gartens mit dem schönen lila Baum erreicht. Sie fragt sich, wie er wohl heißt. Sie nimmt sich vor, Saffy später zu fragen. Dann dreht sie sich zum Cottage um, um sicherzugehen, dass ihre Tochter sie nicht beobachtet, und steigt auf einen der niedrigen, dicken Äste, der gerade so reicht, um ihr beim Sprung über die Mauer zu helfen. Die Bewegung fällt ihr so leicht – das muss sie zuvor schon gemacht haben. Sie hält sich einen Moment am Stamm fest, bevor sie auf der anderen Seite runterhüpft.

Hier ist der Boden höher, und kleine, mit Glockenblumen übersäte Pfade schlängeln sich zwischen den Bäumen hindurch. Lorna untersucht eingehend die Stelle, an der sie meint, letzte Nacht das Licht gesehen zu haben. Sie ist sich nicht sicher, was sie zu finden erwartet. Fußabdrücke vielleicht? Allerdings ist der Boden dafür zu trocken. Doch dann bemerkt sie etwas. Einige Glockenblumen sind platt gedrückt, als wäre vor Kurzem jemand dort gestanden. Sie geht näher heran, sucht mit den Augen den Boden ab, und da entdeckt sie etwas zwischen den zertrampelten blauen Blümchen. Drei Zigarettenstummel.

Sie hat sich das letzte Nacht nicht eingebildet. Jemand ist in der Dunkelheit durch den Wald geschlichen. Jemand hat das Haus beobachtet. Hat *sie* beobachtet.

TEIL ZWEI

11

Rose, Heiligabend, 1979

Das Dorf sah nie schöner aus als an jenem Abend, an dem ich Daphne Hartall zum ersten Mal traf.

Warmweiße Lichter waren zwischen den Laternenpfosten entlang der Hauptstraße aufgehängt und funkelten vor dem Hintergrund des tiefschwarzen Himmels; der Kirchenchor stand auf den steinernen Stufen des Marktkreuzes und sang vor einem riesigen Weihnachtsbaum »Stille Nacht«, und rund um den Dorfplatz herum waren ein paar windschiefe Holzbuden aufgestellt worden. Melissa Brown, die das einzige Café in Beggars Nook führte – das fantasievollerweise den Namen Melissa's trug – hatte länger auf, um Heißgetränke und Mince Pies zu servieren. Der Geruch von gerösteten Maronen und Glühwein erfüllte die Luft.

In diesem Jahr warst du alt genug, um den Zauber des Weihnachtsfests wahrnehmen zu können.

»Mummy. Durst?«

Ich schaute zu dir runter. Deine kleine Stupsnase war vor Kälte ganz rot angelaufen, und der rosa Schal, den ich für dich gestrickt hatte, war bis über dein Kinn gezogen. Es war schon dunkel, wenn auch noch nicht Zeit fürs Abendessen.

»Warum nicht?« Ich lächelte und schloss deine weichen, in Wolle verpackten Hände in meine. »Wie wäre es mit einer heißen Schokolade?«

Du hast vor Aufregung gequietscht und versucht, mich über den Platz zu ziehen.

Und in dem Moment sah ich sie.

Die Frau, die mein Leben verändern sollte. Obwohl ich das zu jenem Zeitpunkt natürlich noch nicht wusste.

Sie sah traurig aus. Das war mein erster Gedanke. Sie stand allein am Marktkreuz, blies sich in ihre nackten Hände, während sie den Weihnachtssängern zusah. Sie trug eine dünne olivgrüne Samtjacke, auf die bunte Flicken genäht waren, und ihre Cordschlaghose war um die Oberschenkel zu weit. Dünn war sie, fiel mir auf, ihre Schlüsselbeine zeichneten sich unter dem Ausschnitt ihrer Jacke ab. Sie hatte eine gehäkelte Baskenmütze fest über ihr blondes Haar gezogen und trug eine große Tasche über ihrer Schulter. Ich konnte ihr sofort ansehen, dass sie neu im Dorf war. Es war ihr gesamtes Auftreten. Und ich hatte es mir zur Aufgabe gemacht, Neuankömmlinge genauer unter die Lupe zu nehmen – auch wenn ich sonst sehr für mich blieb. Denn das musste ich. Zu meiner eigenen Sicherheit. Und zu deiner. Dieses tief in den Cotswolds gelegene, verschlafene Nest war ein Ort, an den die Leute kamen, um sich zu verstecken. Außerdem erkannte ich eine verwandte Seele, wenn ich sie sah.

»Mummy«, drängtest du und zogst an meiner Hand.

»Entschuldige, Lolly«, sagte ich, wandte den Blick etwas widerstrebend von der Fremden ab und folgte dir in das Café.

Deine großen braunen Augen leuchten auf, als Melissa dir in einem weißen Styroporbecher die heiße Schokolade mit der großzügig aufgesprühten Sahnehaube reichte. Ich lachte nur und meinte, das würdest du nie im Leben allein schaffen. Dann stellten wir uns direkt vors Café, die Finger um unsere warmen Becher geschlungen, während du eifrig die Sahne von der heißen Schokolade schlecktest und ich in der um den Weihnachtsbaum versammelten Menge nach ihr Ausschau hielt. Ich sah, wie sie sich den Weg durch die Menge bahnte, die Schultern vor Kälte bis zu den Ohren hochgezogen, wobei ihr Blick hin und her huschte, als würde sie sich fürchten. Sie sah aus wie ein gehetztes Tier. Hatte ich vor drei Jahren, als ich schwanger und in der verzweifelten Hoffnung auf einen Neuanfang in dieses Dorf kam, auch so ausgesehen?

»Warte hier eine Sekunde, Liebes. Ich will nur kurz mit Melissa sprechen.«

Ich ließ deine Hand los, um noch einmal ins Café zu gehen. Melissa Brown war eine stämmige Frau Mitte vierzig mit kinnlangem grauen Haar, das sie an den Seiten mit Spangen feststeckte. Sowohl ihr Aussehen als auch ihre Ansichten waren altmodisch. Sie war nie verheiratet gewesen und hatte ihr gesamtes Leben in Beggars Nook verbracht. Dadurch wusste sie alles über jeden. Nun, beinahe jeden. Mir war bewusst, dass sie mich für ein Rätsel hielt, weil sie mir das bei vielen Gelegenheiten gesagt hatte. *Liebe Rose*, seufzte sie dann, während ihre großen, klammen Hände meine umfassten, *du bist und bleibst mir ein Rätsel*. Das bekundete sie oft, wenn ich einer ihrer vielen Fragen auswich. Trotzdem, sie war immer nett zu mir gewesen und hatte versucht, mich in das Dorfleben einzubinden.

Im Café war es ruhig. Die meisten Leute waren noch am Marktkreuz versammelt oder bummelten zwischen den mit glitzerndem Lametta und knallbuntem Weihnachtsschmuck gefüllten Ständen umher. Du hattest mich bereits zum Kauf einer Christbaumspitze in Form einer kleinen goldenen Fee überredet.

»Melissa«, begann ich und dämpfte meine Stimme, obwohl

außer mir und ihr niemand gerade im Café war, »du weißt nicht zufällig, wer diese Frau da ist? Die dünne in der grünen Jacke?«

Melissa wischte ihre Hände an der geblümten Schürze ab und blickte durch das Fenster nach draußen. Sie schüttelte den Kopf. »Noch nie gesehen. Sie könnte aus dem Nachbardorf sein. Oh, und bevor ich es vergesse: Nancy sagte, jemand habe sich wegen der Anzeige gemeldet, die du in ihrem Schaufenster aufgehängt hast. Du weißt schon, wegen der Untermiete?«

Nancy arbeitete im Dorfladen und war Melissas jüngere Schwester. Ich hatte die Anzeige bewusst vage gehalten und Nancy darum gebeten, die Kontaktdaten der Interessenten aufzunehmen, statt meine preiszugeben. Ja, ich hatte noch nicht einmal meinen Namen darauf vermerkt. Das Risiko konnte ich nicht eingehen.

»Das ist ja großartig.« Auch wenn ich bereits wusste, dass ich mich bei einem männlichen Interessenten nicht melden würde.

Ich hatte schon beim letzten Mal einen Fehler gemacht. Die Untermieterin hatte zwar das richtige Geschlecht gehabt, aber zu viele Fragen gestellt. Sie wollte Freundschaft schließen. Also musste sie wieder gehen.

»Ich werde Nancy bitten, dir die Kontaktdaten zukommen zu lassen – morgen, wenn dir das recht ist?«

Ich dankte ihr für die Mühe und entfernte mich vom Tresen, um zur Tür zu gehen, wo ich dich hatte stehen lassen.

Ich erstarrte. Du warst verschwunden.

Ich hatte dir nur ganz kurz den Rücken zugekehrt. Das war dumm von mir gewesen. Normalerweise ließ ich dich nie aus den Augen. Aber ich hatte mich in dem Moment nun mal so ungewohnt sicher gefühlt – umgeben von der allgemeinen Weihnachtsstimmung und den feiernden Dorfbewohnern, die mich zwar nicht wirklich kannten, die ich jedoch die letzten drei Jahre aus der Ferne beobachtet hatte, um festzustellen, wem ich trauen konnte. Sie machten allesamt den Eindruck ehrlicher, fleißiger Leute. Von Grund auf bodenständig. Und ich war davon ausgegangen, dass ich mich auf dich verlassen könnte, weil ich dir, seitdem du laufen konntest, eingetrichtert hatte, vorsichtig zu sein und in meiner Nähe zu bleiben. Nicht wegzulaufen. Aber du warst eben ein Kind. Gerade mal zweieinhalb Jahre alt. Ein kleines Mädchen, fasziniert vom funkelnden Weihnachtszauber.

Du warst fort.

»Lolly!«, schrie ich, unfähig, meine Panik zu verbergen. Ich stürzte aus dem Café auf die Straße. Mein Blick zuckte suchend über die Bürgersteige und den Platz, den Chor der Weihnachtssänger, die gerade ihre Interpretation von »Stille Nacht« beendet hatten und sich nun zerstreuten. Es war bloß eine Minute gewesen, allerhöchstens zwei. Du konntest also nicht weit gekommen sein. Trotzdem warst du nirgends zu sehen. Ich konnte weder deinen roten Mantel noch deinen rosa Schal oder die bunt gemusterte Bommelmütze entdecken. Das Blut rauschte mir in den Ohren.

»Alles in Ordnung?« Ich konnte Melissas Stimme hinter mir zwar hören, aber sie klang verzerrt, so, als wäre ich unter Wasser.

»Sie ist verschwunden! Lolly ist verschwunden!«, rief ich. »Ich kann sie nicht sehen. Ich kann sie nirgends sehen!«

Menschen schlenderten umher, lachten, unterhielten sich, schlürften Glühwein. Ich wollte sie allesamt anbrüllen: GEHT MIR AUS DEM WEG! WO IST SIE? WO IST MEIN KIND? Ich spürte die Tränen in meine Augen schießen, die Panik, die mir die Brust zuschnürte.

Er hat dich geholt. Das war mein einziger Gedanke, der mir in Dauerschleife durch den Kopf ging wie ein Horrorfilm.

Ich drängelte mich an den Leuten vorbei und rief deinen Namen. Ich spürte, dass Melissa hinter mir war und mich zu beruhigen versuchte, aber ihre Worte drangen nicht zu mir durch. Ich war in Panik. Blinde Panik – ich hatte das Leute so nennen hören, und genau so fühlte es sich an. Ich war wie geblendet vor Furcht.

Ich schob mich durch die Menge, Melissa dicht auf meinen Fersen. Ich hörte, wie sie die Leute fragte, ob sie ein kleines Mädchen im roten Mantel gesehen hätten.

Und dann warst du wieder da. Ich sah dich durch das Gedränge hindurch, die Hand jener geheimnisvollen Frau haltend, die ich später unter dem Namen Daphne Hartall kennenlernen sollte. Du lächeltest, hattest aber getrocknete Tränenspuren auf deinen Wangen.

Ich stürmte zu dir hin und entriss dich der dünnen Frau, bückte mich zu dir runter und drückte dich an mich, wobei ich deinen vertrauten, süßen Geruch einsog. »Gott sei Dank, Gott sei Dank, Gott sei Dank.«

»Das tut mir leid«, sagte die Frau. Ihre Stimme war heiser. »Sie sah so verloren aus, also habe ich angeboten, dass wir gemeinsam ihre Mummy suchen gehen.« Mir fiel auf, dass sie deinen Styroporbecher mit dem schokoladigen Rand in der Hand hielt.

Ich richtete mich auf, wobei ich deine Hand festhielt. Niemals wieder wollte ich sie loslassen.

»Siehst du?«, sagte eine Stimme hinter mir. Es war Melissa, dessen wogender Busen sich hob und senkte, während sie nach Luft schnappte. »Ich wusste doch …«, *keuch, keuch,* »… dass ihr nichts passiert ist.«

»Danke, Melissa. Entschuldige bitte, dass ich so … überreagiert habe.«

Sie nickte, die Hand an ihre Brust gepresst, und meinte, kein Problem, aber sie sollte besser ins Café zurück. Dennoch warf sie mir im Davongehen einen seltsamen Blick über die Schulter zu. Ich wusste, was sie dachte – dass ich eine überbehütende Mutter sei. Ja, geradezu hysterisch.

Es folgten einige Augenblicke peinlichen Schweigens, dann stellte sich die Frau vor: »Ich bin Daphne.«

»Rose. Und das ist Lolly.«

Die Frau lächelte, was ihr gesamtes Gesicht erstrahlen ließ und ihm ein wenig das Strenge, Kantige nahm. Nun, da ich näher bei ihr stand, konnte ich sehen, dass die Spitzen ihrer langen Wimpern blau geschminkt waren. »Ja, das hat sie mir gesagt. Ein ungewöhnlicher Name.«

»Eigentlich heißt sie Lorna. Aber sie findet es schwierig auszusprechen. Sie hat sich selbst Lolly genannt, und dabei ist es dann geblieben. Aber gut, noch mal vielen Dank.« Ich zögerte, doch dann gab ich mir einen Ruck und fragte sie: »Sind Sie neu im Dorf?«

Sie nickte. »Ich habe ein Zimmer über dem Stag & Pheasant, aber ich suche etwas zur Miete. Etwas Festeres. Zumindest für eine Weile.«

Ich überlegte, ob sie es war, die sich wegen meiner Anzeige erkundigt hatte.

»In diesem Fall kann ich Ihnen womöglich helfen.« Ich schenkte ihr ein Lächeln, das sie schüchtern erwiderte, wobei ihre kleinen weißen Zähne aufblitzten. Ein Glücksfall, so dachte ich. Es war Vorsehung, dass wir uns begegnet waren.

Wie sehr ich mich doch getäuscht hatte.

12

Saffy

Mum ist während der Fahrt zu Großmutter ungewöhnlich still. Sie blickt nur stumm aus dem Fenster, als wir am Dorfplatz, dem Marktkreuz sowie dem Café – dem Beggars Bowl – vorbeifahren. Dahinter glänzt der Kirchturm im strahlenden Sonnenschein. Es hat über Nacht geregnet, die Luft riecht rein, nach frisch gemähtem Gras, und alles scheint lichter, schärfer umrissen. Ob sie an Alberto denkt? Sie hat ihn kaum erwähnt. Den Großteil des gestrigen Nachmittags habe ich damit verbracht, ihr das Dorf zu zeigen, wobei wir in Erinnerungen an Großmutter schwelgten, während Tom sich mit Snowy diskret zurückfallen ließ. Mum schien den Weg zum Café instinktiv zu kennen, und als sie die bröckelnden Steinstufen zum Marktkreuz hochstieg, meinte sie abermals, sie habe ein Déjà-vu.

»Das da«, sagte sie und zeigte auf ein kleines Gebäude neben der Kirche, »ich bin mir sicher, das war mal ein Kindergarten oder eine Sonntagsschule oder so was.«

Ich hatte uns für das Mittagessen am Sonntag einen Tisch im Stag & Pheasant reserviert, da ich mir dachte, dass es ihr dort gefallen würde – immerhin hat es für seine Küche schon Auszeichnungen bekommen, und meine Mutter ist die größte Feinschmeckerin, die ich kenne. Sie wirkte seltsam aufgekratzt, als wir durch die kopfsteingepflasterten Gassen gingen, und meinte in einem fort, wie leicht es sei, vom

Cottage aus in den Wald zu gelangen. Dabei ist Mum ganz selten derart aufgekratzt. Sie ist eine unbekümmerte Person, die stets die positive Seite einer Situation sieht. Als ich sie fragte, ob was nicht stimme, schüttelte sie den Kopf so heftig, dass sie sich beinahe mit ihren riesigen Ohrringen ausgeknockt hätte, und hakte sich dann bei mir unter.

»Nichts, meine Süße. Ich liebe es, hier zu sein, bei dir. Und nun zeig mir diesen netten Pub, wo wir essen wollen. Ich könnte ein gutes Roastbeef vertragen.«

»Geht es dir gut?«, frage ich jetzt, während wir das Dorf verlassen und Richtung Autobahn fahren.

Sie dreht den Kopf zu mir und schenkt mir ein strahlendes Lächeln. Aber unter dem fachmännisch aufgetragenen Make-up sieht sie müde aus. »Aber natürlich. Warum?«

Weil du nicht wie sonst wie ein Wasserfall durchquasselst. »Du bist einfach ein bisschen … stiller als sonst«, entscheide ich mich für den diplomatischeren Weg.

»Ich mache mir nur Sorgen wegen Gran, das ist alles. Ob sie heute klar genug sein wird, um die Befragung gut durchzustehen?«

Plötzlich wird die Sonne verdeckt und alles in ein trüberes Licht getaucht. »Ja, das beschäftigt mich auch. Ich möchte nicht, dass sie es mit der Angst zu tun bekommt, aber zumindest findet das Gespräch im Heim statt. Es ist auch gut, dass du erst am Samstag wieder fliegst, so kannst du Gran noch einmal in Ruhe sehen, bevor du abreist.«

Mum rutscht auf ihrem Sitz herum und rückt ihr Oberteil zurecht. Sie trägt eine enge, taillierte Jeansbluse, die über ihren Brüsten leicht spannt, dazu eine weiße Jeanshose und nudefarbene Sandaletten. Ihre Zehennägel hat sie frisch in einem Fuchsiarot bepinselt. Ich habe meine seit Weihnachten nicht mehr lackiert. Nicht dass das eine Rolle spielen würde, da ich praktisch in meinen Chucks lebe, selbst noch bei dieser Hitze. Wenn ich doch einmal Sandalen anziehe, dann meine guten, alten Birkenstocks, die Mum immer mit *unfassbar hässlich* tituliert. »Ich überlege, ein wenig länger zu bleiben.« Sie macht eine Pause. »Falls es dich nicht stört?«

Ich frage mich, was sie dazu veranlasst hat, ihren Aufenthalt zu verlängern. Ich war davon ausgegangen, dass eine Woche mehr als genug für sie wäre. Dass sie sich längst nach Alberto und dem Strand verzehren würde. »Natürlich stört es mich nicht«, erwidere ich, obwohl es streng genommen nicht ganz stimmt. Mums überbordende Persönlichkeit füllt das Cottage irgendwie so aus, dass es sich noch kleiner anfühlt als ohnehin schon. Sie kann gar nicht anders, als das Heft an sich zu reißen – so kocht sie für uns, selbst wenn wir nicht hungrig sind, oder drängt mich dazu, Klamotten für die Waschmaschine zusammenzusuchen, obwohl wir es uns gerade auf dem Sofa gemütlich gemacht haben. Ich habe ein schlechtes Gewissen, wenn sie anfängt, den Abwasch zu erledigen, und habe dann immer das Gefühl, dass ich ihr helfen sollte, obwohl Tom und ich das Geschirr normalerweise bis zum nächsten Tag stehen lassen würden, da wir es vorziehen, abends vor dem Fernseher zu chillen. Tom kommt ganz wunderbar mit ihr klar, aber ich konnte ihm seine Anspannung ansehen, als sie ihn gestern Abend vollquasselte, während er gerade versuchte, *The IT Crowd* zu gucken. »Was ist mit deiner Arbeit?«

»Einen Teil kann ich mir unbezahlt freinehmen. Außerdem schulden sie mir sowieso jede Menge Urlaubstage.«

»Okay. Du weißt, du kannst so lange bleiben, wie du willst, aber ich muss arbeiten. Ich habe eine Deadline«, warne ich sie vor. Was der Wahrheit entspricht und ihr hoffentlich klarmacht, dass ich keine Zeit habe, um den lieben langen Tag mit ihr herumzusitzen und zu plaudern.

Sie tätschelt liebevoll mein Knie, wobei ihre Armreifen klimpern. »Zerbrich dir wegen mir nicht den Kopf. Mach' einfach, was du sonst auch machen würdest, und tu am besten so, als wäre ich gar nicht da.«

Ich möchte lachen – das ist bei meiner Mutter schlicht unmöglich. »Hat Alberto nichts dagegen?«

Sie winkt mit ihrer beringten Hand ab. »Lass das mal meine Sorge sein. Das wird schon passen.«

Ich schiebe meine Bedenken beiseite, auch wenn ich den Eindruck nicht loswerde, dass Mum vor ihrem Leben in Spanien und den Problemen, die sie zweifelsohne mit Alberto hat, davonläuft. Es macht mir zudem ein schlechtes Gewissen, weil ich Tom habe und ein Baby erwarte, während es meiner Mum nie gelungen ist, sich eine stabile Existenz aufzubauen.

Sie stößt ein so lautes Lachen aus, dass ich zusammenzucke. »Schätzchen, du guckst so ernst drein. Hör auf, dir Sorgen zu machen.«

»Tu ich nicht.«

»Du kaust auf deiner Lippe herum. Das machst du immer, wenn du dir deinen hübschen Kopf zerbrichst. Ich bin eine erwachsene Frau. Ich komme schon klar. Du musst dir wegen mir keine Sorgen machen … ich bin es, die sich Sorgen um *dich* machen sollte.«

Ich runzle die Stirn. »Warum solltest du dir meinetwegen Sorgen machen?«

»Ich meinte nur …« Sie dreht den Ring an ihrem Zeigefinger. Den hat sie von meinem Vater. Ein wunderschöner

Saphir, und auch wenn sie sich vor zig Jahren getrennt haben, nimmt sie ihn nie ab. »Ich meine das ganz allgemein. Du weißt schon, das ist der Job einer Mutter.«

Warum nur habe ich das Gefühl, dass sie mir etwas verschweigt?

Die Sonne bricht gleißend hell hinter einer Wolke hervor, und ich muss die Sonnenblende runterklappen. Aber Mum hat recht. Ich bin furchtbar nervös. Ich habe Bammel, dass ich den entkoffeinierten Tee und das halbe Stück Toast, das ich zum Frühstück hatte, wieder von mir gebe. Ich habe Bammel vor der Polizei und dass die Befragung zu viel für Gran ist. Und ich habe Bammel vor dem, was sie sagen wird.

Als wir ankommen, sitzt Großmutter in ihrem gewohnten Sessel in der Ecke des Aufenthaltsraums. Grelles Sonnenlicht fällt durch das Erkerfenster ins Innere, und es ist viel zu heiß und stickig. Auch die Terrassentüren sind geschlossen, doch Großmutter trägt einen rosa Pullover. Darunter muss sie regelrecht kochen.

Heute macht sie kein Puzzle. Stattdessen schaut sie nur, tief in Gedanken versunken, in den Garten hinaus. Ich frage mich, worüber sie wohl grübelt.

»Meine Güte«, sagt Mum und fasst sich mit der Hand an die Kehle. »Sie sieht so viel kleiner und dünner aus als beim letzten Mal …« Ihre Stimme stockt.

Ich schlucke meine Nervosität runter und schaue auf die Armbanduhr. Es ist gerade Mal kurz nach zehn. Der Polizeibeamte meinte, sie würden gegen halb elf eintreffen.

Joy, die Leiterin des Pflegeheims, eine schlanke, dienstbeflissene Frau Ende fünfzig, kommt zu uns rübermarschiert, während wir uns an der Tür herumdrücken.

»Rose hat einen guten Tag«, verkündet sie heiter, auch wenn das Lächeln nicht bis zu ihren Augen hinter der Hornbrille reicht. Sie hat immer etwas latent Gehetztes an sich. »Ich gebe Ihnen Bescheid, sobald die Polizei da ist. Ich möchte nicht, dass sie hier reinkommen und die anderen Bewohner irritieren.«

Mum nickt, dankt Joy, dann gehen wir zu Gran. Neben ihr steht ein kleines Rattansofa, und wir quetschen uns gemeinsam drauf.

Großmutter schaut nicht auf, als wir uns zu ihr gesellen, sondern starrt weiterhin ins Leere. Sie hat ihr Gebiss im Mund. Ich bin so daran gewöhnt, sie ohne ihre dritten Zähne zu sehen, dass mir ihre Gesichtsform dadurch anders vorkommt; ihr Kiefer tritt mehr hervor und lässt sie irgendwie strenger aussehen.

»Hi, Gran«, begrüße ich sie und verlagere mein Gewicht nach vorn.

Ich sitze näher bei ihr, sodass Mum sich über mich hinwegbeugen muss, um Grans Hand in ihre zu nehmen. »Schön, dich zu sehen, Mum. Du siehst gut aus.«

Gran dreht sich um und blickt Mum stirnrunzelnd an. Ihr Gesicht ist ausdruckslos. »Wer sind Sie?«

Mir wird ganz schwer ums Herz.

»Ich bin's, Lorna. Deine Tochter.« Mutters Stimme gerät ins Wanken.

Panik huscht über Großmutters Gesicht. »Ich habe keine Tochter.«

Angesichts von Mums niedergeschmetterter Miene füllen sich meine Augen mit Tränen, und ich blinzle rasch, damit sie nicht überquellen. Das würde hier niemandem eine Hilfe sein.

Mum erholt sich rasch. »Natürlich hast du das. Und auch eine Enkeltochter.« Trotzdem zieht sie behutsam ihre Hand von Grans zurück.

»Saffy!«

Ich lächle, wobei ich es vermeide, Mum anzusehen. »Hi, Gran.«

»Wie geht es deinem entzückenden Mann?«

»Es geht ihm gut.«

»Ich hoffe, du päppelst ihn auch ordentlich auf.«

Ich muss lachen. Mum jedoch hat sich völlig geknickt gegen die Sofalehne sinken lassen.

»Heute ist aber nicht Donnerstag. Normalerweise kommst du mich immer donnerstags besuchen.«

Manchmal verblüfft es mich, wie hellwach Großmutter sein kann. Und an anderen Tagen ist es wieder so, als hätte sich jemand nachts ins Pflegeheim geschlichen und ihr gesamtes Gedächtnis gelöscht. Umso brutaler wirkt es, dass sie sich nicht an Mum, wohl aber ganz deutlich an andere Dinge erinnern kann. »Ja, du hast recht, heute ist Montag. Aber heute kommt die Polizei. Weißt du nicht mehr? Ich habe dir doch letzte Woche von den Leichen im Garten erzählt?«

Großmutter versteift sich, und Mum beugt sich erwartungsvoll vor.

»Warum will mich die Polizei sehen?«

»Sie wollen dir nur ein paar Fragen stellen, weil du früher in dem Haus gewohnt hast, mehr nicht.«

Sie kneift die Augen zusammen.

»Versuche einfach, ihre Fragen so gut wie möglich zu beantworten. Du … du hast das letzte Mal von einer Sheila gesprochen. Und von einem Victor.«

»Sheila. Böses kleines Mädchen.«

Wer ist diese Sheila, die sie stetig erwähnt? So gerne ich mehr darüber erfahren würde, muss ich sie doch dazu bringen, sich auf das vor ihr liegende Thema zu konzentrieren. »Erinnerst du dich noch daran, wie du in dem Cottage gelebt hast, Gran?«

Großmutter setzt sich aufrechter hin. »Scheiße, natürlich erinnere ich mich. Ich bin doch nicht völlig bescheuert.«

Ich bin verdattert. Gran hat sich mir gegenüber noch nie so ausgedrückt, und ich habe sie noch nie fluchen gehört. »Das weiß ich doch«, beschwichtige ich sie.

»Ich glaube, wir sollten das Verhör der Polizei überlassen«, unterbricht uns Mum.

»Ich verhöre sie doch nicht«, protestiere ich mit einem Seitenblick zu Mum, auch wenn mir bewusst ist, dass ich das sehr wohl tue. Aber Mum weiß auch nicht, wie man mit Großmutter umgehen muss. Ich hingegen schon. Wir verfallen zu dritt in ein angespanntes Schweigen. Ich weiß, dass Mum im Stillen damit hadert, dass Großmutter vergessen hat, wer sie ist. Und ich verstehe, wie schmerzhaft das ist, aber mir passiert das manchmal ebenfalls. Mum hat Großmutter eben nicht allzu oft besucht, seit sie ins Heim gekommen ist. Ich hätte sie warnen sollen, dass es so laufen könnte.

»Jean hat sie geschlagen«, unterbricht Gran plötzlich das Schweigen.

Ich beuge mich vor. »Wer ist Jean?«

»Jean hat sie geschlagen. Jean hat ihr auf den Kopf geschlagen, und sie ist auf den Boden gefallen.«

Ich halte den Atem an, um ihren Fluss nicht zu unterbrechen, wobei ich die von Mum ausgehende Spannung regelrecht spüren kann.

Könnte es sein, dass Großmutter doch etwas über die Leichen weiß?

Wir warten … eine Sekunde, zwei … Mum neben mir öffnet den Mund, doch ich schüttle kaum merklich den Kopf. *Nein*, flehe ich sie schweigend an. *Sag nichts*.

»Ich wusste nicht, was ich tun soll. Alle sagten, sie sei böse. Alle sagten, sie sei ein schlechter Mensch, wegen dem, was sie getan hat. Victor wollte uns wehtun.«

Ich spreche ganz ruhig, um sie nicht aus dem Konzept zu bringen. »Gran … willst du damit sagen, jemand namens Jean hat die Frau in Skelton Place umgebracht?« Entsetzt drehe ich mich zu Mum.

»Victor … Sheila …«

Ich reibe meine Schläfen. Ich spüre einen Kopfschmerz aufziehen. Großmutter ist verwirrt, und mir geht es genauso. Das ist nur die Demenz, die da aus ihr spricht, sage ich mir. Vor meinem letzten Besuch habe ich sie diese Namen nie erwähnen hören.

Zum Glück kommt just in dem Moment Joy zu uns geeilt. »Die Polizei ist da«, flüstert sie, sich umschauend, um sich zu vergewissern, dass die anderen Bewohner nichts mitbekommen haben. »Am besten ist es, Sie kommen alle mit mir.«

13

Lorna

Sie folgen Joy den Flur entlang in einen Raum mit Kamin und einer zartgrünen Velourstapete. Saffy hat den Arm ihrer Großmutter bei sich untergehakt, wobei Lorna insgeheim schwer ums Herz wird. Nicht nur wegen des Anblicks ihrer Mutter, die so viel älter wirkt als bei ihrem letzten Besuch vor sechs Monaten; es ist auch der Schock, dass sie ihre eigene Tochter nicht mehr wiedererkennt. Lorna ist sich bewusst, dass sie ihre Mutter nicht so oft besucht hat, wie sie es sollte. Von Spanien aus war das schwierig. Zumindest ist es das, was sie sich einredet. Doch tief in ihrem Inneren weiß sie sehr wohl, dass es ihr, wenn sie es wirklich gewollt hätte, viel öfter möglich gewesen wäre. Mit dem Flugzeug sind es nur neunzig Minuten. Aber es war einfacher gewesen, nicht an ihre Mutter zu denken, die, mit wirrem Gedächtnis, langsam in diesem Pflegeheim dahinschwand. Es war einfacher gewesen, sich stattdessen auf affig aufgeputzte, völlig unangemessene Toyboys zu konzentrieren. Doch nun nagt das schlechte Gewissen an ihr. Sie ist eine schreckliche Tochter gewesen.

Die zwei geblümten Sessel zu beiden Seiten des Kamins sind bereits von zwei Männern besetzt. Beide tragen elegante Anzughosen, haben jedoch den Hemdkragen aufgeknöpft, und der Schweiß steht ihnen auf der Stirn. Hier drin ist es sogar noch heißer als im Aufenthaltsraum. Der Ältere der beiden – Mitte vierzig, schätzt Lorna, mit angehender

Stirnglatze, blauen Augen und einem markanten Kinn – erhebt sich, als sie eintreten. Der jüngere Mann – Ende zwanzig, untersetzt, mit borstigem Haar, dessen Farbe an schmutziges Spülwasser erinnert – bleibt hingegen sitzen. Er trinkt aus einem durchsichtigen Starbucks-Becher etwas, das wie ein Schokoladen-Milchshake ausschaut.

»Guten Tag, ich bin Detective Sergeant Matthew Barnes«, stellt sich der Ältere vor und schüttelt nacheinander ihre Hände über den Beistelltisch hinweg. »Und das hier ist mein Kollege Detective Constable Ben Worthing. Wir sind von der Kriminalpolizei Wiltshire.« Ben bedenkt sie mit einem Nicken. Lorna bemerkt, dass sein Blick dabei auf Saffy verweilt.

DS Barnes kehrt zu seinem Platz zurück, während Joy sie, hektisch herumwuselnd, zu den Sesseln gegenüber von den Beamten führt und ihre Kaffee- und Teebestellungen entgegennimmt. Lorna und Saffy nehmen links und rechts von ihrer Mutter Platz, die in ihrem Sessel geradezu winzig und verloren wirkt, wobei sie die Finger in ihrem Schoß verschränkt hält und ihr Blick wie der eines ängstlichen Kindes zwischen den beiden Männern hin- und herzuckt. Lorna greift nach der Hand ihrer Mutter, um sie zu beruhigen. Sie ist erleichtert, als Rose sie gewähren lässt.

»Zunächst ist es mir wichtig, dass Sie sich keine Sorgen machen, Rose«, beginnt DS Barnes freundlich. »Das hier ist ein ganz informelles Gespräch. Im Moment sind wir lediglich dabei, Informationen zu sammeln – das machen wir aktuell mit allen, die in irgendeiner Form mit dem Anwesen zu tun hatten.« Er hat ein Notizbuch und einen Kugelschreiber vor sich auf dem Tisch liegen. Er öffnet das Büchlein, entfernt den Deckel von seinem Stift, bereit loszulegen.

Ihre Mutter sagt nichts, sondern starrt nur vor sich hin, während sie an dem Tee nippt, den Joy ihr gebracht hat.

»Also, Rose, dürfte ich zunächst einige Informationen von Ihnen haben? Wie etwa Ihren Geburtstag?«

Ihre Mutter blickt auf einmal panisch drein und lässt ihre Tasse sinken. »Ich … äh … Juli … nein, August … 1939, glaube ich …«

»Mum, du bist 1943 geboren«, meldet sich Lorna zu Wort. Sie wendet sich an DS Barnes. »Am zwanzigsten März 1943.«

»Oh, jaja, 1943. Mitten im Krieg, wissen Sie.« Ihre Mutter nimmt noch einen Schluck von ihrem Tee und presst ihre Lippen mit einem Schmatzen zusammen. Lorna wirft über ihren Kopf hinweg Saffy einen Blick zu, den diese ängstlich erwidert.

Das kann nur eine Katastrophe werden. Wie bitte sollen sie hiermit fortfahren, wenn ihre Mutter sich noch nicht mal an ihren eigenen Geburtstag erinnern kann?

»Und bei Ihnen wurde Alzheimer diagnostiziert?«, erkundigt sich DS Barnes.

Ihre Mutter sagt nichts darauf, woraufhin Lorna in die Bresche springt. »Ja, letzten Sommer.«

Saffy rutscht unruhig auf ihrem Stuhl herum. Lorna entgeht nicht, dass sie ihr Wasserglas praktisch nicht angerührt hat.

»Danke, Lorna«, sagt DS Barnes und nickt ihr ohne ein Lächeln zu. »Also, Rose, in meinen Unterlagen steht, dass Sie im April 1981 Vorbereitungen trafen, das Cottage zu vermieten.«

Sie schüttelt langsam den Kopf. »Ich … weiß nicht.«

Er bemüht sein kleines schwarzes Notizbuch. »Wir wissen, dass Sie Ihre ersten Mieter im Juni 1981 hatten. Ein Ehepaar, das zehn Jahre in Ihrem Haus zur Miete wohnte. Mit den beiden haben wir uns bereits unterhalten. Aber davor haben Sie selbst beinahe vier Jahre in dem Haus gelebt. Hat außer Ihnen sonst noch jemand da gelebt?«

»Ich … ich hatte eine Untermieterin.«

Das ist nun neu für Lorna. Sie setzt sich gespannt auf und bemerkt, dass Saffy es ihr gleichtut.

»Eine Untermieterin?«, hakt DS Barnes nach.

»Ja. Daphne … Daphne Hartall.« Sie sagt den Namen fast schon genüsslich, so, als habe sie ihn lange Zeit nicht mehr ausgesprochen und müsse es auskosten, wie er ihr über die Lippen geht.

Aber ihre Mutter hat noch nie zuvor eine Daphne erwähnt.

»Können Sie sich erinnern, in welchem Jahr das war?«, fragt DS Barnes weiter.

»Ich glaube, 1979. Nein. 1980 …« Sie schlürft geräuschvoll ihren Tee, wobei etwas davon auf ihrem rosa Pullover landet. Saffy hebt die Hand zum Becher, bereit, ihr im Zweifelsfall zu helfen. »Das war das letzte Jahr, das ich im Cottage gewohnt habe.«

»Und wie alt war diese Daphne?«

»Sie war … sie war so alt wie ich, glaube ich. Mitte dreißig. Oder … vielleicht vierzig … Ich …«, ihre Augen zucken hin und her, »… ich kann mich nicht mehr genau erinnern …«

»Und wie ging es mit Daphne weiter?«

»Ich … weiß nicht. Sie zog fort. Wir haben den Kontakt verloren.«

»Waren Sie miteinander befreundet?«

»Ja. Ja, wir waren befreundet.« Jetzt klingt sie unwirsch. So wie sie auch immer klang, wenn Lorna sie früher nach ihrem Vater ausquetschte.

»Und hat eine von Ihnen zu jener Zeit … ähm … Herrenbekanntschaften gepflegt?«, fragt Barnes.

Ihre Mutter macht eine unerwartete Bewegung, sodass ihr der Tee aus dem Becher schwappt und vorn an ihrer Brust heruntertropft.

Saffy verzieht bekümmert das Gesicht »Warte, Gran, lass mich dir den Tee abnehmen«, schlägt sie geduldig vor und wirkt regelrecht erleichtert, als sie den Becher sicher auf dem Tisch abgestellt hat.

»Rose, gab es männliche Besucher, die bei Ihnen ein und aus gingen?«, insistiert DS Barnes.

Ein Schaudern geht durch ihre Mutter. »Nein. Nein, wir hatten Angst – vor Victor.«

Lorna runzelt die Stirn. Schon wieder dieser Victor. Wer ist der Kerl?

»Rose, warum hatten Sie Angst?«, fragt DS Barnes nun sanfter.

»Victor wollte dem Baby wehtun.« Sie berührt ihren weichen Bauch, als würde sie sich daran erinnern, wie es war, schwanger zu sein. *Meint sie mit dem Baby mich?*, fragt sich Lorna. *Sie kann mich nicht meinen. Sie hat mir erzählt, mein Vater sei vor meiner Geburt gestorben.*

Ihre Mutter war in Lornas Jugend immer so überbehütend gewesen, bestand darauf, sie jeden Nachmittag vom Schulbus abzuholen, wo doch alle ihre Freunde längst allein nach Hause gehen durften. Sie ließ sie nie weit umherschweifen, stellte immer sicher, dass sie wusste, wo Lorna war und wann sie zu Hause wäre, und wenn sie sich doch einmal verspätete, rief sie die Eltern ihrer Freunde an, was dermaßen peinlich war, dass Lorna darauf achtete, immer pünktlich wieder da zu sein. War das der Grund dafür gewesen? Weil sie Angst vor einem Mann namens Victor hatte?

DS Barnes legt seine Stirn in Falten. »Wer ist Victor? Können Sie sich an seinen Nachnamen erinnern?«

Sie schüttelt den Kopf. »Das ist alles so lange her …« Sie wendet sich an Saffy und sagt: »Ich möchte keine Fragen mehr beantworten. Ich möchte *Bargain Hunt* schauen.«

»Ach, Gran«, sagt Saffy und nimmt ihre Hand. »Es wird nicht mehr lange dauern, nicht wahr, Detective?«

DS Barnes nickt. »Rose, bitte nur noch ein kleines bisschen. Können Sie sich an sonst irgendwas von diesem Victor erinnern? Ist er jemals zu Ihnen nach Hause gekommen?«

»Nein. Ich weiß nicht. Ich …«, sie blinzelt hektisch, »… ich kann mich nicht erinnern.«

»Gibt es noch etwas, das Sie mir über Daphne Hartall erzählen können?«

»Nein. Wie ich schon sagte, sie hat eine Zeit lang bei mir gewohnt. Ein Jahr, glaube ich. Und ist dann fort. Hat ein neues Leben begonnen. Ja … ja, ein neues Leben.«

»Und hatten Sie in dieser Zeit noch andere Untermieter?«

»Nein. Oh, doch … ja, hatte ich. Vor Daphne. Aber sie blieb nicht lange.«

»Können Sie sich an ihren Namen erinnern?«

»Nein …«

DS Barnes holt tief Luft. »Okay, nun, da werden wir noch mal genauer nachforschen müssen. Und haben Sie jemals mitbekommen, wie jemand im Cottage verletzt wurde?«

»Jean hat ihr auf den Kopf geschlagen.«

Lorna zuckt innerlich zusammen.

DS Barnes wirft seinem Kollegen einen Blick zu, bevor

er sich wieder ihrer Mutter zuwendet. »Jean? Rose, wer ist Jean?«

»Jean hat ihr auf den Kopf geschlagen, und sie ist nicht mehr aufgestanden.«

DS Barnes, der die Beine bisher überschlagen hatte, stellt sie mit ungerührter Miene nebeneinander ab, doch Lorna entgeht nicht das gespannte Zucken um seine Mundwinkel. »Jean hat Daphne einen Schlag auf den Kopf verpasst?«

»Nein.«

»Wem dann?«

Verwirrung legt sich über das Gesicht ihrer Mutter. Sie sieht müde aus, mit dunklen Schatten unter den Augen. »Ich weiß nicht.«

»Ich denke, das war jetzt genug für meine Mutter, meinen Sie nicht auch?«, schaltet sich Lorna ein. Das Ganze erscheint ihr fragwürdig. Wie kann man dem, was ihre Mutter von sich gibt, überhaupt Glauben schenken?

DS Barnes nickt. »Na schön«, gibt er sich geschlagen. »Aber falls Ihrer Mutter noch etwas einfallen sollte, egal wie unbedeutend es scheinen mag, lassen Sie es uns bitte wissen.«

Lorna bleibt im Flur stehen und schaut Saffy und Joy zu, wie sie ihre Mutter in den Aufenthaltsraum zurückgeleiten. Sie plappert angeregt etwas von *Bargain Hunt*, und Lorna kann ihre Stimme noch hören, als sie schon um die Ecke gebogen sind – ihren selbst nach all den Jahrzehnten ausgeprägten Londoner Cockney-Akzent. Nichts deutet darauf hin, dass sie längerfristigen Schaden genommen hat, trotzdem ist Lorna wütend auf diesen DS Barnes. Ihm wird sie noch ihre Meinung geigen.

Sie wartet im Flur, bis er, mit Ben Worthing im Schlepptau,

den Raum verlässt. Dann schultert sie ihre Handtasche und marschiert direkt auf ihn zu.

»War das wirklich nötig? Sie ist eine alte demente Frau, Herrgott noch mal. Ich hoffe, Sie haben ihr Gerede über diesen Victor und diese Jean nicht ernst genommen. Sie ist verwirrt, das ist alles. Sie weiß nicht, was sie sagt.«

DS Barnes scheint überrumpelt von ihrem Ausbruch. »Wir müssen uns mit allen Personen unterhalten, die in dem fraglichen Zeitraum auf dem Grundstück gewohnt haben«, erwidert er ruhig. Sie kann sich nicht vorstellen, dass er je seine Stimme erhebt. »Wir haben es hier mit einem schwerwiegenden Verbrechen zu tun und benötigen so viele Informationen wie möglich. Aber, ja, mir ist durchaus bewusst, dass Ihre Mutter dement ist. Ich habe nicht vor, alles, was sie sagt, für bare Münze zu nehmen. Trotzdem könnte auch etwas dran sein, und ich würde meinen Job nicht tun, wenn ich dem nicht nachgehen würde.«

»Meine Mutter wird nichts wissen. Sie meinten, Sie hätten sich mit den Leuten unterhalten, die das Haus von ihr gemietet hatten. Konnten die denn irgendwas Erhellendes dazu sagen?«

Er seufzt. »Im Moment nicht. Aber wie gesagt, zum jetzigen Zeitpunkt versuchen wir einfach nur herauszufinden, wer auf dem Anwesen gewohnt hat und wann. Wir arbeiten zudem mit Hochdruck daran, die sterblichen Überreste zu identifizieren. Sobald wir wissen, wer diese Personen waren und wann genau sie verstorben sind, wird es einfacher …«

Sie werden von einem gurgelnden Geräusch unterbrochen, und als sie sich umdrehen, sehen sie gerade noch, wie DC Worthing den Rest seines Milchshakes durch den Trinkhalm saugt. Lorna funkelt ihn erbost an, und er verfügt immerhin über genügend Anstand, um beschämt dreinzuschauen. »Ich warte dann mal am Auto, Boss«, murmelt er und eilt davon.

Boss? Echt jetzt? Sie verdreht die Augen. DS Barnes, dem es nicht entgeht, bemerkt trocken: »Er ist neu. Ich glaube, er hat zu viele Krimis geguckt.«

Ihre Lippen zucken leicht, doch sie weigert sich zu lachen. So leicht lässt sie ihn nicht vom Haken. Sie verlagert ihr Gewicht – ihre Sandale reibt an der frischen Blase von neulich. »Also, was passiert als Nächstes?«

Er bedenkt sie mit einem langen Blick, aus dem sie nicht ganz schlau wird. Sie fragt sich, ob es wohl Mitleid ist. »Wir bleiben in Kontakt.«

14

Saffy

Als wir zurückkommen, ist Tom noch bei der Arbeit, weshalb Mum vorschlägt, mit der Vorbereitung des Abendessens loszulegen. Ich drehe stattdessen mit Snowy eine Runde. Es ist noch warm, und die Sonne flackert golden durch das Blätterdach der Bäume. Während ich an Haus Nummer acht vorbeispaziere, kommt Brenda Morrison in ihren Schaffellpantoffeln herausgeschossen. »He da, ich habe ein Wörtchen zu reden!«, ruft sie mit finsterem Blick.

Ich bleibe stehen und versuche, ein höfliches Lächeln aufzusetzen. Weder Brenda noch ihr Mann Jack sind mir sympathisch. Keiner von beiden hat uns bei unserem Einzug das Gefühl vermittelt, übermäßig willkommen zu sein. Ganz zu schweigen davon, dass sie gegen den Anbau Widerspruch eingelegt haben. Sie finden ständig etwas, um herumzumäkeln: der Stellplatz unserer Mülltonne, die Bohrgeräusche der Bauarbeiter, das Gebell von Snowy im Garten.

»Brenda, wie geht's?«, erkundige ich mich.

»Nicht gut. Ich hab die Schnauze voll von den Journalisten, die hier ständig rumlungern. Letzte Woche war einer von ihnen in unserem Garten und hat über unseren Zaun hinweg Fotos geschossen. Das geht einfach nicht! Das verschlimmert nur das Sodbrennen von meinem Jack.«

»Das tut mir wirklich leid – mich stören sie auch.«

»Wir leben hier jetzt gute dreißig Jahre, und so was ist uns bisher noch nicht untergekommen.«

»Ich weiß nicht, was die sich davon versprechen. Es gibt hier keine Informationen. Und Neuigkeiten schon gar nicht«, erwidere ich. Schließlich hat DS Barnes erst vorhin erwähnt, dass sie sämtliche Vermisstenmeldungen zwischen 1970 und 1990 durchforsten, um die Toten zu identifizieren. Das könnte Monate dauern.

»Und letzte Woche hatte ich auch noch die Polizei im Haus, die Fragen gestellt hat«, poltert sie weiter, als hätte ich nichts gesagt. »Und ich kann Ihnen sagen, was ich denen gesagt habe – wir leben hier seit über dreißig Jahren, und wenn im Garten nebenan zwei Menschen ermordet und verscharrt worden wären, nun«, sie verschränkt die Arme vor der Brust, »dann hätten wir das mitbekommen. Mir entgeht nichts.«

Das überrascht mich jetzt nicht.

»Dreißig Jahre? Das war dann …?«

»1986. Wir haben das Haus einem reizenden alten Paar abgekauft. Sie wollten lieber in einen Bungalow in der Nähe ihres Sohnes ziehen.«

»Dann haben Sie meine Großmutter gar nicht kennengelernt? Rose Grey? Sie hat damals zwar nicht hier gewohnt, war aber die Vermieterin. Ist sie jemals vorbeigekommen …?«

Sie schüttelt energisch den Kopf. »Nee. Bei unserem Einzug wohnten in Ihrem Haus Beryl und Colin Jenkins, und ich kann mich nicht entsinnen, eine Rose Grey getroffen zu haben.«

Snowy zerrt an der Leine, und ich bücke mich, um ihn zu streicheln. »Und danach kamen Mr. und Mrs. Turner?«, frage ich, da mir Mrs. McNultys Unterhaltung unten im Dorfladen einfällt.

Brenda bedenkt mich mit einem missmutigen Blick. Und

gerade, als ich schon denke, dass sie nicht mit der Antwort rausrückt, beugt sie sich zu mir vor, und ich kann ihr ansehen, dass sie, trotz ihrer widerborstigen Art, einem guten Tratsch nicht abgeneigt ist. Sie zieht ihre cremefarbene Strickjacke enger um ihren mageren Körper. »Die Turners – Valerie und Stan – sind so um 1988 oder 1989 herum eingezogen. Der Sohn war ein ganz windiger Bursche. Hat sich ständig Ärger eingehandelt.«

»Erinnern Sie sich noch an den Namen des Sohnes?«

»Harrison. Ja, so hieß er – ich erinnere mich wegen George Harrison. Das war vielleicht ein Chaot. Seine Eltern haben mir leidgetan. Sie waren schon älter. Stan hatte eine schlimme Arthritis.«

»Haben Sie das der Polizei erzählt?«

»Aber natürlich. Letzte Woche, als sie da waren.«

Ich hoffe, sie haben sich den Sohn genauer angeschaut, und nehme mir vor, DS Barnes danach zu fragen.

»Wie auch immer«, sage ich um einen heiteren Tonfall bemüht, »im Moment sind keine Journalisten da. Vielleicht haben sie ja schon die Nase voll von der Rumsteherei.«

Aber Brenda schnaubt nur missbilligend und eilt, ohne sich zu verabschieden, zurück ins Haus.

Später berichte ich Tom von meinem Gespräch mit Brenda, als wir gerade nebeneinander am Becken stehen und das Geschirr vom Abendessen abspülen, um Mum zuvorzukommen, die bereits die Besteckschublade umgeräumt hat. Wie unser Besuch bei Gran verlaufen ist, habe ich ihm schon beim Essen geschildert.

Mum ist auf ihr Zimmer gegangen, um die Blase an ihrem Fuß zu verarzten. Ich kapiere einfach nicht, warum sie darauf besteht, überall Schuhe mit Absätzen zu tragen. Eine silbrige Lachshaut ist in der Ofenform festgebacken, und ich lasse, heftig schrubbend, meinen Frust daran aus. Ich brauche dringend eine Spülmaschine, aber nur Gott allein weiß, wann wir mit den Umbauarbeiten fortfahren können. Wie es aussieht, wird es noch eine ganze Weile dauern, bis ich meine Traumküche bekomme. Auch wenn der Garten von der Polizei offiziell freigegeben wurde, so können die Bauarbeiter erst wieder in einigen Monaten zurückkommen, da sie in der Zwischenzeit mit einem anderen Auftrag losgelegt haben. Ich frage mich, ob das nicht bloß eine Ausrede ist.

»Der Sohn könnte doch einen interessanten Ermittlungsansatz für die Polizei abgeben«, meint Tom. »Vielleicht haben ihm seine Eltern beim Vertuschen geholfen.« Ich bemerke einen weißen Farbklecks in seinem Haar. Als er vorhin von der Arbeit kam, schlüpfte er direkt in seine Malerklamotten und meinte: »Ich streich' vor dem Abendessen nur noch mal schnell drüber.« Das Treppengeländer ist jetzt so gut wie fertig, und danach will er mit dem kleinen Schlafzimmer loslegen. Aber irgendwas hält mich davon fern … Jedes Mal, wenn ich es betrete, überkommt mich ein seltsames Gefühl. Das ist erst seit der Entdeckung der Skelette so, und mir ist klar, dass es daran liegt, dass man von dem Fenster aus einen Blick auf den Garten und damit auch auf das gigantische Loch hat. Es ist eben eine Erinnerung an das, was hier geschehen ist. Ich weiß, dass ich darüber hinwegkommen werde. Sobald das alles vorbei ist.

»Gran hat heute zwei Personen erwähnt, Jean und Victor«, erzähle ich ihm. »Ich glaube, sie ist nur verwirrt, aber«, ich seufze, »da habe ich mich zum ersten Mal gefragt, ob sie etwas über die beiden Toten weiß. Es ist, als würde sie versuchen, sich an etwas zu erinnern. Aber nun, nach dem Gespräch mit Brenda …« Ich beende meinen Satz nicht.

DS Barnes hat uns bei unserem Aufbruch noch erzählt, dass die Frau, die das Haus 1977 an Großmutter verkauft hatte, schon lange verstorben sei. Sie hatte zwar keine Kinder, jedoch eine Schwester, mit der sie bereits gesprochen haben. Er berichtete zudem, dass sie noch nach den beiden Familien suchten, die das Cottage zwischen 1981 und 1990 gemietet hatten, auch wenn er den Sohn der Turners dabei nicht erwähnte. Außerdem meinte er, sie würden versuchen, Daphne Hartall sowie die andere Untermieterin ausfindig zu machen. Es klang insgesamt, als würden sie hart daran arbeiten, die Identität der Toten festzustellen, aber er sagte auch, dass dies aufgrund des fortgeschrittenen Verwesungsgrads ein langer Prozess sein könnte. Für mich hört sich das nach einer Mammutaufgabe an.

»Das muss schwierig sein für deine Gran. Genauso wie es schwierig ist, zu sagen, ob an dem, was sie von sich gibt, was dran ist, oder ob da nur die Demenz aus ihr spricht«, überlegt Tom, wobei ihm beinahe der Teller aus der Hand rutscht, den er gerade abtrocknet.

»Vorsicht! Das ist einer der wenigen, der noch keinen Sprung hat.«

Er verzieht das Gesicht. Seine Ungeschicklichkeit ist ein Running Gag zwischen uns. An dem Abend, als wir uns an der Uni in Bournemouth kennenlernten, begleitete er mich, nachdem ich zu viel getrunken hatte, nach Hause in meine Studentenbude. Ich merkte sofort, dass er ein lieber Kerl ist: Er kümmerte sich um mich, brachte mir Wasser und machte mir Toasts, damit ich etwas zum Knabbern hatte. Ich erinnere mich noch, wie ich ihn ansah, als er, beladen mit einem

Tablett, mein schäbiges Wohnzimmer durchquerte, und mich dabei ein Anflug von Zuneigung für ihn überkam – für diesen heißen, etwas geekigen Typen mit dem blonden Haarschopf, der versuchte, mich zu beeindrucken, bevor er über eine Falte im Teppich stolperte und der Teller mitsamt der Tasse quer durch das Zimmer flog. Er erstarrte vor Schreck, und sein Blick begegnete meinem. Da mussten wir beide lachen, und das Eis war gebrochen.

Seither ist er auf der regennassen Terrasse ausgerutscht, als wir in Begleitung eines Maklers unsere erste Mietimmobilie besichtigten; dann ist er bei einem romantischen Waldspaziergang über einen Baumstumpf gestürzt und hat sich den Knöchel gebrochen; und erst letztes Jahr ist er über Snowy gestrauchelt und hat sich dabei schlimm den Rücken gezerrt. Ganz zu schweigen von all den Gläsern und Tellern, die er im Lauf der Jahre hat fallen lassen. Er meint, er sei so unkoordiniert, weil er sich nie an seine langen Gliedmaßen und seinen schlaksigen Körper gewöhnt habe. »Wie ein Schäferhundwelpe, der zu schnell wächst«, witzelt er dann.

Tom stellt den Teller behutsam auf der Laminat-Arbeitsfläche ab und nimmt mit so übertriebener Vorsicht die Ofenform vom Abtropfgestell, dass ich lachen muss.

Da kommt Mum in die Küche gerauscht. Sie wirkt ganz aufgeregt. »Mir kam da gerade eine geniale Idee«, verkündet sie. »Warum durchsuchen wir nicht die Sachen deiner Großmutter? Dieses ganze Gerede von Jean und von Victor. Das hat mich neugierig gemacht.«

»Ihre Sachen?«, frage ich und nehme das Geschirrtuch von Tom entgegen, um mir meine Hände abzutrocknen.

»Ja. Du weißt schon, das Zeug, das wir zusammengepackt haben, als wir ihr Haus in Bristol ausgeräumt haben.«

Ich runzle die Stirn. »Das meiste haben wir doch gespendet. Ihre Möbel und so.«

»Ja, schon, aber ihre persönlichen Sachen haben wir doch behalten, oder nicht? Ihre offiziellen Unterlagen und solchen Kram?«

Ich nicke verhalten, während ich an die vollgestopfte Kommode mit all den Briefumschlägen und Schachteln mit Papierkram zurückdenke, die wir nicht durchgeschaut hatten, da wir uns sagten, dass wir sie uns irgendwann in Ruhe vorknöpfen würden. Doch wir vergaßen es natürlich, und Mum kehrte nach Spanien zurück.

»Wo hast du das ganze Zeug hin?« Mum klingt ungeduldig.

»Ich …« Ich versuche, mich zu besinnen. »Es könnte im Gästezimmer sein, oder aber auf dem Dachboden. Wir haben noch einiges auszupacken.«

Mum hebt eine Augenbraue, wie um zu sagen: *Aber ihr wohnt hier doch seit Monaten!* Mir ist schon klar, dass sie das alles in der ersten Woche erledigt hätte. »Na gut. Wir müssen die Kisten finden und sie durchgehen.«

Mir rutscht das Herz in die Hose. »Was – jetzt?« Ich hatte mich schon auf eine Packung Schokolinsen vor dem Fernseher und eine romantische Komödie gefreut – irgendwas Lustiges, um uns auf andere Gedanken zu bringen.

Ihre Gesichtszüge werden weicher. »Tut mir leid, mein Schatz. Ich weiß, wie müde du sein musst. Ich hatte ganz vergessen, wie anstrengend das zweite Trimester ist. Zeig mir einfach, wo die Sachen sind, und ich schaue sie allein durch.«

Zugegebenermaßen ein verführerischer Gedanke. Aber ich kann sie das nicht allein tun lassen. Das würde sich falsch anfühlen. »Ist schon okay. Ich werde dir dabei helfen. Komm mit.«

Über die Schulter hinweg werfe ich Tom einen ermatteten Blick zu. Er schenkt mir ein mitfühlendes Lächeln und schlägt vor, schon mal einen Tee aufzusetzen.

Auf dem Dachboden werden wir fündig. Es sind die beiden größten Kisten, die ganz hinten im Eck unter der Schräge verstaut sind. Tom muss kommen und uns dabei helfen, sie die Leiter runterzutragen. Dann setzen wir uns zu dritt, jeder mit einem dampfenden Becher neben sich, auf den Boden und gehen sie durch, während Snowy, den Kopf auf Toms Schoß abgelegt, vor sich hin döst.

»Gott, deine Gran hat wirklich jeden Mist aufgehoben«, seufzt er, einen Stapel alter Quittungen durchblätternd.

»Schaut euch das an.« Ich halte ein braunes, ledergebundenes Buch in die Höhe. »Ein Gedichtband. Er sieht uralt aus.« Ich öffne ihn. Die Seiten sind vergilbt und riechen muffig. »Oh … wow.«

»Was denn?«, fragt Mum.

Ganz vorsichtig schäle ich es von einer der Seiten. »Es ist eine gepresste Rose.« Sie ist trocken und brüchig, doch ihr dunkles Purpurrot schimmert immer noch. »Jemand, der sie liebte, hat ihr das geschenkt.« Ich lege die Blume behutsam zurück in das Buch und reiche es Mum. »Das sind Liebesgedichte.«

Mums Augen schimmern feucht, als sie das Buch entgegennimmt und es in ihren Händen hin und her wendet. Ich weiß, wie sie sich fühlt. Großmutter war immer so verschlossen, hat nie über ihre Vergangenheit, ihre Geliebten oder ihren Ehemann gesprochen. Es fällt schwer, sich vorzustellen, dass sie, bevor sie Mutter und Großmutter wurde, ein Leben hatte. Ein Leben, in dem sie eine gepresste Rose in einem

Gedichtband verehrt bekommen hatte. Ein Leben, in dem sie verliebt gewesen war. »Vielleicht hat ihr die mein Vater gegeben«, überlegt Mum. »Wie schaut es mit alten Fotos aus? Hast du welche in deiner Kiste?«

»Sie hatte schon immer nur ganz wenige«, erwidere ich, wobei mir einfällt, wie ich sie einmal bat, welche von meinem Großvater zu sehen. Sie behauptete, dass sie so gut wie keine besaß, weil die Leute in ihrer Jugend kaum Fotos gemacht hätten – was ich ihr nicht so richtig abnahm. Schließlich war sie ja nicht in viktorianischen Zeiten aufgewachsen. »Hast du jemals ein Bild von deinem Vater gesehen?«, will ich von Mum wissen, die noch immer den kleinen Gedichtband betrachtet. Widerstrebend legt sie das Buch auf dem Boden neben ihrem Fuß ab.

»Nein, nie. Sie sagte, sie wären bei einem Umzug verloren gegangen.«

»Also weißt du nichts über ihn?«

»Nein. Zumindest nicht viel. Sie sprach nicht gerne über ihn, meinte, es würde sie zu sehr aufwühlen.« Sie fährt damit fort, in der Kiste zu stöbern. »Sie behauptete, er sei vor meiner Geburt gestorben. Ein Herzinfarkt. Aber wir haben nie sein Grab besucht.«

Ich denke an den im Garten begrabenen Mann. Und einen schrecklichen Moment lang frage ich mich, ob es sich um meinen Großvater handeln könnte. Sofort schüttle ich den Gedanken ab. Das ist doch lächerlich. Ich kann jetzt nicht damit anfangen, an Großmutter zu zweifeln. Und dieser Gedichtband, die getrocknete Rose – sie müssen sich einst geliebt haben.

»Hast du je irgendwen aus der Familie deines Vaters kennengelernt?«, frage ich Mum.

Sie schüttelt den Kopf. »Nein. Deine Großmutter hat immer gesagt, dass seine Eltern jung verstorben seien, so wie auch ihre eigenen, und dass sie beide Einzelkinder waren.«

»Und sonst hast du nichts über ihn erfahren?«

Mum schaut auf und denkt über meine Frage nach. »Nicht wirklich. Ich schätze, ich habe irgendwann aufgegeben, Fragen zu stellen. Sie schien einfach nie über ihn reden zu wollen.« Sie wendet sich wieder der Kiste zu, als sie auch schon triumphierend aufschreit. Ich zucke vor Schreck zusammen. Sie hält einen braunen A4-Umschlag in der Hand. »Hier sind Fotos drin!«

Ich krabble zu ihrem Sitzplatz beim Fenster rüber. »Lass mich auch sehen.«

Sie zieht einen Stapel verschieden großer Bilder aus dem Umschlag und beginnt sie durchzublättern. Die meisten zeigen Mum zu verschiedenen Zeiten ihrer Kindheit und Jugend, im Haus und Garten in Bristol, aber dann zieht sie fünf oder sechs quadratische Fotos hervor. »Schau dir die mal an«, sagt sie und drückt sie mir in die Hand.

Ich sitze schon fast auf ihr, so begierig bin ich, die seltenen Aufnahmen zu Gesicht zu bekommen. Die Bilder sehen aus, als seien sie mit einer dieser alten Polaroidkameras aufgenommen worden, und sie zeigen Mum, als sie noch ganz klein war, nicht älter als zwei oder drei Jahre. Auf den meisten hockt sie im Schneidersitz im Garten, wobei das Cottage im Hintergrund gerade noch zu erahnen ist. Eines davon zeigt sie neben meiner wesentlich jüngeren Großmutter – schlanker, als ich sie je gesehen habe, mit einer Schlaghose und einem gestreiften Tanktop bekleidet.

»Oh mein Gott«, entfährt es meiner Mutter, die gerade ein anderes Foto anstarrt. Ich spähe über ihre Schulter. Es handelt sich um eine weitere Aufnahme von Mum als kleinem Mädchen; diesmal steht sie vorne vor dem Cottage, der üppig blühende Blauregen über ihrem Kopf ist deutlich zu sehen. Neben ihr, in der Hocke, eine Frau, die ich nicht erkenne. Es ist keine Nahaufnahme, daher ist es schwer, die Gesichtszüge auszumachen, aber es ist definitiv nicht Großmutter. Mum dreht sich zu mir um, die braunen Augen weit aufgerissen. »Wer ist diese Frau? Glaubst du, das könnte Daphne sein?«

»Vielleicht.« Ich nehme ihr das Foto aus der Hand und drehe es um. Auf der Rückseite ist vermerkt: *Lolly, April 1980. 9 Skelton Place*. Ich lege die Stirn in Falten. »Wer ist Lolly?«

»Ich«, erwidert Mum. »So habe ich mich selbst genannt. Anscheinend konnte ich Lorna nicht aussprechen.«

»Ich habe Gran dich nie so nennen hören.«

Mum kichert. »Wahrscheinlich, weil ich sie deswegen angemeckert habe. Das war wohl auch so eine Sache, die mir ab einem gewissen Alter peinlich war.«

Ich reiche das Foto an Tom weiter, der einen kurzen Blick darauf wirft und dann in schallendes Gelächter ausbricht. »Hübscher Pagenschnitt, Lorna.«

»Mum hat mir immer das Haar geschnitten. Dieser Pony!«

Ich rutsche wieder zu der Kiste zurück, die ich durchsucht habe, und ziehe ebenfalls einen Umschlag heraus, in der Hoffnung, noch mehr Fotos zu finden. Doch stattdessen stoße ich auf einen vergilbenden Zeitungsausschnitt. »Was ist denn das?«, wundere ich mich, während ich ihn rausgleiten lasse. Ich befürchte schon, dass er in meinen Händen zerfällt, so alt ist er. »Er ist vom Januar 1977, aus einer Zeitung namens *Thanet Echo*.«

»Was?« Dieses Mal ist es Mum, die zu mir rüberkrabbelt, und wir lesen den Artikel gleichzeitig durch.

SEIT ÜBER EINER WOCHE VERMISSTE FRAU AUS BROADSTAIRS VERMUTLICH UNTER TRAGISCHEN UMSTÄNDEN ERTRUNKEN

Sheila Watts (37) wurde zuletzt an Silvester in ihrem Stammlokal, dem Shire Horse, gesehen. Andere Nachtschwärmer berichteten, dass sie sich ihnen am Strand von Viking Bay angeschlossen habe, um dort mit ihnen weiterzufeiern. Zeugen sagten der Polizei gegenüber aus, dass sich Miss Watts kurz nach Mitternacht am Strand befand, wo sie dabei beobachtet wurde, wie sie ins Meer ging. Ihre Kleidung wurde am Ufer gefunden, doch Miss Watts hat man seither nicht mehr gesehen.

Alan Hartall (38), ein Nachbar von Miss Watts, sagt: »Sheila war eher eine Einzelgängerin. Sie blieb sehr für sich, auch wenn ich sie recht gut kannte. Da es Silvester war, beschloss sie, in unserem Stammlokal etwas zu trinken und dann mit uns an den Strand zu gehen. Sie war die Einzige, die ins Meer wollte. Wir waren mit dem Trinken beschäftigt und hatten sie ganz vergessen. Erst als sie nicht mehr auftauchte, wurde mir klar, dass was passiert sein musste, und da habe ich die Polizei alarmiert.«

Die Küstenwache suchte die gesamte Bucht erfolglos ab, woraufhin die örtliche Polizei eine Stellungnahme herausgab, in der sie erklärte, dass Miss Watts vermutlich infolge eines Unfalls verstorben sei

Ich drehe mich zu Mum um. »Sheila! Glaubst du, das ist die Frau, von der Gran heute gesprochen hat?«

Sie sieht genauso verwirrt aus, wie ich mich fühle. »Vielleicht hat sie sie gekannt.«

»In Broadstairs? Ich dachte, Gran wäre aus London.«

»Ich glaube, sie hat vor meiner Geburt so ziemlich überall gelebt.«

Ich reiche den Ausschnitt an Tom weiter, der ihn stumm durchliest und dann zurückgibt. »Das muss von Bedeutung sein«, schließt er, von mir zu Mum blickend, womit er ausspricht, was wir alle denken. »Warum sonst sollte man einen Artikel vierzig Jahre lang aufbewahren?«

15

Theo

Seit er vergangene Woche über diesen Zeitungsartikel gestolpert ist, beobachtet Theo seinen Vater ganz genau – und so findet er immer wieder Ausreden, um zwischen den Schichten in der seelenlosen Villa vorbeizuschauen, wobei er vergeblich versucht, den Mut zusammenzukratzen, um das Ehepaar aus Wiltshire und diese Rose Grey anzusprechen. Sein Dad ist schon zu besseren Zeiten nie offen ihm gegenüber gewesen, aber in letzter Zeit reagiert er jedes Mal, wenn Theo auftaucht, als wäre er ein Eindringling, und will wissen, warum er überhaupt vorbeigekommen sei. Theo würde sich wünschen, dass sein Vater nur einmal etwas Freude darüber zeigen würde, ihn zu sehen. Aber er hatte Jen versprochen, ihn danach zu fragen. Jen, die keine Angst hätte, ihre herzliche, offene Familie egal was zu fragen.

Und so ist er also wieder hier, Dienstagmittag, bevor es im Restaurant losgeht. Warum ist es nur so verdammt schwer, seinen Vater auf die Sache anzusprechen? Theo ist ein erwachsener Mann. Aber in seiner Gegenwart fühlt er sich wie jener unsichere Teenager, der den Wunsch seiner Mutter befolgte, den Mund zu halten und zu tun, was auch immer sein Vater verlangte, um ihn nicht zu verärgern. Um die Stimmung auszugleichen, wie sie es immer tat. Um seinen Vater davon abzuhalten, jähzornig zu werden.

»Ich brauche kein Essen mehr«, schnauzt ihn sein Vater an,

als Theo mit seiner getreuen Kühltasche, gefüllt mit Hühnchen-Curry und einer Cottage-Pie, die Küche betritt. »Mein ganzer Kühlschrank ist voll davon. Ich esse sowieso meistens abends im Golfklub.«

Genau genommen weiß Theo selbst nicht, warum er sich überhaupt diese verschissene Mühe macht. Gott, wie gern würde er seinem Vater sagen, dass er ihn mal kreuzweise kann. Doch obwohl seine Mutter seit vierzehn Jahren tot ist, kann er sich nicht dazu überwinden. Sie wäre enttäuscht von ihm, dessen ist er sich sicher.

»Eigentlich«, sagt Theo und lässt die Tasche auf den Tisch plumpsen, »bin ich gekommen, um dich was zu fragen.« Sein Herz klopft heftig unter dem T-Shirt. Er stellt sich vor, wie Jen hinter ihm steht und ihn darin bestärkt fortzufahren.

»Und das wäre?« Sein Vater hält einen seiner Golfschläger in der Hand und poliert das Ende mit einem Lappen. Einmal, als Theo dreizehn war, hatte er versucht, ihm das Golfen beizubringen. Er kaufte ihm einen eigenen Satz Eisen und brachte ihm die Namen von jedem einzelnen bei. Theo hasste jede Sekunde davon, machte jedoch mehr als ein Jahr lang weiter, um ihm zu gefallen. Als seinem Vater jedoch klar wurde, dass Theo niemals ein guter Golfer werden würde, verlor er das Interesse daran, ihn zu unterrichten.

Theo holt tief Luft. »Als ich letzte Woche hier war, da habe ich auf deinem Schreibtisch einen Zeitungsartikel gesehen. Es ging um dieses Ehepaar in Wiltshire, das bei Renovierungsarbeiten auf zwei Skelette in seinem Garten gestoßen war. Du hattest zwei Frauennamen unterstrichen und dazugeschrieben: *Finde sie*.«

Sein Vater hält beim Polieren des Schlägers inne, hebt allerdings nicht den Blick. Dafür spannen sich seine muskulösen

Schultern an, und die Sehne an seinem Nacken tritt hervor. »Hast du in meinen Sachen herumgeschnüffelt?«

»Nein, natürlich nicht.«

Sein Dad steht auf, den Golfschläger immer noch in der Hand. Einen verrückten Moment lang fragt sich Theo, ob er ihm damit eine überziehen wird. Nun schaut ihn sein Vater an. Seine blauen Augen sind eisig. »Dann kümmere dich um deinen eigenen Scheiß.«

Theo versucht, sich seinen Schock nicht anmerken zu lassen. Sein Dad hat seit Jahren nicht mehr so zu ihm gesprochen. »Wen willst du denn ausfindig machen?«

»Hast du nicht gehört, was ich gesagt habe?« Sein Vater macht zwei Schritte auf ihn zu. Seine Miene hat sich verfinstert. Die altbekannte Furcht steigt wieder in Theo auf.

Ich bin nicht mehr das verängstigte kleine Kind von damals, ruft er sich in Erinnerung.

»Warum willst du nicht darüber reden? Vielleicht kann ich helfen?«

Sein Dad stößt ein hämisch klingendes Lachen aus. »Du?«

Warum bist du nur so ein Arsch?, denkt sich Theo. Aber er bleibt standhaft. Hält sich bewusst davon ab, Richtung Tür zurückzuweichen. »Ja, ich. Kennst du dieses Paar aus Wiltshire?«

»Natürlich nicht.«

»Warum dann der Artikel?«

Er stellt den Golfschläger ab und lehnt ihn gegen den Küchentisch, was Theo mit einem lautlosen Aufatmen quittiert. »Ich habe ihn nur als Notizzettel benutzt.«

Er lügt. Sein Dad muss ihn wirklich für einen Idioten halten.

»Und was hat es mit diesem *Finde sie* auf sich?«

»Warum muss für dich alles eine versteckte Bedeutung haben? Was ist es, das du wirklich von mir wissen willst, hm? Worum geht es hier wirklich?« Er starrt Theo mit grimmig zusammengepressten Lippen an. »Ich bin ein erwachsener Mann, und ich muss mich nicht bei allem, was ich tue, vor dir rechtfertigen. Hast du das verstanden?«

Theo erwidert seinen starren Blick. *Dad, was ist es, das du hier nicht sagst? Ich weiß, dass du etwas verheimlichst.* »Ich spiele keine Spielchen«, erwidert Theo um einen ruhigen Tonfall bemüht. »Ich habe dich nur nach diesem Artikel gefragt, das ist alles. Du hast in letzter Zeit recht abwesend gewirkt, als ob dir etwas Sorge bereiten würde.«

»Das Einzige, was mir Sorge bereitet, bist *du*«, blafft er.

Theo holt tief Luft. Es macht keinen Sinn, mit seinem Vater zu diskutieren, wenn er in dieser Stimmung ist. Er hebt seine Hände. »In Ordnung, wenn das so ist, dann werde ich dich nicht mehr behelligen.« Er nimmt die Tasche vom Tisch. »Gehe ich recht in der Annahme, dass du das hier nicht willst?«

Zur Antwort bekommt er einen finsteren Blick.

»Dann nehme ich es wieder mit. Jen und ich werden es uns schmecken lassen.« Er marschiert mit der Tasche zur Küche hinaus und schaut nicht zurück, bis er wieder hinter dem Steuer seines Volvos sitzt. Kurz hegt er die Hoffnung, dass sein Dad ihm nachkommt, um sich zu entschuldigen. Aber natürlich tut er das nicht. Theo schiebt die Kühltasche auf den Beifahrersitz und verharrt einige Minuten, ohne den Motor zu starten, während die Schuldgefühle über ihn hereinprasseln wie eh und je. Hat er sich danebenbenommen? Hätte er es anders angehen sollen?

Dein Dad ist einfach nur von der alten Schule, hatte seine Mum ihm früher mit sanfter Stimme versichert. *Er ist nicht besonders gut darin, seine Gefühle zu zeigen. Aber er liebt uns.* Theo war sich dabei nie sicher, ob sie versuchte, ihn oder doch eher sich selbst zu überzeugen.

Er weiß, dass es ihn nicht überraschen dürfte, dass sein Dad nichts preisgegeben hat. Nach dem Tod seiner Mum hatte Theo versucht, sich mit ihm über sie zu unterhalten, aber er hatte jedes Gespräch abgeblockt. Lieber begrub er seine Trauer unter weiteren Schichten von Bitternis und Wut, wie eine sorgsam zubereitete Lasagne.

Und jetzt das hier. Dieses zusätzliche Rätsel. Die beiden Toten in einem Garten in Wiltshire, mehr als zweihundert Meilen entfernt. Und die Worte *Finde sie* in der ausladenden Handschrift seines Vaters.

Und da wird ihm endlich bewusst, dass er von seinem Vater niemals Antworten erhalten wird. Es sind zu viele Jahre verstrichen. Zu viele unbeantwortete Fragen. Er wird wohl oder übel seine eigenen Nachforschungen anstellen müssen.

Aber wo soll er anfangen?, fragt er sich um einiges später, nachdem er seine Schicht im Restaurant beendet hat. Jen schläft oben bereits tief und fest, doch er steht immer noch unter Strom. Sein Körper ist zwar hundemüde, seine Füße schmerzen vom stundenlangen Stehen, aber sein Geist ist hellwach, und er schafft es nicht, ihn auszuschalten.

Google, beschließt er. Damit wird er loslegen.

Er geht rüber zu seinem Laptop, der noch immer auf dem Esszimmertisch ihres kleinen viktorianischen Reihenhauses steht; sein Bildschirm ist gerade die einzige Lichtquelle im Raum. Das leuchtende Viereck spiegelt sich in der Terrassentür, die zum Garten rausführt.

Sein erster Schritt besteht darin, »Saffron Cutler« in die Suchleiste einzugeben. Es erscheinen ein paar Artikel über die Skelette, die in ihrem Garten gefunden wurden, aber nichts, was nicht auch schon in dem Zeitungsausschnitt auf dem Schreibtisch seines Vaters erwähnt worden wäre. Er scrollt weiter. Es folgen jede Menge News und Beiträge von einem gewissen Euan Cutler, der offenbar für eines der großen Boulevardblätter schreibt. Rose Grey erweist sich ebenfalls als Sackgasse – er hat keine Ahnung, welche der unzähligen Rose Greys diejenige sein könnte, die in dem Artikel genannt wurde.

Dann gibt er den Namen seines Vaters ein.

Es erscheint eine ganze Reihe von Einträgen. Sein Vater ist ein sehr angesehener Mann. Theo braucht eine Weile, alle Suchergebnisse durchzugehen, und will beinahe schon aufgeben. Er weiß nicht, was er zu finden erwartet. Da ist eine Seite, auf der sämtliche Stationen seiner langen und erfolgreichen medizinische Karriere aufgeführt werden … Aber dann fällt ihm ein anderer Artikel ins Auge, über eine 1974 gegründete Privatpraxis. Er ist mit einem unscharfen Schwarz-Weiß-Foto seines deutlich jüngeren Vaters versehen, der, in Smoking und Fliege, auf einer Galaveranstaltung mit irgendeinem anderen Mann herumsteht. Er beugt sich näher zum Bildschirm vor und entdeckt eine Bildunterschrift: *Praxispartner Larry Knight*. Das ist aber seltsam, denkt Theo. Soweit ihm bekannt ist, hatte sein Dad in der kleinen Privatklinik, die er geleitet und vor sechs Jahren, als er in Ruhestand ging, verkauft hatte, nie einen Partner.

Er gibt den Namen seines Vaters zusammen mit »Dr. Larry Knight« bei Google ein. Es erscheinen einige Artikel aus diversen medizinischen Fachzeitschriften. Es klingt, als seien sie, vier Jahre nachdem sie gemeinsam die Klinik gegründet hatten, getrennte Wege gegangen. Theo fragt sich, warum. Sein Vater war ihm schon immer ein Rätsel – und seine Vergangenheit erst recht. Vielleicht könnte Larry Knight ihm ein paar Antworten geben. Ihm ist bewusst, dass er im Trüben fischt. Hier steht rein gar nichts, was seinen Vater mit den Toten in Wiltshire in Verbindung bringt. Aber womöglich kann Larry Knight ihm einen Einblick in das Leben seines Vaters vor Theos Mum geben – vielleicht kennt er sogar Rose Grey.

Er reibt sich die Augen. Er ist müde, doch zugleich ganz aufgekratzt. Er kann seinen Blick nicht von dem Bildschirm lösen, obwohl sich darauf keine neuen Informationen finden lassen.

Er blinzelt seine Müdigkeit weg, doch der Name seines Vaters wabert vor seinen Augen umher.

Dr. Victor Carmichael.

16

Rose, Januar 1980

Daphne zog am Neujahrstag bei uns ein. Kurz nach dem Mittagessen stand sie vor der Tür, das blonde Haar zu einem französischen Zopf geflochten, in ihrer dünnen Jacke zitternd, lediglich mit einem Rucksack und den Klamotten, die sie am Leib trug, bepackt.

In den Tagen und Wochen, die folgten, fragte ich mich oft, warum eine Frau die, wie ich schätze, Mitte oder Ende dreißig war, keine anderen Habseligkeiten besaß. Für mich machte es den Eindruck, als habe sie ihre letzte Bleibe überstürzt verlassen.

War es vorschnell von mir gewesen, eine Fremde in unser Haus zu bringen? Das glaubte ich nicht. Zumindest damals nicht. Zu jenem Zeitpunkt war sie für mich lediglich eine Untermieterin, jemand, der Miete bezahlte, damit ich eine andere Einkommensquelle hatte, anstatt unnötig den letzten Rest vom Erbe meiner Eltern zu vergeuden. Aus ihrem gesamten Auftreten an Heiligabend schloss ich, dass sie sich, genau wie ich, verzweifelt zu verstecken suchte. Und ich hätte mein Leben darauf verwettet, dass es aus ähnlichen Gründen so war: um von einem Mann wegzukommen.

Der erste Abend lief ein bisschen holprig. Zuerst zeigte ich ihr das Cottage und ihr Zimmer, damit sie ihre Sachen ablegen konnte. Ich sah mein kleines Zuhause durch ihre Augen: die nackten Dielenböden, bei denen ich noch nicht dazu gekommen war, Teppiche zu verlegen (außer in deinem Kinderzimmer – rosa, so wie du es dir gewünscht hattest); die schäbige Küche mit den braunen Fliesen; der olle Kamin anstelle von Heizkörpern; der alte Rayburn-Ofen, in dem ständig ein Feuer brannte und auf dem ich das Teewasser in einem gusseisernen Kessel erhitzte.

»Und wofür benutzt du das?«, erkundigte sich Daphne, auf die Tür zur Linken zeigend, als wir die Treppe runterkamen.

»Im Moment für gar nichts«, erwiderte ich und führte sie in den leeren Raum mit der braun-gelb gemusterten Tapete, die der vorherige Besitzer hinterlassen hatte. »Es ist nicht besonders groß. Ich schätze, dass es mal ein Empfangszimmer für Gäste war oder so.«

Sie runzelte die Stirn. »Du könntest es doch als Esszimmer verwenden.«

»Das stimmt, aber wir haben den Tisch in der Küche stehen.«

»Oder als Spielzimmer für Lolly?«

»Normalerweise spielt sie bei mir im Wohnzimmer. Oder oben in ihrem Kinderzimmer. Aber …«, ich zögerte und warf ihr einen raschen Blick zu, »… du kannst es gerne verwenden. Wofür auch immer du möchtest.«

Ihr Gesicht erstrahlte, und sie wandte sich mir mit aufgerissenen Augen zu. »Wirklich? Das wäre ja großartig. Obwohl«, ihre Miene verdüsterte sich, »ich habe ja meine Nähmaschine gar nicht mehr.«

»Du nähst?«

»Früher habe ich mir meine Klamotten selbst gemacht …« Sie errötete. »Egal, ich werde sparen und mir eine Neue zulegen.«

Ich fragte mich, ob sie auch die mit Flicken verzierte grüne

Jacke selbst gemacht hatte. Sie sah auf jeden Fall nach Handarbeit aus.

»Vielleicht könntest du ja eine gebrauchte auftreiben. Ich werde mich umhören.«

»Vielen Dank.« Sie hob ihren Blick und sah mir in die Augen, länger als angenehm war. Ihre Wimpern waren auch heute mit blauer Mascara geschminkt, wovon sich ein winziger Spritzer auf ihren bleichen Wangenknochen verirrt hatte. Sie hatte einen kleinen schwarzen Punkt auf ihrer Iris, der wie ein Schönheitsfleck aussah.

Ich senkte als Erste den Blick. »Na dann. Ich werde mal lieber nach Lolly schauen«, sagte ich, drehte mich um und ging wieder die Treppe hoch.

Später, nachdem ich dich in deinem schmiedeeisernen Bettchen schlafen gelegt hatte, saßen Daphne und ich nebeneinander auf dem braunen Cordsofa wie ein nervöses Paar beim ersten Rendezvous. Sie hatte immer noch ihre grüne Jacke und das Paar dunkelblauer Plateaustiefel an, die unter ihrer Schlaghose hervorlugten. Ich hatte uns beiden ein Glas von dem Babycham-Piccolo eingeschenkt, den mir Joel, der Besitzer des Stag & Pheasant zu Weihnachten geschenkt hatte, und so saßen wir da und betrachteten die knisternden und prasselnden Flammen und Scheite im offenen Kamin. Der schwere Geruch von qualmendem Holz und flüssigem Grillanzünder war beinahe betäubend. Das Radio hatte ich angelassen, und im Hintergrund lief »Heart of Glass« von Blondie. Ich konnte sehen, wie Daphne das schlichte Wohnzimmer mit der rosa-blau geblümten Tapete, die ich selbst nach unserem Einzug angebracht hatte, und die nicht dazu passende fransenbesetzte Stehlampe in der Ecke in Augenschein nahm.

»Ich hoffe, es ist nicht zu bescheiden für dich«, sagte ich an sie gewandt. »Wenigstens haben wir ein Bad im Haus. Die letzten Besitzer haben es einbauen lassen.«

Daphne lächelte rätselhaft und ließ den Blick gemächlich durch den Raum schweifen. »Ich habe schon schlimmer gewohnt«, erwiderte sie, und ich musste mir Mühe geben, es nicht als Beleidigung aufzufassen. Ich hatte es so gemütlich eingerichtet, wie mir möglich war.

»Es war billig.« Ich lächelte und zuckte betont lässig mit den Schultern – ganz so, als wäre ich insgeheim nicht stolz, ein eigenes Heim zu besitzen. Etwas, das mir nie jemand wegnehmen konnte. Meine Sicherheit. »Ich wollte nicht mein ganzes Geld für eine Immobilie ausgeben.« Die Warnung des Immobilienmaklers, dass die Firste eines Strohdachs alle zehn Jahre ersetzt werden müssten, hatte ich geflissentlich in den Wind geschlagen. Das schien so weit weg. Bis dahin wäre ich womöglich schon wieder umgezogen.

Sie hob eine ihrer dünn nachgezeichneten Augenbrauen. »Es muss schwer sein, alleinerziehend zu sein.«

Ich nickte. Immer noch besser als die Alternative, dachte ich bei mir, sprach es allerdings nicht aus.

»Hat dir dein Mann das Cottage hinterlassen?«

Ich zögerte. Sie hielt mich für eine Witwe. Was konnte ich ihr erzählen, ohne etwas preiszugeben?

Du musst wissen, Lolly, dass ich früher immer so offen und ehrlich gewesen war. Davor. Ich erzählte den Leuten alles – was meine neue Bluse gekostet hatte, wie viel ich verdiente, mit wem ich ausging –, ganz gleich, ob sie es wissen wollten oder nicht. Aber ich habe auf die harte Tour gelernt, meine Klappe zu halten.

Ich nickte und nippte an meinem Sekt.

»Wann ist dein Mann gestorben?«

»Als ich schwanger war«, antwortete ich. Ich fühlte mich schrecklich dabei, zu lügen.

»Wie furchtbar«, murmelte sie, mit dem Stiel ihres Glases spielend. Sie warf einen Blick auf meine Hand und bemerkte offenbar das Fehlen eines Eherings. Ich wollte nicht zugeben, dass da noch nie ein Ring gewesen war.

»Bist … warst du jemals verheiratet?«, erkundigte ich mich stattdessen.

Sie schüttelte sich. »O Gott, nein. Ich werde niemals heiraten.«

»Wirklich?«

»Mir ist schleierhaft, warum überhaupt irgendwer sich an einen Mann binden wollte.«

Sprach sie so, weil man sie ebenfalls schlecht behandelt hatte? Oder hatte ich sie falsch verstanden? Vielleicht war sie ja nur ein Freigeist. Oder ein Hippie. Vielleicht glaubte sie an die freie Liebe. Sie war attraktiv, mit großen Augen, Schlafzimmerblick, einem elfenhaften Gesicht und langem blondierten Haar, dessen brauner Ansatz durchschimmerte. Ich war mir sicher, dass es ihr nicht an männlicher Aufmerksamkeit mangelte. Mich selbst hatte ich immer für einigermaßen attraktiv gehalten – nicht umwerfend schön oder ein Hingucker, sondern vielmehr natürlich, wenig einschüchternd. Mir war klar, dass Daphne um Längen besser aussah. »Ähm …« Ich räusperte mich. »Ich weiß, das ist jetzt ein bisschen delikat, und wir hätten uns wahrscheinlich vor deinem Einzug darüber unterhalten müssen, aber … wegen Lolly und so … Ich glaube, es ist besser, wenn …« Wie konnte ich das möglichst taktvoll in Worte kleiden? »Wenn keine Besucher über Nacht bleiben.«

Kurz starrte sie mich nur an, dann brach sie in lautes Gelächter aus. »Oh, Rose! Schau dich an, du bist ja ganz rot geworden. Ich verspreche, ich werde keine Männer in meinem Schlafzimmer empfangen. Ganz ehrlich, Männer sind das Letzte, was ich im Sinn habe.«

Ich nippte erleichtert an meinem Glas.

»Stört es dich, wenn ich rauche?«

Ich schüttelte den Kopf. »Ich versuche nur, nicht in Lollys Nähe zu rauchen, falls das okay ist.«

Sie wirkte etwas überrascht, zuckte aber mit den Schultern. »Das geht in Ordnung. Ich werde einfach in den Garten gehen.« Sie stellte ihr Glas auf dem Sofatisch ab und erhob sich.

Ich folgte ihr in die Küche und durch die Hintertür nach draußen. Zitternd stand sie in ihrem gerippten Rollkragenpulli und der dünnen Jacke draußen auf der Terrasse. Ich hatte so ein schlechtes Gewissen, dass ich ihr vorschlug, uns in den Türeingang zu stellen. Sie reichte mir eine Selbstgedrehte. Schweigend standen wir da und pafften an unseren Zigaretten, während eine feine Eisschicht sich über die Steinplatten vor uns legte.

»Danke dir«, sagte sie schließlich. »Dafür, dass du mir das Zimmer zur Miete angeboten hast. Ich denke, das hier wird gut klappen.«

Ich wusste nicht, ob es am Alkohol oder am Nikotin lag, oder an einer Kombination aus beidem, aber ich war plötzlich zuversichtlich, dass sie recht hatte. Wir wollten beide das Gleiche, das merkte ich schon jetzt. Ruhe und Frieden. Anonymität.

Während wir an jenem ersten Tag eines neuen Jahres, ja, einer neuen Dekade, dort standen, hätte ich mir niemals träumen lassen, dass ihre Altlasten, der Ballast, den sie mit sich brachte, uns in Gefahr bringen würde.

17

Lorna

Am nächsten Morgen bietet Lorna an, mit Snowy Gassi zu gehen, um Saffy etwas Freiraum zu geben. Obwohl gerade einmal vier Tage verstrichen sind, erkennt Lorna an der leicht vorwurfsvollen Miene ihrer Tochter, dass sie ihr ins Gehege gerät. Je mehr Lorna versucht, im Haushalt zu helfen, desto mehr schaut ihre Tochter drein, als würde sie saure Drops lutschen. Sie hatte geglaubt, ja, gehofft, dass diese *grauenhafte Entdeckung* sie einander näherbringen würde. Sie weiß, dass das egoistisch ist, aber nun, da Saffy schwanger ist, fürchtet Lorna, dass die Kluft zwischen ihnen nur noch größer wird.

Ihr wird klar, dass sie in Saffys Kindheit Fehler gemacht hat. Lorna war immer froh gewesen, wenn ihre Mutter das Aufpassen übernahm. Sie schickte Saffy jeden Sommer hin, damit sie selbst durchschnaufen und sich wie die Teenagerin und später dann junge Frau benehmen konnte, die sie zu jener Zeit war, indem sie durch die Klubs und Kneipen zog und, nachdem sie sich von Euan getrennt hatte, mit den falschen Männern anbandelte.

Doch jetzt braucht ihre Tochter sie. Braucht sie wirklich. Auch wenn sie es noch nicht weiß.

Sie lässt Saffy in ihrem deprimierend kleinen Arbeitszimmer über ihren Computer gebeugt zurück und tritt hinaus in den Sonnenschein. Sie atmet mehrfach tief durch, muss dann aber husten, als der würzige Geruch der Landluft an ihrer Kehle kratzt. Der Himmel ist wolkenlos. Lorna trägt ein leichtes Top zu Jeans und Sandaletten. Wahrscheinlich hätte sie flachere Schuhe einpacken sollen. Absätze sind nicht gerade optimal für die Aufs und Abs von Beggars Nook.

Als sie mit Snowy über die gekieste Einfahrt schreitet, sieht sie vorne einen großen Van stehen. Eine junge, gut gekleidete Frau mit lilafarbenem Hosenanzug und dunklem Haar, das sich selbst in der Brise keinen Millimeter bewegt, spricht auf dem Gehweg stehend zu einer Fernsehkamera.

»Das hier mag bloß wie ein weiteres idyllisches Cotswolds-Cottage aussehen«, sagt sie mit Grabesstimme in ein Mikrofon, »aber der Eindruck täuscht. Hier im Skelton Place wurden die Gebeine zweier Leichen gefunden.« Sie dreht sich um und zeigt auf das Cottage, woraufhin Lorna, unsicher ob sie weitergehen oder stehen bleiben soll, erstarrt. Das Gesicht der Journalistin erstrahlt, als sie sie bemerkt. »Und hier kommt schon die Eigentümerin.« Sie geht direkt auf Lorna zu. »Es muss ein Schock gewesen sein, die Toten im eigenen Garten zu finden«, sagt sie und schiebt Lorna das Mikrofon unter die Nase.

»Das ist nicht mein Haus«, erwidert Lorna gereizt.

Kurz scheint die Reporterin aus dem Konzept gebracht, doch sogleich gewinnt die Professionalität wieder die Oberhand. »Also sind Sie nicht Saffron Cutler?«

»Nein, bin ich nicht.«

»Ich habe gehört, dass dieses Cottage sich früher im Besitz von Mrs. Cutlers Großmutter befand. Stimmt das?«

»Kein Kommentar«, sagt Lorna. »Wenn Sie mich jetzt bitte entschuldigen würden …«

»Schnitt!«, ruft der Kameramann. Er steht auf der Straße. Ein verärgerter Autofahrer hupt, damit er von der Fahrbahn verschwindet. Er tritt auf den Bürgersteig, jedoch ohne sich bei dem Fahrer zu entschuldigen.

Die Reporterin wirft einen erbosten Blick zum Auto, bevor sie ihn wieder auf Lorna richtet. »Es wäre ganz toll, wenn wir Sie für unseren Nachrichtenbeitrag interviewen dürften. Heleana Phillips, freut mich, Sie kennenzulernen.« Sie streckt eine Hand aus, doch Lorna ergreift sie nicht.

»Hier gibt es für Sie keine Story zu holen«, blafft Lorna. »Wir wissen nichts über die Leichen. Das alles hat sich Jahrzehnte vor dem Einzug meiner Tochter zugetragen.«

Heleana fährt über ihr wohlfrisiertes Haar. »Nun«, sagt sie in einem besänftigenden Tonfall, der Lorna wohl weichkriegen soll, »ich finde die Story schon sehr interessant. Es kommt schließlich nicht jeden Tag vor, dass man zwei Leichen findet, nicht wahr? Sind Sie sicher, dass es keine weiteren gibt?«

»Ziemlich sicher«, erwidert Lorna und zieht, sich zum Gehen wendend, Snowy sanft auf seine Füße. Sie bemerkt, dass ein paar ältere Nachbarinnen von gegenüber sich auf dem Bürgersteig versammelt haben und die Szene mit missbilligenden Mienen und vor der Brust verschränkten Armen verfolgen. Lorna weiß, dass diese Heleana und die anderen Reporter nur ihren Job machen. Sie kennt das, schließlich hat sie mit Euan zusammengelebt, trotzdem wünscht sie sich, sie würden sich verziehen. Insbesondere wegen Saffy. Ihr entgeht nicht, wie ihre Tochter sich versteckt, wenn sie draußen herumlungern – wie eine Gefangene in ihrem eigenen Haus.

Lorna stakst, Heleanas Rufe ignorierend, eilig in ihren

unpassenden Schuhen den Hügel hinab. Ihr Herz schlägt schnell, doch sie verlangsamt ihre Schritte nicht, bis sie das Stag & Pheasant unten erreicht hat. Erst da legt sie eine Pause ein, um wieder zu Atem zu kommen, bevor sie ihren Weg über den Dorfplatz hinweg fortsetzt. Er öffnet sich vor ihr wie die Szene in einem Pop-up-Kinderbuch, und als sie das Marktkreuz und die malerische alte Kirche passiert, ziehen abermals diese vagen, durchscheinenden Erinnerungen über sie hinweg, die sie einfach nicht zu erhaschen vermag. Das Marktkreuz ist ihr so vertraut, dass sie unwillkürlich darauf zugeht. Sie setzt sich auf eine der kalten Stufen und betrachtet von da aus den Rest des Platzes. Und da überkommt es sie … ein Bild, das sich mühsam in ihrem Kopf verfestigt. Sie erinnert sich, wie sie über diesen Platz geht, flankiert von zwei Frauen, die jeweils eine ihrer Hände halten – ihre Mutter … und noch jemand. Jemand ohne Gesicht. Vielleicht die Frau auf dem Foto? Eigentlich ist es mehr ein Eindruck denn eine Erinnerung, und zugleich wird sie melancholisch, ein Gefühl beinahe wie Trauer.

Was ist das nur mit diesem Ort?, fragt sie sich und kommt wieder auf die Füße. Immer wenn sie hier ist, wird sie von einer Traurigkeit eingehüllt, die sie sich nicht erklären kann, als würde sich ein kalter Nebel über sie legen.

Das hier führt zu nichts, beschließt sie. Sie muss da raustreten und lieber daran denken, weswegen sie eigentlich hier ist. Im Geiste geht sie alles durch, was sie kaufen möchte, die Zutaten für eine traditionelle spanische Paella, die sie heute Abend für Saffy und Tom zubereiten will. Sie überquert die kleine Brücke und geht zu dem Laden am Ende der Straße, wo sie Snowy an einem Pfosten festbindet. Langsam gewöhnt sie sich an ihn. Sie würde sogar so weit gehen zu behaupten, dass sie eine gewisse Zuneigung für den Hund empfindet.

Der Tante-Emma-Laden hat nicht alle Zutaten, die sie benötigt, also muss sie improvisieren. Während sie durch die schmalen Gänge geht, bemerkt sie die Blicke einiger Kunden. Lorna kümmert sich nicht darum. Sie ist es gewohnt, angestarrt zu werden. Nachdem sie bezahlt hat, schlendert sie mit Snowy zu dem kleinen Café am Eck, dem Beggars Bowl.

Im Café sind Hunde erlaubt, also nimmt sie ihn mit hinein. Der Raum ist beengt, es ist gerade mal genug Platz für zwei runde Tische im hinteren Bereich. Vor ihr steht ein älterer Herr mit weißem Haarschopf, der sich mit dem jungen Typen hinter dem Tresen unterhält, und sie bekommt gerade noch das Ende mit.

»... so ein ruhiger Ort, aber jetzt sind hier überall Polizisten und Reporter – einer stand gestern bei mir vor der Tür und hat Fragen gestellt. Ich habe gerade zu Abend gegessen. Wer bitte schön stört zu einer solchen Uhrzeit? Also wirklich! So was passiert eben, wenn diese jungen Hüpfer herziehen und meinen, an den Häusern herumwerkeln zu müssen ...« Er stockt, als er Lorna bemerkt. Dann verzieht er seine weißen, buschigen Augenbrauen, setzt allerdings seine Schimpftirade nicht fort.

Lorna ist versucht, ihm zu sagen, er solle sich durch sie nicht stören lassen, aber sie will die Situation für Saffy nicht noch schlimmer machen. Immerhin wird sie mit diesen Dorfbewohnern zusammenleben müssen.

Der Mann nimmt seinen Becher von dem Typen hinter dem Tresen entgegen, nickt ihr ohne ein Lächeln zu und verlässt das Café.

»Was darf es für Sie sein?«, fragt der junge Mann. Falls er weiß, wer sie ist, lässt er es sich nicht anmerken, und dafür ist sie dankbar. Sie bestellt einen Latte macchiato und plaudert mit ihm, während er ihn zubereitet. Sie erfährt, dass er Seth heißt und im Dorf aufgewachsen ist; das Café hat früher seiner Tante gehört, aber er wird ab Oktober Ingenieurwesen in Nottingham studieren. Sie lächelt vor sich hin, während sie mit ihrem kostbaren Latte hinausspaziert. Das war der erste freundliche Mensch, den sie seit ihrer Ankunft hier kennengelernt hat.

Als sie einen langsameren Gang einlegt, um an ihrem Kaffee zu nippen, hört sie, wie sich jemand hinter ihr räuspert. Sie dreht sich um und erblickt einen Mann Ende fünfzig in Karohemd und Jeans. Er hat kurzes grau meliertes Haar und zusammengekniffene Augen, aus denen er sie, länger als höflich ist, taxiert. Lorna bleibt stehen, und Snowy lässt sich zu ihren Füßen auf den Boden plumpsen.

»Hallo«, grüßt er mit einem freundlichen Lächeln. »Sie leben doch in Skelton Place Nummer 9, richtig?« Er hat einen nordenglischen Akzent, und sowohl seine Haltung als auch der Tonfall schreien förmlich nach Ex-Militär.

»Nein. Ich bin nur zu Besuch«, erwidert sie.

»Ich bin auch nicht von hier«, sagt er zu ihrer Überraschung.

»Oh. Okay.« Dann dämmert es ihr. »Sind Sie Journalist?«

Er schaut verdutzt drein. »Oh … nein. Nein. Ich bin auch nur zu Besuch. Mein Name ist Glen.« Er streckt eine Hand aus, und sie hat den Eindruck, es wäre unhöflich, sie nicht zu schütteln.

»Ich bin Lorna.«

Er hat einen festen Händedruck. »Ich habe von den

Leichen oben in Skelton Place gehört. Im Dorf reden alle darüber.«

»Ja, das kann ich mir vorstellen.«

Er schenkt ihr ein Grinsen, wobei er immer noch ihre Hand hält. Sie fragt sich, ob er versucht, sie anzubaggern. Er muss gut fünfzehn Jahre älter sein als sie. Auf die Altherrenart sieht er wohl recht attraktiv aus, auch wenn seine Gesichtszüge etwas Hartes an sich haben. Sie zieht ihre Hand zurück.

»Wie auch immer«, sagt sie, »ich muss jetzt zurück. Es war nett, Sie kennenzulernen, Glen.«

»Die Freude ist ganz meinerseits«, entgegnet er, rührt sich jedoch nicht vom Fleck.

Als sie davongeht, meint sie zu hören, wie er »Grüß Rose von mir« ruft. Doch als sie den Kopf dreht, befindet der Mann sich bereits auf dem Weg Richtung Wald. Stirnrunzelnd betrachtet sie seinen sich entfernenden Rücken und fragt sich, ob sie hinterhereilen sollte, um zu fragen, woher er ihre Mutter kennt.

Aber sie beschließt, dass sie sich verhört haben muss.

Als Lorna am Cottage ankommt, stellt sie erleichtert fest, dass Heleana samt Crew verschwunden sind. Sie klingelt an der Tür und wird von einer abwesend wirkenden Saffy hereingelassen.

»Hallo, mein Schatz.« Sie löst die Leine von Snowys Halsband.

Saffy beugt sich hinab, um ihm einen Kuss auf den Kopf zu drücken, bevor sie in ihr Arbeitszimmer zurückkehrt. Auf dem Bildschirm ist die Simulation eines Buchcovers zu sehen, auf dessen oberem Rand in großen roten Buchstaben der

Name Leon Bronsky prangt, und darunter eine unheimliche, brennende Porzellanpuppe. Lorna hat einige seiner Bücher gelesen; sie sind extrem düster. »Hast du das entworfen?«

Saffy nickt. »Der Verlag hat uns beauftragt, sein Cover und die Marketingkampagne zu gestalten: Plakate, Aufmacher für Zeitschriftenanzeigen, so Sachen. Ein neues Image. Er hat ins Horrorgenre gewechselt. Das ist ein guter Auftrag. Eine Riesennummer.«

Lorna verzieht das Gesicht, als sie sich vorstellt, wie viel gruseliger wohl dieses Buch ist. »Musstest du es lesen?«

Saffy lacht. »Jep. Und ich habe Albträume davon bekommen.« Sie streicht sich eine Locke aus dem Gesicht, den Blick immer noch auf den Bildschirm und das finstere Cover gerichtet. »Ich bin froh, dass die Reporter endlich abgezogen sind.«

»Ich auch. Eine von ihnen hat mich vorhin abgefangen. Aber mache dir keine Sorgen, ich habe nichts gesagt.« Sie hält ihre Tragetasche in die Höhe. »Ich habe für heute Abend eingekauft. Ich konnte nicht alles auftreiben, was ich wollte, aber eine Paella oder so was in der Art werde ich schon noch hinbekommen.«

Saffy brummt nur zur Antwort, die Stirn in tiefen Falten, während sie sich schon wieder auf den Bildschirm konzentriert. Lorna beschließt, dass es das Beste ist, sie in Ruhe zu lassen, und verstaut die Einkäufe in der Küche. Danach begibt sie sich ins Wohnzimmer. Gestern Abend waren sie zu müde, um die letzten Kisten durchzusehen, außerdem musste Tom in aller Herrgottsfrühe aufstehen, um zur Arbeit zu fahren.

Lorna lässt sich auf dem Boden nieder, um mit dem fortzufahren, was sie gestern begonnen haben. Dabei bemerkt sie die dicke Staubschicht auf der Sockelleiste, widersteht allerdings dem Drang, einen Lappen zu holen und sie zu beseitigen. Sie streift ihre Sandaletten ab, zieht ihre Beine im Schneidersitz unter sich und macht sich gerade daran, herauszufinden, ob der Haufen Papier vor ihr wichtig ist oder doch nur Quittungen, als ihr Handy klingelt.

Es ist Alberto.

Ihr wird flau im Magen. Seit Tagen versucht sie ihn zu erreichen. Er hat ihr bei ihrer Ankunft zwar ein paar kurze Nachrichten geschickt, aber jedes Mal, wenn sie ihn anrief, ging sofort die Mailbox ran.

»*Mi tesoro*, ich habe dich vermisst«, sagt er, als sie sich meldet. »Wann kommst du nach Hause?«

»Du hast mir auch gefehlt.« Obwohl sie sich nicht sicher ist, ob das der Wahrheit entspricht. »Ich bleibe mindestens noch bis zum Wochenende.«

»In der Wohnung ist es ohne dich ganz einsam.« Das bezweifelt sie. Normalerweise ist er bis spätabends in seiner Bar. Trotzdem klingt er, als würde er sie vermissen. Vielleicht war ihr Argwohn ihm gegenüber doch unbegründet.

Aber er denkt nicht daran, sich nach Saffy oder ihrer Mutter zu erkundigen, stellt sie etwas enttäuscht fest. »Im Moment werde ich hier gebraucht. Saffy ist schwanger …«

Sie schildert ihm alles, was passiert ist, seit sie in Beggars Nook eingetroffen ist, aber vermutlich hat er irgendwo mittendrin abgeschaltet, denn als er antwortet, klingt er gelangweilt.

»Solange du bald wiederkommst, *mi amor. Me muero por verte.*«

»Ich kann es auch kaum erwarten, dich zu sehen«, lügt sie und legt schweren Herzens auf.

Die nächste Stunde verbringt sie weiter damit, die Unterlagen ihrer Mutter zu sichten, in der Hoffnung, noch etwas Interessantes zu finden, weitere Fotos etwa. Vielleicht sogar von ihrem Vater. Meist hat sie keinen Gedanken an ihren Vater verschwendet, doch es gab Momente, da vermisste sie es, einen Dad an ihrer Seite zu haben. Sie erinnert sich noch, da war sie ungefähr zehn, wie sie in der Schule einen Wettbewerb in Allgemeinwissen machen mussten – eine ganze Woche lang bestand die Aufgabe darin, zu sehen, wer die meisten Fakten zu einem Thema auftreiben konnte. Aber die Bücherei befand sich in der Stadt, und ohne Auto blieb ihr nur die verstaubte Enzyklopädie, die ihre Mutter im Haus hatte. Ihre beste Freundin, Anne, gewann, weil ihr Vater sie eine Woche lang jeden Nachmittag in die Bücherei fuhr, um ihr dabei zu helfen, das zu finden, was sie brauchte. Damals war sie eifersüchtig auf Anne und ihren fürsorglichen Vater mit seinem kleinen Auto gewesen, hatte sich jedoch nicht getraut zu fragen, ob er sie mitnehmen könne. Lorna belegte den letzten Platz bei dem Quiz.

Sie glättet mit der Hand den Zeitungsartikel über Sheila, den sie gestern gefunden haben. Sie geht ihn erneut durch und fragt sich, aus welchem Grund ihre Mutter ihn aufgehoben hatte. War Sheila eine Freundin von Rose gewesen? Hatte sie gehofft, dem, was da passiert war, auf den Grund gehen zu können? Für Lorna hörte es sich eindeutig nach einem Fall von Ertrinken an. Aber da fällt es ihr ins Auge. Und sie muss sich wundern, dass es nicht schon gestern bei ihnen klick gemacht hat.

Alan Hartall (38), ein Nachbar von Miss Watts, sagt: »Sheila war eher eine Einzelgängerin. Sie blieb sehr für sich, auch wenn ich sie recht gut kannte.«

Hartall – ist das nicht der gleiche Nachname wie der der

Untermieterin ihrer Mutter, Daphne? Ist das der Grund, weshalb sie den Artikel aufgehoben hatte? Sie springt auf, flitzt aus dem Zimmer rüber zu Saffy und platzt, ohne anzuklopfen, in ihr Büro.

Saffy schaut auf. »Mum, was ist denn schon wieder? Ich hinke jetzt schon hinterher dank der Reporter, die den ganzen Morgen hier geklingelt haben.«

Lorna knallt den Artikel vor ihr auf den Schreibtisch. »Tut mir leid, Schatz, aber schau dir das an.« Sie tippt auf die Zeile. »Alan Hartall. Der gleiche Nachname wie der von Daphne.«

Saffy dreht sich mit aufgerissenen Augen zu ihr um. »Oh.«

»Dem müssen wir nachgehen. Falls sie miteinander verwandt sind, könnte das uns helfen, diese Daphne ausfindig zu machen.«

»Das ist vierzig Jahre her. Kann gut sein, dass Alan Hartall mittlerweile tot ist.«

Im Geist verdreht Lorna die Augen. Typische Antwort von ihrer pessimistischen Tochter. »Ja, und wenn nicht, wird er ungefähr im Alter deiner Gran sein. Wir müssen es versuchen. Vielleicht kann er uns etwas über diese Daphne erzählen.«

»Ja, aber …« Saffy zieht eins dieser Samthaargummis von ihrem Handgelenk und bindet sich einen Pferdeschwanz. »Mir ist nicht klar, wozu das gut sein soll, Mum. Es ist doch eher unwahrscheinlich, dass Großmutter überhaupt hier wohnte, als die Morde geschahen.«

»Schon, aber Daphne könnte vielleicht etwas Licht ins Dunkel bringen. Die Polizei befragt schließlich alle, die hier gewohnt haben. Außerdem«, sie schluckt, »wäre es schön, jemanden kennenzulernen, der deine Gran kannte. Als sie noch jung war.«

»Wir sollten das der Polizei überlassen«, sagt Saffy.

»Die brauchen doch ewig.« Lorna beginnt, zusehends frustriert, in dem kleinen Kabuff auf und ab zu gehen. Nun, da ihr die Idee gekommen ist, kann sie sie nicht mehr fallen lassen. »Es gibt zig Leute, mit denen sie noch reden müssen. Ehemalige Mieter, andere Untermieter, und selbst wenn sie Daphne ausfindig machen und mit ihr sprechen, werden sie uns gewiss nicht viel davon erzählen, oder? Falls diese Daphne noch am Leben ist, wäre es doch faszinierend, sich mit ihr zu unterhalten, oder nicht? Sie kannte deine Großmutter. Hat sogar mit ihr zusammengelebt. Mit *mir*. Es kann also nicht schaden. Möglicherweise weiß sie auch etwas über diese Sheila. Sie ist ganz klar wichtig, sonst hätte deine Großmutter den Zeitungsausschnitt nicht aufgehoben. Vielleicht waren sie alle drei miteinander befreundet …«

»Ich habe Dad schon gebeten, wegen Sheila und dieser Geschichte mit dem Ertrinken nachzuforschen.«

»Oh. Gut. Hast du … ihm von dem Baby erzählt?«

Saffy nickt. »Er war überrascht. Aber glücklich – hoffe ich.«

»Das ist ja großartig.« Lorna bleibt erwartungsvoll neben dem Schreibtisch stehen, bis ihre Tochter resigniert seufzt.

»Na gut. Wie sollen wir das angehen?«, fragt Saffy.

Lorna klatscht in die Hände. »Okay, also, ich denke, du solltest deinen Vater noch mal kontaktieren, falls es dir nichts ausmacht. Er hat über die Redaktion Zugriff auf das Wählerverzeichnis und kann somit herausfinden, ob da immer noch ein Alan Hartall in der Gegend von Broadstairs wohnt. Aber mach dir jetzt noch keinen Kopf. Du hast zu tun.«

Saffy gibt Lorna den Artikel zurück. »Ich werde ihn später anrufen – lass mich das nur fertig machen.«

»Großartig.« Lorna umarmt Saffy kurz und verzieht sich dann wieder ins Wohnzimmer.

Es ist nicht gerade ein starker Anhaltspunkt, denkt sie, während sie damit fortfährt, die Kiste zu durchforsten, aber im Moment ist es alles, was wir haben.

18

Saffy

Ich gehe mit dem Handy ins Wohnzimmer rüber. Mum sitzt auf dem Sofa und drückt eines der senffarbenen Kissen an ihre Brust. Sie schaut auf, als ich eintrete, und ihre dunklen Augen glitzern vor Aufregung. »Und? Hast du mit ihm gesprochen?«

»Jep. Dad meinte, er werde morgen versuchen, so viel wie möglich herauszufinden. Heute Abend ist er leider nicht mehr in der Redaktion.«

Mum springt vom Sofa auf. Sie geht zum Fenster. Ihre Füße sind nackt und gebräunt, und sie hopst unablässig von einem auf den anderen. Die Energie strahlt geradezu glühend von ihr aus. »Ich habe das Gefühl, ich sollte mehr unternehmen, um Daphne aufzuspüren.« Sie berührt ihre schwer bestückte Halskette, lässt die bunten Perlen kurz durch ihre Finger gleiten und dreht sich dann mit blitzenden Augen zu mir. »Ich fahre nach London.«

»Was? Warum?«

»Ich werde deinen Vater besuchen. Ich habe ihn seit deinem Abschluss nicht mehr gesehen. Er wäre schön, mal wieder mit ihm zu plaudern.«

Das ist das Komische an meinen geschiedenen Eltern. Sie mögen sich nach wie vor. Sie haben bei meiner Abschlussfeier die ganze Zeit über miteinander getrunken und gelacht, und als ich Tara darüber aufklärte, dass sie eigentlich geschieden seien, war sie völlig baff. Ich habe mich oft gefragt, ob sie, wenn sie sich nicht als Teenager begegnet wären, sondern später im Leben, dann zusammengeblieben wären.

»Es kann aber sein, dass Dad gar nichts über Alan Hartall herausfindet«, gebe ich zu bedenken. »Er wird maximal eine Adresse haben, und die kann er dir auch telefonisch durchgeben.«

»Ich weiß, aber so habe ich wenigstens etwas zu tun. Dann komme ich dir hier nicht mehr in die Quere. Du hast viel zu arbeiten, und ich hänge hier nur rum und bin zu nichts nutze. Ich nehme gleich morgen einen Zug. Würde es dir was ausmachen, mich zum Bahnhof zu fahren?« Bevor ich antworten kann, hat sie ihr Handy aus der Hosentasche gezückt. »Morgen früh gibt es einen Zug um …« Sie hält das Display näher. »Um neun Uhr achtundzwanzig.« Sie blickt auf. »Ist das auch nicht zu früh für dich?«

Mum glaubt irgendwie noch immer, dass ich mich seit meiner Pubertät nicht weiterentwickelt habe und nach wie vor bis mittags im Bett faulenze. »Das geht in Ordnung«, sage ich. Ich finde zwar, dass es eine übergeschnappte Idee ist, aber so wird sie wenigstens einen Tag außer Haus sein, damit ich die Muße habe, das Buchdesign für meine Chefin Caitlyn fertigzustellen. Mit meinem letzten Vorschlag ist sie nicht zufrieden gewesen. Ich habe schon Angst, dass ich allgemein nachlasse. Ich war zu abgelenkt. Erst der Umzug, dann die Schwangerschaft, Gran und nun meine Mum. Ach ja, und natürlich diese kleine Geschichte mit den zwei Leichen im Garten.

»Hör auf, auf deiner Lippe herumzunagen«, ermahnt Mum mich, während sie auch schon an mir vorbeirauscht. »Ich setze uns einen Tee auf.«

Als ich am nächsten Morgen aufstehe, ist Mum bereits angezogen und schminkt sich am Küchentisch. Tom ist schon um sechs Uhr aus dem Haus. Er hat einen langen Arbeitsweg, und ich glaube, der Reiz des Neuen ist allmählich dabei zu verfliegen. Gestern ist er wegen Zugverspätungen erst spät zu Hause eingetroffen; er fiel fix und fertig ins Bett und schlief, den Arm um meinen Bauch gelegt, praktisch sofort ein.

»Du schaust schick aus«, sage ich, was der Wahrheit entspricht, auch wenn ich ihr Outfit niemals anziehen würde. Sie trägt eine taillierte schwarz-weiße Tweedjacke mit großen messingfarbenen Knöpfen, eine kirschrote hautenge Jeans und ein tief ausgeschnittenes weißes Top, dazu die klobige Halskette wie am Vortag. Auf einmal fühle ich mich underdressed in meiner ausgebeulten Latzhose und dem zitronengelben T-Shirt.

»Vielen Dank.« Sie strahlt mich über ihren Handtaschenspiegel hinweg an. Dann legt sie ihn zur Seite und runzelt die Stirn. »Geht es dir gut? Du siehst ein bisschen … blass um die Nase aus.«

»Geht schon. Mir ist zurzeit morgens ein wenig übel.« Ihr Parfum beschert mir fiese Kopfschmerzen. Aber es ist nicht nur das. Ich fühle mich unwohl bei dem Gedanken, den ganzen Tag allein in dem Cottage zu sein. Normalerweise macht mir das nichts aus, und ich habe mich danach gesehnt, etwas Zeit für mich zu haben, ohne dass Mum ständig in der Nähe ist. Aber nun, da sie wegfährt – und Tom ebenfalls in London ist –, wird mir schlagartig bewusst, dass ich tatsächlich ganz allein sein werde. In diesem unheimlichen Cottage, in dem die Geister der beiden Toten herumspuken.

Ich versuche, nicht aus dem Fenster zu schauen, als ich mir ein Glas Wasser hole. Tom glaubt, dass wir vielleicht eine andere Baufirma werden beauftragen müssen. Je früher dieses Loch bedeckt ist, desto besser. Jedes Mal, wenn ich es anschaue, gruselt es mich.

Mum schiebt ihren Stuhl zurück. »Schatz, setz dich doch. Was kann ich dir bringen? Toast? Ein paar Kekse zum Knabbern?« Mir ist nicht entgangen, dass sie bereits den Abwasch erledigt und die Sachen vom gestrigen Abend weggeräumt hat. Ich fühle mich wie ein Gast in ihrem Haus, was ich theoretisch ja auch bin. Sie hat sogar den Hund gefüttert, was ich nie von ihr erwartet hätte.

Sie holt mir ein paar Haferkekse, und ich lasse mich auf einen Stuhl sinken, während sie mich umsorgt. Ich bin zu müde, um zu protestieren. Eine Nervosität rumort in meinem Inneren. Ich fühle mich, als wäre ich diejenige, die den Zug nach London nimmt. Was wird Dad wohl ans Tageslicht bringen? Das kann nur neue Probleme aufwühlen.

»Also, wie sieht der Plan aus?«, frage ich und lege den Keks weg. Es hilft ohnehin nicht.

»Ich treffe mich mit deinem Dad auf ein frühes Mittagessen.« Sie wirft einen Blick auf die schmale goldene Uhr an ihrem Handgelenk. »Okay, wir sollten besser aufbrechen. Also, bist du dir wirklich sicher, dass du mich fahren kannst? Ich kann auch gern ein Taxi nehmen.«

Ich erhebe mich. »Alles gut, Mum. Komm.«

Sie plappert die gesamte Fahrt zum Bahnhof durch. Als wir ankommen, habe ich einen Wahnsinnsschädel. Sie redet auch noch, als sie aus dem Wagen steigt. »Ich rufe dich später an, um dich auf dem Laufenden zu halten. Für die Rückfahrt werde ich mir ein Taxi rufen, also mach dir keinen Kopf, du musst mich nicht abholen. Ich werde …«

Ein Auto hinter mir hupt. »Mum, ich darf hier eigentlich gar nicht halten.«

»Okay, okay, ich geh ja schon.« Sie schließt die Beifahrertür, winkt und wirft mir mehrere Kusshändchen zu, während ich davonfahre.

Auf der Rückfahrt zum Cottage herrscht friedliche Stille im Auto.

Ich sperre die Tür auf und beschließe, Dad anzurufen. Er geht beim zweiten Klingeln ran.

»Hallo, Liebes. Ich wollte dich schon anrufen, dachte aber, dass es noch ein bisschen zu früh sein könnte.«

Es ist halb zehn. Was ist bloß los mit meinen Eltern? »Hab mich grad nur gefragt, ob du Glück bei der Sache mit Sheila Watts hattest?«

Sein Atem hört sich an, als würde er schnell gehen. Mir gefällt die Vorstellung, wie er, vielleicht mit einem Coffee-to-go in der Hand und seinem Notizbuch in der Jacke, auf dem Weg zu einer Reportage durch London marschiert. Mein großer, gut aussehender Dad.

»Tja, tatsächlich habe ich etwas herausgefunden«, sagt er.

Unwillkürlich richte ich mich auf. »Ach ja?«

»Ja, ich habe im Archiv eine Akte über sie gefunden.«

Ich schnappe nach Luft. »Echt jetzt? Was stand da drin? Handelte es sich um genau die Sheila?«

»Ich denke schon. Ich habe gerade alle Hände voll damit zu tun, eine Riesenstory fertig zu machen, darum habe ich sie nur rasch durchgeblättert. Es schien nicht gerade viel, fürchte ich. Eigentlich bin ich überrascht, dass sie noch nicht geschreddert wurde. Vieles im Archiv wurde ganz einfach vergessen. Aber vielleicht ist es trotzdem nützlich. Ich kann gern ein paar Fotos machen und sie dir schicken.«

»Das wäre super!«

»Ich muss los. Ich bin zu einem Termin unterwegs, aber ich maile dir später.«

»Danke, Dad.«

Ich lege auf, voller Neugier, die Akte zu sehen.

Ich muss vor der Arbeit meinen Kopf frei bekommen, also beschließe ich, eine Runde mit Snowy zu drehen. Er umkreist eifrig meine Beine, während ich die Leine hervorkrame und an seinem Halsband festmache. Bevor ich das Haus verlasse, spähe ich durch die schmale Glasscheibe in der Eingangstür, um sicherzustellen, dass sich draußen keine Journalisten herumtreiben. Als ich sehe, dass die Luft rein ist, öffne ich die Tür und betrete die Einfahrt. Meine Jacke überziehend, steuere ich den schmalen Weg an, der ein paar Häuser weiter hinter den Skelton-Place-Anwesen in den Wald führt. Mum findet den Wald unheimlich und bedrückend, aber ich empfinde ihn als wunderschön und friedlich. Ich liebe den holzigen Duft der Bäume, die feuchte Erde, die Glockenblumen, die zu dieser Jahreszeit den Boden mit einem violett-blauen Teppich bedecken, und ich liebe, wie die Sonne durch die Blätter funkelt. Hier draußen habe ich das Gefühl, richtig durchatmen zu können – keine Luftverschmutzung, nur reine Natur.

Ich stapfe tiefer in den Wald hinein, dorthin, wo die Bäume so dicht stehen, dass das Sonnenlicht kaum noch durchdringt, und fröstle ein wenig in meiner dünnen Jacke. Snowy zerrt übermütig an seiner Leine, während wir über verschlungene Pfade und knorrige Baumwurzeln hinwegspazieren, die aus dem Boden ragen wie ein wirres Netzwerk aus Rohren.

Ich bin so in meine Gedanken vertieft, dass ich es zunächst nicht wirklich höre.

Doch dann knackt ein Ast.

So laut, dass ich zusammenzucke und mein Kopf herumwirbelt. Ein paar Meter entfernt steht ein Mann. Ich erkenne ihn; es ist der Kerl, der neulich vor dem Cottage stand, der, von dem ich sicher bin, dass er mir letzte Woche bis zu Grans Pflegeheim gefolgt ist.

Panische Hitze steigt mir in den Kopf, und mein Mund wird trocken. Snowy hört auf, am Baumstamm zu schnüffeln, und stellt sich mit nach vorne aufgestellten Ohren neben mich. Der Mann trägt eine Wachsjacke und klobige Stiefel. Er sieht aus, als gehöre er mit einem Jagdgewehr in der Hand auf ein herrschaftliches Anwesen. »Hallo«, grüßt er lächelnd.

Ich nicke ihm zu und gehe weiter.

»Saffron Cutler, richtig?«

Ich bleibe stehen. Wer ist der Typ? Ein Journalist? Ich wende mich um und versuche, gelassen zu klingen. »Hören Sie, falls Sie Reporter sind: Ich weiß auch nicht mehr über die Leichen, die in meinem Garten gefunden wurden. Ich bin, was das angeht, genauso ahnungslos wie Sie. Das alles war lange vor meiner Zeit.«

Er hebt eine Hand empor. »Ich bin nicht von der Presse.«

»Oh.« Ich weiß nicht, was ich sonst sagen soll. Ich verspüre ein erstes unbehagliches Kribbeln. Der Wald ist menschenleer, und mir wird schmerzhaft bewusst, dass ich mit diesem fremden Mann ganz allein bin.

»Tatsächlich«, fährt er fort, »heiße ich Davies. Ich bin Privatdetektiv.«

»Privatdetektiv?« Aus welchem Grund sollte mir ein Privatdetektiv in den Wald folgen? Warum hat er nicht einfach bei mir geklopft?

»Ich bin Ihnen nicht gefolgt«, sagt er mit einem kleinen Schmunzeln, als hätte er meine Gedanken erraten. »Ich dachte, es ist vielleicht noch ein bisschen früh für einen Besuch, also beschloss ich, dass ein Spaziergang im Wald auch ganz okay wäre. Er ist wirklich herrlich.«

Ich bedenke ihn mit einem schrägen Blick. »Ähm … wer hat Sie beauftragt?«

»Ich fürchte, es steht mir nicht frei, das zu sagen.« Er lässt den Blick über die Bäume schweifen, als sei das ein belangloser Plausch, der ihn nicht weiter kümmert, aber die Anspannung seines Körpers verrät mir, dass das nur vorgetäuscht ist.

»Alles klar. Tja, ich befürchte, ich weiß auch nicht mehr …« Ich wende mich zum Gehen.

»Warten Sie!«, ruft er, folgt mir allerdings nicht.

Ich bleibe stehen und drehe mich noch einmal um.

»Es ist Ihre Großmutter, mit der ich mich eigentlich unterhalten muss.«

»Meine Großmutter? Wieso?«

»Das … nun, das ist eine persönliche Angelegenheit.«

»Meine Großmutter ist in einem Pflegeheim. Sie ist nicht in der Lage, sich mit irgendwem zu unterhalten.«

Ein Schatten fällt über sein Gesicht. »Ist sie krank?«

»Sie hat Demenz.«

Er reibt sich mit der Hand über sein stoppeliges Kinn. »Oh. Das macht die Sache natürlich schwieriger. In der Tat, um einiges schwerer. Hören Sie, mein Klient benötigt dringend einige Informationen von ihr.« Sein Tonfall ist jetzt kälter, die vorgetäuschte Freundlichkeit verschwunden.

Mein Herzschlag beschleunigt. »Welche Art von Informationen?«

»Über etwas, das vor langer Zeit passiert ist.«

»Ich verstehe«, sage ich, obwohl ich vollkommen perplex bin.

»Wie lange ist es her, dass Ihre Großmutter aus dem Cottage ausgezogen ist?«

»Ewig. Sie hat da seit zig Jahren nicht mehr gewohnt.«

»Erinnern Sie sich bis zu welchem Jahr?«

»Nicht genau, nein.« Dem Typen verrate ich gar nichts. Einen Moment scheint er darüber nachzudenken. Snowy beginnt ungeduldig an der Leine zu zerren. »Hören Sie«, schiebe ich hinterher, »ich weiß wirklich nichts. Meine Mutter und ich hatten nicht mal einen Schimmer, dass Großmutter dieses Cottage besaß, bis sie ins Pflegeheim kam. Ich kann Ihnen ehrlich gesagt nicht helfen.«

Er geht auf mich zu, wobei er in seine Jacke greift. »Darf ich Ihnen das hier geben?« Er bringt eine kleine cremefarbene Visitenkarte zum Vorschein.

Ich strecke die Hand aus und nehme sie entgegen. *G. E. Davies. T&D Privatermittler* steht auf der Vorderseite, darunter eine Handynummer. »Mein Klient sucht nach etwas, das sich im Besitz Ihrer Großmutter befindet. Mein Klient ist sich sicher, dass sie es noch etliche Jahre verwahrt hat.«

Ich denke an die beiden großen Kartons mit ihren Sachen und nehme mir fest vor, sie noch einmal durchzugehen. »Um was genau handelt es sich?«

Er blickt frustriert drein und seufzt. »So eine Art Mappe. Papierkram.«

»Worum geht es hier eigentlich?«

»Ich befolge nur Anweisungen, Saffron.« Er senkt die Stimme, obwohl niemand in der Nähe ist, und die Angst durchflutet mich. Ich trete einen Schritt zurück. »Mein

Klient sagt, dass diese Mappe sehr wichtig ist. Sie gehört meinem Klienten, und mein Klient möchte sie zurückhaben.«

»Nach all den Jahren?«

»Ja, ganz besonders nach all den Jahren. Also, falls Sie sie finden, rufen Sie mich an. Wenn sie in die falschen Hände gerät, könnte das Ihrer Großmutter jede Menge Probleme bereiten. Okay?«

»Ich … Inwiefern?«

»Das ist kompliziert. Aber es ist sehr wichtig. Das verstehen Sie doch, oder?«

Ich nicke.

»Gut. Dann hoffe ich, von Ihnen zu hören.«

Er dreht sich um und stapft davon. Ich stehe da und beobachte ihn, wie er sich seinen Weg über die dicken Wurzeln sucht, bis er auf einem Pfad abbiegt und außer Sicht ist.

19
Theo

Larry Knights Haus ist ein frei stehendes edwardianisches Backsteingebäude in einem der wohlhabenden Vororte von Leeds mit zwei kugelförmigen Miniaturbäumen in quadratischen metallenen Pflanzenbehältern zu beiden Seiten der schwarz lackierten Eingangstür.

Theo findet einen Parkplatz unter einem ausladenden Kirschbaum, dessen rosa Blütenblätter den Bürgersteig bedecken. Es ist ein wunderschöner Abend. Die Sonne steht tief am Himmel und malt eiscremefarbene Streifen an den Horizont. In der Straße herrscht, abgesehen vom Zwitschern der Vögel und dem fernen Geschrei spielender Kinder, vollkommene Ruhe.

Larry aufzuspüren, ist ein kleines Glücksspiel gewesen, überlegt Theo. Nachdem er ausgiebig herumtelefoniert hatte, wurde er schließlich bei einer Klinik, die ihn als Mitarbeiter aufgeführt hatte, fündig und erfuhr dort, dass er sich, so wie von Theo erwartet, in den Ruhestand zurückgezogen hatte. Gerade als er auflegen wollte, klärte ihn die Dame an der Rezeption auf, dass sich die Praxis nun in den fähigen Händen von Larrys Sohn, Hugo Knight, befand. Er hinterließ ihm eine Nachricht, und Hugo rief zurück, um ihm mitzuteilen, dass er mit seinem Vater sprechen würde. Dann, nur wenige Stunden später, meldete sich Larry selbst und stimmte einem persönlichen Treffen zu. Und da ist er nun, in dieser ihm unbekannten Straße in Leeds. An einem wunderschönen Mittwochabend.

Er ist nur wenige Minuten zu spät, vermutet jedoch, dass Larry bereits auf ihn gewartet hat, da die Tür aufschwingt, bevor er überhaupt dazu kommt zu klingeln. Auf der Schwelle steht ein älterer Mann, der seine Stirnglatze durch einen weißen, buschigen Bart kompensiert. Er trägt eine Strickjacke über einem Hemd, das am Bauch spannt. Er hat freundliche blaue Augen, deren Winkel sich kräuseln, wenn er lächelt, was er auch sogleich tut, als er Theo erblickt. »Grundgütiger«, sagt er, »du bist das lebende Abbild deines Vaters, als er in deinem Alter war.«

»Ich hoffe, da hört die Ähnlichkeit auch schon wieder auf.« Theo lacht, um seinen Worten die Schärfe zu nehmen.

Larry wirkt überrascht, macht aber einen Schritt zurück, um ihn ins Haus zu lassen. Theo bleibt in dem großen Flur stehen. Die Wände werden von einer umfangreichen Sammlung Familienfotos geschmückt, allesamt in verschiedenen Größen, und doch fügen sie sich zusammen. Er lässt seinen Blick darüberschweifen: Familienurlaube an exotischen Orten; Hochzeitsfotos; windzerzauste Kinder in Gummistiefeln am Strand; Enkelkinder, die sich unter karierten Decken auf knautschigen Sofas aneinanderkuscheln; sogar die Haustiere der Familie finden sich eingerahmt wieder. Es könnte unterschiedlicher nicht sein von dem Haus, in dem Theo aufgewachsen ist und in dem das einzige Foto an der Wand seinen Vater bei der Verleihung einer Golfauszeichnung im Jahre 1984 zeigt.

Er wendet sich dem alten Mann zu, Larry Knight. Er sieht sofort, warum die Partnerschaft mit seinem Vater gescheitert ist. Sie sind die absoluten Gegensätze. Urplötzlich wird

Theo auf schmerzliche Weise bewusst, wie seine Kindheit hätte aussehen können, wenn er in dieser Familie aufgewachsen wäre, mit Geschwistern in Gummistiefeln, die gemeinsam Sandburgen an winterlichen Stränden bauen, in einem Zuhause voller Hunde und Katzen, Meerschweinchen und Hamster. Ein Haus voller Liebe und Gelächter, nicht Angst und Einschüchterung. Ein Leben, das die Wände dieses Heimes ziert. Das alles wünscht Theo sich für Jen und sich, sollten sie jemals das Glück haben, Eltern zu werden.

Dann erinnert er sich daran, wie traurig Jen aussah, als er heute Abend aufgebrochen ist. Wie sie mit einer Wärmflasche auf dem Bauch auf dem Sofa saß, die schönen blassgrünen Augen von Tränen schimmernd, die sie zurückzuhalten versuchte. Eine weitere Periode, eine weitere verpasste Chance. Er hatte sie nicht allein lassen wollen, aber sie bestand darauf. »Solange du mir M&Ms mitbringst«, sagte sie bloß, als er sie zum Abschied küsste.

»Sie haben ein schönes Zuhause«, bemerkt Theo nun aufrichtig an Larry gewandt. Zwei alternde Golden Retriever mit grauen Barthaaren tapsen auf ihn zu, und er bückt sich, um sie zu kraulen.

Larry lächelt zur Antwort. »Sag doch bitte du. Und komm mit rein.« Er gibt Theo einen Klaps auf den Rücken, als würden sie sich schon seit Jahren kennen. »Lass uns ins Wohnzimmer gehen. Willst du eine Tasse Tee? Marge!«, brüllt er überschwänglich, noch bevor Theo dazu kommt zu antworten.

Eine ältere Version der Frau, die sich auf den Bildern an Larry schmiegt, erscheint im Flur. Sie ist groß, mit hohen Wangenknochen und schulterlangem weißen Haar, eine elegante Erscheinung in der schlichten Seidenbluse und dunkelblauen Stoffhose.

»Das ist Theo, Victors Junge.«

»Hallo, Theo«, grüßt sie und ergreift herzlich seine Hand. »Freut mich, dich kennenzulernen. Willst du eine Tasse Tee?«

Theo erwidert, dass er sehr gerne eine hätte, dann folgt er Larry in einen behaglich eingerichteten Raum auf der Vorderseite des Hauses. Er lässt sich auf der Sofakante nieder, während Larry in einem Sessel Platz nimmt und einer der Retriever es sich zu seinen Füßen gemütlich macht. Die Hündin wiederum springt neben Theo aufs Sofa und legt ihren Kopf in seinem Schoß ab.

Larry gluckst. »Bonnie mag dich.«

Theo streichelt ihren Kopf. »Ich liebe Hunde. Hoffentlich werden meine Frau und ich eines Tages auch einen haben.«

»Nun«, sagt Larry, die Hände auf seinem stattlichen Bauch abgelegt, »ich war überrascht, dass du dich bei mir gemeldet hast. Ich habe Victor schon seit … meine Güte … Jahren nicht mehr gesehen. Wie geht es ihm?«

»Ganz gut, danke. Er ist im Ruhestand.«

»Wie geht es deiner Mutter? Ich war bei der Hochzeit – wie lange ist das jetzt schon her? Fünfunddreißig Jahre?«

»Mum … sie ist vor vierzehn Jahren gestorben. Ein Unfall.«

Larrys Gesicht fällt in sich zusammen. »Es tut mir leid, das zu hören. Sie muss noch jung gewesen sein.«

»Ja. Zu jung.« Theo schluckt. »Ich weiß, dass es seltsam wirken muss, dass ich Sie … dich um ein Treffen gebeten habe, aber …« Er sieht den gütig blickenden Mann mit der großen, glücklichen Familie an und weiß, dass er offen zu ihm sein kann. »Ich habe etwas bei meinem Vater entdeckt, und das hat mehr Fragen als Antworten aufgeworfen.«

»Okay.«

»Du und mein Dad, ihr hattet zusammen eine Klinik. In den 70ern.«

»Ja, das ist richtig. Eine Privatpraxis. Wir haben jahrelang zusammengearbeitet.«

»Und ich habe mich gefragt …« Er hält inne, als Marge mit dem Tee ins Zimmer kommt. Er nimmt eine Tasse von ihr entgegen, wobei er darauf achtet, sie von Bonnies Kopf, der noch immer auf seinem Bein ruht, fernzuhalten.

»Und du hast dich gefragt?«, hakt Larry nach, als Marge das Zimmer verlassen hat.

Theo konzentriert sich darauf, seine Gedanken zu sammeln. »Eigentlich weiß ich das selbst nicht so genau. Das alles begann, nachdem ich einen Zeitungsartikel auf dem Schreibtisch meines Vaters fand.« Er zögert. »Hast du je etwas von einer gewissen Rose Grey gehört?«

Larry denkt nach. »Der Name sagt mir nichts.«

»Saffron Cutler?«

Larry schüttelt den Kopf.

»Mein Dad ist so verschlossen. Er hat mir noch nicht einmal erzählt, dass er einen Praxispartner hatte.«

Larry betrachtet Theo geduldig über den Rand seiner Tasse hinweg und wartet darauf, dass er zur Sache kommt.

»Warum haben du und mein Vater beschlossen, getrennte Wege zu gehen?«

Larry schaut bekümmert drein. »Ja. Das war eine unschöne Angelegenheit.«

Theos Herzschlag beschleunigt vor Spannung … aber auch vor Angst vor dem, was Larry wohl enthüllen könnte. »Hat mein Dad etwas Unrechtes getan?«

»Ähm … nun ja, das weiß niemand so genau. Natürlich hat Victor stets seine Unschuld beteuert. Aber es gab da eine

Beschwerde von einer jungen Frau. Es tut mir leid, es wird nicht leicht sein für dich, das zu hören.«

Theo wappnet sich innerlich. Was auch immer es ist, er weiß, dass er es sich wahrscheinlich bereits vorgestellt hat.

»Eine Frau beschwerte sich, dass Victor sich ihr gegenüber unangemessen verhalten habe. Während einer Untersuchung.«

Theo ist völlig perplex. Von allen Szenarien, die er sich ausgemalt hat, ist ihm diese nicht in den Sinn gekommen. »Müssen denn keine Krankenschwestern anwesend sein?«

»Das war in den 70ern«, erwidert Larry zur Erklärung.

»Hat die Frau Anzeige erstattet?«

»Sie ging zur Polizei. Aber es stand ihr Wort gegen seines.«

Theo kann sich durchaus vorstellen, wie schwer es vor vierzig Jahren für eine Frau gewesen sein muss, Gehör zu finden. Geschweige denn jemanden, der ihr glaubte.

Bei dem Gedanken, sein Dad könnte zu etwas derart Scheußlichem fähig sein, steigt Zorn in ihm auf, und er nimmt rasch einen Schluck Tee, um ihn zu mäßigen. Er darf nicht zulassen, dass die Gefühle mit ihm durchgehen. Nicht jetzt.

»Weißt du noch den Namen der Frau?«

Larry denkt einige Sekunden nach. »Er fällt mir nicht ein. Ich würde ja Sandra sagen, aber ich könnte mich auch irren. Traurigerweise hat sie sich ein Jahr später das Leben genommen.«

Theo dreht sich der Magen um, und beinahe kommt der Tee wieder hoch. »O Gott, das ist ja furchtbar!«

Larry nickt ernst. »Ich weiß.«

»Hast du meinen Vater danach gebeten, die Klinik zu verlassen?«

»Ich wollte ihm glauben …«

»Aber du hast es nicht?«

Er seufzt. »Es war nicht nur das. Es gab noch andere Dinge.«

Theo ist sich schon immer im Klaren gewesen, dass sein Vater ein Kontrollfreak und ein Tyrann sein konnte, aber er hatte ihn dennoch für einen brillanten Arzt gehalten. Sein Vater mag sich zu Hause zwar mies aufgeführt haben, aber bei seiner Arbeit half er, das Leben von Menschen zu kurieren.

»Gab es noch weitere Beschwerden?«

»Glücklicherweise nicht von dieser Art.« Larry nippt an seinem Tee.

»Aber du sagtest, es gab noch andere Dinge?«

»Na ja, ich schätze mal … wir sind in den Monaten nach der Anschuldigung einfach nicht mehr so gut miteinander klargekommen. Ich denke, wir strebten unterschiedliche Dinge an. Dein Vater ist, wie du sicher weißt, ein überaus ehrgeiziger Mann. Ich … ich wollte einfach ein ruhigeres Leben für mich.«

Theo spürt, dass da mehr ist. »Seid ihr in Kontakt geblieben?«

Er nickt verhalten. »Ein bisschen. Über die Jahre hinweg. Wir liefen uns immer wieder auf Konferenzen über den Weg. Er hat Marge ein paarmal getroffen, obwohl er deine Mutter nie zu solchen Veranstaltungen mitnahm.«

Das überrascht Theo nicht. Sein Dad legte schon immer Wert darauf, seine Arbeit von seinem Privatleben getrennt zu halten. Bis auf jene seltenen Gelegenheiten, bei denen seine Mum einige seiner Kollegen zum Abendessen bewirten musste.

»Ich habe seine Karriere verfolgt. Es hat mich gefreut zu

sehen, dass er sich gut machte. Ich hoffte … ich habe wirklich gehofft … dass es zwischen Victor und dieser jungen Frau nur zu einem Missverständnis gekommen war.«

»Wann hast du ihn das letzte Mal gesehen?«

Larry kneift die Augen zusammen. »Ooh, lass mich nachdenken. Das muss mittlerweile gute vierzehn oder fünfzehn Jahre her sein. Ja, doch, das stimmt, es war auf einer Konferenz im Herbst 2004.«

»Das wäre ein paar Monate nach dem Tod meiner Mutter gewesen.«

Larry wirkt verdutzt. »Ah ja? Er hat nichts erwähnt, aber ich habe auch nicht lange mit ihm gesprochen. Wir haben uns nur kurz ausgetauscht, über die Arbeit.«

Bonnie beschließt, dass es ihr auf dem Sofa zu eng ist, also springt sie runter und fläzt sich stattdessen vor Theos Füße. Theo beugt sich vor, um seine Tasse auf dem Tisch abzustellen. »Kann ich dich etwas fragen?«, sagt er zu Larry. »Und bitte gib mir deine ehrliche Antwort. Ohne Rücksicht auf meine Gefühle.«

»Natürlich«, erwidert Larry.

»Glaubst du, dass mein Dad sich dieser jungen Frau gegenüber unangemessen verhalten hat? Glaubst du, sie hat die Wahrheit gesagt?«

Ein Schatten legt sich über Larrys Gesicht. »Ach, nun, das wäre nur meine persönliche Meinung. Du musst verstehen, gegen deinen Vater wurde nie Anklage erhoben. Und zu jener Zeit wollte ich ihm auch wirklich glauben.«

»Ich weiß … aber wie ist es heute?«

Larry schweigt eine Weile. Theo kann beinahe zusehen, wie er die Antwort in seinem Kopf abwägt. Schließlich sagt er: »Wir werden es nie sicher wissen. Aber mein Herz sagt mir, dass die junge Frau sich das nicht ausgedacht hat. Was auch immer an besagtem Tag in der Klinik geschehen war, die Frau war wirklich überzeugt, dass sich dein Vater unangemessen verhalten hat.«

Theo fröstelt.

Er ist hergekommen, um Antworten zu erhalten, doch jetzt hat er mehr Fragen als je zuvor.

20

Rose, Januar 1980

Ich war so daran gewöhnt, allein mit dir zu sein, dass es sich zunächst seltsam anfühlte, noch jemanden im Haus zu haben, jemanden, mit dem wir unser einziges Bad wie auch unsere kleine Küche teilten und den wir bei der Frage, welches der vier Fernsehprogramme wir anschauen sollten, höflich miteinbezogen. Es war, wie einen Dauergast zu Besuch zu haben, und mir fiel es schwer zu entspannen. So war es auch schon bei unserer letzten Untermieterin, Kay, gewesen, und das Unbehagen war nie verschwunden. Ich hatte gehofft, mir einen Job zu besorgen, wenn du erst alt genug für die Schule wärst, aber bis dahin war meine einzige Möglichkeit, Geld zu verdienen, ein Zimmer in unserem Haus zu vermieten.

Wie auch immer, im Gegensatz zu Kay hast du zu Daphne augenblicklich Zuneigung gefasst. Sie war wie eine Tante für dich, und obwohl sie bei mir eher ruhig war, plauderte sie mit dir drauflos, als ob sie sich in der Gegenwart von Kindern wohler fühlte. Stundenlang saß sie mit dir auf dem Schaffellteppich im Wohnzimmer und spielte mit deinen Sindy-Puppen. Sie nähte deiner Lieblingspuppe sogar einen Overall in Salbeigrün und Cremeweiß. Du warst hin und weg.

Ich ging eigentlich davon aus, dass sie öfter in ihrem Zimmer bleiben würde, doch jeden Abend kam sie runter, um sich zu uns zu gesellen, und brachte mir eine Tasse Tee, auch wenn sie gerade erst von einer Schicht im Pub nach Hause gekommen war. Jede Woche brachte sie Holzscheite für das Feuer mit. Sie war aufmerksam.

Daphne arbeitete schwarz als Putzfrau im Stag & Pheasant, weshalb sie die meisten Nachmittage außer Haus war, und du gingst an drei Vormittagen die Woche in den Kindergarten. Für gewöhnlich setzten wir uns zur gleichen Zeit zum Abendessen hin – Daphne kochte gerne Eintöpfe in dem alten braunen Gusseisentopf, den ich noch von meinen Eltern hatte. An den meisten Tagen brodelte er auf dem Herd vor sich hin, und manchmal, wenn sie besonders kreativ gestimmt war, gab es Klöße dazu. Das war im Wesentlichen alles, was wir in jenem Winter zu uns nahmen: sämige, fleischige Eintöpfe. »Es ist billig und einfach«, erklärte sie, während sie die Karotten so professionell klein hackte, dass ich mich fragte, ob sie schon einmal in einem Restaurant gearbeitet hatte. Sie brachte Ewigkeiten in der Küche damit zu, das Fleisch zu zerteilen, das sie beim Metzger ergattert hatte, immer in einem ihrer schlabbrigen Pullis mit Löchern an den Handgelenken, von denen ich vermutete, dass sie sie selbst gestrickt hatte, wobei sie wie ein Flamingo mit angewinkeltem Bein vor der Küchenzeile stand. »Oh, ich hatte im Laufe der Jahre so viele verschiedene Jobs«, hatte sie geantwortet, als ich sie mal danach fragte. »Was habe ich eigentlich nicht getan?«

Schon damals, ganz am Anfang, als alles noch gut lief und ich nicht ahnte, was vor mir lag, war da etwas an Daphne, das mich neugierig machte. Abgesehen von jenem ersten Abend schienen wir die unausgesprochene Vereinbarung getroffen zu haben, nicht über unsere Vergangenheit zu sprechen. Aber ich ertappte mich dabei, dass ich mehr über sie erfahren wollte, wobei mir allerdings bewusst war, dass, sollte ich zu tief bohren, sie womöglich das Gleiche bei mir probieren würde, und dass ich dann Dinge enthüllen könnte, die nicht ohne Risiko für uns wären.

Vor was oder wem lief Daphne davon?

Doch zu jener Zeit, insbesondere in jenen ersten Wochen, fühlte ich mich sicherer damit, eine weitere erwachsene Person im Haus zu haben. Ich fühlte mich umsorgt, und das war ein schönes und zugleich ungewöhnliches Gefühl. Etwas, das ich so seit Audrey nicht mehr empfunden hatte.

Es war ein frostiger Winter. Unsere Bleiglasfenster waren beschlagen mit Kondenswasser, und das innere Glas war von einer dünnen Schicht Reif bedeckt. Der Steinboden in der Küche war so kalt, als würde man eine Eisbahn betreten – egal, wie viele Socken wir übereinanderzogen –, aber es war trotzdem gemütlich in unserem kleinen Cottage. Nur wir drei allein, fern von allen anderen. In Sicherheit.

Einige Wochen nach Daphnes Einzug, als du schon im Bett warst und wir vor dem Fernseher saßen und uns *Hart aber herzlich* anschauten, fragte sie mich, ob ich Lust hätte, mal abends mit ihr in den Pub zu gehen. Das Äußerste in Sachen Geselligkeit stellten für mich die gelegentlichen Women's-Institute-Treffen mit Melissa dar, oder wenn ich in der Kirche aushalf, während du im Kindergarten warst. Doch selbst dann machte ich mir Sorgen, ob es zu viel oder zu selbstgefällig von mir war.

»Könnten nicht Joyce und Roy babysitten?«, schlug sie vor. »Wir müssen ja nicht lange wegbleiben.«

Joyce und Roy waren das nette ältere Ehepaar, das nebenan in einem ähnlichen Cottage, allerdings ohne Strohdach, wohnte. Sie waren ganz vernarrt in dich und passten manchmal auf dich auf, wenn ich zweimal im Monat am Kirchenglockenläuten teilnahm. Ich vertraute ihnen. Sie tratschten nicht, stellten nicht zu viele Fragen, hatten einen Sohn, der etwas jünger war als ich, den sie allerdings nur selten sahen, und keine eigenen Enkel. Sie haben dir zu Geburtstagen und Weihnachten Geschenke gemacht – Hüpfseile mit handbemalten Griffen und lustige Stehaufmännchen. Und wenn Joyce im Vorgarten ihre Rosen trimmte, hielt sie immer inne, um zu grüßen, und ihr Gesicht erstrahlte, wenn sie sah, dass du dabei warst.

Mir war nicht wohl bei dem Gedanken, sie darum zu bitten, auf dich aufzupassen, nur damit ich in den Pub konnte. Aber Daphne mit ihrem Zahnlückenlächeln und dem strubbeligen Haar, das ihr offen über die Schultern hing, wirkte so aufgeregt bei dieser Aussicht. Sie war im Dorf die einzige andere Frau in meinem Alter, die ich kannte. Was konnte es schon schaden, einen Abend auszugehen? Eine Kleinigkeit zu trinken und sich wie zwei normale Frauen in ihren Dreißigern zu benehmen, statt wie zwei Einsiedlerinnen?

Also sagte ich Ja, und als ich Joyce und Roy am nächsten Tag fragte, waren sie geradezu entzückt, sich kümmern zu dürfen. Gleich am folgenden Abend – einem Freitag – kamen sie mit einem Röhrchen Smarties für dich vorbei, und ich erlaubte dir, etwas länger aufzubleiben, damit du mit ihnen zusammensitzen konntest. Trotzdem war mir bang ums Herz, als ich zum Abschied winkte und du zwischen ihnen in der Tür standest, Roy in seiner braunen Strickjacke mit den großen Knöpfen und Joyce in ihrem geblümten Kleid, wobei das Licht aus dem Flur auf die Einfahrt fiel. Als Joyce die Haustür schloss, wurden wir in Dunkelheit getaucht. Die Luft war so kalt, dass unser Atem in Wolken vor uns aufstieg und der Frost auf dem Boden glitzerte. Wir klammerten uns aneinander, während wir vorsichtig den Hügel hinab ins Dorf gingen, um nicht auszurutschen. Daphne trug ihre samtene Flickenjacke über einem schwarzen Rollkragenpulli und einer weinroten Cordschlaghose und hatte einen langen Schal um den Hals geschlungen. Ich trug unter dem dicken Schaffellmantel, den ich vor fünf Jahren in einem Wohltätigkeitsladen gekauft hatte, ein langes geblümtes Kleid und Stiefel. Ich versuchte, nicht nervös zu sein, dass wir beide ganz allein im Dunkeln unterwegs waren, versuchte, mir nicht vorzustellen, wie wir aus den Hecken beobachtet werden, und redete mir gut zu, dass kein Mensch auf die Idee kommen würde, in Beggars Nook nach mir zu suchen. Stattdessen versuchte ich, mich auf Daphne, meine Untermieterin, zu konzentrieren, die Frau, die – ungeachtet aller Vorsätze, die ich mir nach Kay gemacht hatte – dabei war, eine Freundin zu werden.

»Sicher, dass du ins Stag & Pheasant gehen möchtest, wenn du dort auch arbeitest?«, erkundigte ich mich.

Sie zuckte mit den Schultern. »Stört mich nicht. Es ist warm. Und es gibt Alkohol. Und es erspart uns, irgendwohin fahren zu müssen.«

Ich hasste Autofahren, auch wenn ich es hin und wieder tat, wenn es sich nicht vermeiden ließ. Aber allein das Wissen, dass der alte Morris Marina von meiner Mutter vor dem Cottage stand, verlieh mir ein zusätzliches Gefühl von Sicherheit – ich konnte jederzeit schnell mit dir flüchten, sollte es nötig sein.

Von außen war der Pub das reinste Weihnachtskarten-Idyll. Über der Tür hing immer noch eine Lichterkette, und die quadratischen Steinwerkfenster waren beschlagen, doch ich konnte die Schemen der Leute, die sich im Inneren drängten, ausmachen. Als wir eintraten, schlug uns eine regelrechte Kakofonie von Lärm sowie der Geruch von schalem Bier vermischt mit Erdnüssen entgegen. Eine Gruppe älterer Männer stand in der Ecke und spielte Dart, und irgendjemand hatte »Don't Bring Me Down« von ELO in der Jukebox aufgelegt. Joel, der Wirt, schaute hinter der Bar auf, als wir eintraten. Er lächelte mich freundlich an, so, wie er es immer tat. Dann sah ich, wie seine Miene sich ein wenig verfinsterte, als er Daphne bemerkte. Ich fragte mich, warum. Meine Fühler schlugen Alarm, und abermals wurde mir bewusst, dass ich Daphne im Grunde nicht kannte. Ich durfte nicht unachtsam werden. Diese ständige Habachtstellung war so anstrengend wie Wache vor dem Buckingham Palace zu schieben, und ich machte das jetzt schon seit vier Jahren. Eigentlich war Joel ein gutmütiger Kerl, einer, der das Leben aufheiterte und dessen Mund von freundlichen Falten geziert wurde, wenn er lächelte, was oft der Fall war. Er war Ende vierzig, sah auf seine raue, robuste Weise gut aus, hatte einen warmen südwestenglischen Akzent und trug am liebsten Aran-Pullis. Außerdem war er in der Vergangenheit nett zu mir gewesen. Als ich neu ins Dorf kam – schwanger mit dir und mich vor meinem eigenen Schatten fürchtend –, hatte er mir geholfen, als ich irrtümlich mal dachte, ich würde verfolgt, weil ein Mann (wie sich herausstellte Mick Bracken von der Farm am Rand von Beggars Nook) ganz unschuldig hinter mir mit seinem Hund spazieren ging, zumal auf Land, das ihm gehört, wie ich mittlerweile weiß. Joel hatte mich auf einem Barhocker platziert, mir eine Tasse Kaffee gemacht und gewartet, bis ich aufhörte zu zittern. Er stellte nie irgendwelche Fragen, versuchte nie, aus mir herauszukriegen, vor wem oder was ich solche Angst hatte. Er begnügte sich damit, mir durch seine Gegenwart ein Gefühl von Sicherheit zu vermitteln. Ich hatte mir oft gewünscht, er wäre mein Typ.

»Was darf ich den Damen servieren?«, fragte Joel hinter dem Tresen.

»Was möchtest du trinken? Geht auf mich«, sagte Daphne, während sie in ihre Fransentasche griff, um ihre Geldbörse hervorzukramen. »Das ist mein Dankeschön dafür, dass ich bei dir wohnen darf.« Ich bemerkte den Blick, den sie mit Joel wechselte, und es verlieh mir ein ungutes Gefühl, als ob sie etwas wüssten, was mir entging.

Ich bat um einen trockenen Weißwein, und Daphne bestellte das Gleiche, dann begaben wir uns ans andere Ende des Pubs, in die Ecke beim Kamin, wo die Männer Dart spielten.

»Verstehst du dich gut mit Joel?«, fragte ich ganz beiläufig, während ich mich meines Mantels entledigte.

»Ich denke schon. Warum?«

»Ich hatte nur das Gefühl, dass da eine … weiß auch nicht … Spannung zwischen euch war.«

Sie strich sich das Haar aus dem Gesicht. Sie hatte heute Abend mehr Make-up als sonst aufgetragen, viel blauen Eyeliner, der ihre Augen riesig aussehen ließ. Spekulierte sie darauf, jemanden aufzureißen? Bei dem Gedanken musste ich fast lachen. Joel war der einzige Mann hier, der überhaupt infrage kam. Sie senkte die Stimme und beugte sich über den Tisch. Ich konnte den Wein in ihrem Atem riechen. »Er hat mich angemacht. Nicht lange nach meiner Ankunft. Er war ziemlich hartnäckig, hat sich mir aufgedrängt.«

»Wie bitte?«, entfuhr es mir entgeistert. Hier und da hatte ich zwar vermutet, er habe eine Schwäche für mich, aber er hat nie die Initiative ergriffen. Und ich habe mich in seiner Gegenwart nie unwohl oder bedrängt gefühlt.

»Jep. Ich habe hier unten gestaubsaugt, als sie nachmittags zuhatten, und da hat er sich mir von hinten genähert. Er hat seine Arme um mich geschlungen, sodass ich nicht wegkonnte, und mich auf den Hals geküsst. Dabei hat er sich an mich gepresst.« Sie verzieht angewidert das Gesicht. »Ich konnte …«, sie schüttelt sich, »… alles spüren.«

»Oh mein Gott.« Um meine Menschenkenntnis war es noch schlechter bestellt, als ich angenommen hatte. Niemals hätte ich das von Joel gedacht. Er hatte immer den Eindruck eines perfekten Gentlemans gemacht.

Sie lehnte sich mit einem selbstzufriedenen Grinsen in ihrem Sessel zurück und verschränkte die Arme vor der Brust. »Ich weiß.«

»W… was hast du gemacht?«

»Ich habe ihn weggestoßen. Ihm klipp und klar gesagt, wenn er je wieder so etwas versuchen sollte, würde ich ihm seinen Schwanz abhacken.«

Ich verschluckte mich beinahe an meinem Wein.

»Und seitdem macht er mir das Leben schwer. Offenbar mag er es nicht, wenn man ihm sagt, wo es langgeht. Würg. Ehrlich gesagt kotzt es mich echt an, dass Männer meinen, sich so einen Scheiß bei Frauen herausnehmen zu können. Tja, nicht bei mir.«

Ich konnte nicht anders, als ihre resolute Haltung zu bewundern – eine ganz andere Frau als die nervöse unsicher scheinende Person, die ich an Heiligabend mitgekriegt hatte. Aber es bestärkte mich in dem, was ich meinte, über ihre Vergangenheit zu wissen. Auch sie war das Opfer eines grausamen, frauenfeindlichen Mannes geworden, so wie ich.

Sie streckte die Hand aus und griff nach der meinen. »Rose, ich und du, wir müssen zusammenhalten. Das da draußen ist eine beschissene Welt. Wir müssen aufeinander aufpassen.«

Ich warf einen Blick zu Joel rüber, der gerade zwei alte Kerle an der Bar bediente, die über irgendetwas lachten, und vor lauter Enttäuschung drehte sich mir der Magen um. Ich hatte mich von ihm einlullen lassen, dabei war er genau wie all die anderen.

Er muss meinen Blick gespürt haben, denn er drehte sich zu mir um und schenkte mir ein warmes Lächeln.

Aber ich erwiderte es nicht.

21

Lorna

Sie sieht ihn, bevor er sie sieht. Ein wahrer Bär von einem Mann. Er sitzt in der Ecke des Restaurants; das hellblaue Hemd spannt über seinen breiten Schultern, das dunkle Haar zerzaust und ein leichter Bartschatten auf seinem markanten Gesicht. Ihr Magen vollführt einen kleinen Salto.

Euan Cutler. Ihr einstiger Ehemann, Liebhaber und bester Freund.

Er hat den Kopf über einen Spiralblock gebeugt und nagt an seinem Stift, und als sie von einem überschwänglichen Kellner zu ihm geführt wird, entdeckt sie Tintenflecken auf seinem Zeigefinger. Es erinnert sie an die Anfänge ihrer Ehe, als er gerade mit seinem Journalismus-Studium begonnen hatte und in ihrer kleinen Bude ständig am Schreiben war.

Er blickt auf, als sie näher kommt, und legt den Stift weg. Er hat so ein Gesicht, das streng, ja, sogar ein bisschen erbittert, wirkt, wie das eines Boxers vor einem Kampf – bis er zu lächeln beginnt und seine Züge auf einen Schlag sanfter werden. »Lorna!« Er erhebt sich. Mit seinen knapp eins neunzig überragt er sie deutlich. Er beugt sich zu ihr runter, um sie auf die Wange zu küssen. Er riecht wie immer nach Moschus-Rasierwasser und Waschmittel, was man bei seiner zerzausten Erscheinung gar nicht meinen würde.

Lorna lässt sich auf dem Stuhl gegenüber nieder. Sie warten, bis man ihnen ihre Speisekarten ausgehändigt und die

Getränkebestellung aufgenommen hat, bevor sie ein Gespräch beginnen.

»Du siehst gut aus«, sagt er.

»Du auch.« Und es stimmt, das tut er wirklich. Er ist immer noch kräftig gebaut, allerdings schlanker, weniger rundlich um den Bauch. Und obwohl da Fältchen um seine Augen sind, hat er mit zweiundvierzig immer noch etwas Jungenhaftes an sich.

»Wie ist es so, das Leben in Spanien?«

»Gut. Du kennst mich ja. Ständig auf Tour.«

Er lacht. »Klingt ziemlich aufregend.«

»Was ist mit dir? Hast du schon deine Traumfrau kennengelernt?«

»Zu viel Arbeit für so was.«

»Klingt ziemlich aufregend«, gibt sie zurück.

Eine Weile schauen sie sich stumm an.

»Tut mir leid, das mit Rose zu hören«, sagt er, den Blickkontakt brechend.

»Das mit der Demenz oder den Leichen?«, erwidert sie, in dem Versuch, einen Witz zu machen, aber er lacht nicht.

»Es muss schwer sein für dich und Saffy.«

Sie fummelt an der Serviette auf ihrem Schoß herum, ohne ihm in die Augen zu schauen. »Es ist, als hätten wir sie verloren, obwohl sie noch immer am Leben ist. Als ich sie besuchen war …«, ihre Stimme bricht, »… hat sie mich nicht wiedererkannt.«

Er nimmt über den Tisch hinweg ihre Hand. »Rose war immer gut zu mir … sogar nach unserer Trennung.«

Lorna nickt, beschämt über den Kloß in ihrem Hals. Sie hatte sich die Woche über solche Mühe gegeben, stark zu sein für Saffy, fröhlich und optimistisch zu bleiben. »Es ist schwierig, weil sie so verwirrt ist, und ich will nicht, dass Saffy sich Sorgen macht wegen des Babys.« Sie schaut zu ihm auf. »Was hältst du eigentlich davon? Dass wir jetzt mit Anfang vierzig schon Großeltern werden.«

Er grinst. »Schätze, das war zu erwarten. Saffy war nie für turbulente Beziehungen gemacht. Sie kam schon als Erwachsene zur Welt.« Er nimmt seine Hand wieder weg.

»So ein ernstes kleines Mädchen«, pflichtet Lorna ihm bei, und sie lächeln über ihre gemeinsamen Erinnerungen.

Dann verstummen sie, und ihre Blicke begegnen sich erneut für einige Sekunden, bevor Lorna ihren abwendet. Sie muss jetzt vorausschauend und pragmatisch bleiben. Aus diesem Grund ist sie schließlich hier. Sie bückt sich, um den Zeitungsausschnitt aus ihrer Tasche zu ziehen, und schiebt ihn dann über den Tisch zu Euan.

Er klatscht mit der Handfläche drauf, ohne ihn jedoch aufzuheben. »Lass uns, bevor wir damit loslegen, einen Blick auf die Speisekarte werfen. Ich bin am Verhungern, und ich habe nur anderthalb Stunden.«

»O Gott, natürlich.«

Er kichert. »Und du weißt ja, wie wir sind, wenn wir erst mal anfangen zu quasseln.«

Der Kellner kommt mit ihren Getränken; Euan bestellt ein Steak und Lorna den Fisch.

»Nun, da das erledigt wäre, lass uns einen Blick draufwerfen«, sagt er und nimmt den Artikel vom Tisch. »Die *Thanet Echo*. Das Blatt gibt's noch immer.«

Lorna erklärt ihm, was sie bereits herausgefunden haben. »Das klingt so, als hätte sich diese Frau namens Sheila umgebracht.«

Euan runzelt die Stirn. »Oder aber es war ein Unfall mit

Todesfolge. Wie auch immer, jedenfalls habe ich mich bereits mit Saffy darüber unterhalten. Ich habe im Archiv eine Akte gefunden.«

»Oh, wirklich? Über Sheila?«

»Ja. Es ist nicht viel, aber ich habe Saffy versprochen, es ihr später per Mail zu schicken.« Er gibt ihr den Ausschnitt zurück. »Du glaubst doch nicht, dass deine Mutter irgendetwas über die Toten im Garten weiß, oder?«

Lorna nimmt das vergilbte Papier an sich und verstaut es behutsam in ihrer Tasche. »Das ist fraglich. Wahrscheinlich ist es nur das Gerede einer alten Frau, aber sie sprach davon, wie Jean einer gewissen Sheila einen Schlag auf den Kopf verpasst habe. Und dann finden wir diesen Zeitungsausschnitt. Außerdem wäre da noch die Verbindung zwischen Alan Hartall und Daphne Hartall. Das hat mich eben neugierig gemacht.«

Er lacht. »Vielleicht hättest du Journalistin werden sollen!«

»Ich wundere mich, dass eure Leute nicht auch unten in Skelton Place waren, um sich die Sache anzuschauen«, bemerkt sie und nippt dabei an ihrer Cola light.

»Wir haben auf eine Presseagentur zurückgegriffen und natürlich einen Artikel gebracht. Wirklich interessant wird es für uns erst, wenn die Opfer identifiziert sind und die Polizei eine Ahnung hat, wer dafür verantwortlich ist. Dann, so fürchte ich, wird der Andrang noch einmal größer werden. Würdest du Saffy vorwarnen, ja?«

Der Kellner ist zurück, und Lorna knurrt der Magen, als ihr der Wolfsbarsch vorgesetzt wird. Er sieht köstlich aus. Sie nimmt einen Bissen. »Und, hast du irgendwelche Kontaktdaten von Alan Hartall?«, fragt sie mit vollem Mund.

Euan schneidet sein Steak durch. Offenbar mag er es nach wie vor fast totgegart »Nur Adressen. Sie sind nicht im Telefonbuch verzeichnet. Ich habe zwei Alan Hartalls ausfindig gemacht, die beide in der Gegend von Broadstairs leben, aber ich habe keine Ahnung, wie alt sie sind.«

»Ich werde noch heute Nachmittag hinfahren.«

Er sieht von seinem Steak auf. »Das sind anderthalb Stunden mit dem Zug.«

»Ich weiß.«

»Das ist eine ganze Menge für nur einen Tag. Du bist aber vorsichtig, okay?«

Sie lacht. »Ich bezweifle, dass Alan Hartall, wer auch immer er ist, mir gefährlich wird. Er muss mittlerweile ein alter Knacker sein.«

Aber Euan lacht nicht. Stattdessen reibt er sich mit einer seiner großen Hände über die Bartstoppeln – etwas, das er immer tat, wenn er beunruhigt war. »Selbst alte Knacker können gefährlich werden.«

Es ist nach sechzehn Uhr, als Lorna in Broadstairs eintrifft. Ihr Zug zurück nach St. Pancras fährt um achtzehn Uhr dreißig. Ihr bleibt dadurch nicht viel Zeit, um den richtigen Alan Hartall zu finden. Und wie sie da vor dem Bahnhof steht, mit dem schwachen Duft von Pommes frites und Seeluft in der Nase, wird sie auf einmal zögerlich. *Ist das hier nicht total verrückt?* Diese planlose Suche nach einem Alan Hartall, der womöglich schon längst tot oder verzogen ist?

Die erste Adresse liegt in der Pierremont Avenue, laut Google Maps nur fünf Gehminuten vom Bahnhof entfernt. Sie folgt dem kleinen blauen Punkt auf ihrem Handydisplay, wobei ihre Absätze über den Bürgersteig klappern, vorbei an unscheinbaren Häusern, bis sie ihr Ziel erreicht. Es scheint eine lange Straße zu sein, mit aus unterschiedlichen Epochen stammenden, mal mehr, mal weniger attraktiven Häusern. Sie könnte überall sein, denkt sie, denn bis auf das Gekreische der Möwen vermittelt ihr nichts den Eindruck, in einem Küstenort zu sein. Der blaue Punkt verharrt vor einem Haus im 70er-Jahre-Stil mit einem Container davor. Sie zögert, streicht ihre Jacke glatt und strafft die Schultern. Ihr gesamter Körper kribbelt vor Anspannung. Erwartungsfroh marschiert sie zur Haustür und klopft laut. Es dauert eine Weile, bis jemand öffnet: eine gehetzt wirkende Frau in ihrem Alter, bekleidet mit Leggings und einem schlabbrigen T-Shirt. Ein kleines Mädchen klammert sich an ihr Bein.

»Tut mir leid, Sie zu stören«, beginnt Lorna.

»Falls Sie was verkaufen wollen, ich habe kein Interesse«, sagt die Frau, ohne die Miene zu verziehen.

»Nein, ich bin auf der Suche nach jemandem«, erklärt Lorna rasch. »Einem gewissen Alan Hartall.«

Sie schüttelt den Kopf. »Tut mir leid. Hier wohnt kein Alan Hartall. Wir sind gerade erst eingezogen.«

»Kennen Sie denn jemanden mit dem Namen?«

Die Frau wirkt nun genervt. »Nein.« Das kleine Mädchen beginnt zu greinen. »Wenn Sie mich jetzt entschuldigen würden, ich ...« Sie hat ihren Satz noch nicht beendet, da hat sie schon die Tür vor Lornas Nase zugeschlagen.

Lorna stößt einen langen Seufzer aus. Das ist doch Zeitverschwendung. Wie kam sie überhaupt auf die Idee, dass Alan Hartall, der vor Jahrzehnten mit Sheila Watts befreundet war, hier noch wohnen würde?

Sie rückt den Riemen ihrer Tasche auf der Schulter zurecht, während sie durch das Tor hinaustritt, und bleibt dann an der Mauer stehen, um die verbliebene Adresse einzutippen. Scheint, als befände sie sich am Meer. Falls sie auch dort kein Glück hat, wird sie wenigstens zum Strand runterspazieren können, vielleicht einen Kaffee trinken und die späte Nachmittagssonne genießen. Gott sei Dank liegen die beiden Adressen nahe beieinander.

Grundgütiger, ist ihr heiß. Sie zieht ihre Jacke aus und schlingt sie um die Riemen ihrer Tasche. Die Sonne brennt ihr auf den Nacken. Sie wirft einen kurzen Blick auf ihr Handy. Die zweite Adresse befindet sich am Ende der Wrotham Road, und während sie die Straße hinabgeht, kann sie in der Ferne einen blauen Dunst erkennen. Das Meer. Das trifft es doch schon eher, denkt sie, und die Aufregung beginnt in ihr zu brodeln. Bei dieser Anschrift handelt es sich offenbar um ein Apartment in einem großen umgebauten viktorianischen Backsteingebäude. Sie klingelt bei der Wohnung C. Während sie wartet, drückt sie im Geist sämtliche Daumen, dass sie dieses Mal irgendeinen Hinweis erhält.

Aber niemand öffnet, obwohl sie dreimal klingelt und den Knopf dann mindestens zehn Sekunden lang gedrückt hält. Sie ist unfassbar enttäuscht. Was soll sie jetzt tun? Eine Nachricht unter der Tür durchschieben, in der Hoffnung, dass Alan Hartall hier noch wohnt? In der Hoffnung, dass kein anderer Hausbewohner den Zettel aufhebt und wegwirft?

Sie kramt gerade in der Handtasche, auf der Suche nach einem Kuli und einem Stück Papier, als sie ein Knistern in der Gegensprechanlage vernimmt, gefolgt von einer männlichen Stimme: »Hallo?«

Adrenalin durchströmt sie. »Hallo. Sind Sie Alan Hartall?«

»Ja?« Er klingt krächzend. Alt. »Wer ist da?«

Sie kann es kaum glauben. Ist es wirklich möglich, dass es *der* Alan Hartall ist?

»Mein Name ist Lorna. Ich hoffe, es macht Ihnen nichts

aus, dass ich so aus heiterem Himmel hier vorbeischaue, aber ich bin auf der Suche nach dem Alan Hartall, der in den 70er-Jahren eine Sheila Watts kannte.«

»Soso«, erwidert die körperlose Stimme. »Sind Sie von der Polizei?«

»Nein, nein, nichts dergleichen. Ich … ich glaube nur, sie ist jemand, der meine Mutter kannte. Kannten Sie denn eine Sheila Watts?«

Es folgt eine Pause, in der nur ein knisterndes Rauschen zu hören ist.

Sie fragt sich, ob er sie überhaupt verstanden hat. »Hallo?«, meldet sie sich noch einmal. Doch es kommt keine Antwort. Hat sie etwas Falsches gesagt? Vielleicht hat bei ihm ebenfalls die Demenz eingesetzt. Vielleicht ist er schwerhörig. Oder …

Die Eingangstür schwingt auf und reißt sie aus ihren Überlegungen. Vor ihr steht ein Mann Mitte siebzig mit einem weißen, strohigen Haarschopf. Er hält einen Gehstock, macht aber in der Jeans und dem T-Shirt einen rüstigen Eindruck. Er hat haselnussbraune Augen, eine große Nase und silbrig durchwirkte, buschige Augenbrauen. »Sie kannten Sheila Watts?«, fragt er.

Er ist es. Er muss es sein, denkt sie. »Ja! Na ja … nicht ganz. Meine Mum kannte sie, glaube ich zumindest. Ich habe in ihren Sachen einen Zeitungsausschnitt über Sheilas Tod gefunden.«

»Ja, das war eine traurige Geschichte. Sie schien ein nettes Mädchen zu sein. Nicht dass ich Ihnen viel über sie erzählen könnte. Ich habe sie nicht besonders gut gekannt.«

Lorna zögert, während sie überlegt, wie sie ihre nächste Frage am besten formulieren soll. »Ehrlich gesagt ist das Ganze eine lange Geschichte, aber ich versuche darüber hinaus noch eine andere Person zu finden, die meine Mutter kannte. Eine Daphne Hartall. Ich habe mich gefragt, ob sie irgendwie mit Ihnen verwandt ist.«

Er wirkt verdutzt, seine buschigen Augenbrauen heben und senken sich. »Daphne Hartall ist meine Schwester.«

»Daphne Hartall ist Ihre Schwester?« Sie wusste es doch! Sie wusste, dass es kein Zufall sein konnte. Dafür ist Hartall ein viel zu ungewöhnlicher Nachname.

»Warum fragen Sie nach Daphne?« Als er ihren Namen sagt, meint sie einen Schmerz in seinem Blick zu erkennen.

Lorna verlagert ihr Gewicht von einem Fuß auf den anderen. Wo soll sie überhaupt mit ihrer Erklärung ansetzen? »Ihre Schwester wohnte im Jahr 1980 bei meiner Mutter zur Untermiete. Und ich glaube, sie müssen beide Sheila Watts gekannt haben. Ich glaube, dass meine Mutter irgendwann auch mal eine Weile hier in Broadstairs gewohnt hat. Kannten Sie sie? Rose Grey?«

Er schüttelt den Kopf und wirkt mehr als verwirrt. Sie weiß nicht, ob das, was sie von sich gibt, irgendwie Sinn ergibt.

»Wie auch immer, ich wollte eigentlich nur mit Daphne sprechen. Um mehr über meine Mum zu erfahren. Sie ist mittlerweile dement und …«

Alan räuspert sich. »Warten Sie«, sagt er und zieht dabei seine buschigen Augenbrauen zusammen. »Sie sagten, Ihre Mutter habe Daphne 1980 gekannt?«

»Ja, sie haben zusammengewohnt. In Wiltshire.«

Er schnalzt mit der Zunge und macht ein ungehaltenes Gesicht. »Nein. Nein, da stimmt etwas nicht. Daphne war durch und durch hier in Broadstairs verwurzelt. Ist nie hier weggezogen. Außerdem …«, seine Augen werden feucht, »… ist Daphne gestorben. Mit zweiunddreißig, an Krebs. Das war 1971.«

22
Saffy

Ich bin noch ganz zittrig nach der Begegnung mit dem Privatdetektiv, als ich das Cottage aufsperre. Für wen arbeitet er? Und über was für Informationen verfügt Gran seiner Meinung nach? Ich frage mich, ob es etwas mit Sheila zu tun hat. Aber ich verwerfe den Gedanken sofort wieder. Der Privatdetektiv ist erst nach der Entdeckung der Leichen aufgetaucht, also muss es etwas damit zu tun haben. Aber was? Weiß Großmutter mehr, als sie uns mitzuteilen vermag?

Ich möchte den Wasserkocher anwerfen und stelle genervt fest, dass Mum ihn auf der anderen Seite der Mikrowelle platziert hat. Also stelle ich ihn wieder an seinen alten Platz zurück, während Snowy zu meinen Füßen auf einem Spielzeug herumkaut.

Ein Klopfen an der Tür lässt mich zusammenschrecken.

Ich erstarre. O Gott. Das ist er. Der Privatdetektiv. Er hat mich nach Hause verfolgt. Wird er sich gewaltsam Einlass verschaffen und mich zwingen, das Haus zu durchsuchen? Meine Fantasie geht mit mir durch. Ich muss mich selbst zur Ruhe ermahnen. Snowy springt auf und trottet bellend den Flur entlang. Ich gehe zum Wohnzimmerfenster und spähe mit klopfendem Herzen hinaus, um zu sehen, wer es ist. Vielleicht ist es nur ein Reporter, denke ich – nein, zur Abwechslung hoffe ich es sogar. In der Einfahrt parkt neben meinen Mini ein mir unbekanntes Auto – ein großer blauer

Viertürer. Ist das der Wagen des Privatdetektivs? Falls er versucht reinzukommen, rufe ich die Polizei. Aber halt, Moment, da draußen sind zwei Männer. Ich erkenne die beiden Polizisten vom Vortag.

Erleichtert gehe ich zur Haustür und reiße sie auf. Sie müssen Neuigkeiten haben. Warum sonst würden sie sich die Mühe machen, mir einen Besuch abzustatten, anstatt einfach anzurufen? Meine Kehle wird trocken.

»Guten Tag, Miss Cutler«, sagt der Ältere von ihnen, DS Barnes. Unnötigerweise hält er seinen Ausweis in die Höhe. »Dürfen wir reinkommen?«

»Natürlich«, sage ich und trete beiseite. Ich führe sie ins Wohnzimmer und biete ihnen etwas zu trinken an, doch sie lehnen ab.

DS Barnes nimmt auf dem Sofa Platz, DC Worthing hockt sich auf die Sofakante. Sie wirken geradezu imposant in dem kleinen Raum, sofort fühle ich mich durch ihre Gegenwart sicherer. Ein paar Sekunden lang herrscht Stille, die lediglich durch das Zwitschern der Vögel draußen unterbrochen wird.

Ich setze mich auf das andere Ende des Sofas, auf dem Barnes sich niedergelassen hat. Er wendet mir seinen Körper zu, und ich erhasche einen Blick auf das Spinnenweben-Tattoo auf seinem Unterarm. Er bemerkt, wie ich schaue, und zupft den Saum seines Hemdärmels zurecht. »Ist Ihre Mutter, Mrs. Cutler, da?«

»Ähm. Nein. Sie … ist heute in London.« Jetzt, da sie hier sind, kann ich fragen, ob sie schon irgendwelche Neuigkeiten zu diesem Harrison Turner haben, den Brenda, die Nachbarin, erwähnt hat.

Ein sorgenvoller Ausdruck huscht über sein Gesicht. »Ich fürchte, wir haben schlechte Neuigkeiten.«

Ich nicke und wappne mich innerlich. »Okay.«

»Wir haben die männliche Leiche im Garten identifiziert.«

Mein Mund ist staubtrocken. »Ja?«, sage ich und frage mich, warum das schlechte Neuigkeiten sein sollen. Es sei denn, ich kannte ihn. Aber das ist unmöglich. Aber dann denke ich an Großmutter, und es dreht mir den Magen um.

DS Barnes greift nach dem kleinen schwarzen Notizbuch in der Innentasche seiner Anzugjacke und blättert ein paar Seiten um.

»Sagt Ihnen der Name Neil Lewisham irgendwas?«

Ich schüttle den Kopf. »Noch nie von ihm gehört.« *Komm einfach zum Punkt.*

»Nun, wie Sie sich vorstellen können, stellte die Identifizierung der beiden Leichen uns vor große Schwierigkeiten, zumal sie vor so langer Zeit gestorben sind. Wir sind eine Liste von Personen in der Altersgruppe zwischen dreißig bis fünfundvierzig durchgegangen, die von 1975 bis 1990 im Südwesten Englands als vermisst gemeldet wurden. So wurde im April 1980 auch ein neununddreißigjähriger Mann namens Neil Lewisham von seiner Frau als vermisst gemeldet – obwohl er aus Surrey stammte, wurden wir hellhörig, da seine Frau damals aussagte, dass er vor seinem Verschwinden vorhatte, jemanden bei Chippenham in Wiltshire zu besuchen. Natürlich ging man der Sache auch schon 1980 nach, landete jedoch in einer Sackgasse. Leider ist die Frau inzwischen verstorben, also haben wir mit dem Sohn gesprochen, der einem DNA-Test zugestimmt hat. Die DNA stimmt überein.«

Mir weicht sämtliche Luft aus der Lunge. »Sie wollen also sagen, er ist in diesem Haus gestorben … während meine Großmutter hier lebte?«

»Danach sieht es aus, ja. Das letzte Mal wurde er am 7. April 1980 am Bahnhof von Chippenham gesehen. Seither fehlte jede Spur von ihm, zudem gab es auch keine Zugriffe auf sein Bankkonto mehr. Darum können wir davon ausgehen, dass er am oder um den siebten herum gestorben ist.«

»Sind Sie sich ganz sicher, dass es sich um diesen Mann handelt? Die DNA … Ich meine …« Ich runzle die Stirn. »Wie soll das gehen?« Fleisch und Haut werden doch sicher vollkommen zersetzt sein.

»Wir können den Knochen und Zähnen DNA entnehmen. Der Sohn diente als Abgleich. Es handelt sich definitiv um den Vermissten.«

Mir ist schlecht. Großmutter hat zum Zeitpunkt seines Todes hier gewohnt. »Ich … ich kann das nicht glauben.«

DS Barnes verlagert unbehaglich das Gewicht. »Es tut mir leid«, sagt er, und seine aufrichtigen Augen halten dabei meinem Blick stand. Dann wendet er sich wieder dem Notizbuch in seiner Hand zu und tippt mit seinem Stift auf die aufgeschlagene Seite. »Wir sind immer noch dabei, die andere Leiche zu identifizieren. Im Moment«, fährt er fort, »können wir lediglich nach vermissten Frauen aus dem entsprechenden Zeitraum sowie einer möglichen Verbindung zu Neil Lewisham Ausschau halten. Nun, da wir ein konkretes Datum haben, wird dies zumindest den zeitlichen Rahmen deutlich eingrenzen. Es kann zwar eine Weile dauern, aber das Team ist dran. Unsere Kollegen sind bereits von Tür zu Tür gegangen und haben sämtliche Bewohner verhört, ob sie zum fraglichen Zeitpunkt in Beggars Nook gewohnt haben und woran sie sich erinnern können. Wir haben zudem mehrere Beamte, die Nachforschungen zu dem Haus selbst anstellen, um zu sehen, ob je eine Beschwerde oder ein Vorfall gemeldet wurden. Darüber hinaus befassen wir uns mit der Viktimologie.«

»Viktimologie?«

»Ja, die Person Neil Lewisham. Es geht im Wesentlichen um Informationen über das Opfer, um so herauszufinden, warum er getötet wurde. Ich möchte Ihnen einfach nur versichern, dass wir alles in unserer Macht Stehende tun.«

Ich schlucke meine Übelkeit hinunter. »Was bedeutet das für … meine Großmutter?«

Er schnippt einen nicht existenten Fussel von seiner Hose, wobei er es vermeidet, mich anzusehen. »Nun, wir werden uns noch einmal mit ihr unterhalten müssen, um zu sehen, woran sie sich erinnern kann. Wir versuchen auch, die Aufenthaltsorte der beiden Untermieterinnen Ihrer Großmutter herauszufinden. Eine gewisse Kay Groves und natürlich Daphne Hartall.«

Ich verrate ihm nicht, dass meine Mum gerade in Broadstairs ist und versucht, Daphne auf eigene Faust zu finden.

»Was ist mit diesen anderen Personen, die meine Großmutter erwähnt hat? Victor und Jean?«

»Ja, das gestaltet sich ohne Nachnamen deutlich schwieriger.«

Ich schaue zu dem jüngeren Ermittler hinüber. Er kritzelt etwas in sein Notizbuch und schaut auf, als er spürt, dass ich ihn beobachte. Er schenkt mir ein mitfühlendes Lächeln.

»Da ist noch etwas anderes«, sage ich und wende meine Aufmerksamkeit wieder Barnes zu. Ich hole die Karte heraus, die der Privatdetektiv mir in die Hand gedrückt hat, und reiche sie ihm. »Heute hat mich ein fremder Mann im Wald angehalten.« Ich schildere ihm das Gespräch. »Gegen Ende schien er ziemlich aufgewühlt, als wäre es ihm wirklich wichtig, an diese Information zu gelangen, worum auch immer es sich handelt. Er sagte, sein Name sei Davies.«

DS Barnes betrachtet stirnrunzelnd die Karte. »Das werde ich mir mal genauer anschauen.« Er notiert sich die Nummer und den Namen in seinem Büchlein, bevor er mir die Karte wiedergibt. »Sollten Sie finden, wonach er Ihrer Meinung nach sucht, so rufen Sie mich bitte an. Ich rate dringend davon ab, sich bei ihm zu melden.«

»In Ordnung.« Ich nicke langsam, und während ich das tue, habe ich eine außerkörperliche Erfahrung, als würde ich von oben dabei zusehen, wie ich mich mit der Kriminalpolizei über meine Großmutter unterhalte. Vor zwei Monaten noch hätte mich die Vorstellung, ohne Tom an meiner Seite mit der Polizei sprechen zu müssen, in Panik versetzt.

»Wir müssen uns so schnell wie möglich mit Ihrer Großmutter unterhalten«, sagt er, während er sich erhebt und DC Worthing seinem Beispiel folgt. »Ich werde das Pflegeheim anrufen, alles in die Wege leiten und Ihnen dann Bescheid geben.«

Ich begleite die beiden zur Tür, und erst als ich ihnen nachsehe, wie sie davonfahren, fällt mir ein, dass ich gar nicht dazu gekommen bin, nach Harrison Turner zu fragen. Doch nun scheint es ohnehin sinnlos.

Gran war es, die hier gewohnt hat, als Neil Lewisham ermordet wurde.

Ihre Worte kommen mir wieder in den Sinn. *Jean hat ihr auf den Kopf geschlagen.* War all das Gerede doch nicht so harmlos, wie ich zunächst geglaubt hatte? Waren all die Namen, die sie erwähnte – Jean, Victor, Sheila – ihre Art, mir mitzuteilen, was sich vor vierzig Jahren wirklich hier zugetragen hat?

23

Lorna

»Sie ist gestorben?« Lorna wird schwindlig, und sie stützt sich an der Hauswand ab. »1971? Aber … aber das kann nicht stimmen.«

»Ich denke, ich weiß sehr gut, wann meine Schwester gestorben ist«, erwidert Alan Hartall lapidar.

»Natürlich. Ich wollte damit nicht sagen, dass Sie … Es tut mir leid … Ich verstehe es nur einfach nicht.«

Er starrt sie an, wobei er seine buschigen Brauen runzelt. Dann werden seine Gesichtszüge wieder sanfter. »Sie sehen ein bisschen blass aus. Wollen Sie auf ein Glas Wasser reinkommen?«

Lorna vergeht vor Durst, erinnert sich jedoch an Euans Worte. *Selbst alte Knacker können gefährlich sein.*

»Ähm … nein, alles gut. Danke. Ich werde … Gibt es hier irgendwo ein Café?«

»Gleich da unten.« Er zeigt Richtung Meer. »Da ist ein netter Laden, direkt am Strand.«

»Vielen Dank.«

Er mustert sie ruhig. »Wie, sagten Sie doch gleich, ist Ihr Name?«

»Lorna. Lorna Cutler.«

»Ich verstehe nicht so recht, worum es bei alledem geht«, sagt er nun deutlich freundlicher.

Sie strafft den Riemen ihrer Tasche über ihrer Schulter. »Ich auch nicht«, seufzt sie. »Es muss sich um eine andere Daphne Hartall handeln – obwohl da die Verbindung zu Sheila ist.«

Er verstummt, als würde er über etwas nachdenken. »Haben Sie Lust auf ein wenig Gesellschaft unten im Café? Wir können was trinken, und Sie erzählen mir alles. Ich kannte Sheila Watts immerhin, vielleicht kann ich Ihnen doch behilflich sein.«

Ihre Stimmung hellt sich auf. Das ist doch bestimmt nicht unvorsichtig von ihr, wenn sie mit ihm zum Café spaziert. Am helllichten Tag, in der Öffentlichkeit.

»Das wäre nett«, sagt sie.

»Na, dann los.« Seine Augen funkeln freundlich, und sie lächelt ihn voller Dankbarkeit an.

Er schließt die Tür hinter sich, und sie gehen in Richtung Hauptstraße. Das fühlt sich sogar sehr sicher an, denkt Lorna, während sie die Straße überqueren und auf dem Weg runter zum Meer an hübschen Gärten und einem Musikpavillon vorbeikommen. Die Leute schlendern in Shorts und T-Shirts umher, genießen ihr Eis und das herrliche Maiwetter. Alan lässt sich über seinen Gehstock und seine kaputte Hüfte, die ersetzt werden muss, aus. Dabei ist er überraschend agil und geht sogar schneller als sie. Sie muss mit ihren Absätzen rasch vorantrippeln, um mit ihm Schritt zu halten.

Er führt Lorna zu einem flippigen kleinen Café mit Musik und Terrassentischen, von denen aus man einen weiten Blick über den Strand hat. Die Gäste unterhalten sich, einige trinken Pints, andere schlürfen Cappuccino aus großen bunten Tassen.

»Was möchten Sie? Das geht auf mich«, sagt sie abwinkend, als er anbietet, sie einzuladen. »Es war nett von Ihnen mitzukommen, um zu reden.«

»Gern geschehen. Ich freue mich über die Gesellschaft.« Er grinst mit einem verschmitzten Grübchen auf der linken Wange und sagt, er würde gern ein Bier trinken; Lorna entscheidet sich für ein Glas Wein. Es ist ja nicht so, dass sie Auto fahren muss, sagt sie sich. Danach kann sie sich für die Zugfahrt noch einen Kaffee zum Mitnehmen bestellen.

Alan hat einen Tisch in der Ecke gefunden, mit Blick auf die Bucht und die Reihe eiscremefarbener Strandhütten. Sie setzt sich neben ihn und atmet tief die Meeresluft ein. Hier könnte sie leben, denkt sie, mit der Sonne im Rücken, der Musik und dem Trubel. Plötzlich sehnt sie sich nach San Sebastián zurück.

Alan bedankt sich für sein Bier und nimmt einen großen Schluck, wobei etwas Schaum auf seiner Oberlippe zurückbleibt. »Das war genau das Richtige.«

Sie lacht. Der Wein, die Sonne und die Musik machen sie ganz schwummrig im Kopf und mildern ihre Enttäuschung über die Enthüllung, dass Daphne gestorben war, lange bevor sie Mutters Untermieterin hätte werden können.

»Also, dann erklären Sie mir mal«, sagt er und stellt sein Glas auf dem Holztisch ab, »was hat das alles mit Sheila Watts zu tun?«

Lorna erzählt ihm von den im Garten gefundenen Leichen, dem Artikel über Sheila und dass dic Untermieterin ihrer Mutter ebenfalls Daphne Hartall hieß. Sie zieht den Zeitungsausschnitt aus ihrer Tasche und reicht ihn Alan. »Und dann fand ich das, Ihre Aussage in der Zeitung.«

Er wirft einen Blick drauf und reicht ihn ihr dann wieder zurück. »Ich habe meine Brille nicht auf. Würde es Ihnen was ausmachen, es mir vorzulesen?«

Sie kommt seiner Bitte nach, wobei sie darauf achtet,

langsam und deutlich zu lesen – man wirft ihr oft vor, sie würde zu schnell reden. Als sie geendet hat, schaut Alan aufs Meer hinaus, als würde er halb erwarten, Sheila am Strand zu entdecken.

»Sie war schon etwas eigenartig«, sagt er, den Blick immer noch in die Ferne gerichtet. »Eine Einzelgängerin, wissen Sie. Aber wir waren dennoch befreundet.« Er dreht sich wieder zu ihr. »Sie wohnte in dem Apartment unter mir. Nicht da, wo ich jetzt wohne. In der Stone Road.«

Lorna hat keine Ahnung, wo das ist, nickt jedoch. »Aber Sie kannten keine Rose Grey?«, stellt sie noch mal klar.

Er schüttelt den Kopf. »Nein, definitiv nicht.«

»Ich verstehe einfach nicht, warum meine Mutter einen Artikel über Sheila Watts aufbewahren sollte – es sei denn, sie oder ihre Untermieterin kannten sie.«

Zur Antwort nimmt Alan geräuschvoll einen Schluck von seinem Bier.

Eine Weile betrachtet sie einen Teenager unten am Strand, der im seichten Wasser mit einem braunen Cockapoo herumtollt. Dann hebt sie den Blick wieder zu Alan. »Was ist in der Nacht passiert, in der Sheila starb? Können Sie sich noch daran erinnern?«

»Es war Silvester. Eine Gruppe von uns ging in den Pub im Ort und beschloss dann, das neue Jahr am Strand willkommen zu heißen. Sheila kannte keinen meiner Freunde, kam aber trotzdem mit. Wie ich schon sagte, sie war im Grunde sehr eigenbrötlerisch. Sie lebte erst seit ein paar Jahren in Broadstairs. Ursprünglich stammte sie aus London, glaube ich. Sie sagte, sie sei viel herumgekommen.«

»Meine Mutter stammt aus London. Vielleicht haben sie sich ja schon gekannt, bevor Sheila herzog.« Eine Brise frischt vom Meer her auf, weshalb Lorna ihre Jacke wieder anzieht. Mittlerweile sitzen sie im Halbschatten.

»Kann sein. Jedenfalls war Sheila in jener Nacht besonders schweigsam. Im Pub hat sie kaum was gesagt. Sie saß missmutig in der Ecke und trank vor sich hin. Obwohl sie gar nicht betrunken wirkte. Ich habe mehrmals gefragt, was los sei. Wie ich schon sagte, streng genommen standen wir uns nicht besonders nahe, aber ich hatte sie in den zwei Jahren, da sie meine Nachbarin war, ein bisschen kennengelernt. Manchmal kam sie auf eine Tasse Tee hoch in meine Wohnung. Dann haben wir uns sehr angeregt unterhalten. Es waren wirklich tiefgehende Gespräche. Auch über den Tod meiner Schwester, und dass sie ebenfalls jemanden verloren hatte. Sie sagte aber nicht, wer. In der Nacht ihres Todes war sie irgendwie nervös, hibbelig. Ich persönlich habe mich immer gefragt, ob sie ein Ex-Junkie war. Sie war extrem dünn. Und paranoid.«

»Paranoid? Weswegen denn?«

»Sie war davon überzeugt, dass man sie verfolgte. Ich habe mich oft gefragt, ob sie einem Dealer noch Geld schuldete oder so was in der Art.« Er lacht. Es ist ein tiefes, rasselndes Lachen, als hätte er erst eine Bronchitis überstanden. »Jetzt, im Nachhinein, interpretiere ich da wahrscheinlich zu viel rein. Aber sie war sehr … verschlossen. Das ist das passende Wort.«

»Was ist dann letztendlich passiert, als Sie in jener Nacht am Strand ankamen?«

»Sheila ist allein davonspaziert. Ich habe noch gefragt, ob ich sie begleiten solle, aber sie schlug mein Angebot aus, meinte, dass sie an Silvester immer sentimental würde und dass sie gern allein wäre. Meine Kumpels und ich saßen da und tranken weiter, doch dann sah ich, wie Sheila sich auszog und ins Meer ging. Verrückt, wenn Sie mich fragen.« Er schaudert. »Das Meer hier ist im Dezember schweinekalt.«

Lorna zieht eine Grimasse. »Kann ich mir vorstellen.«

»Ich blieb mit meinen Kumpels sitzen, und wir kippten ein paar weitere Dosen Bier. Wir waren ziemlich besoffen und haben Sheila dabei ganz vergessen. Erst später, als wir uns auf den Heimweg machen wollten, merkten wir, dass sie nicht bei uns war. Mein Kumpel Phil und ich rannten zum Ufer, dorthin, wo sie ihre Klamotten abgelegt hatte, aber wir konnten sie nirgends entdecken. Es war, als wäre sie einfach«, er verzieht das Gesicht, »vom Wasser verschluckt worden.«

»Und da haben Sie Alarm geschlagen?«

»Ja. Sie war offensichtlich ertrunken. Vielleicht hatte sie mehr getrunken, als uns klar war. Wir fühlten uns alle schrecklich.«

»Das ist wirklich furchtbar«, sagt Lorna, und trotz der Hitze des Tages spürt sie, wie eine Gänsehaut ihre Arme überzieht. Sosehr sie das Meer auch liebt, hat es ihr doch auch immer Furcht eingeflößt. Es gleicht einer mächtigen Kreatur, von der man nie sagen kann, in welcher Stimmung sie sich befindet. Zumindest verdient die See einen gesunden Respekt. »Was glauben Sie, war es ein Unfall oder doch eher Selbstmord?«

»Ganz ehrlich, das kann ich nicht sagen«, antwortet er. »Es war traurig, wirklich, auch was danach folgte. Niemand kam, um ihre Wohnung auszuräumen. Ich glaube, sie hatte keinerlei Angehörige. Also habe ich es gemacht. Außerdem besaß sie so gut wie gar nichts. Außer Klamotten und etwas Essen in den Schränken und im Kühlschrank hinterließ sie nichts. Die Wohnung wurde möbliert vermietet. Nichts davon gehörte ihr. Es gab keinerlei persönliche Gegenstände, kein Nippes und auch keine Unordnung. Da war rein gar nichts, was den geringsten Hinweis darauf gegeben hätte, was für ein Mensch Sheila Watts war.«

»Was war mit ihrem Portemonnaie? Oder Schlüsseln?«

»Die Wohnungsschlüssel steckten in der Hose, die sie am Strand zurückgelassen hatte. Kein Portemonnaie, keine Handtasche. Die Polizei vermutete, dass sie womöglich gestohlen wurden, als sie im Wasser war. In jener Nacht haben sich etliche Leute am Strand herumgetrieben.«

Eine Idee beginnt in Lornas Kopf Gestalt anzunehmen, wie ein Foto im Entwicklerbad. »Glauben Sie, Sheila könnte ihren Tod nur vorgetäuscht haben?«

Alan lehnt sich auf seinem Stuhl zurück, die Lippen geschürzt. »Das ist eine recht gewagte These.«

»Es ist nur …« Sie versucht, sämtliche Eindrücke, die in ihrem Kopf umherschwirren, zu einem sinnvollen Ganzen zu ordnen. »Es ist doch seltsam, dass meine Mutter diesen Zeitungsartikel über Sheila aufbewahrt hat, ihre Untermieterin aber Daphne Hartall hieß. Es ist ja nicht so, als wäre Daphne Hartall ein sehr geläufiger Name, nicht wahr? Das wäre schon ein arger Zufall. Es muss eine Verbindung geben.«

»Was wollen Sie damit sagen?«

»Möglicherweise verrenne ich mich da gerade in etwas, aber«, ihr Herz flattert vor Aufregung, »wäre es nicht denkbar, dass es sich bei der Daphne Hartall, die meine Mutter kannte, und der Sheila Watts, die Sie kannten, um ein und dieselbe Person handelt?«

»Sie glauben, Sheila hat ihren Tod vorgetäuscht und die Identität meiner Schwester gestohlen?« Er klingt ungläubig.

»Es gibt Menschen, die so etwas tun. Hat sie denn je ein auffälliges Interesse an Daphne an den Tag gelegt?«

»Na ja«, er reibt sich übers Kinn, »ja, doch, jetzt, wo Sie es sagen. Es gab da auch eine Sache, die mich damals beschäftigt hat. Kurz nach Sheilas Tod räumte ich Daphnes Sachen auf, die ich in einer kleinen Schachtel in meinem Bücherregal aufbewahrte, konnte jedoch ihre Geburtsurkunde nicht finden – wobei das auch an meiner Unordnung hätte liegen können …«

»Meinen Sie, Sheila hätte sie an sich nehmen können?«

»Wäre möglich.« Alan wirkt nun aufgewühlt. »Die Gelegenheit dazu hatte sie.«

»Die perfekte Chance also, um abzutauchen, falls jemand hinter ihr her war.«

Je länger sie darüber nachdenkt, desto mehr ist sie davon überzeugt.

Sheila Watts und Daphne Hartall sind ein und dieselbe Person.

24

Rose, Februar 1980

Die Tage verstrichen, und meine neugierige Faszination für Daphne stieg nur noch mehr. In mancher Hinsicht war sie so stark, in anderer wiederum so verletzlich, dass sie meine mütterliche Seite zum Vorschein brachte, obwohl wir etwa gleich alt waren.

Ich wollte sie beschützen, genauso, wie ich dich beschützen wollte, diese schlanke, attraktive Frau, die, da war ich mir nun sicher, genau wie ich, von einem Mann terrorisiert worden war.

Nach unserem Abend im Stag & Pheasant in der vergangenen Woche und dem, was sie mir über Joel enthüllt hatte, war ich noch überzeugter, dass wir zusammenhalten sollten. Männern, so schien es, konnte man nicht trauen. Selbst Joel – ein Typ, den ich für nett und zuverlässig gehalten hatte – war in Wahrheit ein Raubtier, der nur auf den richtigen Zeitpunkt wartete, um sich auf sein Opfer zu stürzen. Wir blieben oft lange auf, saßen zusammen und diskutierten über Frauenrechte. »Warum finden Männer es eigentlich in Ordnung, dir den Hintern zu tätscheln und dich dann auch noch ›Schätzchen‹ zu nennen?«, fragte sie, ihre Knie umschlungen und die Ärmel ihres dicken Pullovers über die Hände gezogen. »Wir haben 1980, nicht 1950.«

Sie hatte ja so recht. War so modern. So anders als ich, die ich die letzten drei Jahre am Arsch der Welt verbracht hatte.

Und das Zusammenleben mit ihr gestaltete sich so einfach. Sie schien ein Gespür dafür zu haben, wann ich mit dir allein sein wollte, und blieb dann rücksichtsvoll entweder in ihrem Zimmer oder unternahm einen Spaziergang ins Dorf. Es war ihr gelungen, eine gebrauchte Nähmaschine zu besorgen, eine klobige alte Singer mit Fußpedal, die sie in dem kleinen Zimmer auf der anderen Seite des Flures aufbaute. Ich vernahm oft ihr Surren, wenn sie rasch ein Muster nähte oder ihre Jeans mit Flicken ausbesserte. Sie wollte dir ein hübsches Sommerkleid schneidern und kam eines Tages mit einer Rolle gelb bedruckten Stoffes nach Hause. Du warst so voller Vorfreude. Sie war kompetent und selbstgenügsam mit all ihren praktischen Fähigkeiten, und dafür bewunderte ich sie.

Es war ein kalter Winter, und der Februar sogar noch schlimmer als der Januar. Frost lag auf dem Gras, und dichter Nebel rollte über den Wald, sodass man ihn von deinem Zimmerfenster kaum noch ausmachen konnte. Es setzte mir zu, erfüllte mich mit Sorge darüber, wer in seinem Schutz das Haus beobachten könnte. Daphne muss es ähnlich ergangen sein. Eines Abends – du warst schon im Bett – standen wir rauchend in der Küche und wärmten uns am Herdfeuer, als sie sagte: »Schon seltsam …« Sie stieß eine Rauchwolke aus, und ihr Blick wanderte zum Fenster. Sie war auch an diesem Tag bei der Arbeit gewesen – sie weigerte sich, ihren Putzjob aufzugeben, nur weil Joel sie bedrängt hatte. »Der Gedanke, dass dieser Ort hier unsere Zuflucht sein könnte, oder aber unser Verderben.«

Ihre Worte ließen mich frösteln. »Wie meinst du das?«

Sie drehte den Kopf zu mir, ihr Blick eindringlich und aufgewühlt zugleich. »Wir glauben uns in Sicherheit, hier versteckt, fernab der Welt und ihrer Gefahren, aber die Gefahr könnte trotzdem hier sein. Mit uns, an diesem Ort gefangen.«

Ich hatte ihr nie erzählt, dass ich mich versteckte, aber es war, als wüsste sie es. Als könne sie es spüren. Vielleicht, weil sie das Gleiche tat.

»In diesem Haus?«, fragte ich verdutzt und auch ein wenig erschrocken. Was wollte sie damit sagen?

»Nein, in diesem Dorf. Wir können dem nicht entkommen, Rose. Siehst du das denn nicht?«

Ich drückte meine Zigarette aus und schlang die Arme um mich. »Sag das nicht«, erwiderte ich mit leiser, verängstigter Stimme.

»Diese Wälder«, fuhr sie im selben merkwürdigen Tonfall fort. »Halten sie andere fern oder uns gefangen?« In ihren Augen flackerte etwas, und da erkannte ich, dass sie sich fürchtete.

»Wir sind hier in Sicherheit«, entgegnete ich in bestimmtem Tonfall, aber ob ich das tat, um sie oder doch eher mich zu überzeugen, konnte ich selbst nicht sagen.

Sie drehte sich zu mir, ihre Lippen kräuselten sich, als sie an ihrer Zigarette zog, während sie mich schweigend mit ihrem Blick fixierte. Doch dann: »Mir ist bewusst, dass wir uns bisher nicht über unsere Vergangenheit unterhalten haben. Und das ist auch gut so. Wir sollten es nicht müssen. Unsere Zukunft beginnt hier.«

»Ganz genau«, bestätige ich in aufmunterndem Tonfall, an der Hintertür lehnend. »Außerdem … können wir uns gegenseitig beschützen, nicht wahr? Uns gegenseitig den Rücken stärken.«

Sie nickte, ihre Augen immer noch auf meine gerichtet.

Dann drückte sie ihre Kippe am Spülbecken aus und ging zu mir rüber. Ihr Gesicht war dem meinen so nahe, dass ich mich einen verrückten Moment lang fragte, ob sie mich küssen würde. Stattdessen strich sie mir eine Haarsträhne aus dem Gesicht. »Danke«, sagte sie leise. »Ich sehe das genauso. Keine Fragen stellen, keine Lügen erzählen.«

Ich spürte, wie sich die Hitze von meinem Hals über mein Gesicht breitete.

Da trat sie einen Schritt zurück, räusperte sich und ging zum Herd zurück. »Rose, du bist ein so lieber Mensch«, sagte sie, die Schultern angezogen, mit dem Rücken zu mir. Ich konnte den Grat ihrer Wirbelsäule durch ihren Pullover hindurch ausmachen. »Wenn ich dich einige Jahre früher getroffen hätte, dann wäre jetzt womöglich alles ganz anders.«

Ich ging zu ihr und legte sanft meine Hand auf ihre Schulter. »Wenigstens haben wir uns jetzt gefunden«, sagte ich. »Kein Mann kann uns jemals wieder etwas antun.«

Wenn das nur gestimmt hätte.

Am nächsten Morgen setzte ich dich am Kindergarten bei der kleinen Kirche ab. Du trugst deine gelben Lieblingsgummistiefel und die rosarote Pudelmütze, die ich dir gestrickt hatte. Es war ein eisiger Morgen, Raureif bedeckte die Gehsteige, und wir mussten vorsichtig einen Fuß vor den anderen setzen, um nicht auszurutschen. Der Himmel war trüb und farblos. Ich nickte grüßend den anderen Eltern zu, die ihre Kleinen ebenfalls fest an den Händen hielten, während wir den Dorfplatz überquerten. Eltern, bei denen ich mir nie die Mühe gemacht hatte, sie kennenzulernen. Als wir das Marktkreuz erreichten, musstest du die Stufen auf und ab rennen, so, wie du es jedes Mal tatest. Oben angekommen, wirbeltest du herum, als stündest du auf einer mittelalterlichen Bühne. »Wo ist Daffy?«, fragtest du, während ich dir die Stufen hinabhalf, da ich Sorge hatte, du könntest stürzen. Du warst erst zweieinhalb, und die Aussprache einiger Wörter bereitete dir noch Mühe. Daffy, wie die Zeichentrickente. Nachdem du ihren Namen ein paarmal falsch probiert hattest, blieb die Kurzform hängen. »Tut mich Daffy abholen?«

Ich freute mich sehr, dass du Daphne mochtest, aber ich war mir nicht sicher, ob ich ihr bereits genug vertraute, um sie dich vom Kindergarten abholen zu lassen. Sie wüsste nicht, nach wem sie Ausschau halten sollte. Falls er uns holen kam. Die letzten drei Jahre hatte ich mir ständig gut zugeredet, dass er uns niemals ausfindig machen könnte. Woher sollte er auch wissen, wo er suchen sollte? Dennoch konnte ich nicht anders, als mir weiterhin Sorgen zu machen. Er war ein kluger Mann. Ein reicher Mann. Ohne Zweifel hätte er seine Mittel und Wege, seine Spione. Es gelang mir nie zu entspannen, ich konnte nie aufhören, über die Schulter zu schauen.

»Vielleicht irgendwann mal, Schatz, aber noch nicht jetzt, okay? Außerdem wird sie nachmittags sowieso bei der Arbeit sein.«

Du zogst ein enttäuschtes Gesicht, bis du deine Erzieherin Miss Tilling entdecktest; sofort ranntest du zu ihr rüber, wobei deine unter der Mütze hervorlugenden dunklen Locken – seinen so ähnlich – nur so hüpften.

Ich vergewisserte mich, wie jeden Morgen, dass Miss Tilling dich ins Innere geführt hatte, bevor ich beruhigt gehen konnte, um einen Zwischenstopp im Melissa's einzulegen und mir eine heiße Schokolade zu bestellen. Melissa schien großes Interesse an Daphne zu haben und wollte alles über sie wissen. Ich achtete darauf, nicht zu viel zu verraten. Melissa war eine der größten Klatschtanten von Beggars Nook, und wenn Daphne sich im Dorf möglichst bedeckt halten wollte, war ich es ihr schuldig, diskret zu bleiben.

Melissa wirkte gelangweilt, als klar war, dass sie von mir keine aufregenden Neuigkeiten zu erwarten hatte, und wandte sich dem nächsten Kunden zu. Als ich den Laden verließ, lief ich Joel über den Weg.

Joel, der bisher mein Retter gewesen war. Ein verlässlicher Anker. Der erste Mann seit Langem, dem ich vertraut hatte. Der nach unserer ersten Begegnung stets auf mich achtgegeben und sich erkundigt hatte, ob es mir an etwas fehle. Als es letztes Jahr überraschend geschneit hatte, klopfte er an der Tür und bot an, meine Einfahrt freizuschippen. Er war derjenige, den ich anrief, wenn ich einen Rohrbruch hatte. Ich hatte Joel in mein kleines Leben eingelassen. Doch wenn ich mir nur vorstellte, wie er Daphne betatschte und ihr wegen ihrer Abfuhr das Leben zur Hölle machte, sträubte sich alles in mir.

Ich wollte schon wortlos an ihm vorbeigehen, aber er hielt mich auf. »Hi, Rose. Ich hab' dich in letzter Zeit kaum gesehen, wie geht es dir?«

Mir war aufgefallen, dass er seit Daphnes Einzug nicht mehr vorbeigeschaut hatte, um seine Hilfe anzubieten oder sich nach mir zu erkundigen. Ich beschloss, es auf sein schlechtes Gewissen zu schieben.

»Mir geht's gut«, antwortete ich knapp.

Er stand da wie ein begossener Pudel. Er hatte seinen karierten Schal bis zum Kinn hochgezogen und trug einen schwarzen, schmal geschnittenen Wollmantel. Seine Nasenspitze war rot angelaufen. Trotz meines Zornes auf ihn spielte mein verräterisches Herz mir einen Streich, und ich merkte, wie ich bei der Erinnerung daran, wie nett er sich mir gegenüber verhalten hatte, weich wurde.

Er wirkte betreten. »Habe ich irgendetwas falsch gemacht?« Er vergrub die Hände in den Manteltaschen. »Ich habe das Gefühl, dass du sauer auf mich bist.«

Da kamen mir wieder Daphnes Worte in den Sinn und erinnerten mich daran, dass er auch nur war wie alle anderen. »Daphne hat mir erzählt, was du getan hast«, platzte es aus mir heraus.

»Ich … Wie bitte?« Er schien aufrichtig verwirrt. »Tut mir leid, aber ich kann dir nicht folgen.«

»Sie sagte, du …«, ich senkte meine Stimme, obwohl wir gute fünf, sechs Meter vom Café entfernt waren, »… hättest sie bedrängt.«

Er lachte. »Du machst Witze, oder?«

»Sehe ich so aus, als würde ich Witze machen?«

Da fiel ihm alles aus dem Gesicht. »Daphne lügt. So etwas würde ich nie tun.«

»Warum sollte Daphne lügen?«

»Ich weiß es nicht. Ich …« Er sah auf seine Stiefel hinab und schnippte mit der Spitze ein Stück Eis vom Bürgersteig. Röte breitete sich über seinen Hals. »Aber es ist nicht wahr.« Er hob seinen Blick und schaute mir in die Augen. »Ich lüge dich nicht an, Rose, das schwöre ich dir.«

Ich hatte in ihm immer so etwas wie einen beschützenden großen Bruder gesehen. Aber nein. Nein. Ich durfte nichts von dem glauben, was er sagte. Denn das hatte ich schon einmal getan. Angefangen hatte es mit Charme und Versprechungen; dann kamen die Lügen und die Kontrollsucht, die in Furcht, Einschüchterung und Missbrauch mündeten.

Ich kannte Daphne zwar erst zwei Monate, aber ich wusste, dass sie bei so etwas nicht lügen würde. »Ich muss gehen«, brachte ich gerade so über die Lippen.

Als ich mich zum Gehen wandte, packte er mein Handgelenk.

»Hey«, sagte er leise. »Wir können so nicht auseinandergehen. Wir sind doch Freunde, oder nicht?«

Demonstrativ richtete ich meinen Blick auf seine Finger, die mein Handgelenk umschlossen hielten, woraufhin er den Griff löste und seinen Arm an der Seite hinabsinken ließ.

Ich stapfte davon, überzeugt, dass ich recht hatte mit ihm. Mit allen Männern.

Ich war mir so sicher, dass Daphne mich nicht anlügen würde.

Nun, wie ich hier sitze, nach allem, was passiert ist, und dir das schreibe, wünschte ich von ganzem Herzen, ich könnte die Zeit zurückdrehen.

25

Theo

Theo muss unablässig an sein Gespräch mit Larry denken, während er in sein Auto steigt. Die Windschutzscheibe ist mit Kirschblüten übersät wie mit Konfetti, weswegen er die Scheibenwischer einschaltet, auch wenn nun alles in die Rille oberhalb der Motorhaube geschoben wird und sich dort sammelt.

Eine junge Frau bezichtigt seinen Vater des sexuellen Übergriffs, und kein Jahr später ist sie tot.

Theo lässt den Motor an und tippt auf das Navi ein, um seine Heimadresse einzugeben.

Er will gerade vom Bordstein fahren, als er Larry auf sich zueilen sieht. Er kurbelt sein Fenster runter.

»Mir ist ihr Name wieder eingefallen. Der Name der Frau, die deinen Vater beschuldigt hat. Es war nicht Sandra. Sondern Cynthia. Cynthia Parsons. Sie war dreiundzwanzig.«

Dreiundzwanzig. Er hatte nicht geglaubt, dass es möglich wäre, sich noch beschissener wegen der ganzen Sache zu fühlen.

Theo bedankt sich und winkt zum Abschied. Während er die Straße entlangfährt, sieht er, wie Larry in seinem Rückspiegel kleiner und kleiner wird. Plötzlich verspürt er einen inbrünstigen Hass auf seinen Vater. Er umklammert das Lenkrad und stellt sich vor, dass das Kunstleder unter seinen Fingern die sehnige Kehle seines Vaters ist. Im nächsten Augenblick löst sich Theos Griff wieder. Er hat keine gewalttätige Ader in sich. Er ist so verdammt wütend auf seinen Dad, aber er weiß auch, dass er ihm nie etwas antun könnte – wenn er das täte, wäre er keinen Deut besser.

Möglicherweise hat die Frau gelogen. Der Gedanke ploppt in seinem Kopf auf, und er möchte es glauben – oh, wie sehr er das möchte. Doch er kann nicht.

Er sieht sie vor sich, Cynthia, wie sie versucht, sich Gehör zu verschaffen, mitten in den 70ern, in einer Zeit, als ein Mann wie sein Vater alle Macht in seinen Händen hielt. Wenn er sich jetzt weigert, ihr Glauben zu schenken, ist er nicht anders. Einen aberwitzigen Moment lang ist er tatsächlich erleichtert, dass seine Mum nicht mehr davon erfahren muss. Was hätte sie getan, wenn es ihr zu Ohren gekommen wäre? Hätte sie die Kraft gehabt, ihn zu verlassen?

»R U Mine?« von den Arctic Monkeys kommt im Radio, und er dreht laut auf, um seine Gedanken zu übertönen. Was soll er als Nächstes tun? Es macht keinen Sinn, seinen Dad deswegen zur Rede zu stellen. Es ist ja nicht so, als würde er sich dann urplötzlich Theo zuwenden und alles gestehen. Er würde nur wieder zornig werden, dann defensiv und boshaft.

Und da kommt ihm plötzlich ein anderer Gedanke.

Wenn sein Dad dazu in der Lage ist, eine junge Frau sexuell zu bedrängen, welche anderen schrecklichen Dinge hat er womöglich noch verbrochen?

Jen sitzt im Bett und schaut *Friends*. Wie versprochen ist er auf dem Heimweg an einer Tanke vorbei, um ihr eine riesengroße Packung M&Ms zu kaufen, und ihre Augen leuchten auf, als er, verlockend die Tüte schwenkend, ins Schlafzimmer spaziert, sorgsam darauf bedacht, seine innere Not mit einer fröhlichen Maske zu kaschieren.

»Genial!«, freut sie sich, und ihre Knie versinken in der Matratze, als sie sich zu ihm hochstreckt, um ihre Arme um seinen Hals zu schlingen. Er krabbelt ebenfalls aufs Bett und legt sich in Straßenkleidung neben sie.

»Wie fühlst du dich?«, fragt er, als sie es sich wieder gemütlich gemacht hat, die Packung aufreißt und sich eine ganze Handvoll in den Mund schiebt.

»Jetzt schon besser«, erwidert sie mampfend und bietet ihm ebenfalls ein paar M&Ms an. Er schüttelt den Kopf.

Sie drückt auf der Fernbedienung Pause, obwohl es eine Folge ist, die sie beide schon x-mal gesehen haben und zudem eine von Theos Lieblingsepisoden, in der die Mädels bei einer Wette ihre Bude an die Jungs verlieren. Jen könnte sie vermutlich wortgetreu wiedergeben. »Trost-Glotze«, nennt sie das, und sie hat recht damit. Auch wenn ihm nicht entgeht, dass es die Folge ist, in der Phoebe herausfindet, dass sie schwanger ist.

»Also?«, fragt sie, nachdem sie ihren Mundvoll runtergeschluckt hat. »Wie ist es gelaufen?« Besorgnis blitzt in ihren Augen auf. »Du siehst traurig aus.«

Er zuckt mit den Schultern. »Ich bin kein guter Schauspieler, was?«

»Was konnte Larry dir sagen?«

»Nur noch mehr Beweise, dass mein Vater ein totales Arschloch ist. Nicht dass ich sie gebraucht hätte.«

»Oh, Schatz.«

Er betrachtet sie, seine wunderschöne Frau, und plötzlich will er es ihr nicht sagen. Er will nicht, dass sie ihn anschaut und dabei erinnert wird, dass er mit einem Mann verwandt ist, der zu derartig kranken Dingen in der Lage ist. Er will nicht beschmutzen, was sie hier haben, ihr argloses, unkompliziertes

Leben in dem kleinen viktorianischen Reihenhaus mit ihren gemeinsamen Träumen von Babys und Hunden. Er muss an die Familienfotos an Larry Knights Wänden denken, an die Zukunft mit Jen und ihren ungeborenen Kindern, die er sich so inständig wünscht, und an das Gespenst seines Vaters, der droht, einen Schatten über all das zu werfen.

Aber er kann das hier nicht vor ihr verschweigen. Er weigert sich, einer jener Männer zu sein, die Geheimnisse vor ihren Frauen verbergen. Er ist nicht sein Vater.

Und so erzählt er ihr doch alles.

Später, nachdem sie sich umarmt, die Schokolade vernichtet und sich gegenseitig verspochen haben, dass sie nicht zulassen würden, dass die Sünden seines Vaters ihr Leben zerstören, kommt Theo eine Idee.

»Ich denke, wir sollten nach Wiltshire fahren. Die Leute aufsuchen, denen dieses Cottage gehört. Mein Vater scheint sich aus irgendeinem Grund für sie zu interessieren. Ich muss wissen, warum.«

»Bist du sicher?«, fragt Jen. »Vielleicht ist es besser, die Vergangenheit ruhen zu lassen.«

Er schwingt seine Beine aus dem Bett, sodass er mit dem Rücken zu ihr sitzt. »Ich … das kann ich einfach nicht.«

Er spürt ihre Hand auf seiner Schulter. »Ist es wegen deiner Mum?«

Theo dreht den Kopf zu ihr und sieht sie ernst an. »Ich frage mich jetzt noch mehr, was genau an jenem Tag geschehen ist.«

»Inwiefern?«

»Es war ein Unfall. Das ist zumindest, was alle behaupteten. Aber was, wenn er ihr etwas angetan hat?«

»Du meinst, dass er sie gestoßen hat?«

»Mich hat er auch schon mal die Treppe runtergestoßen.«

»Oh, Schatz …«

»Es geht mir nicht um Mitleid.«

»Das weiß ich.« Jen streicht sich ihr Haar aus dem Gesicht. »Du hast erzählt, dein Dad sei bei der Arbeit gewesen, als es passierte.«

»Ja, aber ich kann einfach nicht aufhören, mir vorzustellen, dass er ihr vielleicht einen Stoß verpasst hat und dann zur Arbeit gegangen ist, als sei nichts geschehen. Du weißt, wie wütend er werden kann. Vielleicht hat er es ja gar nicht gewollt. Und dann so getan, als hätte er sie so vorgefunden, als er wieder nach Hause kam. Sie …« Seine Stimme überschlägt sich, und er hält beschämt inne. Seit dem Tod seiner Mutter hat er nicht mehr geweint. »Die Polizei meinte damals, dass sie schon Stunden tot gewesen sei, als er nach Hause kam. Aber wenn er dazu in der Lage ist, eine Frau zu belästigen, die er eigentlich untersuchen sollte, sein eigenes Kind die Treppe hinabzustoßen und meine Mum zu schlagen …« Er muss an Cynthia Parsons Selbstmord denken. Larry hat ihm noch erzählt, sie sei von einem mehrstöckigen Parkhaus gesprungen. Nein, es besteht kein Zweifel: Sein Vater ist für ihren Tod zumindest verantwortlich, auch wenn er sie nicht selbst da runtergestoßen hat.

Jen reibt seinen Rücken. »Das darfst du nicht denken, Schatz«, versucht sie, ihn zu beruhigen. »Du hast selbst gesagt, dass der Tod deiner Mutter ihn zerstört hat. Ich weiß, dein Dad war … *ist* aufbrausend. Aber er hatte einen sehr stressigen Job und hat seinen Frust unglücklicherweise an dir und deiner Mum ausgelassen. Aber ich habe keine Zweifel, dass er euch beide immer geliebt hat.«

Mit einem Kloß im Hals nickt er. Er ruft sich den Schock und die Verheerung in Erinnerung, die seinem Dad an jenem Tag ins Gesicht geschrieben standen.

»Als ich das mit Cynthia gehört habe, das hat einfach … alles verändert.«

Sie verfallen in Schweigen, wobei Jen weiterhin seinen Rücken streichelt. Dann richtet sie sich abrupt auf. »Lass uns dahin fahren«, verkündet sie. »Lass uns nach Wiltshire fahren und diesen Leuten einen Besuch abstatten. Und selbst wenn sie uns nicht weiterhelfen können, so wäre ein kleines Urlaubswochenende allemal nett. Ich glaube, das können wir beide gebrauchen, findest du nicht auch?«

26

Saffy

Nachdem ich die Beamten verabschiedet habe, rufe ich Mum an, aber die Mailbox geht ran. Ich hinterlasse keine Nachricht. Sie hat versprochen, mich auf dem Heimweg anzurufen, und es ist noch nicht mal siebzehn Uhr. Ich frage mich, ob ihr Mittagessen mit Dad produktiv war und es ihr gelungen ist, Alan Hartalls Adresse herauszufinden. Sie meinte, sie würde mich über ihre Pläne auf dem Laufenden halten. Typisch Mum. Sie ist so flatterhaft, dass sie wahrscheinlich noch nicht mal auf den Gedanken gekommen ist, dass ich gerne wüsste, wann ich sie zurückerwarten kann.

Ich sitze gerade an meinem Schreibtisch, als mich ein Klopfen hochscheucht. Ich gehe in den Flur und spähe durch die Scheibe. Eine elegant gekleidete Frau in einer Polka-Dot-Bluse steht vor der Tür. Ich öffne sie einen Spaltbreit. »Ja?«

»Saffron Cutler?«

»Ja.«

»Hallo, mein Name ist Nadia Barrows, ich bin von der *Daily Mail.* Wäre es möglich …«

»Ich habe kein Interesse. Bitte gehen Sie wieder«, sage ich bestimmt und schließe die Tür, bevor sie etwas erwidern kann.

Ich kehre in mein Arbeitszimmer zurück. Durch das Fenster kann ich ein Rudel von etwa fünf Reportern ausmachen, das sich am Ende meiner Einfahrt versammelt hat. Neil Lewishams Name muss bereits veröffentlicht worden sein. Ich wette, sie wollen mich wegen Großmutter ausquetschen. Das Fenster des Arbeitszimmers verfügt über keine Jalousien oder Vorhänge. Können sie mich sehen? Das hier ist ein Albtraum. Ich möchte mich nicht allein damit auseinandersetzen müssen. Ich lege den Kopf in die Hände und stöhne, während mich die Übelkeit überkommt. Ich fühle, wie Snowy an meinen Beinen entlangstreicht, und bücke mich, um seinen Kopf zu kraulen. Er spürt immer, wenn ich gestresst bin.

Mein Telefon vibriert, und ich hebe den Kopf. Eine SMS von meinem Dad leuchtet auf dem Display auf.

Hallo, Liebes. Ich habe dir die Akte über Sheila Watts gemailt. War mit deiner Mum mittagessen. Sie sah gut aus. Ich habe zwei Adressen für den Namen Alan Hartall in Broadstairs, also ist sie direkt hingefahren. xx

Ich antworte nicht. Adrenalin rauscht durch mich hindurch, als ich meine E-Mails öffne.

Wie versprochen hat Dad den Inhalt von Sheila Watts Akte abfotografiert. Er ist nicht allzu umfangreich: ein paar Artikel über ihren Ertrinkungstod aus verschiedenen regionalen Zeitungen in der Gegend um Kent und ein paar Blätter, die aussehen, als wären sie aus einem linierten Notizblock gerissen worden. Die Schrift schaffe ich nicht zu entziffern; sie besteht ausschließlich aus Punkten und Zeichen. Mir wird klar, dass es sich um Steno handelt. Dad hat das früher manchmal benutzt, wenn er sich am Telefon was notiert hat. Ich scrolle weiter nach unten. Das letzte Foto zeigt den Presseausschnitt einer überregionalen Zeitung – es ist die, für die auch mein Dad arbeitet. Der Artikel wurde 1978 verfasst, handelt aber nicht von Sheila, sondern einem Verbrechen, das Anfang der 50er-Jahre begangen wurde. Ich lese ihn aufmerksam durch, doch mir erschließt sich nicht, warum er von Bedeutung sein sollte. Vielleicht ist er versehentlich in Sheilas Akte gelandet. Enttäuscht lehne ich mich auf meinem Stuhl zurück. Da steht nichts Neues. Es sei denn, es befindet sich in dem stenografierten Text. Ich will gerade die E-Mail schließen, als mir beim letzten Artikel etwas ins Auge springt. Die Namenszeile. Ich betrachte sie genauer. Der Artikel wurde von einem Neil Lewisham verfasst.

Ich rufe Dad auf der Stelle an. Der hektischen Geräuschkulisse entnehme ich, dass er sich noch in der Redaktion befindet. Rasch, in atemlosen Sätzen, beginne ich damit, ihm alles zu schildern, als Dad mich unterbricht, um mich wissen zu lassen, dass er es schon von einer »Quelle« erfahren habe. Natürlich hat er das. »Möglicherweise war deine Gran gar nicht vor Ort, als es geschah«, sagt er. »Nur weil er in dem Zeitraum gestorben ist, als sie dort wohnte, heißt es keineswegs, dass sie davon wusste. Zumal, wenn sie eine Untermieterin hatte.«

»Ich weiß. Seltsamerweise ist aber einer der Artikel in der Akte, die du mir geschickt hast, von ebendiesem Mann verfasst worden«, erwidere ich, und der Gedanke beschert mir eine Gänsehaut. »Wie es aussieht, hat Neil Lewisham in den späten 70ern für den *Mirror* gearbeitet.«

»Ich dachte schon, dass der Name mir bekannt vorkommt«, sagt er. »Auch wenn das deutlich vor meiner Zeit war. Ich werde sehen, was ich herausfinden kann. Vielleicht war er freiberuflich tätig. Geht es in dem Artikel um Sheila?«

»Nein. Es scheint mehr eine Art Rückblick zu sein. Sheilas Name wird darin nicht erwähnt. Oh«, sage ich, als es mir einfällt, »würde es dir was ausmachen, mir den Steno-Text auf dem vierten Foto zu entziffern?«

»Ach ja, das habe ich mir schon angeschaut. Leider scheint er in Pitman verfasst. Ich beherrsche nur die Teeline-Steno. Aber ich frage mal nach. Einige der älteren Kollegen hier verstehen sich vielleicht noch darauf.«

»Vielen Dank, Dad.« Kurz überkommt mich das schlechte Gewissen. »Tut mir leid, dass ich dich darum bitte. Du musst fix und fertig sein. Wann machst du Feierabend?« Ich wünschte, er würde eine nette Freundin finden. Ich mache mir Sorgen, dass er zu viel arbeitet.

»Du musst dich niemals dafür entschuldigen, mich um etwas zu bitten«, erwidert er sanft. »Und ich bin hier bald weg. Oh, und Saff, falls dich wieder irgendwelche Reporter behelligen sollten, dann sage ihnen einfach, dass Euan Cutler vom *Mirror* dein Dad ist. Das wird sie zum Schweigen bringen!«

Ich lege auf und fühle mich schon besser. Als ich aufstehe und einen kurzen Blick zum Fenster hinauswerfe, sehe ich gerade noch, wie die letzten drei verbliebenen Journalisten den Hügel hinab verschwinden.

Erneut rufe ich Mum auf dem Handy an, aber sie geht nicht ran. Es ist das dritte Mal, dass ich sie angerufen habe, seit die Ermittler gegangen sind. Die Angst nagt in mir. Mum geht eigentlich immer ran, wenn ich anrufe. Was, wenn ihr etwas zugestoßen ist? Was, wenn sie sich mit einem Alan Hartall getroffen hat, der aber kein alter Mann, sondern vielmehr ein Psychopath ist? Mum ist immer so draufgängerisch, sie wird nicht an die Gefahren gedacht haben. Sie glaubt, dass ihr nichts und niemand was anhaben kann. Gran hat mir früher immer Geschichten erzählt, wie Mum als Jugendliche per Anhalter aus der Stadt zurückfuhr. Mir ist klar, dass sie mir diese Dinge nur als Warnung erzählt hat, um mich zu beschützen, aber die Mühe hätte sie sich nicht machen müssen. Niemals wäre ich so unverantwortlich gewesen.

Ich hinterlasse eine Sprachnachricht und bitte Mum, mich umgehend anzurufen, da ich Neuigkeiten habe.

Um zwanzig Uhr hat sie sich immer noch nicht gemeldet.

Die Sonne geht unter, und die letzten Strahlen brechen durch den Wald hinter dem Haus. Im Cottage ist es duster, aber es ist zu früh, um das Licht einzuschalten. Tom schreibt mir eine Nachricht, dass er den Zug um achtzehn Uhr vierunddreißig geschafft hat, also dürfte er innerhalb der nächsten halben Stunde da sein. Ich gehe in die Küche, brühe mir einen Rooibostee auf und lehne mich gegen die hässliche Küchenzeile, dankbar, dass ich Snowy habe, der es sich quer über meinen nackten Füßen bequem gemacht hat. Allmählich beginne ich mich hier zusehends unwohler zu fühlen. Auf einmal ist alles so real. Nicht nur die Leichen im Garten – obwohl das schon schlimm genug ist –, sondern auch der Privatdetektiv vorhin im Wald und sein Beharren darauf, dass Großmutter über irgendwelche Informationen verfüge, die sein Klient wiederhaben will. Ich habe Großmutters Kisten daraufhin noch einmal durchsucht, aber da ist nichts, was wichtig genug wäre, um deswegen einen Detektiv anzuheuern.

Großmutter. Da er von mir nichts bekommen hat, wird er es womöglich bei ihr versuchen. Ich knalle meinen Becher so heftig auf den Tresen, dass der Tee überschwappt, fische mein Handy aus der Tasche und rufe das Pflegeheim an.

»Elms Brook – Joy Robbins am Apparat.«

»Joy, hi, hier spricht Saffy, die Enkelin von Rose Grey.«

»Oh, hi, Saffy, wie geht …?«

»Hat jemand versucht, Sie wegen Großmutter zu kontaktieren? Ein gewisser Mr. Davies vielleicht?«

»Ähm … nein, ich glaube nicht. Warum?«

»Ich hatte ein paar Leute hier, die Informationen über Großmutter wollten. Ein Mann, der sich als Privatdetektiv ausgab, hat mir aufgelauert, und ich wollte nur sichergehen, dass er Sie oder Großmutter nicht belästigt und nicht auf die Idee kommt, sie im Heim zu besuchen.«

»Oh, okay … Sehr merkwürdig. Aber machen Sie sich keine Sorgen …«, beruhigt sie mich in ihrem knappen, energischen Tonfall. »Wir lassen hier nicht jeden rein.«

»Danke. Und wäre es möglich, dass Sie mir zuerst Bescheid geben, falls jemand auftaucht und sie besuchen möchte?«

»Selbstverständlich.«

»Vielen Dank. Wie geht es Großmutter denn? Ich komme zwar morgen vorbei, aber …«

»Ihr geht es gut. Nur ein bisschen verwirrt heute. Sie nannte mich immer wieder Melissa.«

»Melissa?«

Sie lacht. »Ich muss sie wohl an jemanden erinnern, den sie mal kannte. Das machen viele Bewohner. Bis morgen also.«

Als ich auflege, kommt ein Knall von der Haustür und ich lasse vor lauter Schreck beinahe mein Handy fallen. Dann höre ich einen Schlüssel im Schloss und Tom, der Snowy begrüßt, und vor lauter Erleichterung wird mir ganz schwummrig.

Das ist doch albern. Ich bin ein nervliches Wrack. Der Tag allein zu Haus hat mich aufgerieben.

Tom hat immer noch seinen Helm auf, der ihm etwas leicht Komisches verleiht, doch seine Miene nimmt einen schockierten Ausdruck an, als ich ihm in die Arme falle.

»Hey, was ist denn los?«

Ich führe ihn ins Wohnzimmer. Er hockt sich aufs Sofa und setzt seinen Helm ab. Sein Haar klebt platt an seinem

Kopf. Schweigend schaut er mir zu, während ich im Zimmer auf und ab gehe, wobei mir die Worte aus dem Mund sprudeln. Als ich fertig bin, blitzen seine Augen vor Zorn. »Was glaubt dieser verschissene Davies-Kerl eigentlich, wer er ist? Ich könnte ihn umbringen.«

»Tom …«

»Wie kann er es nur wagen, dir so einen Schreck einzujagen?«

»Mir bereitet eher die Frage Kopfzerbrechen, für wen er arbeitet. Er wollte mir nicht sagen, um was für eine Art von Informationen es sich handelt, die Gran haben soll.« Ich seufze. »Ich weiß auch nicht, es ist, als käme eine ganze Lawine ins Rollen. Da geht etwas Größeres vor sich. Womöglich stolpern wir gerade blindlings immer weiter in die Scheiße ohne einen Schimmer, was das Ganze soll? Und jetzt ist Mum auch noch nach Broadstairs abgedüst, um dort einen Mann zu treffen, der vielleicht, vielleicht aber auch nicht, der echte Alan Hartall ist, und ich habe noch nichts von ihr gehört, und der Garten hinter unserem Haus ist ein Tatort – und von diesen Journalisten will ich gar nicht erst anfangen. Ich kann keinen Schritt vor die Tür machen, ohne dass sie mich anfallen. Ich fühle mich, als stünde ich unter Hausarrest!« Nach meiner Schimpftirade bin ich ganz außer Atem und sinke neben ihm aufs Sofa, den Kopf in meinen Händen. Meine Schultern beben unkontrolliert. »Ich wünschte, wir wären in Croydon geblieben«, sage ich durch meine Finger hindurch, während die Tränen meine Wangen hinabrinnen und auf meine Jeans tropfen. »Ich habe das alles satt, Tom. Das hier sollte ein Neuanfang werden. Für uns. Für das Baby … Mittlerweile möchte ich das kleine Zimmer schon gar nicht mehr betreten, da ich weiß, dass ich von dort den Garten sehen kann. Dieses Loch, in dem die Leichen lagen …«

Tom zieht mich an sich, und das kalte Leder seiner Jacke presst gegen meine Wange. »Ich werde morgen blaumachen. Ich lasse dich nicht hier allein.«

Schockiert setze ich mich auf. Tom hat sich noch nie bei der Arbeit krankgemeldet. Noch nicht einmal, als er eine Lebensmittelvergiftung hatte und eine Spucktüte mit in die U-Bahn nehmen musste.

»Tom, du kannst nicht …«

»Ich glaube, das kann ich mir leisten, oder? Und ich will nicht, dass du morgen allein bist. Ich kann mit dem Renovieren weitermachen. Und ich werde die Arbeiter anrufen und mich erkundigen, wann sie wieder zurückkommen und mit dem Umbau fortfahren können. Wenn sie uns wieder blöd kommen, dann nehmen wir uns eben jemand anderes. Hauptsache, wir müssen uns das Loch nicht mehr anschauen.«

»Mum sollte längst zurück sein …« Vor Sorge wird mir schon wieder flau im Magen. »Wie viel Uhr ist es?«

Tom schaut auf seine Uhr. »Kurz nach halb neun.« Er steht auf und entledigt sich seiner Jacke. »Es sieht Lorna nicht ähnlich, sich nicht zu melden, oder? Normalerweise klebt sie ständig an ihrem Handy.«

»Ich weiß.« Ich greife nach meinem Handy und probiere es erneut.

Sofort geht die Mailbox ran.

Um zehn Uhr ist sie immer noch nicht zu Hause.

Jedes Mal, wenn ich ein Auto höre, was nicht oft vorkommt, renne ich zum Fenster, in der Hoffnung, dass es ein Taxi ist – aber nein, nichts.

»Meinst du, ich sollte die Polizei anrufen?«, frage ich Tom, der vor dem Fernseher sitzt und *The Wire* schaut, obwohl sich keiner von uns so recht darauf konzentrieren kann.

»Die Polizei wird nichts unternehmen. Ist es nicht so, dass man vierundzwanzig Stunden warten muss, bevor sie bei einem Erwachsenen die Vermisstenanzeige aufnehmen?«

Ich atme tief durch und unterdrücke die in mir aufwallende Panik. Ich weiß nicht, wohin mit mir – mein Körper ist ein einziges Energiebündel. Ich weiß ja, dass Mum ein Freigeist ist, und wenn sie in Spanien ist, mache ich mir nie Sorgen um sie, aber irgendwas an der Sache fühlt sich falsch an. Ich weiß, dass sie mich angerufen hätte – immerhin befinden wir uns hier auf einer gemeinsamen Mission.

Ich ziehe die grau geblümten Vorhänge zurück, die wir aus unserer Wohnung in Croydon mitgebracht haben und die nicht ganz zum Fenster passen. Draußen ist es dunkel. Es gibt nicht mal eine Straßenlaterne, um den Weg zu beleuchten, und die schmale Mondsichel wird halb von einer Wolke verdeckt. Die Nacht hat etwas Schweres, Bedrückendes, wie eine dicke Decke, die sich um mein Auto und Toms Moped legt und an sich harmlose Gegenstände in bedrohliche Formen verwandelt.

»Geh weg vom Fenster«, sagt Tom sanft. »Ich bin mir sicher, dass es ihr gut geht.«

»Warum hat sie dann nicht angerufen?«, klage ich, die Hände an den Seiten zu Fäusten geballt.

Ich werde das Gefühl nicht los, dass ihr etwas Schlimmes widerfahren ist. Etwas, das mit alledem hier verknüpft ist.

Wo haben wir uns da nur hineinbegeben?

27
Lorna

Im Zug zurück nach London ergattert Lorna einen Fensterplatz; sie nippt an ihrem Caramel-Macchiato, froh darüber, dass niemand den Platz neben ihr eingenommen hat, sodass sie sich ausbreiten kann. Sie ist fix und alle, aber auch ein wenig beschwipst. Das letzte Glas Wein hätte sie sich sparen sollen.

Es ist nun schon nach zwanzig Uhr, dabei muss sie noch von London nach Chippenham kommen. Als der Zug den Bahnhof verlässt, lehnt sie den Kopf gegen die Fensterscheibe und beobachtet die Abendsonne, die violette und pfirsichfarbene Streifen über den Himmel malt; erneut denkt sie über ihr Gespräch mit Alan nach, über ihren Verdacht, dass es sich bei Daphne und Sheila um ein und dieselbe Person handelt. Sie kann es kaum erwarten, Saffy davon zu berichten.

Abrupt setzt sie sich auf. Saffy! Sie hat sich den ganzen Tag nicht bei ihr gemeldet. Verdammt, sie hat ihr versprochen, auf dem Heimweg anzurufen. Sie sucht in ihrer Tasche nach ihrem Handy. Wo ist es? Sie hat so viel Mist in ihrer Tasche: alte Quittungen, Visitenkarten, ein Notizbuch, zwei Stifte, ihren Geldbeutel und Make-up. Aber egal, wie sehr sie sucht, es bleibt verschwunden. Sie lässt sich auf ihren Sitz zurückplumpsen. Es muss ihr aus der Tasche gefallen sein, oder hat sie es bei ihrem Aufbruch auf dem Tisch liegen lassen? Sie stöhnt laut auf und erschreckt damit einen Mann auf dem Platz gegenüber. Ihr ganzes Leben ist auf diesem Handy gespeichert. Sie weiß keine einzige Nummer auswendig. Wer weiß das heutzutage noch? Ohne ihr Handy fühlt sie sich auf einmal nackt und verletzlich. Innerlich verflucht sie die moderne Welt, die technologischen Fortschritte, die sie so von einem dummen kleinen Gerät abhängig gemacht haben. Sie unterdrückt den Drang, laut zu schreien. Was soll sie jetzt tun? Sie hofft nur, dass es vor dem Bahnhof in Chippenham einen Taxistand gibt, denn ansonsten erwartet sie ein langer Fußmarsch nach Beggars Nook. Vom Bahnhof sind es wenigstens fünf Meilen. Und ohne ihr Handy wird sie den Weg nicht kennen.

Im Moment kann sie nichts unternehmen, überlegt sie, während draußen die Landschaft von Kent an ihr vorbeirauscht. Es bleibt ihr nichts übrig, als ihren Kaffee zu trinken und zumindest zu versuchen, zu entspannen.

Es ist nach dreiundzwanzig Uhr, als ihr Anschlusszug in Chippenham einfährt. Sie hofft, dass Saffy und Tom sich nicht allzu viele Sorgen wegen ihr machen. Kurz überkommt sie das schlechte Gewissen, weil die beiden wahrscheinlich ihretwegen wach bleiben, da sie keinen Schlüssel hat.

Der Bahnhof ist menschenleer – die drei anderen Fahrgäste, die mit ihr ausgestiegen waren, sind bereits in der dunklen Nacht entschwunden. Sie zittert in ihrer Tweedjacke und zieht sie enger um sich, während das Klackern ihrer Absätze über den leeren Bahnsteig hallt. Sie beschleunigt ihre Schritte; sie will nur noch nach Hause, zurück zu Saffy, und ihr alles erzählen, was sie heute herausgefunden hat.

Auf dem Vorplatz stehen keine wartenden Taxis. Was soll sie jetzt machen? Wenn sie sich doch nur von irgendwem ein Handy leihen könnte. Da entdeckt sie am Ausgang einen jungen Mann, den sie schon im Zug gesehen hat. Er hat zu seinen Füßen eine Aktentasche stehen, Kopfhörer auf und trägt rote Nike-Turnschuhe, die nicht so recht zu seinem Geschäftsanzug passen wollen. Er hat den Kopf nach vorne geneigt, während er durch sein Handy scrollt.

Sie tänzelt nervös zu ihm rüber, wobei sie sich durchaus bewusst ist, dass sie leicht manisch wirken muss. Als sie näher kommt, setzt er seine Kopfhörer ab. »Entschuldigung? Dürfte ich dein Handy benutzen, um ein Taxi zu rufen?«

»Klar«, erwidert er, ohne zu lächeln. »Ich rufe eins. Ich hab eine Nummer in meinem Handy gespeichert. Wohin willst du?«

»Beggars Nook.«

Er lacht. »Beggars Nook? Wo zur Hölle ist denn das?«

Sie ringt sich ein Lächeln ab. »Ein kleines Dorf ganz in der Nähe.«

Er ruft das Taxiunternehmen an, dann legt er seine Hand über das Mikro. »Wie ist dein Name?«, flüstert er.

»Lorna«, antwortet sie, wobei sie nicht so recht weiß, warum sie ebenfalls flüstert. Er bedenkt sie mit einem seltsamen Blick.

»Es wird in zehn Minuten bei dir sein«, sagt er, als er aufgelegt hat.

»Vielen Dank, ich bin ja so froh …«

»Ich muss los, meine Mitfahrgelegenheit ist da«, unterbricht er sie und joggt bereits auf einen Fiesta zu, der gerade angehalten hat. Sie sieht zu, wie der Wagen davonfährt, und ist sich bewusst, dass sie jetzt ganz allein ist.

Zum Glück muss sie nicht lange warten, bis das Taxi eintrifft. Erleichtert lässt sie sich in den Rücksitz sinken. Es sind nur fünfzehn Minuten bis Beggars Nook. »Welche

Nummer?«, erkundigt sich der Fahrer, als er durch das Dorf hindurch Richtung Saffys Cottage fährt.

»Nummer neun, Skelton Place. Gleich hier«, erwidert sie mit einem vagen Wink. In der Dunkelheit weiß sie nicht mehr so recht, wo genau auf dem Hügel es sich befindet. Sie zahlt und steigt aus. Das Taxi fährt davon, die Bremslichter blinken ein letztes Mal auf, bevor es um die Kurve verschwindet und sie in völliger Finsternis zurücklässt. Es kommt ihr vor, als würde sie von ihr verschluckt. Warum gibt es hier keine Straßenlaternen? Sie beginnt, den Hügel hinaufzugehen. Ja, es ist nicht weit, sagt sie sich. Da ist auch schon der Weg, der in den Wald führt, und hier der Briefkasten. Von hier aus sind es nur noch zwei Häuser.

Sie hört Schritte hinter sich, ihre Nackenhaare sträuben sich. Als sie aus dem Taxi gestiegen ist, war da niemand.

Es passiert so schnell. Eine Hand, die sich von hinten über ihren Mund legt. Ein anderer Arm, der ihre Brust umklammert wie der stählerne Sicherheitsbügel eines Fahrgeschäfts. Ihr kommt der Gedanke, dass das gar nicht passieren kann, nicht in einem kleinen verschlafenen Dorf wie Beggars Nook. Sie kann noch nicht mal schreien – dafür presst sich die Hand viel zu fest auf ihr Gesicht. Sie versucht, um sich zu treten und zu schlagen, aber der Arm schlingt sich nur noch fester um sie, sodass sie kaum noch Luft bekommt. So viel Kraft kann nur ein Mann haben.

Er schleift sie rückwärts zu dem schmalen Weg. Richtung Wald. Sie versucht, sich zu widersetzen, ihre Absätze in den Boden zu stemmen, aber er ist zu stark. Der Absatz ihrer Sandalette knackt und bricht ab. Sie hat solche Angst, dass sie sich beinahe in die Hose macht. Bleib ruhig, ermahnt sie sich. Nur nicht die Nerven verlieren.

Jetzt befinden sie sich in der Gasse zwischen zwei Häusern, versteckt hinter hohen Hecken. Niemand wird sie hier sehen.

»Hör zu.« Es ist tatsächlich die Stimme eines Mannes, sein Atem heiß an ihrem Ohr. »Wenn du tust, was ich dir sage, wird dir nichts passieren.«

Er wird mich vergewaltigen, denkt sie. *Hauptsache, er bringt mich nicht um. Töte mich nicht*, fleht sie im Geiste. Sie kann Saffy jetzt nicht verlassen. Sie wird bald Großmutter.

»Ich brauche Informationen über Rose Grey.«

Sie ist so geschockt, dass sie einen Moment ihre Angst vergisst. Das hier ist kein zufälliger Übergriff. Dieser Mann kennt ihre Mutter. Sie erkennt seine Stimme.

Sie kann nur nicken.

»Du musst sie fragen, wo sie den Beweis vergraben hat. Das ist wichtig. Wenn du sie nicht fragst, werde ich deiner Tochter etwas antun.«

O Gott. Nicht Saffy. Nein.

»Ich tue alles«, murmelt sie in seine Handfläche hinein.

»Ich werde jetzt meine Hand entfernen. Wenn du schreist, komme ich zurück. Wenn du dich an die Polizei wendest, werde ich es erfahren. Und du willst doch nicht, dass ich Rose einen kleinen Besuch abstatte, oder? Ich weiß, wo ihr Pflegeheim ist.«

Das Blut pulsiert in ihren Ohren, aber sie nickt benommen. Er entfernt seine Hand von ihrem Mund, hält sie aber immer noch von hinten umklammert, sodass sie sein Gesicht nicht sehen kann.

»Ich brauche deine Handynummer«, zischt er.

»Ich … ich habe mein Handy verloren.«

»Nette Geschichte.«

Sie möchte weinen. »Doch, wirklich. Sie können in meiner

Tasche nachsehen.« Sie hängt immer noch über ihrer Schulter und wird dort durch sein Gewicht festgehalten.

»Dann ruf die Nummer auf der Karte an. Deine Tochter wird wissen, welche.«

Er lässt sie so abrupt los, dass sie nach vorne fällt, mit den Knien auf den Schotter stürzt und vor Schmerz aufkeucht. Sie hört seine Schritte, die sich Richtung Wald entfernen, wagt aber nicht, sich umzudrehen, solange er noch nicht fort ist.

Dann erst erhebt sie sich. Ihre Beine fühlen sich an wie Gummi, die Jeans am Knie hat ein Loch, dunkles Blut und Splitt verkleben den Rand. Humpelnd verlässt sie die Gasse und biegt nach links, wobei sie auf dem Weg stehen bleibt, um ihren abgebrochenen Absatz aufzuheben. Sie zittert am ganzen Leib. Die Büsche und Hecken, die die anderen Grundstücke verbergen, würden auch einem Verbrecher Schutz bieten, denkt sie, während sie nach Hause hinkt. Sie hätte hier, auf dieser Straße, vergewaltigt und ermordet werden können, und niemand hätte das Leiseste davon mitbekommen.

Sie ist unsäglich erleichtert, als sie Haus Nummer neun erblickt, in dessen Wohnzimmer noch immer Licht brennt, das an den nicht passenden Vorhängen des Fensters vorbei hinausfällt. Sie stolpert über die Einfahrt, wobei der Absatz ihres anderen Schuhs im Kies versinkt. Noch bevor sie die Tür erreicht, wird sie aufgerissen, und vor ihr steht ihre Tochter, eine Mischung aus Schreck und Erleichterung in ihrem Gesicht.

»Mum!«, ruft sie und wirft sich auf sie. »O mein Gott, wir haben uns ja solche Sorgen gemacht. Geht es dir gut? Was ist passiert?«

Sie schafft es, sich zu einem Nicken durchzuringen, während Saffy sie ins Haus und zum Sofa geleitet. Tom steht am

Kamin, und seine Miene bei ihrem Anblick verzieht sich derart entsetzt, dass sie den Drang unterdrücken muss, in hysterisches Gelächter auszubrechen.

»Er … er hat mich gepackt«, sagt sie. »Dieser verdammte Bastard hat mich einfach gepackt. Er muss gewartet haben … Ich habe mein Handy verloren. Es tut mir so leid, dass ich nicht angerufen habe.«

»O mein Gott! Mach dir deswegen jetzt keinen Kopf«, erwidert Saffy, die sich neben sie hockt und ihre Hand nimmt. »Dein Knie blutet! Bist du sonst noch verletzt? Wer hat dich gepackt?«

»Ich glaube, es war der Kerl von gestern im Dorf.«

Saffy runzelt die Stirn. »Von gestern?«

Sie kämpft ihre Tränen zurück. Sie darf jetzt nicht weinen. Sie muss stark bleiben, für ihre Tochter, die starr vor Schock ist. »Er hat mich angesprochen, als ich mit Snowy Gassi war. Er meinte, Glen sei sein Name. Er machte eigentlich einen freundlichen Eindruck … aber als ich weiterging, hörte ich, wie er den Namen deiner Gran erwähnte. Ich dachte, ich hätte mich verhört, aber …«

Tom beginnt auf und ab zu gehen. »Verdammt, das ist doch nicht zu fassen. Wir müssen die Polizei anrufen. Saffy, wie lautet DS Barnes Nummer?« Er zückt bereits sein Handy.

»Nein!«, ruft Lorna und steht auf. Sie schwankt auf ihrem kaputten Absatz und muss sich wieder setzen. Ihr Nagellack ist abgesplittert, und ihre Füße sind schmutzig. »Wir dürfen die Polizei nicht kontaktieren. Er sagte, er werde es erfahren. Er … er sagte, er weiß, wo deine Großmutter lebt.«

Lorna erzählt ihnen alles – jedenfalls fast alles. Sie lässt den Teil weg, wo er droht, Saffy etwas anzutun. Sie will ihr nicht mehr Angst einjagen als unbedingt nötig – der ganze

Stress und die Sorgen können für das Baby gar nicht gut sein. »Er hat irgendwas gesagt, dass Gran einen Beweis vergraben hätte. Er will wissen, wo.«

»Einen Beweis?« Saffy wird ganz blass. »Hat er sich so ausgedrückt? Meint er irgendwelche Unterlagen, die Gran hat?«

»Ich … keine Ahnung. Ich glaube nicht, dass er Unterlagen erwähnt hat, aber ich kann mich nicht mehr so recht erinnern. Er wollte, dass ich Gran danach frage. Er hat eine Karte mit seiner Telefonnummer erwähnt«, sagt Lorna. »Keine Ahnung, was er damit meinte.«

Saffy zieht hörbar die Luft ein. »Dieser Wichser. Das ist der gleiche Typ.«

»Was meinst du?«

»Heute früh bin ich einem Kerl begegnet. Er behauptete, er sei Privatdetektiv und wäre von jemandem angeheuert worden, um eine Mappe oder irgendwelchen Papierkram zu finden, die Gran anscheinend hat. Erst versuchte er es auf die nette Tour, aber je länger er sprach, desto unwohler fühlte ich mich. Er …«, sie schaudert, »er war ziemlich beharrlich. Am Ende hatte ich wirklich Angst. Als er ging, gab er mir seine Karte. G. E. Davies stand drauf … G vermutlich für Glen. Das muss derselbe Mann sein.« Sie wendet sich zum Beistelltisch und hebt etwas hoch. »Hier«, sagt sie und reicht es Lorna.

»Das kann unmöglich ein offizieller Privatdetektiv sein«, bemerkt Tom, immer noch auf und ab gehend. »Nicht, wenn er Frauen auf der Straße anfällt.«

Lorna nimmt die Karte von ihrer Tochter entgegen. Sie macht keinen professionellen Eindruck. Sie gibt sie ihr zurück. »Er sprach ausdrücklich von einem *Beweis* …«

Saffy fährt sich durchs Haar, sie wirkt gestresst. »Die

Polizei war heute hier«, sagt sie, und Lorna lauscht, während ihre Tochter von ihrem Besuch erzählt. »Als sie gingen, gab ich ihnen Davies' Nummer, und sie meinten, dass sie Erkundigungen über ihn einholen würden. Wir sollten ihnen auch von dem hier erzählen.«

Lorna hat Mühe, das alles zu verarbeiten. Erst muss sie herausfinden, ob ihre Mutter zu der Zeit in dem Haus gelebt hat, als sich wenigstens einer der Morde hier zutrug, und nun das. Irgendwie muss das alles doch zusammenhängen. Sie beugt sich vor und zieht ihre Sandaletten aus. Sie wird sehen müssen, ob sich der Absatz wieder ankleben lässt.

»In was um alles in der Welt war Rose da bloß verwickelt?« Tom bleibt mit verschränkten Armen stehen und sieht Lorna mit aufgebrachtem Blick an, als wäre es ihre Schuld. Aber gut, sie ist hier die Mutter – sie muss die Sache in die Hand nehmen.

»Lasst uns zu Bett gehen«, sagt sie und steht auf. »Schatz, ich werde dich morgen ins Pflegeheim begleiten. Dann sehen wir, was wir herausfinden können.«

»Mum …«

Lorna hebt ihre Hand und schaut von Saffys verängstigtem zu Toms zornigem Gesicht. »Ihr müsst euch jetzt beide ausruhen«, sagt sie mit ihrer strengsten Stimme. »Wir reden morgen.« Humpelnd verlässt sie das Wohnzimmer und steigt die Treppe hoch; ihr Knie schmerzt bei jeder Bewegung. Wut ballt sich in ihrem Inneren. Wie kann dieser Mann es wagen, ihre Familie zu bedrohen? Morgen, so beschließt sie, wird sie ein paar Schutzalarmgeräte und Pfeffersprays besorgen. Sollte dieser Mann je wieder auch nur in die Nähe ihrer Tochter kommen, so wird sie ihn töten.

28

Rose, Februar 1980

Am Tag, nachdem ich Joel auf dem Marktplatz begegnet war, kam der Schnee.

Du wecktest mich, indem du in mein Zimmer gestürmt kamst und in mein Bett sprangst, wie ein kleiner Engel in deinem langen weißen Nachthemd. »Schnee! Schnee!«, riefst du, rütteltest mich wach und schleiftest mich über die kalten Holzdielen barfuß zum Fenster. Du sahst so niedlich aus, mit deinen freudig aufgerissenen braunen Augen und deinem dunklen Haar, dessen Locken sich um deine Schultern rankten. Üppige, dichte Flocken fielen rasch herab und legten sich über die Schicht, die sich bereits am Boden gebildet hatte. Der Himmel war von einem makellosen Perlweiß und ließ die Welt erscheinen, als sei sie in eine weiche Steppdecke gehüllt.

»Heute fällt der Kindergarten aus! Ich gehe da nicht raus«, verkündete ich, kletterte ins Bett zurück und kuschelte mich ein.

Du klatschtest aufgeregt in die Hände. »Schneemann!«

»Ja, Schneemann. Aber später.«

Da erschien Daphne an der Schlafzimmertür, sie hatte gleich mehrere Schichten Klamotten übereinander an, die dicken Socken über die Beine ihrer Pyjamahose hochgezogen, die sich über ihrem Saum aufplusterte, sodass es so aussah, als würde sie eine altmodische Kniebundhose tragen. Ihr langes blondes Haar umgab ihr Gesicht wie ein wirrer Heiligenschein. »Es ist schweinekalt«, sagte sie und blies sich theatralisch in die Hände.

»Schnee! Schnee!«, sangst du, ergriffst ihre Hände und zogst sie im Kreis herum, als würdest du einen Ringelreigen mit ihr tanzen. Daphne warf den Kopf in den Nacken und lachte lauthals, und während ich euch beiden zusah, wollte mir das Herz beinahe vor Freude platzen. Wir drei zusammen, in diesem kleinen, gemütlichen und sicheren Häuschen, eingemummelt vom Rest der Welt.

Wir brauchten niemanden sonst.

Wir fachten im Wohnzimmer den Kamin an, dann erhitzte Daphne auf dem Herd etwas Milch, um uns eine heiße Schokolade zu kochen, während ich die Küchenschränke durchsah, um sicherzugehen, dass wir für die nächsten Tage genug zu essen hätten, falls der Schnee es uns nicht erlauben sollte, einkaufen zu gehen. Den Großteil unserer Nahrungsmittel besorgte ich im Dorfladen, aber einmal im Monat war ich gezwungen, zu dem großen Safeway-Supermarkt am Kreisverkehr etwa zwei Meilen außerhalb der Ortschaft zu fahren. Zum Glück war ich erst letzte Woche dort gewesen.

»Wir haben jede Menge Dosen mit Bohnen und Nudeln in Tomatensoße«, verkündete ich. »Und gestern habe ich Brot eingefroren.«

»Wir haben auch noch einiges von der Suppe, die ich gemacht habe«, sagte Daphne und reichte mir einen Becher mit heißer Schokolade.

Du saßest bereits am Küchentisch und schlürftest geräuschvoll an deinem Lieblingsgetränk, wobei deine kleinen Beine unter dem Nachthemd vor- und zurückbaumelten. Du hattest deine knallgelben Gummistiefel an den jeweils falschen Fuß angezogen. »Lolly, mein Schatz, du musst dich warm anziehen, bevor wir nach draußen können.«

»Daffy«, sagtest du bestimmt, von deinem Stuhl rutschend.

»Du bist jetzt ein großes Mädchen, du kannst dich doch allein anziehen«, sagte ich und verdrehte in Daphnes Richtung die Augen, aber sie warf dir ein verzücktes Lächeln zu.

»Aber natürlich helfe ich«, sagte sie und nahm dich bei der Hand. »Komm, Prinzessin Lollipop, dann wollen wir mal schauen, ob wir was Warmes zum Anziehen finden.«

Sie nannte dich immer Prinzessin Lollipop, und du liebtest es. Du liebtest sie.

Daphne brachte an jenem Tag etliche Stunden damit zu, mit dir im Garten einen Schneemann zu bauen. Eine Weile schaute ich euch durchs Fenster zu und musste jedes Mal mit euch lachen, wenn der Kopf wieder runterfiel, was wirklich oft passierte. »Es ist schwerer, als es aussieht«, formte Daphne mit ihren Lippen. Große Schneeflocken fielen auf eure Mützen und sprenkelten dein Haar, sodass es aussah, als hättest du winzige weiße Blüten in deine Zöpfe geflochten.

Ich wappnete mich und trat dann widerstrebend ebenfalls nach draußen. Ich hasste die Kälte, wohingegen Daphne sie kaum zu spüren schien. Das Gleiche galt auch für dich, obwohl deine Fäustlinge pitschnass und deine Nase und deine Wangen ganz rot waren. Mittlerweile reichte uns der Schnee schon fast bis zum Rand unserer Gummistiefel. Daphne besaß allerdings keine, sie hatte nur ihre zerschlissenen Plateaustiefel an, die nicht sehr wasserdicht aussahen.

»Jetzt brauchen wir nur noch ein paar getrocknete Beeren für die Augen und eine Karotte für die Nase«, sagte sie zu dir, als sie fertig war, und erhob sich, um, mit in die Hüften gestemmten Händen, ihr Werk zu bewundern. Du ranntest ins Haus und kamst kurz darauf triumphierend mit einer verschrumpelten Karotte und zwei dicken Rosinen zurück.

»Ihr beide müsst bis auf die Knochen durchgefroren sein«, sagte ich. Der Schneefall hatte nachgelassen, nur noch vereinzelt schwebte eine Flocke zu Boden. »Kommt rein, ich mache uns ein paar Toasts mit Bohnen.«

Später, während du mit deinen Kuscheltieren in deinem Zimmer spieltest, saßen Daphne und ich mit einer Tasse Tee vor dem Kamin, ihre Finger noch immer knallrot von der Kälte. Sie streckte ihre Beine auf dem Sofa aus und legte dabei ihre Füße auf meinen Schoß.

Ich versteifte mich, da mich ihre Vertraulichkeit verlegen machte. Daphne hingegen schien vollkommen unbefangen.

»Leg doch deine Beine hierher«, schlug sie vor und tippte an meinen Knöchel. Ich zögerte, doch dann schwang ich meine Beine hoch, sodass meine Füße an ihrem Oberschenkel ruhten. »Siehst du? Ist doch viel gemütlicher, oder?«

Ich lächelte zur Antwort. Ja, das war es. Es fühlte sich an wie etwas, das man mit seiner Schwester tun würde. Vollkommen normal. Es musste mir nicht unangenehm sein. Ich entspannte mich und grinste sie über meine Tasse hinweg an.

Ich kannte Daphne keine zwei Monate, und doch hatte sie sich mühelos in unser Leben gefügt. Nun lagen wir hier und fühlten uns wohl beisammen. Wir konnten in einem einvernehmlichen Schweigen dasitzen, ohne dass eine das Gefühl hatte, etwas sagen zu müssen. Wir schienen instinktiv zu wissen, was die andere dachte oder empfand, und verhielten uns dementsprechend. Plötzlich wurde mir bewusst, dass sie mir nie auf die Nerven ging. Daphne war interessant und klug, unabhängig und lustig. Sie war lieb und umsichtig, wenn sie mit dir spielte und Kleidungsstücke für deine Teddys und deine Puppen nähte oder kleine Aufmerksamkeiten mitbrachte, wie etwa deinen liebsten Biskuitkuchen oder Tannenzapfen aus dem Wald, die sie silbern ansprühte und hübsch auf der Fensterbank platzierte. Sie verbrachte etliche Stunden über ihre Nähmaschine gebeugt, um Kleidung für dich anzufertigen. Letzte Woche erst war sie mit einer Topfpflanze aufgekreuzt, die so groß war, dass sie ihren gesamten Kopf verdeckte, als sie damit zur Tür hereinkam. Ich brachte es nicht übers Herz, ihr zu sagen, dass ich leider keinen grünen Daumen hatte – Pflanzen gingen unter meiner Obhut fast immer ein.

»Hast du Geschwister?«, erkundigte ich mich und vergaß dabei ganz unsere Regel, keine Fragen zu stellen. Ich spürte, wie sie sich verkrampfte, aber zu meiner Überraschung schüttelte sie den Kopf.

»Nein.«

»Ich auch nicht. Und deine Eltern?«

Daphne nippte an ihrem Getränk. Im Kamin knisterte das Feuer. Ich wusste von ihr nur, dass sie im Süden Londons aufgewachsen war, unweit von jenem Ort, wo ich mit meinen Eltern gewohnt hatte, allerdings war sie dort mit elf Jahren weggezogen. Seitdem hatte sie, wie sie sagte, »überall und nirgends« gelebt.

Sie schüttelte den Kopf. »Das ist eine lange, öde Geschichte. Ich bin die Niete. Weißt du, wie das ist?«

Das wusste ich nicht, nickte aber trotzdem.

Sie wandte den Kopf ab, ohne noch was zu sagen, und starrte einfach nur mit großen, traurigen Augen in das Feuer.

Nachdem einige Minuten verstrichen waren, richtete sie

den Blick wieder auf mich, wobei sich etwas in ihrem Ausdruck veränderte. »Ich bin immer sehr für mich geblieben. Andere Orte, an denen ich lebte, andere Leute, mit denen ich zusammenwohnte – ich habe alles und jeden immer auf Abstand gehalten. Du aber …«, ihr Blick wurde ganz weich, »… du bist der einzige Mensch, seit langer, langer Zeit, den ich an mich herangelassen habe. Ich hoffe, du wirst es mich nicht bereuen lassen.«

Ich spürte, wie ich rot wurde. »Natürlich nicht. Aber darf ich wissen, warum ausgerechnet ich?«

»Ich weiß es nicht. Ich habe das Gefühl, dass wir uns gleichen.«

Sie hatte recht. Ich hatte das gleiche Gefühl gehabt: Wir waren beide zwar unabhängig und selbstgenügsam, entschlossen, stark zu sein, aber zugleich beschädigt. Auch sie war der erste Mensch, den ich an mich herangelassen hatte, seit ich in jener schrecklichen Nacht vor drei Jahren davongerannt war. Und nun wusste ich, dass es Daphne genauso ging.

Als Einzelkind hatte ich nie gewusst, wie es ist, ein Geschwisterchen zu haben, aber diese Verbundenheit, die ich in jenem Moment mit Daphne empfand, entsprach dem, wie ich es mir immer vorgestellt hatte. Ich sah sie an, und unsere Blicke verschmolzen. Mein Magen flatterte aufgeregt. Ich empfand mehr für Daphne als bloße schwesterliche Zuneigung, dessen war ich mir jetzt bewusst. Je mehr ich sie kennenlernte, desto tiefer wurden meine Gefühle für sie. Ich spürte, wie meine Wangen bei dem Gedanken, dass sie es bemerken könnte, heiß wurden.

Sie lächelte mich an. »Und genauso … ist es auch mit Lolly. Wir drei, wir sind wie die Familie, die ich so gerne gehabt hätte.«

»Das geht mir ebenso«, stimmte ich mit aufgewühlter Stimme zu.

Wir lächelten einander schüchtern an, und sie streckte ihre Hand nach der meinen aus, ergriff sie und drückte sanft meine Finger. In diesem Moment wusste ich, dass ich alles für Daphne tun würde: Ich wollte auf sie aufpassen und sie beschützen. Bis auf dich, und vielleicht Audrey, hatte ich noch nie so für einen anderen Menschen empfunden. Wenn ich jetzt zurückblicke, ist mir klar, dass ich dabei gewesen war, mich zu verlieben.

Da kamst du mit einer halb bekleideten Barbie ins Wohnzimmer geplatzt und warfst die Puppe Daphne auf den Schoß. »Ich kann das nicht«, quengeltest du. Daphne lachte nur, zog dich auf ihre Beine und machte sich daran, sie für dich anzuziehen.

Das war der perfekteste Tag überhaupt. Wir drei auf dem Sofa zusammengekuschelt, glücklich und sicher, während das Feuer im Kamin prasselte und draußen sanft der Schnee fiel.

Ich wünschte, wir hätten immer so bleiben können. Ja, das wünschte ich wirklich.

TEIL DREI

29

Theo

Am Donnerstagmorgen ist Theo unerwarteterweise allein im Arbeitszimmer seines Vaters, und ihm bietet sich eine Gelegenheit, die zu gut ist, um sie nicht zu ergreifen.

Die Möglichkeit, ungestört zu schnüffeln.

Es ist kein Verhalten, dem Theo bisher je nachgegeben hätte. Dafür ist er nicht der Typ. Er hat noch nie Jens Handy durchgesehen oder versucht, ihre E-Mail-Adressen zu knacken, wie einige seiner Kumpels das bei ihren Partnerinnen getan haben. Gegenseitiges Vertrauen bedeutet ihm enorm viel. Und Jen geht es genauso.

Mein Vater ist ein potenzieller Perverser, der etwas verbirgt, ermahnt er sich, um seine Bedenken zu zerstreuen.

Theo hatte nicht vorgehabt, heute zu seinem Vater zu fahren, vor allem nicht nach seinem gestrigen Besuch bei Larry. Aber das schlechte Gewissen wegen ihres Streites nagt an ihm. Obwohl er den Großteil der Nacht wach gelegen hat, während Wut und Enttäuschung in seinem Inneren um die emotionale Vorherrschaft rangen, schafften es die Schuldgefühle doch hinein, wie ein Stück Schale, das in die Schüssel fällt, wenn man ein Ei aufschlägt.

Jen hat ihn nur wissend angelächelt, als er ihr Bescheid gab, dass er vor der Arbeit noch rasch bei ihm vorbeischauen wolle. »Er ist immer noch dein Dad«, hat sie gesagt, bevor sie ihm einen Abschiedskuss gab. Doch als er dort eintraf, war außer Mavis, der Haushälterin, niemand da. »Er ist im Golfklub«, ließ sie ihn wissen. »Er wird erst später zurück sein.«

Theo hielt seinen Rucksack hoch. »Ich habe Essen für ihn dabei«, log er. »Keine Sorge, du kannst schon gehen, ich schließe hinter mir ab.«

»Du bist ein braver Sohn«, sagte sie, wobei sie liebevoll seine Wange tätschelte, und eilte dann die Einfahrt hinab, um ihren Bus zu erwischen.

Jetzt, wie er in dem Arbeitszimmer seines Vaters steht, fühlt er sich wie der schlimmste Sohn der Welt. Schon als Kind hatte er verinnerlicht, dass er es ohne die Erlaubnis seines Vaters unter keinen Umständen betreten durfte. Es war absolut tabu, und ihm drohte ein Los schlimmer als der Tod, sollte er es je wagen, sich den Anordnungen seines Vaters zu widersetzen. Nicht dass er das jemals getan hätte. Als kleiner Junge interessierte es ihn auch nicht – schließlich war es bloß voller langweiliger Arbeitsmaterialien und hässlichen Golftrophäen –, aber jetzt … jetzt hämmert sein Herz vor lauter Aufregung. Sein Vater weigert sich, ihm auch nur eine Kleinigkeit zu erzählen, doch Theo ahnt, dass dieses Zimmer eine wahre Schatzkammer seiner zahlreichen Geheimnisse sein muss.

Theo schaut sich in dem Raum um und lässt den Blick über die Holzvertäfelung an den Wänden, die maßgefertigten Regale und die Vitrine sowie den Schreibtisch mit seiner dunkelgrünen Ledereinlage schweifen. Wo soll er anfangen? Wonach soll er suchen? Es riecht nach einem teuren Moschusduft gemischt mit Holzpolitur. Auch wenn es sich wirklich lächerlich anhören mag, aber Theo fand immer, dass sein Vater einfach irgendwie *wichtig* riecht.

Er geht zu den eingebauten Bücherregalen an der gegenüberliegenden Wand hinter dem Schreibtisch. Unter den Regalfächern befindet sich zu beiden Seiten jeweils eine Reihe von Schranktüren. Ebenjene Schränke, die sein Vater letzte Woche so ungehalten durchwühlt hatte. Theo bückt sich und zieht eine der Türen auf. Darin befindet sich ein akkurater Stapel Ringbuchordner. Er zieht einen heraus und blättert die Seiten durch – sieht aus wie alte Steuerabrechnungen. Er schiebt ihn zurück und achtet sorgsam darauf, dass alles an seinem Platz ist. Das ist so etwas, was seinem Vater ganz sicher nicht entgehen würde. Er versucht sein Glück bei einem anderen Schrank, doch der ist verschlossen. Verdammt. Daran hat er überhaupt nicht gedacht. Warum sollte sein Vater ihn abschließen, wenn es sich nicht um etwas handelte, was niemand zu Gesicht bekommen darf? Noch nicht einmal Mavis ist es gestattet, hier drinnen sauber zu machen. Theo versucht es stattdessen mit den Schreibtischschubladen. Überraschenderweise sind sie nicht verschlossen, aber sie enthalten auch nichts Aufregendes, nur ein paar von einer Papierklemme zusammengehaltene Quittungen, eine Packung BIC-Stifte, einen noblen Füllfederhalter sowie einige Urkunden des Golfklubs und ein Fläschchen Pillen. Er hebt sie hoch und schaut sich das Etikett genauer an. Blutdruckmedikamente. Er wusste noch nicht mal, dass sein Vater Bluthochdruck hat. Er stellt die Flasche zurück. Es muss doch etwas geben, denkt er, wobei sein Blick wieder zu dem verschlossenen Schrank wandert. Abermals öffnet er die Schreibtischschublade und findet darin zwei große Büroklammern. Er zögert einen Moment, dann biegt er sie zu einem V und schiebt sie in das kleine Schlüsselloch der Schranktür. Das hatte er vor zig Jahren mit ein paar Kumpels in der Schule probiert, um die Vitrine mit den Sportmedaillen zu knacken, als sie den Jungs aus dem Rugby-Team einen Streich spielen wollten. Er erinnert sich noch, dass er das eine Ende herunterdrücken muss, während er mit dem anderen herumstochert. »Komm schon, du Scheißding, geh auf«, zischt er mit zusammengebissenen Zähnen. Endlich hört er ein Klicken, spürt, wie etwas nachgibt, und schon springt die Schranktür auf. Er setzt sich zurück auf seine Fersen, geschockt, dass es ihm tatsächlich gelungen ist.

Doch der Triumph ist von kurzer Dauer. Der Schrank ist leer. All die Mühe, dabei hat sein Vater einen verschissenen leeren Schrank abgeschlossen. Er blickt sich um, als wäre er einem Streich aufgesessen und sein Vater stünde in der Tür und würde ihn auslachen. Aber nein, er ist allein. Warum sollte sein Vater einen leeren Schrank abschließen? Es sei denn, überlegt er, seine Gedanken ordnend, sein Vater hat, was auch immer sich darin befand, an einen sichereren Ort verlagert. Er späht hinein und drückt behutsam gegen die darin befindlichen Bretter. Das unterste knarzt unter seiner Hand. Er inspiziert es eingehender: Es ist lose und gleicht eher einer Platte als einem Regalbrett. Er drückt dagegen – eine Klappe geht auf und enthüllt eine versteckte Kammer darunter. Theos Herz wummert. Da liegt etwas: ein kleiner Stapel Zeitungsausschnitte, und obenauf eine schwarze DIN-A4-Mappe. Er greift nach den Ausschnitten. Sie stammen alle von einer Regionalzeitung aus dem Jahr 2004 und berichten über den Unfall seiner Mutter. Er kann ja nachvollziehen, warum sein Dad sie aufheben möchte – aber warum verstecken? Vielleicht hat er sie ganz einfach da vergessen, überlegt er, und legt sie zurück.

Dann wendet er sich der Mappe zu. Sie beinhaltet durchsichtige Klarsichthüllen. Er blättert sie durch. In jeder der etwa fünfzehn Hüllen steckt am unteren Rand eine lose Fotografie. Sonst nichts. Er zieht die erste heraus. Es ist eine Farbaufnahme in gedämpften Herbsttönen und zeigt eine Frau in ungefähr seinem Alter, wobei es den Anschein macht, als ob sie nicht weiß, dass das Foto aufgenommen wurde. Sie ist hochschwanger. Anhand der Frisur und der Kleidung sieht es so aus, als stamme es aus den späten 60ern oder frühen 70ern. Er dreht die Fotografie um, in der Erwartung, womöglich ein Datum oder einen Namen vorzufinden, aber da ist nichts. Er blättert den Rest durch, doch alle Hüllen zeigen dasselbe: Aufnahmen von Frauen, die nicht ahnen, dass sie fotografiert werden. Darüber hinaus gar nichts. Das letzte Foto sieht aus, als sei es etwas jüngeren Datums. Vielleicht zehn, maximal fünfzehn Jahre alt. Aber definitiv aus dem einundzwanzigsten Jahrhundert. Warum besitzt sein Dad eine Mappe mit all diesen ihm unbekannten Frauen?

Plötzlich überkommt Theo ein entsetzlicher Gedanke. Womöglich hat sein Dad sie belästigt und ist nun von ihnen besessen. Stalkte sie? Stellte ihnen nach? Unzählige scheußliche Szenarien schwirren ihm durch den Kopf wie in dem Szenenbuch eines Horrorfilms, und er schlägt die Mappe zu. Nein, denkt er. Das kann es nicht sein. Wenn sein Dad ein sexueller Serientäter wäre, hätten sich da nicht wenigstens ein paar dieser Frauen gemeldet und Anzeige erstattet? Soweit er weiß, hat das bis auf Cynthia Parsons keine getan. Er fragt sich, ob eine dieser Frauen sie ist. Er öffnet erneut die Mappe und blättert zurück zum ersten Foto. Wenn er doch nur ein paar andere Namen hätte, an die er sich halten könnte. Er zieht sein Handy aus der Hosentasche und, er weiß selbst nicht so recht warum, macht rasch Fotos von den ersten fünf Frauen.

Das knirschende Geräusch von Kies unter Reifen lässt ihn zusammenschrecken, und er erhebt sich, um einen Blick aus dem Fenster zu werfen. Der Mercedes seines Vaters bleibt neben Theos altem Volvo stehen. *Scheiße*. Er hatte geglaubt, er hätte mehr Zeit. Sein Dad weiß nun, dass er da ist. Dass er im Haus ist. Allein. Etwas, das, seitdem er zum Studieren weggezogen war, nicht mehr vorgekommen ist.

Er schiebt die Mappe wieder auf die Zeitungsausschnitte, lässt das Brett drauffallen und knallt die Schranktür zu. Sein Herz schlägt so heftig, dass er das Wummern in seinen Ohren spüren kann. Ihm graut bei dem Gedanken, wie außer sich sein Vater sein wird, falls er ihn in seinem Arbeitszimmer erwischt. Er versucht, den Schrank zu verschließen, aber egal, wie sehr er auch mit der Büroklammer herummacht, es will nicht klappen. Der Schweiß tritt ihm auf die Stirn. Ihm bleibt nichts anderes übrig, als es so zu lassen und darauf zu hoffen, dass sein Vater glauben wird, er habe bloß vergessen, ihn abzuschließen.

Erneut begibt er sich zum Fenster. Sein Vater steht in der Einfahrt und betrachtet stirnrunzelnd Theos Auto, wobei er sich mit der Hand über den Hinterkopf streicht. Dann schaut er zu seinem Arbeitszimmer hoch, und Theo muss sich rasch ducken. Scheiße, wurde er gesehen?

Auf Händen und Knien entfernt er sich vom Fenster und verlässt das Arbeitszimmer, rast die geschwungene Treppe hinunter; seine Turnschuhe quietschen auf dem Parkett, als er in die Küche flitzt. Er kann den Schlüssel seines Vaters im Schloss hören.

Theo schnappt sich rasch ein Glas Wasser, nimmt an der

Kücheninsel Platz und versucht, seinen Atem zu bezähmen, um es so aussehen zu lassen, als hätte er die ganze Zeit dort gesessen.

Die Sohlen der teuren Brogues seines Vaters hallen im Flur wider. Und dann ist er da, und seine geballten eins neunzig füllen den Türrahmen aus.

»Was machst du hier?«, knurrt er.

»Mavis hat mich reingelassen. Ich wollte dich sehen, um mich für neulich zu entschuldigen.«

Sein Vater beäugt ihn misstrauisch, als sei er sich nicht sicher, ob er ihm glauben soll.

»Sie meinte, dass du bald wieder zurück wärst.« Die Lügen gehen Theo überraschend leicht von der Zunge, aber er wird trotzdem rot, wie früher in der Schule, wenn er von einem Lehrer bei etwas erwischt wurde.

Sein Vater geht zum Wasserkocher und schaltet ihn ein. Er sieht müde aus, unter seinen Augen sind neue Falten zu sehen. Er stemmt beide Hände ins Kreuz und vollzieht eine Art Dehnübung.

»Kommst du auch mit dem Essen zurecht?«, fragt Theo.

»Natürlich tue ich das. Ich bin ein erwachsener Mann. Ich kann auf mich aufpassen. Ich habe schließlich gedient.«

Oje, denkt Theo und verdreht im Geist die Augen, *nicht wieder die alte Leier.* Sein Vater gehörte zum letzten Jahrgang, der noch seinen Wehrdienst leisten musste, und das hat er Theo in seiner Kindheit und Jugend nie vergessen lassen.

Er schaut zu, wie sein Vater sich eine Tasse Tee aufbrüht; kräftig und sehnig sehen seine gebräunten Arme in dem Poloshirt aus. Theo hat immer geglaubt, er wüsste, was für ein Mann sein Vater war: streng, altmodisch, brillant, alter Geldadel, gebildet und herrschsüchtig.

Aber kein Perverser.

Kein Stalker oder Psychopath.

Bist du irgendwas davon, Dad?, fragt er stumm.

Während er zusieht, wie sein Vater den Teebeutel gegen den Tassenrand drückt, kommt ihm der Gedanke, ob er seinen Vater jemals geliebt hat. Er hatte Mitleid mit ihm, ja, er hat eine Verpflichtung ihm gegenüber gespürt, hat sich nach dem Tod seiner Mutter für ihn verantwortlich gefühlt. Aber Liebe? Er ist sich nicht sicher. Vielleicht als er klein war, als er noch voller Hoffnung war, dass er seinem Dad etwas bedeuten könnte, dass er der Vater werden könnte, den er sich immer gewünscht hatte. Mit einem Mal wird ihm bewusst, dass er seinen Vater gar nicht mag. Er ist kaltherzig und hart, und Theo hat es satt, sich in seinem Inneren ständig Ausreden für ihn zurechtzulegen.

Er könnte jetzt von hier verschwinden und nie wieder zurückzublicken. Wäre da nicht der Gedanke, dass seine Mum von ihm enttäuscht wäre, würde er das auch tun. Er bezweifelt, dass es seinen Vater jucken würde, wenn er ihn nie wieder besuchen käme.

»Also gut«, sagt Theo, von seinem Barhocker hüpfend. »Ich bin dann mal weg.«

Sein Vater dreht sich mit überraschter Miene zu ihm um. »Du willst keine Tasse Tee?«

Er zögert. Will sein Dad, dass er bleibt? Er ist so schwer zu durchschauen wie eine Statue aus Stein. Ist das ein Friedensangebot? Da erinnert er sich an Larrys Worte, den Vorwurf sexuellen Fehlverhaltens gegenüber Cynthia Parsons. Er erinnert sich an die geröteten Augen seiner Mutter, die blauen Flecken, die sie versteckte. Er erinnert sich, wie er sich als Kind zusammenkauerte, wenn sein Dad einen seiner Tobsuchtsanfälle hatte. Aber dann schaut er in die blauen Augen seines Vaters, deren Weiß vom Alter eine gelbliche Färbung angenommen haben, und er verspürt einen Anflug von Mitleid. Er ist ein alter Mann. Er ist wahrscheinlich einsam.

»Doch, gerne«, hört er sich selbst sagen.

30

Saffy

Tom meldet sich wie versprochen am nächsten Morgen krank, obwohl ich ihm sage, dass das nicht nötig sei.

»Ich will nur sichergehen, dass er nicht zurückkommt«, erklärt er beim Frühstück.

Es regnet – zum ersten Mal seit Wochen –, und im Cottage ist es feuchtkalt. Die Fenster sollten dringend ausgetauscht werden, auch wenn, bei allem was gerade los ist, nicht daran zu denken ist – von den Kosten ganz zu schweigen. Die Investition für den Anbau ist hoch genug. Trotzdem, es zieht durch die klapprigen Rahmen, und ich friere in meinem Pyjama, während ich am Küchentisch einen Rooibostee – das Einzige, was ich runterbekomme – trinke. Ich bin erschöpft, nachdem ich mich die ganze Nacht hin und her gewälzt habe, voller Sorge wegen Mum und diesem Mann, der sich Glen Davies nennt.

»Ich möchte nicht, dass du unseretwegen in Schwierigkeiten gerätst«, sage ich, als Mum gerade mit einem Arm voller Wäsche den Raum betritt. Mir fällt ein, dass ich noch nicht einmal dazu gekommen bin, sie zu fragen, wie es ihr gestern mit Alan Hartall ergangen ist.

»Ich muss waschen«, sagt sie. »Mir gehen die Klamotten aus. Zum Glück habe ich ein zusätzliches Paar Schuhe mitgebracht. Ich kann nicht glauben, dass meine Lieblingssandalen kaputt sind.«

»Gib sie mir, und ich repariere sie«, bietet Tom an, steht auf und bringt seinen leeren Teller und seine Tasse zur Spüle. Er hat seine mit Farbklecksen übersäte Jeans mit den Löchern an den Knien an. Heute will er mit dem Kinderzimmer loslegen. Ich weiß, dass es seine Art ist, mich wieder für das Haus, unser Heim für das Baby zu begeistern. Mich von allem anderen abzulenken. Ich bringe es nicht über mich, ihm zu gestehen, dass ich mich mit jedem Tag hier weniger zu Hause fühle.

Mein Handy auf dem Tisch vibriert, und Dads Nummer leuchtet auf dem Display auf.

»Ist deine Mutter noch gut nach Hause gekommen?«, ist das Erste, wonach er sich erkundigt, als ich rangehe.

»Ja.« Ich werfe Mum einen raschen Blick zu. »Sie hat ihr Handy verloren. Es … alles ist in bester Ordnung.« Ich möchte ihn nicht beunruhigen, indem ich erwähne, dass Mum auf dem Heimweg angefallen und bedroht wurde.

»Ist das dein Dad? Kann ich mit ihm sprechen?«, fragt sie und nimmt mir das Handy ab, noch bevor ich überhaupt zugestimmt habe. Sie hält es an ihr Ohr. »Euan? Ja, ich bin's.« Sie verlässt die Küche und geht in den Flur hinaus, sodass ich nicht mehr hören kann, worüber sie reden.

»Wie unhöflich«, sage ich zu Tom, und wir lachen etwas gequält, während er sich auf dem Stuhl neben mir niederlässt.

Fünf Minuten später taucht sie wieder auf und gibt mir mein Handy zurück. Sie erzählt mir nicht, worüber sie sich unterhalten haben. Stattdessen macht sie sich eine Tasse Tee und gesellt sich zu uns an den Tisch. »Ich habe eine Idee«, verkündet sie. »Ich glaube, wir sollten nach Spanien gehen. Ihr könnt eine Weile bei mir bleiben.«

Ich spucke beinahe meinen Tee aus. »Machst du Witze?«

»Ich denke, es ist nicht sicher, hierzubleiben.«

»Aber was ist mit unserer Arbeit? Und Großmutter? Wir können nicht einfach so … *abhauen*.«

»Es gibt Pflegeheime in Spanien«, erwidert sie. »Wir können Großmutter mitnehmen.«

»Wenn wir gehen«, stellt Tom pragmatisch fest, »werden all unsere Probleme noch da sein, wenn wir zurückkommen. Wir können nicht davonlaufen, Lorna.«

Das ist das Problem mit meiner Mutter. Sie hat ihr ganzes Leben in der Überzeugung verbracht, dies sei die Antwort auf alles.

Wovor genau will sie dieses Mal davonlaufen? Gibt es da etwas, was sie mir nicht verrät?

Während ich uns zu Großmutter fahre, schildert Mum mir ihre Begegnung mit Alan Hartall. Tom ist mit Snowy zu Hause geblieben, um auf das Cottage aufzupassen. Er will als Erstes die Tapete im Kinderzimmer abreißen. Ein trauriger Schatten ist über Mums Gesicht gehuscht, als er das sagte. Ihre Tapete. Als sie klein war, war es ihr Zimmer gewesen, heute ist es eine Verbindung zur Vergangenheit.

Bei unserem Aufbruch dachte ich noch daran, Tom die Nummer von DS Barnes zu geben, nur für den Fall, dass Davies ums Haus herumschleicht. Sobald ich nachher zurück bin, werde ich ihn selbst anrufen, um ihm zu berichten, was Mum widerfahren ist. Davies darf nicht damit durchkommen, Frauen einfach so auf der Straße zu überfallen.

»Darum glaube ich, dass Sheila Watts Daphne Hartalls Identität gestohlen hat. Ich bin sicher, dass die Frau, die bei deiner Großmutter wohnte, ein und dieselbe Person ist.«

»Du meinst, sie hat Großmutter angelogen?«

Sie zuckt die Schultern. »Ich weiß es nicht. Wir können sie fragen, wenn wir da sind, oder es zumindest versuchen. Jedenfalls habe ich deinen Dad gebeten, er soll schauen, was er alles über Sheila Watts und Daphne Hartall herausfinden kann.«

»Wegen Sheila habe ich ihn schon gefragt.« Ich erzähle ihr von der Akte und wie ich in einem Zeitungsartikel zu einem anderen Fall auf Neil Lewishams Namen gestoßen bin. »Wir müssen wirklich zur Polizei gehen«, sage ich, wohl wissend, dass Mum damit nicht einverstanden sein wird. »DS Barnes wird das Ganze womöglich aufklären können.«

»Für wen arbeitet Davies, und was weiß er?«, überlegt sie. »Argh, was für ein Hirnfick!«

»Mum!«

»Tja, tut mir leid, aber das ist es nun mal. Und irgendwas aus Großmutter herauszubekommen, ist ebenfalls mühsam.«

Es regnet heftig, und die Scheibenwischer meines Mini quietschen angestrengt. Ich musste die Heizung hochdrehen, da ich nicht mitansehen konnte, wie Mum in ihrer dünnen Jacke zitterte. Sie hat sich geweigert, einen Regenmantel von mir oder Tom auszuleihen. Ihre dunklen Locken, die den meinen so ähnlich sehen, nur dass sie kürzer sind, kräuseln sich vor Feuchtigkeit.

Bei unserer Ankunft sitzt Großmutter in ihrem üblichen Sessel an der Terrassentür mit Blick auf den Garten. Wie bei jedem Besuch kommt mir der Gedanke, dass es ihr fehlen muss, in ihrem Gewächshaus herumzuwirtschaften, ihre Radieschen zu umhegen und Blumenzwiebeln zu setzen. Das Geräusch des prasselnden Regens in Verbindung mit der Hitze verleiht dem Raum eine behagliche Atmosphäre. Grans dünnes Haar umrahmt ihr Gesicht wie ein Wattebausch; sie trägt den grünen Pulli, den ich ihr vor zwei Jahren zu Weihnachten geschenkt habe. Vor ihr liegt ein unvollendetes Puzzle – das mit dem Hundemotiv, an dem wir schon mal gesessen haben. Wie jede Woche wird mir auch jetzt schwer ums Herz, als ich sie so klein und verletzlich vor mir sehe.

Sie lächelt Mum und mich an, als wir auf den Stühlen neben ihr Platz nehmen. Aber es ist ein höfliches Lächeln, so eines, wie man es fremden Menschen schenkt. »Wie kann ich Ihnen helfen?«, fragt sie.

Ich merke, wie sich Mum neben mir verkrampft.

»Gran, ich bin's, Saffy.«

Ihre Augen leuchten auf. »Saffy!«

»Und deine Tochter, Lorna«, sagt Mum.

»Lolly!«

Verstohlen wische ich eine Träne aus dem Augenwinkel. Ich habe sie noch nie zuvor Mum bei diesem Namen rufen gehört, und ich frage mich, ob sie in die Vergangenheit abgeschweift ist, in eine Zeit, als Mum noch ein kleines Mädchen war.

»Ja«, sagt Mum hörbar erleichtert und umfasst Grans Hände. »Ich bin's, Lolly.«

»Es tut mir leid, Lolly«, sagt Gran mit zitterndem Kinn. »Es tut mir ja so leid.« Tränen laufen über ihre faltigen Wangen, und mir ist, als müsse mein Herz brechen.

»Was tut dir leid?«, fragt Mum sanft, während ihr Blick beunruhigt zu mir und dann wieder zurück zu Großmutter huscht. »Dir muss doch nichts leidtun.«

»Wird die Polizei wiederkommen?«

»Mach dir mal keinen Kopf wegen der Polizei. Um die kümmere ich mich schon«, sagt Mum mit fester Stimme und zaubert ein Taschentuch hervor, das sie Großmutter reicht.

Sie scheint immer eins bei sich zu haben, weiß Gott, wo sie es in ihren engen Outfits verstaut. Großmutter nimmt es entgegen und wischt sich die Tränen weg.

»Mum«, sie zögert und wirft mir einen besorgten Blick zu, »kann ich dich fragen, ob du dich an einen Mann namens Neil Lewisham erinnerst?«

Großmutter blinzelt Mum mit ihren großen Augen an, sagt allerdings nichts.

»Was ist mit Sheila Watts?«, fragt Mum weiter.

»Sheila Watts?«

»Ja. Du hast neulich eine Sheila erwähnt, weißt du noch?«

Gran dreht sich zu mir, immer noch ihre Wangen abtupfend. »Jean hat ihr auf den Kopf geschlagen. Jean hat ihr auf den Kopf geschlagen, und sie ist nicht mehr aufgestanden.«

»Jean hat Sheila geschlagen?«, hake ich nach.

»Nein. Jean hat Susan geschlagen. Susan ist gestorben«, erwidert sie und klingt nun ungeduldig, so, als sollten wir wissen, wovon sie spricht.

Susan? Wer zur Hölle ist Susan?

»Handelt es sich bei Susan um die Leiche im Garten?«, hake ich behutsam nach, um sie nicht zu verschrecken.

»Ich weiß nicht, ob sie im Garten ist.« Sie kräuselt die Stirn und zerrupft das Taschentuch in ihren Händen. »Ich weiß nicht, wo sie sie hingetan haben.«

»Großmutter, wer sind *sie*?«

»Na, die Leute, die kamen, um sie wegzuschaffen. Sie konnten sie ja wohl kaum blutend dort zurücklassen, oder?«

Aus dem Augenwinkel kann ich Mums ratlosen Ausdruck sehen.

»Also ist Susan tot?«, wage ich mich weiter vor. Mein Magen krampft sich nervös zusammen. Großmutters Gedächtnis ist wie ein zerbrochenes Buntglasfenster: Für sich genommen bedeuten die einzelnen Fragmente nichts – wenn man sie jedoch in die richtige Reihenfolge bringt, alles. »Erinnerst du dich noch an ihren Nachnamen? Den von dieser Susan?«

»Wallace. Ihr Name war Susan Wallace.«

Ich höre, wie Mum scharf die Luft einzieht.

»Und du willst sagen, Jean hat Susan Wallace getötet und sie im Garten vergraben?«

Großmutter schüttelt gequält den Kopf. »Nein, nein, nein, nicht vergraben. Nein. Aber Jean hat ihr auf den Kopf geschlagen. Sie schlug ihr auf den Kopf, und da ist sie gestorben.«

»Und das geschah 1980, als du im Cottage gewohnt hast?«, fragt Mum und beugt sich ein Stück vor.

»Ich … ich weiß nicht …« Gran fängt an, ihre Hände zu wringen; das Taschentuch hat sich mittlerweile in ihrem Schoß aufgelöst. »Ich kann mich nicht erinnern, wann es passiert ist. Ich … Es ist alles so neblig.« Ihr Gesicht legt sich abrupt in Falten, und sie sieht zu mir. »Und wer ist das da?«, fragt sie aus heiterem Himmel, als hätte das Gespräch nie stattgefunden. Dabei zeigt sie auf Mum.

»Das ist Lorna, deine Tochter«, antworte ich tief bekümmert.

»Oh, ja … ja …« Sie wendet sich von uns ab, um durch das regenverspritzte Fenster hinauszuschauen.

Sanft berühre ich Mums Arm. »Ich glaube, wir haben sie verloren.«

31

Rose, Februar 1980

Wir verbrachten ein paar herrliche Tage, eingeschneit im Cottage. Ich hätte für immer so leben können, nur wir drei, von der Welt abgeschnitten. Wir schauten uns im Fernsehen Schwarz-Weiß-Filme an, aßen Daphnes Suppe, und ich machte einen Kuchen extra für dich. Es war wie ein zweites Weihnachten. Doch am vierten Tag musste ich bestürzt feststellen, dass auf den von gelblich eingefärbten Schneehaufen gesäumten Straßen nur noch etwas Matsch lag. Und so brachte ich dich in den Kindergarten, wobei wir mit unseren Gummistiefeln halb über die zu Eis verdichtete Schneeschicht auf den Gehwegen schlitterten. Als ich ins Cottage zurückkehrte, schlüpfte Daphne gerade in ihre dünne Flickenjacke; das lange Haar hatte sie zu einem Pferdeschwanz zusammengebunden.

»Wo gehst du denn hin?«, wollte ich überrascht wissen.

»Arbeiten. Ich kann nicht ewig wegbleiben.« Sie zog ihre Häkelmütze fest über den Kopf. »So gerne ich das auch täte. Aber ich will nicht, dass Joel mich feuert.«

Ich war überrascht, dass er das, nachdem sie sich seinen Annäherungsversuchen widersetzt hatte, noch nicht getan hatte. Ich hatte immer noch Mühe, den Joel, den zu kennen ich geglaubt hatte, mit dem Joel zusammenzubringen, von dem Daphne mir erzählt hatte. Andererseits war mir mittlerweile auch klar geworden, dass ich, was Männer betraf, stets furchtbar naiv gewesen war. Ich konnte meinem eigenen Urteil nicht länger trauen.

Ich fragte mich, ob Joel Angst vor dem hatte, was Daphne tun könnte, sollte er es wagen, sie zu entlassen. Wenn sie wollte, konnte sie ziemlich resolut und entschlossen sein. Ich hatte schon mitbekommen, wie sie die Müllmänner rundgemacht hatte, als die wieder mal einen unserer Müllsäcke vergessen hatten, und auch, wie sie einen Dorfjugendlichen angebrüllt hatte, weil er nach einer Taube getreten hatte.

Ohne sie fühlte sich das Haus seltsam leer an. Ich merkte, wie ich die Stunden bis zu ihrer Rückkehr zählte und mich ablenkte, indem ich die Waschmaschine belud, den Küchenboden wischte und dann zum Dorfplatz ging, um dich vom Kindergarten abzuholen. Der Tante-Emma-Laden hatte geöffnet, aber Melissas Café war noch zu.

Ich wusste natürlich, dass Daphnes Schicht um siebzehn Uhr endete, kurz bevor der Pub für den Abendbetrieb wieder öffnete. Normalerweise war sie spätestens um siebzehn Uhr dreißig zurück.

Aber siebzehn Uhr dreißig verstrich, und sie war immer noch nicht zu Hause.

Mittlerweile war es dunkel geworden, auch wenn der reflektierende Schnee die Außenwelt ein wenig aufhellte. Es war eine klare Nacht, ich konnte die Sterne am Himmel und die schattenhaften Umrisse des uns umgebenden Waldes sehen.

»Wo Daffy?«, fragtest du, während ich uns Fischstäbchen briet. Normalerweise aß Daphne mit uns, und du gucktest sehnsüchtig zu ihrem leeren Stuhl und dem Platzset mit den großen lila Blüten, das sie immer benutzte.

»Sie ist bestimmt bald da«, sagte ich, wobei ich versuchte,

ganz unbeschwert zu klingen, obwohl die Angst auf mir lastete. Was, wenn ihr etwas Schlimmes widerfahren war? Was, wenn Joel in seinem Ärger über die Zurückweisung ihr etwas angetan hatte? Meine vergangenen Erfahrungen schossen mir durch den Kopf, und ich schauderte bei dem Gedanken, dass sie etwas Ähnliches durchmachen könnte.

Nachdem ich eine weitere Stunde gewartet hatte, ertrug ich es nicht länger. Ich brachte dich zu Joyce und Roy nach nebenan und fragte sie, ob sie auf dich aufpassen könnten, bis ich wiederkomme. Sie waren entzückt, dich bei sich zu haben, obwohl ich dich eigentlich nicht zurücklassen wollte. Aber ich wurde den Gedanken nicht los, dass Daphne irgendwo in Schwierigkeiten steckte. Und so stapfte ich durch den harschigen Schneematsch zum Pub. Er erhob sich wie ein Leuchtfeuer vor dem finsteren Wald dahinter, draußen funkelten die Lichterketten, und der bernsteinfarbene Lichtschein, der durch die Fenster fiel, spiegelte sich auf dem Bürgersteig. Der nahe gelegene Fluss wirkte schwarz und bedrohlich, und sofort überkamen mich Visionen, dass Daphne hineingefallen war. *Nein*, sagte ich mir. *Sie hätte keinen Grund gehabt, über die Brücke zu gehen. Skelton Place liegt in der entgegengesetzten Richtung*. Ich zitterte in meinem Mantel, während ich näher an den Pub herantrat. Ich versuchte, durch die Bleiglasfenster hineinzuspähen, aber es war schwer, einzelne Personen zu erkennen, nur die Konturen von Leuten, die sich um die Bar scharten. Ich überlegte, dass sie vielleicht dageblieben war und noch was getrunken hatte, obwohl sie normalerweise direkt nach Hause kam. Zu uns. Und dann fragte ich mich, ob sie nicht doch vielleicht auf Joel stand, ungeachtet dessen, was sie mir erzählt hatte. Bei dieser Vorstellung spürte ich einen heftigen Stich der Enttäuschung.

Und das nach allem, worüber wir gesprochen hatten, nach all den Versprechen, die wir uns in Bezug auf Männer gegeben hatten. Dass wir sie in unserem Leben nicht brauchten. Dass wir von nun an zusammenhalten würden. Ich hatte gedacht, nein, *gehofft*, sie sei wie ich.

Ich holte tief Luft, um mich wieder zu sammeln, bereit, Joel zur Rede zu stellen.

»Rose.«

Ich wirbelte herum. Eine Gestalt lauerte im Gebüsch an der Brücke.

Eine Frau trat aus den Schatten, aber sie sah nicht aus wie Daphne. Sie hatte kurzes, sehr dunkles Haar.

Ich schnappte nach Luft, als sie ins Licht trat.

Ihr langes blondes Haar war komplett verschwunden.

»Was machst du da?«, zischte ich. »Was hast du mit deinem Haar angestellt?«

Sie wirkte vollkommen verängstigt. »Es ist eine Perücke. Ich habe sie immer in der Tasche bei mir«, erwiderte sie, wobei sie sich gehetzt umsah. »Er hat mich gefunden, Rose. Ich glaube, er hat mich gefunden.«

32

Theo

Wie jeden Freitagabend herrscht im Restaurant Hochbetrieb, und Theo hat kaum Zeit zum Nachdenken, während er Knoblauchhähnchen, Bratkartoffeln und sein spezielles Beef Wellington zubereitet. Normalerweise blüht er in der Hektik auf, genießt das Adrenalin, das durch ihn hindurchrauscht, während er Teller anrichtet und dem jüngeren Personal Anweisungen zuruft. Letzteres allerdings in höflichem Ton – er ist kein Gordon Ramsay. Aber heute Abend hat er Kopfschmerzen, und er weiß, dass dies auf den Schlafmangel zurückzuführen ist. Obwohl sein Vater sich ihm gegenüber geradezu herzlich gab, nachdem er Theo gestern in seiner Küche erwischt hatte, und auch noch bei einer Tasse Tee Small Talk geführt hat, schaffte er es nicht, Larrys Worte und diese seltsamen Fotos aus dem Kopf zu kriegen. Er ist einfach nur froh, dass er morgen mit Jen in das Dorf in den Cotswolds fahren wird, um etwas mehr über den Leichenfund und die mögliche Verbindung zu seinem Vater herauszufinden. Dieser Gedanke treibt ihn an. Und sollte nichts bei rumkommen, wird es zumindest eine Gelegenheit, ein Urlaubswochenende mit Jen zu verbringen.

Er rennt sich seit fünf Stunden die Hacken in der Küche platt, doch erst nach zweiundzwanzig Uhr kehrt allmählich Ruhe ein. Er beginnt gerade mit dem Aufräumen, während sich sein Kumpel Noah über den Film auslässt, den er am

Vorabend gesehen hat, als Isla, eine der Servicekräfte, auf ihn zukommt. »Ein Gast möchte dem Koch gerne sein Kompliment aussprechen«, sagt sie, übers ganze Gesicht grinsend, fast schon stolz, als wäre er der Chefkoch eines Sternerestaurants. Das ist ihm bisher nur einmal passiert – wohingegen Perry, der andere Koch, das schon mehrmals hatte. Doch zum Glück arbeitet Perry heute Abend nicht, daher weiß Theo, dass der Kunde definitiv ihn meint.

Das Restaurant ist klein, gerade mal zehn linear angeordnete Tische, immer zwei gegenüber. Isla führt ihn durch den Gang zwischen den Tischen hindurch, von denen einige noch mit Gästen besetzt sind, die sich an ihren Getränken festhalten.

An dem Tisch in der Ecke, neben dem deckenhohen Fenster mit Blick auf die Hauptstraße, sitzt, allein, ein älterer Herr in einem wohlvertrauten Ralph-Lauren-Hemd.

Theo erstarrt. Es ist sein Dad.

»Hier ist er«, verkündet Isla mit einer schwungvollen Tada-Geste. Sie gibt Theo einen Klaps auf den Rücken. »Wir sind sehr stolz auf unseren Koch.« Sie strahlt Theo an und geht dann glücklicherweise davon, ohne mitzubekommen, dass es sich bei dem Kunden um Theos Vater handelt.

»Was … was tust *du* denn hier?«, stammelt Theo. Der Teller seines Vaters ist leer. Tisch acht – die Bestellung waren Meeresfrüchte. Er ist überrascht. Sein Dad ist eigentlich der traditionelle Braten-Typ. Es muss seinen hohen Ansprüchen wirklich genügt haben, wenn er den Teller komplett verputzt hat.

»Darf ein Vater nicht das Restaurant besuchen, in dem sein Sohn kocht?« Er lehnt sich zurück und verschränkt die Arme vor der breiten Brust. »Gute Arbeit, Sohn. Ich habe es genossen.«

Theo blinzelt, unsicher, ob er richtig gehört hat. »Es ist nur – ich arbeite hier schon zwei Jahre, und das ist das erste Mal …«

»Ich wollte mir selbst ein Bild machen«, sagt er, um sich schauend. »Sehr nett.« Er trägt ein steifes Grinsen zur Schau. Theo ist klar, dass es nicht schick genug für seinen Vater ist, warum also tut er überhaupt so? Warum ist er wirklich hergekommen?

Theo verlagert sein Gewicht von einem Fuß auf den anderen. »Ich, also, ich bin froh, dass es dir geschmeckt hat, aber ich muss jetzt wieder zurück in die Küche.«

Sein Dad nickt. In der hellen Restaurantbeleuchtung sieht er fahler aus als sonst. Gerade als Theo sich zum Gehen wendet, sagt er: »Ich habe deine Mutter geliebt, weißt du.«

Theo bleibt abrupt stehen.

»Mir ist klar, dass du denkst, dass dem nicht so war.«

»Das habe ich nie behauptet«, erwidert Theo perplex.

»Ich war nicht immer der beste Ehemann.« Seine Schultern sind zurückgeschoben, steif. »Ich bin mir meiner Fehler bewusst. Aber ich hätte ihr niemals etwas getan.«

Theo erinnert sich an die blauen Flecken, die seine Mutter zu verbergen versuchte, und weiß, dass sein Vater totalen Mist erzählt. Er fragt sich, ob er wirklich glaubt, was er da sagt. Hat er die Geschichte in seinem Kopf umgeschrieben, um besser mit den schrecklichen Dingen leben zu können, die er getan hat? Vielleicht aber hat er sie wirklich geliebt, auf seine ganz eigene, gestörte Art und Weise.

»Ihr Tod war ein Unfall.«

Theo erstarrt. Sein Vater weiß Bescheid. Er weiß, dass er in seinem Arbeitszimmer war. Er hat den unabgeschlossenen Schrank entdeckt. Aus welchem anderen Grund wäre er jetzt hier und würde das erste Mal überhaupt von sich aus über seine verstorbene Frau reden?

»Und Cynthia Parsons?« Es ist Theo rausgerutscht, bevor er überhaupt registriert, was er da gesagt hat. Er zuckt zusammen. Er hätte das nicht hier und jetzt erwähnen sollen. Er ist bei der Arbeit. Das ist ein viel zu krasses Gespräch, um es im Vorbeigehen zu führen.

Seinem Vater weicht alle Farbe aus dem Gesicht. »Was weißt du über Cynthia Parsons?«

»Ich weiß, dass sie Anzeige gegen dich erstattet hat«, erwidert Theo gedämpft, um im Restaurant keine Aufmerksamkeit auf sich zu ziehen. Er muss einen befremdlichen Anblick abgeben, wie er sich in seiner weißen Kochuniform angespannt mit einem alten Herrn unterhält. Die übrigen Gäste werden denken, dass sein Vater sich beschwert. Das könnte einen schlechten Eindruck machen.

»Das ist lange her.«

»Das ist ein sexueller Übergriff.« Theo spuckt die Worte regelrecht aus, unfähig seinen Abscheu zu verbergen.

»Du hast keine Ahnung davon«, knurrt sein Dad. »Und ich würde es sehr schätzen, wenn du in Zukunft zu mir kommen würdest, statt hinter meinem Rücken herumzuspionieren.«

»Klar«, erwidert Theo schulterzuckend. Er versucht, gelassen zu wirken, obwohl sein Herz wie wild schlägt. Seine Handflächen schwitzen bei der Vorstellung, dass er die Sache nach all den Jahren nun mit seinem Vater austragen wird. »Weil du ja so entgegenkommend bist, wenn es um Informationen geht. Wie oft habe ich schon versucht, dich zu fragen, aber du hast immer abgeblockt.«

»Traurig, dass du meinst, herumschnüffeln zu müssen.«

Theo verschränkt die Arme vor der Brust. Sollte er es leugnen? Es ist zwecklos.

»Ich weiß, dass du in meinem Arbeitszimmer warst«, sagt sein Vater mit tödlicher Ruhe. »Du hast die Schranktür nicht wieder abgeschlossen.«

»Warum hast du eine Mappe mit Fotos von irgendwelchen Frauen und einen Stapel von Zeitungsberichten zu Mum?«

Sein Vater starrt ihn mit teilnahmsloser Miene an, und Theo argwöhnt, dass er wahrscheinlich ganz exakt einstudiert hat, was er sagen würde, bevor er herkam. »Die Zeitungsberichte sind alt, noch aus der Zeit, als deine Mutter starb. Ich hatte sie vollkommen vergessen. Und bei den Fotos handelt es sich lediglich um Patientinnen, denen ich im Verlauf der Jahre geholfen habe. Das ist auch schon alles. Da du selbst kein Arzt bist, wirst du es nicht verstehen, aber man entwickelt eine Bindung zu den Menschen, denen man beigestanden hat. Ich wollte mich an sie erinnern.«

Etwas daran will nicht so recht passen. »Warum hast du dann beides hinter Schloss und Riegel versteckt?«

Sein Dad stößt ein *pff*-Geräusch aus. »Oh, jetzt hör aber mit dieser *Colombo*-Nummer auf, Herrgott noch mal. Du machst aus einer Mücke einen Elefanten. Ich habe die Mappe einfach vergessen. Du weißt, dass ich schon vor Jahren in den Ruhestand gegangen bin.« Er schlägt die Beine übereinander und sieht Theo mit selbstgefälliger Miene an.

Theo fährt sich verwirrt durchs Haar. Er darf nicht zulassen, dass sein Vater sich einfach so herauswindet. Nicht jetzt, da der Anfang gemacht ist. Nicht jetzt, nachdem er dieses Thema zur Sprache gebracht hat.

»Also hat diese Cynthia gelogen, ja?«

Sein Vater rückt seine Hose an den Knien zurecht. »Das

ist kompliziert. Ich habe nichts Falsches getan. Sie hatte zu der Zeit einen Partner und wurde hysterisch, versuchte, es so darzustellen, als ob ich mich ungebührlich verhalten hätte. Ich war damals noch nicht mit deiner Mutter zusammen. Das war, bevor wir uns kennenlernten. Ich habe es nicht nötig, Frauen dazu zu zwingen, mit mir zusammen zu sein, Theo.«

Theo möchte ihm glauben – aber er tut es nicht. Sein Vater ist viel zu freundlich, viel zu hilfsbereit. Ganz so, als wäre er in die Ecke gedrängt worden.

»Und warum hattest du dann diesen Zeitungsartikel auf deinem Schreibtisch liegen, auf dem *Finde sie* notiert war? Warum …?«

»Warum, warum, warum?«, faucht er. »Ich dachte, ich komme her, bin nett und versuche, die Dinge zu erklären. Aber nein, das reicht dir natürlich nicht, oder? Immer nur nörgeln. Genau wie deine Mutter.« Er greift sich seine Jacke und erhebt sich.

»Hör mal, Dad, das ist ein Gespräch, das man unter vier Augen führen sollte. Ich mache in einer halben Stunde Feierabend. Ich könnte bei dir vorbeikommen und …«

Doch bevor er seinen Satz beenden kann, drängt sich sein Vater an ihm vorbei, und Theo verliert den Halt. Er stolpert gegen den Tisch hinter ihm, der zum Glück nicht besetzt ist.

Sein Vater wirbelt abrupt zu ihm herum, wobei er nicht im Geringsten wirkt, als täte es ihm leid, seinem Sohn wehgetan zu haben. »Fass verdammt noch mal nie wieder meine Sachen an! Verstanden?«, zischt er.

Das Restaurant verstummt. Sämtliche Gesichter drehen sich in Theos Richtung, als sein Dad mit einem Knall durch die Tür stürmt.

33

Saffy

Es ist später Freitagnachmittag, und ich höre Mum im Wohnzimmer mit Alberto telefonieren. Sie musste dafür mein Handy benutzen. Ihr eigenes sollte in den nächsten Tagen eintreffen – sie hat geschafft, es ausfindig zu machen, indem sie das Café in Broadstairs anrief. Zum Glück hatte irgendein barmherziger Samariter es beim Barpersonal abgegeben. Es hört sich an, als würde sie Alberto mitteilen, dass sie eine weitere Woche hierbleibt; und sosehr sie mir mit ihrem Rumgewusel, ihrer übermäßigen Energie und dem unaufhörlichen Geplapper auf die Nerven geht, so würde sie mir doch fehlen, wenn sie morgen abreiste.

Die Vorstellung, den lieben langen Tag allein im Cottage herumzusitzen, mit den Reportern vor der Tür, die wie ein Rudel Wölfe ihre Kreise ziehen, und einem zwielichtigen Privatdetektiv, der im Wald auf der Lauer liegt, versetzt mich dann doch in Panik. Es ist auch nicht gerade hilfreich, dass ich meine Tage damit zubringe, Cover für Gruselromane zu entwerfen. Und dann gibt es immer noch so viel, das wir über Großmutter, die Vergangenheit und diese Leichen nicht wissen. Das Gleiche gilt für Sheila, Jean und Susan. Es ist offensichtlich, dass Großmutter etwas weiß, es aber in ihrem Kopf durcheinanderbringt – so wie bei diesem Spiel, das sie früher mit mir gespielt hat. Wo die einzelnen Körperteile der gezeichneten Figuren nicht zu den anderen passen.

Ich spüre eine permanente unterschwellige Unruhe und bin mir nicht sicher, ob es an meinen Hormonen oder an den aktuellen Geschehnissen liegt – vielleicht auch eine Mischung aus beidem.

Ich habe gestern Abend auch DS Barnes angerufen und ihm von Glen Davies Überfall auf Mum erzählt. Sie hatte versucht, mich davon abzuhalten, und gesagt, er habe ihr gedroht, sollte sie zur Polizei gehen. Aber es war die richtige Entscheidung.

Als Mum die Küche betritt, wo ich gerade Tee mache, setze ich ein Lächeln auf und reiche ihr eine Tasse, die sie geistesabwesend entgegennimmt. Für heute habe ich Feierabend gemacht, nicht dass ich viel geschafft hätte, da Mum in einem fort den Kopf in mein Büro streckte, um zu fragen, ob es mir gut ginge oder ob ich etwas bräuchte.

»Ich denke nicht, dass er besonders glücklich ist«, berichtet sie und nippt nachdenklich an ihrem Tee. »Ich glaube, er will ausziehen.«

»Was? Weil du nicht auf Abruf bereitstehst?«

Sie verzieht das Gesicht. »Nein. Nicht nur das. Es fehlt schon eine ganze Weile was in unserer Beziehung. Alberto, mein ganzes Leben dort, das alles kommt mir gerade unendlich weit weg vor. Außerdem kann ich nicht abreisen. Noch nicht. Deine Großmutter weiß etwas über diesen Fall – das ist glasklar –, und wir müssen dem auf den Grund gehen. Wir müssen herausfinden, was sie weiß oder ob sie jemanden deckt.«

»Wird dein Chef denn nichts dagegen haben, wenn du noch eine Woche fortbleibst?«

»Mein Chef kommt schon klar. Er schuldet mir sowieso jede Menge Urlaub. Saffy«, ihre Stimme ist streng, »überlass das mir. Ich kann jetzt noch nicht nach Spanien zurück. Nicht, bevor die Sache geregelt ist.«

Ich seufze. »Aber vielleicht wird sie nie geregelt.«

»Klar wird sie das«, schnaubt sie. Denn in der Welt meiner Mum läuft das so. Dafür sorgt sie schon. »Wenn deine Gran etwas über die Leichen weiß – wer sie sind und wer sie auf dem Gewissen hat –, dann muss es schiere Angst gewesen sein, warum sie all die Jahre geschwiegen hat. Das wird selbst die Polizei verstehen, da bin ich mir sicher.«

Ich wende mich ab, meine Hände um die Tasse geschlungen, und sogleich wird mir übel. Durch das Küchenfenster kann ich das Loch sehen – das ausgehobene Grab. Die grausige Entdeckung, mit der all das seinen Anfang genommen hat. Selbst die großspurigen Bauarbeiter haben keine Lust mehr zurückzukommen, und ich kann es ihnen nicht verübeln. Das heißt aber auch, dass es uns noch eine ganze Weile erhalten bleiben wird – als sichtbare Erinnerung daran, dass hier zwei Menschen ermordet wurden. Ich wünschte, wir hätten niemals diesen verschissenen Küchenausbau in Angriff genommen. Dann wären wir in seliger Unwissenheit verblieben, und nichts von alledem wäre passiert.

Ich gehe früh zu Bett – es ist noch nicht mal zweiundzwanzig Uhr. Ich fühle mich schon den ganzen Tag kränkelnd, doch ich weiß nicht, ob es von der Schwangerschaft kommt oder davon, dass ich so gestresst bin.

Davor lege ich mich in die Badewanne und dümple vor mich hin, bis das Wasser kühl wird. Ich bin bald in der achtzehnten Woche und kann die Schwellung eines Bäuchleins unter dem Wasser sehen. Mein Bauchnabel hat seine Form verändert und steht ein wenig weiter heraus als zuvor. Ich steige vorsichtig aus der Badewanne, trockne mich ab und schlüpfe dann in meinen gemütlichsten Pyjama. Als ich ins Bett klettere, fühlt sich die Decke herrlich kühl auf meiner Haut an. Ich kann Tom und Mum hören, die sich unten unterhalten. Zwar kann ich nicht verstehen, was sie sagen, aber ich vermute stark, dass sie über Gran sprechen. Momentan ist das unser einziges Gesprächsthema. Ich rolle mich auf die Seite und ziehe die Knie an den Bauch heran. Eigentlich sollte das eine glückliche Zeit werden, in der wir uns auf die Ankunft des Babys freuen und das Haus auf Vordermann bringen, aber auf einmal scheint alles trüb und grau. Ich drehe mich wieder auf den Rücken und schaue mich im Zimmer um. War das Großmutters Schlafzimmer, als sie hier wohnte? Ihr Bett muss ebenfalls in diese Richtung ausgerichtet gewesen sein, mit Blick auf den kleinen gusseisernen Kamin an der gegenüberliegenden Wand und dem Fenster rechts, von dem aus man die Einfahrt überblickt. Trotz meiner Müdigkeit stehe ich auf und gehe zum Fenster, ziehe die Vorhänge beiseite und frage mich, ob Glen Davies immer noch da draußen auf der Lauer liegt.

Ich spüre ein Ziehen in meinen Unterleib, dann ein Gefühl, als hätte ich mir ein bisschen in die Hose gepinkelt. Mit rasendem Herzen stürze ich ins Bad, vor Panik steigt mir die Hitze ins Gesicht, während ich meine Pyjamahose herunterzerre und mich aufs Klo hocke. O Gott, o Gott … ich krieg keine Luft. Da ist ein roter Fleck in meinem Pyjama. Blut. Da dürfte kein Blut sein. »Tom!«, schreie ich.

Ich höre ihn die Treppe hochpoltern. Er kommt ins Bad gerannt. »Was ist los? Was …?« Er muss mir den Schock und die völlige Verzweiflung ansehen, denn er hilft mir sanft vom Klo hoch. »Komm. Zieh dir was an. Wir müssen ins Krankenhaus.«

Ich schlüpfe wahllos in eine Jogginghose, die ich seit Jahren nicht anhatte, und einen Pullover, der kein bisschen dazu passt.

Mum erscheint mit aschfahlem Gesicht in der Tür. »Ist es das Baby?«

»Ich weiß nicht, ich weiß nicht«, heule ich auf, während ich mir mein Haar zusammenbinde. »Es ist noch so früh, Mum. Ich bin doch erst in der achtzehnten Woche.«

Sie schließt mich in ihre Arme, während ich weine, auch wenn es mehr einem ängstlichen Wimmern gleicht, und bin dankbar, ich bin so dankbar, dass sie hier ist.

Den Weg ins Krankenhaus bekomme ich kaum mit. Tom fährt zu schnell, während Mum mich auf der Rückbank tröstet. »Glaubst du, ich habe eine Fehlgeburt?«, frage ich immer wieder.

»Ich weiß nicht, mein Schatz, ich weiß nicht.« Sie streicht mir das Haar aus dem Gesicht. Es erinnert mich an all die Male, die sie das tat, als ich noch klein war und aus einem Albtraum erwachte oder wenn ich krank war. Ich erinnere mich auch, dass Großmutter es ebenfalls tat, wenn ich den Sommer bei ihr verbrachte und mir erlaubte, zu ihr ins Bett zu klettern, wenn ich nachts verängstigt aufwachte.

»Es ist nicht viel Blut, weißt du, und es kommt fast nur beim Abwischen …«, sage ich, um nicht alle Hoffnung zu verlieren.

»Warten wir doch ab, was die Ärzte sagen.«

Wir sind uns nicht sicher, wohin wir müssen, weswegen wir direkt in die Notaufnahme gehen, doch dort werden wir direkt zur Entbindungsstation geschickt. Sie müssen vor unserer Ankunft Bescheid gegeben haben, denn eine Krankenschwester mit einem netten Gesicht begrüßt uns sogleich und führt mich in einen Raum mit zwei anderen Frauen, beide in unterschiedlichen Stadien der Schwangerschaft, beide im Bett liegend und mit diversen Gerätschaften verkabelt. Der Geruch nach Desinfektionsmittel ist widerlich. Ich bin so verängstigt, dass ich es noch nicht einmal schaffe, zu weinen, als die Krankenschwester mich anweist, mich auf das Bett zu legen. Meine Handflächen sind ganz klamm, während ich mich an Toms Arm festhalte. Nachdem ich ihr von dem Blut erzählt habe, eilt die Schwester davon und kehrt nur wenige Augenblicke später mit einem Ultraschallgerät zurück. Mit ruhigen Handgriffen zieht sie die dünnen blauen Vorhänge um uns herum zu. Mein Gesicht glüht, doch mein Körper ist vor Furcht ganz kalt. Tom ist kreidebleich. Mum steht auf der anderen Seite des Bettes und ist ausnahmsweise um Worte verlegen. Die Schwester, sie heißt Gail, zieht meinen Pulli hoch, und ich schlage mit zittrigen Händen meinen Hosenbund um, sodass sie besser an meinen Unterleib kommt. Sie schenkt mir ein aufmunterndes Lächeln, aber ich kann ihr ansehen, dass sie besorgt ist. Hoch konzentriert starrt sie auf den Monitor, während sie den Schallkopf langsam über meinen Bauch führt. Mir zieht es die Brust zusammen, ich werfe Tom einen raschen Blick zu und schüttle traurig den Kopf. *Wir haben es verloren.*

Doch da schaut Gail mit einem breiten Lächeln zu uns auf, und ich möchte vor lauter Erleichterung in Tränen ausbrechen. »Der Herzschlag des Babys hört sich gut an«, verkündet sie. »Möglicherweise haben Sie einen Harnwegsinfekt, das könnte die Ursache für die Schmierblutung sein. Wir werden eine Urinprobe nehmen, aber bleiben Sie dennoch wachsam. Sollte es zu weiteren Blutungen kommen, rufen Sie uns umgehend an.« Gail marschiert davon, um mir einen

Becher zum Hineinpinkeln zu bringen, während Mum und Tom mich gleichzeitig in ihre Arme schließen.

Es ist bereits nach Mitternacht, als wir, bewaffnet mit Antibiotika – die Blasenentzündung hat sich bestätigt – und einer Telefonnummer, die wir im Fall weiterer Komplikationen anrufen können, zu Hause eintreffen.

Ganz aufgedreht vor Erleichterung stehen wir vor der Tür, während Tom aufschließt. »Ich habe noch nie eine solche Angst gehabt«, gestehe ich, als wir den Flur betreten. Es hat alles ins Verhältnis gesetzt, und von nun an werde ich alles in meiner Macht Stehende tun, um diese Schwangerschaft zu bewahren. Entschieden umfasse ich meinen Bauch und gelobe schweigend, das Baby zu beschützen, koste es, was es wolle.

Ich erwarte, dass Snowy auf uns zugesprungen kommt, aber er ist weit und breit nicht zu sehen.

»Es ist eiskalt hier drin«, bemerkt Mum. Sie trägt zwar nur ihre kurze Tweedjacke über einer recht knappen Bluse, aber sie hat recht – da kommt ein kalter Luftzug von der Rückseite des Hauses.

Tom knipst das Licht an, während er den Flur entlang Richtung Küche geht. Als er die Tür aufstößt, höre ich ihn nach Luft schnappen. »Was zur Hölle …?«

Mum wirft mir einen besorgten Blick zu, und die Euphorie, die ich noch vor wenigen Sekunden verspürt habe, verpufft. Beklemmung erfasst mich. *Snowy*. Ich beschleunige meine Schritte. Tom steht mit alarmierter Miene in der Küche. Die Hintertür ist sperrangelweit offen. Von Snowy keine Spur.

Die Küche sieht aus, als seien sämtliche Schubladen in

aller Eile ausgeräumt worden. Stifte, alte Quittungen, Kommunalsteuerabrechnungen und was sonst wir immer in die nächstbeste verfügbare Schublade stopfen, sind über den Boden verteilt.

»Wo ist Snowy?« Ich schaue mich hektisch um.

Mum rennt ins Wohnzimmer, dann wieder zurück. »Ruf besser die Polizei«, sagt sie mit gepresster Stimme. »So wie es aussieht, wurde eingebrochen.«

»Warte«, sagt Tom und zieht ein Messer von dem hölzernen Ständer neben der Mikrowelle. »Ihr wählt die 999 und bleibt hier in der Küche. Die Einbrecher könnten noch im Haus sein.«

34

Rose, Februar / März 1980

Daphne war fahrig und nervös, als ich sie nach Hause brachte. Die seltsame Perücke sah unnatürlich aus an ihr, als sei ein wildes Tier auf ihrem Kopf gelandet. Ihr Blick zuckte immer wieder zu den Hecken, als würde sie jeden Moment damit rechnen, dass jemand hinter ihnen hervorspringen könnte.

»Joel hat mir erzählt, ein Mann sei in den Pub gekommen und habe nach mir gefragt«, berichtete sie atemlos, während wir so schnell wie möglich weitergingen. Ich legte einen Arm um sie, in dem Versuch, sie zu trösten, konnte jedoch spüren, dass sie am ganzen Körper zitterte. Sie wirkte wieder so verletzlich und verloren wie an Heiligabend, als ich sie zum ersten Mal gesehen hatte. »Jetzt hat er mich also doch gefunden. Vielleicht sollte ich von hier fort, Rose. Weiterziehen.«

Ich bekam es mit der Angst zu tun. Ich wollte nicht, dass sie wegging. »Du darfst jetzt keine voreiligen Schlüsse ziehen. Nicht, bis du Genaueres weißt«, versuchte ich sie zu beruhigen, obwohl mir bewusst war, dass ich an ihrer Stelle ebenfalls würde davonlaufen wollen. »Kehr' erst mal nicht zu deiner Arbeit im Pub zurück. Halt dich eine Weile bedeckt.«

Sie nickte, ihre Schultern bis zu den Ohren hochgezogen. »Alles wird in Ordnung kommen«, versicherte ich wieder und wieder, während wir weiter durch die Dunkelheit nach Hause marschierten. Ich wünschte, ich hätte recht gehabt.

Daphne war viel zu verängstigt, um das Haus zu verlassen. Jedes Mal, wenn es an der Tür klopfte oder irgendwas auf der Straße sich rührte, wurde sie unruhig. Ihr Gesicht war ganz bleich und ausgezehrt, und sie rauchte mehr als sonst. Ich verbrachte etliche Stunden damit, sie zu beruhigen, und im Lauf der Tage gewann ich den Eindruck, dass ich damit bis zu ihr durchdrang, sie vielleicht bleiben würde.

Und dann, am Morgen, als du im Kindergarten warst, kam sie zu mir, während ich gerade das Wohnzimmer abstaubte.

»Ich muss es abschneiden. Es ist viel zu auffällig«, verkündete sie.

Ihr Haar. Ihr wunderschönes, dichtes, strohfarbenes Haar. Das Haar, um das ich sie beneidete. Das Haar, von dem ich geträumt hatte, mit meinen Händen hindurchzufahren.

Ich unterbrach meine Arbeit. Ihre großen, tief liegenden Augen flehten mich an. »Hilfst du mir? Ich will nicht zum Friseur gehen.«

Ich sah sie bestürzt an. »Machst du Witze? Du willst, dass ich dir dein Haar abschneide?«

»Bitte.«

Wie konnte ich es ihr ausschlagen, wenn sie mich so ansah? Ich wollte ihr helfen. Sie beschützen. Uns drei beschützen. Aber ich war nun mal keine Friseurin. Ich hatte dir einmal den Pony gestutzt und es ziemlich vermasselt.

»Ich habe noch eine Packung Haarfarbe da. Schokoladenbraun. Das war die einzige Farbe, die sie unten im Laden hatten. Ich habe sie vor einigen Wochen für den Fall der Fälle gekauft. Mit so dunklem Haar ist es weniger wahrscheinlich, dass er mich erkennt. Ich war praktisch mein ganzes Leben blond.«

Mir war schwer ums Herz. »Bist du auch ganz sicher?«

»Absolut.« Sie trat auf mich zu und kam mir dabei so nah, dass ich die zarten Sommersprossen auf ihrer Nase sowie die grünen Sprenkel in ihrer Iris sehen konnte. Mein Herz flatterte. Und dann griff sie nach meiner Hand. »Komm schon«, sagte sie und führte mich aus dem Zimmer zur Treppe. »Lass es uns jetzt tun, bevor du Lolly abholen musst.«

Es sah nicht allzu schlimm aus. Besser als ich gedacht hatte. In meiner Kindheit hatte ich eine Nachbarin, die Leuten zu Hause das Haar machte, und ich sah immer ganz fasziniert zu, wenn sie sich an die Arbeit machte und zwei ihrer Finger als eine Art Lineal benutzte, damit die Schere nicht verrutschte. Der Schnitt passte zu Daphnes elfenhaftem Gesicht, ich musste ihn nur noch hier und da begradigen. Ihr jedoch war das egal. Es schien sie kein bisschen zu kümmern, wie es aussah. Das verstand ich nur zu gut. Mir ging es nicht anders, seit ich mein altes Leben hinter mir gelassen hatte. Was zählte, war das Überleben.

Aber als du die neue Frisur sahst, da weintest du. »Nein, Daffy. Junge!«, riefst du, wobei dein kleines Gesicht sich zusammenzog. So reagiertest du auch immer, wenn ich was an meinem Haar änderte. Daphne schien am Boden zerstört, und ich tadelte dich für dein Benehmen. In einem Wutanfall ranntest du auf dein Zimmer. Ich versicherte Daphne, dass du dich daran gewöhnen würdest. Und natürlich war es auch so.

An diesem ersten Märzwochenende war der Schnee beinahe ganz geschmolzen, bloß in den höheren Lagen waren ein paar Reste liegen geblieben wie weggewehte weiße Wäsche. Am Samstag verließ Daphne das Cottage zum ersten Mal seit einer Woche – zuversichtlicher, nachdem sie ihre

Frisur gewechselt hatte. Bei ihrer Rückkehr verkündete sie, dass sie einen neuen Job gefunden habe.

»Auf der Farm«, erklärte sie, während sie sich ihres Mantels entledigte. Den gestreiften Schal behielt sie um den Hals. Im Cottage herrschte eine Eiseskälte, und die Temperaturen draußen schienen gegenüber der Vorwoche noch um ein paar Grad gesunken. Zwar hatte ich das Feuer im Wohnzimmer an, aber es bewirkte herzlich wenig, wenn man nicht gerade davorsaß. Ich hatte immer noch den Plan einer Zentralheizung – es schien nur nie der richtige Zeitpunkt, um fremde Arbeiter anzuheuern und sie in unser Cottage, unser sicheres Heim, zu lassen. Hinzu kamen die Kosten.

»Aber das ist eine ganz schön lange Strecke«, erwiderte ich. Die Farm befand sich auf der anderen Seite des Dorfes. »Was für eine Arbeit wirst du da denn tun?«, fragte ich, während sie mir einen Becher Tee reichte. In der Küche war es so kalt, dass ich den Dampf aufsteigen sah.

»Alles Mögliche. Die Pferde striegeln, im Stall ausmisten, solche Sachen. Ich habe sowieso lieber mit Tieren als mit Menschen zu tun. Abgesehen von dir und Lolly natürlich.« Sie nippte an ihrem Tee, und wie sie mich so über den Rand ihrer Tasse hinweg ansah, schmolz mein Herz.

Und so begann Daphne auf der Farm zu arbeiten. Jeden Tag stapfte sie bei Wind und Wetter die anderthalb Meilen hin und wieder zurück, ihre Häkelmütze tief in die Stirn gezogen, und kam nach Pferden und Stroh riechend, aber glücklich, mit roten Wangen und leuchtenden Augen, wieder nach Hause. Frei wie ein Tiger, den man in die Wildnis entließ, nachdem er im Zoo gehalten worden war, streifte sie auf der Farm umher. Froh darüber, draußen sein zu dürfen, statt im Pub, wo sie vom Wirt begrapscht und von betrunkenen Gästen lüstern angestarrt wurde. Auch ich war erleichtert, dass sie nun weniger Angst zu haben schien, dass man sie finden könnte.

»Warum fängst du nicht auch dort an?«, schlug sie nach den ersten paar Tagen vor. »Es wäre doch lustig, gemeinsam zu arbeiten. Ich bin meist auf mich allein gestellt, und keiner kommt mir in die Quere. Es ist echt toll, wenn einem niemand Fragen stellt. Der Bauer, Mick, ist zwar etwas bärbeißig, quatscht mir aber nicht rein. Da ist noch ein Kerl, er heißt Sean. Er ist auch neu und sieht gut aus, falls du auf so was Wert legst.«

Doch für mich war es schwer, einen passenden Job zu finden. Du würdest erst in zwei Jahren eingeschult werden.

»Vielleicht, wenn Lolly in die Schule kommt«, erwiderte ich. Ich hatte mir ausgerechnet, dass ich genug Ersparnisse hatte, um ein paar Reparaturen am Haus durchzuführen, sodass aber immer noch genug übrig blieb, um uns bis dahin über Wasser zu halten. Ich verlangte von Daphne nicht viel für ihr Zimmer – schließlich war das Cottage nun wirklich nicht luxuriös –, und sie bezahlte ein Drittel der Lebensmittelrechnung. Aber sie konnte gut mit Geld umgehen, wie ich bemerkt hatte. Sie war sparsam und achtete immer darauf, möglichst preisgünstig einzukaufen – Konservendosen aus dem Dorfladen, die wegen ihres Verfallsdatums im Angebot waren –, ganz zu schweigen von dem Geld, das ich einsparte, weil sie an ihrer Maschine Kleidung für dich nähte.

Inzwischen war mir klar, dass ich Gefühle für Daphne hatte. Gefühle, wie ich sie so, seit meiner letzten Beziehung, mit Audrey, nicht mehr gehabt hatte. Ich hatte mir nicht gestattet, jemanden so nah an mich ranzulassen, nachdem sie mich so sehr verletzt hatte. Aber gegen meine Gefühle für

Daphne kam ich nicht an. Ich hatte nicht die geringste Ahnung, ob sie auch so empfand. Manchmal, wenn sie meine Wange berührte oder mir sehr nahe kam oder wenn sie auf dem Sofa ihre Füße auf meinem Schoß ablegte, fragte ich mich, ob es ihr vielleicht genauso ging wie mir. Aber ich fürchtete zu sehr, die Initiative zu ergreifen, da ich diese Grenze nicht überschreiten wollte. Da ich auf keinen Fall wollte, dass sie fortging.

Wir waren so glücklich, dass wir vergaßen, ständig auf der Hut zu sein, obwohl wir das hätten sein sollen. Im Grunde hätten wir sogar ganz besonders achtsam sein müssen, nachdem wir erfahren hatten, dass jemand auf der Suche nach Daphne war. Doch da die Wochen ins Land gingen und es keine weiteren Hinweise auf fremde, männliche Besucher im Dorf gab, lullte uns das in ein trügerisches Gefühl der Sicherheit. In unserer Naivität glaubten wir, ihre Verkleidung würde genügen, um sie zu schützen. Als ob eine neue Frisur und eine neue Farbe genügen würden, um sie zu verstecken. Wie dumm wir waren.

Wir hätten vorbereitet sein sollen, waren es aber nicht.

Als er dann an jenem stürmischen Abend Anfang April vor unserer Haustür stand, erwischte er uns vollkommen unvorbereitet.

35

Lorna

»Nun«, sagt einer der zwei uniformierten Beamten, die das Wohnzimmer betreten, wo Lorna und Saffy, ihre Teebecher mit den Händen umschlungen, nebeneinander auf dem Sofa sitzen und warten; Furcht und Adrenalin halten sie wach, obwohl sie beide völlig erschöpft sind. Nicht einmal ihre Jacken haben sie ausgezogen, während die Polizisten die letzten zwanzig Minuten das Haus durchkämmt haben. »Wie es scheint, wurde nichts entwendet. Weder Schmuck noch elektronische Geräte. Das ist ein seltsamer Einbruch.«

Lorna wechselt einen raschen Blick mit ihrer Tochter. Das hier, da ist sie sich absolut sicher, ist das Werk dieses Dreckskerls Davies. Der Inhalt der Kisten ihrer Mutter liegt auf dem Boden verstreut. Offensichtlich hat er nach dem »Beweis« gesucht, von dem er meint, ihre Mutter hätte ihn hier im Cottage versteckt. Sollte es so etwas tatsächlich geben, so fragt sie sich, ob er es nun gefunden hat. Vielleicht lässt er sie ja dann in Ruhe.

Vor der Ankunft der Polizisten, sobald Tom sich selbst vergewissert hatte, dass außer ihnen niemand mehr im Haus war, hat Saffy ihn angefleht, Snowy suchen zu gehen. »Was, wenn der oder die Einbrecher ihm etwas getan haben?«, sagte sie mit bleichem Gesicht. Es brach Lorna das Herz. Nach allem, was Saffy heute Nacht durchmachen musste, war dies das Letzte, was sie gerade brauchen konnte. Sie ist doch völlig vernarrt in dieses verflixte Hündchen. Tom hatte gewartet, bis die Polizei da war, bevor er aufbrach. Er ist jetzt seit über einer Viertelstunde fort, und ihre Tochter nagt seither ununterbrochen auf ihrer Lippe herum. Mit den dunklen Ringen unter den Augen sieht sie völlig ausgezehrt aus. Es ist bereits nach ein Uhr. Lorna wünscht, sie könnte Saffy von alledem fernhalten. Im Gegensatz zu ihrer eigenen Mutter war sie nie besonders streng gewesen. So erlaubte sie Saffy damals mit zehn Jahren Filme anzuschauen, die erst ab sechszehn waren. Es störte sie nicht, wenn Saffy abends länger draußen blieb (nicht, dass das je der Fall war) oder zum Frühstück Schokomuffins naschen oder zu Weihnachten Wein trinken wollte. Wenn Saffy ihr eine ernste Frage darüber stellte, was in der Welt vor sich ging – egal ob Hungersnöte in der Dritten Welt oder Pädophilenringe –, dann gab sie immer eine ehrliche Antwort, egal wie schonungslos. Ihr fällt ein, wie ihre Mutter, als Lorna schon Saffy hatte, mit Euan verheiratet war und hundert Meilen entfernt in Kent lebte, sagte: *Ich werde nie aufhören, mir Sorgen um dich zu machen. Egal, wie alt du bist.* Lorna selbst versuchte, als Saffy in die Pubertät kam, nicht so zu denken, da sie wusste, wie es ist, wenn man von einer liebenden, aber eben auch viel zu überbehütenden Mutter förmlich erdrückt wurde. Aber jetzt … jetzt machte sie sich mehr Sorgen um ihre Tochter als je zuvor. Endlich versteht sie, was ihre Mutter vor all den Jahren meinte.

»Wenn ich Sie wäre«, sagt der andere Polizist, rothaarig, gut aussehend, ein bisschen wie der Schauspieler Damian Lewis, »würde ich die Hintertür in der Küche austauschen. Das ist so nicht besonders sicher. Der Eindringling hat das Schloss eingetreten. Es lag auf dem Boden. Ich habe es auf den Küchentresen gelegt. Das wird repariert werden müssen. Mit dem Wald dahinten …« Er schüttelt den Kopf und schiebt sein Notizbuch in die Brusttasche seiner Uniform.

»Ich weiß, aber wir haben uns bisher nicht die Mühe gemacht, weil wir die Küche erweitern wollen«, erwidert Saffy.

»Tja, ich würde zumindest das Schloss wechseln. Und eine Alarmanlage in Betracht ziehen.«

Lorna wird flau im Magen. Sie werden keine Ruhe mehr finden, bis diese Tür ausgewechselt ist.

Der rothaarige Beamte und sein Kollege leeren rasch den Tee, den Lorna zubereitet hat, und gehen dann. Kaum dass sie fort sind, fühlt Lorna sich schutzlos. Als würde sie auf dem Präsentierteller sitzen.

»Wir werden DS Barnes informieren müssen«, sagt Saffy leise. »Wir wissen beide, dass es kein normaler Einbruch war.« Eingepackt in ihre dicke Jacke, wirkt sie auf einmal so furchtbar jung.

»Das wird die Polizei übernehmen. Ich habe ihnen seinen Namen gegeben«, erwidert Lorna. Sie stehen auf, sammeln die Tassen vom Sofatisch zusammen und tragen sie in die Küche.

Die Hintertür, die Lorna nur schließen konnte, indem sie eine gefaltete Zeitung druntergeklemmt hat, wird plötzlich aufgestoßen und lässt eine regnerische Windböe herein. Saffy kreischt auf, und Lorna macht einen Satz von der Spüle weg, um sich vor ihre Tochter zu stellen, bereit, sie gegen jedweden Eindringling zu verteidigen. Aber es ist Tom. Es ist bloß Tom. Sein Haar ist dunkel vom Regen und klebt platt an seinem Kopf. Er hat Snowy an der Leine. Lorna presst sich die Hand auf ihre Brust und holt tief Luft.

Saffy wirft sich in seine Arme. »Gott sei Dank! Ich habe mir ja solche Sorgen gemacht.« Dann bückt sie sich, um

Snowys nassem Kopf einen Kuss zu verpassen. »Oh, mein süßes Hundi, mein herzallerliebstes kleines Hundi.«

Lorna rümpft unwillkürlich die Nase – sie kann den nassen Hund sogar von der anderen Seite der Küche riechen.

»Ich hab ihn herumschnüffelnd im Wald gefunden. Es scheint ihm so weit gut zu gehen. Keinerlei Verletzungen«, berichtet Tom und macht Snowys Leine los. Dann drückt er die Hintertür gegen den Wind zu und verkeilt einen Stuhl unter der Klinke, sodass sie nicht mehr auffliegen kann. »Das muss fürs Erste genügen.« Er greift nach dem Schloss auf dem Küchentresen. »Und das hier werde ich wieder anbringen. Ich sollte ein paar passende Schrauben in meiner Werkzeugkiste haben.« Mit dem Schloss in der Hand marschiert er aus der Küche.

Saffy schnappt sich ein löchriges altes Handtuch von einem Haken und wischt damit Snowys Pfoten ab. Seine Beine sind schlammverdreckt. Er schleckt Saffy übers Gesicht, offenbar glücklich, wieder bei seinem Frauchen zu sein.

Tom kehrt mit dem Werkzeugkasten zurück. »Damit geht das ruckzuck«, sagt er und zückt seine Bohrmaschine.

»Ja, und wir werden ruckzuck Brenda auf der Matte stehen haben, die sich über den Krach beschwert«, bemerkt Saffy.

»Wenn sie sich blicken lässt, werde ich ihr meine Meinung geigen«, sagt Lorna.

»Was, wenn er zurückkommt und die Tür erneut eintritt?«, fragt Saffy. »Ich weiß nicht, ob ich heute Nacht ein Auge zukriege, jetzt, wo ich weiß, dass jemand hier war und unsere Sachen durchwühlt hat. Ich fühle mich so … ausgeliefert.«

»Ich bezweifle, dass er heute Nacht noch einmal zurückkommt«, murmelt Tom mit einer Schraube zwischen den Zähnen.

»Tom hat recht.« Lorna hofft, dass sie zuversichtlicher klingt, als ihr zumute ist. »Komm, Schatz, du solltest ein wenig schlafen. Um alles Weitere kümmern wir uns morgen früh.«

Saffy nickt und trägt Snowy mit sich nach oben. Lorna bleibt, mit vor Sorge verkrampftem Magen, in der Küche stehen und schaut Tom dabei zu, wie er das Schloss repariert. Als er fertig ist, gähnt er laut. »Gott, ich bin fix und alle.«

Sie sagt ihm, er solle hoch ins Bett gehen, sie werde die Lichter hier unten ausmachen. Sie sieht ihm nach, dann brüht sie sich einen entkoffeinierten Tee auf und setzt sich im Halbdunkel auf das unbequeme Wohnzimmersofa, umgeben von dem Durcheinander, das der Einbrecher hinterlassen hat.

Sie geht auf die Knie und greift nach einem Foto, das in der Nähe des Kamins auf dem Boden gelandet ist – es ist das von ihrer Mutter und dieser mysteriösen Daphne Hartall, bei der es sich möglicherweise in Wahrheit um Sheila Watts handelt. Sie stehen ihm Garten hinter dem Cottage. Es scheint kalt zu sein – sie sind beide dick in Schals und Mäntel verpackt –, doch sie strahlen übers ganze Gesicht.

»Was entgeht mir hier nur?«, fragt sie leise, an die zwei Frauen auf dem Foto gerichtet. *»Was habt ihr bloß getan?«*

36

Lorna

Am nächsten Morgen wacht Lorna gerädert auf. Sie ist in ihrer Tweedjacke auf dem Sofa eingeschlafen, Saffys Steppmantel diente als Bettdecke, und das Foto von Daphne und ihrer Mutter klebt an ihrer Wange.

Sonnenstrahlen fallen an den zu kleinen Vorhängen vorbei ins Wohnzimmer hinein, tanzen auf dem Boden umher und lassen die in der Luft schwebenden Stäubchen leuchten. Lorna wirft einen Blick auf ihre Armbanduhr. Es ist nach neun. Sie setzt sich auf und streckt sich. Jeder Muskel in ihrem Körper schmerzt. Aus dem oberen Stockwerk dringt kein Laut. Sie will Saffy und Tom nicht wecken. Sie brauchen den Schlaf. Sie ist froh, dass Samstag ist und die beiden nicht wegen der Arbeit aufstehen müssen. Ihr Herz macht einen heftigen Satz, als sie das Chaos um sich herum bemerkt und die Ereignisse des gestrigen Tages mit einem Schlag wieder präsent sind. Das geht so nicht weiter. Sie muss etwas unternehmen.

Sie steht auf und tapst in die Küche. Die Schieferplatten unter ihren nackten Füßen sind eiskalt. Erleichtert stellt sie fest, dass der Stuhl noch an Ort und Stelle ist, den Tom noch zur Sicherheit unter die Türklinke gekeilt hatte.

Lorna öffnet den Kühlschrank. Keine Milch. Sie wird ins Dorf hinuntergehen und ein paar Vorräte besorgen. Das ist schon mal etwas, das sie erledigen kann. Für Saffy und Tom. Praktische Dinge, um die beiden zu entlasten.

Lorna zieht sich frische Klamotten an, schnappt sich ihre Tasche und verlässt leise das Cottage. Dabei trifft sie auf den Postboten, einen älteren Mann, der die klassische Royal-Mail-Shorts trägt. Er lächelt freundlich und überreicht ihr einen gepolsterten Umschlag. Ihr Handy. Endlich. Ohne war sie völlig aufgeschmissen. Sie nimmt es dankend entgegen und schaltet das Gerät ein. Es hat kaum noch Saft. Sie sieht noch die zehn verpassten Anrufe von Saffy und verstaut es sorgfältig in ihrer Tasche.

Der strahlend blaue Himmel täuscht, es herrscht ein kühler Wind draußen. Sie achtet darauf, in der Mitte der Straße zu bleiben, während sie den Hügel hinabeilt, damit niemand sie in die Büsche zerren kann. Jedes Mal, wenn hinter ihr ein Zweig knackt, stellen sich ihre Nackenhaare auf, aber meist ist es ein Hundehalter, der Gassi geht, oder Rentner beim Morgenspaziergang. Die Fantasie geht mit ihr durch. Das kann sie sich nicht erlauben. Sie muss für ihre Tochter stark sein. Am Fuß des Hügels kommt sie am Stag & Pheasant vorbei. An einem der Bistrotische draußen sitzt ein junges Paar; sie trinken Cappuccino und nicken ihr zu, als sie vorbeikommt. Sie wirken sehr verliebt, so, als wären sie für ein romantisches Wochenende hergekommen, und sofort muss sie an Alberto denken. Sie liebt die Vorstellung von ihm mehr als ihn selbst. Sie realisiert, dass es ihr egal ist, dass er wahrscheinlich genau in diesem Moment seine Sachen aus der Wohnung räumt.

Während sie den Dorfplatz überquert, fällt ihr Blick auf die Kirche; sie befindet sich direkt gegenüber vom Marktkreuz, hinter einem hohen, angelehnten Eisentor. Sie ist wunderschön und alt, samt Kirchturmspitze, Buntglasfenster und einem kleinen Friedhof mit kunstvoll gemeißelten alten Grabsteinen auf der Vorderseite. Sie bleibt stehen und späht durch die Streben. Plötzlich kommt ihr der Anblick sehr vertraut vor. Eine Erinnerung taucht in ihrem Inneren auf – sie und ihre Mutter beim Spazierengehen. Lorna ist aufgewühlt. Sie spürt Tränen auf ihren Wangen. Doch schon verblasst die Erinnerung wieder wie eine flüchtige Erscheinung. Eine Weile steht sie noch vor dem Tor und versucht, sie wieder heraufzubeschwören, aber da ist nichts – bloß ein bleiernes Gefühl tiefer Traurigkeit, das sich über sie legt. Waren sie hier etwa auf einer Beerdigung? War jemand, den sie kannten, gestorben? Lorna kämpft die Tränen zurück und ermahnt sich, dass sie sich albern aufführt. Es ist doch nur ein Gefühl – sie hat keine Ahnung, warum sie plötzlich eine solche Trauer überkommen hat.

Sie holt tief Luft und betritt das kleine Café auf der anderen Seite des Platzes, wo sie einen Latte bestellt. Sie freut sich, dass Seth heute bedient, und versucht, die Schwermut, die sich über sie gelegt hat, mit unverfänglichem Geplänkel zu vertreiben. Eine alte Frau steht heute mit ihm hinterm Tresen. Sie muss mindestens achtzig sein, mit einem molligen Gesicht, Dreifachkinn und rosigen Wangen. Sie ist stämmig und wirkt, trotz des Gehstocks, auf den sie sich stützt, rüstig, während sie Seth beaufsichtigt. Sie trägt eine schmale goldene Brille, und ihr dichtes graues Haar wird von einer Klammer am Hinterkopf zusammengehalten. Sie lächelt Lorna zur Begrüßung an.

»Ich bin Melissa, Seths Großtante«, stellt sie sich vor. »Vor vierzig Jahren hat mir der Laden gehört, aber er hat sich im Lauf der Zeit kaum verändert.«

Lorna richtet sich unwillkürlich auf, Aufregung durchflutet sie, als sie sich nun ihrerseits vorstellt. »Ich besuche hier meine Tochter, sie wohnt oben in Skelton Place. Meine Mutter hat früher dort gewohnt, aber das ist lange her. Damals, Ende der 70er.«

»Oh, wer war denn Ihre Mutter? Ich habe mein ganzes Leben in diesem Dorf verbracht, also habe ich sie vielleicht gekannt.«

»Sie heißt Rose. Rose Grey …«

Melissa klappt die Kinnlade herunter. »Lolly?«, keucht sie.

Lorna schluckt. »Ja. Sind wir uns schon mal begegnet?«

Melissa klatscht in die Hände. »Aber ja. Als du ein kleines Mädchen warst. Unzählige Male – oh, es ist ja so schön, dich zu sehen! Erzähl mal, wie geht es Rose? Es war so traurig, dass ich nie die Gelegenheit hatte, mich von ihr zu verabschieden. Und auch von dir. Ihr seid so überstürzt weggegangen.«

»Sind wir das?« Sofort fragt Lorna sich, ob dies mit den Toten im Garten zu tun hatte.

Seth reicht Lorna ihren Latte. »Die Welt ist klein«, meint er schmunzelnd, während Lorna bezahlt.

»Sehr viele Leute wohnen schon seit Jahrzehnten in diesem Dorf. Ja, seit Generationen«, sagt Melissa. »Seth versteht das nicht. Seine Mutter ist schon vor Jahren weggezogen. Er ist nur wegen eines Ferienjobs hier, weil ich den Besitzer kenne.« Sie tätschelt liebevoll seinen Rücken, und er grinst.

Aber Lorna ist immer noch fassungslos. Hier ist eine Frau, die ihre Mutter kannte, als sie noch jünger war. Sie kann es nicht glauben. »Wie war sie damals, meine Mutter? Weißt du, warum sie so plötzlich hier weggezogen ist?«, fragt sie, entschlossen, wieder zum eigentlichen Gesprächsthema zurückzufinden, da sie diese Gelegenheit nicht verstreichen lassen darf.

»Sie hat sich noch nicht einmal verabschiedet. Sie ist einfach auf und davon. Sie war ein Buch mit sieben Siegeln. Und immer so hibbelig. Ein kleines Nervenbündel. Sie hat sich ständig um dich Sorgen gemacht. Einmal, an Heiligabend, bist du allein in der Menge verschwunden und, ganz ehrlich, ich dachte schon, sie würde einen Herzinfarkt bekommen. Aber dann hat sie diese junge Frau bei sich einziehen lassen, und das schien sie zu verändern. Sie machte einen glücklicheren Eindruck. Die beiden waren richtig dicke.«

»Du erinnerst dich an Daphne Hartall?«

»Daphne. Genau die! Mir ist der Name nicht mehr eingefallen, bis du ihn erwähnt hast. Ja, Daphne. Eine sehr attraktive Frau. Sie hat oben auf der Farm gearbeitet.« Sie senkt die Stimme und blickt sich verstohlen um, obwohl keine anderen Gäste in dem winzigen Café anwesend sind. »Ich habe von den Leichen oben beim Cottage gehört. Eine üble Geschichte. Es heißt, eine davon sei identifiziert worden und im Jahr 1980 verstorben. Ich war schockiert, als ich das gelesen habe.«

»Ja«, bestätigt Lorna. »Meine Tochter hat das erst neulich erfahren. Sagt dir der Name Neil Lewisham etwas?«

Sie runzelt die Stirn und schüttelt den Kopf. »Nein. Ich glaube nicht, dass er von hier war.«

»Mum hat zu der Zeit im Cottage gewohnt.«

»Na ja, schon«, erwidert sie. »Aber ich kann mir nicht vorstellen, dass Rose irgendetwas darüber wusste. Sie hätte keiner Fliege was zuleide getan. Und natürlich hatte sie auch dich. So ein kleines Mädchen im Haus – Rose hätte nichts getan, was dich in Gefahr gebracht hätte.«

»Oh, ich weiß das. Aber die Leute werden sicher reden.«

»Ja, das werden sie. Aber die meisten werden sich auch

nicht mehr an Rose erinnern. Ich kannte sie. Ich hatte immer das Gefühl, auf sie achtgeben zu müssen. Überhaupt, wie geht es ihr jetzt? Ich wette, sie kann das alles auch nicht fassen, oder?«

»Sie ist … Na ja, leider ist sie dement und lebt in einem Pflegeheim.«

»Oh, das tut mir so leid«, bekundet Melissa. »Sie schien eine liebenswerte Frau. Du erinnerst mich an sie, weißt du. Auch wenn deine Haare natürlich dunkler sind.«

Lorna lächelt, obwohl sie tief in ihrem Inneren findet, dass sie kein bisschen wie ihre Mutter aussieht. Rose hat hellere Haut und hellere Augen, ist größer und weniger kurvig. Lorna muss wohl mehr nach ihrem Vater kommen. »Hat sie jemals meinen Vater erwähnt?«, fragt sie.

Melissa schüttelt den Kopf, wobei ihr Kinn etwas schwabbelt. »Nein. Was ihre Vergangenheit anging, war sie sehr verschlossen. Alle Welt ging davon aus, sie sei verwitwet, obwohl ich das nicht geglaubt habe.«

»Wirklich?« Lorna ist überrascht. »Das hat sie mir immer erzählt. Dass er noch vor meiner Geburt gestorben sei.«

»Bei ihrer Ankunft in Beggars Nook war sie schwanger. Und damals war sie definitiv allein. Aber sie war ja so verschwiegen.«

»Hast du Daphne gut gekannt? Was ist mit ihr passiert?«

»Nein. Nicht wirklich. Sie kam gelegentlich ins Café, aber sie war genauso verschlossen wie Rose. Eigentlich noch mehr. Sie blieben praktisch nur für sich. Vor allem gegen Ende.«

»Gegen Ende?«

»Ja, bevor sie hier fortgingen.«

»Ist Daphne vor meiner Mutter hier weggezogen?«

»Ich ging eigentlich davon aus, dass sie zur gleichen Zeit

hier weg sind. Dass sie gemeinsam weggezogen sind. Ich habe mich sowieso gefragt …« Sie hält inne. »Nein. Das steht mir nicht zu. Ich bin keine, die tratscht, und all das ist ja ohnehin schon so lange her.«

Seth schnaubt grinsend, und Melissa verpasst ihm einen gutmütigen Klaps.

»Was hast du dich gefragt?«, hakt Lorna nach.

Melissa wirft Seth einen verlegenen Blick zu. »Die Welt ist heute so anders. Man geht mit diesen Dingen einfach viel offener um. Aber die beiden, sie waren … *Feministinnen.*« Sie flüstert das Wort, als müsse man sich dafür schämen.

Seth wirft Lorna einen Blick zu und verdreht dabei die Augen. »Diese alten Leute.« Er lacht.

Lorna sieht nicht, wo das Problem ist. Sie betrachtet sich gern als Feministin. Warum hat es bei Melissa so einen anrüchigen Beiklang? Und da dämmert es ihr …

»Du meinst, du glaubst, dass meine Mutter und Daphne ein Verhältnis miteinander hatten?«

»Na ja.« Melissas rosiger Teint wird noch ein paar Nuancen röter, und sie verschränkt die Arme unter ihrem üppigen Busen. »Ich sage gar nichts, aber es gab natürlich Gerede. In so einem Dorf wie diesem gibt es immer Gerede.«

Lorna nippt an ihrem Kaffee, um ihr Schmunzeln zu verbergen.

»Du weißt also nicht, was mit Daphne passiert ist?«, will nun Melissa wissen.

»Nein. Mum hat sie nie erwähnt. Wir haben erst neulich von ihr erfahren.«

»Na dann, richte Rose doch liebe Grüße von mir aus, ja? Ich hatte sie sehr gern. Und dich ebenfalls. Es ist schön zu sehen, zu was für einer schönen Frau du herangewachsen bist.«

Nun ist es an Lorna zu erröten. »Vielen Dank, das ist lieb.« Sie notiert ihre Nummer auf einer Serviette und schiebt sie Melissa über den Tresen hinweg zu. »Falls dir noch irgendwas einfällt … Mit ihrer Demenz ist es gerade schwer, Mum zu fragen, aber egal, was für Informationen du noch haben könntest … Ich würde wirklich gern herausfinden, was mit Daphne passiert ist.«

Melissa nickt. »Sicher«, sagt sie und verstaut die Serviette in der Tasche ihrer dicken Strickjacke.

Lorna kauft noch ein paar Croissants und schlendert dann über die Brücke zum Tante-Emma-Laden, um Milch zu besorgen. Auf dem Rückweg zum Cottage denkt sie über ihre Mutter und Daphne nach. Waren sie verliebt gewesen und hatten sich entzweit? War das der Grund, warum sie so überstürzt hier aufgebrochen sind, warum Daphne nach ihrem Wegzug aus Beggars Nook nie wieder in ihrem Leben aufgetaucht war? Soweit Lorna weiß, hat ihre Mutter nie einen Freund gehabt. Warum glaubte sie all die Jahre, ihre Sexualität vor ihrer Tochter verbergen zu müssen?

Es gibt so vieles, was sie über ihre Mutter nicht weiß. Und sie hat sich auch nie die Mühe gemacht, wirklich zu fragen, noch nicht einmal als Erwachsene. War sie so auf sich selbst fixiert gewesen, dass sie sich geweigert hat, zu sehen, was sich hinter Rose' altbackener, verschlossener Fassade verbarg? Dass sie es noch nicht einmal geschafft hatte, das notwendige Interesse aufzubringen? Lorna hat ganz einfach akzeptiert, dass es in ihrem Leben keinen Vater gab. Hat die Version ihrer Mutter fraglos akzeptiert. Doch im Nachhinein erkennt sie, dass es in den Geschichten ihrer Mutter Ungereimtheiten gab. Sie hat sich auf das Nötigste beschränkt, nie etwas ausgeführt. Nicht dass Lorna wirklich nachgebohrt hätte. Sie war nie ein allzu wissbegieriges Kind gewesen.

Eine Woge von Schuld und Bedauern überkommt sie. All die vergeudeten Jahre, in denen es ihr möglich gewesen wäre, ihre Mutter wirklich kennenzulernen.

Als sie das Cottage erreicht, wird die Eingangstür weit aufgerissen. Vor ihr steht Saffy. Irgendwas ist passiert.

»Was ist los?«

Ihre Tochter steckt barfuß im Pyjama. »Die Polizei hat angerufen, weil sie sich noch einmal mit Großmutter unterhalten wollen. Heute noch!«

37

Saffy

Mum hat insistiert, dass ich zu Hause bleibe, aber das ist mir unmöglich. Ich muss dabei sein, wenn die Polizei mit Gran spricht. Ich muss sie, so gut es geht, beschützen. Ich fahre, während Mum angespannt schweigend neben mir sitzt. Mir war bewusst, dass die Polizei sich wieder mit Großmutter würde unterhalten wollen, aber dass es so kurzfristig kommt, beunruhigt mich. Gilt sie, nun, da klar ist, dass Neil Lewisham starb, als sie noch in dem Haus wohnte, als Verdächtige?

»Ich kann mir einfach nicht vorstellen, dass Gran von alledem wusste, du etwa?«, sage ich, während wir auf die Autobahn zusteuern. Mum verharrt in ihrem Schweigen, und ich hake gereizt nach. »Du etwa?«

»Ich weiß nicht, mein Schatz. Ich glaube es zwar nicht, aber …«

»Aber was?«, blaffe ich. »Du kannst doch unmöglich glauben, dass Großmutter zu einem Mord fähig ist.«

Mum schnaubt. »Natürlich nicht. Aber das heißt ja nicht, dass sie völlig ahnungslos ist. Es ist doch möglich, dass sie dort war, als es passiert ist. Vielleicht hat sie sogar geholfen, es zu vertuschen.«

Ich weigere mich, diese Möglichkeit in Betracht zu ziehen. »Gran ist der anständigste, gesetzestreueste Mensch, den ich kenne. Das ist völlig ausgeschlossen.« Mum presst den Kiefer zusammen, und ich spüre, wie Ärger in mir hochköchelt.

»Ich kann nicht glauben, dass du überhaupt an ihr zweifeln kannst. Sie ist deine Mutter!«

»Sie ist nicht perfekt. Sie ist genauso ein Mensch wie wir anderen auch.«

Ich umklammere das Lenkrad und wage es nicht, etwas zu erwidern, da ich befürchte, dass sonst all der Groll, den ich Mum gegenüber seit Jahren hege, aus mir heraussprudeln könnte.

»Außerdem«, fährt Mum fort, »erwähnt sie immer wieder diese Jean, die jemandem eins über den Schädel gezogen haben soll. Wurde sie Zeugin von etwas?«

»Natürlich nicht! Sie kommt einfach mit irgendwelchen x-belieben Namen daher!«

»Aber was Sheila anging, hat sie doch die Wahrheit gesagt, oder nicht? Es gibt sie wirklich. Ich habe dir ja bereits gesagt, was Alan Hartall mir erzählt hat – und dass ich glaube, dass Daphne in Wirklichkeit Sheila Watts ist.«

»Das wissen wir aber nicht mit Sicherheit. Als Nächstes wirst du mir noch sagen, dass es sich bei der anderen Leiche im Garten um Daphne handelt. – Glaubst du, dass Großmutter sie ebenfalls auf dem Gewissen hat?«

Mum erwidert nichts darauf.

»Du glaubst, es ist Daphne?«

»Das sage ich doch gar nicht. Aber ich habe mich vorhin mit dieser Melissa unterhalten, und sie erzählte mir, dass deine Großmutter und Daphne zur selben Zeit ausgezogen sind. Mir liegt es genauso fern wie dir, schlecht über meine Mutter zu denken, aber wir müssen den Tatsachen ins Auge blicken.«

»Das ist doch absurd. Und das nur, weil du kein Vertrauen in Großmutter hast. Nur weil es dich nie gekümmert hat …« Ich breche ab. Ich habe zu viel gesagt.

Einige Sekunden schweigt Mum. Dann: »Was soll das heißen?«

»Gar nichts. Vergiss es.«

»Nein. Wenn du mir etwas zu sagen hast, dann würde ich vorschlagen, dass du das auch tust.«

Ich drehe den Kopf zu Mum. Ihr Mund ist zu einer schmalen Linie zusammengepresst. Wir haben uns seit Jahren nicht mehr gestritten, seit ich ein Teenager war nicht mehr, wenn sie mich wegen meines chaotischen Zimmers anschrie.

Ich richte den Blick wieder auf die Straße. »Also gut. Ich denke, du warst ein bisschen arg … gleichgültig.«

»Gleichgültig?«

»Ja. Du hast dich nach Spanien verzogen. Hast eine einsame alte Frau sich selbst überlassen. Sie kaum besucht. Wie oft hast du Großmutter während der letzten sechs Jahre eigentlich gesehen? Ein-, zweimal im Jahr?«

»Das ist nicht fair.«

»Es ist aber wahr. Und ich? Wie oft hast du mich gesehen? Und wenn du dann mal zu Besuch kommst, bringst du einen deiner abartigen Typen mit. Und tu erst gar nicht so, als würdest du dich über das Baby freuen.« Ich bin jetzt in voller Fahrt und kann nicht mehr aufhören, obwohl ich weiß, dass ich gemein bin. »Ich konnte dir an deinem Gesicht ansehen, wie enttäuscht du warst, als ich es dir gesagt habe! Nur weil du es bereust, dass du mich so jung bekommen hast, heißt das noch lange nicht, dass ich genauso ticke. Nur weil du es kaum erwarten konntest, mich jeden Sommer loszuwerden, damit du ausgehen und dich wie ein Teenager aufführen konntest, damit du Dad verlassen und dich mit anderen Männern herumtreiben konntest. Und du wunderst dich, warum ich Großmutter näherstehe!«

Es folgt ein Moment schockierter Stille. Ich kann nicht recht glauben, dass ich das gerade gesagt habe. Ich traue mich nicht, zu Mum zu sehen. Ich bin kein streitsüchtiger Mensch. Das muss an den Schwangerschaftshormonen liegen. Trotzdem ist mir bewusst, dass ich wirklich so empfinde, und zwar schon seit Jahren. Tatsächlich ist es eine Erleichterung, es auszusprechen.

Begleitet von einer angespannten, unangenehmen Stille fahren wir weiter. Meine Beine zittern. Aus dem Augenwinkel sehe ich, wie Mum sich eine Träne von der Wange wischt, und das schlechte Gewissen nagt an mir.

»Es tut mir leid«, sage ich. »Ich habe das alles nicht so gemeint.«

»Doch, das hast du«, erwidert Mum leise.

»Das sind die Hormone. Ich bin einfach so, so … *wütend*!«

»Ich weiß.« Sie schenkt mir ein verheultes Lächeln. »Und ich gebe dir recht, ich war nicht immer die beste Mutter. Ich habe Fehler gemacht …«

»Mum, nicht!«

»Es stimmt, und dir wird es genauso gehen. Ganz gleich, was du jetzt glauben magst. Aber ich habe es nie bereut, dich bekommen zu haben. Nicht für eine Sekunde. Ich könnte es mir nicht verzeihen, wenn du das denkst.«

Ich schlucke den Kloß in meinem Hals runter. Mittlerweile haben wir Elms Brook erreicht, und ich biege auf den Parkplatz.

Als ich den Leerlauf einlege, bedeckt Mum meine Hand mit ihrer. »Alles gut zwischen uns?«

»Natürlich«, erwidere ich. Wenn ich schon bei dem Gedanken, mit vierundzwanzig ein Baby zu bekommen, Bammel kriege, möchte ich mir gar nicht ausmalen, wie beängstigend es für meine sechzehnjährige Mutter gewesen sein muss. Ich hätte diese schrecklichen Dinge niemals sagen dürfen.

Joy empfängt uns mit ihrer typisch hektischen Art. Sie wirkt noch gestresster als sonst, aber ich kann mir schon vorstellen warum. Wahrscheinlich musste sie sich bisher noch nie damit herumschlagen, dass ständig die Polizei vorbeikommt, um eine ihrer dementen Bewohnerinnen zu verhören.

Mum blickt düster drein, als wir uns in der Lobby versammeln, und mir wird beinahe übel von dem Teppich mit den wirbeligen Mustern.

»Ist die Polizei schon da?«, will Mum von Joy wissen.

»Ja, dadrin.« Joy zeigt auf denselben Raum, in dem wir schon das letzte Mal waren. »Ich gehe Rose holen. Sie ist noch auf ihrem Zimmer. Sie hatte keine sehr gute Nacht. Und ich bringe uns Tee.«

Angst macht sich in meinem Magen breit. »Inwiefern hatte sie keine gute Nacht?«, frage ich.

»Sie ist immer wieder schreiend aufgewacht. Das kommt ab und an vor. Sie vergessen, wo sie sind. Wie auch immer, wenn Sie so freundlich wären, schon einmal hineinzugehen …« Sie schiebt die Tür auf und stellt sich davor, damit wir an ihr vorbei eintreten können. »Ich gehe Rose holen.«

DS Barnes wartet bereits in dem Zimmer, dieses Mal in Begleitung einer Frau in meinem Alter. Sie sitzen in identischen Sesseln links und rechts des Kamins und erheben sich, als wir reinkommen. Er stellt seine Kollegin als Detective Constable Lucinda Webb vor. Sie hat eine kupferfarbene Mähne, die sich über die Schultern ihrer gemusterten Bluse ergießt. Mir fällt auf, dass Joy dieses Mal nur zwei zusätzliche Stühle aufgestellt hat.

»Setz du dich hin«, sagt Mum und deutet auf einen der Stühle. »Ich kann stehen.«

»Bist du sicher?«

»Na sicher. Setz dich!«

Wir verhalten uns seltsam gestelzt. Ultrahöflich. Doch ich tue, was sie sagt.

Es herrscht eine unangenehme Stille, und ich bin froh, als die Tür aufgeht und Joy meine Großmutter ins Zimmer geleitet. Ihr Anblick treibt mir die Tränen in die Augen – sie sieht so verängstigt aus wie ein schüchternes kleines Mädchen. Ich möchte sie in meine Arme schließen und sie von alldem fortbringen. Sie wirkt noch dünner unter dem rosa Strickpulli und dem Faltenrock, und ich mache mir Sorgen, dass sie nicht genug isst. Ich bemerke, dass sie eine goldene Halskette und dazu passende, mir wohlbekannte Ohrringe trägt, und frage mich, ob eine der Betreuerinnen sie ihr heute Morgen angelegt hat, damit sie adrett aussieht. Gran lässt sich neben mir nieder und blinzelt so rasch, dass sie mich an ein Küken erinnert.

Ich strecke meinen Arm aus und nehme ihre Hand. »Gran …«

»Wer sind Sie?«, entgegnet sie, und es fühlt sich an wie ein Stich ins Herz.

»Ich bin es, Saffy«, antworte ich und tue mein Bestes, nicht zu weinen.

Bevor sie antworten kann, ist Mum neben ihr in die Hocke gegangen. »Mum«, sagt sie, »du brauchst keine Angst zu haben. Die Polizei möchte dir nur noch ein paar Fragen stellen.«

»Wieso?«, fragt Großmutter und dreht sich verdutzt zu mir um. Ihre Augen verraten mir, dass sie mich nun wiedererkennt. Ich drücke ihre Hand.

»Ist schon okay, Gran«, murmle ich beruhigend.

Mum erhebt sich wieder und baut sich hinter mir auf, woraufhin sich meine Nackenhaare aufstellen. Ich wünschte, es gäbe noch einen Stuhl für sie. Warum hat Joy keinen dritten Stuhl gebracht?

DS Barnes hat seine Ärmel hochgekrempelt. Es ist zwar nicht so heiß wie beim letzten Mal, dennoch glänzt seine Stirn feucht.

»Hallo, Rose«, beginnt er. »Sie müssen sich wirklich keine Sorgen machen. Wie Ihre Tochter schon sagte, wollen wir Ihnen nur noch ein paar Fragen stellen. Geht das für Sie in Ordnung?«

»Ich denke schon«, erwidert Gran und faltet ihre Hände vor dem Bauch zusammen. Joy kommt mit dem fehlenden Stuhl, und Mum kann sich endlich setzen.

DS Barnes wirkt leicht genervt von der Unterbrechung. Als Joy den Raum wieder verlassen hat, fährt er fort: »Rose, sagt Ihnen der Name Neil Lewisham irgendwas?«

Gran dreht den Kopf zu mir, und ich lächle ihr aufmunternd zu.

»Ich glaube nicht«, antwortet Großmutter.

DS Barnes schiebt uns über den Holztisch hinweg eine Fotografie zu. Großmutter blickt darauf hinab, ihre feingliedrige, zierliche Hand noch immer in meiner. Ich beuge mich etwas vor, um besser sehen zu können. Ein Mann mit kurzem blonden Haar blickt uns entgegen. Er wirkt ganz gewöhnlich. Da ist nichts Auffälliges an ihm. Er trägt einen langen schwarzen Mantel; die eine Hand hat er in die Tasche geschoben, in der anderen hält er lässig eine Zigarette.

»Rose, das ist der Mann, dessen Überreste auf Ihrem ehemaligen Grundstück gefunden wurden«, erklärt DS Barnes mit ernster Stimme. »Wir glauben, dass er 1980 ums Leben gekommen ist, als Sie dort wohnhaft waren.«

Großmutters Augen weiten sich.

»Ist schon gut, Gran«, beschwichtige ich sie mit sanfter Stimme. »Woran erinnerst du dich bei diesem Mann hier?«

»Er war hinter uns her«, sagt sie zu DS Barnes.

Schockiert starre ich sie von der Seite an. Ich war fest davon ausgegangen, dass sie ihn nicht kannte. Ich schaffe es nicht, zu Mum zu schauen – ich habe der Polizei nichts von Sheilas Akte und dem von Neil Lewisham verfassten Artikel erzählt, für den Fall, dass ich damit irgendwie Großmutter belasten könnte.

»Rose, was wollen Sie damit sagen?«, hakt DC Webb vorsichtig nach, und mir wird klar, warum sie heute mitgebracht wurde – weibliches Feingefühl.

Mein Mund ist ganz trocken, und ich bin immer noch geschlaucht von gestern Nacht. Mir fällt auf, dass Joy den versprochenen Tee noch nicht gebracht hat.

»Rose, haben Sie ihm etwas angetan? Oder war es Daphne?« Lucinda Webbs Stimme ist so wohltuend wie in warmem Wasser gelöster Honig auf einer wunden Kehle.

Gran entzieht mir ihre Hand und greift in ihr bauschiges weißes Haar. »Ich erinnere mich nicht …«

»Hatte er eine Beziehung mit Ihnen? Oder mit Daphne?«

»Nein, ich glaube nicht …«

»Rose, ist er zu dem Haus gekommen? Können Sie sich daran erinnern?«

»Er war wütend.« Großmutters Hände ruhen in ihrem Schoß, sie wirkt auf einmal ruhig. »Er war wütend.«

»Warum war er wütend?«

Ich versteife mich. Kann Großmutter sich wirklich erinnern? Oder bringt sie da etwas durcheinander?

»Er hat versucht, uns wehzutun.«

»Warum sollte er das tun?«, erkundigt sich DC Webb.

»Weil er das von Sheila herausgefunden hat.«

Mir entgeht nicht, dass Mum still geworden ist. Mir ist nicht klar, ob ich selbst etwas sagen soll. Was, wenn es Großmutter in Schwierigkeiten bringt?

»Wer ist Sheila?«, fragt DC Webb in dem immer gleichen sanften Tonfall.

Großmutter starrt schweigend in ihren Schoß.

Mum schaut kurz zu mir, dann richtet sie ihren Blick auf die beiden Ermittler. »Ich … ich glaube, sie spricht möglicherweise über eine Frau namens Sheila Watts. Ich habe herausgefunden, dass sie womöglich die Identität von Daphne Hartall angenommen hat.«

Beide Detectives beugen sich zu Mum. »Fahren Sie fort«, bittet DS Barnes.

»Ende der 70er-Jahre ist eine gewisse Sheila Watts ertrunken. Zwischen den Sachen meiner Mutter befand sich ein Artikel, der darüber berichtete. Ich habe ein paar Nachforschungen angestellt, und, um es kurz zu machen: Es scheint, als hätte Sheila Watts ihren Tod vorgetäuscht und die Identität der echten Daphne Hartall angenommen.«

So etwas wie Verärgerung huscht über DS Barnes markantes Gesicht. »Warum haben Sie das nicht schon früher erwähnt?«

»Es tut mir leid, aber wie Sie wissen, ist in den letzten Tagen einiges passiert. Ich hatte es vor.«

DS Barnes sieht etwas betreten drein. »Ja, natürlich.« Er wendet sich wieder an Großmutter, seine Stimme so ernst wie die eines Nachrichtensprechers, der im Begriff ist, den nahenden Untergang kundzutun. »Neil Lewisham war ein

Investigativreporter. Er ging gerne mal einen heben und hatte, laut seinem Sohn, eine turbulente Beziehung zu seiner Frau. Hat er an jenem Tag den ganzen Weg nach Beggars Nook auf sich genommen, um Daphne aufzusuchen, weil er herausgefunden hatte, dass sie in Wahrheit Sheila Watts war, Rose?« Sein Tonfall hat etwas Dringliches, als wüsste er, dass nur noch wenig Zeit bleibt, bevor Großmutter sich wieder in sich zurückzieht.

Großmutter erwidert nichts. Ihr Mund bildet eine trotzig geschlossene Linie.

»Hat Neil Lewisham das mit Daphne herausgefunden?«, übernimmt DC Webb mit ihrem sanften, schmeichelnden Tonfall. »Dass sie in Wahrheit Sheila war?«

»Nein«, antwortet Großmutter. Sie schaut zu den Detectives auf, wobei sie an ihrer Halskette herumfummelt. »Er hat das mit Jean herausgefunden.«

38

Rose, April 1980

Bis zu jenem Tag, da Neil Lewisham vor unserer Haustür auftauchte, war alles perfekt gewesen. Ostern fiel dieses Jahr auf das erste Aprilwochenende. Wir verbrachten wundervolle Feiertage, nur wir drei. Daphne kochte ein paar Eier, die sie auf der Farm bekommen hatte, und wir setzten uns an den Küchentisch, um sie zu bemalen. Du musstest die ganze Zeit kichern wegen der lustigen Gesichter, die Daphne zeichnete – sie war überraschend gut darin. Am Ostersonntag versteckten wir im Garten kleine Schokoeier, deren bunte Verpackungsfolien unter den Pflanzen und Sträuchern glitzerten. Es war ein sonniger, aber auch frischer Tag. Ich werde nie die Freude in deinen Augen vergessen, wie du vor Aufregung quietschtest, wenn du eins fandest, während Daphne und ich an der Hintertür des Cottages standen und dir stolz dabei zusahen. Am Abend dann saßen Daphne und ich, während du bereits schliefst, vor dem Kamin, redeten und tranken Wein. Irgendwann wandte sie sich zu mir, ihre Augen glänzten im Schein des Feuers. »Rose, ich … ich möchte dir etwas sagen. Aber ich habe Angst, dass das unsere Freundschaft kaputtmacht.«

Ich rückte näher an sie heran. In der Hoffnung, sie würde all das sagen, was auch ich empfand.

»Es gibt nichts, was du sagen könntest, das unsere Freundschaft zerstören würde«, erwiderte ich leise.

Sie nahm meine Hand und bewegte sich auf mich zu, bis unsere Gesichter nur noch wenige Zentimeter voneinander entfernt waren. Zärtlich strich sie mir die Haare aus dem Gesicht. Ich beugte mich weiter zu ihr vor, und mein Herz flatterte, als ihre Lippen sanft die meinen streiften, bevor sie mich an sich zog und tief und innig küsste. Sie nahm meine Hand und führte mich nach oben, in ihr Schlafzimmer, in dem ich bis zum Morgengrauen blieb. Erst dann schlich ich mich in mein eigenes Bett zurück, damit du nicht erschrakst, wenn du nach dem Aufwachen zu mir kamst.

Ich wünschte, ich hätte jeden wunderbaren Moment dieses Tages in mich aufgesogen, jede Sekunde wie durch ein Vergrößerungsglas eingehend betrachtet: Daphnes kehliges Lachen, dein freudiges Quietschen, das bunte Glitzern der folienverpackten Eier in der Sonne, der leichte Duft von Schokolade und Pollen in der Frühlingsbrise. Ich würde alles dafür geben, diesen Tag und diese Nacht wie in einer Endlosschleife immer und immer wieder zu erleben.

Denn am nächsten Tag wurde alles anders.

Er kam am Montagabend, gerade als ich dich ins Bett brachte.

Ich konnte Stimmen im Flur hören, wenn auch nur gedämpft, doch ich war mir sicher, dass eine davon männlich war. Mein Herz schlug unwillkürlich schneller. Wir bekamen nie Besuch. Ich deckte dich gut zu und schloss die Tür deines Kinderzimmers hinter mir, wobei mir der Schweiß unter den Achseln ausbrach, während ich fieberhaft überlegte, wer das wohl sein könnte. War das der Mann, vor dem Daphne solche Angst hatte? Hatte er uns gefunden?

Ich eilte die Treppe runter, wobei ich im Geist die unterschiedlichsten Szenarien durchspielte. Aber da war niemand bei Daphne, sie war allein.

»Wer war das?«, fragte ich leise, damit du oben nichts mitbekamst. »Ich habe gehört, wie du dich mit jemanden unterhalten hast.«

Sie schüttelte den Kopf und ging ins Wohnzimmer. Ich folgte ihr. Sie blieb in der Mitte des Zimmers stehen und schlang ihre dünnen Arme um sich. »Er ist es«, wisperte sie. »O Gott, Rose, er hat mich gefunden. Er hat mich gefunden …«

Ich verspürte eine Eiseskälte. »Wo … wo ist er jetzt?«

»Er ist ums Haus herumgegangen. In den Garten. Ich habe gesagt, ich würde dort mit ihm sprechen. Ich wusste nicht, was ich tun soll.«

»Wir müssen die Polizei rufen.« Ich ging zu dem orangefarbenen Telefon beim Sofa. Aber sie stoppte mich, bevor ich es erreichen konnte.

»Das können wir nicht. Verstehst du das nicht? Das wird nichts bringen. Das hat es noch nie. Sie haben mir schon damals nie geholfen. Warum also sollten sie es jetzt tun?«

Ich ließ meinen Kopf hängen.

Wie sehr wünschte ich mir, ich hätte einfach die Polizei gerufen. Vielleicht wäre dann nichts von alledem passiert. Die Angst lässt uns seltsame Dinge tun. Sie vernebelt das Gehirn. Und ich hatte mich schon so lange geängstigt. In diesem Punkt musst du mir glauben.

Daphne legte eine Hand auf meine Schulter. »Ich muss mit ihm reden, ihn überzeugen, mich in Ruhe zu lassen. Auch wenn ich nicht weiß, ob es funktionieren wird.« Ihr entfuhr ein leises Schluchzen. »Ich habe Angst, Rose. Er … er ist kein guter Mann.«

Ihre Worte beschworen Bilder deines Vaters in mir auf, der Dinge, die er mir angetan hatte. Was würde ich wohl tun, falls er sich eines Tages entschließen sollte, unangekündigt hier aufzutauchen, so wie dieser Neil?

Ich zog Daphne in meine Arme und küsste sie auf den Kopf. »Es wird alles gut. Ich werde nicht zulassen, dass dir etwas zustößt«, sagte ich entschieden. »Wir werden das zusammen hinkriegen. Komm.« Ich ließ sie wieder los, nahm ihre Hand und führte sie in die Küche.

Ich konnte einen Mann im Garten stehen sehen, er rauchte. In jenem Moment habe ich weder an meine Sicherheit noch – ich schäme mich, es zuzugeben – an deine gedacht. Ich sagte mir, dass dieser Neil Lewisham ja nicht an uns interessiert sei. Er wollte Daphne. Sie war es, nach der er gesucht hatte.

Ich öffnete die Hintertür, Daphne trat vor mir auf die Terrasse hinaus. Er kam näher.

»Hallo, Jean«, begrüßte er sie.

Das Küchenlicht aus dem Inneren erhellte sein Gesicht. Er hatte extrem blondes Haar und beinahe schon durchsichtige Wimpern. Er trug eine schwarze Harrington Jacke, darunter ein weißes T-Shirt und Jeans. Er roch stark nach Alkohol.

Jean?

»Wer ist das?« Er deutete mit dem Kinn in meine Richtung.

»Meine beste Freundin«, sagte sie und wandte sich zu mir. Wir sahen uns tief in die Augen, und etwas Unausgesprochenes lag in unserem Blick. Wir waren zwei erwachsene Frauen, die sich seit vier Monaten kannten – ich hatte seit der Schule keine beste Freundin mehr gehabt, und doch war es nicht annähernd genug, um meine Gefühle für sie zu beschreiben.

»Du solltest dich besser in Acht nehmen«, sagte er mit zusammengekniffenen Augen an mich gewandt, zugleich lag etwas Selbstgefälliges in seiner Miene. »Weißt du denn nicht, wozu diese Frau imstande ist?«

Das ist ja klar, dachte ich bei mir. Jetzt versuchte er, Daphne als die Böse darzustellen. Diejenige, die schuld war. Ich hatte zu diesem Thema schon mal einen alten Schwarz-Weiß-Film gesehen. Wie nannten sie da Männer wie ihn gleich? Gaslighter?

Ich stand zitternd da in meiner dünnen Strickjacke und dem langen Rock, sagte aber nichts und sah ihn zur Antwort nur finster an. Er zog an seiner Zigarette und blies dann den Rauch langsam und mit voller Absicht in meine Richtung. In diesem Augenblick verspürte ich einen intensiven Hass auf ihn. Daphne trat auf ihn zu, doch ich packte ihre Hand und versuchte, sie zurückzuziehen. »Du musst das nicht tun«, sagte ich.

Sie schüttelte den Kopf. Ihre Fügsamkeit überraschte mich. Und das nach all ihrem Gerede, Männern die Stirn zu bieten. Sie schüttelte meinen Griff ab. In ihrem Baumwollpullover und der Jeansschlaghose sah sie so dünn aus. Sie blieb neben ihm stehen, beide wandten mir den Rücken zu. Ich konnte den schwachen Geruch eines Lagerfeuers aus einem benachbarten Garten riechen; bis auf das Licht aus der Küche war es stockfinster – jene Art von klarer Dunkelheit, die man nur auf dem Land erleben kann, ohne Luftverschmutzung, kaum Beleuchtung, dazu der dichte, undurchdringliche Wald im Hintergrund. Die Hecken zu beiden Seiten waren so hoch, dass sie jegliche Sicht verbargen.

Hatte ich in jenem Moment daran gedacht? Es geplant? Ich denke, auf gewisse Weise muss ich das getan haben.

Ich wartete an der Hintertür. Beobachtete. Lauschte. Wie ein wildes Tier, bereit zuzuschlagen.

»Nach all den Jahren«, hörte ich ihn sagen. Ich konnte die Spitze seiner Zigarette sehen, ein bernsteinfarbener Punkt in der Dunkelheit, gleich einem Glühwürmchen. »Ich wusste, dass ich dich finden würde. Selbst mit dieser scheißhässlichen Frisur. Du kannst dich vor mir nicht verstecken. *Jean.*«

»Mein Name ist Daphne«, erwiderte sie mit fester Stimme. Mir entging nicht, wie angespannt ihre Schultern waren. Mit dem kurzen Haar sah ihr Hals lang und elegant aus. »Ich verstehe nicht, warum du mich immer wieder Jean nennst. Ich bin nicht die, für die du mich hältst.«

Er senkte seine Stimme, aber ich konnte ihn trotzdem verstehen. »Wir wissen beide, dass du es bist.« Seine Worte klangen bedrohlich, obwohl sich mir nicht ganz erschloss, warum. Jedenfalls damals noch nicht. »Dich zu überführen, wird meine Karriere sichern.«

Ich fragte mich, was er wohl damit meinte. Doch dann ergab es plötzlich Sinn. Er war Polizist. Kein Wunder, dass Daphne nicht wollte, dass ich die Polizei rief. Er war einer von ihnen. Einer der Männer, die ihre Macht missbrauchten. Denen andere automatisch Glauben schenkten.

So wie Victor Carmichael.

Victor war lebender Abschaum, der sich als Stütze der Gesellschaft ausgab, ein aufrechter Bürger und Arzt dazu. Niemand hätte mir in Bezug auf ihn geglaubt. Er hatte versucht, mein Leben zu ruinieren, und es sah ganz danach aus, als hätte Neil Daphne dasselbe angetan.

»Ich werde einfach wieder abhauen«, hörte ich sie sagen; in der Dunkelheit klang ihre Stimme verloren.

»Und ich werde dich wiederfinden.«

»Dieses Mal nicht.«

»Deinen Tod vorzutäuschen, war clever, das muss ich dir lassen. Aber du bist eben nicht clever genug, Jean.«

Das Blut rauschte in meinen Ohren. Ich wollte nicht, dass Daphne fortging. Ich liebte sie, wurde mir schlagartig klar. Sie machte mich glücklich. Ich wollte kein Leben ohne sie leben. Ich wollte, dass alles so blieb, wie es war, bevor Neil aufkreuzte und seinen Schatten über unsere kleine heile Welt – nur wir drei, in Sicherheit, in diesem Cottage – warf.

War es die Erinnerung an Victor, die Art, wie er mich behandelt hatte, die mich dazu brachte, es zu tun? Oder die Vorstellung einer auf ewig davonrennenden Daphne, die nie bei mir, bei uns bleiben könnte? Ich war so wütend, war es so leid, machtlos zu sein. Ausnahmsweise wollte ich aktiv handeln. Nicht passiv. Ich wollte Herrin der Lage sein.

Ich wollte einfach nur, dass das alles verschwand. Dass *er* verschwand.

Ich beobachtete, wie er mit dem Zeigefinger über ihre Wange und ihren Hals hinabstrich, wobei sein Gesicht dem ihren viel zu nahe kam. Dann packte er Daphnes Oberarme und stieß sie mit dem Rücken gegen die Hauswand. »Du bist eine Lügnerin«, knurrte er.

Ich sah die Furcht in ihrem Gesicht, und das versetzte mich zurück in jenen Moment, als Victor mich zum ersten Mal geschlagen hatte. Als ich begreifen musste, dass nicht alle Männer so gutherzig waren, wie es mein Vater gewesen war. Dass ich eine kleine Närrin war. Aber ich war nicht mehr dieses naive junge Ding. Du hattest mich verändert. Daphne hatte mich verändert. Ich musste sie und das Leben, das wir drei hatten, beschützen.

»Lass sie in Ruhe«, fauchte ich von der Tür aus.

Es war wie Momentaufnahmen, die vor meinen Augen aufblitzten: Daphnes Furcht, das höhnische Grinsen in Neils Gesicht, als würde er seine Überlegenheit genießen.

Ich habe keine Erinnerung mehr daran, wie ich das Brotmesser aus dem Messerblock auf dem Tresen zog.

Ich habe keine Erinnerung mehr daran, wie ich auf die Terrasse schritt und es in mit einer gezielten Bewegung genau unterhalb seines Brustkorbs versenkte.

Es ging alles so schnell.

Geschockt von meiner eigenen Tat, ließ ich das Messer fallen und taumelte zurück, wobei ich das Grauen in Daphnes Gesicht sah.

»Du Schlampe«, krächzte Neil und sackte in die Knie. »Du verdammte Schlampe.« Er umklammerte den Griff des Messers, der aus seinem Bauch herausragte.

Meine Hände flogen zu meinem Mund. *O Gott, o Gott, was hatte ich getan?*

Neil fiel rücklings auf den Rasen, mit den Händen immer noch den Griff des Messers umklammernd. Blut durchtränkte die Vorderseite seines T-Shirts – eine purpurrote Blüte vor dem reinen Weiß. Es war so viel. Vor Entsetzen musste ich würgen.

Daphne war im Nu an meiner Seite und schlang ihren Arm um meine Schultern. »Es ist gut«, sagte sie sanft. »Es ist alles gut … oh, Rose, Rose …«

»Die Polizei. Ich muss die Polizei rufen.« Ich hatte das Gefühl, keine Luft zu bekommen.

Neil lag reglos auf dem Boden; nur seine bleichen Wimpern flatterten noch. Daphne beugte sich zu ihm runter und zog das Messer aus der Wunde. Doch das machte alles schlimmer, das Blut pumpte noch rascher aus ihm heraus und quoll zwischen seinen Fingern hindurch, die er stöhnend auf den Bauch gepresst hielt.

Ich zog meine Strickjacke aus und knüllte sie zusammen. »Schnell, wir können versuchen, es zu stoppen.«

Sie schüttelte den Kopf. »Er stirbt, Rose.« Sie sprach knapp, sachlich, ohne Emotion.

»Ich muss es der Polizei sagen«, schluchzte ich.

»Nein. Nein, das musst du nicht.«

»Doch. Wir können ihn retten!«

»Du willst ihn retten? Einen Mann wie ihn? Einen Tyrannen, ein gemeines Stück Scheiße?«

»Ich ...«

Wir wurden von Neils Stöhnen unterbrochen. Ich kniete mich nieder und drückte die zusammengeknüllte Strickjacke auf seinen Bauch. Als ich das tat, packte er meine Hand mit solcher Kraft, dass ich das Gleichgewicht verlor und nach hinten kippte. »Jetzt seid ihr beide Mörderinnen«, zischte er, wobei Speichel aus seinem Mund spritzte und auf seinem Kinn landete. »Ihr seid beide gleich.«

Ein Schock durchfuhr mich. »Was?«

»Sie ist Jean Burdon«, sagte er und deutete mit dem Finger auf Daphne, die hinter mir stand. »Jean Burdon.«

»Halt die Klappe«, zischte ich mit zitternden Lippen. »Hör auf zu reden. Ich versuche, dir zu helfen.« Ich ging wieder auf die Knie und beugte mich über ihn. Er widerte mich an, aber ich konnte ihn nicht sterben lassen. »Daphne«, rief ich keuchend über die Schulter, »ruf einen Krankenwagen.«

Sie kniete sich neben mich. »Ich werde gar niemanden rufen, Rose«, sagte sie ruhig. Ich spürte ihre Hand auf meiner Schulter. »Wir müssen Neil sterben lassen.«

Seine Augen hatten sich geschlossen, auf seinem Gesicht

lag ein glänzender Film. War er bereits tot? Ich bebte am ganzen Körper und konnte den Blick nicht von ihm abwenden, von diesem wächsernen Mann auf meinem Rasen.

Daphne packte mich am Arm und zog mich hoch. »Wenn wir den Notarzt rufen, wird auch die Polizei verständigt, und du kommst ins Gefängnis«, flüsterte sie. »Sie werden dir Lolly wegnehmen. Du wirst sie nie wiedersehen. Glaub mir, Rose, du willst nicht ins Gefängnis.«

Was wollte sie damit sagen? Sprach sie etwa aus Erfahrung?

Ich schloss meine Augen. Was würde aus dir werden, wenn ich ins Gefängnis käme? Als ich sie wieder öffnete, blickte Daphne mich unverwandt an, ihr schönes Gesicht so ernst. Sie hielt meine Hand, beruhigte mich. Sie strich mir das Haar aus der Stirn, küsste mein Gesicht, meine Lippen. »Bitte, Rose, hör' auf mich.« Ihre Stimme war leise, sanft. »Es ist zu unser aller Bestem.«

Wir drehten uns wieder zu Neil um und blieben über ihm stehen, während das Leben aus seinem Körper wich.

Er war jemandes Sohn. Vielleicht jemandes Bruder. Vielleicht auch ein Ehemann. Oder Vater. Und ich hatte ihn *getötet*.

Ich hatte die Gelegenheit gehabt, ihn zu retten, aber nichts getan. Ich stand bloß da, mit Daphne, die Arme umeinandergeschlungen, zu geschockt, um auch nur zu weinen. So warteten wir, bis wir ganz sicher sein konnten, dass er tot war.

»Was machen wir jetzt?«, fragte ich.

»Ich denke, wir müssen ihn begraben«, antwortete sie.

»Ihn begraben?«, keuchte ich. »Wo sollen wir ihn begraben? Im Wald?«

»Nein. Nicht im Wald. Das ist zu gefährlich. Jemand könnte uns sehen. Wir müssen es hier tun. Im Garten.«

Ich presste mir die Hand vor den Mund. »Ich kann nicht«, sagte ich durch meine Finger hindurch. »Nicht hier, nicht da, wo Lolly spielt. Nicht, wo wir Ostereier versteckt haben …« Da begann ich zu weinen, heiße Tränen strömten meine Wangen hinab.

»Rose«, sagte sie sanft, »du bist kein schlechter Mensch. Du hast mich beschützt.« Sie hob ihre Hand an mein Gesicht und wischte behutsam eine Träne weg. »Und dafür stehe ich für den Rest meines Lebens in deiner Schuld. Ich werde nie vergessen, was du für mich getan hast. Aber jetzt musst du stark sein. Für Lolly.«

Ich nickte. Sie hatte recht. Welche Wahl hatte ich schon?

Zumindest war es das, was ich mir einredete.

Erst später, viel später, nachdem wir stundenlang ein Loch ausgehoben hatten, um einen ausgewachsenen Mann zusammen mit meiner blutbefleckten Strickjacke darin zu vergraben, erlaubte ich mir, über das nachzudenken, was Neil, als er im Sterben lag, gesagt hatte.

Ihr seid jetzt beide Mörderinnen.

39

Saffy

»Was willst du damit sagen, Gran?«, frage ich. »Wer ist Jean?«

»Jean Burdon«, antwortet Großmutter mit einem Anflug von Ungeduld in ihrer Stimme. »Neil Lewisham dachte, Daphne sei Jean Burdon.«

Ich bemerke, wie DS Barnes und seine Kollegin schockierte Blicke wechseln, und höre Mum aufkeuchen.

»Wer ist Jean Burdon?«, frage ich verwirrt. Warum kommt mir dieser Name bloß so bekannt vor? Und dann fällt mir der Artikel in Sheilas Akte ein, von dem ich angenommen hatte, er sei versehentlich darin gelandet – darin ging es um eine Frau namens Burdon. War der Vorname Jean gewesen? Ich hatte ihn bloß überflogen. Dafür könnte ich mir gerade in den Hintern beißen. Ich hätte ihn mir richtig durchlesen sollen. Wenn ich über den Namen Jean gestolpert wäre, wäre mir sicher Großmutters Gerede wieder eingefallen.

Jean hat ihr auf den Kopf geschlagen.

»Sagt Ihnen Mary Bell etwas?«, will DS Barnes wissen.

Ich nicke. »Ja, sie wurde als Kind wegen Mordes verurteilt?«

»Genau. Jean Burdons Fall war ähnlich, hatte sich aber etwa zehn Jahre davor ereignet. Als sie als junge Frau aus dem Gefängnis kam, erhielt sie eine neue Identität und wurde nie wiedergesehen.« Er wendet sich an Großmutter: »Ist sie es, die Sie meinen, Rose? Jean Burdon, die Anfang der 50er-Jahre in Ostlondon ihre Freundin umbrachte?«

Ich bin völlig erschüttert und bemerke, wie Mum Großmutter entsetzt anstarrt.

Gran nickt und faltet ihre Hände im Schoß.

»Und, war sie das?«, fragt DC Webb, wobei sie ein Stück auf ihrem Sitz vorrutscht. »War Daphne in Wahrheit Jean Burdon?«

»Ich …« Gran wringt ihre Hände.

»Rose«, hakt DC Webb, ihre Ellbogen auf dem Tisch abstützend, nach, »hat Daphne Neil Lewisham getötet?«

Großmutter presst ihre Lippen zusammen. Ein Schatten huscht über ihr Gesicht, und ich frage mich, was sie gerade denkt. »Wer ist Neil Lewisham?«, fragt sie an mich gewendet. »Wer sind diese Leute?« Sie deutet mit dem Arm in Richtung der Polizei, aber auch Mum. Mir zieht es das Herz zusammen.

»Ich glaube, Gran hatte genug für heute«, sage ich und ergreife die Hand meiner Großmutter.

»Rose, können Sie sich daran erinnern, ob Daphne Neil Lewisham auf dem Gewissen hat?«, bohrt DS Barnes noch einmal nach. Er klingt verzweifelt darum bemüht, das Verhör am Laufen zu halten, aber Gran schüttelt nur den Kopf und sieht ihn verständnislos an, ohne etwas dazu zu sagen.

Die Detectives wechseln einen resignierten Blick.

»Wir werden das an einem anderen Tag fortsetzen müssen«, konstatiert DS Barnes an mich und Mum gewandt.

Als wir den Raum verlassen, höre ich DC Webb ihrem Kollegen zumurmeln: »Ich denke, wir sollten untersuchen lassen, ob es sich bei der anderen Leiche um Daphne Hartall handelt.«

»Hast du von dieser Jean Burdon gehört?«, frage ich Mum auf der Heimfahrt. Die Spannung zwischen uns ist nach dem Streit vorhin immer noch spürbar.

»Ja, natürlich«, erwidert sie. »Du bist dafür vielleicht noch zu jung, aber der Fall Jean Burdon wurde durch den von Mary Bell neu aufgewirbelt.«

»Wen hat Jean Burdon denn getötet?«

»Ein anderes kleines Mädchen. Jean war erst zehn, als es passierte. Genauso wie das Mädchen, das sie umgebracht hat. Natürlich war das noch vor meiner Zeit, aber ich kann mich erinnern, darüber gelesen zu haben.«

Mir wird übel. »Gott, wie schrecklich. Stell dir vor, du würdest so etwas über deine Untermieterin herausfinden.«

Mum nickt grimmig.

»Denkst du, Daphne hat Neil Lewisham umgebracht, weil er herausgefunden hatte, dass sie Jean Burdon ist?«, frage ich.

Mum blickt gequält drein. »Das ist schon möglich. Vor allem, da er Journalist war. Das macht Sinn.«

»Andererseits …«, sage ich mit trockenem Mund, »falls es sich bei der anderen Leiche um Daphne handelt, wer hat *sie* dann umgebracht?«

Als ich im Cottage eintreffe, ist Tom mit Snowy unterwegs. Ich gehe direkt in mein Arbeitszimmer und schaue mir noch einmal den Artikel an, den Dad mir mit Sheilas Akte hat zukommen lassen. Es handelt sich um einen kurzen reißerischen Artikel, verfasst von Neil Lewisham, in dem er dem Rätsel nachgeht, was aus Jean Burdon geworden ist, und einige Leute hinsichtlich potenzieller Sichtungen befragt.

Dann gebe ich *Jean Burdon* bei Google ein, und es erscheint gleich eine ganze Reihe von Einträgen, die meisten davon

Zeitungsartikel mit immer derselben unscharfen Fotografie eines pausbäckigen Mädchens mit einem Bob. Ich klicke einen der Links an.

17. Februar 1951

THE DAILY MAIL

KLEINES MÄDCHEN, 11, WEGEN MORDES VERURTEILT

EIN 11-JÄHRIGES KIND wurde zu lebenslanger Haft verurteilt, nachdem es vom Londoner Old-Bailey-Gerichtshof des Mordes für schuldig befunden wurde.

Das Mädchen selbst blieb bei der Verlesung des Schuldspruchs nach vierstündiger Beratung durch die Geschworenen gelassen und zeigte keinerlei Emotionen.

Jean Burdon soll am 20. Juni vergangenen Jahres der ebenfalls 10-jährigen Susan Wallace grundlos »einen Schlag mit einem stumpfen Gegenstand gegen die Schläfe« verpasst haben. Susan wurde von zwei zufällig vorbeikommenden Jungen tot in einem verlassenen, zerbombten Gebäude aufgefunden.

Mr. Justice Downing beschrieb das Mädchen als »wandelnde Gefahr« für andere Kinder und sagte, Jean Burdon werde viele Jahre in einer geschlossenen Abteilung verwahrt bleiben.

Mum betritt mein Büro mit einer Tasse Tee. »Da ist er schon. Dein Rooibos«, verkündet sie und stellt den Tee behutsam auf meinem Schreibtisch ab. »Ich verstehe ja nicht, wie du das Zeug trinken kannst. Bei dem Geruch dreht sich mir der Magen um.«

»Schau dir das an«, sage ich auf den Bildschirm deutend. »Denkst du, Daphne Hartall könnte ernstlich diese Person sein?«

Mum liest sich den Artikel über meine Schulter hinweg durch. »Na ja, es ist doch möglich, dass Sheila Watts die neue Identität war, die man Jean Burdon nach ihrer Entlassung gegeben hatte.«

»Und Gran ist dahintergekommen?«

»Das muss sie wohl. Sie hat außerdem noch eine Susan Wallace erwähnt, nicht wahr? Weißt du noch? Als sie über Jean sprach?«

»Denkst du nicht, dass sie da einfach nur was durcheinanderbringt, weil es ein spektakulärer Mordfall war und sie sich noch aus ihrer Kindheit daran erinnert?«, frage ich hoffnungsvoll.

Mum schaut mich bekümmert an. »Nein, das glaube ich nicht«, erwidert sie. »Es tut mir leid.«

Ich spüre, wie mir die Tränen kommen. »Die Polizei wird davon ausgehen, dass Daphne Neil Lewisham auf dem Gewissen hat, oder? Und dass Gran dahinterkam und dann Daphne getötet hat. Sie haben jetzt ein Motiv.«

Mum drückt meine Schulter. »Keine Sorge, um so weit zu gehen, bräuchten sie schon mehr Beweise«, sagt sie, hört sich aber nicht überzeugt an.

»Glaubst du, dieser Privatdetektiv arbeitet für Daphne/Sheila/Jean, oder wie auch immer sie heißt? Vorausgesetzt natürlich, dass es sich bei ihr nicht um die unbekannte Tote handelt.«

»Wie kommst du darauf?«

»Na ja, Davies meinte, sein Klient suche nach wichtigen Unterlagen, und du hast selbst gesagt, dass er es einen ›Beweis‹ genannt hat. Was sonst sollte er meinen? Der Typ ist ein skrupelloser Kerl. Und wer auch immer ihn beauftragt hat, scheint es wichtig zu nehmen.«

»Ich habe der Polizei alles erzählt, was wir über Glen Davies wissen. Hoffentlich finden sie ihn und bringen ihn dazu zu verraten, für wen er arbeitet.«

»Allerdings wäre Daphne jetzt schon ziemlich alt …«, gebe ich zu bedenken, wobei ich meine Schläfen massiere. Ich spüre Kopfschmerzen aufziehen.

Ich stelle mir Gran vor – nicht, wie sie heute ist, sondern wie sie in meiner Kindheit war: stark, zuverlässig, freundlich, aber auch verschlossen. Offenbar hatte sie mehr Geheimnisse, als mir oder Mum je klar war. Aber sie war so ausgesprochen loyal, fürsorglich, beschützte einen wie eine Löwin. Falls es sich bei der Toten aus dem Garten um Daphne handelt, die in Wahrheit Jean Burdon war, dann hätte sie sich als gefährlich und unberechenbar herausstellen können. Wäre Großmutter in der Lage gewesen, sie umzubringen, um so ihre Tochter zu beschützen? Ich lege eine Hand auf mein Bäuchlein und erinnere mich daran, was für einen erbitterten Beschützerinstinkt ich verspürt habe, nachdem ich aus dem Krankenhaus zurückgekommen war.

»Ich kann nicht glauben, dass Gran eine Mörderin sein könnte«, überlege ich laut. Ich drehe mich zu Mum um, die auf dem kleinen Cocktailsessel in der Ecke Platz genommen hat. Sie scheint gar nicht zuzuhören. »Mum?«

»Wir müssen uns unterhalten … über das, was du im Auto gesagt hast.«

Ich wende mich wieder meinem Computer zu. »Wir haben Dringlicheres, um was wir uns den Kopf zerbrechen sollten.«

»Ich möchte nicht, dass irgendwelcher Groll zwischen uns steht. Ich habe dich doch so lieb.«

»Und ich hab dich lieb«, antworte ich. »Bitte, können wir das nicht einfach vergessen? Das war bloß ein dummer Streit.«

Mum öffnet den Mund, um etwas zu erwidern, wird aber durch ein Klopfen an der Haustür unterbrochen. Wir schauen uns an. Mein erster Gedanke ist, dass er es ist, Glen Davies.

»Bleib hier«, weist Mum mich an, springt auf und geht in den Flur. Ich lehne mich auf meinem Stuhl zurück, sodass ich sehen kann, wie sie durch die Glasscheibe lugt. »Es ist ein junges Paar«, stellt sie verwundert fest.

»Bestimmt Journalisten.« Es ist Samstagnachmittag. Wer würde sonst um diese Uhrzeit hier aufkreuzen?

»Sie sehen nicht aus wie Journalisten.« Sie öffnet die Tür.

Rasch stehe ich auf und stelle mich neben Mum. Ich bin überrascht, als ich ein Pärchen etwa Ende zwanzig, Anfang dreißig vor der Tür stehen sehe. Eine kleine hübsche Frau mit einem Dutt, der sich wie eine Ananas auf ihrem Kopf türmt, und ein hoch aufgeschossener Typ mit dunklem Wuschelkopf und freundlichen braunen Augen. Er hat ein nettes, attraktives Gesicht, und zwei Grübchen erscheinen, als er uns anlächelt. Er ist fast so groß wie Tom und wirkt entspannt in T-Shirt und Jeans.

»Hallo«, sagt er, leicht errötend. »Ich bin Theo Carmichael, und das ist meine Frau, Jen.« Sie lächelt zur Begrüßung. »Ich weiß, das klingt jetzt verrückt, und ich hoffe, es macht Ihnen nichts aus, dass wir hier einfach so auftauchen …«

Perplex schaue ich die beiden an. Sind das neue Nachbarn? Zeugen Jehovas?

»… aber ich habe neulich einen merkwürdigen Artikel auf dem Schreibtisch meines Vaters gefunden.« Er erzählt von dem Zeitungsausschnitt, in dem es um die Leichen in unserem Garten geht, und mein Name sowie der von Großmutter unterstrichen ist. »Darunter standen in Handschrift die Worte: *Finde sie*«, setzt er hinzu.

»Wie merkwürdig«, bemerke ich. »Ich bin Saffron Cutler, und Rose Grey ist meine Großmutter. Sie sagten, Sie hätten diesen Artikel auf dem Schreibtisch Ihres Vaters gefunden? Wie heißt er denn?«

»Victor Carmichael. Ich denke, dass er Ihre Großmutter kannte.« Er hat einen leichten Yorkshire-Akzent.

Victor. Ich bin zu geschockt, um gleich antworten zu können. Ich schaue zu Mum, die mich ebenso sprachlos anguckt, bevor ich mich wieder fasse. »Ja, meine Großmutter hat einen Victor erwähnt. Uns war nicht klar, wen sie damit meinte, da sie sich nicht an den Nachnamen erinnern konnte. Sie leidet mittlerweile an Demenz«, erkläre ich, als er mich verdutzt ansieht. Ich mustere sie beide. »Wollen Sie hereinkommen?«, höre ich mich fragen.

Sie nicken dankbar und treten in den Flur. Ich führe sie ins Wohnzimmer.

»Was tust du da?«, formt Mum stumm mit den Lippen.

»Sie scheinen nett«, flüstere ich zurück. »Wir brauchen Antworten.«

Theo und Jen nehmen auf dem Sofa Platz, und Theo stellt seinen Rucksack zu seinen Füßen ab.

»Kann ich Ihnen etwas zu trinken anbieten?«, fragt Mum, während ich mich schon in den Sessel am Fenster setze.

»Nein, vielen Dank«, erwidert Jen. »Wir übernachten in dem Pub die Straße runter und haben dort spät zu Mittag gegessen.«

»Wir sind den ganzen Weg aus Yorkshire hergefahren«, sagt Theo, als Mum sich auf den Stuhl beim Kamin gehockt hat. »Hören Sie, ich komme am besten gleich zur Sache, denn ich glaube, dass mein Vater etwas verheimlicht. Er hat sich wirklich schräg verhalten. Na ja«, er stößt ein kurzes Lachen aus, »noch schräger als sonst. Er wollte mir partout nicht verraten, warum er *Finde sie* unter den Artikel geschrieben hatte, und hat mir auch sonst nichts gesagt, als ich ihn danach fragte. Er reagierte extrem abweisend und gereizt. Und dann fand ich eine Mappe in einem Geheimfach in seinem Schrank. Sie war voller Fotografien von Frauen. Ich habe mich gefragt, ob eine von ihnen wohl Ihre Großmutter ist.« Er reicht mir sein Handy, und ich erhebe mich, um es entgegenzunehmen.

Stehend gehe ich die Bilder durch. Allesamt hübsche junge Frauen. Eine davon hochschwanger. Anhand der wandelnden Mode und der Frisuren wurden die Aufnahmen wohl über einen Zeitraum von zwanzig Jahren geschossen. »Nein«, sage ich, ihm das Handy zurückreichend. »Keine von ihnen ist meine Großmutter.« Ich setze mich wieder hin.

»Oh.« Er wirkt enttäuscht. »Sie meinten, Ihre Großmutter habe einen Victor erwähnt? Was hat sie denn über ihn gesagt?«

Ich werfe Mum einen verlegenen Blick zu. »Ähm …«, mache ich, mich wieder Theo zuwendend, »… sie sagte irgendwas davon, dass er dem Baby wehtun wollte.«

Theo wirkt geschockt. »Dem Baby wehtun? Mein Vater ist Arzt. Er mag ja so manches sein«, sein Gesichtsausdruck verdüstert sich, »aber … Babys wehtun?« Jen greift nach seiner Hand.

Wir verfallen in betretenes Schweigen, bis Mum sich zu Wort meldet. »Wie alt ist Ihr Vater? Meine Mutter, Rose, ist jenseits der siebzig.«

»Mein Vater war alt, als er mich bekam. Mum war wesentlich jünger. Er ist jetzt sechsundsiebzig.«

»Also sind sie fast im gleichen Alter. Wäre es möglich, dass sie irgendwann mal zusammen waren?«

Theo zuckt mit den Schultern. »Ich weiß es wirklich nicht. Hat Rose denn sonst noch was über meinen Vater gesagt?«

»Sie ist zuweilen sehr verwirrt«, erkläre ich. »Sie nennt jede Menge Namen. Sie hat Victor einige Male erwähnt, aber wenn sie es tat, schien sie wirklich, na ja, verängstigt …«

Theo erblasst. »Verängstigt?«

»Verängstigt ist vielleicht das falsche Wort.« Ich runzle die Stirn, während ich versuche, mich zurückzuerinnern. »Aufgewühlt. Aber sie hat definitiv gesagt, dass er dem Baby wehtun wollte. Wenn sie über ihn sprach – es tut mir leid, das ist jetzt etwas hart –, klang es nicht so, als sei er ein guter Mann.«

Theo und seine Frau wechseln einen raschen Blick. »Ich denke auch nicht, dass er ein guter Mann ist«, murmelt er. Auf einmal wirkt er sehr verletzlich, und er tut mir leid.

»Seit die Leichen hier entdeckt wurden, war alles so merkwürdig«, bemerkt Mum. »Haben Sie vielleicht von einer Daphne Hartall gehört?«

Theo schüttelt den Kopf.

»Sie war Mums Untermieterin und hat 1980 ebenfalls hier gewohnt. Wir glauben, dass sie außerdem unter dem Namen Sheila Watts bekannt war.«

»Noch nie von ihr gehört«, sagt Theo. Mir fällt auf, dass seine Finger noch immer mit denen von Jen verflochten sind. Es ist offensichtlich, dass sie genauso verzweifelt nach Antworten suchen wie wir.

»Wir versuchen, sie zu finden – na ja, zumindest die Polizei«, erklärt Mum. »Da ist aber noch etwas. Ein Mann hat die letzten Tage sowohl mich als auch Saffy angesprochen und behauptet, er sei Privatdetektiv, aber dann hat er mich abends auf dem Heimweg auf der Straße gepackt und weggezerrt …«

Jen schnappt nach Luft. »Das ist ja furchtbar.«

»Ja, das war es«, bestätigt Mum, »aber er sagte, sein Klient habe ihn beauftragt, irgendwelche Unterlagen aufzutreiben, die sich angeblich im Besitz meiner Mutter befinden. Er sprach von einem *Beweis*.«

»Beweis?« Jen runzelt die Stirn.

»Ja, er hat es nicht weiter ausgeführt, und ich bekam es mit der Angst zu tun.«

»Wie war der Name dieses Mannes?«, fragt Theo. »Hat er gesagt, für wen er arbeitet?«

»Nein«, antwortet Mum, »er weigerte sich, das zu verraten, aber seinen eigenen Namen hat er mir gesagt. Glen Davies.«

»Wie bitte?« Theo setzt sich kerzengerade auf. »Glen Davies?«

»Ja, das war der Name, den er mir genannt hat«, bestätigt Mum. »Und wir haben Grund zur Annahme, dass er hier eingebrochen ist, um nach diesem sogenannten Beweis zu suchen.«

»Ich kenne einen Glen Davies«, sagt Theo, wobei sämtliche Farbe aus seinem Gesicht weicht. »Er arbeitet für meinen Vater.«

40

Theo

»Er arbeitet für Ihren Vater?«, ruft die jüngere Frau aus. Saffron. Sie wirkt fassungslos, die braunen Augen weit aufgerissen. Theo wird speiübel bei dem Gedanken, dass der Handlanger seines Vaters (als solchen hatte er ihn immer betrachtet) hier gewesen ist und diese Frauen terrorisiert hat.

»Ja.« Theo überkreuzt betreten seine Beine, nur um sie gleich wieder nebeneinander abzustellen. Er wünscht, er hätte den Tee nicht ausgeschlagen – sein Mund ist auf einmal staubtrocken. »Er kennt meinen Vater schon seit zig Jahren. Ich weiß noch nicht mal woher. Vor ihm gab es einen anderen Kerl – ein ganz ähnlicher Typ, ehemaliger Soldat –, aber er ging in den Ruhestand. So viel jedoch weiß ich: Glen Davies ist definitiv kein Privatdetektiv.«

»Was macht er dann für Ihren Vater?«, fragt die ältere Frau. Laura – oder war es Lorna? Theo kommt gar nicht dazu, alles zu verdauen, seit er hier ist.

Er zuckt mit den Schultern. Was macht Davies eigentlich? Das weiß er auch nicht so genau. »Ich ging immer davon aus, dass er für die Sicherheit meines Vaters zuständig ist. Er kommt hin und wieder vorbei. Checkt die Alarmanlagen im Haus. Gibt meinem Vater Ratschläge, solche Sachen. Mein Vater ist ein wohlhabender Mann. Erfolgreich auf seinem Gebiet.«

»Tja. Glen Davies ist ein mieser Ganove, so viel steht schon mal fest«, sagt Laura. Nein: Lorna. Er ist sich sicher, dass sie Lorna heißt. »Er ist ins Haus eingebrochen, als meine Tochter gestern Nacht ins Krankenhaus musste. Wie es aussieht, hat er draußen darauf gewartet, dass wir das Haus verlassen. Das alles hier …« Sie steht auf und geht im Raum auf und ab, wobei sie die Arme theatralisch auseinanderwirft. Theo sieht ihr benommen zu. Irgendwas an ihr kommt ihm seltsam bekannt vor, als habe er sie schon einmal getroffen, könne sich aber nicht erinnern wo. »Es muss etwas mit Ihrem Vater zu tun haben. Und diese Aufnahmen …« Sie wirbelt zu Theo herum und streckt die Hand aus. »Kann ich mal sehen?«

Er reicht ihr bereitwillig das Handy. Sie alle sehen erwartungsvoll zu, während sie übers Display wischt. Dann brummt sie frustriert und gibt es ihm zurück. »Ich erkenne keine von ihnen. Ich hatte gehofft, meine Mutter wäre dabei.«

»Ich habe schon geschaut«, bemerkt Saffron.

»Ich weiß. Ich wollte einfach nur selber sehen.« Lorna schenkt ihrer Tochter ein entschuldigendes Lächeln, und Theo verspürt einen kurzen Stich der Sehnsucht nach seiner eigenen Mutter.

Er packt sein Handy weg. Er versteht Lornas Frust. »Können Sie sich an sonst etwas erinnern, das Glen von Ihnen wissen wollte? An dem Abend, als er Sie … angefallen hat?«

»Es ging nur um den Beweis. Das war alles. Oh, und er hat mir gedroht. Er sagte, er würde mir oder Saffy …«, sie zuckt zusammen, »etwas antun, sollten wir zur Polizei gehen.«

Theo schluckt gegen die in ihm aufsteigende Panik an. Hat sein Vater etwas mit den Morden zu tun, die sich hier zugetragen haben? Womöglich befindet er sich mit den Fotos von diesen Frauen auf der völlig falschen Spur. Es sei denn, es handelt sich um Opfer von ihm.

»Ich glaube, meine Mutter hat sich hier vor jemandem versteckt. Eine Frau aus dem Dorf, die sie damals kannte, erinnert sich, dass sie sehr ängstlich und verschlossen war – anscheinend war sie bei ihrer Ankunft hier schwanger«, sagt Lorna und setzt sich wieder hin. Sie sprüht förmlich vor ungezügelter Energie, wie ein Feuerwerk, das kurz davor ist, in die Luft zu gehen.

»Und Sie glauben, Sie hat sich vor meinem Vater versteckt?«

Lorna schaut kurz zu ihrer Tochter, bevor sie ihren Blick wieder Theo zuwendet. »Allmählich schon. Meine Mutter war immer so zugeknöpft, wenn die Sprache auf meinen Vater kam. Sie sagte, sein Name sei ›William‹, aber sie hat mir nie irgendwelche Fotos gezeigt und auch nie von ihm erzählt. Es war, als wollte sie ihn vergessen.«

Theo muss an Cynthia Parsons denken. War Rose ebenfalls ein Opfer seines Vaters? Eine Ex, die aus Angst vor ihm davongelaufen war? Eine Ex, die schwanger war?

»Schatz«, sagt Jen und legt ihre Hand auf seinen Arm. Er weiß, was sie nun sagen wird. Er hat es auch schon gedacht. Lorna sieht genauso aus wie sein Vater – das gleiche dunkel gelockte Haar, die gleiche breite Nase, die Form der Augen und das Kinn. Der Grund, warum ihm Lorna gleich bekannt vorkam, als er das Zimmer betreten hat.

»Ich glaube, dass Victor möglicherweise mein Vater ist«, sagt Lorna, noch bevor er seinen Verdacht äußern kann.

Saffron schlägt die Hände vor den Mund. »O mein Gott«, ruft sie aus und springt auf. »Aber natürlich!«

»Das denke ich auch«, bestätigt Theo langsam. »Du siehst ihm so ähnlich.«

Es folgt ein unangenehmes Schweigen, bevor Lorna sagt:

»Also ist das Baby, dem er wehtun wollte, ich? Und wenn er mir wehtun wollte, heißt das, dass er auch meiner Mutter wehtun wollte? Warum ist sie vor ihm weggelaufen?«

Theo überkommt die Scham – Scham, aufgrund ihrer Verwandtschaft. Er möchte ihnen sagen, dass er kein bisschen wie sein beschissener Vater ist. »Ich glaube, er hat meine Mutter geschlagen. Ich habe als Kind … ihre blauen Flecken gesehen. Er war kontrollsüchtig, manipulativ.«

»Ist er noch mit deiner Mutter zusammen?«, fragt Lorna.

Er räuspert sich. »Sie ist gestorben. Sie ist die Treppe runtergestürzt.«

»Das tut mir schrecklich leid.«

Saffron steht immer noch da und starrt Theo mit offenem Mund an. *Meine Nichte*, denkt er.

»Also muss dein Vater der Klient sein, von dem Glen Davies gesprochen hat«, überlegt Lorna. Sie sitzt nach vorne gebeugt auf ihrem Stuhl, die Ellbogen auf den Knien abgestützt, die geschwungenen Augenbrauen gerunzelt. »Und wenn das der Fall ist, bedeutet das auch, dass er in die Morde verwickelt war?«

Theo verlagert sein Gewicht auf dem unbequemen Sofa. Scheiße. Die Leichen im Garten. Der Zeitungsartikel. Glen Davies anzuheuern, um diese Frauen, sein eigen Fleisch und Blut, einzuschüchtern. Das ist genau die Art von Abscheulichkeit, die sein Vater unternehmen würde, um seine eigene Haut zu retten. Aber Mord? Selbst in seinen wildesten Albträumen hätte er das nicht erwartet.

Als sie wieder in ihrem Zimmer im Stag & Pheasant eintreffen, ist Theo völlig erschöpft. Er lässt sich auf das Himmelbett fallen. Durch die Fenster können sie den Wald sehen. Seine Kehle ist rau von dem vielen Reden heute Nachmittag.

Jen klettert neben ihn ins Bett. »Ich kann es nicht glauben«, sagt sie. »Du hast eine Halbschwester.«

»Und mein Vater ist ein potenzieller Mörder«, erwidert er. Ihm ist immer noch übel von dem Gedanken. »Warum sonst sollte er Glen Davies anheuern? Was hat er getan? Was soll Glen so dringend finden?«

»Oh, Schatz«, seufzt sie, schmiegt sich in seine Armbeuge und legt den Kopf auf seine Brust. »Es tut mir ja so leid. Glaubst du, dein Vater weiß, dass er eine Tochter hat?«

»Ich bin mir nicht sicher. Mir ist unklar, ob er den Artikel ausgeschnitten hat, weil die Leichen entdeckt worden waren und er davor war, wegen etwas aufzufliegen, oder aber, weil er ihm verriet, wo Rose sich aufhält. Aber Mord?«, stöhnt Theo. »Das ist noch mal eine ganz andere Sache. Und wenn …« Er hält inne, unfähig, laut auszusprechen, was er denkt.

»Was?«, fragt Jen und setzt sich auf.

»Wenn mein Vater in der Lage ist, einen Mord zu begehen, wirft das ein ganz anderes Licht auf den Unfall meiner Mutter.« Er setzt sich ebenfalls auf und sieht seine Frau an. »Jen, was, wenn mein Vater Mum umgebracht hat?«

41

Rose, April 1980

Zwei Tage lang schaffte ich es nicht, das Bett zu verlassen. Es war, als hätte ich einen Zusammenbruch erlitten. Ich wollte das alles verdrängen, das Bild des Messers, wie es sich in seine Flanke bohrt, das Entsetzen auf seinem Gesicht, das Blut, das aus ihm hervorquoll, das Loch, das wir im Garten gegraben hatten, den Geruch der nassen Erde und die Würmer, die sich darin wanden, das dumpfe Geräusch des Körpers, als er in seinem notdürftigen Grab aufschlug. All das sickerte zäh in meine Träume und verwandelte sie in Albträume. Meine Tat, sein Tod, hatten eine Schleuse für all die alten Gefühle und Ängste geöffnet.

Daphne war in der Zeit einfach nur großartig. Sie kümmerte sich um dich, brachte dich in den Kindergarten und holte dich wieder ab, kochte für dich, wusch deine Kleidung, passte auf dich auf. Sie war der einzige Mensch auf der Welt, dem ich diese Aufgaben überhaupt anvertraut hätte, abgesehen von Joyce und Roy von nebenan vielleicht.

»Rose, Schatz«, sagte sie am nächsten Abend, auf meiner Bettkante hockend, »du musst etwas essen.«

Es war dunkel, du schliefst bereits tief und fest in deinem Bettchen. Daphne hatte dich zu mir gebracht, um Gute Nacht zu sagen, und ich hatte dich an mich gedrückt, als könnte deine Unschuld mein ach so dunkles Herz wieder erhellen. Danach hatte ich deinem Kichern vom anderen Ende des Flures gelauscht, als Daphne dir in deinem Zimmer eine Geschichte vorlas. Sie nahm sich alle Zeit der Welt, um die lustigen Stimmen darin zu imitieren.

Als sie sich zu mir setzte, hatte sie eine Tasse in der Hand. »Trink das. Ich habe einen Schuss Whisky reingetan. Du stehst unter Schock, das ist alles. In ein paar Tagen wirst du dich wieder pudelwohl fühlen.«

Pudelwohl. Das war eine für Daphne so untypische Formulierung, und da erst wurde mir klar, dass sie genauso überfordert war wie ich.

»Ich bin eine Mörderin«, sagte ich, während ich mich aufsetzte und die Tasse entgegennahm. »Ich habe eine Grenze überschritten, ein Leben genommen. Davon werde ich mich nie mehr erholen.« Unentwegt musste ich an den frisch aufgeworfenen Erdhügel nur ein paar Meter von unserer Terrasse entfernt denken, der braune Fleck im Gras, der das Grab markierte. Wie sollte ich jemals wieder den Garten betreten oder auch nur aus dem Küchenfenster schauen, ohne ständig daran erinnert zu werden?

»Das musst du aber«, erwiderte sie streng. »Rose, du kannst nicht für immer hier oben bleiben und in Selbstmitleid versinken. Du bist immerhin Mutter. Das ist das größte Geschenk überhaupt. Du hast einen bösen Mann aus dieser Welt geschafft. Eigentlich ein Jammer, dass wir das nicht auch mit den anderen machen können.« Sie lachte, um mir zu zeigen, dass sie scherzte, aber irgendwas in ihren Augen brachte mich zu dem Gedanken, dass, sollte ich unerwartet zustimmen, sie es wirklich tun würde. Zwei Verfechterinnen der Selbstjustiz.

»Dafür habe ich nicht den Mumm«, erwiderte ich und versuchte, mir ein Grinsen abzuringen.

Zärtlich strich sie die Haare aus meinem Gesicht. »Das

weiß ich doch. Dafür bist du viel zu lieb. Zu gutherzig.« Sie küsste mich auf die Stirn.

»Bleibst du heute Nacht bei mir?«, fragte ich. »Ich will nicht allein sein.«

»Natürlich.« Sie kletterte vollständig bekleidet zu mir ins Bett, lehnte sich gegen die Kissen und zog die Decke über uns beide. Sie hatte Socken an, und ich spürte ihre Füße an meinen nackten Beinen. Der Whisky im Tee rann warm und wohltuend meine Kehle hinab.

»Jedes Mal, wenn ich die Augen schließe, kann ich sein Gesicht sehen.«

»Ich weiß«, sagte sie tröstend.

»Ich möchte einfach nur, dass diese Bilder verschwinden.«

»Das werden sie.«

»Wirklich?« Ich wandte mich ihr zu, um sie zu mustern. »Du scheinst eine Menge davon zu verstehen.« Ich zögerte. Ich musste sie fragen. Aber ich hatte Angst vor der Antwort. Was würde ich tun, wenn Neil mit seiner Behauptung recht hatte?

Ich nahm ihre Hand in meine, spürte die feingliedrigen Knochen unter meinen Fingern. Du und sie, ihr wart die einzigen Menschen auf der ganzen Welt, die ich liebte. »Bitte, sag mir einfach nur die Wahrheit. Ich kann keine Unwahrheiten ertragen. Keine Lügen mehr. Ich muss es wissen. Stimmt es, was Neil gesagt hat? Bist du Jean Burdon?«

Sie sah mich sehr lange an, ihre Pupillen in dem Dämmerlicht riesig, sodass sie den Großteil ihrer Iris verdeckten. Gerade als ich schon dachte, dass sie nicht antworten würde, sagte sie: »Würdest du mich dann immer noch lieben, Rose?«

Würde ich das? Ich musste dabei an dich denken. Wenn ich nicht selbst erst einen Mann getötet hätte, hätte ich sie vielleicht auf der Stelle rausgeschmissen.

»Ich muss die Wahrheit wissen.«

Ihre Augen füllten sich mit Tränen. »Ich hatte es nicht tun wollen«, sagte sie so leise, dass ich mich anstrengen musste, um sie zu verstehen. »Es war ein Unfall. Ich war zehn Jahre alt. Meine Kindheit, Rose – sie war nicht gut. Aber ich habe niemandem sonst jemals etwas angetan. Das musst du mir glauben.«

Ich sah sie an. Sie war damals ein Kind gewesen. Ich konnte mir nicht vorstellen, dass sie heute dazu in der Lage gewesen wäre, jemandem wehzutun. Ich war hier diejenige, die einen Menschen getötet hatte. Und ich liebte Daphne so sehr, dass ich ihr alles geglaubt hätte.

Wir blieben ewig wach und redeten. Zum ersten Mal, seit ich sie kannte, öffnete sie sich. Sie erzählte mir die Geschichte von Jean Burdon – jenem kleinen Mädchen, dem die Presse den Stempel »böse« aufdrückte. Sie erzählte, wie sie als Kind vernachlässigt und körperlich von ihrem Vater missbraucht worden war, wie sie sich selbst überlassen durch die ausgebombten, leer stehenden Ruinen des Londoner Ostens streifte. »Doch dann fand ich eine Freundin«, sagte sie, ihr Gesicht ganz fahl im Mondlicht. »Und ich war ja so glücklich, endlich jemanden gefunden zu haben, dem ich wirklich etwas bedeutete. Ich hatte kein Gespür für Emotionen und hatte keinerlei Ahnung von zwischenmenschlichen Beziehungen – vor allem nicht zu anderen Kindern. Ich hatte diesen unbändigen Zorn in mir …« Sie schluchzte leise, und ich drückte tröstend ihre Hand. »Jedenfalls, als Susan – das war ihr Name – beschloss, dass sie nicht mehr mit mir befreundet sein wollte, da sah ich rot. Man sagte mir, ich hätte einen Ziegelstein genommen und ihn ihr über den Schädel gezogen, aber ich selbst kann mich nicht daran erinnern, das getan zu haben. Ich glaube aber, dass ich sie vielleicht nur geschubst habe, dass sie dabei hinfiel und sich den Kopf aufschlug.«

»Oh, Daphne.«

»Ich kam ins Gefängnis – natürlich. Na ja, es war kein Gefängnis für Erwachsene, sondern eine geschlossene Abteilung. Zum Glück wurde ich dort resozialisiert, von reifen, liebevollen Erwachsenen, die mir das beibrachten, was meine eigenen Eltern nie getan haben, nämlich Recht und Unrecht zu unterscheiden.« Sie zog die Decke bis zu ihrem Kinn hoch und erschauerte bei der Erinnerung.

»Das muss schrecklich gewesen sein«, sagte ich.

»Es war viel weniger schrecklich als das Zuhause, in dem ich aufwachsen musste.«

Das konnte ich mir noch nicht einmal vorstellen. Als einzige Tochter zweier liebevoller, aufmerksamer Eltern hatte ich eine schöne Erziehung genossen.

In jener Nacht ließ ich Daphne von ihrer Kindheit erzählen und von ihrem Leben danach. Wie man ihr eine neue Identität als Sheila Watts gegeben hatte, wie sie die Identität von Daphne Hartall, der Schwester eines Freundes namens Alan, stehlen musste, als sie realisierte, dass der Journalist Neil Lewisham herausgefunden hatte, wer sie in Wirklichkeit war.

Meine Geschichte erzählte ich ihr nicht. Noch nicht. Ich hatte sie so lange für mich behalten, dass schon der Gedanke, sie laut auszusprechen, zu viel war.

Außerdem wollte ich nicht, dass sich irgendwas zwischen uns änderte. Ich dachte, Daphne könnte sich womöglich unwohl fühlen, wenn sie meine Vorgeschichte erfuhr. Also ließ ich sie weiter in dem Glauben, ich sei Witwe und mein »Ehemann« sei vor deiner Geburt gestorben.

Ich hatte ihr noch nicht einmal von meiner letzten Freundin erzählt.

Audrey und ich waren lange zusammen gewesen. Wir machten aus unserer sexuellen Orientierung kein Geheimnis – es gab niemanden, vor dem wir das hätten tun müssen. Meine Eltern waren bereits verstorben, und sie kam aus einer überaus liberalen, intellektuellen Familie. Ihre Eltern waren Akademiker. Selbst in den 1970er-Jahren gab es, trotz freier Liebe und sexueller Revolution, immer noch Leute, die uns aburteilten und uns unverhohlen ihre Missbilligung spüren ließen.

Aber als ich dreißig wurde, wollte ich das Einzige, was Audrey mir nicht zu geben vermochte.

Ein Baby.

Und da geschah es, dass ich Victor kennenlernte.

42

Lorna

»Wir müssen DS Barnes anrufen«, ist das Erste, was Lorna am nächsten Morgen verkündet.

»Meinst du, wir können ihn am Sonntag stören?«, fragt Saffy vom Sofa aus. Sie hat sich in ihren auberginefarbenen Plüschmorgenmantel gehüllt und sieht etwas blass um die Nasenspitze aus. Tom liegt noch im Bett. Sie waren gestern Nacht lange wach und haben sich stundenlang unterhalten, nachdem Theo und Jen gegangen waren.

Lorna war schon um sieben Uhr hellwach und hat sich direkt ihr Handy geschnappt, um ihrem Chef in Spanien Bescheid zu geben, dass sie noch etwas länger Urlaub braucht. Er hat überraschend verständnisvoll reagiert.

»Unbedingt. Das hier ist wichtig«, erwidert sie bestimmt.

Obwohl es früh am Tag ist, scheint die Sonne bereits hell durchs Fenster und hebt Lornas Laune. Nach den Enthüllungen des gestrigen Abends hat sie das auch bitter nötig. Das einzig Gute, was bei der ganzen Geschichte herumgekommen ist, ist die Entdeckung, dass sie womöglich einen Halbbruder hat. Aber alles andere – dass Victor Carmichael ihr biologischer Erzeuger ist und was für widerwärtige Dinge er wahrscheinlich abgezogen hat – hätte ihr erspart bleiben können. Was für ein Mensch würde bitte einen Schlägertyp wie Glen Davies beauftragen, um ihr Angst einzujagen? Seiner eigenen Tochter? So ein Mensch, der auch zu einem

Mord fähig ist, denkt sie grimmig. Ist es möglich, dass er etwas mit den Leichen im Garten zu tun hat? Schiebt er jetzt Panik, weil die Vergangenheit droht, ihn einzuholen, und er befürchten muss, dass er nach all den Jahren überführt wird? Was für einen »Beweis«, der gegen ihn sprechen könnte, besitzt Lornas Mutter?

Und dann ist da noch Saffy. Sie sieht zu ihrer Tochter, die, an ihrem Daumennagel knabbernd, ins Leere starrt. All der Groll, den Saffy hegte, wegen Dingen, derer Lorna sich noch nicht mal bewusst war. Ist sie eine schlechte Mutter gewesen? Die Worte ihrer Tochter brennen immer noch wie eine Wunde in ihrem Herzen. Sie hat keine Ahnung, wie sie irgendwas davon wiedergutmachen soll.

Lorna greift nach ihrem Handy. »Würde es dir was ausmachen, uns einen Tee aufzusetzen, Liebes? Ich rufe so lang Barnes an.« Dabei hat sie sich heute früh schon zwei Tassen Kaffee genehmigt und ist ganz hibbelig. Saffy rappelt sich etwas widerwillig vom Sofa auf und geht hinaus. Sie hört sie in der Küche herumklappern, Schränke öffnen und klirrend Tassen herumschieben.

DS Barnes geht sofort ran. Lorna setzt umgehend zu einer Zusammenfassung des gestrigen Abends an, wobei sie so schnell spricht, dass er sie darum bitten muss, das Gesagte in Ruhe zu wiederholen.

»Wow, gute Arbeit«, lobt er, als sie fertig ist. »Wir werden noch heute jemanden bei Victor Carmichael vorbeischicken, um ihm auf den Zahn zu fühlen.«

»Er lebt aber in Yorkshire …«

»Das ist kein Problem. Und jetzt, da wir wissen, für wen Glen Davies arbeitet, sollte es auch nicht allzu schwer sein, ihn ausfindig zu machen«, sagt er.

Lorna spürt eine Woge der Erleichterung. Seit dem Überfall auf der Straße ist sie in ständiger Alarmbereitschaft gewesen. Sie hofft, dass es ihnen gelingt, ihn wegzusperren.

»Wie Sie sich vorstellen können«, fährt Barnes fort, »war die Visitenkarte, die ihn als Privatdetektiv auszeichnet, nicht echt. Die Nummer gehört vermutlich zu einem Wegwerfhandy. Als einer unserer Beamten anrief, ging niemand ran. Wir können übrigens einen DNA-Test durchführen lassen. Wann fährt Theo wieder nach Hause?«

»Er bleibt bis morgen. Ich habe seine Nummer – ich bin sicher, er hat nichts dagegen, wenn ich sie Ihnen gebe.«

»Großartig. Ich halte Sie auf dem Laufenden.«

Er legt auf, und Lorna geht zu Saffy in die Küche. Sie späht in den Kühlschrank. »Die Milch ist aus. Schon wieder. Wie kann es sein, dass wir so viel verbrauchen?«, jammert sie.

»Tut mir leid«, sagt Lorna. »Ich habe den Rest heute früh für meinen Kaffee genommen. Weißt du was, leg dich doch wieder ins Bett. Ich gehe ins Dorf und hole Nachschub.« Sie reibt ihren Oberarm, der Plüschstoff des Bademantels ist so weich wie ein Teddybär. »Ich werde uns etwas Schönes zum Abendessen machen. Etwas Nahrhaftes.«

»Danke, Mum. Könntest du auch Snowy mitnehmen?«

Lorna bejaht und sieht Saffy nach, die den Flur entlang und dann die Treppe hinaufschlurft, als würde sie die Last der ganzen Welt auf ihren Schultern tragen.

Lorna verlässt gerade mit einer prall gefüllten Plastiktüte den Tante-Emma-Laden, als ihr Melissa über den Weg läuft.

»Schön, dich wiederzusehen«, grüßt sie und schenkt Lorna ein strahlendes Lächeln. Eine Lesebrille baumelt an einer Kette um ihren Hals.

Lorna fragt sich, wie es wohl sein muss, das ganze Leben in ein und demselben Dorf zu verbringen. Sie ist noch keine zwei Wochen hier und verspürt bereits ein Gefühl von Beklommenheit.

»Ich habe viel nachgedacht, seit wir uns neulich begegnet sind.« Melissa dämpft die Stimme, während sie sich auf ihren Gehstock gestützt nach vorne beugt. »Über Rose. Und Daphne …«

»Oh, wirklich?« Lorna versucht, sich nicht allzu viele Hoffnungen zu machen. Schließlich ist es nun beinahe vierzig Jahre her. Woran könnte sich Melissa jetzt noch erinnern, was nützlich wäre?

»Willst du vielleicht auf eine Tasse Tee bei mir vorbeischauen? Mein Cottage ist gleich da unten, am Fluss.«

Neben dem Marktkreuz kann Lorna ein Kleinkind weinen hören sowie eine Frauenstimme, die ihm gut zuredet. »Das wäre schön«, sagt sie. Sie spürt, dass Melissa wahrscheinlich einsam ist und Lust hat, ein wenig in Erinnerungen zu schwelgen. Das wird auch Saffy und Tom ein wenig Zeit für sich geben. Außerdem würde sie gerne mehr darüber erfahren, was für ein Mensch ihre Mutter als junge Frau war. Das Gleiche gilt freilich für diese mysteriöse Daphne. Sie kann die Ablenkung gut gebrauchen bis zu ihrer Verabredung mit Theo und Jen nachher.

»Stört dich der Hund?«, fragt sie und löst Snowys Leine vom Laternenpfahl. »Er gehört meiner Tochter.«

»Natürlich nicht.« Melissa schultert ihre orientalisch gemusterte Teppichtasche. Sie kann nur langsam gehen, wobei sie sich schwer auf ihren Stock stützt. Sie überqueren die kleine Brücke und folgen ein Stück weit dem Fluss, wobei Snowy hin und wieder stehen bleibt, um den Stamm einer Trauerweide zu beschnüffeln, bis sie eine Reihe von Cottages am anderen Ende des Dorfes erreichen. Melissas Cottage ist kleiner als das von Saffy und auch nicht frei stehend, sondern ein Reihenhäuschen, aber aus demselben Cotswolds-Stein erbaut und mit den gleichen Charakteristiken, wie Lorna sie inzwischen schon von einem Cottage in Beggars Nook erwartete.

Sie folgt Melissa durch die Haustür, direkt in ein Wohnzimmer mit niedriger Balkendecke. Es ist altmodisch eingerichtet, mit ausladenden geblümten Sofas und Porzellantellern an den Wänden, aber es hat Charme. Außerdem ist es sehr sauber und ordentlich, worauf Lorna Wert legt. Sie kann Durcheinander nicht ausstehen. Sie fragt sich, ob Melissa je verheiratet war oder Kinder hatte.

»Fühl dich ganz wie zu Hause«, sagt sie und deutet auf das Sofa. »Ein Tässchen Tee gefällig?«

Lorna sagt, das wäre lieb, und bietet zugleich an, ihn selbst aufzusetzen, aber davon will Melissa nichts hören. Sie macht einen äußerst rüstigen Eindruck und fühlt sich in ihren eigenen vier Wänden offensichtlich sicherer auf den Beinen, da sie den Gehstock an die Wand lehnt. Lorna macht es sich, mit Snowy zu ihren Füßen, auf dem Sofa bequem.

Melissa kehrt mit zwei Tassen zurück und überreicht Lorna eine, dann lässt sie ihren fülligen Körper in den Sessel gegenüber, neben dem kleinen Bleiglasfenster sinken.

»Der Kamin ist ja wunderschön«, bemerkt Lorna. Er ist aus Schmiedeeisen und rundum von einem Schirm umgeben. Auf dem Sims tummeln sich Figürchen und Bilderrahmen. Sie fragt sich, wie lange es wohl dauert, das alles abzustauben. Aber der gesamte Raum ist in einem makellosen Zustand, nirgends auch nur ein Stäubchen.

»Danke schön. Wir haben die hier in jedem Zimmer. Obwohl ich die in den Schlafzimmern nie benutzt habe. Ich bezweifle, dass das heutzutage noch irgendjemand tut, aber diese Cottages wurden vor der Zentralheizung erbaut«, erklärt sie glucksend.

»Sie sorgen eben für das gewisse Etwas«, sagt Lorna, an ihrem Tee nippend, und denkt dabei an die Kamine in Saffys Cottage. Sie fragt sich, seit wann die Kamine in den Schlafzimmern nicht mehr benutzt wurden. »Aber erzähl mir doch, was du vorhin vor dem Laden sagen wolltest?«

Melissa stellt ihre Tasse neben sich auf dem Beistelltisch ab und schürzt die Lippen, wobei ihr weiches Kinn erzittert. »Nun ja«, beginnt sie, »als ich dich traf und wir so über Rose sprachen, hat das einiges wieder aufgeworfen.«

»Aufgeworfen?«

»Ja, jener seltsame Herbst ...«

Lorna streift ihre Jacke ab. Es ist ein warmer Tag, aber Melissa hat trotzdem die Heizung an, weshalb es stickig im Zimmer ist. Sie spürt schon den Schweiß an ihrem Rücken.

»Der Herbst 1980?«

»Ja.«

»Inwiefern war er denn seltsam?«

»Nun«, sie faltet die Hände vor ihrem Bauch, »es war die Zeit, als ich merkte, dass irgendwas nicht ganz stimmte. Mit Rose, meine ich.«

»Wirklich?« Lorna beugt sich vor, um ihre Tasse abzustellen. Von dem Tee wird ihr nur noch heißer.

»Wie ich schon sagte, sie war immer schon ruhig, sehr zurückhaltend. Es war offensichtlich, dass sie eine hingebungsvolle alleinerziehende Mutter war. Einen Ehemann hat sie nie erwähnt. Sie wirkte immer etwas fahrig und nervös und war übermäßig um deine Sicherheit besorgt. Wie auch immer, ich wiederhole mich, das habe ich dir ja schon alles erzählt. Aber trotz allem versuchte Rose, sich in der Dorfgemeinschaft zu engagieren. Sie arbeitete zweimal im Monat ehrenamtlich im Kirchencafé. Sie war Mitglied im Women's Institute. Aber dann, im Frühsommer, hörte sie mit alledem auf. Sie schottete sich komplett vom ganzen Dorf ab, von uns allen.«

»Und Daphne?«

»Oh, Daphne haben wir nach wie vor im Ort gesehen. Anfangs arbeitete sie eine Weile im Pub, später dann auf der hiesigen Farm. Gelegentlich sahen wir euch drei zusammen, daher wussten wir, dass mit Rose alles in Ordnung war. Ich glaube, sie hatte das Gefühl, dass sie außer Daphne niemanden mehr brauchte. Die beiden waren ja so … für sich.«

»Und du glaubst, dass die beiden möglicherweise ein Paar waren?«

»Ja, doch, ich denke schon. Obwohl sie es nicht heraushängen ließen. Es waren noch andere Zeiten.«

»Und was war dann in diesem seltsamen Herbst?«

»Nun, das war ja das Merkwürdige: Rose sprach mich von sich aus an, was nicht ihre Art war. Ich erinnere mich, dass es der 5. November war, Bonfire Night. Im Dorf gab es ein Fest – oben auf dem Bauernhof, mit Feuerwerk und allem Drum und Dran. Ich hatte sie dort schon mit Daphne und dir entdeckt. Rose wirkte noch nervöser als sonst, aber ich dachte mir, das lag an der großen Feier. Ich glaube, sie mochte Menschenmengen nicht. Vielleicht fühlte sie sich da unsicher. Jedenfalls fing sie mich ab, nahm mich zur Seite und sagte mir, sie fürchte um ihr Leben.«

»O mein Gott«, keucht Lorna. Das hatte sie nun nicht erwartet. »Hat sie auch gesagt, warum?«

»Das war, nachdem ich ihr erzählt hatte, dass ein Mann ins

Café gekommen war und nach ihr gefragt hatte. Sie wollte wissen, wer, aber ich wusste den Namen nicht – ich hatte ihn nie zuvor gesehen. Erst nachdem Rose weggezogen war, bemerkte ich ihn ein paarmal im Dorf, aber dann muss auch er wieder fortgegangen sein, denn er ist mir nie mehr begegnet. Wie auch immer, jedenfalls sagte sie, sie hätte etwas getan und habe nun Angst, dass sie dich ihr wegnehmen würden. Um ehrlich zu sein, war sie ziemlich außer sich. Das Ganze war mehr als eigenartig. Ich versuchte, sie zu beruhigen, aber sie machte sofort dicht, als habe sie Angst, mir irgendwas zu verraten.«

War es Victor, vor dem sie solche Angst hatte? Lorna pult an einem ihrer Gelnägel herum. Hatte er Rose ausfindig gemacht, und ist sie deshalb so überstürzt von hier fort? Ohne sich von jemandem zu verabschieden?

»Und der Mann hat seinen Namen nicht genannt?«

Melissa schüttelt den Kopf. »Nein … nicht, dass ich wüsste …«

»Hat Mum dir gegenüber vielleicht den Namen Victor erwähnt?«

Melissa kräuselt angestrengt die Stirn. »Ich weiß nicht … vielleicht. Das ist alles so lange her. Ich kann mich nur noch daran erinnern, dass sie es wirklich mit der Angst zu tun bekam, als ich ihr erzählte, dass jemand nach ihr suche. Wieso? Wer ist dieser Victor?«

»Ich glaube, er ist mein Vater. Und sie war auf der Flucht vor ihm.«

»Oh, das ist ja schrecklich. Jetzt ergibt das Ganze natürlich Sinn. Sie wirkte in dieser Nacht so verängstigt. Wie ich schon sagte, wir gingen bei ihrer Ankunft im Dorf einfach davon aus, sie sei Witwe.«

Lorna setzt sich aufrechter hin. »Das kann doch kein Zufall sein, oder? Sie findet heraus, dass jemand nach ihr sucht, und nimmt Reißaus.« Sie seufzt. »Ich kann mich kaum noch an die Zeit hier erinnern, auch nicht an Daphne«, sagt sie. »Sie müssen getrennter Wege gegangen sein, als ich noch ganz klein war. Mum und ich, wir haben in Bristol gelebt, nachdem wir von hier fort sind.«

»Sie schienen so innig, die beiden.«

»Sosehr ich meine Mutter auch liebe, sie ist schon ein seltsamer Mensch. Seit ich denken kann, hat sie nie eine Beziehung gehabt. Weder mit einem Mann noch mit einer Frau. Sie konzentrierte sich voll und ganz auf mich, und dann, nachdem ich von zu Hause auszog, auf meine Tochter.«

»Irgendwas scheint ihr in jener Nacht wirklich Angst eingejagt zu haben«, sagt Melissa wehmütig. »Sie sagte …«, ihr Blick schweift zum Kamin, und sie kräuselt erneut die Stirn, »… etwas wirklich Seltsames.«

»Was denn?«

»Sie sagte: ›Sollte mir je etwas Schlimmes zustoßen, dann schau im Kamin nach.‹«

Lorna stutzt. »Im Kamin? Welchem? Deinem?«

Sie lacht. »Nein, ich glaube nicht in meinem. Ich ging davon aus, dass sie ihren meinte. Aber ich weiß es nicht …«

Lornas Herz beginnt zu rasen. Der Kamin. Sie muss von dem Beweis gesprochen haben, den Victor so erbittert sucht. Ist das der Ort, an dem er sich die ganze Zeit befand? »Und …«, sie kann ihre Aufregung kaum verbergen, »… hast du je dort nachgesehen?«

»Nein. Nein, ich habe nicht wirklich daran gedacht. Nach ihrem Wegzug hörte ich, dass das Cottage noch in ihrem Besitz war und sie es vermietete. Also war es nicht so, als ob ihr etwas Schlimmes zugestoßen wäre. Wenn dem so gewesen wäre – wenn sie, ich weiß auch nicht, tot im Haus aufgefunden worden wäre oder so etwas –, dann ja. Ja, dann wäre ich ihrer Bitte sicherlich nachgekommen, aber sie zog weg und andere Leute zogen ein. Etwa zehn Jahre später, so um 1990 herum, begegnete ich einem Immobilienmakler, der sich das Haus ansah, und fragte ihn nach Rose. Er meinte, dass das Cottage in Skelton Place immer noch ihr gehörte und sie es weiterhin vermieten wolle. Ich ging davon aus, dass sie dem Mann entkommen war, vor dem sie sich so gefürchtet hatte.«

Mein Gott, denkt Lorna bei sich, und Tränen verschleiern ihren Blick, als sie sich ihre Mutter vorstellt, wie sie verängstigt und ganz auf sich allein gestellt ein kleines Mädchen großziehen musste.

»Die Leichen im Garten«, sagt Melissa plötzlich. »Weiß man denn schon, um wen es sich handelt?«

»Eine der Leichen war ein Journalist namens Neil Lewisham. Bei der anderen wissen sie es noch nicht. Aber ich habe mich schon gefragt ... Vielleicht haben sich die beiden gar nicht getrennt, und bei der anderen Leiche handelt es sich um Daphne.«

Melissa zieht scharf die Luft ein. »Aber wer sollte sie denn umgebracht haben?«

Lorna blickt auf ihre Hände hinab. »Ich fürchte, die Polizei wird Mum verdächtigen ...«

»Nein. Nein, das wäre nicht rechtens«, ereifert sich Melissa. »Rose hätte Daphne nie etwas angetan und auch nicht zugelassen, dass jemand anders ihr etwas tut, nicht ohne die Polizei zu rufen oder irgendwas anderes zu unternehmen.«

»Es sei denn, es war nicht meine Mutter, die sie getötet hat«, sagt Lorna und schluckt schwer.

43

Saffy

»Was hast du vor?«, fragt Tom, als ich aufstehe und damit beginne, mich hastig anzuziehen. »Ich dachte, wir können mal ausschlafen.« Er hebt anzüglich die Augenbrauen. »Wenn Lorna schon mal außer Haus ist.«

»Tut mir leid, aber ich möchte Gran besuchen. Ich habe einfach das Gefühl, sie sehen zu müssen. Zeit mit ihr zu verbringen.«

»Vergiss aber nicht, dass wir uns später noch mit Theo und seiner Frau treffen. Wirst du auch rechtzeitig zurück sein?«

»Ja.« Ich ziehe mir ein T-Shirt über, das ich seit mindestens zwei Jahren nicht mehr anhatte, dazu eine Jogginghose, bevor ich mein Haar zu einem unordentlichen Dutt winde.

Tom setzt sich auf. Beim Anblick seiner nackten Brust verspüre ich einen kurzen Anflug von Verlangen, aber genauso schnell ist er wieder verschwunden. Ich habe einfach zu viele andere Dinge im Kopf. »Ich begleite dich«, sagt er. »Ich habe deine Gran schon eine halbe Ewigkeit nicht mehr gesehen und …«

»Nein!«, rufe ich und merke sogleich, dass ich etwas zu schroff war. »Nein«, wiederhole ich sanfter. »Ist schon okay. Ich glaube einfach nur, dass Gran mehr erzählen wird, wenn ich alleine komme.«

Er betrachtet mich, und die Skepsis steht ihm ins Gesicht geschrieben. »Saff, ich mache mir Sorgen um dich. Das ist gerade alles ganz schön viel, und jetzt willst du auch noch nach Bristol düsen.«

»Ich bin ja bald wieder da.« Ich hocke mich auf die Bettkante und ziehe meine Socken an. »Ich möchte Gran nach Victor fragen. Jetzt, da ich mehr weiß. Und es ist vielleicht einfacher ohne …«

»Ohne deine Mum?«

Ich nicke schuldbewusst.

Er nimmt meine Hand. »Ist alles okay zwischen euch beiden? Als ich gestern nach Hause kam, meinte ich eine Spannung zu spüren. Ich weiß schon, dass ihr gerade erst Theo kennengelernt und das mit Victor erfahren hattet, aber … da war noch etwas anderes. Als würde etwas zwischen euch gären.«

»Wir haben uns gezofft. Ich habe ein paar Dinge gesagt, die ich nicht hätte sagen sollen.«

»Oh, Saff.«

»Ich weiß. Das war nicht gerade eine Glanzleistung von mir. Mum tut ihr Bestes. Und ich liebe sie ja auch, aber …«

»Hey«, er hält seine Hände in die Höhe, »du musst dich bei mir nicht erklären. Ich weiß, dass ihr ein kompliziertes Verhältnis habt.«

»Gran war einfach so viel unkomplizierter, weißt du? Oder«, ich lache ironisch, »zumindest habe ich das gedacht.«

Er zieht mich an sich und küsst mich. »Fahr vorsichtig, ja?«, bittet er. »Und bleib nicht zu lange weg, sonst räumt deine Mum noch das ganze Haus um!«

Als ich eintreffe, liegt Gran im Bett. Joy berichtet mir, sie habe eine schlechte Nacht gehabt, und ich muss die Nervosität in meinem Magen unterdrücken, während ich den

Flur hinab auf ihr Zimmer zugehe. Millie, Grans fantastische Pflegerin, hat mich schon länger gewarnt, dass sie mich eines Tages vielleicht überhaupt nicht mehr wiedererkennen könnte, dass die kurzen klaren Momente immer seltener würden, bis es sie gar nicht mehr gäbe. Mir ist bewusst, dass wir uns bis jetzt glücklich schätzen durften. Eines Tages wird sie ganz verschwunden sein, und an ihrer Stelle wird da eine alte Dame sein, die sich nicht mehr daran erinnert, wer sie ist, ganz zu schweigen davon, wer ich bin. Eine alte Dame ohne Erinnerungen, sei es in der Vergangenheit oder Gegenwart.

Gran sitzt aufrecht im Bett, der Rücken von zwei dicken Kissen gestützt, die Decke bis unter die Achseln hochgezogen. Ihre über dem Bauch gefalteten Hände wirken knöchern und zerbrechlich, ihre von blauen Adern durchzogene blasse Haut erinnert an Reispapier. Sie hat die Augen geschlossen. Ich bleibe eine Weile in der Tür stehen und betrachte sie. Ihre durchscheinenden Wimpern, die einstmals lang und dunkel waren, jetzt aber nur dünn und licht sind. Sie sieht viel älter aus als ihre fünfundsiebzig Jahre, eine zusammengeschrumpfte Gestalt in dem großen Bett. Auf ihrem Nachttisch steht ein gerahmtes Foto von mir als Jugendliche; es wurde im Garten ihres Hauses in Bristol unter dem Apfelbaum aufgenommen, und ich umarme darauf ihren schwarzen Labrador Bruce. Seit ihrem Einzug letztes Jahr bin ich nicht mehr in ihrem Zimmer gewesen, und bei dem Anblick des Fotos bekomme ich einen Kloß im Hals. Ich muss mich darauf konzentrieren, nicht in Tränen auszubrechen. Ich möchte nicht, dass Gran mich so sieht. Leise, um sie nicht zu wecken, nehme ich auf dem Stuhl neben ihrem Bett Platz. Mir gegenüber befindet sich ein großes Fenster, und ich kann draußen einen blühenden Baum sehen, dessen rosa Pracht die Hälfte der Scheibe verdeckt. Das gefällt ihr sicher, denke ich, während ich eine ihrer gebrechlichen Hände in meine nehme. Ich wünschte, ich könnte in eine Zeit zurückkehren, in der sie noch nicht an Demenz litt. All die Jahre, die ich in ihrem Wohnzimmer saß, nur wir beide allein, all die verpassten Gelegenheiten, um zu reden, um mehr über ihre Vergangenheit zu erfahren.

Über ihrem Bett befindet sich ein Rolltisch, als würde sie im Krankenhaus liegen, darauf ein Krug mit Wasser und ein Glas. Ich gieße ihr etwas ein, nur für den Fall, dass sie nach dem Aufwachen Durst hat. Und dann sitze ich einfach bei ihr. Genieße es, dass da nur wir zwei sind. So wie es früher einmal war.

Ich bin mit meinem Handy beschäftigt und lese die Arbeits-Mails, die ich die Woche verpasst habe, als ich ein Husten höre. Ich schaue auf und stelle fest, dass Gran aufgewacht ist. Sie liegt da und schaut eine Weile einfach nur vor sich hin, als versuche sie, zu sich zu finden, bis sie mich bemerkt und ihre Augen sich weiten. »Wer bist du?«, flüstert sie heiser.

Ich reiche ihr das Wasserglas, und sie führt es mit zittriger Hand an ihre Lippen. »Ich bin's, Gran, Saffy.« Ich deute auf das Foto. »Deine Enkelin.«

Aber in ihren Augen ist da nur Verwirrung. Verwirrung und Angst.

Also fange ich an zu reden. Ich erzähle ihr von Skelton Place und von Snowy, von Mum, dem Haus in Bristol mit dem Kieselrauputz und dem Gewächshaus und allem anderen, was ihr dabei helfen könnte, sich zu erinnern, wer sie ist.

»Und du hast mir früher immer deine Tomatenpflanzen

im Gewächshaus gezeigt, weißt du noch? Du hast mir beigebracht, wie man aussät und Radieschen zieht.« Ich muss innehalten, um meine Emotionen wieder in den Griff zu bekommen. »Und jetzt werde ich selbst ein Baby bekommen, dem ich das mal zeigen kann.«

»Ein Baby.« Sie lächelt, und es lässt ihr ganzes Gesicht erstrahlen, und sie ist wieder meine Großmutter. Meine wundervolle, liebe, sanftmütige Großmutter, die gerne strickte und gärtnerte, gerne Frühstücksfernsehen schaute und ihre Vanillecremekekse in den Tee tunkte, den sie immer viel zu lange ziehen ließ.

Ich beuge mich vor, um ihre Hand zu nehmen. »Du wirst eine Urgroßmutter, stell dir das mal vor«, sage ich und versuche, ganz unbeschwert zu klingen.

»Stell dir das mal vor«, wiederholt sie mit leuchtenden Augen. Sie hat ihr Gebiss nicht im Mund, wodurch sie viel älter ausschaut, die untere Hälfte ihres Gesichts wie die einer Kasperlepuppe. Dann verdüstert sich ihr Blick. »Du wirst doch eine gute Mutter sein, ja? Du wirst auf das Baby aufpassen?«

»Natürlich werde ich das. Und Tom wird einen guten Vater abgeben.«

»Tom … Tom …«, wiederholt sie, bis die Erkenntnis in ihrem Gesicht aufflackert. »Tom ist ein guter Mann.«

»Das ist er.«

»Du hast großes Glück. Neil war kein guter Mann. Und Victor auch nicht.«

Victor. Ich bin erleichtert, dass sie ihn von sich aus erwähnt. Das ist meine Chance. »Gran, ist Victor dein Ex-Ehemann?«

Sie stößt ein schnaubendes Lachen aus. »Natürlich nicht. Ich war nie verheiratet.«

»Aber Victor ist Lornas Vater, oder? Lollys Vater?«

Ihre Augen blicken direkt in die meinen. »Ja … ja, ich glaube schon.«

»Du glaubst?«

Ihr Gesicht legt sich in Falten. »Alles ist so vernebelt … alle meine Erinnerungen. Sie sind nicht mehr so klar.«

»Ich weiß, Gran«, erwidere ich sanft, »ich weiß.« Ihre Augen füllen sich mit Tränen und meine ebenso. »Alles ist gut«, sage ich. »Alles ist gut.«

»Ist es nicht«, erwidert sie, während eine Träne aus ihrem Auge kullert und schlängelnd über ihre faltige Wange herabrinnt. »Selbst nach all den Jahren vermisse ich sie noch immer.«

Mein Herz krampft zusammen. »Wen vermisst du, Gran?«

»Ich vermisse sie.«

Ich frage mich, ob sie von Daphne spricht. »Was ist mit ihr passiert?«, frage ich, obwohl ich mir plötzlich nicht mehr sicher bin, ob ich die Antwort hören will. Was, wenn sie mir jetzt gesteht, dass sie sie umgebracht und zusammen mit Neil im Garten begraben hat? Was würde ich mit einer solchen Information anfangen? Sie ist eine alte Frau, und ich liebe sie. Ich möchte sie beschützen. Was könnte schon Gutes bei einem Geständnis herumkommen? Zum ersten Mal, seit das alles anfing, überkommen mich Zweifel, ob ich die Wahrheit überhaupt erfahren möchte. Vielleicht sollten Geheimnisse doch am besten begraben bleiben.

»Gran, hat Victor ihr etwas angetan?«

Mit tränennassen Wangen nickt sie. »Ja, das hat er. Er ist kein guter Mann.«

»Ich weiß«, erwidere ich. »Er klingt nicht wie einer.«

»Er hat sie hereingelegt«, sagt sie auf einmal.

»Er hat Daphne hereingelegt?«

Sie schüttelt den Kopf. »Nein, nein.«

»Er hat dich reingelegt?«

Sie schaut mich an und blinzelt. Dann streckt sie die Hand aus und streicht mir das Haar hinters Ohr. »Ich liebe dich«, sagt sie.

»Oh, Gran, ich liebe dich doch auch.«

»Und ich liebe Lolly. Lass nicht zu, dass Victor sie findet«, sagt sie, erneut die Augen schließend. »Pass auf sie auf.«

»Gran, Victor ist mittlerweile ein alter Mann. Er wird ihr nichts tun.«

Als sie die Augen wieder öffnet, ist klar, dass die Großmutter, die ich kenne, verschwunden ist und durch eine Fremde ersetzt wurde. »Wer sind Sie?«, fragt sie, als hätte das Gespräch nie stattgefunden.

Und so sitze ich geduldig da und wiederhole alles, was ich zuvor gesagt habe, noch einmal, in der Hoffnung, sie möge zu mir zurückkommen.

Als ich etwas später gerade zu meinem Auto gehe, bekomme ich einen Anruf von DS Barnes.

Sie haben Glen Davies gefunden. Er wurde verhaftet.

44

Rose, Sommer 1980

Meine Angst und Paranoia, sie wurden immer schlimmer. Bei jedem Geräusch dachte ich, die Polizei stünde vor der Tür, um mich zu verhaften. Jedes Mal, wenn ich ins Dorf ging, fürchtete ich, dass die Leute über mich redeten, dass sie es irgendwie wussten. In der Zeitung war ein Artikel über Neil Lewishams Verschwinden erschienen, und als ich sein Gesicht sah, das mich von der Titelseite aus anstarrte, musste ich den Laden verlassen, da mich Panik überfiel. Ich kam psychisch schlicht nicht damit zurecht, dass ich einen Menschen getötet hatte. Auch wenn ich versuchte, mir einzureden, dass ich es aus gutem Grund getan hatte.

Daphne war wunderbar. Während der nächsten Monate wurde sie mein unerschütterlicher Fels in der Brandung. Sie ließ von einem örtlichen Steinmetz Steinplatten liefern und sagte mir, dass sie den Garten »umgestalten« würde. Aber mir war klar, was sie in Wirklichkeit tat. Sie verlängerte die Terrasse, sodass sie jene Stelle bedeckte, an der Neils Leiche begraben war. So, dass ich nicht mehr jenen kargen Fleck im Gras betrachten musste, der nicht zum Rest des Rasens passte.

»Wo hast du das alles gelernt?«, wollte ich eines Tages von ihr wissen, als sie mit einem Flecken Erde auf der Wange die Küche betrat, nachdem sie die Platten verlegt hatte.

Sie sah sich um, um sicherzugehen, dass du außer Hörweite

warst. »Ich habe im Gefängnis eine ganze Menge gelernt«, sagte sie errötend und sah auf einmal verletzlich aus. »Ich war sehr lange dort.«

»Oh, Daphne.«

Und so versuchte ich, stark zu bleiben – für sie und für dich.

Aber die Albträume wollten nicht nachlassen, und ich wachte nachts schweißgebadet auf. Neils Gesicht verwandelte sich in Victors, und ich war immer mehr davon überzeugt, dass er uns aufspüren würde. Immerhin war es Neil bei Daphne auch gelungen.

Ich hatte ihr immer noch nicht von Victor erzählt, aber je tiefer unsere Liebe wurde, umso schwerer war es, nicht über meine Vergangenheit zu reden. Nicht dass sie je danach gefragt oder mich gedrängt hätte. Ihrerseits sprach sie ebenfalls nicht über ihre Zeit als Jean. Es war, als wollten wir beide einfach nur im Hier und Jetzt leben. Als hätten wir, bevor wir einander fanden, nicht existiert.

»Du musst aufhören, dich wegen Neil zu quälen«, sagte Daphne bei den vielen Gelegenheiten, wenn ich sie, von Schuld und Furcht überwältigt, zitternd und weinend aufsuchte. Sie nahm mich dann in ihre Arme, küsste mich und versicherte mir, dass sich alles fügen würde. »Niemand wird je davon erfahren«, flüsterte sie, aber das sorgte nur dafür, dass ich mich noch schlechter fühlte. Ohne Kontrolle und verwundbar.

Es verblüffte mich, wie wenig Daphne sich wegen Neil und der Tatsache, dass seine verwesenden Überreste in unserem Garten begraben lagen, zu sorgen schien. Sein Verschwinden hatte es immerhin in die Zeitungen geschafft. Er war verheiratet und Vater eines kleinen Jungen gewesen. Die

Schuldgefühle deswegen fraßen mich innerlich auf. Selbst mit den neuen Steinplatten im Garten hasste ich es, dort hinauszugehen, und jedes Mal, wenn ich es doch tat, kamen die Erinnerungen an jene Nacht zurückgeflutet. Das war nicht einfach, insbesondere in jenem heißen Sommer nicht, als du die ganze Zeit in den Garten wolltest. »Ich gehe schon«, sagte Daphne dann und berührte sanft meinen Arm. Ich jedoch sah, wie eine Gefängnisinsassin, vom Küchenfenster aus zu, wie sie bei dir saß, während du mit deinem kleinen Spaten im Boden herumgrubst und ein Steingärtchen anlegtest, und quälte mich innerlich, weil der Mann, den ich getötet hatte, keine fünf Meter entfernt begraben lag.

Nachts träumte ich davon, wie ich nach unten ging, nur um festzustellen, dass jemand die Bodenplatten entfernt hatte und das Erdloch leer war. Dann wieder befürchtete ich, dass wir nicht tief genug gegraben hatten und irgendein Tier, etwa der Hund eines Nachbarn oder ein Fuchs, dort buddelte und so die Leiche freilegte. Oder aber, dass er noch am Leben war, dass er den Stich überlebt hatte und nun, immer noch sein blutbeflecktes T-Shirt tragend, auf Rache sann.

»Jetzt, da ich die Platten verlegt habe, kann kein Tier mehr was ausgraben. Mach dir deswegen keinen Kopf«, versicherte mir Daphne, als ich mich ihr anvertraute.

In den meisten Nächten stahl sie sich, nachdem du fest eingeschlafen warst, in mein Zimmer. Es war tröstlich, ihren warmen Körper neben meinem zu spüren. Ich fühlte mich nicht mehr so allein mit meinen düsteren Gedanken. In einer heißen, stickigen Julinacht, als wir uns in den Armen lagen, nur mit einem weißen Laken bedeckt, sagte sie: »Glaubst du, du bist bisexuell?«

Ich stützte mich auf meinen Ellbogen auf, um sie

anzusehen, wobei das Mondlicht ihre hohen Wangenknochen noch mehr hervortreten ließ. »Warum fragst du das?«

»Na ja, weil du verheiratet warst.«

»Ähm, ehrlich gesagt war ich nie verheiratet.«

Ihre Augen wurden riesengroß im Halbdunkel. »Was? Aber Lollys Vater …«

»Ich bin keine Witwe. Ich bin vor ihm davongelaufen. Er war … er ist … ein Psycho.«

Ich spürte, wie sie sich neben mir versteifte. »Ich hatte mich schon gefragt, ob du nicht auch vor jemandem davonläufst. Du warst immer so … verschlossen. Wie ich auch, nehme ich an. Obwohl wir beide, so wie es scheint, vor ganz unterschiedlichen Dingen davongerannt sind.« Sie streckte die Hand aus und berührte meine Wange. »Aber dann dachte ich mir, du wärst vielleicht nur schüchtern.« Sie nahm ihre Hand weg und zog das Laken über ihre Brust. Nach all den Tagen mit dir im Garten waren ihre Arme sonnengebräunt. »Also ist er noch immer dort draußen, Lollys Vater?«

Ich nickte. »Sein Name ist Victor.«

»Victor.« Sie sprach den Namen ganz langsam aus. »Das klingt vornehm.«

»Wir waren nie zusammen. Also als Paar«, erklärte ich, um sie zu beruhigen. »Es … es ist kompliziert.« Ich wollte ihr nicht von Victor und dem, was er mir angetan hatte, erzählen. Ich wollte nicht, dass es zwischen uns stand, gleich einer bösartigen Erscheinung, die in Mitleidenschaft zog, was uns verband. »Vor ihm war ich lange Zeit mit einer Frau zusammen. Sie hieß Audrey. Was ist mit dir?«

Sie kicherte in der Dunkelheit. »Ich hatte Sex mit Männern, aber es hat sich nie richtig angefühlt. Dann wurde mir klar, dass ich Frauen vorzog.«

Ich spürte einen Anflug von Eifersucht. »Wir sollten nicht so in Schubladen denken.«

»Das tue ich nicht. Ich habe mich nur gefragt, was mit Lollys Vater war, das ist alles. Ich wollte schon immer Kinder, aber jetzt bin ich vierzig.«

Das überraschte mich. Sie sah jünger aus. »Wirklich? So siehst du gar nicht aus.«

Sie lächelte zur Antwort. Ich kuschelte mich wieder ein, sodass wir beide wieder unter dem Laken lagen und uns dabei ansahen.

»Geht es jemals weg?«, flüsterte ich in die Dunkelheit.

»Was genau?«

»Die Schuldgefühle. Dafür, dass ich jemandem das Leben genommen habe?«

Zunächst antwortete sie nicht, und ich fragte mich, ob ich sie irgendwie gekränkt hatte.

Dann sagte sie mit trauriger Stimme: »Ich werde mir nie verzeihen, was ich Susan angetan habe. Ich habe den Preis dafür bezahlt. Ich habe meine Zeit abgesessen. Ich habe mein Leben ruiniert. Aber ich werde nie darüber hinwegkommen.«

»Du warst nur ein Kind. Was ist meine Entschuldigung?«

»Liebe«, sagte sie leise und ertastete unter dem Laken meine Hand. »Du hast es aus Liebe getan.«

45

Lorna

Saffy starrt ihre Mutter mit heruntergeklappter Kinnlade an. »Im Kamin? In welchem? Wir haben vier im Haus.«

»In dem hier habe ich schon nachgesehen«, gesteht Lorna etwas betreten, zum Wohnzimmerkamin deutend, und zeigt dann Saffy ihre schmutzigen Handflächen.

»Den haben wir seit unserem Einzug regelmäßig benutzt«, sagt Saffy. »Alles, was dort drinlag, wäre schon lange zu Asche zerfallen.«

Tom kommt ins Zimmer geschlendert und reicht beiden eine Tasse Tee. Lorna hat so viel Tee getrunken, dass sich ihr Mund schon ganz pelzig anfühlt, lehnt aber dennoch nicht ab. Auch Saffy nimmt ihre Tasse, dann setzt Tom sich zu ihr aufs Sofa. Seit sie von ihrem Besuch im Pflegeheim zurück ist, sieht Saffy traurig aus. Sie hat erzählt, dass es Gran zusehends schlechter geht, und Lorna plagt das Gewissen, weil sie ihre Tochter heute nicht begleitet hat. Sie weiß, dass sie bald nach Spanien zurückkehren muss – ihr Chef wird ihre Stelle nicht für immer offen halten, ganz zu schweigen von ihrer Wohnung und dem ungeklärten Verhältnis zu Alberto. Auf der anderen Seite will sie Saffy und ihre Mutter nicht alleinlassen. Die Worte ihrer Tochter schmerzen sie nach wie vor. Sie könnte es nicht ertragen, dass Saffy denkt, sie würde sie im Stich lassen.

Saffy springt auf. »Lass uns oben nachsehen«, schlägt sie vor.

»Wir haben nicht viel Zeit«, gibt Tom zu bedenken. »Hast du nicht gemeint, wir wären um vierzehn Uhr mit Theo verabredet?«

»Wir haben eine halbe Stunde«, stellt Saffy fest. »Und das hier ist wichtig. Komm schon.«

Lorna will sich vom Stuhl erheben, zögert dann aber. »Was wird das wohl für ein Beweis sein? Eine Mordwaffe? Ein Messer?«

Saffy stemmt die Hände in die Hüften, und Lorna kann nun deutlich die Konturen ihres Babybauchs erkennen. »Mum, sei nicht albern. Davies hat von Papierkram gesprochen. Das ist es, wonach wir suchen.«

Tom seufzt, erhebt sich allerdings ebenfalls. »Warum sollte es Victor so wichtig sein, alte Papiere in die Hände zu bekommen? Was könnte darin stehen, das ihn mit einem Mordfall in Verbindung bringen könnte?«

»Lasst es uns doch einfach herausfinden«, schlägt Saffy ungeduldig vor. Sie greift Toms Hand. »Kommt schon.«

Lorna folgt den beiden die Treppe hinauf, dicht gefolgt vom aufgeregt kläffenden Snowy, der wohl ihr Adrenalin spürt.

Als Erstes gehen sie in Saffys und Toms Schlafzimmer. Das Bett ist ungemacht und Toms Kleidung vom Vortag achtlos über den Stuhl am Fenster geworfen. Saffy steuert zielstrebig den kleinen schmiedeeisernen Kamin an.

»Ich mache das«, verkündet Tom und eilt nach vorne. »Ich möchte nicht, dass du dich überanstrengst.« Saffy und Lorna sehen ihm dabei zu, wie er sich auf die Zehenspitzen stellt und den Hohlraum hinter dem Sims abtastet. Saffy kreischt auf und macht einen Satz zurück, als er dabei eine Spinne aufscheucht. »Hier ist nichts«, sagt er, den Staub und die Spinnweben aus dem Haar schüttelnd.

»Probieren wir als Nächstes deinen aus«, schlägt Saffy vor. »Meine Güte, Mum«, schiebt sie hinterher, als sie Lornas makelloses Schlafzimmer betreten, »du darfst hier schon auch ein bisschen Unordnung anrichten, weißt du.«

Der Kamin ist kleiner als der in Saffys Zimmer und verfügt über eine hölzerne Verkleidung mit Blumenschnitzereien. Es dauert nicht lange, bis sie feststellen, dass es auch hier nichts zu holen gibt.

»Das Kinderzimmer …«, beginnt Lorna, doch Saffy ist bereits im Flur.

Bis auf die Kisten in der Ecke ist das kleine Zimmer vollkommen leer. Lorna sieht, wo Tom damit begonnen hat, die Tapete abzuziehen. »Schon komisch, dass das mal mein Zimmer war.« Sie tritt ans Fenster und blickt in den Garten hinaus. Sie versucht, sich bildlich vorzustellen, wie ihre Mutter dort unten mit Daphne drauflosbuddelt, um eine Leiche zu vergraben. Aber es will ihr nicht gelingen. Es ist ungefähr so verrückt, wie sich Snowy mit einem menschlichen Kopf vorzustellen.

»Sieht nicht so aus, als ob hier was wäre«, sagt Saffy. Lorna dreht sich um und sieht, wie ihre Tochter in der Feuerstelle herumtastet, während Tom über ihr in den Schornstein greift. Sie sehen aus, als würden sie einen Sketch aufführen. »Glaubst du, dieser Davies hat es gefunden?«

Lorna seufzt. »Vielleicht hat Melissa sich falsch erinnert. Es ist schließlich ewig her.«

Saffy kommt zu ihr rüber und legt Lorna einen Arm um die Schultern, wobei sie sich etwas strecken muss. So stehen sie eine Weile da, in dem Zimmer, das einst Lornas gewesen war, und starren den Kamin an, als fänden sich in ihm alle Antworten.

Sie wollen gerade das Haus verlassen, um sich mit Theo und Jen zu treffen, als Saffys Handy klingelt.

Sie greift in ihre Tasche, hebt ab und informiert die anderen stumm mit ihren Lippen, dass es DS Barnes ist.

Lornas Magen verkrampft sich. Was will der denn jetzt? Haben sie Victor verhört?

»Okay«, sagt Saffy und wirft den beiden einen besorgten Blick zu. »Ich verstehe. Und Sie sind ganz sicher? Gut …« Sie schiebt eine Locke hinter ihr Ohr. »Ja. Das ist in Ordnung. Danke.«

Sie legt auf und steckt das Handy wieder zurück in ihre Tasche.

»Was ist los?«, fragt Tom.

»Die Forensik hat das Gebiss der anderen Leiche mit Jean Burdons zahnärztlichen Befunden aus ihrer Haftzeit abgeglichen, und die Ergebnisse sind gerade eingetroffen. Keine Übereinstimmung. Es ist nicht sie.«

46

Rose, September 1980

Das Problem mit der Liebe ist, dass sie einen blind macht. Und ich war so sehr geblendet von meinen Gefühlen für Daphne, dass mir regelrecht schwindlig davon war.

Ich brach die einzige Regel, die ich seit meiner Flucht vor Victor für mich aufgestellt hatte – nichts von mir preiszugeben.

Eine Sache nagte an mir.

Daphne wusste zu viel über mich.

Und ich, im Gegenzug, wusste zu viel über sie.

Ihre gestohlene Identität, die schändliche Vergangenheit als Jean Burdon, ihre Gefängniszeit.

Ich wusste, dass ich sie liebte, aber würden unsere Verbrechen uns aneinanderketten? Es unmöglich machen, auseinanderzugehen, für den Fall, dass eine von uns die andere verriet?

Was würde mit ihr geschehen, wenn ihre wahre Identität jemals an die Öffentlichkeit kam? Sie würde von aufgewiegelten Bürgern diffamiert werden. Nach ihrer Haftentlassung war ihre neue Identität Sheila Watts gewesen. Aber diese Haut hatte sie an jenem Tag, an dem sie sich selbst »ertränkte«, abgestreift, weshalb es jetzt keine Bewährungshelfer mehr gab, die sie im Auge behielten, keine Beamten, die dafür sorgten, dass sie nicht wieder tötete. Nicht dass ich glaubte, dass sie das tun würde. Ich vertraute ihr. Immerhin waren wir nun beide Mörderinnen. Zudem war sie ein unschuldiges Kind gewesen – vernachlässigt und missbraucht –, das sich nicht anders zu helfen wusste. Ich dagegen hätte es im Alter von siebenunddreißig Jahren besser wissen müssen.

Nein, wenn überhaupt, so hatte mich Daphne nun in der Hand. Sie könnte der Polizei den Weg zur Leiche jederzeit weisen.

Aber ich versicherte mir selbst, dass es das wert war, weil unsere Liebe echt war – unverfälscht, aufrichtig und für immer. Dass es niemals dazu kommen würde, dass eine von uns sich gezwungen sähe, ihr Wissen als emotionales Druckmittel zu verwenden, damit die andere nicht ging. Daphne war nicht manipulativ. Sie spielte keine Spielchen. Es gab nichts, weswegen ich mir Sorgen machen müsste.

Daphne war nicht wie Victor.

Zumindest redete ich mir das damals ein.

Es war ein wunderschöner Morgen im Frühherbst, als die Bäume gerade damit begannen, ihre Blätter abzuwerfen. Du liebtest es, das Laub auf dem Weg zum Kindergarten mit deinen Stiefelchen aufzuwirbeln. Das Dorf sah so hübsch aus, in seinem Kleid aus Rot, Gold und Braun. Draußen war es frisch, aber sonnig, und nachdem ich dich abgegeben hatte, beschloss ich, den längeren Heimweg durch den Wald zu nehmen. Es war still und friedlich, die Sonnenstrahlen fielen schräg durch die Bäume, und wie ich meine Hände so in den Taschen meiner Schaffelljacke vergrub, überkam mich ein reines Glücksgefühl. Als ich auf den Weg abbog, der zur Rückseite des Cottages führte, bemerkte ich, dass jemand bei uns im Garten stand, neben der Steinmauer, die ihn vom Wald trennte. Ich hielt inne und versteckte mich hinter einem dicken Baumstamm.

Es war Daphne. Und sie war nicht allein. Sie unterhielt sich mit einem Mann. Mein Herz stolperte in der Brust, und mein Magen verkrampfte. Wer war es dieses Mal? Doch nicht etwa ein weiterer Journalist, der versuchte, Daphnes wahre Identität aufzudecken?

Ich fragte mich, ob es Sean war, einer der Hilfsarbeiter auf der Farm. Ich hatte ihn nie kennengelernt, aber Daphne hatte sich bei der Arbeit anscheinend ein bisschen mit ihm angefreundet. Wie es aussah, gab er ihr immer mal wieder was mit – übrig gebliebene Eier, eine angebrochene Farbdose, eine Flasche Milch. Ich hoffte, dass er diese Dinge nicht ungefragt an sich nahm, aber Daphne meinte, er sei »in Ordnung«, und das war aus ihrem Mund schon reichlich viel des Lobes. Die Möglichkeit, dass er auf sie stand, war mir durchaus in den Sinn gekommen, aber ich vertraute ihr. Ich wusste, dass sie mich liebte.

Aber als ich genauer hinsah, da erkannte ich, dass es Joel war.

Der Wind trug ihre Stimmen zu mir herüber. »Ich denke, du solltest jetzt gehen«, hörte ich Daphne sagen. Ich wollte schon hinter dem Baum hervortreten. Belästigte er sie etwa erneut? Doch bei seiner Antwort blieb ich wie angewurzelt stehen.

»Ich verstehe nicht, warum du diese Lügen über mich erzählst«, sagte er und warf entrüstet die Arme in die Luft. Selbst von meinem Standort aus konnte ich erkennen, dass er aufrichtig verwirrt war. »Rose und ich waren befreundet, und jetzt spricht sie schon seit Monaten nicht mehr mit mir. Wenn ich sie auf der Straße sehe, meidet sie mich.«

»Das ist ihr gutes Recht.«

»Du hast sie gegen mich aufgebracht, indem du erzählt hast, ich sei irgend so ein … Lustmolch.«

»Mach dich nicht lächerlich.«

»Ich habe mich nie an dich herangemacht. Ich habe dich nie belästigt. Alles, was ich getan habe, war, dir meine Gefühle in Bezug auf Rose anzuvertrauen. Ist das der Grund, warum du es getan hast? Um zu verhindern, dass wir zusammenkommen?«

»Bekomme es endlich in deinen Schädel: Sie ist nicht interessiert und wird es auch niemals sein. Ganz gleich, was ich ihr erzählt habe oder nicht«, fauchte sie.

Der Zorn in ihrem Gesicht überraschte mich. Normalerweise war sie so ruhig und umgänglich. Ich hatte ihre Geduld, ihre Freundlichkeit schon immer bewundert. Ich meine, natürlich war sie keine Heilige. Und genauso wie ich nahm sie sich vieles zu Herzen. Sie ärgerte sich über Ungerechtigkeiten und Ungleichheit. Sie war unabhängig und hatte was auf dem Kasten. Aber sie verhielt sich nie kleinlich oder unfair – oder zumindest hatte ich das bisher gedacht. Doch wenn Joel die Wahrheit sagte, wenn sie bezüglich seiner Avancen ihr gegenüber gelogen hatte, dann war das ein wirklich manipulativer Zug von ihr.

»Aber das wusstest du damals nicht – richtig? Du dachtest, dass ich ihr womöglich auch gefallen könnte, und hast beschlossen, dem einen Riegel vorzuschieben. Du magst womöglich alle anderen hier zum Narren halten, mit deiner Ich-kann-kein-Wässerchen-trüben-Fassade, aber ich durchschaue dich.«

»Warum verpisst du dich nicht ganz einfach?«, fuhr sie ihn an. »Lass uns in Ruhe!«

Ich sog so scharf die Luft ein, dass mir die Brust schmerzte. Ich wartete auf Joels Reaktion. Aber er schüttelte nur traurig den Kopf. »Ich hoffe, du benutzt sie nicht. Sie ist ein guter Mensch.«

»Natürlich benutze ich sie nicht.«

Er blickte zum Cottage. »Du hast es hier wirklich gut getroffen. Ein Dach über dem Kopf. Liebe. Eine richtige kleine Familie.«

Sie verschränkte die Arme vor der Brust. Sie trug einen weiten hellbraunen Pullover und eine cremefarbene Jodhpurhose, die ich ihr zum Geburtstag geschenkt hatte. Ihr Haar wurde langsam wieder länger und reichte ihr nun bis zu den Schultern, aber sie blieb bei der dunklen Farbe. Mir gefiel es so. Ihre Wangen waren vor Kälte gerötet, und ihre Augen loderten leidenschaftlich. Sie sah wunderschön aus.

»Ich liebe Rose.«

»Ich hoffe, dass du das tust.«

»Du klingst eifersüchtig.«

»Vielleicht bin ich das.«

Sie scharrte mit der Spitze meiner Gummistiefel, die sie zur Arbeit trug, über den Boden. »Sie hätte sich nie für dich interessiert, ganz gleich, was ich gesagt habe.«

Er seufzte. »Aber zumindest wären wir dann noch befreundet. Oder willst du das auch nicht?«

»Ich weiß nicht, was du meinst.«

»Hat Rose außer mit dir sonst noch mit jemandem zu tun?«

»Sie war schon immer sehr zurückgezogen. Das ist nicht meine Schuld.«

Er schüttelte den Kopf. »Melissa hat mir erzählt, dass Rose so gut wie gar nicht mehr das Glockenläuten in der Kirche übernimmt. Und beim Women's Institute ist sie auch nicht mehr.«

»Das ist ihre Entscheidung. Nicht meine. Wir wollen eben unsere Zeit zusammen verbringen. Weißt du nicht mehr, wie das ist? Dieser erste Liebesrausch, wenn man nur einander will und sonst nichts? Hör auf zu unterstellen, da stünde noch etwas anderes dahinter. Ich würde Rose nie davon abhalten, etwas zu tun, was sie möchte, und das Gleiche gilt umgekehrt.«

Ich konnte nicht mehr nur dastehen und mir das anhören. Es fühlte sich nicht richtig an. Ich trat aus dem Schatten des Baumes hervor und ging Richtung Garten. Ich kletterte über die Mauer und sprang ins Gras. Daphnes schockiertes Gesicht war so skurril, dass ich ein Lachen unterdrücken musste.

»Was … was tust du denn hier?«, stammelte sie, als ich auf die beiden zuging.

»Entschuldigung, manchmal nehme ich diesen Weg zurück. Ich bin gern allein im Wald unterwegs. Ich dachte, du müsstest arbeiten.«

Sie lief puterrot an. »Ich … ja, ich war gerade auf dem Sprung, aber da hat Joel vorbeigeschaut.« Mir entging nicht, dass sie versuchte, herauszufinden, ob ich das Gespräch gehört hatte. Aber ich ließ mir nichts anmerken.

»Ist alles in Ordnung?«, erkundigte ich mich bei Joel.

»Ja, alles bestens.« Er schenkte mir ein warmes Lächeln. »Es freut mich zu sehen, dass es dir gut zu gehen scheint, Rose. Falls du je etwas brauchen solltest«, er warf mir einen bedeutungsvollen Blick zu, »egal was, dann weißt du, wo du mich findest, ja?«

»Ähm, ja, klar …«

»Gut. Ich bin dann mal weg.«

Wir standen da und sahen ihm nach, wie er über den Rasen davonschritt und dann ums Haus verschwand.

»Was war da gerade los?«, wollte ich wissen und fragte mich, ob Daphne mir wohl die Wahrheit sagen würde.

Aber sie streckte nur die Hände aus und küsste mich innig,

wobei sie mich an sich zog. »Ich habe noch eine halbe Stunde, bis ich zur Arbeit muss. Lass uns das Beste daraus machen, dass Lolly gerade nicht da ist«, erwiderte sie, als sie sich auch schon wieder von mir löste, meine Hand nahm und mich zum Cottage zog. Aber es gelang mir nicht, das Unbehagen abzuschütteln, das sich über mich gesenkt hatte. Wenn Daphne mich schon in Bezug auf Joel belogen und manipuliert hatte – bei was sonst war sie mir gegenüber noch unehrlich gewesen?

47

Theo

Am Montag vor seiner Schicht beschließt Theo, bei seinem Vater vorbeizufahren. Jetzt, da er das mit Lorna und Rose weiß, benötigt er einige Antworten. Er hat ihn nicht mehr gesehen, seit sein Vater letzte Woche aus dem Restaurant gestürmt ist. Er wartet ein paar Minuten und ärgert sich über sich selbst, weil sein Herz unwillkürlich schneller schlägt als normal. Dann hört er Schritte, die den Flur runterkommen, und die Tür wird aufgerissen. Vor ihm steht sein Vater in Chinos und einem pastellfarbenen Golfpullover mit Rautenmuster.

»Was willst du?«

»Du musst mich reinlassen.«

»Ich habe keine Lust, mich mit dir zu unterhalten. Warst du das, der die Polizei hier vorbeigeschickt hat? Das hätte ich mir denken können. Immer so argwöhnisch.« Er will ihm schon die Tür vor der Nase zuschlagen, aber Theo stellt schnell seinen Fuß in den Spalt, bevor es ihm gelingt.

»Tatsächlich war ich das nicht. Und wenn du mich reinlässt, kann ich es dir erklären«, sagt Theo und versucht, forscher zu klingen, als er sich fühlt.

Sein Vater senkt demonstrativ den Blick zu Theos in die Tür geklemmtem Turnschuh. »Sieht nicht so aus, als ob ich eine Wahl hätte«, erwidert er und tritt einen Schritt zurück. Dann macht er auf dem Absatz kehrt und geht steif den Flur entlang. Theo folgt ihm in die Küche. Sie ist wie immer blitzeblank. Nichts, was sich nicht an seinem Platz befindet. Sein Vater stellt sich an den Tresen in der Ecke und schaltet den Wasserkocher ein.

»Mach's kurz. Ich werde im Klub erwartet.«

In diesem Moment fragt sich Theo, ob sein Vater überhaupt zur Liebe fähig ist. Er kann sich nicht vorstellen, jemals mit seinem eigenen Kind so zu sprechen, wie sein Vater mit ihm spricht. »Was hat die Polizei gesagt?«, beginnt er.

»Nicht viel. Sie hat mir nur ein paar Fragen gestellt.«

»Worüber?«

Aber sein Vater steht einfach nur da, erwidert nichts und blickt Theo ausdruckslos an.

»Ich weiß über Rose Grey Bescheid. Ich weiß, dass sie eine Tochter hat – die möglicherweise meine Schwester ist.«

Sein Vater schaut ihn weiterhin nur kühl an.

»Ich weiß, dass du diesen Schläger Davies losgeschickt hast, um die Familie einzuschüchtern. Um deine eigene Tochter zu bedrohen. Verdammte Scheiße, was stimmt eigentlich nicht mit dir?«

Sein Vater wirkt verblüfft. Theo hat seinen Vater bisher noch nie beschimpft. Und der brave Junge in ihm, das Kind, das stets zu gefallen sucht, zuckt, noch während er die Worte sagt, in seinem Inneren zusammen.

»Ich weiß nicht, wovon du sprichst. Du bist deiner Mutter so ähnlich. Lässt zu, dass deine Gefühle mit dir durchgehen.«

»Wenigstens habe ich welche, im Gegensatz zu dir.«

»Ich habe deine Mutter geliebt. Und ich habe Rose geliebt«, antwortet er.

Theo möchte lachen. Er ist sich sicher, dass für seinen Vater Liebe nur ein Wort ist. Er verwechselt Besitz mit Liebe.

»Also, wer war Rose für dich?«

»Sie war … jemand, mit dem ich einmal eine Beziehung hatte.« Seine Augen zucken leicht, und Theo hat den Eindruck, dass er nicht die Wahrheit sagt.

»Und was ist dann passiert?«

»Sie lebte bei mir und verließ mich, als sie schwanger war. Ich habe versucht, sie zu finden, aber das war damals nicht so einfach. Es gab keine Handys, kein Tracking, kein Internet. Sie war einfach … wie vom Erdboden verschwunden. Und dann habe ich deine Mutter kennengelernt, und Rose schien nicht mehr so wichtig.«

»Und deine Tochter?«

»Ich war nicht einmal sicher, ob Rose das Baby bekommen hatte. Als ich sie kennenlernte, war sie etwa in deinem Alter. Aber sie war ziemlich umtriebig. Sie war gerade mal im sechsten Monat, als sie mich verließ. Sie war so … flatterhaft.«

Das will nicht zu dem passen, was Lorna über ihre Mutter erzählt hat. »Willst du damit sagen, dass du dachtest, das Kind sei gar nicht von dir? Nun, ich habe Neuigkeiten für dich, Dad. Es ist deins. Die Ähnlichkeit, sowohl zu dir als auch zu mir, ist unverkennbar. Ist sie es, die du unbedingt finden wolltest? Ist das der Grund, warum der Artikel auf deinem Schreibtisch lag, oder gibt es noch mehr, was du vor mir verbirgst?«

Sein Dad legt gequält eine Hand an seinen Kopf, und in diesem Moment sieht er weniger wie der autoritäre Kontrollfreak aus, vor dem Theo sich immer gefürchtet hat, sondern mehr wie ein einfacher alter Mann. »Es ist kompliziert. Ich habe Glen darum gebeten, für mich diesbezüglich Nachforschungen anzustellen.«

Er sagt das, als würde er einen Kommentar zum Wetter abgeben.

»Was genau ist eigentlich Glens Job? Er gab vor, er sei Privatdetektiv, aber das ist Quatsch, nicht wahr? Ist er einfach nur ein Gauner? Ich weiß nicht, was die Polizei zu dir gesagt hat, aber eine Verbindung zu ihm wird dich nicht gut dastehen lassen.«

»Sei nicht albern.« Er wendet sich von Theo ab, um einen Tee aufzubrühen. Etwas an dem Ganzen will nicht so recht passen – die Antworten seines Vaters sind bewusst ausweichend.

»Und was hat es mit dem Beweis auf sich?«, bohrt Theo weiter.

Sein Dad erwidert nichts, aber Theo bemerkt, wie seine Schultern sich versteifen. Ein kurzes Zögern, während er einen Teebeutel ins Wasser tunkt. »Beweis?«

Theo ist klar, dass er auf Zeit spielt. »Ja, anscheinend hat dein *Handlanger*, als er Lorna – deine eigene Tochter – auf der Straße angefallen hat …«, er spuckt den Satz regelrecht aus, damit seinem Vater der Abscheu in seiner Stimme nicht entgeht, »… gemeint, dass Rose irgendein Beweisstück vergraben habe. Was meinte er damit?«

Sein Vater steht immer noch mit dem Rücken zu Theo. »Ich habe keine Ahnung«, sagt er, doch erneut hört Theo seiner Stimme an, dass er lügt.

»Und dann ist Davies in das Cottage eingebrochen. Allerdings wurde nichts entwendet, schon komisch, oder? Aber offenbar hat er irgendwas gesucht.«

Sein Vater dreht sich zu ihm um und reicht ihm einen Becher. »Darüber weiß ich nichts.«

»Natürlich tust du das«, erwidert Theo, den Tee entgegennehmend. »Davies macht nie etwas, außer du sagst es ihm. Hast du dich bei der Polizei genauso gegeben? Dad, die werden das durchschauen. Du hängst jetzt mit Glen drin.«

Sein Vater betrachtet ihn über den Rand seines Bechers hinweg. Es handelt sich um ein Vatertagsgeschenk von Theo – auf der Vorderseite prangt ein Golfer, der gerade seinen Schläger schwingt. Theo bemerkt ein undefinierbares Flackern in den Augen seines Vaters – Schuldgefühle vielleicht? Reue? Furcht? Er kann es nicht mit Gewissheit sagen. Es war noch nie leicht, aus seinem Vater schlau zu werden.

Theo nippt an seinem Tee. Während er ihn betrachtet, wird ihm bewusst, dass sein Vater immer noch eine einschüchternde Wirkung hat. Aber mittlerweile ist er Pensionär, ein alter Mann. Er kann Theo nichts mehr anhaben. Er hat keine Kontrolle über das Leben seines Sohnes. Theo ist vollkommen unabhängig; er hat noch nie etwas von seinem Vater erwartet oder verlangt. Was er jedoch für ihn getan hat, hat er aufgrund eines Pflichtgefühls und aus Liebe zu seiner Mutter getan. Als Kind war ihm unablässig eingetrichtert worden, dass er seinen Vater lieben und respektieren müsse – aber das sollte umgekehrt genauso gelten. In seiner Kindheit und Jugend hatte er das Gefühl, dass er seinen Dad lieben *sollte*, weshalb er ihr Verhältnis nie infrage gestellt hat. Aber heute … Wenn er wirklich ehrlich zu sich ist, dann hegt er nichts dergleichen für ihn. Er schluckt seinen Tee runter. »Und diese Fotos von den Frauen, die du in deinem Arbeitszimmer hattest?«

»Das habe ich dir bereits im Restaurant gesagt. Dabei handelt es sich lediglich um Frauen, denen ich geholfen habe. Ich führe eben gerne Buch, das ist alles.« Die Stimme seines Vaters klingt gepresst.

»Du hast Fotos von ihnen geschossen, ohne dass sie davon wussten.«

»Das ist kein Verbrechen. Ich habe niemanden was zuleide getan.«

»Warum versteckst du sie dann?«

Sein Vater kippt den Rest seines Tees in den Abfluss und knallt die Tasse in die Spüle. »Ich habe genug von diesem Kreuzverhör. Ich muss los.« Er stolziert an Theo vorbei. »Du weißt, wo die Tür ist«, ruft er über seine Schulter, während er sich seine Tasche mit den Golfschlägern neben der Tür schnappt und sie über die Schulter wuchtet. »Und mach dir gar nicht erst die Mühe, in meinem Arbeitszimmer herumzuschleichen. Du wirst nichts finden.«

»Was ist mit Mord, Dad?«, sagt er, ihm in den Flur folgend. »Hast du Glen deshalb losgeschickt, damit er den Beweis in Rose' Cottage aufspürt?« Es liegt ihm schon auf der Zunge, ihn gleich auch wegen des Unfalls seiner Mutter zu fragen, aber er entscheidet sich dagegen. Zumindest fürs Erste.

Sein Vater bleibt stehen, seine gesamte Haltung stocksteif. Dann dreht er sich langsam mit bedrohlicher Miene zu Theo um.

48

Lorna

Lorna steht in der Küche und bereitet einen Gemüseauflauf zu. Es handelt sich um das Rezept ihrer Mutter, und das Schneiden und Hacken des Gemüses erdet sie, beruhigt ihre rasenden Gedanken. In ihrem Kopf herrscht ein unerwünschtes, lärmendes Chaos: die Leichen, Victor, ihre Mutter …

Sie hat Saffy den ganzen Tag über kaum gesehen; sie hat sich in ihrem kleinen Büro eingeschlossen und gemeint, sie müsse mit der Arbeit vorankommen.

Sie schiebt die Auflaufform in den Ofen. Lorna vermisst das Fleisch. Seit sie hier ist, hat sie keins mehr gegessen. Ihr ist aufgefallen, dass Tom Saffy zuliebe ebenfalls nur Fisch isst. Sie könnte jetzt wirklich einen fetten, saftigen Cheeseburger vertragen.

Als sie ins Wohnzimmer rübergeht, sitzt zu ihrer Überraschung Saffy dort auf dem Sofa. »Fertig mit der Arbeit?«

Saffy reibt sich die Augen. »Ich bin total kaputt. Ich saß acht Stunden am Stück am Schreibtisch und hab nur eine Pause gemacht.«

Sofort überkommt Lorna die Sorge. »Du musst langsam machen …«

»Wie denn?«, jammert sie. »Das alles hat mich so aus dem Tritt gebracht! Ich hinke total hinterher. Ich kann es mir nicht leisten, gekündigt zu werden.«

Lorna presst die Lippen zusammen, da sie nichts sagen möchte, was ihre Tochter verärgern könnte. Dabei war Saffy immer so ausgeglichen. Lorna ist klar, dass ihr das alles sehr zusetzen muss – von dem hormonellen Auf und Ab ganz zu schweigen.

»Ich muss ständig daran denken, was die Polizei gestern gesagt hat«, gesteht Saffy seufzend. »Darüber, dass es sich bei der Leiche nicht um Jean Burdon handelt.«

»Es könnte trotzdem Daphne sein. Vielleicht hat sich Gran geirrt, als sie behauptete, Daphne sei in Wirklichkeit Jean. Oder Daphne hat sie angelogen.«

»Aber da ist noch diese Akte von Sheila. Darin befand sich ein Bericht über Jean Burdon, verfasst von Neil Lewisham. Das ist eine Verbindung. Und Dad hat vorhin angerufen, um zu sagen, dass jemand bei seiner Zeitung die Steno entziffert habe. Es seien Notizen darüber gewesen, dass es sich bei Jean und Sheila um ein und dieselbe Person handelt.«

»Die Polizei wird das herausfinden«, sagt Lorna. Ihr Magen knurrt, da der Duft des Auflaufs durchs Cottage zieht. »Wir müssen Vertrauen in sie haben. In DS Barnes.«

Saffy seufzt. »Sobald die Polizei die Geschichte aufklärt, werden die Journalisten wie ein Wespenschwarm wieder einfallen. Ich weiß, dass sie nur ihren Job machen, aber für uns ist es unser Leben.«

»Ich weiß.« Die letzten Tage hatten sie zwar das Interesse verloren, aber Lorna hat Euan per SMS auf dem Laufenden gehalten, und er hat sie gewarnt, dass es oft so sei. Und sobald eine neue Information ans Licht kommt, werden die Reporter zurückkommen.

Sie hören, wie die Haustür ins Schloss fällt, und Lorna entgeht nicht, wie Saffy sich unwillkürlich versteift. Dann steckt Tom seinen Kopf zur Wohnzimmertür herein. »Da riecht aber etwas gut.«

»Du bist früh zurück«, ruft Saffy glücklich aus, und Lorna verspürt einen Stich der Eifersucht, als sie sieht, wie sie auf ihn zu rennt und er sie in seine Arme schließt. Früher, als Kind, kam sie so zu ihr gerannt, oder aber zu ihrer Großmutter. Jetzt ist es Tom. Er hat immer noch seinen Helm auf. Er ist weiß und sieht aus wie ein Ei. Er setzt ihn ab und schüttelt sein Haar aus. Es ist leicht feucht.

»Ich bin am Verhungern«, verkündet er und legt seinen Helm achtlos auf einem Stuhl ab. Lorna unterdrückt den Drang, ihn aufzuheben und am Haken im Flur aufzuhängen.

»Nur noch eine halbe Stunde …« Sie wird von einem Klopfen an der Tür unterbrochen.

Tom geht zum Fenster und späht hinaus. Draußen ist es noch hell, die Sonne beginnt gerade erst, hinter den Bäumen unterzugehen. Es ist einer dieser Abende, die Lorna liebt, wenn die Hitze des Tages noch immer in der Luft hängt.

»Eine alte Frau und ein junger Kerl«, sagt Tom.

Lorna tritt ebenfalls ans Fenster. »Oh, das sind Melissa und ihr Neffe, Seth.« Sie eilt zur Haustür und macht auf. »Hallo, hereinspaziert«, begrüßt sie die beiden und führt sie ins Wohnzimmer, wo sie ihnen Saffy und Tom vorstellt.

Melissa strahlt. Sie überreicht Lorna einen Briefumschlag, bevor sie den Blick über die modernen Sofas und den geschliffenen Dielenboden wandern lässt. Dann richtet sie ihre Aufmerksamkeit wieder auf Lorna. »Nach unserer Unterhaltung neulich ist mir eingefallen, dass ich diese Fotos noch hatte«, erklärt sie.

»Ich habe meiner Tante gesagt, sie soll bis morgen warten,

aber sie hat darauf bestanden«, meint Seth grinsend und vergräbt seine Hände in den Taschen seiner Jeans.

»Ich dachte, du würdest sie gern sehen«, fügt Melissa hinzu. »Sie wurden gemacht, als Rose in der Kirche mit uns die Glocken geläutet hat. Das hat sie geliebt.«

»Sie hat Kirchenglocken geläutet?«, staunt Saffy und hebt eine Augenbraue. »Das hat sie nie erwähnt.«

Lorna möchte hinzufügen, dass es viele Dinge gibt, die ihre Mutter nie erwähnt hat, besinnt sich aber eines Besseren. Sie blättert die Fotos durch: Eine Gruppe von etwa sechs Frauen, darunter eine wesentlich jüngere Melissa, die in die Kamera grinsen und jeweils ein Stück Seil in den Händen halten; der Raum sieht aus wie das Innere eines Kirchturms. Den Frisuren und Outfits nach müssen sie Ende der 70er-Jahre aufgenommen worden sein. Lorna mustert eingehend die Frauen, kann ihre Mutter aber nicht ausfindig machen. »Ist sie auch drauf zu sehen?«, fragt sie, die Stirn in Falten gelegt.

Melissa späht über ihre Schulter. »Ja, da ist sie.« Sie tippt auf eine Frau mit langem welligem Haar.

Das Foto mag zwar alt sein, trotzdem erkennt Lorna auf der Stelle, dass es sich nicht um ihre Mutter handelt. »Das ist sie nicht. Sie kommt mir zwar vage bekannt vor, aber …«

»Wie meinst du das?«, fragt Melissa verwundert und reißt Lorna die Bilder aus der Hand. »Ja, doch, das ist sie. Da. Und hier auch …«

»Lasst mal sehen«, schaltet sich Saffy ein, kommt rüber und nimmt Melissa das Foto ab. »Moment mal. Das ist nicht Großmutter.« Sie dreht sich mit aufgerissenen Augen zu Lorna um. »Das … das ist die andere Frau von Grans alten Fotos. Das ist Daphne.«

Melissa lacht. »Jetzt seid aber nicht albern. Daphne war noch nicht einmal hergezogen, als diese Bilder geschossen wurden. 1978 war das. Das ist Rose. Ich sollte doch wissen, wie Rose aussieht.«

Eine kalte Hand schließt sich um Lornas Herz. Sie stürzt zu der Umzugskiste, die noch immer in der Ecke des Wohnzimmers steht. Sie kramt die Fotos hervor und zeigt sie mit zitternden Händen Melissa. »Die andere Frau auf diesen Bildern …«, sagt sie heiser.

»Die da?«, fragt Melissa und deutet auf eine hochgewachsene, dunkelhaarige Frau mit elfenhafter Frisur und blassem Teint. Ihre Mutter.

»Ja. Wer … wer ist das?«

Saffy eilt zu ihr. »Mum, ich verstehe das nicht. Du weißt doch, wer das ist. Das ist Gran.«

Lorna ergreift die Hand ihrer Tochter und drückt sie. »Wer ist das?«, fragt sie mit drängender Stimme abermals an Melissa gewandt, wobei sie mit ihrem Finger förmlich auf das Foto einsticht. Sie spürt Übelkeit aufsteigen.

»Na, also, Daphne natürlich«, erwidert Melissa und schaut sie beide an, als wären sie schwer von Begriff. Und mehr als nur schwer von Begriff. »Das ist Daphne Hartall.«

TEIL VIER

49

Daphne

Mein Name ist Rose. So denke ich über mich selbst. Aber diese verdammte Krankheit lässt mich Dinge vergessen, macht mich wirr, verzerrt alles in meinem Kopf. Das Einzige, was ich habe, sind meine Erinnerungen, doch sie verblassen wie eine Fotografie, die zu lange in der Sonne lag. Seit beinahe vierzig Jahren bin ich nun Rose. Ich war Rose länger, als ich irgendwer sonst war.

Aber im Lauf des letzten Jahres wurde alles so vernebelt. Gesichter, die ich einst zuordnen konnte, sind zu Fremden geworden. Und wenn ich die Gegenwart vergesse, dann denke ich an diese anderen Identitäten als von mir getrennte Personen, ganz so, als wären sie überhaupt kein Teil meiner selbst. Jean, Sheila, Daphne. Ganz besonders Daphne. Sie bin ich am liebsten gewesen. Denn sie durfte Liebe erfahren.

Ich hatte eine schreckliche Kindheit. Das ist keine Entschuldigung, das ist mir durchaus klar geworden. Viele Menschen haben eine schreckliche Kindheit, werden aber nicht zu Mördern.

Ich wurde am 3. August 1939 als Jean Burdon in Stepney Green, London geboren. Das einzige Kind zweier Eltern, die sich hassten – und sich einen Scheiß für mich interessierten. Mein Vater war ein Säufer, meine Mutter eine Prostituierte, und ich wusste viel zu früh im Leben viel zu viel über Männer und über Sex. Die meiste Zeit war ich mir selbst überlassen, streifte in den ausgebombten Straßen des Londoner Ostens umher und versuchte so, meinem Vater aus dem Weg zu gehen, da ich sonst allein schon fürs Atmen Prügel bezog. Mein Psychologe in der geschlossenen Abteilung meinte, dass Menschen, die tyrannisiert wurden, sich oft selbst zu Tyrannen entwickeln. Und so war es bei mir.

Susan Wallace war meine erste Freundin. Meine einzige Freundin. Sie war so hübsch und lieb, und einen wundervollen Sommer lang waren wir unzertrennlich. Ihre Eltern waren nett zu mir. Ich durfte zum Abendessen bleiben, und obwohl Susans Familie selbst arm war, versuchten sie dennoch, mir zu helfen. Sie schenkten mir einen Pullover, den Mrs. Wallace gestrickt hatte, und steckten mir ein Marmeladebrot oder einen Apfel zu, wenn sie was übrig hatten. Aber dann, eines Tages, beschloss Susan, dass sie nicht mehr mit mir befreundet sein wollte. Sie habe eine neue beste Freundin gefunden, sagte sie. Ein anderes Mädchen, das neben ihr eingezogen war. Ihre Zurückweisung war mit nichts zu vergleichen, was ich bis dahin empfunden hatte – ich war von rasender Wut erfüllt. Ich hatte nicht vorgehabt, sie zu töten. Ich wollte sie nur davon abhalten, mich zu verlassen.

Der Richter bei meinem Prozess war hart und gefühllos. Er stempelte mich zur Psychopathin ab. Aber ich glaube nicht, dass das stimmt. Seit ich das Gefängnis verlassen hatte, habe ich viel über Psychopathen gelesen, und sie sind unfähig zu Liebe, Mitgefühl und Empathie. Aber ich empfinde all diese Dinge. Mein Problem war immer, dass ich *zu* sehr liebe.

Ja, ich war fast dreißig schreckliche Jahre lang Jean Burdon. Und ja, ich konnte es kaum erwarten, ihr zu entkommen und Sheila Watts zu werden. Rehabilitiert und mit einer neuen Identität ausgestattet, verließ ich das Gefängnis im Alter von achtundzwanzig Jahren. Ich habe versucht, ein neues Kapitel in meinem Leben aufzuschlagen. Ich gab mir wirklich solche Mühe. Ich hielt mich von anderen Menschen fern, versuchte, keine Beziehungen zu knüpfen oder Bindungen aufzubauen, versuchte, mich an all jene Dinge zu erinnern, vor denen mich mein Psychologe gewarnt hatte. Und das funktionierte auch eine Weile. Ich zog nach Broadstairs in Kent und lebte dort einige Jahre lang recht zufrieden. Doch dann fing dieser Journalist an herumzuschnüffeln – irgendwie hatte er in Erfahrung gebracht, wer ich wirklich war. Und ja, ich hätte meiner Bewährungshelferin die Wahrheit sagen können, und ja, sie hätten mir einen neuen Wohnort, eine neue Identität verliehen, doch ich kam zu dem Schluss, dass meinen Tod vorzutäuschen und die Identität von Alans Schwester anzunehmen, die weitaus einfachere Option darstellte. Auf diese Weise würde niemand wissen, wer ich bin, weder die Strafvollzugsbehörde noch die Bewährungshelfer. Ich wäre endlich frei. Ich wäre endlich der Mensch, der ich schon immer sein wollte – die über alle Maßen loyale, freigeistige, feministische Daphne Hartall, die sich nichts gefallen ließ.

Also zog ich nach West Country, zuerst nach Cornwall, dann Devon und zu guter Letzt in ein kleines Dorf namens Beggars Nook.

Und dort beging ich meinen größten Fehler und brach sämtliche Versprechen, die ich mir selbst gemacht hatte.

Ich verliebte mich nicht nur in Rose, sondern mit ihr auch in ihre Tochter, Lolly.

50

Lorna

Lornas Hand, die den Becher hält, zittert. Sie hat während der letzten zehn Tage so viel Koffein in sich reingekippt, dass sie schon das Gefühl hat, darin zu schwimmen.

Ihr gegenüber, neben Saffy auf dem Sofa, sitzt DS Barnes und macht, über sein Notizbuch gebeugt, ein ernstes Gesicht. »Sind Sie sich da sicher?«

»Ja«, sagt Lorna. »Wir glauben, die sterblichen Überreste, die Sie gefunden haben, gehören zu Rose Grey. Meiner …«, sie schluckt schwer, »… meiner echten Mutter.«

»Das tut mir so leid«, erwidert DS Barnes, zu Lorna aufschauend. Seine strahlend blauen Augen sind voller Mitgefühl.

»Ich … Vielen Dank.« Ihr ist nicht ganz klar, was genau ihm leidtut. Der Umstand, dass die Frau, die sie für ihre Mutter gehalten hat, mutmaßlich eine Mörderin ist? Oder aber der Umstand, dass ihre echte Mutter aller Wahrscheinlichkeit nach tot ist?

Saffy hat kaum ein Wort gesagt. Sie sitzt, die Hände in den Schoß gelegt, mit verkniffenem Gesicht und sorgenvoll zusammengezogenen Augenbrauen, da. Ein weiterer Schlag für Saffy, denkt Lorna voller Bedauern. Wie viele wird sie noch verkraften können?

»Rose … *Daphne* … Es ist immer noch nicht ausgeschlossen, dass sie unschuldig ist. Vielleicht hat sie die echte Rose

Grey gar nicht getötet – sollte es sich tatsächlich um Rose' Überreste handeln«, gibt er zu bedenken. »Das könnte immer noch auf das Konto von Victor Carmichael gehen, eine Möglichkeit, der wir genauer nachgehen werden, seien Sie sich dessen versichert.«

»Aber warum sollte sie dann ihre Identität stehlen?«, fragt Lorna.

»Womöglich war sich als Ihre Mutter auszugeben ihre einzige Chance, Ihre Sicherheit zu gewährleisten. Falls Victor Ihr Vater ist und sie verhindern wollte, dass Sie zu ihm kamen …«

»Ja, das könnte sein«, erwidert Lorna und verspürt einen Funken Hoffnung, den sie sofort wieder im Keim erstickt. Sie möchte keine Enttäuschung erleben müssen.

DS Barnes bricht gerade auf, als Tom von seinem Spaziergang mit Snowy zurückkehrt. Mittlerweile ist es dunkel, und es hat angefangen zu regnen. Snowys Fell ist vor Nässe ganz zerfurcht, als hätte er Falten. Lorna sieht zu, wie Saffy Tom umarmt und dabei ihren Kopf an seiner Brust vergräbt, so, als versuche sie, die vergangenen Stunden aus ihren Gedanken zu tilgen.

»Und«, erkundigt sich Tom, während er das Wohnzimmer betritt, »was hat die Polizei gesagt?«

»Mums DNA-Probe hatten sie wegen des Abgleichs mit Theo ja schon genommen«, berichtet Saffy und schenkt Lorna ein schwaches Lächeln. »Also werden sie nun die Probe der zweiten Leiche prüfen, um zu sehen, ob es eine Übereinstimmung mit Mum gibt …« Sie rückt von Tom ab und geht zum Kamin.

Lorna macht sich echte Sorgen. Das alles kann für das Baby nicht gut sein.

Tom lässt sich aufs Sofa plumpsen und kratzt sich am Kopf. »Scheiße, das ist einfach nur … Scheiße.«

»Ich weiß«, sagt Saffy und setzt sich zu ihm. Sie sieht Lorna aus tränenschimmernden Augen an. »Aber selbst wenn Gran nicht wirklich meine genetische Großmutter ist«, sie fasst sich ans Herz, »liebe ich sie immer noch. Ist das etwa falsch?«

»Natürlich nicht, mein Schatz«, versichert ihr Lorna, während sie die eigenen Tränen zurückdrängt. Sie setzt sich zur anderen Seite ihrer Tochter aufs Sofa und zieht sie in einer Umarmung an sich. »Ich kann mich an meine richtige Mutter überhaupt nicht mehr erinnern. Da sind nur vereinzelte Bilder, und das auch erst, seit ich wieder hier bin. Irgendwie ist es eher eine Art Gefühl. Wie Trauer. Und ich frage mich …«, sie blinzelt erneut gegen die Tränen an – sie darf jetzt nicht weinen, »… ob es vielleicht die Erinnerung an meine Trauer um meine echte Mutter ist. Wer weiß? Das Einzige, woran ich mich erinnern kann, ist sie … *Daphne*.«

»Mum, du warst so klein. Keine drei Jahre alt. Ich muss morgen zu Gran, ich muss sie sehen. Willst du mich begleiten?« Sie sieht aus ihren großen dunklen Augen zu Lorna auf wie jenes kleine Mädchen, das sie einst war.

»Natürlich, mein Schatz. Aber erwarte keine Antworten.«

Als sie am nächsten Tag in Elms Brook eintreffen, bekommen sie mitgeteilt, dass sich Rose' Zustand erneut verschlechtert hat und sie daher in ihrem Zimmer liegt. Saffy setzt sich auf eine Seite des Bettes, Lorna auf die andere, und so sehen sie ihr beim Schlafen zu. Ihre Augenlider flackern leicht, als würde sie träumen. Vielleicht von einer anderen Welt, in der sie Daphne Hartall ist.

»Sie sieht so klein aus«, flüstert Lorna. »Jedes Mal, wenn ich sie sehe, wirkt sie noch mehr geschrumpft. Aber falls sie Daphne Hartall – Jean Burdon – ist, dann wäre sie jetzt fast schon neunundsiebzig Jahre alt.«

Saffy sagt nichts. Stattdessen blickt sie auf die Frau, die sie seit ihrer Geburt bloß als ihre Großmutter gekannt hat. Lorna beobachtet, wie Saffy ihren Arm ausstreckt und die alte, zerbrechliche Hand ergreift. Sie verspürt einen inneren Zwiespalt – diese Frau ist nicht mit ihnen verwandt, und doch ist sie die einzige Mutter, an die sie sich erinnern kann. Die einzige Großmutter, die Saffy je hatte, und die starke Verbindung zwischen den beiden ist immer noch so offenbar.

»Ich wünschte, ich könnte mich an meine richtige Mutter erinnern.« Eine Schwere legt sich plötzlich über ihre Brust. »Es ist, als habe *sie … Daphne …*«, sie spuckt den Namen förmlich aus, »… alle meine Erinnerungen an sie ausgelöscht.«

»Mum!« Saffy ist geschockt von der Wut in ihrer Stimme.

Lorna steht abrupt auf. »Ich hole uns was zu trinken«, sagt sie. Sie weiß nicht, ob sie das hier leisten kann. Neben dieser Frau am Bett zu sitzen, in dem Wissen, dass sie sie all die Jahre angelogen und vielleicht sogar ihre echte Mutter auf dem Gewissen hat. Lorna wendet sich gerade zur Tür, als sich Rose' Augen flatternd öffnen.

»Gran, ich bin's, Saffy«, begrüßt ihre Enkelin sie behutsam, liebevoll.

Es ist offensichtlich, dass sie Saffy heute nicht erkennt. Sie scheint noch weiter in ihrem Bett zusammenzuschrumpfen, als hätte sie Angst vor ihnen.

»Alles ist gut, Gran, ich bin's«, redet Saffy beruhigend auf sie ein, immer noch die Hand der alten Frau haltend. »Ich bin's, Saffy.«

»Hallo, *Daphne*«, sagt Lorna. Sie hört, wie Saffy scharf die Luft einzieht, und kann ihre Missbilligung spüren. »Wir wissen, wer du bist. Wer du *wirklich* bist.«

Aber die alte Frau im Bett starrt sie beide nur mit angsterfüllten Augen an. »Wer sind Sie?«

»Gran, das ist deine Tochter. Das ist Lolly.«

»Lolly?« Sie greift nach Lornas Hand. »Bist du's wirklich? Du schaust so erwachsen aus.«

»Was ist mit Rose geschehen?«, fragt Lorna knapp, ohne ihre Hand zu nehmen. Diese Frau ist nicht mehr ihre Mutter. »Ich weiß, dass sie die andere Leiche im Garten ist.«

Aber die Frau blinzelt nur, und die Verwirrung steht ihr ins Gesicht geschrieben. »Mein Name ist Rose«, sagt sie. »Mein Name ist Rose. Mein Name ist Rose.«

Gänsehaut überzieht Lornas Arme. Es klingt so, als solle die mantrahafte Wiederholung dieser Worte es wahr machen. »Nein, ist er nicht. Dein Name ist Jean. Du bist Jean Burdon, richtig? Du kannst es jetzt zugeben. Wir wissen alles.«

»Mein Name ist Rose.«

»Hör auf!«, fährt Lorna sie an. »Du schuldest uns die Wahrheit.«

»Mum!«, geht Saffy dazwischen. »Du machst ihr Angst.«

»Ich kann das nicht. Ich … ich kann einfach nicht.« Lorna geht zur Tür. Sie muss hier weg. Sie wird draußen auf Saffy warten. Alles, woran sie geglaubt hat … absolut alles … Es war eine einzige große Lüge.

»Lolly.«

Beide drehen sie sich zum Bett. Die alte Frau müht sich ab, sich aufrecht hinzusetzen, aber ihr Blick bleibt fest auf

Lorna gerichtet. »Es tut mir leid«, sagt sie mit verzweifelter Stimme. Lorna stellt schockiert fest, dass Tränen ihre runzligen Wangen hinabrinnen. »Es tut mir ja so leid.«

»Warum?«, fragt Lorna mit erstickter Stimme. »Warum hast du es getan?«

Aber die Frau im Bett starrt sie nur ausdruckslos an. Betrachtet Lorna erneut, als sei sie eine Fremde.

51

Rose, Oktober 1980

Nach Joels Besuch schlich sich das Misstrauen ein. Zunächst ganz langsam, wie Rost an einem Auto, doch dann breitete es sich unterschwellig aus, zersetzte und befleckte unsere Beziehung.

Nach Audrey und insbesondere nach Victor hätte ich einen Menschen gebraucht, dem ich vollkommen vertrauen konnte. Aber wenn ich morgens aufwachte, mit Daphnes Gesicht, das neben mir auf dem Kissen ruhte, verspürte ich ein flaues Gefühl in der Magengrube. Enttäuschung. Vielleicht hatte ich ja immer zu viel von den Menschen erwartet, von ihr. Schwer zu sagen. Aber Lügen … Wie kann man überhaupt jemanden wirklich kennen, jemanden lieben, wenn derjenige einen belogen hat?

Alles, woran ich denken konnte, während ich dasaß und ihr beim Schlafen zusah, war, wobei sie mich wohl sonst noch angelogen hatte.

Sie hatte bezüglich Neil Lewisham gelogen. Sie hatte mich glauben lassen, er sei ein wütender, gewalttätiger Ex. Aber war ich denn so viel anders gewesen? Bei unserem Kennenlernen hatte ich sie in dem Irrglauben gelassen, ich sei Witwe. Rückblickend musste ich zugeben, dass sie nie ausdrücklich behauptet hatte, dass Neil ein Ex von ihr war. Ich war nur davon ausgegangen. Und jetzt hatte ich Neil getötet. Hatte sie mich irgendwie dazu manipuliert, es zu tun? Hatte ich für sie die Drecksarbeit erledigt? Sie hatte schon mal getötet – das hatte sie selbst zugegeben. Obwohl sie behauptete, dass es ein Unfall gewesen sei, dass sie die kleine Susan Wallace nach einem Streit in einem Anfall von Wut geschubst habe, sie hingefallen sei und sich dabei den Kopf an einem Ziegelstein aufgeschlagen habe. Ich hatte mich nie eingehender damit beschäftigt, nie einen Grund gehabt, ihr die Geschichte nicht abzunehmen. Aber nachdem sie bezüglich Joel gelogen hatte, beschloss ich, zur Bibliothek in Chippenham zu fahren, während du im Kindergarten warst. Dort hatte ich Zugang zu alten Zeitungen auf Mikrofiche. Ich las mir sämtliche Prozessberichte durch – dass Jean Burdon ihrer Freundin Susan Wallace vorsätzlich und, so das Fazit des Staatsanwalts, brutal mit einem Ziegelstein auf den Kopf geschlagen habe, und das nicht nur einmal, sondern zweimal, völlig ohne Grund.

Ich saß da, den Beweis vor mir, und war wie erstarrt.

Auch darüber hatte sie also gelogen.

Am liebsten wäre ich auf der Stelle mit dir davongelaufen. Hätte das Cottage hinter mir gelassen, Beggars Nook hinter mir gelassen und wäre einfach nur gerannt, gerannt, gerannt. Aber das konnte ich nicht. Das Cottage gehörte mir. Es war mein einziger Besitz.

Ich hatte noch nicht einmal einen Job. Ich konnte nicht einfach so verschwinden.

Nein, Daphne war diejenige, die gehen musste.

Ich schritt im Haus auf und ab und legte mir zurecht, was ich sagen wollte, während ich darauf wartete, dass sie von der Farm zurückkehrte. Da fiel mein Blick auf dich, wie du mit deinen Sindy-Puppen auf dem flauschigen Wohnzimmerteppich spieltest. Du sahst so glücklich aus, so unschuldig. Ich konnte unmöglich vor dir mit Daphne streiten.

Als Daphne nur eine halbe Stunde später nach Hause kam, stürztest du dich auf sie. Sie ließ erst ihre Tasche zu Boden gleiten und nahm dich dann in die Arme. »Daffy!«, riefst du. Und schon schnapptest du ihre Hand und zerrtest sie ins Wohnzimmer, bevor sie überhaupt dazu kam, ihren Mantel auszuziehen. Kichernd ließ sie sich mitziehen, und mir krampfte sich der Magen zusammen.

Sie warf mir über deinen Kopf hinweg ein unsicheres Lächeln zu. Mir war bewusst, dass sie, seit ich das mit Joel mitbekommen hatte, befürchtete, ich würde mich von ihr entfernen. Sie versicherte mir immerzu, dass er da was missverstanden habe, und blieb bei ihrer Behauptung, dass sie sich in seiner Nähe unwohl fühle und er es bei ihr versucht habe.

Aber ich glaubte ihr nicht länger. Dazu hatte Joel zu aufrichtig geklungen.

Ich ging in die Küche, in der Annahme, dass sie nachkommen würde. Was sie dann auch tat, wobei sie aus ihrem Mantel schlüpfte und die Tragetasche schwungvoll auf der Arbeitsfläche abstellte. Ihre Wangen waren vor Kälte gerötet.

»Hey, du«, grüßte sie und kam zu mir, um mich zu küssen.

Aber ich wich zurück, bevor sie dazu kam.

Sie ließ die Schultern hängen. »Bist du immer noch sauer auf mich?«

»Keine Ahnung«, log ich.

»Ich verstehe nicht …« Sie ließ nun auch den Kopf hängen, sodass ihr Pony ihr in die Augen fiel. Wie sie so dastand, wirkte sie so verletzlich, dass ich sie instinktiv in meine Arme schließen wollte. Aber das konnte ich nicht. Stattdessen wandte ich ihr den Rücken zu und stellte den Wasserkessel auf den Herd.

»Was ist in der Tasche?«, fragte ich beiläufig.

»Oh.« Sie öffnete sie. »Sean hat mir eine Rinderkeule mitgegeben.«

»In letzter Zeit gibt er dir aber ganz schön viel mit. Sicher, dass er das darf?«

»Mick, der Besitzer, hat eine Menge Erzeugnisse, die liegen bleiben. Er hat nichts dagegen.«

Ich fühlte mich unwohl dabei. Was für ein Bauer gab seine hart erarbeiteten Erzeugnisse einfach so her? War das noch so eine Sache, bei der Daphne unehrlich war?

Später am Abend, als du bereits im Bett lagst, saßen wir auf dem Sofa, jede an einem Ende, so wie am Anfang, als wir uns erst kennenlernten. Normalerweise hätten wir uns aneinandergekuschelt, ein Knäuel aus Armen und Beinen, wie eine zweiköpfige Kreatur mit acht Gliedmaßen.

»Ich habe etwas für dich«, sagte sie und reichte mir ein kleines ledergebundenes Buch.

Ich nahm es entgegen und las den in goldenen Lettern geprägten Titel. *Liebesgedichte*.

»Schlag es auf«, drängte sie.

Ich folgte ihrer Bitte und fand zwischen den Seiten eine gepresste rote Rose.

»Ich liebe dich so sehr«, sagte sie. »Bitte verzeih mir.«

»Also hast du doch gelogen?«

»Das war dumm. Ich wollte nur sehen, ob du auf ihn stehst. Oder ob du Frauen magst. Also, mich …«

»Daphne, du musst ehrlich zu mir sein. Ich kann nicht weiter mit dir zusammen sein, wenn du nicht absolut ehrlich zu mir bist.«

»Das bin ich.« Sie schob sich langsam auf dem Sofa auf mich zu. »Natürlich bin ich das.«

»Und was ist das mit Susan Wallace? Du hast behauptet, es sei ein Unfall gewesen.«

»Das war es.«

»Ich habe die Zeitungsartikel darüber gelesen.«

Sie wich abrupt zurück, als hätte ich ihr eine schallende Ohrfeige verpasst. »Was? Du hast hinter meinem Rücken herumspioniert?«

»Ich habe eine Tochter von zweieinhalb Jahren.«

Die Kränkung in ihrem Gesicht erschütterte mich. »Glaubst du, ich könnte Lolly jemals etwas antun?«

»Nein.« Ich war zu weit gegangen, das konnte ich sehen. Ich wusste, dass sie dich liebte, als ob du ihre eigene Tochter wärst. »Nein, natürlich nicht.«

Sie stürzte an meine Seite, kniete sich zu meinen Füßen hin und nahm meine Hände in ihre. Sie küsste sie und sah zu mir auf. Mein Herz krampfte sich schmerzhaft zusammen. Sie war so wunderschön. »Rose, es tut mir leid, dass ich, was Joel anging, gelogen habe. Das war dumm.«

»Ich …«

Sie zog mich zu sich auf den Boden, wobei der Gedichtband, den sie mir geschenkt hatte, von meinem Schoß glitt und neben uns fiel, und fuhr mir mit den Händen durchs Haar, ihr Blick eindringlich auf mich gerichtet. »Ich liebe dich. Ich habe noch nie jemanden so geliebt, wie ich dich liebe. Das musst du mir glauben.«

»Ich glaube dir.«

Ihre Augen füllten sich mit Tränen. »Du darfst mich nicht verlassen. Ohne dich wäre ich verloren.«

»Daphne …«

»Versprich es mir, Rose. Versprich es mir. Du darfst mich nicht verlassen.«

Ich zögerte und dachte daran, wie entschlossen ich gewesen war, sie um ihren Auszug zu bitten. Doch ich wusste, dass ich nur wütend war. Ich liebte sie ja auch so sehr. »Ich habe nicht vor, dich zu verlassen.«

Erleichterung machte sich auf ihrem Gesicht breit. »Oh, gut.« Sie küsste mich, schlang ihre Arme um mich. Dann löste sie sich ein Stück von mir und nahm mein Gesicht in ihre Hände. »Ich weiß zu viel über dich«, sagte sie mit ernster Miene.

»Und ich weiß zu viel über dich.«

»Dann kleben wir also aneinander fest, stimmt's?« Sie lachte, um die Spannung aufzulösen, doch es zerstreute nicht das Unbehagen, das mich erneut beschlich.

Aber wer weiß, vielleicht wäre das mit uns gut gegangen. Vielleicht hätten wir das hinter uns lassen können.

Wenn da nicht Sean gewesen wäre.

52

Theo

Es ist dunkel und regnerisch, als Theo das Restaurant verlässt. Seit Anfang Juni pisst es in einem fort, und er muss mit der Jacke über dem Kopf über die regenglatte Straße zu seinem Auto sprinten.

Seit dem Wochenende in Beggars Nook sind zehn Tage verstrichen. Zehn Tage, seit er Lorna und Saffron und damit seine potenzielle Familie kennengelernt hat. Lorna hat ihm ein paarmal geschrieben – auch sie wartet ungeduldig auf das DNA-Ergebnis. Für ihn ist es ein ständiges Wechselbad der Gefühle. Einerseits freut er sich, dass er womöglich eine Schwester hat – er hatte sich als Kind immer ein Geschwisterchen gewünscht –, andererseits ist da auch die Übelkeit erregende Furcht, dass sein Vater ein Mörder sein könnte.

Als Theo ihn auf die Leichenfunde im Garten ansprach, ist er, wie nicht anders zu erwarten, fuchsteufelswild geworden. Er brüllte herum, warf Theo vor, seine Fantasie würde mit ihm durchgehen, und knallte die Tür hinter sich zu. Seither hat er nichts mehr von ihm gehört.

Es ist spät, beinahe Mitternacht, und die Straße ist menschenleer. Sein Volvo steht unter einer Laterne, deren Lichtschein die Regenfäden erkennen lässt. Theo hockt sich hinters Lenkrad und schließt rasch die Tür, um das schlechte Wetter auszusperren. Das Prasseln der Tropfen auf dem Autodach ist ohrenbetäubend. Theo selbst ist pitschnass und erschöpft, als er den Motor anlässt und die Heizung aufdreht. Er will gerade losfahren, als das Handy in seiner Jacke vibriert.

Er fischt es aus der feuchten Tasche. Eine unbekannte Nummer leuchtet auf dem Display auf. Wer würde so spät am Abend noch anrufen?

»Hallo«, meldet er sich zögernd.

»Ich bin's.« Die Stimme seines Vaters am anderen Ende der Leitung ist schroff. Theo ist kurz so überrumpelt, von ihm zu hören, dass er ein paar Sekunden lang kein Wort rausbringt.

»Hallo. Bist du da?«

»Ja. Entschuldige. Ich bin da. Was ist los?«

»Ich wurde verhaftet.«

Also ist es nun doch geschehen. Seinem Vater ist es nicht gelungen, sich aus der Affäre zu ziehen. Trotzdem wird ihm bei der Vorstellung schlecht.

»Dieser Bastard Davies versucht, alles mir anzuhängen. Alle seine Verbrechen.«

Theos Magen krampft sich zusammen. Alle seine Verbrechen? Wie viele gab es denn? Die Erkenntnis trifft Theo wie ein Schlag. »Du meinst, er hat gestanden? Er hat 1980 diese zwei Personen in Beggars Nook umgebracht?«

»Ja. Nein. Nicht das. Andere Sachen.«

Die dunkle Nacht scheint sich regelrecht um Theo zusammenzuziehen, während er in seinem Auto sitzt und der Regen gegen die Fenster trommelt. Er erschauert. »Was genau?«

»Angeblich versucht er, es so aussehen zu lassen, als ob ich verantwortlich für den Tod deiner Mutter wäre.«

Theo hat das Gefühl, keine Luft zu bekommen. Er zerrt an seinem Kragen. »Und?«, schafft er es herauszupressen.

»Das ist selbstverständlich nicht wahr. Ich habe nichts Unrechtes getan. Ich war an jenem Tag bei der Arbeit. Du weißt das. Ich habe ein Alibi.«

Wenn sie ihn verhaftet haben, scheint dieses Alibi aber nicht unanfechtbar, denkt Theo. Er hatte ja schon überlegt, dass er seine Mutter bei einem Streit gestoßen, sich dann zur Arbeit geschlichen und so getan hat, als ob er die ganze Zeit dort gewesen wäre.

»Warum sollte Davies überhaupt wissen, ob du Mum getötet hast oder nicht?« Irgendwas passt hier nicht zusammen. War Davies irgendwie dahintergekommen und hatte seinen Vater damit in der Hand? Oder hat er ihm dabei geholfen, es zu verschleiern? Damals, 2004, hatte Davies schon in zig Funktionen für seinen Vater gearbeitet. Er wurde im Lauf der Jahre als Steuerberater, Buchhalter und Sicherheitschef seines Vaters vorgestellt. Und jetzt, urplötzlich, ist er Privatdetektiv. Theo ist es nie gelungen herauszufinden, was seine eigentliche Rolle ist.

»Und jetzt ... jetzt befragen sie mich auch noch zum Selbstmord von Cynthia Parsons. Sie glauben, dass da jemand die Finger im Spiel hatte.« Er klingt weder traurig noch reumütig, vielmehr zornig. »Aber damit hatte ich nichts zu tun.«

Theo fährt sich mit der Hand übers Gesicht, während er innerlich brodelt.

»Hör mal, du musst mir einen Rechtsanwalt besorgen. Ralph Middleton. Seine Nummer findest du im Internet. Er ist ... *Jetzt warten Sie gefälligst eine verdammte Minute, ich bin noch nicht fertig*!« Seine Stimme entgleist, als er vermutlich jemanden im Raum anbrüllt. »Hör gut zu, Sohn, ich muss auflegen. Meine Zeit ist um. Ruf ihn an. Bitte.«

Damit legt er auf. Theo starrt durch die vom Regen triefende Windschutzscheibe auf die verlassene Straße hinaus. Vor seinem geistigen Auge erscheint das schöne Gesicht seiner Mutter, so klar und deutlich, als hätte er sie erst gestern gesehen. Welchen Grund sollte sein Vater gehabt haben, sie zu töten? Hatte sie vorgehabt, ihn zu verlassen? Hatte sie von dem sexuellen Übergriff erfahren? Oder von den Frauen aus der Mappe? Oder den Leichen in Skelton Place? Mein Gott, möglicherweise mordete er schon seit Jahren. Theo ist, als müsse er sich jeden Moment übergeben. Er schlägt mit der Handfläche gegen das Lenkrad, und ein stechender Schmerz durchfährt ihn. Scheiße. Scheiße. Scheiße.

Doch trotz des Abscheus, den Theo für seinen Vater empfindet, kommt er nicht gegen das Gefühl an, das sich schwer über seine Brust legt und ihm die Luft nimmt, bis er gezwungen ist, ihm schluchzend freien Lauf zu lassen. So sitzt er eine ganze Weile einfach nur da, die Stirn auf dem Lenkrad seines kleinen Wagens abgelegt, und lässt die Tränen ungehindert fließen. Er weiß nicht so recht, um wen er eigentlich weint. Jedenfalls nicht um seinen Vater, der hoffentlich in einer Gefängniszelle verrotten wird. Ganz sicher jedoch um seine Mutter, die von seinem Vater um ihr junges Leben gebracht wurde, und teils auch um sich selbst, weil man ihn seiner lieben, schönen Mum beraubt hat.

Er lehnt sich auf seinem Sitz zurück und wischt die Tränen weg. Sein Handy liegt noch auf seinem Schoß, und er erblickt eine vor Stunden versendete SMS von Lorna, die er nicht gesehen hat, da im Restaurant so viel los war. Er tippt aufs Display, das aufleuchtet und das Innere des Autos erhellt.

Die Nachricht lautet schlicht: *Es ist offiziell. Du bist mein Bruder.*

53

Saffy

Ich folge Tom ins Cottage und bleibe kurz auf der Türschwelle stehen, um meinen Regenschirm auszuschütteln. Es ist kalt und feucht für Juni. Hinter der Hecke tritt ein Mann hervor, und ich stoße scharf die Luft aus, in der Erwartung, Davies zu sehen, der aus irgendeinem Grund von der Polizei entlassen wurde. Aber es ist nur ein Rentner, der mit seinem Hund vorbeispaziert. Als er mich bemerkt, tippt er sich zum Gruß an die Mütze, und ich winke halbherzig zurück, bevor ich mich umdrehe und die Tür schließe.

Wir kommen gerade vom Flughafen zurück, wo wir Mum abgesetzt haben.

Gestern verkündete sie plötzlich, dass sie einen Flug gebucht habe, dass sie zwar gerne länger geblieben wäre, aber es seien jetzt schon zwei Wochen und sie müsse zurück. Als wir uns vorhin zum Abschied umarmten, war da noch so viel Unausgesprochenes zwischen uns. Es schien einfach nie der richtige Zeitpunkt, um jenes Gespräch fortzusetzen, das wir im Auto begonnen hatten, oder um ihr zu versichern, dass ich sie liebe. Nachdem wir herausfinden mussten, dass Großmutter in Wirklichkeit Daphne ist, ging alles andere darunter verschütt. Mum kann gerade kaum ihr eigenes Gefühlschaos verarbeiten, geschweige denn unsere gemeinsame Vergangenheit aufarbeiten.

»Also gut«, sagt Tom, während er sich bückt, um Snowys

Leine zu lösen. »Wollen wir uns zum Abendessen was bestellen? Ich habe einen Mordsappetit auf Fish and Chips.«

»Mums Kochkünste werden mir fehlen«, klage ich wehmütig, während ich die Chucks von den Füßen kicke und aus meiner nassen Daunenjacke schlüpfe. Ohne sie wirkt das Cottage auf einmal viel zu groß und zu leer. Ich hänge die Jacke an den Haken neben meinem Büro. Tom folgt meinem Beispiel. Wir sind bei unserem Spurt vom Auto zum Haus klatschnass geworden.

»Ich weiß. Mir wird sie ebenfalls fehlen. Sie ist eine echte Naturgewalt.« Er macht sich auf den Weg in Richtung Küche.

»Meinst du, sie kommt klar?«, frage ich und muss lächeln, als ich zum Wasserkocher gehe und sehe, dass Mum den Toaster in die Ecke verschoben hat. Sie war noch nie imstande, die Dinge einfach so zu belassen, wie sie sind. »Es muss ein solcher Schock für sie gewesen sein, herauszufinden, dass ihre Mutter in Wahrheit gar nicht ihre Mutter ist.« Ich schaue aus dem Fenster in den Garten. Wir warten nach wie vor auf die Bestätigung, dass es sich bei der anderen Leiche um die echte Rose Grey handelt. DS Barnes meinte, wir dürften die Ergebnisse morgen erhalten.

»Für dich doch auch«, sagt Tom sanft. »Seit es dich gibt, hast du gedacht, dass Rose deine Großmutter sei.«

»Ich liebe sie immer noch. Ich kann nicht …« Ich schlucke schwer, als mir auch schon die Tränen in die Augen schießen. »… ich kann nicht einfach so aufhören, sie zu lieben. Ich kann nicht alles vergessen, was wir gemeinsam durchgemacht haben, alles, was sie für mich getan hat – verstehst du? Und doch bleibt die Möglichkeit bestehen, dass sie meine tatsächliche Großmutter auf dem Gewissen hat …«

»Ich verstehe.« Er kommt zu mir und legt seine Arme um meine Taille. »Wer auch immer sie ist – ich kann nicht glauben, dass sie gemordet hat. Es könnte noch eine andere Erklärung geben, falls die Leiche die echte Rose ist.«

»Sie hat im Alter von zehn Jahren schon jemanden getötet. Alles, was ich meinte, über Großmutter zu wissen, war falsch.«

Tom verfällt in Schweigen, während wir das sacken lassen. »Wir haben sämtliche Zeitungsberichte aus jener Zeit gelesen«, sagt er nach einer Weile. »Sie hatte eine furchtbare Kindheit … sie wurde selbst missbraucht. Aber sie wurde resozialisiert.«

Seitdem wir das mit Daphne herausgefunden haben, haben wir dieses Gespräch natürlich schon etliche Male geführt. Wir landen immer am selben Punkt. Denn es führt kein Weg daran vorbei, dass Rose, Jean, Daphne oder wie auch immer sie wirklich heißen mag, die beste Großmutter der Welt war. Menschen können sich ändern, ihre Umstände umkrempeln, sich ein neues Leben zulegen. »Ich glaube, dass das alles Mum übel zugesetzt hat«, sage ich zitternd. Ich friere bis auf die Knochen, und Tom zieht mich noch fester an sich. »Ich glaube, sie hat ihre Kindheitserinnerungen komplett verdrängt. Sie war damals fast drei Jahre alt. Es ist ja nicht so, als wäre sie ein Baby gewesen, als das Ganze sich zutrug. Ich glaube, das erklärt auch, warum sie immer vor allem davonläuft. So wie jetzt. Kaum wird die Lage wieder brenzlig, verzieht sie sich zurück nach Spanien. Als ich klein war, sind wir viel umgezogen. Ich wurde in Bristol geboren, dann gingen wir nach Kent, dann nach Brighton und wieder zurück nach Kent, und später tingelte sie allein kreuz und quer durch ganz Europa. Ich glaube, sie ist sich noch nicht einmal darüber im Klaren, wovor sie eigentlich davonläuft.«

»Saffy«, sagt Tom behutsam. »Sie konnte nicht ewig hierbleiben. Sie hat ein Leben in Spanien. Eine Wohnung. Einen Job. Früher oder später musste sie wieder zurück.«

Ich seufze. »Ich wünschte, Mum hätte sich vor ihrer Abreise noch einmal von Gran verabschiedet. Ihr geht es nicht gut. Ich mache mir Sorgen, dass sie bald sterben wird und dass Mum dann niemals die Gelegenheit hatte, sich auszusprechen, sich …«

»Schatz«, unterbricht Tom und weicht ein Stück zurück, um mich anzusehen, »du kannst von Lorna nicht erwarten, dass sie deiner Großmutter vergibt, nur weil du selbst das tust.«

»Ich weiß …«

»Sie wurde ihr gesamtes Leben von dem einen Menschen belogen, dem sie am meisten vertraut hat.«

Ich lasse den Kopf hängen. Er hat recht. Ich kann meiner Mutter keinen Vorwurf daraus machen, dass sie so wütend auf Gran ist. Aber ich weiß auch, dass sie es bereuen wird, wenn sie nicht dazu kommt, die Dinge in Ordnung zu bringen, bevor es zu spät ist. Und sei es nur, um Grans Version der Geschichte zu hören.

»Mum und Theo haben viel gemeinsam, nicht wahr? Beide wurden sie von ihren Eltern belogen.«

»Das ist es ja«, erwidert Tom und streicht mir dabei eine Locke aus der Stirn. »Deine Gran ist eben nicht Lornas Mutter. Scheiße, ich kann mir gar nicht vorstellen, was so etwas innerlich mit *dir* anstellen würde.«

»Das ist alles so kaputt. Es ist nur … Ich kann einfach nicht auf eine alte, gebrechliche Frau böse sein. Ich kann's einfach nicht.«

Tom lässt mich los, um einen Tee aufzubrühen, und ich stehe da und schaue ihm zu. Ich bin innerlich hin- und hergerissen. Ich kann nachvollziehen, warum Mum so aufgebracht ist. Aber jedes Mal, wenn ich an Gran denke, wie sie in ihrem Bett im Pflegeheim liegt, die Augen weit aufgerissen und verängstigt, dann denke ich auch an die Frau, die sich jeden Sommer um mich gekümmert hat, die Frau, die nicht von mir erwartet hat, jemanden zu mimen, der ich nicht war, und die mir zugestand, linkisch, unbeholfen und schüchtern zu sein. Großmutter liebte mich wie ihre eigene Enkeltochter, daran habe ich nicht den geringsten Zweifel. Sie war immer so nett zu mir, so einfühlsam. So fürsorglich. Nicht nur mir gegenüber, sondern auch im Umgang mit ihren Pflanzen und Tieren. Nein … niemals hätte sie die echte Rose ermordet. Ich weigere mich, es zu glauben. Alles, was sie je getan hat, war, mich und Mum zu beschützen.

»Es macht mich trotzdem traurig, dass sie nicht ehrlich sein konnte«, gestehe ich, während ich die Tasse Tee von Tom entgegennehme und ihre Wärme zwischen den Fingern spüre. »Dem Gedichtband nach zu urteilen, den wir gefunden haben, hat sie Rose aufrichtig geliebt. Vielleicht ist sie nie über sie hinweggekommen.«

»Das ist tatsächlich traurig«, bestätigt Tom nachdenklich und nippt an seiner Tasse. »All die Jahre, die sie sich nach ihr gesehnt haben muss.«

Mein Herz zieht sich schmerzhaft zusammen. »Wenn ich mir nur vorstelle, dass sie hier gestanden haben. Genau hier, in dieser Küche.« Ich gehe zum Fenster und lege meine Hände an das Bleiglas, als würde mich das mit ihnen und der Vergangenheit in Verbindung bringen, als würden meine Hände die unsichtbaren Abdrücke berühren, die sie hinterlassen haben. »Glaubst du, sie hat Neil Lewisham umgebracht?«

»Ich denke, eine von ihnen hat es getan. Und die andere hat die Täterin gedeckt.«

»Mein Gott.« Ich atme tief ein, das Glas kalt unter meinen Fingern, während ich den Regentropfen zusehe, die das Fenster hinabströmen. Die Sintflut da draußen hat den Himmel verdeckt und taucht den Wald in ein nebliges Dunkel, doch wie ich durch die Scheibe blicke, stelle ich sie mir da draußen vor, Daphne und Rose, zwei ätherische Gestalten, die gemeinsam ihre Geheimnisse vergraben.

Später, nachdem wir unsere Fish and Chips gegessen haben, für die wir extra ins nächste Dorf fahren mussten, und ich mit Mum telefonieren konnte, die mir versicherte, dass sie sicher in San Sebastián angekommen sei, verziehe ich mich nach oben, um ein Bad zu nehmen. Das alte Badezimmer herauszureißen, gehörte zu den ersten Dingen, die wir in Angriff nahmen, nachdem wir herausgefunden hatten, dass das Cottage uns gehörte, um sogleich eine altmodische Klauenfußbadewanne und eine begehbare Dusche einzubauen. Ich berühre meinen Bauch. Mittlerweile strampelt das Baby regelmäßig, was kleine Beulen auf meiner Bauchdecke hervorbringt. Die Hälfte meiner Schwangerschaft liegt bereits hinter mir. Nächste Woche habe ich meinen nächsten Ultraschalltermin. Manchmal kann ich gar nicht glauben, dass wir es so weit geschafft haben. Das Geräusch des Fernsehers dringt von unten zu mir hoch. Tom schaut irgendein Fußballspiel. Ich steige aus der Badewanne und hülle mich in meinen Frotteebademantel. Dann gehe ich in Mums Zimmer. Sie hat es natürlich in makellosem Zustand hinterlassen, das Bett abgezogen und die Laken in die Waschmaschine gepackt, bevor sie heute Morgen abgereist ist. Nichts weist darauf hin, dass jemand hier war, abgesehen von der schwachen Note ihres Parfums. Ich weiß nicht, ob es an meinen Hormonen liegt, aber ich sehne mich nach ihr, wie ich es noch nie zuvor getan habe, noch nicht einmal als Kind, während jener langen Sommer, die ich bei meiner Großmutter verbrachte.

Dann gehe ich zu dem kleinen Zimmer ganz hinten, das bald dem Baby gehören wird. Das Zimmer, das Mum gehörte, als sie noch Lolly war. Wer auch immer das Cottage von Großmutter gemietet hatte, hat es offenbar bloß als Abstellkammer benutzt. Ich gehe zum Kamin und denke daran, wie wir auf der Suche nach dem vermeintlichen Beweis, den wir Davies' Überzeugung nach haben sollten, das Haus auf den Kopf gestellt hatten. Ich berühre das warme, glatte Holz. Die Verkleidung ähnelt derjenigen in Mums Zimmer – Kiefermaserung, in die zarte Blumen geschnitzt wurden. Sie ist von Staub bedeckt. Eigentlich bin ich überrascht, dass Mum hier drin nicht geputzt hat. Gerade will ich zum Fenster gehen, da stolpere ich über meine eigenen Füße und muss mich am Kaminsims festhalten, um nicht hinzufallen. Ich richte mich auf, die Hand immer noch um die Kante des Simses geklammert, als ich bemerke, dass er sich ein Stückchen aus der Wand gelöst hat. Ich schaue genauer hin. Mein Herz beginnt vor Aufregung zu rasen, als ich vorsichtig daran ziehe. Darunter ist etwas verborgen, in einer Art Hohlraum, wo der Kamin auf das Mauerwerk trifft. Zwar wird es durch den Sims verdeckt, aber ich kann definitiv erkennen, dass dort etwas ist. »Tom!«, schreie ich. »Tom!«

Ich höre seine Schritte die nackten Holzstufen hochpoltern, und er kommt atemlos ins Zimmer gestürzt. »Was ist los? Ist was mit dem Baby?«

»Ich glaube, ich habe womöglich die Stelle gefunden, wo Gran den Beweis versteckt hat«, sage ich. »Schnell, hilf mir, das hier hochzuheben.«

Er eilt an meine Seite, und gemeinsam stemmen wir den Sims hoch. Er löst sich vom Rest der Verkleidung, und darunter kommt ein Loch im Kaminvorsprung zum Vorschein. Behutsam stellt Tom die Platte auf dem Boden ab und muss vom aufgewirbelten Staub husten. In dem Hohlraum befindet sich ein von Spinnweben bedeckter brauner Umschlag. Ich greife hinein, ohne mich um Spinnen oder sonstiges Krabbelgetier zu kümmern, wovor ich gewöhnlich Schiss habe. »Ich kann nicht fassen, dass wir es gefunden haben«, sage ich und schaue Tom schockiert an, wobei ich den A4-Umschlag in den Händen halte, als würde es sich um den Heiligen Gral handeln. Doch dann verschwimmen meine Augen. »Ich wünschte, Mum wäre hier.« Plötzlich macht mich der Gedanke, was das hier über Gran oder die echte Rose enthüllen könnte, schrecklich nervös.

Ich lasse mich auf die Knie sinken, und Tom folgt meinem Beispiel. Wir sitzen gemeinsam auf den rauen Dielen, während ich den Inhalt des Umschlags herausziehe. Es handelt sich um eine ledergebundene Mappe mit Klarsichthüllen. Zögernd klappe ich sie auf und schnappe nach Luft. Lauter nackte Frauen. Die Fotos mit einer alten Polaroidkamera aufgenommen. Die Frauen sehen aus, als würden sie schlafen. Manche scheinen eine Art Krankenhauskittel anzuhaben, der hochgezogen wurde, um den nackten Körper darunter zu enthüllen. Mir dreht sich der Magen um. »O Gott«, keuche ich und reiche die Mappe an Tom weiter.

Er zuckt zusammen. »Was zur Hölle ist das? Es sieht aus, als wäre jedes Foto mit einer Nummer versehen.« Er klappt die Mappe zu. »Schau, hier auf der Vorderseite der Mappe steht der Name einer Klinik.«

Ich beuge mich vor, um besser zu sehen. In goldgeprägter Schrift steht da: *Fernhill Fruchtbarkeitsklinik*. »Denkst du, das ist Victors Klinik? Hat das vielleicht etwas mit den Fotos zu tun, die Theo im Arbeitszimmer seines Vaters gefunden hat? Weißt du noch, all diese Frauen? Eine von ihnen war hochschwanger. Scheiße. Glaubst du, dass die echte Rose in dieser Klinik war?«

»Du meinst, zur künstlichen Befruchtung?«

»Das ergibt doch Sinn, oder nicht? Gran und die echte Rose waren ein Paar. Vielleich waren Rose und Victor nie in einer Beziehung …«

Die Bedeutung seiner Worte trifft mich wie ein Schlag.

»Du musst Theo anrufen«, sagt Tom ernst.

»Das muss der Beweis sein, von dem Davies gesprochen hat. Es geht gar nicht um die Morde. Sondern um etwas anderes. Etwas, das mit Victors Klinik zu tun hat.«

»Wie ist die echte Rose dahintergekommen?«

Ich schüttle den Kopf. Es gibt immer noch so vieles, was keinen Sinn ergeben will. Aber aus welchem Grund sollte jemand Fotos von diesen nackten Frauen schießen? Wurden sie mit deren Zustimmung aufgenommen? Irgendwas sagt mir, dass dem nicht so ist. Die Szenerie wirkt zu klinisch. Diese schlafenden … oder betäubten Frauen mit den Beinen in den Halterungen eines gynäkologischen Stuhles, als befänden sie sich inmitten eines medizinischen Eingriffs.

Ich presse mir die Hand aufs Herz. Es schlägt wie verrückt unter meinem Bademantel.

Ich greife wieder nach dem Umschlag und entdecke noch etwas darin. Ein weiterer Umschlag, klein und weiß und recht dick. Zugeklebt. Ein klassisches Kuvert, in dem man einen Brief verschicken würde. Ich drehe ihn um. Auf der Vorderseite, in blumig geschwungener Schrift, stehen lediglich zwei Worte: *Für Lolly*.

54

Rose, November 1980

Ja, wie es schien, hatte er uns aufgespürt. Ich nehme an, das war nicht zu vermeiden gewesen. Wir konnten uns nicht bis in alle Ewigkeit verstecken, ich und du, meine kleine Lolly. Es war nur eine Frage der Zeit.

Niemand legte sich mit Victor Carmichael an und kam damit davon.

Doch Anfang November wähnte ich mich noch in seliger Unwissenheit. Die Sache zwischen Daphne und mir hatte sich wieder eingependelt. Manchmal wachte ich nachts immer noch auf, mit rasendem Herzen, der Pyjama an meinem schweißnassen Körper klebend, weil ich wieder davon geträumt hatte, wie ich Neil tötete. Wenn das geschah, war Daphne sofort an meiner Seite, mein Engel, beruhigte und tröstete mich, bis ich wieder einschlief. Ich hatte mich damit abgefunden, dass ich die Schuld, gleich einem Schatten, für immer mit mir herumtragen würde. Das war der Preis, den ich zu zahlen hatte.

Natürlich hegte ich nach wie vor Zweifel in Bezug auf Daphne. Aber ich liebte sie. Ich wollte unbedingt an sie glauben. Und meist tat ich das auch. Seit dem Vorfall mit Joel hatte sie mir nie wieder einen Grund gegeben, an ihr zu zweifeln. Auch wenn sie hier und da bei dummen Kleinigkeiten log, wie zum Beispiel, dass sie von der Farm – oder, besser gesagt, von Sean – Dinge »umsonst« bekam. Es war nichts Wertvolles, bloß Eier oder Milch, trotzdem fühlte ich mich unwohl dabei.

Eines Tages rief sie mich von der Farm aus an und fragte, ob ich sie mit meinem Auto abholen könnte. Sie habe einige übrig gebliebene Fliesen abgestaubt. Sie sah so stolz und fröhlich aus, als sie die Pakete zum Auto trug.

An jenem Wochenende schlug sie die hässlichen braunen Fliesen rund um den Herd und die Spüle ab, und ich sah bewundernd dabei zu, wie sie die neuen an der Wand anbrachte. »Was?«, fragte sie lachend, als sie das Staunen auf meinem Gesicht bemerkte. »Du würdest nicht glauben, was man mir im Gefängnis alles beigebracht hat.«

Damit rief sie mir ihre Vergangenheit wieder in Erinnerung, und ich musste das ungute Gefühl runterschlucken, das sich jedes Mal in meiner Brust festsetzte, wenn sie das Gefängnis erwähnte. Nicht dass sie das oft tat. Und niemals vor dir.

Du liebtest die neuen Fliesen – sie wirkten sehr bäuerlich mit den kleinen Schweinchen und Schafen, doch sie heiterten die schäbige Küche etwas auf.

Am nächsten Tag, einem Mittwoch, kam Daphne mit, als ich dich zum Kindergarten brachte, weil es ihr freier Tag war. Am gleichen Abend sollte auch ein großes Feuerwerk stattfinden, und Daphne wollte unbedingt, dass wir alle zusammen hingingen. Ich hatte etwas Bedenken, dich mitzunehmen – du hattest noch nie ein Feuerwerk gesehen, und ich befürchtete, dass es dir Angst machen könnte –, aber Daphne überzeugte mich, dass es ein großer Spaß werden würde, obwohl ich Menschenmengen hasste.

Wir sahen dir nach, als du fröhlich hüpfend mit Miss Tilling im Inneren verschwandst.

»Hör mal, Daph, wegen heute Abend«, begann ich. »Glaubst du nicht, dass Lolly noch ein bisschen zu klein ist …«

Wir wurden von Melissa unterbrochen, die, mit einem Kaffeebecher in der Hand, aus dem Café trat und im Eilschritt auf uns zukam. »Hallo, die Damen«, begrüßte sie uns und blickte demonstrativ auf unsere verschränkten Hände.

Verlegen löste ich mich von Daphne, die jedoch eine trotzige Miene aufsetzte. Ich weiß, sie hätte weiterhin meine Hand gehalten, ohne sich darum zu kümmern, was Melissa dachte. Melissa konnte kaum älter als Ende vierzig sein, trotzdem war sie, was ihre Einstellung anging, sehr altmodisch. Sie würde unsere Beziehung niemals verstehen.

»Rose, ich bin froh, dass ich dich erwische«, verkündete sie, Daphne vollkommen ignorierend. »Am Montag war ein Mann im Café und hat sich nach dir erkundigt.«

Mein Herz blieb einen Moment stehen. »Wirklich? Hat er … gesagt, wie er heißt?«

Sie schüttelte den Kopf. »Nein. Er hat nur gefragt, ob ich dich kenne.«

»Wie sah er aus?«

Sie überlegte kurz. »Na ja, ziemlich attraktiv, würde ich sagen. Dunkles Haar. Groß.«

Victor. Das musste Victor gewesen sein.

»Hast du ihm …«, ich schluckte, da meine Kehle staubtrocken war, »… irgendetwas gesagt?«

Sie sah mich mitleidig an. »Nein, natürlich nicht.«

»Ich danke dir«, erwiderte ich und verspürte eine Woge von Zuneigung zu dieser Frau. »Ich danke dir sehr.«

Sie tätschelte tröstend meinen Arm. »Er machte zwar einen recht charmanten Eindruck, allerdings«, und dabei verdüsterte sich ihre Miene, »schien er auch sehr entschlossen, dich zu finden, Rose.«

Ich unterdrückte meine Tränen und spürte, wie Daphne näher an mich herantrat. »Bitte«, sagte ich mit zitternder Stimme, »bitte verrat ihm nichts von mir.«

Melissa musterte eindringlich mein Gesicht aus ihren kleinen rosinengleichen Augen. »Natürlich nicht«, versicherte sie mir in ernstem Tonfall.

Ich bedankte mich und ging rasch davon, bevor ich vor ihr in Panik verfallen konnte.

»Glaubst du, das war Victor?«, flüsterte Daphne neben mir. Sie musste schon beinahe rennen, um mit mir Schritt zu halten.

»Wer sonst sollte es sein?«, fauchte ich und fühlte mich sofort wieder schuldig, als ich ihre verletzte Miene sah. »Entschuldigung, es tut mir leid. Es ist nur …« Mir entfuhr ein Schluchzer. »… er hat mich gefunden. Nach drei verfluchten Jahren hat er mich nun doch gefunden. Er ist hinter mir her …«

»Rose, beruhige dich, du machst mir Angst. Hör auf!« Sie packte mich am Arm. »Hör auf«, sagte sie erneut, diesmal sanfter. Inzwischen waren wir auf halbem Weg zum Cottage angelangt. Wir waren vollkommen allein auf der Anhöhe, aber ich schauderte, als würde Victor direkt hinter uns stehen. »Hör zu, das ist jetzt zwei Tage her. Wahrscheinlich ist er schon wieder nach Hause gefahren. Wo wohnt er?«

»Yorkshire«, sagte ich und wischte mir die Tränen weg. Dort hatte ich mit Audrey gewohnt, um in der Nähe ihrer Familie zu sein. Ich war glücklich dort gewesen, bis ich ihn traf.

»Also gut. Dann war er zwar vielleicht hier, aber niemand

hat ihm was verraten, und er ist unverrichteter Dinge wieder zurück.«

»Ich … keine Ahnung, aber das klingt nicht nach Victor. Wenn er glaubt, dass ich hier bin, dann wird er nicht aufgeben.«

Sie nahm meine Hand. »Komm, lass uns nach Hause gehen und dort darüber reden. Wenn du willst, kann ich Lolly später abholen. Er wird ja wohl nicht wissen, wie ich aussehe, oder?«

Ich nickte und ließ mich von ihr nach Hause bringen. Im Cottage hieß sie mich am Küchentisch Platz zu nehmen und machte mir eine Tasse Tee.

»Wenn du willst, können wir von hier wegziehen?«, schlug sie vor, reichte mir dabei eine Tasse und setzte sich neben mich. Wir hatten noch immer unsere Mäntel und Stiefel an.

»Ich kann das Cottage nicht verkaufen. Vor allem nicht jetzt, da … da …« Ich brachte es nicht über mich, Neils Namen auszusprechen. Wir waren hier gefangen.

»Aber wir könnten es vermieten? Und selbst woanders hinziehen. In eine Großstadt. Wo es einfacher ist, sich zu verstecken.«

»Aber was, wenn jemand … *ihn* findet?«

»Sollten wir es vermieten, würden wir dem Mieter nicht gestatten, was am Garten zu verändern. Das könnten wir im Mietvertrag festlegen.«

Übelkeit überkam mich. »Daph, ich muss ganz ehrlich zu dir sein. Bezüglich Victor.«

Sie strich sich ihren Pony aus dem Gesicht. »Was willst du damit sagen?«

»Er … Wir waren nie ein Paar. Wir hatten nie Sex. Er war mein Arzt.«

»Dein Arzt? Ich verstehe nicht.«

»Er war mein Kinderwunscharzt. Aber er …« Ich schluckte schwer. Während der letzten drei Jahre hatte ich mir solche Mühe gegeben, ihn aus meinen Gedanken zu tilgen. Und mit ihm das Gefühl, auf schreckliche Art betrogen worden zu sein. Die Furcht. Aber es war alles noch so frisch und lebendig in mir. Vor allem seine Drohungen, dich mir wegzunehmen. »Er hat etwas Furchtbares getan.«

Sie griff über den Tisch hinweg nach meiner Hand. »Was hat er getan?«

»Er hat mich hereingelegt.«

»Inwiefern?«

Es war eine unsägliche Erleichterung, das Geheimnis loszuwerden, das ich nun schon seit Jahren mit mir herumtrug. Also erzählte ich ihr alles.

Vor fast vier Jahren hatten Audrey und ich uns mit dem Anliegen einer künstlichen Befruchtung in die Klinik von Dr. Victor Carmichael in Harrogate begeben. Er machte einen so netten und einfühlsamen Eindruck, als wir ihm unsere missliche Lage schilderten, und versicherte uns, dass er schon zuvor gleichgeschlechtlichen Paaren geholfen habe. Sobald ein anonymer Spender ausgewählt war, merkte er mich für den Eingriff vor. Audrey und ich waren uns von Anfang an einig gewesen, dass ich diejenige sein sollte, die das Kind austrug.

Wenn ich auf jene Sitzung in Victors Praxis zurückblicke, ist es offensichtlich, dass er Gefallen an mir gefunden hatte. Naiverweise glaubte ich damals, dass er bloß meine Gesellschaft genoss, da wir ungefähr im gleichen Alter waren. Erst später wurde mir klar, dass die Sache anders lag.

Obwohl ich mit meinen dreiunddreißig Jahren als recht alt

galt, wurde ich sofort schwanger. Es war ein teurer Eingriff, und ich musste einen Teil des Geldes, das meine Eltern mir hinterlassen hatten, dafür aufwenden, aber ich war einfach nur glücklich, dass es funktioniert hatte.

Und dann brach Audrey mein Herz.

Sie hätte begeistert sein sollen, dass ich so schnell schwanger geworden war, doch als mein Bauch an Umfang zunahm, zog sie sich zurück, bis sie schließlich zugab, dass sie den Gedanken, Mutter zu sein, nicht ertrug. Dass es nicht das war, was sie sich für ihr Leben wünschte. Sie zog bei mir aus und bei ihren Eltern ein. Ich war am Boden zerstört, verängstigt, allein und im vierten Monat schwanger. Während meines nächsten Termins bei Victor brach ich zusammen und gestand ihm alles. Danach entwickelte sich zwischen uns eine Freundschaft. Er besuchte mich, um nach mir zu sehen, sich zu vergewissern, dass ich vernünftig aß, aber auch, um mich auszuführen – ins Theater oder zum Abendessen in Restaurants, die ich mir nie hätte leisten können. Ich genoss seine Gesellschaft. Er war ein kluger, charmanter Mann. Ich dachte überhaupt nicht daran, dass damit eine Grenze im Arzt-Patienten-Verhältnis überschritten wurde, auch wenn mir heute klar ist, wie arglos das von mir war. Aber ich hatte solchen Liebeskummer, war so einsam, dass mich seine Aufmerksamkeit tröstete. Immerhin wusste er ja, dass ich lesbisch bin. Als es darum ging, den Mietvertrag für meine Wohnung zu verlängern, schlug er mir vor, stattdessen bei ihm einzuziehen. »Ich habe dieses riesige, schöne Haus«, sagte er, »und ich bin alleinstehend. Erlaube mir, mich um dich zu kümmern. Du solltest unter diesen Umständen nicht auf dich allein gestellt sein.«

Es überraschte mich, dass er alleinstehend war. Bei einem

so attraktiven Mann und einer guten Partie zudem hätten die Frauen Schlange stehen müssen. Aber als ich ihn danach fragte, scherzte er, dass er mit seiner Arbeit verheiratet sei und keine Zeit für Frau und Kinder habe. Sein Haus war atemberaubend und lag in einer von Harrogates gepflegtesten Straßen. Ich konnte nicht ablehnen. Womöglich hätte ich das Angebot ausgeschlagen, wenn meine Eltern oder Freunde in der Gegend gewohnt hätten – wir waren nur wenige Monate vor meiner Schwangerschaft hergezogen, um in der Nähe von Audreys Familie zu sein. Aber ich war so furchtbar traurig und verängstigt und, ja, so überaus naiv. Außerdem sah ich zu Victor auf, respektierte ihn.

Doch leider hatte er keinen Respekt vor mir.

Zunächst lief es gut. Wir kamen miteinander aus. Aber dann, mit der Zeit, wurde er besitzergreifend. Wenn ich ausging, wollte er wissen, wohin und mit wem.

Ich arbeitete damals im örtlichen Kino als Platzanweiserin und verkaufte nach den B-Movie-Vorstellungen Eis an die Zuschauer. Als ich mich dort mit einer Frau anfreundete, wurde er eifersüchtig. Und da begriff ich meinen Fehler. Ja, ich selbst mag keine romantischen Gefühle für Victor gehegt haben, er hingegen sehr wohl für mich. Und dann fielen mir andere Dinge in seinem Verhalten auf. Er begann mir vorzuschreiben, was ich essen und anziehen sollte, wie viel Schlaf ich benötigte. Es nahm mir die Luft zum Atmen. Und wenn ich seinen »Rat« nicht befolgte, dann verbrachte er die darauffolgenden Tage damit, mich zu ignorieren, das Zimmer zu verlassen, wenn ich eintrat, und mir generell die kalte Schulter zu zeigen.

Eines Abends, als ich später von der Arbeit zurückkam, fuhr er mich an und beschuldigte mich, eine flatterhafte

Person zu sein – ich sollte mich gefälligst wie die werdende Mutter verhalten, die ich nun mal war. Ich starrte ihn geschockt an. Wir hätten gute Freunde sein sollen, aber ich hatte immer mehr das Gefühl, unter seiner Fuchtel zu stehen, kontrolliert zu werden. Wir stritten, und ich sagte ihm, er solle sich um seine eigenen Angelegenheiten kümmern, er sei mein Freund, nicht mein Liebhaber, und schon gar nicht der Vater des Kindes.

Ich werde nie vergessen, wie er mich ansah. Selbstgefällig, ganz so, als wüsste er um ein Geheimnis, von dem ich keine Ahnung hatte.

»Genau genommen«, erwiderte er mit einem grausamen Zucken um seine Mundwinkel, »bin ich das.«

»Wie meinst du das?«, fragte ich, doch mich durchfuhr es eiskalt, als mir klar wurde, was er getan hatte.

»Wozu auf einen anonymen Samenspender zurückgreifen, wenn du auch mich haben kannst?«, war seine Antwort.

Bei ihm klang es so, als sei das vollkommen logisch, die normalste Sache der Welt – mir sein Sperma, ohne meine Einwilligung, in die Gebärmutter zu injizieren.

»Warum siehst du mich so an? Das ist nicht illegal.«

Ich brüllte ihn an, warf ihm vor, mich vergewaltigt, mich belogen und betrogen zu haben. Er sah mir mit kühlem Blick zu, als wäre ich bloß ein Kleinkind, das überreagierte. Ich rannte nach oben und fing an, meine Sachen zusammenzusuchen, während ich fieberhaft überlegte, wohin ich gehen könnte. Ich würde vorerst in einem Hotel unterkommen und mir dann ein Häuschen kaufen – ich hatte genügend Geld angespart und das mit Audrey ohnehin geplant. Zwar war ich, nachdem sie mich verlassen hatte, nicht dazu in der Lage gewesen, auch nur daran zu denken, aber ich konnte unmöglich hierbleiben. Während ich packte, hörte ich, wie sich der Schlüssel in meiner Schlafzimmertür drehte. Er hatte mich eingesperrt.

»Ich lasse dich nicht gehen!«, rief er mit ruhiger, finsterer Stimme durch die Tür. »Du trägst mein Kind in dir.«

Noch nie in meinem Leben hatte ich eine solche Angst gehabt. Er brachte mir Essen, sagte mir, dass er dies nur zu meinem eigenen Wohl tue, dass er mich liebte und heiraten wolle. Er wollte es nicht gelten lassen, wenn ich ihm sagte, dass ich ihn nie in dieser Weise betrachten könnte.

»Rose, ich werde dich niemals gehen lassen«, sagte er.

Und da wurde mir klar, dass ich klug vorgehen musste. Ich musste ihn hinters Licht führen, so, wie er mich hinters Licht geführt hatte. Also gab ich vor, ich würde es mir noch einmal durch den Kopf gehen lassen – und blieb geduldig. Es dauerte, aber als er mir wieder so weit vertraute, mich allein im Haus zu lassen, ohne die Tür abzusperren, begann ich, meine Flucht zu planen. Als Erstes machte ich mich daran, eine Art »Rückversicherung« zu finden, für den Fall, dass er mich doch einmal aufspüren sollte. Nach dem, was er mir angetan hatte, nach dem Blick, den ich in Victors abgrundtief dunkle Persönlichkeit geworfen hatte, dachte ich mir, dass er schon in der Vergangenheit fragwürdige, wenn nicht illegale Dinge getan haben musste. Ich durchsuchte sein Arbeitszimmer, und als ich bereits glaubte, nicht fündig zu werden, da fiel sie mir ins Auge: eine Ledermappe ganz unten in seiner Schreibtischschublade. Sie trug den Schriftzug seiner Klinik und wirkte auf den ersten Blick ganz harmlos.

Aber als ich sie aufklappte, ließ ich sie vor Schreck fallen. Es waren Aufnahmen von Frauen, die mit weit gespreizten Beinen auf dem gynäkologischen Stuhl in seinem

Sprechzimmer – dem Zimmer, in dem ich selbst gewesen war – lagen. Die Fotos sahen aus, als wären sie mit einer Polaroidkamera und ohne die Zustimmung der Patientinnen aufgenommen worden. Die Frauen darauf schienen sediert und hatten zumeist einen Krankenhauskittel an, so, als habe er sich inmitten eines Eingriffs befunden und dabei den Entschluss gefasst, ihre Genitalien für den persönlichen Gebrauch abzulichten. Das war definitiv etwas, das ein normaler Arzt niemals tun würde.

Ich war angewidert – Victor war genau das Monster, als das ich ihn bereits im Verdacht gehabt hatte. Ich fragte mich, ob ich eine von diesen Frauen war, aber ich wollte nicht hinsehen. Mir drehte sich schon der Magen um, und ich musste mich darauf konzentrieren, mich nicht zu übergeben.

Ich überlegte, auf der Stelle zur Polizei zu gehen. Angesichts dieser Fotos war klar, dass ihm die Approbation entzogen und er möglicherweise sogar ins Gefängnis wandern würde. Aber ich hatte Angst und war so eingeschüchtert von ihm. Ich konnte nicht riskieren, dass er sich irgendwie aus der Sache herauswand. Immerhin war Victor Carmichael ein angesehener Arzt, und möglicherweise hatte er alles, was beweisen könnte, dass ich künstlich befruchtet worden war, zerstört. Er würde lügen, manipulieren, behaupten, dass wir eine Beziehung gehabt hätten und das Kind von ihm sei.

Mir blieb keine andere Wahl, als die Mappe an mich zu nehmen und so schnell und so weit wie nur möglich damit davonzurennen.

Die nächste halbe Stunde, während der ich hektisch meine Sachen in zwei Koffer packte und dabei etliches zurückließ, war die beängstigendste meines Lebens. Ich hatte ein Taxi bestellt und gebeten, mich an einer Adresse zwei Straßen weiter abzuholen. Die ganze Zeit hämmerte mein Herz wie wild, weil ich jede Minute damit rechnete, dass Victor auftauchen und mich aufhalten könnte. Als ich, die Koffer hinter mir herzerrend, durch die Straßen hetzte, stellte ich mir vor, wie er mich verfolgte, und das Blut rauschte mir in den Ohren. Ich fühlte mich erst halbwegs sicher, als ich mich ins Taxi zum Bahnhof setzte und dann in den erstbesten Zug stieg. Denn jede Meile brachte mich weiter fort von ihm.

Beggars Nook war nicht meine erste Anlaufstelle. Zunächst kam ich in einem Bed & Breakfast in Chippenham unter, von wo aus ich Immobilienmakler kontaktierte, bis ich etwas fand, das ich mir leisten konnte. Die Adresse: *9 Skelton Place*.

Ein gutes Versteck.

Dachte ich zumindest.

Bis jetzt.

55

Lorna

Ohne Albertos Sachen wirkt die Wohnung karg und leer. Mit einem Gefühl des Verlorenseins geht Lorna durch die Zimmer. Und wieder Jahre ihres Lebens, die sie mit dem falschen Mann verschwendet hat. Ihr wird schwer ums Herz, doch sie weiß, dass das nicht wegen Alberto ist. Vielmehr wegen ihrer Tochter und ihres Schwiegersohns, die sie in England zurückgelassen hat. Sie hat genug, von Land zu Land, von Mann zu Mann zu irren. Sie möchte bei Saffy und dem Baby sein, wenn er oder sie zur Welt kommt. Wenigstens einmal möchte auch sie Wurzeln schlagen. Theo und Jen kommen ihr in den Sinn. Ein Bruder, von dem sie nie etwas geahnt hat. Trotz der dunklen Geheimnisse ihrer Vergangenheit will sie auch zu ihnen eine Beziehung aufbauen. Und mehr als alles andere möchte sie ihre Fehler bei Saffy wiedergutmachen, weil sie in ihrer Kindheit nicht immer für sie da war. Immer wieder stehlen sich die Worte ihrer Tochter in ihre Gedanken, während sie ihrer alltäglichen Routine nachgeht.

Sie könnte sich irgendwo am Bristolkanal eine kleine Wohnung mieten, sodass sie nicht allzu weit von Saffy entfernt wäre. Ja, beschließt sie, während sie sich auf die Bettkante hockt und ihre Stiefeletten abstreift. Ja, genau das wird sie tun. Gleich morgen früh wird sie diesen Plan in die Tat umsetzen. Der Mietvertrag hier ist flexibel, sie kann praktisch jederzeit ausziehen. Der Gedanke erfüllt sie plötzlich mit neuer Energie.

Sie holt das Foto von Daphne und Rose heraus, auf dem sie in ihren Jeansschlaghosen und Tanktops vor dem Cottage stehen. Daphne – die Größere der beiden – hat den Arm um Rose' Schulter gelegt. Saffy hat ihr das Bild vor ihrer Abreise mitgegeben. Sie kann nicht aufhören, es anzustarren und in dem schönen Gesicht ihrer echten Mutter nach Ähnlichkeiten zu suchen. Seit sie die Wahrheit herausgefunden hat, träumte sie von ihr, der hübschen, zierlichen Frau mit dem goldbraunen Haar und den dunklen Augen – schokoladenbraun wie ihre und Saffys. Im Schlaf suchen sie Momentaufnahmen eines vergangenen Lebens in ihrem Unterbewussten heim. Spaziergänge im Wald, bei denen sie die Hand ihrer echten Mutter hält, oder wie sie auf dem Dorfplatz stehend dem Weihnachtschor lauschen und heiße Schokolade trinken. Sie weiß nicht, ob es sich dabei um reale Erinnerungen handelt oder ob sich ihr Gehirn nur Szenarien ausmalt, von denen sie wünscht, dass sie echt wären. Die vage Trauer, die sie in Beggars Nook verspürt hat, wenn sie versuchte, sich an ihre Vergangenheit zu erinnern, war also real. Sie hat um ihre Mutter getrauert – die echte Rose – und es noch nicht einmal gewusst.

Erst heute Vormittag hat sie einen Anruf von DS Barnes bekommen. Die DNA-Ergebnisse waren eingetroffen.

Er erklärte, dass die DNA-Probe der zweiten Leiche genügend Übereinstimmungen mit Lornas aufwies, um daraus zu schließen, dass es sich um ihre Mutter handelt.

Das kam zwar nicht überraschend, trotzdem brach Lorna bei der Nachricht in Tränen aus.

Als sie gerade das Foto auf den Nachttisch legt, reißt das Klingeln ihres Handys sie aus ihren Gedanken. Sie sieht Saffys Namen auf dem Display, und ihr geht sofort das Herz auf.

»Hallo, mein Schatz, geht es dir gut?«

»Mum!«, meldet Saffy sich atemlos. »Wir haben ihn gefunden! Den Beweis, nach dem Davies gesucht hat. Den Beweis, den Rose im Kamin versteckt hat. Es ist …«, sie schluckt hörbar, »… es ist eine Mappe mit Fotografien von nackten Frauen.«

»Was meinst du mit nackten Frauen?«

»Wie es aussieht, hat Victor seine Opfer im Rahmen irgendeines medizinischen Eingriffs sediert. Und dann Fotos von ihnen gemacht. Nackt.«

Lorna dreht sich der Magen um. »O mein Gott.«

»Tut mir leid, dich damit zu überfallen.«

Lorna ist schwindlig. »Habt ihr die Polizei verständigt?«

»Wir sind dabei. Aber … ich habe noch etwas gefunden.«

»Okay …«

»Einen Brief. Mit deinem Namen darauf.«

Ein Brief von jenseits des Grabes, von ihrer richtigen Mutter. Lorna springt auf und geht im Zimmer auf und ab. »Öffne ihn!«

»Bist du sicher?«

»Ja, natürlich. Natürlich. Ich muss wissen, was da drinsteht.«

»Okay. Warte kurz.« Sie hört das Rascheln von Papier, als der Umschlag aufgerissen wird, dann ist Saffy wieder in der Leitung.

»Also gut, es ist aber ein ziemlich langer Brief.«

»Wie lang?«

»Bestimmt ein Dutzend A4-Seiten. Beidseitig beschrieben, in einer winzigen Handschrift.«

»Was steht drin?«

»Willst du, dass ich das Ganze vorlese?«

Ja. »Nein. Nein, lass das. Das wird viel zu lange dauern.« Sie hört, wie Papier durchgeblättert wird.

»Soll ich es lesen und dir dann …? O mein Gott!« Saffy schnappt nach Luft.

»Was? Was ist denn?«

»Rose schreibt hier, dass sie Neil Lewisham umgebracht hat. Mum, das ist ein Geständnis.«

Mit weichen Knien sinkt Lorna auf ihr Bett zurück. »Das wirst du der Polizei zeigen müssen. Du musst ihnen alles erzählen. Und gib ihnen auch die Mappe von Victor. Scheiße, ich wusste, ich hätte nicht abreisen dürfen. Ich hätte nicht hierher zurückkehren sollen.«

Sie hört, wie Saffy scharf die Luft einzieht. »Oh, Mum«, sagt sie mit trauriger Stimme. »Ich überfliege den Brief gerade zwar nur, aber so wie ich das hier lese … hat Victor Rose gefunden.«

56

Rose, Bonfire Night, 5. November 1980

Ich beschloss, die Mappe unter dem wackligen Kaminsims in deinem Kinderzimmer zu verstecken. Da dahinter einige Backsteine fehlten, hat er nie richtig gepasst. Daphne erzählte ich nichts davon. Besser, niemand wusste es.

»Gleich morgen«, verkündete Daphne, während sie am Herd stand und in einem Topf mit Karotten, Kartoffeln und Brokkoli rührte, »informieren wir uns, wie wir Skelton Place am besten vermieten. Dann können wir uns nach einer Wohnung in Bristol umschauen. Eine große Stadt. Dort können wir besser untertauchen.«

»In Ordnung«, stimmte ich zu. Eine belebte, anonyme Straße, in der alle Häuser gleich aussahen. Ein Ort, an dem niemand unsere Namen kannte. Das hätte ich von Anfang an tun sollen. Ich hätte nie nach Beggars Nook ziehen dürfen, ein Dorf, wo jeder jeden kennt.

»Aber heute Abend«, fuhr Daphne fort, wobei sie sich mir mit dem Holzlöffel in der Hand zuwandte, »schauen wir uns das Feuerwerk an und verhalten uns ganz normal. Für Lolly. Okay?«

Ich nickte.

»Gut«, sagte sie. »Gut. Wir schaffen das. Es wird sich alles fügen.«

Allerdings war ich mir dessen nicht so sicher. Es fühlte sich an, als würde meine Welt immer weiter schrumpfen, sodass mich in dem Dorf, im Cottage, die Beklemmung überkam. An dem Ort, wo ich mich bisher immer am sichersten gefühlt hatte.

»Ich denke, du solltest meine alte Perücke aufsetzen«, sagte sie plötzlich. Sie stand in ihrer üblichen Flamingo-Pose auf einem Bein, wobei ihr die Ärmel des Pullis über die Hände rutschten. »Dein hübsches welliges Haar verstecken.«

Ich lachte. Mein Haar war braun, nicht gerade auffällig. »Ich ziehe einfach die Bommelmütze auf. Es wird kalt und dunkel sein. Falls Victor sich dort herumdrückt, wird er mich nicht so leicht erkennen.«

Die Stirn in Falten gelegt, musterte sie mich eindringlich.

»Was?«, fragte ich und war plötzlich ganz verlegen.

»Nichts.« Sie schüttelte den Kopf. »Es ist nur so, dass du stärker bist, als du denkst, Rose Grey.«

»Ich weiß nicht …«

»Doch, das bist du«, sagte sie, nun mit sanfterer Stimme. »Schau doch nur, wie du Victor entkommen bist. Ich bin beeindruckt, wirklich.« Sie warf mir eine Kusshand zu, bevor sie sich wieder dem Herd zuwandte.

Vorfreude lag in der Luft, als wir uns abends zu dritt auf den Weg ins Dorf machten. Du liefst, wie üblich, zwischen uns, jeweils eine unserer Hände haltend, während Daphne dir von kandierten Äpfeln vorschwärmte. Über deinen Kopf hinweg warf ich Daphne rasch einen Blick zu. Sie wirkte sorglos und glücklich. Kein bisschen besorgt, während sich mein Magen anfühlte wie eine rotierende Waschmaschinentrommel. Jedes Mal, wenn ich lautes Gelächter oder das Bellen eines Hundes hörte, schreckte ich zusammen. Es war nicht nur Victor, der mir zusetzte. Es war auch der Gedanke daran, ein neues Leben abseits des Dorfes zu beginnen, abseits von allem, was mir vertraut war. Ich begann an den Umzugsplänen für Bristol zu zweifeln. Das war etwas, was Daphne schon immer hatte tun wollen. Ich glaube, sie befürchtete, dass, wenn wir hierblieben, früher oder später jemand nach Neil suchen und schließlich herausfinden würde, wer sie wirklich war. Aber ich mochte Großstädte noch nie, obwohl ich in London aufgewachsen war.

Doch in einem Punkt hatte Daphne sicherlich recht. Sollte Victor es geschafft haben, mich ausfindig zu machen, dann würde uns nichts anderes übrig bleiben, als von hier zu verschwinden.

Das Feuerwerk fand auf einem Feld in der Nähe der Farm statt, auf der Daphne arbeitete. Es war ein ganz schönes Stück Strecke, insbesondere für dich, aber du beschwertest dich nicht. Dafür freutest du dich zu sehr auf die süßen Naschereien und das Feuerwerk. Wir folgten der Menschenmenge über den Dorfplatz und die Brücke bis zur Farm. »Gestern bei der Arbeit, hat mir Sean erzählt, dass es Hotdogs und ein Lagerfeuer geben wird«, sagte Daphne zu dir. Du quietschtest vor Aufregung und hieltst unsere Hände noch fester. Letztes Jahr warst du noch zu klein, um auf ein so großes Fest zu gehen.

Und wieder Sean. Daphne erzählte viel von ihm. Er wohnte in Chippenham und fuhr jeden Tag hierher. Sie meinte, sie würde ihn als jüngeren Bruder betrachten, aber ich befürchtete, dass er keinen guten Einfluss auf sie hatte. Seit er auf der Farm arbeitete, brachte sie immer mehr Zeug nach Hause mit. Dinge, bei denen ich mir nicht so sicher war, ob Mick es begrüßen würde, wenn er davon erführe. Natürlich durfte sie ihre eigenen Freundschaften pflegen. Ich hatte nie das Bedürfnis, meine Partnerin zu kontrollieren. Aber ich konnte mein Unbehagen nicht verhehlen. Mir schien es sicherer, unseren Bekanntenkreis so klein wie möglich zu halten. Und obwohl ich Sean noch nicht kennengelernt hatte, war ich doch zu dem Schluss gekommen, ihm nicht über den Weg zu trauen.

»Es ist ziemlich viel los«, bemerkte ich, wobei ich mich bemühte, mir meine Angst nicht anhören zu lassen.

»Ich kann mir vorstellen, dass die Leute aus den benachbarten Dörfern sich auch Tickets besorgt haben«, erwiderte sie.

Alles in mir sträubte sich.

Ich konnte es nicht genießen. Daphne führte dich von einem Stand zum nächsten über das Feld, während ich euch wie ein Leibwächter in äußerster Alarmbereitschaft auf Schritt und Tritt folgte, da ich immer noch befürchtete, dass Victor hinter mir her war. Es war dunkel, und ein feiner Nieselregen lag in der Luft. Ich sah den rosaroten Bommel deiner Mütze auf und ab hüpfen, während du an Daphnes Seite herumspaziertest. »Pass auf, dass du ihre Hand nicht loslässt«, sagte ich zu Daphne.

Ich muss ziemlich streng geklungen haben, denn Daphnes Augen weiteten sich überrascht, und sie schien gekränkt, als sie mir versicherte, dass sie natürlich nicht loslassen würde. »Ich würde dieses Kind mit meinem Leben beschützen«, schob sie hinterher.

Ich blieb weiterhin hinter euch, als ihr an einem Stand mit kandierten Äpfeln stehen bliebt. »Sollte sie den Hotdog nicht zuerst bekommen?«, gab ich zu bedenken, doch da drückte Daphne dir bereits den Spieß mit dem rot glänzenden Apfel in die eifrig ausgestreckte Hand.

»Tut mir leid«, murmelte sie mir über ihre Schulter hinweg zu, wobei sie kein bisschen reumütig aussah.

Ich war viel zu aufgewühlt, um etwas runterzubekommen, weshalb es mir nichts ausmachte, als Daphne den Hotdog-Stand übersprang und sich mit dir an der Hand durch die Menge ganz nach vorne schob.

Um uns herum drängten sich die Leute mit ihren Trinkbechern, und der schwache blecherne Klang von Musik drang von einem der nahe gelegenen Stände an mein Ohr. Du sprangst so aufgeregt auf und ab, dass ich irgendwann meine Hände auf deine Schultern legen musste, um dich ein wenig zu bremsen. »Du wirst dich noch ganz verausgaben.« Ich versuchte zu lachen, doch es blieb mir im Hals stecken.

Daphne beugte sich in dem Lärm zu mir ans Ohr. »Soll ich uns was zu trinken besorgen? Eine heiße Schokolade oder so? Es ist kalt, und wir werden womöglich noch eine ganze Weile warten.«

»Ich …« Ich stellte mich auf die Zehenspitzen und blickte mich ängstlich um. »Ich weiß nicht. Was, wenn wir uns nicht wiederfinden.«

»Ich finde euch schon, keine Sorge«, gab sie zurück. Und da war sie auch schon fort, schlängelte sich in ihrer grünen Flickenjacke und der Häkelmütze mühelos durch die Menge, und ich musste an jenen Abend vor fast einem Jahr zurückdenken, als ich sie zum ersten Mal auf dem Dorfplatz gesehen hatte und mein Herz für sie entbrannt war.

Ich wandte mich wieder dir zu. »Daffy geht nur was zu trinken holen«, sagte ich, war mir jedoch nicht sicher, ob ich dich oder vielmehr mich selbst beruhigen wollte. Ich packte deine Hand fester.

»Nein«, quengeltest du und rissest dich los. »Ich mag nicht.«

»Lolly, bleib an meiner Hand!«, fuhr ich dich an, woraufhin ich mich sofort schlecht fühlte. »Bitte, Lolly, ich möchte nicht, dass du verloren gehst.«

Du wandtest dich von mir ab, um weiter an deinem kandierten Apfel zu knabbern, aber ich durfte deine Hand halten. Wo steckte Daphne bloß? Sie war viel zu lange fort. Ich wünschte, wir wären zu Hause, sicher in unserem Cottage.

»Hallöchen«, sagte da eine Stimme neben mir. Es war Melissa, die einen Flachmann in der Hand hielt. »Ist das nicht aufregend? Und wie viele Leute gekommen sind!«

»Hmm«, machte ich und warf einen Blick über ihre Schulter, um zu sehen, ob ich Daphne irgendwo ausfindig machen konnte. Dann wandte ich mich wieder an Melissa, da mir eine Idee gekommen war. »Ich bin wirklich froh, dich hier zu treffen. Das wird sich jetzt bestimmt seltsam anhören«, ich senkte meine Stimme und beugte mich zu ihr vor, sodass du es nicht hören konntest, »aber ich fürchte, dieser Mann, der im Café nach mir gesucht hat, ist jemand, den ich mal kannte. Jemand ... vor dem ich davongelaufen bin.«

»Oh, Schätzchen, das tut mir aber leid, das wusste ich nicht.«

Ich hob eine Hand, um sie zu beruhigen. Ich musste das hier loswerden, bevor ich meine Meinung ändern konnte. »Ich habe etwas Dummes getan, etwas wirklich Dummes. Es könnte sein«, fuhr ich fort, »dass mein Leben ...«, ich hauchte die Worte nur, damit du sie auf keinen Fall mitbekamst, »... in Gefahr ist.«

Melissas Augenbrauen schossen in die Höhe. »Wie meinst du das?«

»Sollte mir etwas zustoßen ...«

»Aber nein, Schätzchen, dir wird doch nichts passieren, sei nicht albern!«

»Bitte. Hör mir zu. Sollte mir etwas zustoßen – der Beweis befindet sich im Kamin. Kannst du dir das merken? Das ist wirklich sehr wichtig.«

Sie wirkte entsetzt. »Ja, ich merke es mir. Aber jetzt mache ich mir Sorgen um dich. Gibt es jemanden, den ich anrufen kann? Die Polizei?«

»Nein!«, entfuhr es mir zu laut. Du drehtest dich um, und ich schenkte dir ein Lächeln. Als du dich wieder abgewandt hattest, fuhr ich mit gedämpfter Stimme fort. »Nein. Bitte nicht die Polizei. Ich bin mir sicher, dass alles in Ordnung kommt, aber nur für den Fall der Fälle.«

Sie bedachte mich mit einem sorgenvollen Blick, versprach es mir jedoch. »Oh, da ist ja Maureen! Entschuldige, Schätzchen, ich muss weiter.« Sie ließ mich stehen, wahrscheinlich erleichtert darüber, jemanden Normaleres gefunden zu haben, mit dem sie sich unterhalten konnte. Ich reckte den Hals, um zu sehen, ob ich Daphne irgendwo entdecken konnte. Sie brauchte ewig, um die Getränke zu besorgen. Und da entdeckte ich sie, drüben am Hotdog-Stand, wo sie sich mit jemandem unterhielt. Mein Herz begann zu rasen. Es war ein Mann. Groß, dunkelhaarig. War das … war das etwa Victor? Nein, nein, natürlich war er es nicht. Dieser Mann war jünger, trug Gummistiefel und eine Wachsjacke. Daphne lächelte, und er stimmte mit ein, wobei er den Kopf in den Nacken warf und ihren Arm berührte. Eifersucht loderte in mir auf. *Flirteten* die beiden etwa?

»Mummy, wann geht es los?«

Ich wandte meine Aufmerksamkeit wieder dir zu, doch

das Unbehagen in mir wuchs wie ein Geschwür. »Bald, Liebes. Sehr bald.«

»Ich hab Bauchweh.« Du drücktest mir den halb aufgegessenen kandierten Apfel in die Hand.

»Kein Wunder, mein Schatz«, sagte ich, um einen heiteren Tonfall bemüht. »Oh, schau, da! Es geht los.«

Du wurdest von der ersten Rakete abgelenkt, die den Himmel zerriss und in rosa-violetten Kaskaden über unseren Köpfen explodierte.

Da spürte ich eine Hand auf meiner Schulter. Ich zuckte zusammen, aber es war nur Daphne. Sie drückte ihre kalte Wange an meine. »Entschuldige«, sagte sie. »Hier.« Sie reichte mir einen Becher, und ich ließ den kandierten Apfel auf den Boden fallen. Es tat mir zwar leid um ihn, aber ich wollte deine Hand nicht loslassen.

»Mit wem hast du dich da unterhalten?«

Sie runzelte die Stirn. »Mit niemand. Warum?«

»Ich habe dich gesehen. Mit einem Mann.«

»Ein Mann?« Kurz wirkte sie verwirrt, bevor es anscheinend Klick machte. »Oh, ja, das war Sean.«

»Was hat er hier zu suchen? Ist er extra den ganzen Weg von Chippenham hergefahren?«

Sie zuckte mit den Schultern, als wäre nichts dabei. Mir fiel ein, dass sie ihn nie mitgebracht hatte, um ihn uns vorzustellen. Wusste er überhaupt von mir? Von uns? Ich ermahnte mich innerlich, dass das albern war. Natürlich wird sie ihm von mir erzählt haben. Es sei denn, er denkt, sie sei bloß meine Untermieterin, nichts weiter.

Sie kicherte. »Ich glaube, er steht ein bisschen auf mich. Aber das kommt mir ganz gelegen.«

Schockiert starrte ich sie an. Was war aus all ihren

feministischen Prinzipien geworden? Aus den »Wir brauchen keine Männer«-Gesprächen, die wir so häufig geführt hatten?

»Was?« Sie lachte und nippte an ihrem Getränk. »Er hilft mir dabei, die schweren Sachen zu tragen.«

»Gott, Daphne.« Ich wandte mich von ihr ab.

Ihre nächsten Worte gingen in den Explosionen des Feuerwerks unter, und ich ging in die Hocke, sodass ich auf gleicher Höhe mit dir war. Ich wollte Daphne nicht ansehen. Du schautest wie gebannt zum Himmel, den Mund vor Staunen weit aufgesperrt, als ein Feuerwerkskörper in einem Sturm aus Gelb und Gold zerbarst, wobei du dir allerdings die Ohren zuhieltst.

»Ist es zu laut?«

Du schütteltest den Kopf. »So hübsch.«

Ich ignorierte Daphne den Rest der Vorstellung, wobei ich selbst nicht genau wusste, warum ich so sauer auf sie war. War ich eifersüchtig, weil sie mit einem Mann geflirtet hatte? Oder lag es daran, dass es sie nicht zu kümmern schien, dass Victor anwesend sein könnte und ich womöglich in Gefahr schwebte? Als sie sich Sorgen wegen Neil gemacht hatte, war ich für sie da gewesen. Ich hatte für sie *getötet*. Doch sie im Gegenzug benahm sich, als wäre meine Situation nichts weiter als ein Witz.

Nachdem das Spektakel zu Ende war, hob ich dich hoch und drehte mich um, in der Erwartung, dass Daphne hinter uns stand. Aber sie war fort.

57

Rose, Bonfire Night, 5. November 1980

Ich suchte das Feld nach Daphne ab. Sie konnte nicht weit sein. Offenbar hatte ich sie mit meiner frostigen Art verärgert. Dabei stritten wir uns selten. Wir hatten auch nicht viel Grund zu streiten, mit dir zusammen in unserem sicheren kleinen Cottage. Selbst mit dem Gespenst von Neil Lewisham, das über uns schwebte. Aber nun, da sich Victor möglicherweise in der Gegend aufhielt, hatte sich alles um hundertachtzig Grad gewendet. Erneut befand ich mich in ständiger Alarmbereitschaft.

»Mama, müde«, klagtest du, während ich dich über das Feld schleppte. Die Menge war dabei, sich aufzulösen, und ich schlängelte mich auf der Suche nach Daphne, und zugleich auf der Hut vor Victor, zwischen den Leuten hindurch.

»Tut mir leid, mein Schatz, wir gehen gleich nach Hause.« Ich versuchte, mir meine Verzweiflung nicht anhören zu lassen. Warum war Daphne gegangen und hatte uns stehen lassen, wo sie doch wusste, was für eine Angst ich vor Victor hatte? Als wir das Feld verlassen wollten, kam es zu einem Stau, da alle zur gleichen Zeit durch das Tor wollten, sodass uns keine Wahl blieb, als ebenfalls stehen zu bleiben und zu warten.

Ängstlich sah ich mich um – wir waren von allen Seiten von Menschen eingepfercht, die ungeduldig mit den Füßen aufstampften und sich lautstark über die Verzögerung beschwerten. Ich musterte jedes männliche Gesicht und drückte dich an mich. »Halt dich schön fest«, ermahnte ich dich. Endlich tat sich was, die Menge schwärmte nach vorne aus. Ich war erleichtert, dass die Leute sich etwas zerstreuten und trotzdem noch genug da waren, um uns als Schutz zu dienen, falls Victor auftauchte.

Doch als wir der Hauptstraße folgten und den Hügel zum Skelton Place hochgingen, hatten wir alle anderen hinter uns gelassen, und da waren nur noch wir zwei.

»Mummy, hab Angst«, sagtest du, als ich dich wieder absetzte, meine Hand fest umklammernd, was mir das Herz brach. Du musstest meine Furcht gespürt haben, denn normalerweise hattest du vor gar nichts Angst. Mit aufgerissenen, verschreckten Augen schautest du zu den hohen Hecken links und rechts und zu dem dunklen Wald, der uns von allen Seiten umgab. Irgendwo in der Ferne schrie eine Eule.

»Es sieht später aus, als es ist, weil sich der Mond heute Nacht hinter den Wolken versteckt«, sagte ich betont fröhlich. »Es ist erst acht Uhr.«

»Bin müde.«

»Wir sind fast daheim, es ist nicht mehr weit, nur noch ein kleines Stückchen den Hügel hoch. Wie wäre es, wenn ich dich jetzt huckepack nehme?«

Du nicktest eifrig, und ich ging in die Hocke, damit du auf meinen Rücken klettern konntest. Du schlangst deine kleinen Arme um meinen Hals, und ich packte deine Knöchel. »Hü-hott!«, rief ich und tat, als wäre ich ein Pferd, während ich den Hügel hinauflief, obwohl ich dachte, meine Beine müssten vor Erschöpfung nachgeben. Nur die Angst, Victor könnte plötzlich hinter einem Busch hervorkommen, verlieh mir das nötige Adrenalin weiterzumachen.

»Wo ist Daffy?«, fragtest du, als das Cottage in Sicht kam.

Aller Mut verließ mich, als ich sah, dass kein Licht brannte. »Wir haben sie verloren«, sagte ich, meine Stimme seltsam leise in der Dunkelheit. »Aber keine Sorge, sie kann nicht weit hinter uns sein.«

Als ich die Haustür öffnete, sprangst du von meinem Rücken runter. Das Cottage war kalt, dunkel und leer. Ich spürte ein Unbehagen, so, als könnte mich jeden Moment jemand anfallen. Ich machte das Licht im Flur an. Daphnes Jacke hing nicht an der Garderobe. Wo war sie? Ein Bild von ihr und Sean flackerte in meinem Kopf auf, doch ich verdrängte es rasch.

Ich machte im Erdgeschoss alle Lichter an. Durch die Fenster war nichts zu sehen. War jemand dort draußen und schaute ins Innere? Ich erschauerte.

Da explodierte ein Feuerwerkskörper in der Nähe, und ich zuckte zusammen.

»Komm, Lolly, wir bringen dich ins Bett«, sagte ich, nahm deine Hand und brachte dich nach oben.

Ich deckte dich in deinem Bettchen zu und las dir eine Geschichte vor, allerdings schliefst du noch vor ihrem Ende ein. Dann küsste ich deine Stirn und strich dir dein hübsches lockiges Haar aus dem Gesicht.

Ein weiteres Geräusch von draußen ließ mich auffahren. Diesmal klang es nicht wie ein Feuerwerk.

Es kam aus dem Garten.

Vorsichtig erhob ich mich von deinem Bett, ging zum Fenster und zog die rosa-weiß karierten Vorhänge beiseite.

Ich erstarrte vor Schreck.

Auf meinem Rasen stand ein Mann. Er blickte zum Haus empor.

Es war Victor.

58
Theo

»Okay«, sagt Theo ins Handy und blickt rasch zu Jen hinüber, die sich ihre Sonnenbrille ins Haar geschoben hat und fragend die Augenbrauen hebt. Die nackten Beine ausgestreckt, liegt sie auf der Sonnenliege in ihrem kleinen Garten. »Das heißt, es wurde Anklage gegen ihn erhoben?« Theo steht auf der Terrasse, wo die Sonne ihm in den Nacken brennt. »Und«, er dämpft die Stimme, »er wurde jetzt ins Wakefield-Gefängnis verlegt?« Die Terrassentür zu ihrem Wohnzimmer ist geöffnet, und er begibt sich ins schattige Innere, damit die Nachbarn ihn nicht hören können. Die Presse hat sie bereits mit Anfragen bestürmt.

»Das ist korrekt«, bestätigt Ralph, der Anwalt seines Vaters. Er hat eine tiefe Stimme, und obwohl Theo ihn nie persönlich kennengelernt hat, stellt er ihn sich als diesen Typ Mann vor, der gerne einen teuren Wein goutiert oder einen Abend in der Oper genießt. »Aufgrund der Schwere der Vorwürfe. Bis zum Prozess sitzt er in Untersuchungshaft. Er wurde des Mordes und der sexuellen Nötigung beschuldigt.«

»Und was ist mit dem Betrug bei den künstlichen Befruchtungen?« Theo hat noch immer nicht alle Teile des Puzzles beisammen, sondern nur das, was sie sich aus den von Saffy gefundenen Beweisen zusammenstückeln konnten.

»Ja, das kommt wahrscheinlich noch hinzu. Auch wenn es sich um eine rechtliche Grauzone handelt. Aufgrund des großen medialen Interesses haben sich mehrere Frauen an die Staatsanwaltschaft gewandt. Er hat das offenbar jahrelang betrieben.«

Theo wird übel. Die Fotos der Frauen, die er im Arbeitszimmer seines Vaters gefunden hat, waren wohl eine Art Katalog. Eine Möglichkeit für ihn, sich genau daran zu erinnern, wen er mit seinem eigenen Sperma künstlich befruchtet hatte. Die anderen Frauen in der Mappe, die Saffy gefunden hat … daran mag er nicht einmal denken.

Ralph muss Theos Schweigen mit Besorgnis verwechseln, denn er sagt: »Es tut mir leid, es sieht für Ihren Vater nicht gut aus. Was Caroline betrifft, habe ich auf Totschlag plädiert, da er behauptet, er habe nicht vorgehabt, sie zu töten, und dass es ein Unfall gewesen sei. Sie hätten sich gestritten, weil sie ihn verlassen wollte, und er habe sie in seiner Wut gestoßen. Sie sei gestolpert und die Treppe hinuntergefallen. Falls er sich schuldig bekennt, wird es zu keinem Prozess kommen, aber Sie wissen ja, wie Ihr Vater ist.«

Theo spürt einen Kloß im Hals, als er den Namen seiner Mutter hört. Bis zum Geständnis seines Vaters hatte es nicht lange gebraucht. Was Theo durchaus überraschte. Er war vielmehr davon ausgegangen, sein Vater würde bis ins Grab auf seine Unschuld pochen. Aber die Beweislage war wohl zu erdrückend, um es abzustreiten: Erst Glen Davies' Aussage und Geständnis, dann Vaters Alibi, das einer genaueren Untersuchung nicht standhielt, sowie ein Nachbar, der sich daran erinnerte, sich zu einer späteren Uhrzeit, als der, zu der er angeblich in die Klinik aufgebrochen war, mit ihm unterhalten zu haben.

»Was ist mit dem Mord an Rose?«

»Was diesen Fall angeht, so ist die Polizei noch immer dabei, die Beweise zu sichten. In dem Brief, den Saffron Cutler eingereicht hat, beschreibt Rose ihre Angst, dass Victor sie aufgespürt haben könnte und dass sie ihn in der Bonfire Night in ihrem Garten gesehen habe. Aber leider endet der Brief an dieser Stelle. Natürlich können wir davon ausgehen, dass er sie fand und sie darum nie dazu kam, den Brief zu beenden. Aber vor Gericht würde das selbstverständlich nicht ausreichen. Eine Zeugin, eine gewisse Melissa Brown, hat jedoch ausgesagt, dass ein Mann, der auf Victors Beschreibung passt, in den Tagen vor ihrem Verschwinden nach ihr gesucht habe. Wir werden Sie auf dem Laufenden halten.«

»Und was ist mit Cynthia Parsons?«

»Es gibt nicht genügend Beweise, die darauf hinweisen, dass ihr Tod kein Selbstmord war«, erklärt er.

Immerhin hat er zugegeben, für Mums Tod verantwortlich zu sein, denkt Theo bei sich. Wenn er doch nur gestehen würde, dass er auch Rose auf dem Gewissen hat, so würden wenigstens Lorna und Saffy Frieden finden können.

»Er lässt ausrichten, ob Sie ihm vielleicht einen Besuch abstatten möchten«, fügt Ralph in etwas zögerlichem Tonfall hinzu.

»Er hat meine Mutter umgebracht«, erwidert Theo. »Ich hoffe, dass er im Gefängnis verrottet.«

Jen beobachtet ihn aufmerksam aus dem Garten, auch wenn er nicht ausmachen kann, ob sie versteht, was er sagt.

»Ich weiß. Aber ich musste fragen. Wie auch immer, wir bleiben in Kontakt, und ich teile Ihnen den Gerichtstermin mit, sobald er angesetzt ist.«

»Vielen Dank für Ihren Anruf«, erwidert Theo und beendet damit das Gespräch.

Die Wahrheit ist, dass er nichts weiter will als Gerechtigkeit. Er will, dass sein Vater für seine Verbrechen bezahlt. Das Telefon noch immer in der Hand, lässt er sich auf einen Stuhl sinken. Ein Schatten legt sich über ihn, und als er aufschaut, bemerkt er Jen, die in der Tür steht und die Sonne verdeckt.

»Alles in Ordnung mit dir?«

Theo nickt. Seine Hände sind klamm, und er lässt sein Handy auf den Tisch fallen.

Jen schwingt sich auf seinen Schoß und schlingt die Arme um seinen Hals. Sie riecht nach Kokosnuss-Sonnencreme. Sie sagt nichts. Und das muss sie auch nicht.

»Ich bin mit diesem Bastard verwandt«, bemerkt er seufzend.

»Du bist nicht wie er. Du bist ganz nach deiner Mum geraten. Denk immer dran. Und du bist nicht allein. Lorna muss sich genauso fühlen, jetzt da sie weiß, dass er ihr Vater ist.«

»Stimmt.« Gott sei Dank gibt es Lorna. Seit sie ihm an jenem Abend die SMS geschickt hat, um ihn wissen zu lassen, dass er ihr Bruder ist, telefoniert er alle paar Tage mit ihr. »Davies wurde ebenfalls wegen einer Reihe von Verbrechen angeklagt«, sagt er und zieht Jen näher an sich. »Ich habe den Eindruck, dass er einen Deal ausgehandelt hat, allerdings läuft eine Anklage wegen Körperverletzung und Nötigung, nicht nur bei Lorna und Saffy, sondern auch bei anderen Frauen. Dann noch Betrug, arglistige Täuschung, weil er sich als Detektiv ausgegeben hat, Einbruch … die Liste ist lang.«

Er spürt, wie Jen erschauert. »Denkst du, du wirst deinen Vater besuchen gehen?«, fragt sie behutsam. »Sei es nur, um herauszufinden, weswegen er mit deiner Mum gestritten hat? Ob es stimmt, dass sie vorhatte, ihn zu verlassen?«

»Ich will ihn nie mehr wiedersehen«, sagt er voller Inbrunst.

»Ich hasse ihn. Außerdem wird er niemals ehrlich sein. Er wird mir nie eine aufrichtige Erklärung geben, warum er diese Dinge getan hat. Er wird mir nur Ausreden auftischen und versuchen, Mum die Schuld in die Schuhe zu schieben.«

»Es tut mir leid. Ich kann mir noch nicht einmal vorstellen, wie das sein muss.«

Wenigstens hat er Jen, diese wundervolle Frau, denkt Theo. Die ihn immer unterstützt und der er blind vertrauen darf. »Ich denke, ich werde Lorna anrufen und sie auf den neuesten Stand bringen.«

»Klar.« Sie drückt liebevoll seinen Arm und hüpft von seinem Schoß. »Ich arbeite so lange an meiner Bräune weiter.« Sie grinst ihn über die Schulter hinweg an und schlendert in den Garten zurück. Theo sieht ihr nach. Ihre Haut ist schon etwas rot geworden. Er weiß, dass sie trotz seiner Ermahnungen wegen Krebs nicht zufrieden sein wird, bis sie nicht noch mindestens eine Stunde in der Sonne verbracht hat. Er ist eben doch der Sohn eines Arztes.

Am Nachmittag besucht Theo das Grab seiner Mutter. Auf dem Friedhof ist mehr los als sonst samstags, was er auf das Wetter zurückführt. Paare sowie Familien mit Kindern und Kinderwagen schlendern Arm in Arm durch die Anlage. Sein Herz zieht sich zusammen. Genau das wünscht er sich so sehr für sich und Jen. Es hat schon etwas von grausamer Ironie an sich, dass sein Vater illegal all diese Kinder gezeugt hat, während es Theo noch nicht einmal schafft, seine Frau zu schwängern. Er fragt sich zum zigsten Mal, warum sein Dad das getan hat. Er hat sich über andere Fälle von Ärzten informiert, die Fruchtbarkeitsbetrug begangen haben – er hatte bisher noch nie davon gehört. Ein sogenannter Gotteskomplex gehört meist zu den Gründen. Und das bringt die Persönlichkeit seines Vaters perfekt auf den Punkt.

Als er das Grab seiner Mutter erreicht, kniet er sich hin, um die alten Blumen aus der Vase zu nehmen und sie durch frische Rosen zu ersetzen. »Mum, sie haben ihn gefasst«, sagt er, während er die Rosen in der Vase zurechtrückt. »Er hat zugegeben, dich die Treppe runtergestoßen zu haben, und ich denke, sie werden ihn auch noch wegen des Mordes an Rose drankriegen. Ich …«, seine Stimme bebt, »… ich werde nie verstehen, was sich an jenem Tag zugetragen hat. Ich werde *ihn* nie verstehen. Aber ich verspreche dir, Mum, ich verspreche, sollte ich je das Glück haben, Vater zu werden, dann werde ich alles sein, was er nicht war.«

Er berührt den glänzenden Marmorgrabstein und erinnert sich an das letzte Mal, als er seine Mutter sah. Das war am Wochenende vor ihrem Tod gewesen. Sie stand in der Tür und drückte ihm vor seiner Abreise eine Tüte mit selbst gemachtem Cottage Pie und Lasagne in die Hand. Sie war diejenige, die in ihm den Wunsch geweckt hatte, Koch zu werden. Sie schloss ihn in eine ganz feste Umarmung, fast so, als hätte sie gewusst, dass es die letzte sein würde. Und dann stand sie winkend da, bis er aus der Einfahrt zurückgesetzt hatte, wobei ihr Lächeln den Kummer verbarg, den sie verspürt haben musste.

»Es tut mir leid«, sagt er mit belegter Stimme. »Es tut mir leid, dass mir nie klar war, wozu er imstande ist. Es tut mir leid, dass ich dich nicht retten konnte.«

59

Daphne, August 2018

Heute kommen mich zwei Frauen besuchen. Sie haben beide dunkles lockiges Haar, wenn auch die eine deutlich älter ist als die andere. Die Jüngere trägt eine Jeans-Latzhose und sieht aus, als ob sie schwanger wäre. Die Ältere hat ein orangefarbenes Sommerkleid an. Sie sind beide schön. Aber für mich sind alle jungen Frauen schön, allein wegen ihrer Jugend, ihrer Agilität und ihren beneidenswert geschmeidigen Hüften, die beim Gehen nicht schmerzen.

»Gran«, begrüßt mich die Jüngere und setzt sich neben mein Bett. In letzter Zeit liege ich viel im Bett. Ich fühle mich körperlich schwach, aber ich weiß nicht, warum. Ich huste, und das Gesicht der jungen Frau legt sich besorgt in Falten. Sie kaut auf ihrer Unterlippe. Die Frau in dem Kleid blickt feindselig drein. Sie erinnert mich an jemanden. Das Gesicht, das sie zieht, die Enttäuschung in ihren Augen. Sie erinnert mich an Rose. »Ich bin's, Saffy«, sagt die Schwangere. Saffy … Saffy … Der Name sagt mir was. Sie nennt mich Gran. Sie muss meine Enkelin sein. Die andere muss ihre Mutter sein – sie sehen sich so ähnlich. Aber ich hatte nie Kinder. Das weiß ich. Daran würde ich mich erinnern. Das Mädchen in der Latzhose weint. Ich weiß nicht, warum. Tränen laufen über ihr Gesicht und tropfen auf ihre Beine, wo sie auf dem Jeansstoff kleine dunkle Flecken hinterlassen. *Um wen weinst du denn, Liebes?* Das ist die Frage, die ich ihr so gerne stellen möchte. Aber mein Mund bewegt sich nicht. Die Worte kommen nicht über meine Lippen.

Die ältere Frau steht hinter dieser Saffy und drückt ihre Schultern. »Mum«, sagt sie und sieht mich an, »ich bin's, Lorna. Lolly.«

Lolly. Aber natürlich ist das Lolly. Lolly, mein Herz.

»Ich wünschte, du könntest dich erinnern«, sagt sie leise. »Ich wünschte, du könntest dich daran erinnern, was mit Rose geschehen ist und warum du ihren Namen angenommen hast.«

Natürlich erinnere ich mich. »Um dich zu beschützen«, sage ich plötzlich, und Lollys Augen weiten sich vor Überraschung. Meine Stimme ist ganz krächzig. Ich klinge wie eine alte Frau. Die Hände, die gefaltet auf meinem Laken liegen, sind runzlig und geädert. Ich bin eine alte Frau. Natürlich bin ich das. Warum vergesse ich das immer wieder?

Lolly kommt auf die andere Seite des Bettes und legt ihre warmen Hände auf meine, die viel kühler sind. »Ich möchte dir ja so gerne vergeben können«, sagt sie. »Vor allem jetzt. Wir werden nie erfahren, was in jener Nacht passiert ist«, fährt sie fort.

Ich starre sie an. Ich bin mir nicht ganz sicher, welche Nacht sie meint. Ich schließe die Augen. Es schmerzt, sie offen zu halten. Auch meine Brust schmerzt, meine Lunge. Ich höre ihre Stimmen, obwohl sie weit weg klingen, aber sie unterhalten sich über Skelton Place. Und Rose.

Meine Rose.

Ich begreife langsam, dass sie über einen bevorstehenden Gerichtsprozess sprechen. Und Victor Carmichael. Sie unterhalten sich über die Nacht, in der Rose starb.

Und trotz der Schmerzen in Brust und Lunge beginne ich zu sprechen.

Ich konnte spüren, wie Rose mir entglitt. Es war das gleiche Gefühl wie damals, als ich noch ein Kind war. Als ich Jean war. Susan hatte sich ebenfalls vor mir zurückgezogen, und ich wusste, dass das Gleiche mit Rose geschah. Im Nachhinein betrachtet begann es, nachdem sie Neil getötet hatte. Sie war keine Mörderin. Sie vergrub die schlechten Dinge, die sie getan hatte, nicht einfach irgendwo in den Abgründen ihrer Seele, um sich nicht weiter mit ihnen beschäftigen zu müssen. Im Unterschied zu mir. Es war eine Gabe. Es hatte mir dabei geholfen, überhaupt weitermachen zu können. Aber Rose war dazu nicht in der Lage. Rose musste daran glauben können, dass sie ein guter Mensch war, dass sie freundlich und nett war und eines Tages in den Himmel kommen würde. Das habe ich an ihr geliebt. Diese Unschuld. Nach dem, was hinter mir lag, war das geradezu erfrischend. Aber manchmal war es auch einfach nur unglaublich nervig. Sie erwartete zu viel von den Menschen. Niemand war einfach *nur* gut oder *nur* schlecht, aber Rose dachte in Schwarz-Weiß. Außerdem merkte ich ihr an, dass sie, nachdem sie meine wahre Identität herausgefunden hatte, ihre Gefühle für mich hinterfragte. Sie konnte darüber hinwegsehen, weil sie nun selbst getötet hatte – allerdings konnte sie sich damit trösten, dass sie es aus Loyalität und Liebe getan hatte. Aus Notwehr, um mich zu beschützen. Ich hingegen hatte aus Wut und Angst heraus getötet, aus jenem tief in mir verwurzelten Gefühl der Verlassenheit.

Ich weiß nicht, was ich mir davon versprochen hatte, mit Sean zu flirten. Ich stand kein bisschen auf ihn, aber ich wollte Rose eifersüchtig machen – ich nehme an, damit sie begriff, dass sie mich dennoch liebte. Dass sie mich brauchte. Aber dann, beim Feuerwerk, bemerkte ich, wie sie mich ansah. Kalt und distanziert. Als hätte sie genug von mir. Ich war so verletzt, dass ich es nicht länger ertrug, in ihrer Nähe zu sein. Also entfernte ich mich von ihr und tauchte in der Menge unter. Als sie meine Abwesenheit bemerkte, schien sie nicht allzu besorgt. Sie nahm einfach nur Lolly auf den Arm und machte sich im Gewühl der anderen Leute auf den Heimweg.

Ich lief noch eine Weile im Dorf umher, versuchte, meine Gedanken zu sammeln, und hoffte, dass Rose mich vermissen würde, dass sie erkennen würde, dass wir füreinander bestimmt waren. Ich hoffte, dass sie bei meiner Rückkehr eine solche Angst vor Victor hätte, dass sie mir zustimmen würde, gemeinsam von hier fortzugehen. Um ein neues Leben, fernab von diesem Ort, zu beginnen.

Als ich schließlich zu Hause eintraf, ging Rose mit aschfahlem Gesicht in der kleinen Küche auf und ab. Sie hatte ein Messer in der Hand. Sie erinnerte an ein wunderschönes, jedoch unberechenbares Pferd, das davorstand, sich entweder aufzubäumen oder aber durchzugehen.

»Da bist du ja!«, zischte sie, sobald ich durch die Tür kam. »Wie konntest du mich einfach so verlassen? Du weißt doch, dass ich Angst habe, jetzt, wo Victor draußen herumpirscht.«

»Rose«, sagte ich sanft und ging mit ausgestreckter Hand zu ihr rüber, um sie zu beruhigen.

»Ich habe ihn gesehen!«, schrie sie. »Er war im Garten.« Sie fuchtelte mit dem Messer herum.

Ich ging zum Küchenfenster. Im Garten war niemand zu sehen. Wie ich es mir gedacht hatte.

»Rose. Schatz. Leg das Messer weg. Da ist niemand im Garten.«

»Du … du …« Ihr Kiefer war verkrampft, und sie zitterte vor Angst. Oder war es Wut? Ich konnte es nicht sagen. »Wo ist er hin? Was hast du ihm erzählt?«

»Rose, wir müssen hier weg«, erwiderte ich stattdessen. »Jetzt, da Victor dich gefunden hat …«

»Du weißt, dass das nicht stimmt«, zischte sie, und ihre Augen blitzten.

»Bitte, Rose. Du reagierst gerade über …«

Das war das Schlimmste, was ich hätte sagen können. Sie begann, mir Vorwürfe zu machen, beschuldigte mich, dass ich sie belogen und manipuliert hätte. »Ich hätte dir niemals trauen dürfen«, sagte sie. »Joel hatte recht.«

Ihre Worte trafen mich fürchterlich. »Aber wir lieben uns doch.«

»Das war ein Fehler«, fauchte sie. »Lolly ist das Wichtigste. Du musst gehen. Du und Sean …«

»Da ist nichts zwischen mir und Sean. Wovon sprichst du?«

»Es ist aus. Ich möchte, dass du gehst. Jetzt!«

»Ich … was?« Ich konnte nicht glauben, was sie da sagte. »Machst du gerade Schluss mit mir?«

»Ich vertraue dir nicht«, erwiderte sie traurig, legte jedoch das Messer mit zitternder Hand auf der Arbeitsplatte ab. »Es tut mir leid, Daphne. Ich liebe dich, aber ich vertraue dir nicht. Ich glaube, du lügst. Und …«, sie wischte sich die Tränen aus den Augen, »… ich kann einfach nicht mehr.«

Das durfte nicht sein. Ich hatte geglaubt, ich hätte das Glück gefunden, nach dem ich mich immer so sehr gesehnt hatte. Die Familie, die ich mir immer gewünscht hatte. Rose zu verlieren, war eine Sache, aber Lolly auch noch? Ich liebte dieses kleine Mädchen, als wäre es mein eigenes.

»Ich lasse nicht zu, dass du mich verlässt«, sagte ich, ging zu ihr rüber und zog sie in meine Arme. »Wir lieben einander.«

»Ich muss einen klaren Schnitt machen. Noch mal ganz von vorne anfangen.«

»Das darfst du nicht«, heulte ich.

Sie entzog sich mir und wischte sich über die Augen. Ihr welliges Haar fiel ihr über die Schultern. Sie war etwa fünf Zentimeter kleiner als ich und sah in diesem Moment so zierlich und zerbrechlich aus. Ich war verzweifelt. Ich musste ihr klarmachen, dass sie den größten Fehler ihres Lebens beging.

»Wir wissen zu viel voneinander …«, begann ich.

»Oh, jetzt fang nicht wieder damit an«, fiel sie mir ins Wort. »Das zieht bei mir nicht mehr. Du kannst nicht beweisen, dass ich Neil getötet habe.«

Dann fing sie an, mir alle möglichen Vorwürfe zu machen. Dass ich manipulativ sei und in Bezug auf Sean gelogen habe. Sie hatte es durchschaut, meine schlaue, süße Rose. Ich hatte sie unterschätzt.

Und da wurde mir klar, dass sie mir niemals verzeihen würde. Dass ich sie verloren hatte.

Es war ein Unfall.

Genau wie der Tod von Susan Wallace auch ein Unfall gewesen war.

Sie drängte sich an mir vorbei. Sie wollte das Zimmer verlassen.

Ich wusste nur, dass ich sie nicht gehen lassen konnte. Dass ich nicht zulassen durfte, dass sie Lolly mitnahm.

Es loderte rot hinter meinen Augen auf. Alles geschah in einer einzigen raschen Bewegung. Ich schnappte mir den gusseisernen Wasserkessel, den wir immer auf dem Herd stehen hatten, holte aus und ließ ihn gegen ihren hübschen

Hinterkopf krachen. Sie torkelte rückwärts, so, als würde sie ohnmächtig werden, ihre Augen vor Überraschung weit aufgerissen, als sie in meinen Armen zusammenbrach. Zu spät wurde mir klar, was ich getan hatte. Und so hielt ich sie, während sie starb. Ich hielt sie, und ich weinte, und ich sagte ihr, dass ich sie liebte. Immer und immer wieder. Weil es die Wahrheit war. Und abgesehen von Lolly und dann, Jahre später, Saffy habe ich nie jemanden sonst geliebt.

Als ich geendet habe, starrt mich Lolly entsetzt an. Ihr Mund steht sperrangelweit offen, und Tränen laufen über ihre Wangen. Da wird mir klar, dass ich das alles laut gesagt habe. Ich habe dieser liebreizenden Frau, dieser wunderbaren Person, die ich wie meine eigene Tochter liebe, gesagt, dass ich ihre echte Mutter getötet habe. Saffy – meine gutherzige, umsichtige Enkelin – hält meine Hand. Und ungeachtet all dessen, was ich ihnen soeben gestanden habe, lässt sie nicht los. Ich kann Rose in ihr sehen – ihre Klugheit, ihre Unschuld und ihr Zutrauen. Und ich kann nur hoffen, dass ich all das in diesem süßen Kind nicht zerstört habe.

»Es tut mir leid«, sage ich, mein Geist auf geradezu schmerzhafte, ja, schreckliche Weise klar.

Denn die Wahrheit ist, dass mein Geist immer klarer war, als ich ihnen weisgemacht habe. Man darf mich nicht falsch verstehen – ich habe Demenz. Mein Gehirn ist vernebelt und vergesslich, und dann erkenne ich selbst Menschen, die ich lange kenne, Menschen, die ich liebe, nicht mehr. Aber wenn ich einen dieser lichten, gestochen scharfen Momente habe, dann erinnere ich mich an viel mehr von der Vergangenheit und dem, was ich getan habe, als man mir zutrauen würde.

Und jetzt wissen sie es. Jetzt haben sie die Wahrheit –

meine Wahrheit – erfahren, bevor ich weiter in mir selbst verschwinde. Denn eines Tages werde ich keine Kontrolle mehr über das haben, was ich von mir gebe. Aber ich wollte, dass sie wissen, dass ich keine kaltherzige Mörderin und auch keine Psychopathin bin und dass der Richter sich vor all den Jahren mit seinem Urteil über mich geirrt hat. Dass ich eine gute Mutter und Großmutter war.

Und dass ich Rose, ungeachtet allem, was geschehen ist, geliebt habe.

Denn das habe ich wirklich.

60

Epilog: Ein Jahr später

Lorna betrachtet ihre Familie, die sich im Garten von Skelton Place Nummer 9 versammelt hat. Die Terrassentüren der neuen Küche wurden aufgeschoben, und Snowy döst, den Kopf auf seinen Pfoten abgelegt, direkt dahinter im Schatten und genießt die Kühle der neuen Schieferfliesen. Manchmal, besonders an heißen Sommertagen wie diesem, ist es kaum vorstellbar, was sich hier vor fast vierzig Jahren zugetragen hat.

Gelegentlich, wenn sie nachts die Augen schließt, überkommen sie Visionen von Daphne: Wie sie im Garten kniet und die Terrassenplatten hochstemmt, um Rose neben Neil zu begraben. Manchmal sind diese Visionen so klar und deutlich, dass sie sich fragt, ob es sich dabei um verdrängte Erinnerungen handelt, ob sie es nicht mitangesehen hat. Daran arbeitet sie mit Felicity, ihrer Psychiaterin. Kein Wunder, dass Daphne das Cottage nie verkauft hat und es eine ganze Weile leer gestanden hatte, bevor sie es vermietete. Sie konnte nicht riskieren, dass jemand die Leichen fand.

Aber daran will Lorna heute nicht denken. Denn heute bietet der Garten ein fröhliches Bild. Die Sonne steht hoch am wolkenlosen Himmel und dort, auf dem Rasen, sitzen Saffy und Tom und umhegen Freya, ihre neun Monate alte Tochter. Tom hat ihre bunte Krabbeldecke im Gras ausgebreitet, und die Kleine in ihrem gelben Kleidchen, umgeben von Kuscheltieren und Beißringen, hockt da wie die Königin, zu der sie für sie alle geworden ist. Saffy streckt sich, auf die Ellbogen gestützt, neben ihr aus. Lorna weiß, wie überrascht Saffy selbst von ihrer überbordenden Liebe zu ihrer kleinen Tochter war. Es hat ihr ein neues Selbstvertrauen verliehen und sie auf eine Weise aufblühen lassen, die Lorna mit Stolz betrachtet. Neben ihnen, auf zwei Sonnenliegen, mit einem milden Lächeln im Gesicht, fläzen Theo und die schwangere Jen. Sie hatten Glück, dass es schon beim ersten Versuch einer künstlichen Befruchtung geklappt hat, und der Geburtstermin ist in acht Wochen.

Es hat sich für sie alle zum Guten gewendet, denkt sie, als sie, mit einem kühlen Glas Pimm's in der Hand, in die Runde schaut. Und sie freut sich von ganzem Herzen für alle. Sie ist froh darüber, wieder in England zu sein, und hat in Portishead zum ersten Mal überhaupt Wurzeln geschlagen. Sie hat sich sogar eine Wohnung mit Blick auf den Jachthafen gekauft, gleich in der Nachbarschaft, in der sie nach ihrer Rückkehr aus Spanien ein Apartment angemietet hatte. Und manchmal, insbesondere an heißen Tagen wie diesem, fühlt es sich an, wie im Süden zu sein. Jetzt ist sie also doch noch Wohnungseigentümerin geworden. Und sie steht Saffy näher als je zuvor. Nachdem Saffy entbunden hatte, haben sie sich endlich richtig ausgesprochen.

»Ich liebe sie so sehr, dass es schmerzt«, hat Saffy im Krankenhausbett gesagt, als sie ihre neugeborene Tochter in den Armen hielt. Sie hat Lorna mit Tränen in den Augen angeblickt. »Es tut mir leid. Es tut mir so leid, was ich zu dir gesagt habe und dass ich an dir gezweifelt habe. Du bist die beste Mum der Welt. Und jetzt erlebe ich es selbst … Diese Liebe, die ich für Freya empfinde. Gott, ich würde für sie sterben.«

»So wie ich für dich sterben würde.«

Und da haben sie sich über Freyas flaumiges Köpfchen hinweg angelächelt. Es war ein verstehendes Lächeln – von Mutter zu Mutter.

Sie treffen sich mindestens einmal pro Woche. Manchmal kommt Saffy nach Portishead gefahren, oder Lorna besucht sie in ihrem Cottage.

Sie stehen sich auf eine Weise nahe, wie dies zwischen Lorna und Daphne nie der Fall war. Da war immer eine Kluft gewesen, die sie sich nie so recht erklären konnte. Aber jetzt weiß sie, warum. Auf einer unbewussten Ebene muss sie schon immer gespürt haben, dass Daphne eine Betrügerin war.

Alle vierzehn Tage hat sie ihren Termin bei Felicity. Die Therapeutin ist ihr eine große Hilfe dabei, ihre Fragen und Probleme durchzuarbeiten – insbesondere ihre belastende Sorge, das Kind zweier Mörder zu sein. Wenngleich sie Rose und Victor niemals in ein und dieselbe Schublade stecken würde. Felicity hat ihr klargemacht, dass in ihr kein dunkles Herz schlägt, dass es da keine genetische Komponente gibt. Vielmehr hat sie Lorna zu der Einsicht geführt, dass sie tatsächlich vor ihren Problemen davonläuft und sie Schwierigkeiten hat, gesunde Liebesbeziehungen aufzubauen. Daran wird sie also in Zukunft arbeiten. Zwischen ihr und Euan funkt es noch immer – er war sie sogar übers Wochenende in ihrer neuen Wohnung besuchen. Sie weiß nicht, wohin das führen wird – falls es überhaupt zu etwas führt –, aber sie freut sich darauf, es herauszufinden.

»Also dann«, sagt Theo und hebt sein Glas.

Tom ist zum Grill in der Ecke gegangen und hebt anstelle eines Glases die Zange. »Auf die Gerechtigkeit.«

»Auf die Gerechtigkeit!«, wiederholen sie alle.

»Und auf die Zukunft«, fügt Lorna an, woraufhin Jen sanft über ihren Bauch streicht und nach Theos Hand greift.

Gestern haben sie erfahren, dass der wochenlange Prozess gegen Victor endlich zu einem Ende gekommen ist. Victor hat sich geweigert, sich des Mordes schuldig zu bekennen; er plädierte auf Totschlag, was jedoch abgelehnt wurde. Und so wurde der Prozess fortgesetzt, bis man ihn schließlich des Mordes an Caroline Carmichael sowie diverser Sexualverbrechen an den Frauen aus seiner Mappe für schuldig befand. Zwanzig verschiedene Frauen insgesamt. Nächsten Monat wird das Strafmaß verkündet. Lorna weiß, dass Theo ihn nicht in der Haft besucht hat, und sie selbst wird es auch nicht tun. Sie hat keinerlei Interesse daran, ihren sogenannten Vater kennenzulernen.

Es lagen nicht genug Beweise vor, um Victor des Mordes an Rose anzuklagen. Lorna wird schwer ums Herz, wenn sie daran zurückdenkt, wie Daphne in ihrem Bett im Pflegeheim lag und ihre Tat gestand. Es war das erste Mal überhaupt, dass sie das Gefühl hatte, dass die Frau, die sie immer als ihre Mutter betrachtet hatte, die Wahrheit sagte. Weder sie noch Saffy haben der Polizei von Daphnes Geständnis erzählt. Vielleicht hätten sie es getan, wenn Victor doch deswegen angeklagt worden wäre.

Nur wenige Tage später starb sie. An einer Lungenentzündung. Saffy setzte ihr Tod wesentlich mehr zu als Lorna. In ihrem großen Herzen fand Saffy die Güte, Daphne zu vergeben, doch Lorna weiß nicht, ob ihr selbst das je möglich sein wird. Daphne hat Lorna ihrer echten Mutter beraubt, einer Mutter, an die sie kaum noch Erinnerungen hat, und das bricht ihr das Herz.

Was Lorna durchgemacht haben muss, nachdem Rose, ihre echte Mutter, urplötzlich verschwunden war, ist nach wie vor eine große Leerstelle. Sie hofft, dass es Felicity gelingen wird, einige der Erinnerungen wieder zu entschlüsseln, ganz gleich, wie schmerzhaft sie auch sein mögen. Wann genau hat sie eigentlich begonnen, Daphne »Mum« zu nennen? Sie muss doch um Rose geweint haben. Sie muss sich verlassen und verloren gefühlt haben – und das kann sie Daphne niemals verzeihen. Selbst wenn Daphne ihr Leben danach der Sorge um sie gewidmet hat. Es ist ein Verrat, über den sie nie hinwegkommen wird.

Lorna leert ihr Glas Pimm's und geht dann ins Haus, um sich ein Wasser zu holen. Sie darf nicht zu viel trinken, schließlich muss sie nachher noch fahren. Sie tapst durch die Küche, die völlig verwandelt ist. Eine wunderschöne schlichte, moderne Landhausküche in einem zarten Grau mit weißen Granitarbeitsflächen. Ihr ist bewusst, dass Saffy sich manchmal schuldig deswegen fühlt – sie sagt dann, dass es eigentlich Lornas Haus sei. Aber Lorna ist froh darüber, dass es Saffy gehört. Sie selbst ist absolut zufrieden mit ihrer Wohnung mit Meerblick. Sie arbeitet als Managerin in einem Bristoler Boutiquehotel und hat ein paar neue Freundschaften geschlossen. Als Daphne starb, erbte Lorna den Rest ihres Geldes – es war mehr, als sie erwartet hatte. Geld, das sie offensichtlich von Rose genommen hatte, indem sie sich als sie ausgegeben hatte. Aber es hat immerhin gereicht, um sich die Wohnung problemlos leisten zu können.

Nach Victors Verhaftung hatte Lorna sich gefragt, ob Saffy überhaupt in Skelton Place bleiben wollen würde. Aber ihre Tochter meinte, sie würde sich Rose dadurch näher fühlen. Ihr zum Andenken hat sie im hinteren Teil des Gartens einen Rosenstrauch gepflanzt. Er ist hübsch und entwickelt sich prächtig, die oberen Triebe haben bereits die Steinmauer erreicht.

»Alles okay, Mum?« Saffy taucht neben ihr auf. Freya, die am Ohr einer Plastikgiraffe nuckelt, auf ihrer Hüfte.

Als die Kleine sie erblickt, streckt sie ihre pummeligen kleinen Ärmchen nach ihr aus. Lorna nimmt ihre Enkeltochter gerne an sich und genießt die Wärme des kleinen Körpers an ihrem.

»Du wirkst heute ein bisschen … wehmütig.«

Lorna schneidet für Freya eine lustige Grimasse, bevor sie sich wieder ihrer Tochter zuwendet. »Ich denke einfach nur über alles nach, sonst nichts.«

Sie geht zu dem großen amerikanischen Kühlschrank, um Lorna ein Glas Wasser einzugießen. »Warum bleibst du nicht über Nacht? Du kannst Freyas Zimmer haben, und sie schläft bei uns. Theo und Jen übernachten auch hier.«

»Ich weiß, aber … Heute Abend werde ich den Brief lesen. Ich glaube, die Zeit ist gekommen, findest du nicht auch? Ich habe es lange genug vor mir hergeschoben.«

Saffy lächelt verständnisvoll und nickt. »Es gibt da aber noch etwas, das ich dir sagen muss.« Sie sieht mich betreten an.

Der Brief. Lorna hat ihn nun ein Jahr in einer Schublade aufbewahrt, unfähig, ihn zu lesen. Sie weiß, dass er sie aufwühlen wird, aber heute fühlt sie sich bereit.

»Und das wäre?«

»Die letzte Seite. Ich habe sie damals nicht der Polizei gegeben. Es tut mir leid. Aber wenn du sie liest, wirst du verstehen, wieso. Als ich den Brief zurückbekam, habe ich die letzte Seite wieder dazugelegt, bevor ich ihn dir gab. Das war, bevor … na ja, bevor Gran uns gestanden hat, was sie getan hatte. Ich hatte Angst, dass es sie belasten könnte. Das war nicht richtig von mir.«

Lorna runzelt die Stirn. »Ich verstehe nicht ganz.«

»Du wirst verstehen, wenn du es liest«, erwidert Saffy. »Ich wollte einfach nur Gran beschützen. Ich habe sie wirklich geliebt.«

»Das weiß ich, Schatz. Genau wie ich. Und das darf ich nicht vergessen.«

Die Arme umeinandergeschlungen, bleiben sie eine Weile so stehen, mit Freya zwischen ihnen, die an ihrem Spielzeug nagt.

»Ich stelle mir gern vor, dass Rose noch hier ist«, sagt Saffy schließlich und sieht dabei in den Garten hinaus. »Die echte Rose. Und dass sie auf uns aufpasst.«

Lorna lächelt ihre Tochter an, ihre kleine Romantikerin.

Trotzdem hofft auch sie, dass es so ist.

Später, als sie zurück in ihrer Wohnung ist, gießt sie sich ein Glas Wein ein und tritt auf den Balkon. Die Sonne geht gerade unter, und sie betrachtet die herausgeputzten Pärchen und Grüppchen von Freunden, die in den lauen Abend aufbrechen. Sie hört das Lachen und Gemurmel der Besucher, die vor dem Restaurant gegenüber an kleinen Tischen sitzen. Ja, das ist genau das, was ihr gefällt, denkt sie bei sich, während sie sich hinsetzt, um den Brief zu lesen. Ihr gefällt das Gefühl, mitten im Geschehen zu sein. Die Vorstellung, wie um sie herum Pärchen ihr erstes oder auch letztes Date haben; neue und alte Freunde zusammen feiern oder in Erinnerungen schwelgen. Auf einmal fragt sie sich, zu was für einem Menschen sie sich entwickelt hätte, wenn ihre richtige Mutter am Leben geblieben wäre.

Sie zieht den dicken Brief aus dem Umschlag. Er ist auf zweifach gefaltetem, liniertem A4-Papier verfasst, das mit der Zeit vergilbt ist. Eine Weile starrt sie das Bündel Papier nur an, die blumig geschwungene Handschrift ihrer Mutter, und stellt sich vor, wie sie sich hinsetzt, um ihn, fast schon wie ein Tagebuch, niederzuschreiben. Zärtlich fährt sie mit der Fingerkuppe über das Wort *Lolly*, dann landet ihr Blick beim ersten Satz:

Das Dorf sah nie schöner aus als an jenem Abend, an dem ich Daphne Hartall zum ersten Mal traf.

Wie sie so im Stillen liest, kann sie schon beinahe die melodische, beruhigende Stimme ihrer Mutter hören, als würde sie direkt neben ihr sitzen, und ihr kommen die Erinnerungen an all die vorgelesenen Gutenachtgeschichten, die sie zu vergessen geglaubt hatte. Die Sonne verblasst, und die Sterne treten an den Himmel, und sie sitzt immer noch wie gebannt da, versunken in der Welt ihrer Mutter, während sie von ihrer Liebesaffäre mit Daphne erfährt, ihrer Angst vor Victor und jener Nacht mit dem Feuerwerk. Die Nacht, in der sie starb.

Und dann kommt die letzte Seite, das letzte Teil des Puzzles, das Saffy, in dem irrigen Versuch, die Frau zu beschützen, die sie für ihre Großmutter hielt, der Polizei vorenthalten hatte.

Als sie fertig ist, drückt sie den Brief an ihre Brust und blickt mit tränennassen Wangen zu dem Mond hinaus, der sich im Wasser des Jachthafens spiegelt, und hat endlich, endlich das Gefühl, dass sie alles versteht.

Jetzt weißt du es also, mein liebes Mädchen, meine Lolly. Du weißt nun alles. Du kennst mein Geständnis. Und meine Sünden.

Und wenn du das hier liest, wenn du das hier gefunden hast, zusammen mit dem Beweis gegen jenen Mann, vor dem ich weggelaufen bin, dann muss ich wohl befürchten, dass mir etwas Schlimmes widerfahren ist.

Denn, weißt du, ich vertraue der Frau, die ich liebe, nicht länger. Heute Abend habe ich herausgefunden, dass sie mich auf übelste Weise manipuliert und angelogen hat, und ich glaube, dass sie das unsere gesamte Beziehung über so betrieben hat. Sie sagt zwar, sie würde mich lieben, und, ich glaube, auf ihre verquere Weise tut sie das sogar. Und ich habe keinerlei Zweifel daran, dass sie dich liebt. Doch heute Abend ist sie in ihrer Niedertracht auf ein neues Tief gesunken. Ich fürchte, dass niemand Daphne Hartall lebend verlässt.

Ich schreibe das hier neben deinem Bett, während du schläfst, dein Fliegenpilz-Nachtlicht in der Dunkelheit leuchtet und deine Augenlider im Traum flattern. Ich möchte dich nicht verlassen, meine teure Tochter. Die Vorstellung, ohne dich zu leben, schmerzt so sehr. Und ich würde mich niemals freiwillig von dir trennen, bitte glaube mir das.

Soeben erst, nach dem Feuerwerk, dachte ich, dass Victor mich gefunden hätte. Aber ich habe mich getäuscht. Als ich den Mut fasste, um noch einen Blick aus deinem Zimmerfenster zu werfen, begriff ich, dass es sich bei dem Mann auf dem Rasen nicht um Victor handelte. Ich erkannte den Mann, weil ich ihn gerade eben beim Feuerwerk gesehen hatte. Es war Sean. Und in diesem Moment wurde mir schlagartig klar, was für eine Närrin ich doch gewesen war, ihr zu vertrauen. Denn von Weitem ähnelte er Victor, was Daphne wusste. Ich vermute, dass Daphne ihm gesagt hat, er solle sich dort in den Garten stellen, um mich zu erschrecken, damit ich glaubte, dass Victor mich gefunden hätte. Ich glaube, dass sie ihn auch in Melissas Café geschickt hat, da sie wusste, dass Melissa mir sofort erzählen würde, dass jemand nach mir gefragt hatte. Vielleicht versprach sie sich da-

von, dass meine Angst uns fester zusammenschweißen und mich dazu bringen würde, mit ihr in die Stadt zu ziehen. Ich glaube, sie wusste, dass ich an ihr zweifelte. Dass ich kurz davorstand, sie fortzuschicken.

Und so sitze ich nun – wie man so schön sagt – in der Klemme.

Denn die Polizei einzuschalten, würde bedeuten, dass man mich wegen des Mordes an Neil Lewisham verhaften würde, und dich würde man mir wegnehmen. Darum habe ich beschlossen, zu bleiben und zu kämpfen. Und falls es schiefgeht, falls ich diesen Kampf nicht gewinne, dann möchte ich, dass du weißt, wie sehr ich dich liebe. Ich liebe dich mehr als alles andere auf der Welt. Ich habe wirklich versucht, die beste Mutter zu sein, die ich sein konnte. Auf dich aufzupassen. Ich habe einige dumme Entscheidungen getroffen. Aber ich bin kein schlechter Mensch, bitte glaube mir.

Sei stark, mein Liebling, mein Mädchen. Du bist nicht das Produkt von mir und Victor. Du bist ein eigenständiger Mensch. Sei die Frau, die ich gerne gewesen wäre, meine wunderschöne Lolly.

In ewiger Liebe,
deine Mummy

DANKSAGUNG

Es war während des ersten Lockdowns, als ich anfing *Liebste Tochter* zu schreiben, als alles so ungewiss und beängstigend war. Ich unterrichtete zwei Kinder zu Hause und fragte mich, ob ich je in der Lage wäre, mich lange genug zu konzentrieren, um einen Roman zu beenden.

Die Entscheidung, diese Geschichte 2018 spielen zu lassen, als wir uns noch nicht inmitten einer Pandemie befanden, und damit diese andere Welt zu haben, in die ich mich flüchten konnte, hat mir mental ungemein geholfen, und aus diesem Grund werden die Figuren von Saffy, Lorna, Theo, Rose und Daphne stets etwas Besonderes für mich bleiben.

Dieses Buch wäre ohne die folgenden Menschen nicht möglich gewesen: An erster Stelle Juliet Mushens, die nicht nur eine brillante, intelligente (und unfassbar gut angezogene) Agentin ist, sondern auch ein ganz besonderer Mensch, eine Freundin und Katzenliebhaberin wie ich! Niemand hätte mir besser dabei helfen können, mich durch meine Schriftstellerlaufbahn zu lenken, und ich schätze mich überglücklich Teil des Mushens-Teams zu sein. Außerdem schulde ich Liza DeBlock von Mushens Entertainment einiges für ihre große Geduld mit meinem mangelhaften Organisationstalent!

Ich danke Maxine Hitchcock, meiner wundervollen Lektorin, die mit ihrem durchdachten, klugen und aufschlussreichen Lektorat sowie ihrer Ermunterung und freundlichen Art dieses Buch tausendmal besser gemacht hat. Ich kann das nächste Treffen in Bath kaum erwarten! Danke auch an Clare Bowron – die Königin der Kürzungen –, für ihre Hilfe bei der zweiten und dritten Überarbeitung. Ein weiteres großes Dankeschön geht an den Rest des brillanten Teams bei Michael Joseph: Rebecca Hilsdon, Bea McIntyre, Hazel Orme, Lucy Hall, Ella Watkins und allen im Verkauf und Marketing für ihre harte Arbeit und Kreativität. Ich bin so dankbar für alles, was ihr leistet.

Ich danke meinen ausländischen Verlegern, insbesondere dem Penguin Verlag in Deutschland, Harper in den USA, Nord in Italien und Foksal in Polen für ihren ungebrochenen Glauben an mich.

Des Weiteren danke ich meinen großartigen Schriftstellerfreunden, der West Country Crew, Tim Weaver und Gilly Macmillan für ihre Zoom-Anrufe, die Mittagessen im Pub, die SMS, ihr Lachen und ihre Ratschläge; außerdem Gillian McAllister, Liz Tipping und Joanna Barnard für die lustigen Memes und WhatsApp-Nachrichten und ihr gutes Zureden. Allen meinen anderen Freunden danke ich für ihre anhaltende Unterstützung – ich werde euch hier nicht alle auflisten, da ich Angst habe, jemanden zu vergessen, aber ich freue mich schon jetzt auf gemeinsame Ausgehabende in der Zukunft!

Wie immer möchte ich meiner Familie sowie meiner Schwiegerfamilie danken, ganz besonders meiner Mum und Schwester dafür, dass sie meine Entwürfe lesen, bevor ich sie einreiche, und meiner Mum außerdem für ihre sorgfältigen Korrekturen! Bei meinem Mann Ty bedanke ich mich für das Brainstorming zu Plotideen und für seine Ehrlichkeit, wenn er das Gefühl hat, dass etwas nicht ganz aufgeht. Ich danke meinen beiden Kindern, Claudia und Isaac, auf die ich ja so stolz bin. Ich liebe euch alle so sehr.

Ein riesen Dankeschön an Stuart Gibbon von Gib Consultancy für die geduldige Beantwortung meiner Fragen zur polizeilichen Ermittlungsarbeit bei jahrzehntealten Leichenfunden und dazu, wie Beamte mit einem geistig beeinträchtigten Verdächtigen umgehen würden.

An alle meine Leser: Danke für das Kaufen, Ausleihen und Empfehlen meiner Bücher und für all die Nachrichten in den sozialen Netzwerken. Es versüßt mir stets den Tag, von euch zu hören.

An alle Blogger und Kritiker für eure Unterstützung, für die Blog-Touren und dafür, dass ihr euch die Zeit nehmt, meine Bücher zu lesen und zu besprechen. Ich bin euch so dankbar.

Und schließlich möchte ich jenen drei wunderbaren Frauen danken, die leider nicht mehr unter uns weilen. Meiner Urgroßmutter Elizabeth Lane, meiner Großmutter Rhoda Douglas und meiner Großtante June Kennedy. Alle drei waren wichtige Frauen in meinem Leben, und alle drei verstarben tragischerweise mit der grausamen Krankheit Alzheimer. Und obwohl ich glücklicherweise sagen kann, dass sie nie Leichen in ihren Gärten vergraben haben, waren es ihre Stärke und ihr innere Kraft, die mich dazu inspirierten, über Rose zu schreiben.